KB111721

숨은 궁녀 스캔들

숨은 궁녀
스캔들

초판 1쇄 인쇄일 2017년 10월 10일
초판 1쇄 발행일 2017년 10월 20일

지은이 | 김정화
펴낸이 | 김기선

편집장 | 김은지
편집부 | 임종성, 박지은, 김지현, 김아름
디자인 | 찌즈

펴낸곳 | 와이엠북스(YMBOOKS)
출판등록 | 2012년 7월 17일 (제2014-17호)
주소 | 서울시 도봉구 노해로 379, 802호(창동, 대성빌딩)
전화 | 02)906-7768 / 팩스 | 02)906-7769
E-mail | ymbooks@nate.com

ISBN 979-11-322-4276-5 (04810)
ISBN 979-11-322-4275-8 (set)

ⓒ 김정화 2017 Printed in Korea

값 13,000원

김정화 장편소설

승은 궁녀 스캔들 上

ʏ៣
BOOKS

가계도
(숙종44년)

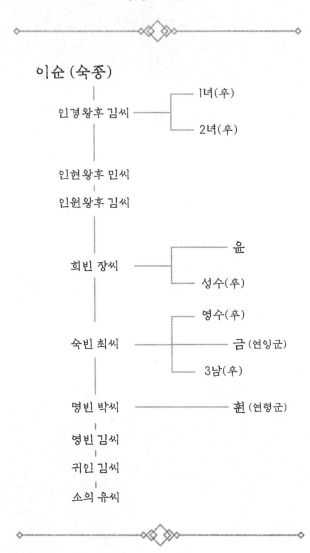

이순 (숙종)

인경왕후 김씨 ─── 1녀(卒)
            └── 2녀(卒)

인현왕후 민씨
인원왕후 김씨

희빈 장씨 ─── 윤
          └── 성수(卒)

숙빈 최씨 ─── 영수(卒)
          ├── 금 (연잉군)
          └── 3남(卒)

명빈 박씨 ─── 훤 (연령군)

영빈 김씨
귀인 김씨
소의 유씨

차 례

序章.
역사는 밤에 이루어진다

역사는 밤에 이루어진다.
그곳이 궁궐이라면, 더욱 그렇다.

* * *

"고개를 들어라."

"제발……."

사내의 억센 손이 여인의 턱을 틀어쥐었다. 바닥에 납죽 엎드려 있던 그녀의 고개가 위로 들렸다. 그의 뜨거운 숨결이 코앞까지 다가왔다. 피하고 싶었으나 감히 몸을 움직일 엄두가 나지 않았다.

'궁 안에 돌던 소문이 맞았어. 이자는 정녕 미치광이라고.'

음력 유월, 여름밤의 창덕궁.

궁궐 전체를 뒤덮은 어둠이 모든 소음을 집어삼킨 모양이다. 사방은 바늘귀 떨어지는 소리마저 들릴 듯 고요했다. 구중궁궐 속 소리가 들려오는 장소는 오직 한곳뿐이었다.

창덕궁 대조전(大造殿) 뒤편에는 수라간과 생과방 등 부엌간에 소속된 궁녀들의 처소 십수 개가 나란히 붙어 있었다. 말소리가 들려오는 곳은 그 궁녀 처소의 맨 끝, 나인 김순심의 방이었다.

"확실히 꽤 반반한 낯짝이구나. 울어서 눈가가 붉은 게냐, 아니면 색(色)이 넘치는 계집이라 그런 것이냐?"

"소, 소인 억울합니다. 어찌 이러십니까, 제발⋯⋯!"

"억울? 발칙한 것."

순심을 내려다보던 사내가 가소롭다는 듯 내뱉었다. 철저한 금남(禁男)의 구역인 궁녀의 방에 들어앉은 사내라니, 대단히 어울리지 않는 풍경이었다.

그는 여러모로 눈에 띄었다. 일단 대단한 미남자라는 것이 그러했으나 외모만이 수려한 것은 아니었다. 그의 용모는 물론이거니와 훤칠한 체격, 꼿꼿한 자세, 위엄찬 태도와 깊은 음성에서까지 범접할 수 없는 고고함이 묻어났다. 그러나 그의 용모와 복장은 전혀 어울리지 않았다. 그는 겉옷이 아닌 속곳 차림이었으며 그마저도 흙바닥에 나뒹군 듯 지저분했다. 게다가 머리는 상투를 풀어 헤친 난발이었다.

그중에서도 가장 시선을 끄는 것은 눈. 그의 눈동자에 이채가 떠돈다. 그것은 분명 미치광이, 즉 광인(狂人)의 눈이었다.

"네가 바라는 것이 이것이더냐?"

그가 제 옷고름을 잡아챘다. 으드득, 소리와 함께 천 조각이 뜯겨져 바닥에 나뒹굴었다. 벌어진 옷섶 사이로 가슴팍이 드러났다.

"자, 나는 준비가 되었다. 그러니⋯⋯."

스륵. 그의 저고리가 바닥으로 떨어졌다. 어둠 속에 희미한 빛을 발하는 벗은 상체를 본 순심이 눈을 질끈 감았다. 그것을 본 사내의 입가에 조소가 어린다.

"나를 유혹하여보거라."

귓전에서 들려오는 은밀한 목소리. 귀에 닿는 숨결이 뜨거웠다. 당황한 순심이 눈을 번쩍 떴다.

"유혹해보란 말이다. 감히 내 명을 거역하느냐?"

"흐읏……."

사내의 손가락이 그녀의 아랫입술을 건드렸다. 턱 선을 타고 천천히 움직이는 손가락. 그의 손끝이 흐르듯 목을 타고 내려와 우묵한 쇄골 위에서 멈췄다.

여름밤. 밀폐된 방 안은 열기로 후텁지근했다. 그러나 순심의 몸은 사시나무처럼 떨고 있었다. 모멸감과 수치심이 밀려왔으나 그보다 더 큰 것은 두려움이었다. 마음먹는다면, 그는 언제고 그녀를 죽일 수 있는 사람이었다.

"이것이 너의 목적이었던 게지. 나를 유혹하여, 진실을 알아내는 것."

"진실이라니요. 그, 그런 것 모르옵니다."

"어찌 모른다 하느냐. 너에게는 맡은바 소임이 있지 않느냐?"

"무, 무슨 말씀이신지 모르겠습니다. 오해십니다. 어찌 저에게 이러실 수 있습니까……."

그녀의 말은 그에게 들리지 않는 듯했다. 그가 나지막하게 속삭였다.

"내가 사내구실을 할 수 있는지, 아닌지 확인하기 위해 내게 접근한 것이지 않은가."

순심은 차마 말을 잇지 못했다. 숨이 콱 막히는 것 같았다. 억울하다. 분하고 원통했다. 제게 벌어지고 있는 일이 믿기지 않았다.

고작 반 시진 전까지만 해도 평온하게 꿈속을 헤매었던 그녀였다. 대체 어디서부터가 잘못된 것인지, 순심은 필사적으로 기억을 되짚기 시작했다.

'연잎, 연못!'

모든 일은 거기서부터 시작된 것이리라.

지난 낮, 그녀가 수상한 심부름을 떠맡아 궁궐 후원에 갔었던 그 때부터. 그리고 그곳에서 퍽 이상한 사내를 만났던 그 순간부터.

一章.
고자(鼓子) 세자

여름이 궁궐을 수놓았다. 바야흐로 일 년 중 가장 아름답다는 유월이 었다. 너른 동궐(東闕) 뒤로 한 폭 산수화처럼 수려한 산세가 우거졌다.

"아우, 더워. 무슨 부귀영화를 누리자고 이 고생이람. 이러다 타 죽겠네, 진짜."

창덕궁 후원에는 툴툴대는 여인의 목소리가 울려 퍼지고 있었다. 그녀의 부산한 발걸음을 따라, 궁녀임을 상징하는 짙푸른 치마폭이 요란하게 흔들렸다.

생과방 나인인 그녀의 성은 김이요, 이름은 순심. 방년 스무 살, 순심이 햇볕에 익어 불그레해진 뺨 위로 손부채질을 했다.

"연잎 따위 어디다 쓰려고 이런 해괴한 심부름을 시킨담? 생과방 에서 연잎이 필요할 까닭이 뭐 있다고. 어휴, 나는 왜 하필 상궁 마 마님 눈에 띄어서……."

순간, 오르막이 끝나고 눈앞에 펼쳐진 풍경에 순심의 입이 딱 벌 어졌다.

"히야, 극락이 따로 없네……."

후원 깊숙한 곳에 자리 잡은 아담한 연못, 관람지(觀纜池). 관람지의 비췻빛 수면 위로 희고 붉은 연꽃들이 만발했다. 그녀가 가쁜 숨을 고르자 청아한 연꽃 향기가 주변을 감쌌다.

"아우, 더워."

땀을 훔치던 순심이 투덜거렸다. 의복 안에 겹겹이 속곳들을 껴입은 터라 더워서 견딜 수가 없었다.

"나 혼자뿐인데 뭐 어때."

순심이 대뜸 치맛단을 무릎까지 걷어 올렸다. 치마 속에 감춰진 단속곳 아래로 뽀얀 종아리가 드러났다. 내친 김에 순심은 연못물을 손끝에 적셔 종아리를 톡톡 두드렸다.

"아으, 이제야 좀 살겠다!"

순심이 만족스러운 탄성과 함께 고개를 들어올렸다. 동시에 누군가와 눈이 마주쳤다.

연못 건너편에 자리 잡은 정자, 폄우사(砭愚榭). 폄우사의 툇마루 위에 사내 하나가 고요히 앉아 있었다. 백색에 가까운 연푸른빛의 의복을 입은 사내의 낯빛이 유난히도 창백했다. 그에게서는 이 세상 사람 같지 않은 서늘한 분위기가 풍겼다.

순심도, 사내도 모두 말이 없었다. 그의 무릎 위에 놓인 서책의 장이 연꽃바람에 펄럭였다.

"어, 어!"

걷어올려진 치마폭을 다급히 정돈하던 순심의 발이 못 근처 개흙에 미끄러졌다. 중심을 잡기 위해 버둥대던 그녀의 몸이 연못으로 곤두박질쳤다.

"꺄아악!"

첨벙! 요란하게 물이 튀었다.

"사, 살려주세요!"

발이 땅에 닿지 않았다. 나름의 사연이 있어 물이라면 질색하는 그녀였다. 공포심에 숨이 턱 막혔다.

"나리! 나리!"

요란하게 허우적대던 순심이 정자에 앉아 있던 사내를 불렀다.

"……나 말이냐?"

"제발 저 좀 구해주십시오! 소인 헤엄을 치지 못……."

꼬르륵, 말을 채 마치지 못한 순심의 몸이 다시금 물속으로 잠겨든다. 감히 궁궐의 연못에서 이 난리를 치다니 큰 벌을 받을지도 모르는 일. 하지만 일단 살고 보는 것이 먼저였다. 순심이 죽을힘을 다해 물 위로 고개를 쳐들었다.

그러나 그는 본체만체, 연못을 지나쳐 가버리는 것이 아닌가!

"어푸, 나, 나리!"

사내가 짜증스런 표정으로 고개를 돌렸다.

"어찌 그리 불러대느냐?"

"사, 살려주십시오! 나리!"

"시끄럽구나."

"나리, 제발, 저는 헤엄을……!"

목구멍으로 왈칵 물이 차올라 순심은 말을 잇지 못했다. 그런 그녀에게 아득히 들려오는 목소리.

"세 척 깊이도 채 안 되는 곳에서 무슨 소란이란 말인가."

그와 동시에 몸부림치던 순심의 발이 연못 바닥에 닿았다.

벌떡, 순심이 자리에서 일어섰다. 어처구니없게도 연못은 고작 허리 깊이밖에 되지 않았다. 물을 먹은 탓에 요란하게 기침을 하던 순심이 고개를 들었다.

"에……."

"발밑을 확인해볼 생각은 않고 고함을 치며 난동을 피우다니. 아둔하고 경망스럽기가 짝이 없구나."

냉랭한 말을 남기고 저벅저벅 멀어지는 사내의 뒷모습. 연푸른 옷 자락이 무성한 나뭇잎 사이로 사라졌다. 뒤에 남은 것은, 연꽃 만발한 연못 한가운데 불쑥 솟아난 순심 하나뿐이었다.

"에이취!"

"쯧쯧, 그렇게 좀 조심하지 그랬냐, 김순심."

"그 상황에서 갑자기 허연 사내가 나타났는데, 놀라지 않고 배겨? 얼마나 소름 끼쳤는데. 귀신인지, 사람인지 알 게 뭐람."

"귀신은 무슨. 영화당 구경을 간 성균관 유생이겠지. 과거시험이 열리는 곳이라 유생들이 자주 들락거린다더라."

"그럼 더더욱 몹쓸 일이지! 명색이 유생이라는 자가 처녀 종아리나 훔쳐보고……. 난 인제 시집은 다 갔어!"

순심의 볼멘소리를 듣던 구월이 기가 막히다는 듯 실소했다.

"연못 속에 넋이라도 두고 나왔냐? 궁녀 처지에 시집이라니, 이게 무슨 망발이람."

"말이 그렇다는 거지. 구월이 너, 자꾸 면박 주기야?"

순심이 시무룩한 표정으로 입술을 비죽 내밀었다.

"에이, 내가 언제? 나야 늘 김순심 편이지. 우리 생과방 예쁜이한테 그런 수모를 주다니. 망할 유생 같으니! 부디 고자나 되렴."

구월이라 불린 나인은 순심의 벗으로 수라간에 소속된 나인이었다. 순심과 구월은 십 년 전 같은 날 입궐한 데다 나이마저 스무 살 동갑이었다. 상궁처소에 더부살이하던 애기나인 시절부터 어엿한 처소를 갖게 된 지금까지, 그들은 늘 함께였다.

"그런데 순심이 넌 어쩌다가 그 먼 관람지까지 갔냐?"

"연잎 따러 갔다니까? 애련지 연꽃은 전하께서 아끼시는 거라 꺾으면 안 된다 들었거든."

"관람지에는 아무나 들어가도 되고? 내가 듣기로 거긴 세자 저하께서 공부하시는 곳인데."

구월의 말에 순심이 눈을 깜빡인다. 그러나 그것도 잠시.

"그럴 리가. 저하라면 곤룡포를 입으셨겠지. 허연 옷을 입고 있었대도."

"잊었냐? 세자빈께서 졸하신 지 얼마 안 됐잖아. 아직 세자빈 마노라의 상중이라고."

"에이, 설마……."

"그럼 내 하나만 묻자. 어떻게 생겼든?"

"목숨이 오락가락하는데 어찌 생겼는지 볼 여력이 어디 있어?"

"엄청난 미남자 아니든? 가만히 서 있어도 얼굴에서 빛이 나는……."

"미남자는 무슨. 멀어서 잘 보이진 않았지만 분명 씹다 뱉은 개떡처럼 생겼을 거야."

순심은 아직도 분이 가라앉지 않은 모양이었다. 뾰로통한 표정을 본 구월이 킬킬 웃었다.

"조선팔도에 용모로는 세자 저하를 따라갈 사람이 없다더라. 먼 발치에서 보았다는 나인이 말해주었는데, 얼굴에서 광채가 나는 것 같았대."

"광채? 대체 어떻게 생긴 얼굴이기에 그런 소리를 다 한대……."

"어머니가 천하의 절색 장희빈이었는데, 그 씨가 어디 갔겠냐? 당연히 미남이겠지."

"아, 그렇지. 잊고 있었어. 세자 저하의 어머니가 희빈 장씨라는 걸."

순간 살짝 열려진 문틈으로 휘잉 바람이 불었다. 오소소 소름이 돋아, 순심과 구월은 동시에 목을 움츠렸다.

"순심이 너도 들었지? 희빈 장씨가 어떻게 죽었는지. 그렇게 끔찍

할 수 없었다더라. 사약을 먹고 토한 피가 흘러 섬돌 아래 우물처럼 고였다던가⋯⋯."

장희빈이 사사(賜死)된 것은 까마득한 십여 년 전의 일. 그러나 장 씨의 참혹한 죽음에 대한 이야기는 여전히 전설처럼 떠돌고 있었다.

취선당(就善堂) 문짝을 뜯어 와 가슴팍을 눌러 발버둥치지 못하게 했다더라, 숟가락으로 억지로 입을 벌려 사약 세 사발을 들이부었다더라⋯⋯.

"생각해보면 세자 저하처럼 가여운 분도 없지. 다름 아닌 아버지가 어머니를 죽인 거잖아. 그뿐이냐? 부인마저 저리 허망하게 가고⋯⋯."

본래 병약하던 세자빈이 세상을 뜬 것은 올봄의 일. 말을 꺼낸 구 월은 물론 듣고 있던 순심마저 측은하다는 듯 혀를 끌끌 찼다.

"그러니 저하에게 광증(狂症)이 생긴 것도 무리는 아니지."

"광증? 미쳤다고?"

"쉿!"

혹여 누구라도 들을까 구월이 질색하며 손가락을 입에 가져다 댔다.

"세자빈께서 돌아가신 후부터 그리되셨는데, 낮엔 멀쩡하다가도 밤만 되면 속곳 바람으로 궁궐을 돌아다닌다는 거야. 상투를 풀어 헤치고선 보는 이마다 붙잡고 어머니를 구해달라 애원하신대."

"세상에, 어머니를 잊지 못해 그러나 보다⋯⋯."

잠시 순심은 비탄에 잠긴 미남자의 모습을 상상했다. 광채가 날 만큼 아름답다는 사내가 눈물을 흘리며 슬퍼하는 모습을.

"나도 세자 저하 얼굴 한 번만 뵀으면⋯⋯."

"순심이 네가 세자 저하는 봐서 뭐하게?"

"혹시 알아? 그러다 승은이라도 입어서 팔자를 고칠지?"

"아서라. 우리 같은 천것들은 가늘고 길게 사는 게 최고란다."

"얼마나 좋아? 고운 옷에 진수성찬에, 그 잘났다는 얼굴도 매일

볼 수 있고. 그깟 광증 따위 뭐 대수라고."

"흐음."

구월이 새삼스러운 눈길로 순심을 훑어보았다.

"하기야, 육처소[1]는 물론이고 지밀 궁녀를 통틀어서도 우리 김순심만 한 인물 찾기는 힘들 거야. 부엌간에서 부지깽이나 쑤셔대고 떡이나 빚기엔 참으로 아까운 얼굴이긴 하지. 암, 그렇고말고."

그럴싸한 표정으로 말을 잇던 구월이 김이 팍 샌 듯 한숨을 내쉬었다.

"그러면 뭐해. 임금께서는 오늘내일하는 노인네시고, 젊고 미남이라는 세자 저하께서는……. 어휴, 말을 말자."

"나는 괜찮다니까 그러네."

"미친 것만이 문제가 아니라니까. 미안하지만 세자 저하는 후궁을 둘 수가 없는 분이란다."

"그건 또 무슨 소리래?"

구월이 은밀히 목소리를 낮췄다.

"사약을 받기 전에 장희빈이 간청하기를, 마지막으로 세자 저하를 보고 싶다 했대. 측은한 마음에 세자를 모셔다드렸더니 갑자기 저하에게 달려들었다지 뭐냐. 그리고 '내 귀신이 되어서라도 이씨 왕가의 대를 끊어버리고야 말겠노라!'라고 악을 쓰며 손을 뻗어……."

허공을 향해 팔을 뻗은 구월이 손바닥을 펴더니, 보이지 않는 무언가를 꽉 움켜쥐어 비트는 흉내를 냈다.

"'그것'을……!"

"그것이라니. 뭐, 뭐야, 그게?"

순심의 재촉에, 구월이 대뜸 그녀의 귓가에 입을 가져다 댔다.

"세자 저하께서 글쎄……."

속닥속닥, 구월의 목소리.

---

1 지밀을 제외한 침방, 수방, 생과방, 소주방, 세답방, 세수간을 뜻함.

"에구머니나! 망측해라!"

순심의 낯빛이 처마 위에 솟아오른 초승달처럼 새하얘졌다.

'세자 저하께서…… 고자(鼓子)라니!'

아아, 승은을 입어 후궁이 되겠노라는 꿈은, 이번 생에는 틀린 걸로!

궁궐에 깊은 밤이 찾아왔다.

모두 깊이 잠든 시각. 풀벌레 소리만이 가끔 들려올 뿐 사방은 고요하기 짝이 없었다. 후원을 헤매고 다닌 데다 연못에 빠지는 난리까지 겪었던 순심 역시 쌔근쌔근 잠들어 있었다.

순간, 적막을 깨는 쿵! 소리. 순심이 번쩍 눈을 떴다.

"……구월아?"

구월의 이름을 부르던 순심은 이내 방 안에 혼자뿐이라는 사실을 깨달았다. 오늘은 구월이 번[2]을 서는 날이었던 것이다.

"이상한 소리가 난 것 같은데……."

통행이 금지된 시각이었다. 어쩌면 보초를 서는 금군의 소리일지도 모른다. 그러나 그냥 지나치기엔 무언가가 개운치 않았다.

순심이 조심스레 방문을 열었다. 선선한 밤바람이 훅 끼쳐왔다. 그때였다.

털썩!

'뭐, 뭐지……?'

허연 것이 방문 아래 나뒹굴었다. 반사적으로 튀어나오려는 비명을 순심은 가까스로 억눌렀다. 어둠 속에서도 선명하게 보이는 흰 것은 분명 사람의 옷자락. 이내 그것의 정체를 깨달은 순심의 등줄기에 오싹 소름이 끼쳤다.

분명 사람이었다. 그러나 사람은 사람이되 궁녀 처소에 절대 있어

___

2 당직.

18

서는 안 되는 사람, 허우대가 멀쩡한 사내였다!

"이, 이보시오……?"

한동안 숨을 쉬는 것조차 잊었던 순심이 가까스로 입을 열었다. 바닥에 엎어져 있는 탓에 사내의 얼굴은 보이지 않았다. 그러나 입고 있는 옷의 매무새로 보아 평복이 아닌 속곳 차림이라는 것을 알 수 있었다.

금남의 구역인 궁녀 처소 앞에 사내가 나타난 것만도 큰일인데, 심지어 속곳 바람이라니!

"우욱……!"

죽은 듯 늘어져 있던 사내의 몸이 경련하듯 크게 움직였다. 그의 입에서 무엇인가가 왈칵 쏟아져 나왔다.

"괘, 괜찮으십니까?"

당황한 순심이 급히 사내에게 다가가 물었다. 대답 대신 사내의 입에서 신음소리가 흘러나왔다. 그가 토악질을 한 자리에서 낯선 냄새가 났다. 아무래도 상태가 심상치 않았다.

"사람을 불러올 테니, 조금만 참으세요!"

제가 할 수 있는 일이 없다는 것을 깨달은 순심이 벌떡 몸을 일으켰다.

"제발, 어머니를……."

쓰러져 있던 사내가 갑자기 그녀의 손목을 붙잡았다. 몰골과는 달리 손아귀의 힘이 엄청나, 뛰어나가려던 순심은 그 자리에 풀썩 주저앉고 말았다.

"놓으시오! 감히 궁녀의 몸에 손을 대다니!"

순심이 발끈하며 소리쳤다.

"당장 놓지 않으면 소리를 지를 것이오! 금군을 불러……."

"……대감, 제발 어머니를 살려주시오."

사내의 눈에서 주룩 눈물이 흘러내렸다.

"내 이리 빌겠소. 어머니를 살려주기를 청하오. 그것이 아니 된다면 차라리 나도 함께 죽여주시오. 제발……."

그는 순심을 지체 높은 벼슬아치쯤으로 착각하고 있는 모양이었다. 흐느끼는 그의 모습이 너무나 처연하여 순심은 소리를 치려던 것마저 잠시 잊었다.

'미친 사람 같은데, 뭐 이리 불쌍하게 미쳤담…….'

바닥에 엎드려 서글프게 흐느끼던 사내가 힘겹게 상체를 일으켰다. 그제야 그의 얼굴이 투명한 달빛 아래 드러났다. 아무렇게나 풀어헤친 머리카락 사이로 드러난 창백한 얼굴을 마주한 순심의 입이 헤벌어졌다.

정녕 사내가 맞는 것일까?

여느 여인 못지않게 선이 곱고 아름다운 얼굴. 파리한 낯빛은 백지장처럼 희디희었다. 눈물 고인 처연한 눈동자는 체념이 감돌아 생기가 느껴지지 않았다. 흰 종이 위에 찍힌 정점처럼 붉은 입술이 잘게 흐느꼈다.

그러나 그 와중에도 눈이면 눈, 코면 코, 입술이면 입술……. 무엇 하나 정히 아름답지 않은 것이 없었다.

'이렇게 생긴 사람이 있다니…….'

멍하니 그의 얼굴을 바라보던 순심의 표정이 묘하게 일그러졌다.

"자, 잠깐……."

무언가 뇌리를 섬광처럼 스친다. 잠들기 전 구월이 들려주었던 이야기가 떠올랐다. 그들은 어떤 사내에 대해 퍽 긴 시간 대화를 나누었었다.

광증을 앓는다는 그 사내는 밤마다 온 궁궐 안을 쏘다닌다 했다. 낮에는 멀쩡한 차림으로 다니다가도 밤이면 속곳 바람이 된다 했다. 상투를 풀어 헤치고 다닌다 하였으며, 마주치는 이를 붙잡고 어머니를 살려달라 애원한다 했다. 또한 대단히 수려한 외모의 미남자라는 소문이 자자하였으니, 그것은 그의 어머니가 다름 아닌 경국지색 장희빈이기 때문이라고 했다.

순간 구월이 속닥대던 은밀한 풍문이 떠올랐다. 조선의 세자께서는 사내구실을 하지 못한다던 망측한 이야기가.

"그럼, 다, 당신이⋯⋯."

순심이 믿기지 않는다는 표정으로 눈앞의 사내를 올려다보았다.

"고자 저하⋯⋯? 아, 아니! 세자, 세자 저하!"

순심의 얼굴이 새하얗게 질렸다. 일개 궁녀 주제에 세자를 모욕하다니, 목이 뎅겅 잘려도 할 말이 없을 중죄였다.

그러나 다행히도 세자는 그녀의 망언을 듣지 못한 듯했다. 그는 무언가에 취한 사람 같았다. 초점 없는 눈동자는 허공을 응시했고, 손은 생명줄이라도 되는 듯 순심의 손목을 움켜쥐고 있었다.

"제발, 어머니를⋯⋯."

그의 입에서 간절한 애원이 흘러나왔다. 창백한 뺨을 타고 굵은 눈물줄기가 흘러내렸다. 그때였다.

"이쪽 말고는 달리 길이 없다! 샅샅이 찾아라!"

"예!"

"날이 밝기 전에 반드시 찾아야 한다!"

"예! 반드시 찾아내고야 말겠습니다!"

갑자기 들려오는 카랑카랑한 사내 목소리. 게다가 그 소리는 점점 가까워지고 있었다.

'저자들은 대체 누구지? 왜 세자 저하의 뒤를 좇는 거지?'

세자의 안위를 걱정하는 이들일 수도 있었다. 그러나 만에 하나 그를 해하려는 무리라면⋯⋯.

'세자 저하가 위험해!'

순심은 제 앞에 쓰러져 있는 세자를 내려다보았다. 결정을 내리는 데는 오랜 시간이 걸리지 않았다.

"저하."

그의 입에서 대답과 같은 나지막한 신음이 흘러나왔다.

"누군가 저하를 뒤쫓는 듯합니다. 일단 제 처소로 모시겠나이다."

순심이 세자의 팔을 잡아끌었다. 가까스로 그를 부축하였으나 건장한 사내의 몸은 예상보다 훨씬 무거웠다. 다리가 후들거렸다.

'조금만, 한 걸음만 더⋯⋯.'

순심은 끝내 젖 먹던 힘을 다해 문지방을 넘었다.

"아앗!"

다리에 힘이 풀리는 바람에 그녀는 그와 함께 이불 위에 나뒹굴었다. 순식간에 묵직한 몸이 순심의 위로 포개졌다. 그러나 그런 것에 신경 쓸 겨를이 없었다. 가까스로 그에게서 벗어난 그녀가 벌떡 일어나 방문을 꼭 닫았다.

달칵- 문을 닫자마자 간발의 차로 사내들의 목소리와 발소리가 들려왔다.

"이쪽에도 보이지 않습니다!"

"수정전(壽靜殿) 쪽으로 가자!"

"예!"

순심은 숨조차 제대로 쉬지 못하고 바깥의 소리에 귀 기울였다. 이윽고 사내들의 기척은 서서히 멀어져 들리지 않게 되었다.

"휴우⋯⋯."

긴장이 풀어진 순심이 안도의 한숨을 내쉬었다.

"저하⋯⋯?"

그제야 그녀는 세자가 미동하지 않음을 깨달았다.

"혹시⋯⋯ 죽으신 건 아니지요, 저하?"

숨소리마저 들리지 않는 듯하다. 순심이 걱정스러운 표정으로 그를 내려다보았다.

"으음⋯⋯."

그녀의 말에 대답이라도 하듯 그가 낮은 신음을 뱉었다.

"휴……. 다행이다."

용기가 난 순심이 죽은 듯 잠든 세자의 얼굴을 내려다보았다. 그의 눈꼬리에 매달려 있던 눈물방울이 뺨을 타고 흘렀다. 측은한 마음이 들어, 순심은 살며시 눈물을 닦아주었다.

'세상천지 이리 아리따운 사내가 또 있을까?'

왕세자 이윤. 세 살의 나이로 세자에 책봉된 주상 전하의 장자. 윤은 조선 역사를 통틀어 가장 유명한 여인을 어머니로 두었다. 취선당 장씨, 혹은 장희빈이라는 이름으로 불리는 여인. 일개 궁녀에서 후궁을 거쳐 중전의 자리에까지 올랐던 장옥정이 바로 윤의 생모였다.

그러나 화무십일홍(花無十日紅)- 열흘 붉은 꽃 없다 했던가. 장희빈은 끝내 지아비인 임금의 명에 의해 죽음을 맞았다. 그때 윤의 나이 고작 열넷이었다.

순심은 장희빈과 윤을 둘러싼 끔찍한 소문을 떠올렸다. 사약을 받기 전, 열네 살 난 아들의 몸을 해하며 어미가 내뱉었다는 무시무시한 말을.

'원통하고 또 원통하다! 이 원한을 갚고야 말리라! 내 귀신이 되어서라도 이씨 왕가의 대를 끊어버리고야 말겠노라!'

그것이 진실인지 거짓인지는 확실치 않았다. 그러나 장희빈의 죽음 이후, 궐 안에는 세자가 자손을 볼 수 없는 몸이라는 소문이 파다하게 퍼져 있었다.

윤은 궁궐의 법도에 따라 아홉 살 어린 나이에 가례를 올렸다. 퍽 긴 세월 부부의 연을 맺었으나 아기씨는 태어나지 않았다. 궁궐 사람들은 젊은 세자 부부 사이에 자손이 없는 것이 윤의 탓이라 굳게 믿었다.

올해 초. 병중이던 세자빈 심씨가 세상을 떠나고 윤은 동궁전에 홀로 남았다. 그가 이전에 없던 광증을 보이게 된 것도 그 무렵이었다.

'구월이 말이 맞구나. 정녕 핏줄은 속일 수 없나 보다.'

순심은 윤의 얼굴을 넋을 잃은 표정으로 바라보았다. 장인의 손길로 세심하게 매만진 듯한 얼굴. 수려하고 고상하다. 그러나 어떤 말로도 그의 아름다움을 모두 표현할 수는 없을 것 같았다.

유난히 창백한 살갗은 은은한 빛을 발하는 백자를 닮았다. 눈썹은 붓으로 힘 있게 그린 듯 우아한 선을 그렸고, 감은 눈꺼풀 아래 드리운 속눈썹은 길고 짙었다. 콧날은 순심이 스무 살 평생 본 사람 중 가장 높고 반듯하였으며, 입술은 붉은빛이 도는 데다 끄트머리가 살짝 치켜 올라가 잠든 와중에도 미소 짓는 듯하였다.

"아까부터 이게 무슨 냄새지?"

그의 용모에 취해 있던 순심이 코를 킁킁댔다. 냄새에 예민한 부엌간 궁인들 중에서도 순심은 유독 후각이 발달한 편이었다. 그런 그녀의 주의를 일깨우는 기이한 냄새가 윤의 숨결에서 희미하게 풍겨오고 있었다.

순심이 그의 입가를 향해 얼굴을 기울인 순간, 윤이 번쩍 눈을 떴다. 그가 그녀의 손목을 꽉 붙들었다. 이내 비호처럼 벌떡 일어난 윤이 자리에 앉았다.

"아앗!"

"이제야 잡았구나."

"무, 무엇을요? 아픕니다, 저하!"

"영빈의 첩자, 쥐새끼 같은 계집을 말이다."

"뭐, 뭐, 뭐라굽쇼?"

당황한 순심이 말을 더듬었다. 영빈이라 함은 전하의 후궁인 태화당(泰和堂) 영빈 김씨를 뜻하는 것일 터. 그러나 한낱 나인 나부랭이인 순심이 영빈과 같은 높은 이를 알 턱 없지 않은가.

"저하, 대체 무슨 말씀이신지……."

윤과 눈이 마주친 순심은 그대로 얼어붙어버렸다. 세상 가장 아름답다 여겼던 얼굴. 그러나 그의 눈동자에 감도는 기색이 범상치 않앉다. 핏발이 잔뜩 선 그의 눈에는 피 냄새를 맡은 맹수와 같은 광포한 빛이 서려 있었다.

'미치광이의 눈빛이다…….'

순심이 입술을 깨물었다. 구월과 대화를 나눌 때 대수롭지 않게 생각했던 말의 의미를 이제야 똑똑히 깨달았던 것이다.

세자는 미쳤다. 지금 그녀의 앞에 버티고 앉아 있는 세자는 미친 사람이었다.

"저하! 무, 무슨 생각을 하시는지 모르겠지만, 억울하옵니다! 오해십니다."

"오해라고?"

윤의 입꼬리가 비스듬하게 치켜 올라갔다.

"첩자가 아니다? 그렇다면, 어찌하여 낮부터 종일 나를 따라다닌 게냐?"

"낮이라니요? 저는 저하를 처음 뵈옵니다!"

"처음?"

윤의 눈이 가늘어졌다. 가소롭다는 듯한 웃음이 그의 입가를 따라 흘렀다.

"네 정녕 나를 바보천치로 아는구나. 낮에도 나를 따라왔지 않으냐? 연못에서 그 난장을 쳐놓고 감히 거짓을 고하다니!"

"연못이요?"

경멸이 가득한 눈초리, 말할 가치도 없다는 듯 오만한 어투. 그녀를 쏘아보는 세자의 냉혈한 모습이, 연못에 빠져 허우적댈 때 시야에 비치던 하얀 얼굴과 교차했다.

순심을 내버려두고 떠났던 이가 일개 유생이 아닌 조선의 세자 이윤이었다니!

"괘씸한 계집."

"저하! 억울하옵니다!"

"무엄하다! 내 분명 네 얼굴을 보았다. 반반한 낯짝을 하고 있어 한눈에 띄었지. 나를 눈뜬 소경 취급하려는 게냐? 연못에 빠졌던 것이 네년이 아니라고?"

"그것은 제가 맞사오나……. 저하를 따라간 것이 아닙니다! 소인은 그저 연잎을 따러……."

"연잎?"

윤의 입에서 신경질적인 웃음이 흘러나왔다.

"소란을 피운 것이 괘씸하였으나 따져 묻기 귀찮아 보아 넘겼거늘. 뭐? 연잎? 정녕 궁녀 따위가 일국의 세자를 능멸하느냐?"

"거, 거짓이 아닙니다. 저하, 부디 확인해주십시오! 생과방 염 상궁께 분부를 받았습니다. 후원에 가서 연잎을 꺾어 오라 하시기에 따랐을 뿐입니다."

"뻔뻔하기가 짝이 없구나. 하기야, 그쯤 되니 사내 앞에서 치마를 걷어 올리는 음탕한 짓도 할 수 있는 거겠지."

"저하!"

빈정대는 윤의 음성. 순심의 얼굴이 새하얗게 질렸다. 그러나 그의 행동에는 거침이 없었다.

"그래, 네가 바라는 것이 이것인가?"

드득, 옷고름이 허망하게 뜯겨 나갔다. 윤의 저고리가 바닥에 내팽개쳐졌다.

"자, 나는 준비가 되었다. 그러니 나를 유혹하여보거라."

"저하……."

"유혹해보란 말이다. 감히 내 명을 거역하느냐?"

억울함이 북받쳐, 순심의 눈에서 눈물이 뚝뚝 떨어졌다.

"어찌 이러실 수 있습니까? 저하의 뒤를 좇는 자들이 있었단 말입

니다! 소인 죄를 짓기는커녕 저하를 구하고자 최선을 다했는데, 어
찌 제게……."

"내 뒤를 쫓는 자?"

윤이 황당하다는 듯 피식 웃었다.

"잘도 거짓을 나불대는구나. 감히 누가 궁궐 안에서 세자를 뒤쫓
는단 말인가."

"저하!"

선의에 대한 보답이 고작 이런 것이던가. 기가 막혀 순심은 한동
안 말을 잇지 못했다.

"좋다. 첩자가 아니라면, 내가 세자라는 사실을 어찌 알았단 말이냐?"

"그것은, 궁인들 사이에 떠도는 말이 있어……."

"떠도는 말이라니?"

꼴깍, 순심이 침을 삼켰다.

"그, 그러니까……."

저하가 미친놈이라고요- 라고 말할 수는 없는 노릇. 순심이 후, 숨
을 고른다. 소문을 곧이곧대로 전해 세자의 노여움을 사든, 첩자라는
누명을 쓰든 결과는 달라지지 않을 것이 분명했다. 어차피 궁녀의
목숨 따위 파리만도 못한 곳이 궁궐 아닌가.

"밤이 되면 속곳 차림으로 궐 안을 돌아다니신다 하였고, 머리를
풀어 헤치고 다니신다 하였고……."

"그리고?"

"실어증을 앓으신다는 소문도 있었고, 과, 광증이 있다는 말도……."

"온통 흉한 소리뿐이로구나."

"아, 아닙니다. 궁인들은 저하를 일컬어 조선 제일의 미남자라 말
합니다. 저 역시 그 말을 들은 까닭에 저하를 알아보았던 것입니다."

"흠. 그리고 또?"

"또……. 으음……."

순심이 잘근 입술을 깨물었다. 이제 남은 것은 하나뿐. 그러나 그
것은 죽을 각오를 했다손 쳐도 감히 입에 담을 수 없는 말이었다.

"내가 사내구실을 할 수 없는 처지라 수근덕대더냐?"

"……."

끝내 가타부타 대꾸하지 못한 채, 순심은 큰 죄라도 지은 양 고개
를 떨어뜨렸다.

"영빈 자가와 노론(老論) 대신들이 쑥덕대며 조롱하는 것을 내 모
르지 않았다. 그러나 이제 일개 궁인들까지 나를 웃음거리로 여기고
있단 말인가."

갑자기 윤이 날카로운 웃음을 터뜨렸다.

"그래……. 궁궐 안 모든 이들이 그리 알고 있다는 게지?"

"저하……."

"내가 고자라고?"

"……."

"내가 고자라니……. 하하!"

불현듯 윤의 입에서 날카로운 웃음소리가 튀어나왔다. 그러나 그의
표정은 조금도 즐거워 보이지 않았다. 오히려 그는 고통스러운 듯한
얼굴이었다. 그의 신경질적인 웃음소리는 쉬이 멈추지 않았고, 바닥에
납죽 엎드린 순심은 감히 숨소리조차 내지 못했다.

그사이, 문밖은 희끄무레하게 밝아오고 있었다.

순심이 쓰러진 윤을 발견했던 시각, 창경궁 저승전(儲承殿)[3].

"상검아! 상검아!"

동궁전의 한편에 위치한 작은 방의 문이 덜컥 열렸다. 이내 이불

---

3 창경궁에 위치해 있던 전각으로, 당시 동궁전으로 쓰였다.

을 뒤집어쓰고 있던 소년 하나가 발딱 자리에서 일어섰다. 말간 얼굴은 비몽사몽, 눈에는 잠이 그득하다. 그러나 소년은 냉큼 이불을 걷어내고 머리를 조아렸다.

"예, 상전(尙傳)[4] 나리. 찾으셨사옵니까?"

"상검아, 어서 의복을 입어라."

"아, 또요……?"

"그래, 어서!"

배가 불뚝 튀어나온 중년의 사내와 기껏 열대여섯이나 먹었을까 싶은 소년. 그들에게는 뚜렷한 특징이 있었으니, 사골국물처럼 뽀얀 살빛과 사내라기엔 다소 높은 음조의 목소리가 그것이었다.

왕명을 전달하는 직책인 '상전'으로 있는 나이 지긋한 쪽은 윤이 걸음마를 하던 시절부터 곁에서 보필하던 문 내관. 나이가 어린 쪽은 입궐한 지 이제 갓 사 년, 아직도 가끔 제가 내시라는 사실을 까먹곤 하는 소년 환관 박상검이었다.

근래 들어 세자의 광증은 발병이 빈번해졌고 밤중에 홀연히 사라지는 일 역시 잦았다. 잡다한 잔심부름 외에 은밀히 윤을 찾아내 동궁으로 모셔오는 것이 상검의 일이었다.

창경궁을 헤매던 그들은 함양문[5]을 지나 궁녀 처소 근처에 이르렀다.

"이쪽 말고는 달리 길이 없다! 샅샅이 찾아라! 날이 밝기 전에 반드시 찾아야 한다!"

"예! 반드시 찾아내고야 말겠습니다!"

그러나 문 내관과 상검의 애타는 마음이 무색하게도 세자의 자취는 오간 데가 없다. 시간은 무심히 흘러 서서히 동녘이 밝아오고 있었다.

"문 내관 나리, 혹시 저하께서 궁녀 처소 안에 계신 것이 아닐까요?"

---

4 정사품 환관직.

5 창덕궁과 창경궁을 잇는 문.

"무어라?"

"오만 데를 뒤졌는데도 옷자락 하나 비치지 않으시니, 방 안에 계신 것이 아닌가 하여……."

"예끼! 이놈아. 감히 어찌 그런 소리를!"

문 내관이 불호령을 내렸다.

"어찌 그런 망발을 해? 지금이 어떤 때인데!"

"그, 그거야 세자빈 마노라의 상중……."

"그래! 세자빈께서 졸하신 지 얼마나 됐다고 그런 말을 입에 담는 게냐? 저하께서 마노라의 상중에 여인을 가까이하실 분이더냐?"

"그런 것은 아니지만……."

꾸지람을 듣던 상검이 고개를 갸웃했다.

"나리, 잠시만요!"

"어찌 그러느냐?"

"어디선가 사내 목소리가 들리는 것 같지 않습니까?"

"궁녀 처소에서 어찌 사내 목소리가 난다는 것이냐?"

"분명 들었는데……. 저하의 음성 같았습니다. 한번 확인이라도 해보시는 게……."

"확인은 무슨! 저하일 리 없다지 않느냐?"

문 내관이 버럭 성을 냈다. 상검이 기어 들어가는 목소리로 고했다.

"하지만 저하가 아니라 해도, 궁녀 처소에 사내가 출입하는 것은 중죄 아닙니까?"

"일개 환관 나부랭이가 다른 궁인의 죄를 밝혀 무얼 할 것이냐? 궁궐 안에서는 쥐 죽은 듯 사는 것이 최선이다. 내 늘 뭐라 가르쳤느냐?"

사람 좋아 보이는 외모와 달리 문 내관은 날카로운 눈빛으로 상검을 노려보았다.

"항상 눈을 감고, 귀를 막고, 입을 닫으라 하셨습니다."

"그래. 이번 일 역시 그리하면 된다. 애먼 데 신경 쓰지 말고 어서 저하를……."

그때였다. 나인전의 적막을 깨는 신경질적인 목소리.

-내가 고자라니! 하하하!

"나, 나리, 틀림없는 저하의 음성입니다!"

세자를 업어 키운 문 내관이 윤의 목소리를 모를 리 만무한 일. 상검의 말이 채 끝나기도 전에 문 내관은 육중한 몸을 이끌고 나인전으로 돌진했다. 그가 왈칵 문을 열어젖혔다.

"저하!"

문 내관과 상검의 눈에 들어온 것은 납죽 엎드려 있는 젊은 궁녀 하나. 그리고 헐벗은 윤의 모습이었다.

"저하! 저하! 밤새 얼마나 찾아 헤맸는지 아십니까? 잠 한숨……."

"쉿! 목소리가 크다!"

문 내관이 급히 상검을 제지했다. 세자가 궁녀에게 승은을 내리는 일은 왕실 역사에 드물지 않았다. 그러나 윤은 평생 궁녀는커녕 세자빈마저 멀리해온 금욕적인 사람 아닌가. 더군다나 세자빈이 세상을 떠난 지 고작 백 일 남짓, 시기가 좋지 않았다.

"상검아, 밖에 나가 오는 사람이 없나 망을 보거라."

"예, 나리."

상검이 재빨리 방에서 물러나며 문을 닫았다. 문 내관이 목소리를 낮추어 윤에게 고했다.

"저하, 궁녀 처소에 드실 일이었으면 미리 언질이라도 주셨어야지요."

"음. 밤 산책을 하던 중에 갑자기 토악질이 올라와 그리되었다."

"토악질이요? 새로 올린 연잎차가 맞지 않아 탈이 나신 겐지……."

"연잎차?"

윤이 되물었다. 오늘에만 두 번째 듣는 '연잎'이란 말이 귀에 거슬린 탓이었다.

"예, 침소에 드실 때 올린 차 말입니다. 생연잎으로 달인 차가 불면증에 좋다 하여, 생과방에 일러 특별히 준비한 것입니다."

"……."

문 내관의 말이 떨어진 순간, 순심이 고개를 번쩍 들었다.

연잎을 따러 가야 했던 이유가 저것이었다니. 애당초 세자가 아니었다면, 그녀는 후원에 갈 이유조차 없었던 것이다!

"저하! 들으셨습니까? 연잎 말입니다! 저는 거짓을 고한 것이 절대……."

"어허! 감히 어느 안전이라고."

문 내관이 '쉿!' 소리를 내어 말허리를 자른다. 순심이 당황하여 입을 꾹 다물었다. 그때였다.

"저하!"

갑자기 윤의 몸이 휘청했다. 맹렬한 두통이 엄습하여 윤의 머릿속을 헤집었다.

"저하!"

"……소란 피울 것 없다."

"또 같은 증상이십니까? 이를 어찌……."

문 내관의 급히 윤을 부축했다.

"알지 않느냐. 곧 괜찮아진다. 잠시만……."

윤의 얼굴이 고통으로 일그러진다.

조선의 왕세자가 괴상한 광증에 시달리기 시작한 것은 초봄부터의 일. 증상은 늘 한결같았다.

깊은 밤, 그는 속곳 바람으로 침소를 뛰쳐나갔다. 궁 일대를 배회하던 윤은 열네 살로 되돌아간 듯 오가는 궁인들을 붙잡고 어머니를 살려달라 애원하곤 했다. 때로 그는 분노에 찬 미치광이가 되어 울부짖었다. 날이 밝을 즈음이면 정신이 들었지만, 동시에 지독한 두통이 찾아와 그를 괴롭혔다. 누구도 이 기괴한 병증의 원인을 알지 못했다.

"저하, 불편하셔도 일단 동궁전으로 돌아가셔야 하옵니다. 이러다 문안에 늦으시면 큰일입니다."

눈을 감고 있던 윤이 가까스로 입을 열었다.

"……그래. 알겠다."

"의복 먼저 입으시옵소서, 저하."

윤이 바닥에 내팽개쳐져 있는 저고리를 흘낏 보았다.

"토악질 탓에 옷을 버려 입을 수가 없구나."

"송구하오나, 급한 대로 이것을 걸치시옵소서."

문 내관이 서둘러 내관복을 벗었다. 윤이 의복을 입는 사이, 문 내관의 시선은 순심에게 향했다.

세자가 동궁전 소속이 아닌 궁녀에게 승은을 내리는 것은 때에 따라 큰 비난을 감수해야 하는 일. 주상께서 어떤 반응을 보이실지 몰라 벌써부터 등골이 서늘했다.

"저하. 아뢰옵기 송구하오나 육처소 나인인 듯한데 어쩌자고 승은을……."

"승은?"

"예. 여인을 원하신다면 동궁전에도 궁녀가 많지 않습니까."

"승은이라니? 아니다. 아무 일 없었느니라. 내전이나 내명부에 알릴 필요 없다."

"아……."

문 내관이 안도의 한숨을 내쉬었다. 그러면 그렇지. 아무리 무정한 관계였을지언정 세자빈의 상중에 궁녀를 취하실 저하가 아니다. 그러나 문득 못내 아쉽다.

'역시 저하께서는 사내구실을 못하시는 겐가.'

이제 문 내관의 할 일은 하나. 소요를 없었던 일로 되돌리는 것뿐이었다.

"궁녀는 이름이 무엇이며, 어느 처소에 속해 있는고?"

"기, 김가(家) 순심이라 하옵고, 생과방 나인이옵니다."

"김가? 그래. 김가야, 내 한 가지 이르겠으니 잘 듣도록 해라."

"예, 나리."

힐끔, 문 내관이 문 쪽을 보았다. 새벽이 푸르다. 그러나 파루[6]가 울릴 때까지는 여유가 있었다.

"오늘 밤 있었던 일을 모두 잊어라. 김가 너는 세자 저하를 뵌 적도, 함께 있었던 적도 없는 것이다. 알겠느냐?"

"아, 알겠습니다."

"명심하라. 눈을 감고, 귀를 막고, 입을 닫아라."

순심이 슬쩍 고개를 들었다. 퉁퉁한 촌부처럼 보이던 그의 싸늘한 음성에 등줄기가 오싹해졌다.

"그리해야만 목숨을 부지할 수 있을 것이다. 알아들었느냐?"

"예, 나리. 절대 오늘 밤 일을 발설치 않겠습니다. 부디 살려주십시오."

첩자라는 누명을 쓰고 밤새 수모를 당한 그녀였다. 결백이 밝혀지는가 싶어 안심했더니 이번에는 목숨을 끊겠다며 겁박하는 것인가. 설움이 복받쳐 목 언저리가 시큰했다.

문 내관이 재차 입단속을 하는 사이, 윤의 시선이 순심에게 닿았다.

'죄 없는 일개 나인일 뿐인 것을. 생사람을 잡아 괴롭혔구나.'

순심의 가냘픈 몸뚱이는 덜덜 떨리고 있었다. 이를 보는 윤의 표정은 침울했다.

'일국의 세자라는 자가 힘없는 여인을 겁박하다니.'

비겁하고 치졸하다. 죄책감이 밀려왔다. 그러나 윤은 애써 시선을

6 통행금지의 해제를 알리는 북소리.

돌리며 회피했다.

'내 목숨 하나 부지하기도 쉽지 않다…… . 궁녀에게 신경 쓸 여력이 어디 있단 말이냐. 문 내관의 말이 옳다.'

순간 다시금 찌르는 듯한 두통이 찾아왔다. 윤이 이를 악물었다. 광증의 말미에 엄습하는 두통. 이는 그의 정신이 맑아졌음을 의미한다. 포악하던 윤은 사라졌다. 널뛰듯 질주하던 감정은 언제 그랬냐는 듯 가라앉았다.

"저하, 어서 가시지요."

윤이 순심을 스쳐 지나가던 찰나.

"저하."

순심의 부름에, 윤이 고개를 돌렸다.

"할 말이 있느냐?"

"…… ."

순심이 입술을 달싹거린다. 입안에서 수많은 말들이 아우성쳤다. 억울하다. 원통했다. 미안하다는 말 한마디나마 들어야 살 수 있을 것 같았다.

그러나 두려웠다. 궁녀라는 신분이 얼마나 미천한 것인지 똑똑히 깨달은 밤, 제 목숨줄이 끊길까 너무나 두려웠다. 그런 까닭에 순심은 끝내 입을 열지 못했다. 그저 젖은 눈으로 윤을 바라볼 뿐.

그때, 멀찍이서 들려오기 시작한 묵직한 소리. 둥! 둥! 통행금지가 해제되었음을 알리는 파루의 북소리가 궁궐의 새벽을 깨웠다.

"저하, 어서요! 궁인들이 돌아다니기 전에 어서 돌아가셔야 합니다!"

문 내관이 다급히 문고리에 손을 올렸다. 그와 동시에 쿠당탕! 요란한 소리와 함께 방문이 활짝 열렸다.

"누, 누구냐!"

"……그러는 댁들은 대체 누구슈?"

문간에 떡 버티고 선 시커먼 그림자. 그것은 순심의 벗이자 이 방의 또 다른 주인인 구월이었다.

수라간에서 밤새 번을 선 구월은, 파루가 울리기만을 기다린 끝에 지친 몸을 이끌고 퇴청했다. 한시라도 빨리 쉬고 싶은 마음에 처소로 달려왔는데, 방문 앞에 앉아 끄덕끄덕 졸고 있는 괴이쩍은 사내를 발견했던 것이다. 다름 아닌 망을 보다 잠들어버린 내관 상검이었다. 뒤늦게 정신을 차린 상검이 그녀를 막아섰으나, 구월은 작은 체구답지 않게 힘이 장사인 나인이었다.

"이게 무슨 개뼈다귀야? 썩 꺼지라!"

구월이 힘껏 팔을 휘두르자 비리비리한 상검은 저만치 밀려나 나동그라지고 말았다.

"순심…… 아……?"

"흐흑, 구월아!"

구월의 얼굴이 경악으로 물들었다. 어찌하여 사내가, 그것도 둘씩이나 궁녀의 방에 들어와 있단 말인가!

둘 중 나이가 지긋한 쪽은 이마에 '나 내시'라고 써 붙인 양, 누가 봐도 내관인 중늙은이. 또 다른 사내는 놀랄 만큼 미모가 출중한 젊은이로, 그 역시 내관복을 걸치고 있는 것으로 보아 내시임이 분명했다.

늙은 내관, 미남 내관, 거기에 밖에 있던 비리비리한 내관까지. 대체 내관 셋이 짝을 이뤄 궁녀 처소에 난입할 까닭이 무어란 말인가?

그러고 보니 몇 년 전, 하급 환관 둘이 비어 있는 상궁 처소에서 패물을 훔쳐 간 사건이 있었음이 기억났다. 게다가 마침 그제는 녹봉을 지급받는 날 아니었던가.

'도적놈들이로구나!'

구월은 순식간에 답을 내렸다.

"도둑이다! 도둑이 들었다! 이보시오, 사람 살려! 도적패가 궁녀 처소에 들락거린다! 사람 살려!"

"이, 이보게!"

"도둑이다! 도둑 잡아라!"

"구, 구월아! 그게 아니야!"

문 내관과 순심이 다급히 손사래를 쳐보지만 이미 늦었다. 쩌렁쩌렁하여 파루 소리보다 열 배는 우렁찼던 구월의 목소리는 새벽 나인 전의 고요를 깨버렸으니-

"도적이다! 도적패가 나타났다!"

"나인 처소에 도둑이 들었대!"

"순심이랑 구월이 처소에 도둑이 들었단다!"

"도둑이랑 구월이 처소에 순심이 들었단다!"

일렬로 늘어선 방문들이 일제히 열리며 눈곱도 채 떼지 못한 궁녀들이 쏟아져 나왔다. 버선발로 뛰쳐나온 나인들이 순심의 처소 앞으로 구름처럼 몰려들었다.

"이, 이 일을 어찌……."

평정을 잃는 일이 드문 문 내관마저 망부석처럼 얼어붙었다. 개떼처럼 모여든 궁녀들은 문 내관과 윤을 손가락질하며 도적이라고 소리치고 있었다.

"다른 곳도 아닌 궁궐 안에 도적이라니!"

"저 중늙은이 도적놈의 배를 좀 봐! 사람의 배가 저렇게까지 불룩하다는 게 말이 되니? 필시 옷 속에 쌀이며 옷감을 숨겼을 거야!"

"키가 장대 같은 도적놈은 대체 뭐지? 수라간에 널어놓은 미역도 아니고 머리 꼴이 저게 뭐람?"

십수 명의 궁녀들이 순심의 방 앞을 포위한 탓에, 윤과 문 내관은 그야말로 이러지도 저러지도 못하는 상황에 처해 있었다.

"줄을 서시오! 아, 아니, 비키시오!"

구월에 의해 밀려나 나뒹구는 통에 댓돌에 머리를 찧었던 상검이 그제야 자리에서 일어섰다. 궁녀들의 뒤로 배꼼 솟아오른 상검의 얼굴을 본 문 내관의 얼굴이 새하얗게 질렸다.

'안 된다, 상검아. 안 돼!'

그러나 문 내관의 간절한 바람은, 그야말로 바람결에 흩날리고 말 것이었다.

"저분은 도적이 아닌 왕세자 저하입니다! 세자 저하와 상전 나리란 말입니다! 그리고, 상전 나리의 배는 원래부터 저랬다고요!"

상검의 또랑또랑한 목소리에, '도둑이다!'라고 외치던 나인들 모두가 꿀 먹은 벙어리가 된 듯 입을 다물었다. 순심의 방에 있는 저 사내가, 정녕 내관이나 도둑이 아닌 세자 저하란 말인가! 그 말인즉슨-

"순심이가……."

눈이 휘둥그레진 구월이 중얼거렸다.

"승은을 입었구나!"

* * *

저승전 안쪽, 왕세자의 침전.

"저하."

동궁전으로 돌아오자마자 다시 외출하여, 한참 후에야 돌아온 문 내관이 윤의 침소에 들었다.

"어찌 되었느냐?"

"제조상궁과 이야기를 마치고 왔사옵니다. 다행히 모두 부엌간 나인들이라 입단속이 어렵지는 않을 듯합니다. 곧 잠잠해질 것이니 크게 괘념치 마옵소서."

"그러한가."

무심한 대답. 문 내관이 걱정스러운 표정으로 윤을 바라보았다.

"저하, 달리 마음에 저어되시는 일이 있으시면……."

"아니다."

윤이 말허리를 잘랐다.

"예, 저하. 걱정되어 드린 말씀일 뿐입니다. 승은도 입지 않은 여인을 어찌 승은궁녀로 삼겠나이까? 소인이 일을 잘 처리하고 왔으니 마음 쓰지 마시옵소서, 저하."

"음."

윤이 문밖으로 시선을 돌렸다. 동궁전 뒤뜰에 심어놓은 감나무며 개복숭아 나무의 무성한 잎새들이 햇빛을 받아 반짝거리고 있었다. 광증이 발병한 날이면 으레 그렇듯 노곤하여 윤은 미간을 찌푸렸다. 휴식이 간절했으나, 그에게는 묻고 싶은 것이 있었다.

"궁녀는 어찌 되느냐?"

"궁녀는……."

문 내관은 잠시간 머뭇거렸다. 그가 흘낏 윤의 얼굴을 살폈다. 그러나 윤의 표정은 여느 때처럼 동요 없이 담백했다.

"제조상궁도 이런 일은 처음 겪는다며 꽤 고심하더이다. 하나 저하와 밤을 보낸 여인을 그대로 생과방에 둘 수는 없다 하여, 결국 결정을 내렸습니다."

"어떤 결정을 내렸느냐?"

"궁녀를 출궁시키기로 하였습니다."

"궁에서 내보낸다?"

"예, 저하. 알아보니, 비록 공노비는 아니나 달리 가족이 없는 처지더이다. 기왕 내보내는 김에 최대한 한양에서 먼 지방으로 보내라 이야기하였습니다. 잘 해결했으니 심려치 마소서."

"으음."

윤의 미간에 가느다란 주름이 갔다.

"문 내관, 내 물을 것이 있다."

"예, 저하. 하문하시옵소서."

"어젯밤, 내 뒤를 쫓는 자들이 있었다 하더구나."

"예에? 저하! 대체 그것이 무슨!"

문 내관의 눈이 통방울처럼 커졌다.

"저하, 아무리 정쟁이 있다 한들 이곳은 궁궐이옵니다! 감히 누가 궁궐 안에서 저하의 뒤를 쫓을 수 있단 말입니까? 대체 누가 그런 이야기를……."

"간밤의 궁녀가 그리 말하였다. 나를 뒤쫓는 이가 있어, 구하기 위해 처소로 데려간 것이라고."

"궁녀가요? 같은 시각에 소인과 상검이가 그 근처를 돌아다니고 있었습니다. 수상한 자들이 있었다면 못 보았을 리가……."

문득, 무언가 떠오른 듯 문 내관이 덧붙였다.

"궁녀의 방 근처를 계속 헤매었으니, 소인의 목소리를 듣고 그리 착각한 것일 수도……."

하아, 윤의 입에서 맥 풀린 한숨이 흘러나왔다.

그는 연못에 빠진 순심을 하찮게 여기며 무시하고 떠났다. 그러나 순심은 위험에 빠진 윤을 내버려두지 않고 구해주고자 했다. 그럼에도 윤은 순심에게 사과나 감사를 전하기는커녕 입을 막는답시고 그녀를 내쫓으려 하고 있는 것이다. 비겁하다. 스스로가 혐오스러울 만큼 치졸한 행동이었다.

"저하, 어찌 그러십니까?"

"……아니다."

"예, 소인 이만 물러가도록 하겠습니다. 잠시 눈이라도 붙이시옵소서. 어전회의 시각에 맞추어 깨워드리겠나이다."

"알았다."

문 내관이 조용히 뒷걸음질 쳐 자리에서 물러났다. 세자의 표정이 어두운 것이 못내 마음에 걸린다. 문득 그는 새벽에 보았던 궁녀의 얼굴을 떠올렸다. 사내라면 누구든 한 번쯤 뒤돌아볼 법한 얼굴. 궁녀는 자못 아름다웠다.

그러나 지나친 것은 무엇이든 독이 되는 법이다. 여인의 미색 역시 다르지 않았다. 세자의 어머니인 희빈 장씨가 몰고 왔던 피바람이 바로 그 증거 아닌가.

'궁녀를 출궁시킨다는 말씀은 드리지 말 것을 그랬나……'

문 내관이 고개를 저었다. 세자 이윤이 누구던가. 여인에게 관심이라고는 없는 탓에, 고자라는 불경한 소문의 주인공이 되고 만 그였다. 그가 이십여 년간 모셔온 세자 저하는 한낱 평범한 나인에게 마음 쓸 분이 아니었다.

절대, 그럴 분이 아니었다.

창덕궁 선정전(宣政殿)[7] 안에서는 어전회의가 한창이었다.

높다란 용상에 앉은 이는 조선의 열아홉 번째 임금 이순(李焞)[8]. 그러나 임금은 눈을 감은 채 꾸벅꾸벅 졸고 있었다.

그가 보위에 오른 지 어언 44년. 안질과 노환으로 고생하고 있는 임금은 날이 더워지면서 부쩍 기력을 잃었다. 신료들과 국정을 논하고 상소를 처리하는 것은 임금의 발치에 앉아 있는 세자 윤의 몫이었다.

윤이 대리청정을 시작한 지 일 년이 지났다. 나랏일을 돌보는 데 늘 긴장을 늦추지 않았던 그였다. 그러나 오늘만은 도무지 집중이 되지 않는다. 물론 이는 간밤의 소동 탓이었다.

"저하, 신 영의정 김창집 아뢰옵니다."

---

7   창덕궁의 편전.
8   훗날의 숙종(肅宗).

"……."

"저하."

딴생각에 잠겨 있던 윤이 고개를 들었다.

"세자빈께서 졸하신 지 백여 일이 지났습니다. 어서 간택령을 내리심이 옳을 줄 아뢰옵니다."

"……음."

벌써 백 일이 넘었던가. 윤은 세상을 떠난 세자빈을 떠올린다.

윤은 궁궐의 법도에 따라 아홉 살 어린 나이에 세자빈 심씨와 혼인했다. 소년 시절에도 세자는 유난히 말이 없었고, 세자빈은 그런 그를 몹시 어려워했다. 어린 시절에도, 나이를 먹은 후에도 부부 사이는 좀처럼 가까워지지 않았다. 그는 입춘 즈음 세상을 떠난 세자빈과 다정한 말 한마디 나눠본 기억이 없었다.

"아직 기년복[9]도 벗지 않았습니다. 너무 빠르지 않습니까?"

"저하. 저하의 춘추가 결코 적지 않으십니다. 그럼에도 후사가 없으시니, 당장 이보다 급한 일이 무어 있겠습니까?"

"하나, 법도에 따라……."

"세자."

뒤편에서 들려오는 낮게 잠긴 음성. 윤이 말을 멈추었다. 임금께서 잠에서 깨어난 것이다.

"영의정의 말이 지당하다. 더 이상 간택을 늦출 수 없으니 그리 알라."

대답할 틈조차 주지 않고 임금은 말을 이었다.

"영의정."

"예, 전하."

ㄱ)"세자빈을 간택하는 일을 즉시 예관으로 하여금 시행하도록 하라."

---

9 일 년간 입는 상복.

대리청정을 하고 있지만 중한 것은 임금의 뜻이다. 세자는 결코 금상(今上)의 뜻을 거스를 수 없었다.

"분부 받잡겠사옵니다. 법도에 따라 가례도감을 설치하고 삼간택을 열어……."

영의정이 늘어놓는 말들을 윤은 한 귀로 흘려보냈다. 어차피 세자빈의 간택에 세자는 관여할 수 없었다. 설령 결정권이 있다 해도 그는 신경 쓰지 않았을 것이다.

'세자빈이 죽은 지 얼마나 지났다고, 벌써 간택령이라니.'

누군가는 세상을 떠난 부인에 대한 사랑이 지극하다 여길지 모른다. 그러나 그가 간택에 반대한 것은 세자빈을 잊지 못해서가 아니었다.

'어느 집의 여식일지 모르나, 참으로 안되었다.'

이는 과거에 그러하였듯 장래의 세자빈에게도 죄책감을 느끼기 때문이었다. 누가 간택되든 가여운 세자빈은 평생 지아비에게 외면당한 채 홀로 생을 보내게 될 것이다. 그는 결코 누구도 사랑하지 않으리라 굳게 맹세한 몸이기 때문이었다.

"더 이상 용무가 없으면 이만 파하도록 하라. 오늘따라 피로하구나."

"예, 아바마마."

임금은 내관들의 부축을 받으며 선정전을 떠났다. 이내 회의를 정리한 윤 역시 자리에서 일어났다. 선정전 복도를 지나는 윤의 뒤를 문 내관이 따랐다.

"저하, 동궁으로 돌아가십니까?"

"……."

윤은 대답하지 않았다. 그저 무심히 걸음을 옮길 뿐이다. 침묵을 무언의 긍정이라 여긴 문 내관 역시 군말 않고 세자의 뒤를 따랐다.

그런데 무언가가 이상했다.

"저하, 어찌 이쪽 길로 가십니까?"

"문 내관."

"예, 저하."

"잠시 산책할 것이니, 궁인들과 함께 물러가라."

"어디를 가시기에……."

세자는 여전히 묵묵부답. 달리 방도가 있으랴. 문 내관이 뒤를 따르는 동궁전 궁인들에게 이른다.

"돌아가자. 저하께서 모두 물러가라신다."

"어찌 이럴 수가 있어……?"

제 앞에 놓인 하얀 보따리를 내려다보던 순심이 왈칵 울음을 터뜨렸다.

"어찌 이럴 수가 있냐고! 흐흑……."

대체 무엇을 잘못했단 말인가? 죄가 있다면 세자를 구해준 것밖에 없었다.

"눈을 감고, 귀를 막고, 입을 닫으라며? 그러면 살려준다며! 어찌 내게 이럴 수가 있어? 어찌 그리 손바닥 뒤집듯 말을 바꿀 수 있는 거냐고……."

출궁. 궁궐을 떠나라는 청천벽력 같은 통보. 분하고 억울했다.

순심은 태어나 열 살이 될 때까지를 한성에서 보냈다. 어린 시절은 과히 행복하지 않았다. 어린 나이에 그녀가 겪은 모진 일들을 남들은 감히 상상도 할 수 없으리라. 우여곡절 끝에 궁녀가 되어 입궐한 순간부터 순심은 바깥의 기억을 모두 버렸다. 되돌아가고 싶지 않았다. 그녀는 단 한 번도 궁궐 담장 너머 바깥세상을 그리워해본 적 없었다. 순심에게 궁궐은 집이며 고향이었다.

"나쁜 놈."

잇새로 험한 말이 튀어나왔다.

"죄 없는 여인에게 음탕하다느니, 유혹을 해보라느니……. 나쁜 놈!"

그의 말, 눈빛, 숨결, 거친 손길이 떠오른다. 짓지도 않은 죄를 뒤집어쓰고 조롱과 희롱을 당하면서도 순심은 납죽 엎드려 손이 발이 되도록 빌어야만 했다. 모멸감에 숨이 막혔다.

"말끝마다 일국의 세자가 어쩌고저쩌고하더니……. 결국 조선의 세자란 이런 사람이었던 거지. 치졸하고, 옹졸하고, 비겁한."

한참 울분을 토하는 그녀의 귀에 인기척이 들려왔다. 다른 나인들은 한창 일을 할 시간. 누군가 출궁을 재촉하러 온 모양이었다. 이대로 구월이도 못 보고 떠나게 되다니, 서글퍼 눈물이 멈추질 않았다.

이윽고 덜컥, 문이 열린다.

"아, 가요! 간다고……."

눈물콧물로 범벅이 된 순심이 고개를 들었다.

"……찾았느냐?"

묵직한 음성이었다. 열린 문 밖, 길쭉한 그림자가 보였다.

"치졸하고 옹졸하며 비겁한 조선의 세자, 여기 왔다."

순심이 눈을 깜빡인다. 눈물 탓에 흐려진 시야에 비치는 사내는 틀림없는 조선의 세자 이윤이었다.

그의 모습은 간밤과는 딴판이었다. 눈빛에는 광기가 사라져 평온했다. 난발이던 머리는 익선관 아래 단정히 감추어져 있었다. 의복 역시 정갈하고 깨끗하였음은 물론이다. 그러나 순심의 눈에는 조금도 잘나 보이지 않았다. 마냥 밉살스러울 뿐.

"이제 속이 후련하십니까?"

순심이 불쑥 내뱉었다. 이성을 잃은 그녀의 눈동자에 눈물이 가득 고였다.

조선의 세자에게 고개를 빳빳이 쳐들고 쏘아붙이다니, 평소의 그녀로서는 상상조차 할 수 없는 일이었다. 그러나 이제 순심에게는 물러설 곳이 없었다. 살아남아봤자, 궐 밖으로 내쳐져 비참한 삶을 살 것 아닌가.

"한낱 미천한 궁녀 따위야 어떻게 되든 아무 관심 없으시겠지요? 죄 없는 여인에게 누명을 씌우고, 모욕하고, 희롱하였던 것 역시 까맣게 잊으셨겠지요?"

순심이 자리에서 벌떡 일어나 윤을 마주 보았다. 감히, 조선의 세자를 노려본다.

"세상에 귀하지 않은 삶이 없다 하였습니다. 비록 궁녀 나부랭이라 여기시겠지만, 이런 제 삶도 소인에게는 무척 귀중했다고요. 소중했단 말입니다! 신분이 천하다 하여 그 삶마저 하찮은 것이 아니라고요!"

말을 마친 순심의 눈에서 왈칵 눈물이 쏟아졌다. 잇새로 거친 흐느낌이 새어 나왔다.

"하찮게 여기지……."

않는다.

그리 말하려던 그의 입이 굳게 닫힌다. 윤의 표정이 무참히 구겨졌다.

어머니 장희빈의 죽음과 동시에 그에게는 죄인의 자식이라는 꼬리표가 붙었다. 아버지인 임금의 마음 역시 윤을 떠나 동생들에게로 옮겨갔다. 권력의 중심부에서 밀려난 세자. 어머니의 죽음 이후 그의 삶은 치욕이며 고통이었다. 윤은 약자이기에 당해야 하는 모멸이 얼마나 끔찍한 것인지 잘 알고 있었다. 알면서도 죄 없는 여인에게 똑같은 짓을 한 것이다.

"저하를 마주치기 전에는, 저 김순심에게는 아무런 문제도 없었다고요! 소인은 제 삶에 만족하며 살아가고 있었단 말입니다. 세자 저하를 만나기 전에는……."

세자 저하를……. 일개 궁녀가 되어 조선의 세자를…….

'내가 지금 무슨 소리를 지껄이고 있는 거지.'

순심이 고개를 휙 쳐들었다. 갑자기 정신이 번쩍 들었다. 정녕 미친 것은 윤이 아니라 저인 모양이다. 감히 궁녀 따위가 어찌 왕세자에게 언성을 높이며 바락바락 대든단 말인가.

"저, 저하……."

다리에 힘이 풀린 순심이 바닥에 털썩 주저앉았다.

"그, 그런 말씀을 드리려던 것은 아니었고……."

방금 전의 패기는 어디로 갔는지 순심은 더듬대며 말을 잇지 못했다.

"일어나라."

"저, 저하! 억울한 마음에 저도 모르게……."

"알았으니 일어나라."

"저하, 송구하옵니다. 부디 무례를 용서……."

"용서는 내가 빌어야 할 것이다."

"예……?"

순심의 눈이 휘둥그레졌다.

"미안하다. 간밤에 내가 저지른 일을 용서해다오."

"……저하!"

순심의 얼굴이 경악으로 물들었다. 조선의 세자가 일개 궁녀 앞에 고개를 숙이다니!

"용서해주겠느냐?"

답을 구하며, 윤은 허리를 숙여 순심과 눈높이를 맞추었다.

"그, 그럼요……."

무엇에 홀리기라도 한 양, 순심은 고개를 끄덕거렸다.

"순심이라 하였지?"

"예, 저하."

"출궁하는 것이 싫어 울고 있었던 것이냐?"

도무지 적응이 되지 않을 만큼 어제와는 말투마저 달랐다. 윤의 부드러운 어조에 긴장마저 풀어지는 듯했다.

"그렇습니다. 소인으로서는 생각지도 못했던 일입니다. 어떻게 살아가야 할지……."

"밖에 부모형제가 있지 않으냐?"

"가족 같은 거, 없습니다. 어머니는 돌아가셨고 아비는…… 소인을 버려 생사조차 알지 못합니다."

"……아비가 널 버렸다고?"

"예……. 얼굴도 기억나지 않습니다."

너도 그러한가.

윤에게도 조선의 임금인 아버지가 계셨다. 그러나 부자의 정을 느껴본 것은 까마득한 과거의 일. 아비에게 버림받았다는 순심의 말이 화살처럼 날아와 박혔다.

"평생 궁궐에 갇혀 사느니, 자유로운 바깥세상이 낫지 않겠느냐?"

"소인에게는 이곳이 고향이고 집입니다. 궁궐 밖의 세상이 어떤지 기억조차 나지 않습니다. 오래도록 살던 곳을 떠나는 것이 두렵습니다."

떠나는 것이 두렵다……. 너 역시 그러한가.

"저하."

"말하라."

순심의 입술이 파르르 떨렸다. 함부로 입을 놀린 죄로 뎅강 목이 잘릴 줄 알았다. 그러나 상황은 기이하게 흘러가고 있었다.

"소인은…… 궁을 떠나고 싶지 않습니다. 저하, 부디 이곳에 머무를 수 있게 해주십시오. 제발……."

순심의 간절한 읍소를 들었음에도 윤은 한참이나 말이 없었다. 이윽고 속을 알 수 없는 표정을 짓고 있던 그가 입을 열었다.

"그렇다면, 나와 거래를 하겠느냐?"

윤이 던진 제안이 하도 낯설어 순심은 한동안 눈만을 껌뻑거렸다.

"거래라니요?"

"응낙한다면 출궁을 없던 일로 해주겠다. 물론 원치 않는다면 응하지 않아도 된다."

"송구하지만, 어떤 거래를 말씀하시는지……."

순심이 심각한 표정으로 말끝을 흐렸다.

그녀는 평생 본인 의지가 아닌 남의 명령에 따라 살아온 궁녀였다. 술을 빚으라면 빚고, 떡메를 치라면 치고, 연잎을 꺾어 오라면 꺾어 와야 하는 것이 궁녀의 숙명. 지금껏 누구도 순심에게 '거래'를 제안한 적은 없었다.

"특별할 것 없다. 누군가 자초지종을 묻거들랑, 간밤에 나와 동침하였다 고하라."

"도, 도, 동침이라고요?"

"그래. 나와 밤을 보냈다고 고하라는 것이다."

순심의 얼굴이 새하얗게 질렸다.

"동침이라면……. 승은을 입었다고 거짓을 고하라는 말씀이십니까?"

"거짓을 말하는 것이 싫으면, 그 보따리를 들고 궐 밖으로 나가면 되겠지."

선택의 갈림길. 순심은 망설이지 않았다.

"아, 아닙니다! 승은을 입은 척하라는 말씀이시지요? 그리하겠습니다!"

"그래. 영리하구나."

이다지도 알량한 것이 사람의 마음이던가. 눈물이 거짓말처럼 쏙 들어갔다. 나가지 않아도 된다- 이는 지금처럼 궁 안에서 살아도 된다는 의미였다. 순심에게 그 이상 중요한 것은 없었다. 혹시라도 세자의 마음이 변할까 두려워 그녀는 입을 꾹 다물었다.

"내 한 가지 너에게 묻고 싶은 것이 있다."

"예, 저하! 무엇이든 말씀하시옵소서!"

윤이 순심을 향해 얼굴을 기울였다. 곧이어 귓가에 들려오는 목소리.

"누군가 네게 나와의 잠자리에 대해 묻는다면 어찌 대답할 것이냐?"

이렇게 망측할 데가. 순심의 뺨이 순식간에 새빨개졌다.

"저, 저하……. 음, 저하께서 그, 그러니까 훌륭한 사내라고! 아주 기가 막힌다고! 크고 아름답다고, 아니 아무튼, 그렇게 말하겠습니다!"

"아니. 그래선 안 된다."

"그, 그럼요?"

"그 반대다."

"반대요? 그럼 앙증맞다고……?"

윤이 낮게 한숨을 쉬었다.

"내가 자손을 생산할 수 있는 몸인지 아닌지를 알아내기 위해 혈안이 된 자들이 많다. 내가 알려주지 않으니, 모두가 네게 몰려와 진실을 캐내려 할 것이다. 꽤나 귀찮은 일이지."

"그러면…… 대체 어찌해야 하는 것입니까? 가르쳐주십시오. 궐에 남아 있을 수 있다면, 무엇이든 하겠습니다."

그의 시선이 다시금 순심에게 닿았다. 이 거래로 말미암아 그녀의 운명이 어찌 흘러가게 될지, 윤 역시 알지 못한다.

"대충 둘러대면 된다. 나와 한 이부자리에서 밤을 보냈으나, 남녀의 교접(交接)에 이르지는 못했다고 하면 되겠지."

"그, 그게 무슨 의미인지 잘……."

"말귀가 어둡구나. 손만 잡고 잤다고 말하란 뜻이다."

교접이니 뭐니, 숫처녀인 그녀로서는 듣는 것만으로도 남부끄러운 말이었다. 그런 까닭에 순심은 단번에 말귀를 알아듣지 못하고 머뭇거렸다.

"다시 한 번 말하지만, 원치 않는다면 당장 출궁해도 된다."

"아니옵니다, 저하!"

순심이 다급히 고했다. 말뜻을 가늠하는 것은 나중에라도 할 수 있었다. 지금 중요한 것은 출궁하지 않아도 된다는 윤의 약조였다.

"저하가 시키신 대로 하겠습니다. 손만 잡고 잤다고, 아니, 손가락만 걸고 잤다고 고하겠나이다!"

"거래에 응하는 것이냐?"

"예, 저하! 약조합니다, 하고말고요."

고개를 주억거리던 순심이 불쑥, 손을 내밀었다.

"……이게 무엇이냐?"

"약조한다는 뜻입니다."

허공에 내뻗은 순심의 새끼손가락을 내려다보던 윤이 고개를 갸웃했다.

"어찌하라는 것이냐?"

"손을 이렇게 해보십시오."

윤이 순심을 따라 손을 내밀자, 순식간에 그녀의 조그만 손가락이 윤의 새끼손가락에 엮였다.

"약조합니다. 저는 이제부터 저하의 승은궁녀입니다."

조선 초유의 '승은계약'의 시작이었다.

"저는 동궁전 시녀(侍女)상궁인 지 상궁입니다."

순심을 동궁전 동쪽의 아담한 전각으로 인도한 여인이 신분을 밝혔다.

"이곳은 낙선당(樂善堂)이라 불립니다. 이곳이 마마님의 처소입니다."

"제가 여기서 산다고요……?"

"그렇습니다, 마마님."

이미 한차례 휘둥그레졌던 순심의 눈이 튀어나올 듯 더 커졌다. 지 상궁은 왕세자를 모시는 지밀상궁, 즉 순심으로서는 쳐다보지도 못할 만큼 높은 사람이었다. 그런 지 상궁이 제게 존대를 할 뿐 아니라, '마마님'이라고까지 부르다니!

"지금 설마……. 저를 마마님이라고 부르신 것입니까?"

"예, 그렇습니다, 마마님. 아직 품계를 받지는 못하셨으나, 세자 저하의 여인이시니 당연한 것 아니겠습니까?"

"제가 세자 저하의 여인이라고요?"

"승은을 입으셨으니까요."

"아아. 그, 그렇지요. 승은을 입었으니……."

윤의 당부가 떠올라, 순심은 황급히 덧붙인다.

"정확히 말하자면, 그저 손만 잡고 잔 거긴 하지만……."

말끝을 흐리는 그녀를 바라보던 지 상궁의 표정이 미세하게 변화했다. 그러나 잔뜩 들뜬 순심은 지 상궁의 싸늘한 기색을 눈치채지 못한다.

"마마님께서는 정식 후궁이 아닌 관계로 방자(房子)는 따로 주어지지 않습니다. 대신 동궁전 궁녀들이 수시로 불편함 없이 돌봐드릴 것이니 그리 아십시오."

"저를 돌봐준다고요? 그게 무슨 뜻입니까?"

"처소의 소제, 세답[10], 마마님의 끼니는 물론 온갖 자질구레한 일까지 전부를 뜻합니다. 마마님께서는 그저 저하를 맞는 일에만 신경 쓰시면 됩니다."

"……."

"마마님?"

"아아, 예! 알겠습니다."

전할 말이 끝난 지 상궁이 동궁전을 떠났다. 그러나 순심은 생각에 잠긴 채 그 자리에 멀거니 서 있었다.

세자께서 저를 다시 찾아 퍽 이상한 거래를 제안한 이후의 일은, 온

10　빨래.

통 믿기지 않는 것들뿐이었다. 일단 새로운 집이 된 낙선당부터가 현실처럼 느껴지지 않았다. 거의 평생이랄 수 있는 시간을 비좁은 방 하나가 전부인 나인 처소에서 생활해온 그녀에게 안방과 대청마루, 목욕간까지 딸린 호화로운 전각이 주어진 것이다.

순심이 고개를 쭉 빼고 먼 곳을 바라본다. 지 상궁의 모습은 이제 완전히 사라져 보이지 않았다.

"내가 승은궁녀라니."

승은. 감히 입에 담기도 어려웠던 말.

"평생 떡이나 빚다 죽을 줄 알았던 김순심이 승은을 입다니."

혼잣말을 읊조리던 순심의 입에서 '우와!' 하는 감탄사가 흘러나왔다.

진짜 승은을 입은 것도, 정식 후궁의 신분인 것도 아니었다. 동궁전에서의 삶이 어떤 식으로 흘러갈지도 알 수 없다. 그러나 몇 가지 사실만은 확실했다.

이제 팔이 빠지도록 떡을 치대고 매일같이 강정이며 경단을 빚는 일상과는 작별이라는 것. 등 따시고 배부르게 살아가게 되리라는 것. 이것이 인생역전이 아니면 무어란 말인가!

"마마님."

갑자기 들려온 목소리. 기쁨에 겨워 발을 동동 구르던 순심이 고개를 확 돌렸다. 이내 문 내관의 모습을 발견한 순심이 급히 고개를 숙였다.

"마마님, 처소는 마음에 드십니까?"

"예, 마음에 들다마다요."

간밤 그녀를 겁박했던 문 내관을 마주치니 겁이 더럭 났다.

"소인, 몇 가지 당부드릴 말씀이 있어 마마님을 찾았습니다."

"마, 말씀하시옵소서."

문 내관이 흠흠 헛기침을 했다.

"동궁에서 지내시는 데 불편한 점은 없으실 겝니다. 궁인들의 수가 많으니, 언제든 부르기만 하면 달려와 마마님의 수발을 들 것입니다."

"예에, 알겠습니다."

"또 하나, 동궁전 생활에 익숙해지실 때까지 바깥출입을 금하십시오."

"언제까지요……?"

"승은궁녀로서 알아야 할 법도를 익히실 때까지입니다."

기약 없는 대답. 그러나 법도가 그러하다는데 토를 달 수는 없는 일이었다.

"소인이 새벽에도 분명 말씀드렸을 겁니다. 눈을 감고, 귀를 막고, 입을 닫으시라 했지요. 동궁전에 들어와 살게 된 이상 마마님은 세자 저하의 사람입니다. 마마님의 잘못된 행동은 곧 저하의 허물이 될 것입니다. 그러니 행동거지를 조심하셔야 합니다."

"예……. 명심하겠습니다."

"이런 말씀 드리기 송구하오나, 소인은 세자 저하를 이십 년 넘게 모셨습니다. 소인은 평생을 저하만을 생각하며 살아왔고, 남은 생 역시 저하를 위해 바칠 생각입니다."

사내라기엔 음이 높은 목소리에서 왠지 모를 비장함이 느껴졌다.

"하여, 마마님이 저하께 누를 끼친다면 소인은 결코 보아 넘기지 않을 것입니다. 무슨 뜻인지 아시겠지요?"

그가 원하는 것이 무엇인지 깨달은 순심이 머뭇머뭇 입을 열었다.

"……쥐 죽은 듯 살라는 말씀이시지요?"

"한 번에 알아들으시니 좋습니다. 그리하시면 됩니다. 눈을 감고, 귀를 막고, 입을 닫은 채. 그리하면 마마님도, 저도, 그리고 저하께서도 모두 행복할 것이옵니다. 아시겠습니까?"

"예."

"소인은 마마님께서 거짓 승은궁녀임을 알고 있사옵니다."

서늘하다 못해 오싹 소름이 끼치는 음성.

"부디 그것을 잊지 마십시오."

"잊지…… 않겠습니다."

문득 한기가 든 탓에, 순심의 입술이 바르르 떨렸다.

뒤돌아 걷던 문 내관이 얕은 한숨을 내쉬었다. 순심에게 죄가 없음을, 오히려 세자로 인해 불필요한 소요에 휘말려들었음을 그 역시 모르지 않았다. 그러나 세자를 보호하는 것이 문 내관의 할 일이었다.

노론과 후궁전, 그리고 윤의 이복동생인 연잉군의 위협이 점점 커지고 있는 위급한 시기였다. 궁궐의 정세는 언제 무너질지 모르는 살얼음판이나 다름없었다. 홀로 걷기에도 위태로운 발밑. 굳이 불필요한 짐을 짊어질 필요는 없지 않겠는가.

그녀가 세자의 앞길에 걸림돌이 된다면, 그는 언제든 결단을 내릴 작정이었다.

문 내관이 떠난 후, 동궁전 궁녀들 여럿이 순심의 시중을 들기 위해 다녀갔다.

"이 의복으로 갈아입으시래요."

까무잡잡한 나인이 툇마루에 푸른빛 옷가지를 내려놓았다.

"어어, 곱다……."

자르르 윤기가 흐르는 비단옷은 상궁복을 닮았지만 엄연히 달랐다. 일반 궁녀의 것보다는 화사한 색상의 옷섶과 끝단에는 작은 자수가 놓여 있었다. 또한 궁녀들에게는 허용되지 않는 수수한 단작노리개도 딸려 있었다. 그러나 후궁들의 옷과는 비교조차 할 수 없을 만큼 소박했다.

요컨대, 그것은 후궁도 궁녀도 아닌 '승은궁녀'에게 꼭 어울리는 옷이었다.

"이제 정말 제 것입니까? 세상에……. 아 참, 제 소개가 늦었네요. 나는……."

"이만 가보겠습니다요."

순심의 말이 채 끝나기도 전에 나인은 도망치듯 낙선당을 떠났다. 조심 조심 옷을 갈아입고 나니 아까와는 다른 나인이 밥상을 들고 찾아왔다.

"진짓상이오."

"무거웠을 텐데……. 고맙습니다. 저는 순심이라고……."

대꾸 없이 노려보는 궁녀의 눈길이 몹시 사납다. 제 소개를 늘어 놓던 순심이 말을 멈췄다. 이내 나인은 몸을 돌려 사라졌다.

밥상을 물리자 미지근한 소셋물이 들어왔다. 그러나 이번 궁녀도 마찬 가지. 모두가 순심이 애당초 존재하지 않는 사람인 양 행동하고 있었다.

긴 세월, 동궁전의 살림을 보살핀 것은 세자가 아닌 세자빈 심씨 였다. 그런 세자빈이 세상을 뜬 지 고작 백 일 남짓. 갑자기 들어온 승은궁녀를 반길 궁인이 어디 있겠는가.

"에휴……."

여름날의 해는 퍽 길다. 저녁에 가까운 시각이었음에도 해는 여전 히 산등성이에 걸린 채 서녘을 다홍빛으로 물들이고 있었다.

툇마루 끝에 앉아 먼 산을 바라보던 순심이 버선발을 앞뒤로 흔들 었다. 저를 둘러싼 모든 것이 낯설었다. 윤이 흐르는 비단옷과 빛깔 고운 갖신도, 뒤통수를 묵직하게 하는 은비녀도, 툇마루 하나가 제가 살던 방 크기만 한 호사스런 낙선당도.

"구월이는 이제 누구랑 방을 쓸까."

고아나 다름없는 그녀였다. 그녀에게 순심에게 유일한 가족과 같 던 구월의 이름을 입에 담자 눈시울이 뜨거워졌다. 순심의 그림자 위로 길게 드리운 주홍빛 노을에 푸른 어둠이 섞여들었다. 보랏빛으 로 물든 저녁 속, 그녀의 마음도 멍이 든 것처럼 시큰거렸다.

"어제만 해도 세자 저하의 후궁이 되면 좋겠다며 입을 놀리지 않았어? 팔자를 고쳤다며 기뻐한 지 얼마나 됐다고……. 사람 마음이 어찌 이리 간사해?"

그사이 해는 산 너머로 모습을 감췄다. 사방에 빠르게 어둠이 모여들었다.

"아서라……. 주제를 알아야지, 김순심. 출궁당하지 않았으면 된 거지, 얼마나 큰 호사를 바랐다고 벌써부터 배부른 소리를 하니?"

마음을 다잡는다. 그렇지만, 그럼에도 불구하고.

"하지만…… 외로운걸."

외로운 건 외로운 거다.

드넓은 궁궐, 말 붙일 이 하나 없는 동궁전. 덩그러니 홀로 낯선 세상에 떨어진 순심은 지금 사무치게 외로웠다.

"좋은 집, 좋은 옷이 다 무슨 소용일꼬. 다들 나와는 말 한마디 섞지 않으려 하는데……. 빛 좋은 개살구, 허울뿐인 마마님, 승은도 못 입은 승은궁녀."

탁탁, 발끝으로 애꿎은 흙바닥을 차며 순심이 중얼거렸다. 반질대던 새 신 앞코에 금세 뿌연 흙물이 들었다.

"하여간에 복도 없는 것. 하필 그 시각에 잠에서 깨서 이 사달에 휘말렸을까? 아니, 애당초 왜 상궁 마마님 곁을 얼쩡대다 그런 심부름을 하게 되었을까?"

평상시의 그녀였다면 지금쯤 생과방에서 퇴청하여 구월과 하하호호 웃으며 처소로 돌아가고 있었을 것이다. 소박하지만 행복한 일상을 누리면서.

"소리가 들렸어도 그러려니 넘어갔어야지. 설령 눈을 떴더라도 밖을 내다보지 말 것을……. 이 헛똑똑이, 이 맹추야……."

문 내관이라는 무서운 자가 했던 말이 환청처럼 들렸다.

'눈을 감고, 귀를 막고, 입을 닫아야 살 것이다.'

그것이 진리임을 어찌 몰랐던 걸까.

"저하를 마주치지 않았다면 좋았을 것을. 마주쳤더라도 못 본 체 넘어갈 것을. 저하께서 물에 빠져 죽어가는 나를 두고 가버리신 것처럼, 나도 그렇게 할 것을!"

"……말은 바른대로 해야지 않겠느냐? 빠져 죽을 만큼 깊은 연못은 아니었다."

갑자기 들려오는 목소리. 순심이 자리에서 벌떡 일어났다. 이내 낙선당 초입의 나무그늘 아래 모습을 감추고 있던 윤이 앞으로 걸어 나왔다.

"저하!"

당황한 그녀가 다급히 안뜰로 뛰어내려왔다. 힐끔, 순심을 바라본 윤이 갑자기 손을 들어 얼굴을 가렸다.

"아아, 미안하다. 보지 마라."

"예? 뭘요?"

"나 말이다. 보지 마라. 나와 마주치는 것을 그리 싫어하는 줄 몰랐다. 알았다면 애당초 오지 않았을 것이다."

정말로 떠나려는 듯 윤이 빙글 몸을 돌렸다. 순심이 다급히 그의 옷깃을 붙들었다.

"어, 어디까지 들으신 겁니까?"

"다 들었지. 들으라고 하는 말 아니었느냐?"

"아니옵니다! 그럴 리가요! 송구하옵니다. 오실 줄 꿈에도 모르고……."

얼굴이 벌겋게 달아오른 채 어쩔 줄 모르는 순심을 보던 윤이 무심히 말을 이었다.

"내 딴에는 농이라고 한 것인데, 지나쳤느냐? 되었다. 없는 자리에서는 나라님 욕도 한다지 않더냐."

쭈뼛대던 순심이 윤의 눈치를 살폈다. 눈이 마주치자 그가 안심하라는 듯 희미하게 웃는다.

순심을 동궁전으로 들인 것은 윤으로서도 쉽지 않은 결정이었다. 임금께서 감싸주신 덕에 별다른 소요는 일어나지 않았으나 적들에게 먹잇감을 던져주었다는 사실은 변하지 않았다. 저 때문에 곤란을 겪게 된 순심의 처지를 동정했던 것은 진심이었다. 그러나 감정만으로 내린 결정은 전혀 아니었다.

윤은 거래를 제안했고, 순심은 그에 응낙했다. 그 대가로 윤은 그녀의 출궁을 막아주었다. 언제고 기회가 오면 순심 역시 그를 위해 해줄 일이 있으리라. 그러나 그것이 그녀를 찾아온 이유의 전부는 아니었다.

"저하, 어찌 그리 뚫어져라 보십니까?"

"어젯밤과는 무척 다른 모습이구나."

"저하께서 내려주신 옷으로 갈아입어서 그런가 봅니다. 그리고…… 저하께서도 달리 보이시는 것을요."

윤이 제 복장을 흘낏 내려다본다. 공식적으로 간택령이 내렸으므로 그는 기년복을 벗었다. 윤은 화려한 왕세자의 복장을 갖추고 있었다.

"듣고 보니 그렇구나."

고개를 끄덕거리는 순심의 모습을 윤은 지그시 바라보았다. 참이든 거짓이든 순심은 그가 처음으로 승은을 내린 여인이었다. 그 결과로 평범한 궁녀였던 그녀의 삶은 궁궐 한복판에 내던져졌다.

'네 처지가 기구하구나.'

윤과 순심의 눈이 마주쳤다.

'내 곁에 있던 여인들은 하나같이 불행해졌다. 너에게는 별일이 없기를 바란다.'

그러나 순심이 윤의 그런 속내를 알 리 없었다.

"저하……. 혹시, 슬픈 일이 있으십니까?"

"그래 보이느냐?"

"조금 울적하신 듯해서요."

윤이 가볍게 고개를 저었다. 그의 입에서 낮은 웃음소리가 흘러나왔다. 그에게 슬픔이란 몸의 일부처럼 익숙한 것. 오히려 슬픈 것은 순심의 운명일지니.

"순심아."

"예, 저하."

"내 오늘 밤, 네 침소에 들어도 되겠느냐?"

"예, 저……. 예? 예에?"

순심의 낯빛이 하얗게 질렸다. 등잔불처럼 커다래진 눈으로 윤을 보지만 그의 표정을 좀체 읽을 수가 없었다.

"왜, 싫으냐?"

"……시, 싫을 리가요."

"그럼, 좋으냐?"

"그게……."

"좋냐 물었다."

"……."

윤의 눈매가 가늘어졌다.

"내가 내 승은궁녀의 침소에서 밤을 보낸다는 말이 그리 놀라우냐? 아니면 정녕 내가 싫은 것이냐?"

"싫다니요. 소인이 어찌 감히……. 단지, 예상치 못한 일이라……."

말끝을 흐리는 순심의 얼굴 위에 윤의 시선이 머문다. 하룻밤을 함께 보냈으나 얼굴을 이렇게 자세히 살피는 것은 처음이었다.

나이가 스물이라 하였었나. 어엿한 여인임에도 복숭앗빛으로 상기된 뺨에는 솜털이 보송보송했다. 유난히 큰 눈은 겨울밤처럼 유난히도 검었다. 손으로 조물조물 멋을 내어 빚은 듯 소담한 이마 위로 여린 달빛이 비쳐 반질거렸다. 까만 눈동자 위 속눈썹은 버선코처럼 앙증스레 말려 올라가 있었다.

순심은 퍽 아리따운 여인이었다. 생과방처럼 폐쇄적인 곳에 속해 있지 않았다면, 그리고 임금께서 건강하실 때 눈에 띄었다면 필히 승은을 입었을 것이다. 그렇게 확신하는 이유는 그녀에게서 풍기는 독보적인 분위기 때문이었다.

순심에게서는 생기가 넘쳐흘렀다. 그녀의 생김새며 표정, 태도, 울고 웃으며 감정을 드러내는 방식까지, 모든 것이 생생한 활기로 가득 차 있었다. 그것은 단지 이목구비가 수려하다거나 용모가 빼어난 것과는 다른 매력이었다. 순심의 얼굴은 달리 웃지 않아도 타고난 듯 화사했다. 총기가 빛나는 눈동자는 새봄 꽃송이가 피어나는 순간처럼 생동하고 있었다.

윤은 제 평생 보았던 궁인들의 모습을 되새긴다. 근엄하며 경직된 얼굴, 감정을 절제하는 데 익숙한 얼굴들을. 그는 지금껏 순심처럼 반짝반짝 빛나는 표정을 가진 이를 본 적이 없었다.

"순심아, 어찌해야 하겠느냐?"

"무, 무엇을요?"

어지러이 흔들리는 순심의 눈을 본 윤이 낮게 웃었다.

"여인에게 처음 처소를 내리면, 첫 밤을 함께 보내야 한다는 관습이 있는 모양이다. 내관이 어디서 주워들었는지 얘기해주더구나."

"아, 그럼 저하께서 오늘밤 여기서……."

"되었다. 내 장난이 지나쳐 또 너를 놀라게 한 모양이구나. 잊었느냐? 나는 사내구실을 하지 못한다는 것을."

"아."

대화의 내용과는 전혀 어울리지 않게도, 윤은 장난스럽게 웃었다. 그러나 순심은 웃어야 할지, 슬픈 표정을 지어야 할지 알 수가 없었다.

"세자가 사내구실을 못한다는 소문이 궐 안에 파다한 마당에, 굳이 서로가 불편하게 함께 밤을 보낼 이유는 없겠지. 편안히 침소에 들도록 해라. 들른 것은 할 이야기가 있기 때문이다."

혼자 잠들 수 있어 기뻐해야 하는 건가. 아니면 진짜 승은을 입을 기회를 잃은 것을 슬퍼해야 하나. 복잡한 속마음을 들킬까 두려워 순심은 급히 입을 열었다.

"제가 동궁전에서 경거망동할까 저어되어 나오신 것 아닙니까? 소인, 결코 저하께 누가 될 일은 하지 않을 것입니다."

"아까는 나를 만난 것을 크게 후회하는 눈치던데."

"그, 그거야……."

순심이 눈치를 살폈다.

"동무도 없고, 아는 이도 없는 이곳에 갑자기 뚝 떨어지게 되어 낯설고 외롭습니다. 서글픈 마음이 들어, 저도 모르게 그만……."

순심이 얼굴을 붉혔다. 윤이 더 이야기해보라는 듯 고개를 끄덕였다.

"그렇지만 어쩌겠습니까. 궐에서 쫓겨났다면 더욱 막막했을 것입니다. 저하 덕에 출궁만은 면하게 되었으니 그것만으로도 감지덕지할 일입니다."

"내가 아니었다면 애당초 출궁을 해야 할 이유조차 없지 않았겠느냐?"

"그렇긴 하지만, 문득 그런 생각이 들어서……."

순심이 고개를 들었다. 용기를 내 윤을 올려다보니 키가 장대같이 큰 세자 저하의 용모가 참으로 수려하다.

"그것이 소인의 운명이었던 것이라고요."

"운명?"

"예, 저하를 마주칠 운명이요."

"하면 너는 우리의 만남이 운명이라 얘기하는 것이냐?"

순심이 고개를 저었다.

"어찌 하늘같은 저하와 미천한 소인이 같다 할 수 있겠습니까. 이 만남이 저하께는 별거 아닌 일일지언정, 소인에게는 삶을 바꿀 만큼 큰일이었다는 것을 말씀드리고 싶었습니다."

"꿈보다 해몽이 좋구나."

진지한 소리를 늘어놓는 순심 앞에서 윤이 엷게 웃었다.

"당부를 전하러 온 것이다. 순심아, 나와의 거래를 결코 잊어서는 아니 된다. 손만 잡고 잔 것이다. 알겠느냐?"

"예, 여부가 있겠습니까, 저하."

참으로 이상한 일이었다. 한 나라의 지존이 될 자가 어찌하여 사내구실을 하지 못하는 듯 행동한단 말인가. 궁금증이 밀려왔으나 대놓고 물을 수도 없는 일. 순심은 침묵을 지켰다.

"명심한다니 되었다. 가봐야겠구나."

"예, 살펴 가시옵소서, 저하."

걸음을 떼던 윤이 순심을 돌아보았다.

"내게 달리 할 말이 있느냐? 앞으로 내 다시 올 일이 드물 것이다. 필요한 것이 있다면 미리 말해두도록 하라."

"……."

달빛이 윤의 얼굴 위로 쏟아져, 잠시 넋을 잃은 걸까.

"……저하, 참으로 미남이십니다."

순심이 무엇에 홀린 듯 중얼거렸다.

"나도 안다."

지엄한 궁궐의 밤 가운데 잠시 스친 인연. 큰 의미를 둘 까닭은 없으리라고. 어울리지 않는 온정을 베풀었으나 너는 너대로, 나는 나대로 살아가면 그뿐이라고.

궁녀의 삶에 잠시 스쳤던 왕세자처럼, 낙선당에 머물렀던 윤의 걸음 역시 멀어져갔다.

* * *

고개를 쭉 뻗으면 경복궁 담장이 보이는 한성부 북부[11] 순화방(順化坊). 그곳은 당대의 명문가들이 모여 있는 마을이었다. 그중에서도 으뜸가는 위용을 자랑하는 장대한 저택 뜰에는 삼백 살은 족히 넘은 백송(白松) 한 그루가 버티고 서 있었다.

"승은궁녀?"

"예, 생과방 나인이옵니다."

"미인이더냐?"

"뭐……. 예."

"나 원 참."

저택의 사랑채. 편안한 복장으로 앉아 있던 젊은 사내가 웃음을 터뜨렸다. 다소 날카로운 느낌을 주는 용모와 달리 웃음소리는 맑고 호쾌했다. 그의 절도 있는 몸가짐에는 타고난 귀태가 있었다.

"어찌 웃으십니까?"

"재미있어서 웃는다. 승은이라니. 살다 살다, 이리 저하와 어울리지 않는 이야기를 듣게 될 줄이야."

정말로 재미있다는 듯 사내는 다시 한 번 파안대소했다.

"내가 궁궐에 살 적에 마음에 쏙 드는 내전 궁녀 하나가 있었다. 살결이 뽀얀 데다 뺨이 발그레한 것이 꼭 복숭아처럼 생겼었지. 항상 나를 보면 화사하게 웃었다. 그때마다 어찌나 마음이 설레던지."

과거를 떠올린 그의 얼굴에 미소가 번졌다.

"궁녀에겐 그런 매력이 있다. 고루하기 짝이 없는 사대부의 여식

---

11 한성 안의 지역을 다섯 개로 나눈 오부의 하나.

과는 달리 생기가 넘치지. 네가 보기에도 그렇지 않으냐?"

"……."

멀뚱멀뚱 쳐다보는 맞은편의 소년. 사내가 잊었다는 듯 '아' 소리를 냈다.

"아무튼, 저하께서는 긴 세월 동안 여인에게 눈길 한 번 주지 않으시더구나. 한창 여인에 대한 호기심이 동할 나이에도 그러셨던 분인데, 이제 와 승은궁녀라니. 어찌 재미있지 않겠느냐?"

맞은편에 앉아 있던 소년이 문득 되물었다.

"복숭아 같은 궁녀라고 하셨습니까?"

"그랬다. 어찌 묻느냐?"

"말씀을 듣자니, 방금 말씀드린 승은궁녀가 떠올라서요. 꼭 그렇게 생겼습니다. 뽀얗고, 화사하고, 뺨은 복숭아처럼 분홍빛이고."

"그래?"

사내가 흥미롭다는 듯 '흐음' 콧소리를 냈다.

해가 슬슬 저무는 문밖을 곁눈질한 소년이 일어날 채비를 했다. 오늘 사내는 기분이 썩 좋은 모양이었다. 그러나 심기를 거슬렀다간 그는 순식간에 호인의 가면을 벗고 잔인한 본성을 드러낼 것이다.

그는 그런 사람이었다. 기뻐하다가도 발칵 화를 내고, 슬퍼하다가도 웃음을 터뜨리는. 그리고 원하는 것이 있다면, 어떤 대가를 치르더라도 반드시 손에 넣고야 마는 사람.

"더 늦기 전에 물러가야겠습니다. 다시 찾아뵙겠나이다."

"알았느니라. 내 기복(起復)[12]하였으니 조만간 입궐할 것이다."

"예, 명심하고 있겠습니다."

소년이 자리에서 일어나려는데, 다시금 질문이 날아왔다.

"이름이 무엇이더냐?"

---

12 상을 마치고 상복을 벗음.

"예? 저야, 박……."

"승은궁녀 말이다."

"아, 순심이라는 이름이었습니다."

"순심."

사내가 다시 한 번 이름을 되뇐다. 퍽 입에 착 감기는 이름이라고 그는 생각하였다. 소년이 물러가지 못하고 멀뚱멀뚱 서 있는 것을 깨달은 그가 가도 좋다는 듯 손짓을 했다.

"살펴 가거라, 상검아."

二후.
승은계약

창덕궁 선정전 뒤편에 위치한 영빈 김씨의 처소, 태화당.

"영빈 자가, 긴히 드릴 말씀이 있사옵니다."

"무슨 일이냐?"

길게 뻗은 눈매를 지닌 초로의 여인이 고개를 들었다.

태화당 영빈 김씨. 열여덟 꽃다운 나이에 입궐했던 영빈 역시 세월
이 흐름에 따라 나이가 들었다. 새침하던 얼굴에는 주름이 졌고, 검은
머리카락에는 눈처럼 흰 세월이 내려앉았다. 그러나 임금 이순의 여러
여인들 중 유일한 간택후궁이며 당대의 명문가의 딸이라는 긍지는 시
간과 관계없이 변치 않았다.

희빈 장씨와 인현왕후 민씨로 대표되는 임금 이순의 여인들.

왕의 변덕, 혹은 욕망에 따라 그의 여인들은 중전이 되고, 폐서인
이 되고, 폐출되고 또 복권되었다. 장희빈은 사약을 받았고 인현왕후
는 병사했다. 영빈 역시 폐서인이 되어 내쳐졌다가 궐로 되돌아왔다.

장희빈처럼 임금의 사랑을 받았던 적도, 인현왕후처럼 백성들의
사랑을 받았던 적도 없었던 삶. 그러나 어찌 됐든 영빈은 살아남아

머리가 희끗해진 이날까지 궁궐의 여인으로 살아가고 있었다.

"세자께서 간밤에 궁녀 처소에 들었다 합니다."

"세자가?"

"예, 생과방 궁녀가 승은을 입었다 하옵니다."

"뭐라? 지금 승은이라 하였느냐?"

영빈이 믿기지 않는다는 듯 되물었다. 세자가 자손을 볼 수 없는 몸이라는 소문은 공공연한 사실처럼 퍼져 있었다.

"예, 자가. 이미 중궁전의 윤허가 떨어져, 동궁전에 나인의 처소를 마련 중이라 합니다."

"뭐라? 대체 이 무슨 말 같잖은 소리냐? 승은 한 번 입었다고 궁녀에게 첩지라도 내린다는 것이야?"

"아니옵니다. 그저 동궁전에 처소를 마련해줄 뿐, 첩지는커녕 승은상궁의 품계도 내리지 않았습니다. 당분간 승은궁녀의 신분으로 지내게 될 모양입니다."

영빈과 같은 세도가의 여식이 간택 후궁으로 들어오면 바로 첩지를 받아 왕의 여인으로 대우받는다. 그러나 궁녀가 승은을 입는 경우는 절차가 보다 까다로웠다.

그들은 승은궁녀라는 모호한 이름으로 살아가다가 자식을 낳은 후에야 첩지를 받아 정식 후궁이 될 수 있었다. 자손을 보지 못한다면 평생 궁녀도, 후궁도 아닌 채 방치되다 잊혀지는 것이 대부분 승은궁녀들의 삶이었다.

"세자빈의 상중에 궁녀를 취하다니. 미쳤구나, 정녕 미치광이가 다 되었어……."

찰나의 순간 영빈의 입가에 희미한 미소가 스친다.

"중궁전은 제정신인 게냐? 이 사실을 전하께서 아시면 불호령이 떨어질 것이 뻔한데, 승은궁녀를 삼아 처소를 내렸다고?"

"그것이 말입니다, 자가……. 세자께서 주상 전하를 찾아가 윤허를 얻어냈다 하더이다. 게다가 소문에 금상께서는 화를 내시기는커녕 반기는 눈치였다고……."

아침 나절 잔뜩 긴장한 얼굴로 대전을 찾은 왕세자는 부왕(父王) 앞에 생과방 궁녀와 밤을 보냈음을 고했다. 그러나 걱정이 무색하게도 왕은 별일 아니라는 투로 대꾸했던 것이다.

'젊은 세자가 궁녀 하나를 취했던들 그것이 무슨 대수라고 그리 죄인 같은 표정을 짓느냐? 대전 나인도 아닐뿐더러 계례(筓禮)를 치르기 전이라 하니 딱히 법도를 어겼다 하기도 어려운 일이다. 세자는 늘 지나칠 정도로 여인을 멀리하여 걱정이었으니, 오히려 잘된 일이지 않은가.'

과연 젊은 날 무수한 여인들을 취했던 그다운 대답이었다.

"뭐라……. 전하께서 정녕 그리 말씀하셨다는 것이냐?"

"예, 은밀히 심어둔 지밀나인이 전한 말이니 틀림없을 것이옵니다."

영빈이 미간을 좁혔다.

'주상께서 궁녀 운운하시며 은근히 세자의 편을 드는 겐가.'

말 한마디 허투루 하는 적 없는 냉정한 임금께서 속없는 소리를 하실 리 없다. 이는 정녕 세자의 어미 장희빈에 대한 향수 때문이던가.

"알았네. 박 상궁, 승은을 입었다는 생과방 나인에 대해 소상하게 알아 오게."

"알겠사옵니다, 자가."

박 상궁이 물러간 후, 잠시 생각에 잠겨 있던 영빈이 고개를 들었다.

"아둔한 것. 역시 그년의 핏줄답구나. 그년의 핏줄다워……."

세자 윤의 어미, 장희빈의 표독스러운 얼굴이 떠오른다. 윤은 제 어미의 용모를 쏙 빼닮았다. 반반한 낯짝 안에 음탕한 본성을 숨긴 요사한 얼굴을. 궁녀 출신인 제 어미가 어찌 죽었는지 뻔히 알면서, 기어이

나인을 취할 줄이야.

"생과방 나인이라……. 조만간 보자꾸나."

영빈이 음산하게 중얼거렸다. 승은궁녀라는 계집을 불러들여, 진정한 내명부의 어른이 누구인지 가르쳐주는 것이 합당하리라.

"하암……."

낮잠에서 깨어난 순심이 입이 찢어져라 하품을 했다. 하품 탓에 고인 눈물이 또르르 뺨을 굴러 입안으로 흘러들었다.

"에이, 짜."

순심이 자리에서 발딱 일어났다. 그녀가 동궁에 들어와 살게 된 지 십여 일. 본인은 모르고 있었으나, 그사이 그녀는 볼때기가 퍽 오동통해졌다.

하기야 본래 종일 쉴 틈 없이 일하던 나인인 순심이었다. 그랬던 그녀가 종일 먹고 자고 누워서 세월을 낚고 있으니 살이 붙지 않는 것이 더 이상할 일이긴 했다. 게다가 삼시세끼 날라다주는 밥상은 고기가 빠지지 않아 어찌나 푸짐한지.

"밥인가?"

연못 쪽에서 인기척이 들려 순심은 고개를 돌렸다. 이내 낮것상[13]을 들고 오는 궁녀의 모습이 보였다.

첫날의 방문을 마지막으로 세자 저하도, 문 내관도 발길을 끊었다. 그야말로 순심은 고립되어 홀로 남았다. 한동안 순심은 구월이 그리워 밤마다 눈물을 훔치곤 했다. 물론 반상이며 소셋물을 들고 오는 나인이 있긴 했다. 다소 우락부락한 인상의 궁녀로 순심과는 또래인 듯 보였다. 그러나 나인은 순심에게 눈길조차 주지 않을 뿐 아니라 몇 번이나 말을 걸었음에도 못 들은 척 무시하곤 했다.

---

13 점심 밥상.

"항아님."

다시 한 번 순심은 나인을 불러본다. 표정이 변하는 것을 보니 귀머거리는 아닐 터인데 여전히 대꾸가 없었다. 나인이 밥상을 툇마루에 턱 내려놓는다. 탕이 철퍽 넘쳐흐르는 것을 보았음에도 나인은 휙 몸을 돌렸다.

"항아님, 사람이 부르는데 어찌 이러십니까? 지나가는 개가 짖어도 이리하진 않겠소. 인사나 나누자는 것이 그리 어려운 일입니까?"

순심이 나인의 팔에 손을 얹었다. 순간 나인이 벌레라도 떼어내듯 그녀의 손을 떨쳐냈다.

"이보시게."

순심의 말에 나인이 눈을 희번덕 치뜬다. 오히려 움찔한 것은 순심이었다.

"주제에 상전 흉내라도 내려는 게야?"

나인의 말투는 표정만큼 표독스러웠다. 당황한 순심은 차마 대꾸할 말을 찾지 못했다.

"운 좋게 세자 저하의 눈에 들었다고, 후궁 마마님께 하듯 너 같은 계집을 깍듯이 모실 줄 알았냐고. 원, 꿈도 크셔라."

"뭐가 문제야? 같은 나인 처지에 인사나 하자는 것인데……."

"뭐어? 같은 나인?"

나인이 팽, 코웃음을 쳤다.

"떡이나 치대던 부엌데기 따위와 세자 저하를 모시는 동궁전 궁녀가 어찌 같은 나인이람? 기가 막혀서, 원."

"……."

본디 궁궐 안에서도 지밀궁인들은 콧대가 높기로 유명했다. 같은 품계인 나인 사이에서도 일하는 곳에 따라 패가 나뉘고 서열을 따지는 것이다.

"반반한 낯짝 덕에 하룻밤 저하 눈에 들었다고, 기세등등한 꼴이라니."

"기세등등하다니, 함부로 말하지 마!"

"네가 뭔데?"

나인이 가소롭다는 듯 배죽 웃었다.

"주상 전하께서 젊으실 때도 승은을 입은 궁녀가 많았어. 그들이 어찌 됐는지 알아? 하나같이 전하에게 잊혀져 꼬부랑 늙은이가 되었지. 지금도 궁궐 구석에 처박혀서 쥐 죽은 듯 살아가는 승은궁녀가 여럿이라고!"

기죽지 않으려고 고개를 빳빳이 쳐들고 있는 순심이었으나 이 말만은 가슴을 쿡 찌른다.

"후궁마마님도 아닌 승은궁녀 따위가 무어 그리 대단하다고……."

그 순간.

"쯧쯧. 동궁전 궁녀들이 웃전을 대하는 꼬라지가 참으로 대단하구나."

"으악!"

바람처럼 나타난 사내. 누군지 알 수 없는 젊은 사내가 나인의 어깨를 인정사정없이 찍어 눌렀다. 억센 완력에 나인은 비명을 지르며 무릎을 꿇었다.

"뉘십니까?"

순심이 얼빠진 표정으로 물었으나 사내는 나인을 노려볼 뿐 대꾸하지 않았다. 그러나 그에게 어깨를 붙들려 있던 나인은 사내를 보자마자 사색이 되었다.

"주, 죽을죄를 지었습니다! 제발 살려주십시오!"

나인이 공포에 질린 목소리로 읍소했다. 급작스레 발생한 일 앞에 순심 역시 당황하긴 매한가지였다.

'대체 누구기에……. 저리 크게 겁을 먹는 거지?'

궁녀가 벌벌 떨며 애걸하는 것을 보면 지체가 높은 자임이 분명하다. 절대 평범한 궁인은 아니리라.

"아무리 세자빈께서 졸하시어 안살림을 살필 자가 없다 한들, 문내관은 무얼 하는 것이고 지밀들은 또 무얼 하는 것인가. 정신 나간 계집이 감히 세자 저하의 이름을 팔며 웃전을 능욕하다니!"

"송구합니다! 자, 잘못했습니다!"

"지밀궁녀가 그리 대단한 몸인가? 그리하여 육처소 나인들은 사람만도 못해 보였던가? 내 이미 어머님께 네년들의 작태에 대해 귀에 인이 박이도록 들었다."

"그, 그런 것이 아니옵니다! 죽을죄를 지었습니다! 제발 살려주십시오!"

"죽을죄를 지었으면……."

예기치 못하게 사내는 이를 드러내며 씩 웃었다.

"죽는 것이 당연하다. 스스로 죽을죄를 지었다 고하면서 어찌 살기를 바라는가."

"부디, 부디 자비를 베풀어 주시옵소서!"

즐거운 놀이라도 하듯 반짝이던 사내의 눈빛이 순식간에 가라앉았다. 그새 흥미를 잃은 것일까. 재미없다는 듯 그가 나인의 어깨를 짓누르던 손을 거뒀다.

"내 말을 따라 한다면, 목숨만은 살려줄까 하는데."

"예! 예! 하겠습니다!"

사내가 흠, 흠 목소리를 가다듬었다. 순심과 눈이 마주치자 사내는 예의 그 어딘지 오싹한 웃음을 지었다.

"내 말을 따라, 앞의 마마님께 고하라."

"예!"

"따라하라. 마마님, 소인은 한없이 미천한 마마님의 종이옵니다."

"마, 마마님, 소, 소인은……. 한없이……. 아악!"

그의 손이 궁녀의 머리채를 단숨에 움켜쥐었다. 억센 손길에 궁녀의 턱이 하늘로 향했다.

"다시."

"마, 마마님! 소인은 한없이 미천한 마마님의 종이옵니다!"

"역시 거칠게 다뤄야 말을 잘 듣는군."

사내가 궁녀의 머리채를 틀어쥐고 있던 손을 털어냈다. 그 반동 탓에 휘청대던 궁녀의 몸이 앞으로 고꾸라졌다. 차마 그 모습을 보지 못하고 순심은 고개를 돌렸다. 살이 튀고 피가 흐르는 꼴은 아니었으나 이는 어쩌면 그보다 더 참혹한 광경이었다.

"그래, 마마님께 절을 올려라. 웃전에게 그리 고분고분하게 굴어야 보기 좋은 법이다."

나인의 눈에서 뚝뚝 눈물이 떨어졌다.

"흐흑……."

"어디서 곡소리를 내느냐? 어머님의 상을 치르고 입궐한 나다. 여기서까지 그런 소리를 들으라는 것인가?"

"송구하옵니다! 살려주십시오!"

잔인한 웃음을 흘리는 사내. 사내는 날렵한 인상이었다. 긴 듯한 눈매와 얇은 입술이 그러했고, 호리호리한 몸매 또한 그러했다. 궁녀를 유린하며 가시 돋친 말을 내뱉고 있었으나 그의 태도는 경박스럽거나 속되지 않았다. 지금과 같은 모습을 보지 않았다면 절도가 몸에 밴 무인이나 고고한 선비쯤으로 여겼으리라.

그러나 찬찬히 살펴보니 눈썹은 비스듬한 사선을 그려 맹수 같았고, 그 아래 눈꼬리가 올라간 눈 역시 범인(凡人)이라기엔 지나치게 강렬했다. 거친 외모는 아니었으나 그의 눈빛을 마주 보기는 쉽지 않았다.

“제발 살려주십시오……. 흐흑…….”

“시끄러워 죽겠군.”

사내가 귀찮다는 듯 혀를 끌끌 찼다.

“썩 꺼지거라, 당장.”

“아, 알겠사옵니다, 대감!”

얼어붙어 있던 순심이 궁녀의 말을 되뇌었다.

‘지금 대감이라 하였나?’

본디 대감이란 정이품 이상의 높은 벼슬아치를 일컫는 말이다. 그러므로 궐 안에서 대감이라 불리는 이들은 대부분 백발이 성성한 노인들이기 마련이었다. 그러나 사내는 대단히 젊었다. 기껏 순심보다 네댓 살 정도 위일까.

그가 순심을 향해 몸을 돌렸다.

“뉘신지…….”

“아아, 저 말입니까?”

순식간에 광포하던 짐승의 기운이 빠져나간 사내의 눈빛이 장난기를 띠고 반짝인다. 그러나 그러한 모습은 오히려 등골을 오싹하게 했다. 잠깐 사이에도 사내의 감정은 극에서 극을 향해 난폭하게 움직이고 있었다.

“밖에서 듣자니 저하께서 궁녀에게 승은을 내리셨다 하지 뭡니까. 돌부처 같은 저하를 사로잡은 여인이 보고 싶어 급히 입궐하였습니다. 대체 어떤 여인일까 궁금하여 밤에 잠이 오질 않더이다.”

“…….”

“저하의 안목에 감탄을 금치 못하겠습니다.”

그의 눈동자가 순심의 얼굴로 향한다. 무례하다 느낄 정도의 노골적인 시선이 순심에게 머물렀다. 그는 잠시간 시선을 거두지 않았다.

내내 겁먹은 표정을 짓고 있던 순심이 그의 눈길을 어색하게 피한다. 사내가 씩 웃음을 지었다.

"웃으십시오. 어찌 봄날의 여인께서 한겨울 같은 표정을 짓고 계십니까?"

방금 전의 난폭하던 사내라고는 믿기지 않는 달콤한 음성.

"어찌 대감께서 한낱 궁녀에게 존대를 하십니까? 뉘신지는 모르오나, 소인 황송하여……."

"처음 만나는 자리에 예를 갖추는 것이 당연하지요. 형님의 여인이신 것을. 인사 올립니다. 저는 세자 저하의 아우, 연잉군(延礽君)입니다."

그가 가볍게 묵례했다.

'연잉군 이금(李昑).'

머릿속으로 그의 이름을 되뇌던 순심의 등골이 서늘해졌다.

임금 이순은 여러 후궁들에게서 세 아들을 두었다. 그중 장자가 희빈 장씨와의 사이에서 태어난 왕세자 이윤, 둘째가 숙빈 최씨 소생인 이금, 막내가 명빈 박씨에게서 태어난 이훤이었다.

연잉군은 그중 둘째인 금의 군호(君號). 순심은 구월에게 들었던 풍문을 떠올렸다. 주상 전하의 둘째 아들인 연잉군께서는 종잡을 수 없는 성격의 소유자로, 노론대신들도 그의 앞에서 쩔쩔매곤 한다는 말을.

왠지 정수리가 따끔거리는 듯하다. 순심이 눈치를 살피며 고개를 들었다.

"어찌 그리 보시는지……."

금과 눈이 마주친 그녀가 쭈뼛대며 물었다. 그는 굳이 쏘아보지 않아도 꽤나 날카로운 눈매의 소유자였다. 게다가 방금 전 궁녀를 거칠게 대하는 것까지 보았으니 그가 두려울 수밖에.

"아, 송구합니다. 이런 미인을 마주하는 것이 참으로 오랜만이라,

나도 모르게 그만."

금은 진짜로 넋을 잃었던 사람인 양 맑게 웃었다. 그의 눈빛에 떠돌던 맹수 같은 잔영이 순식간에 사라졌다.

"과, 과찬이십니다, 대감. 그리고, 부디 말씀을 낮추어주시옵소서. 소인 황송하여 몸 둘 바를 모르겠습니다."

어찌 일국의 왕자군께서 한낱 궁녀에게 존대를 하며 심지어 고개까지 숙인단 말인가.

"흐음."

이내 금이 대수롭지 않게 고개를 끄덕였다.

"하긴. 후궁이 아닌 동궁전 궁녀 신분이니, 굳이 따지자면 내가 존대하는 것도 법도에 어긋나는 일이겠군."

"예, 대감. 지당하신 말씀입니다."

"알았다. 후에 첩지를 받으면 내 깍듯이 대우해주겠다."

"첩지이라니요. 당치 않은 말씀이십니다."

"저런."

그가 순심을 응시한다. 그의 눈빛이 순식간에 차갑게 식었다.

"평생 승은궁녀로 늙어 죽어도 좋다, 이 말인가?"

"예?"

"그리 순진한 얼굴로 눈을 깜빡대며 저하를 사로잡은 것인가? 그러나 사람 잘못 보았다. 나는 저하처럼 여인을 어렵게 여기는 선량한 군자가 아니거든."

"무슨 말씀이신지……."

갑자기 웃음기가 싹 사라진 그의 모습. 당황한 순심이 말끝을 흐렸다. 금의 음성은 미인이라는 칭찬을 늘어놓던 사람이라고는 믿기지 않을 만큼 싸늘해져 있었다.

"궁녀들의 속내야 하나같이 똑같지. 승은을 입었으면 자식을 낳고 싶고, 자식을 낳으면 후궁이 되고 싶지. 그리고 후궁이 되면, 중궁전으로 가는 가마를 타고 싶어 한다. 내 사랑하는 어머님 역시 그러하셨지. 끝내 아바마마께 내쳐지셨지만 말이다."

"……."

대꾸할 말을 찾지 못한 순심이 잘근 입술을 깨물었다.

"어디 보자."

금이 순심에게 한 걸음 다가섰다. 그녀의 모골이 송연해졌다.

"너도 그 고운 머리채 위에 떨잠 한번 꽂아봐야지 않겠느냐?"

시험이라도 하듯 금은 그녀의 얼굴을 빤히 쳐다보았다. 고양이 앞의 쥐가 된 기분이 이런 걸까. 순심은 가까스로 입을 열었다.

"……그런 생각은, 진실로 해본 적이 없습니다."

"아직 궁궐을 모르는 애송이로군. 뭐, 네 뜻이 정 그렇다면야."

금이 피식 웃었다. 그러나 그 웃음은 동의가 아닌 조소에 가까웠다.

"다 너를 생각하여 해주는 말이다. 꼬라지를 보아하니, 새사람이 들었다 하여 궁인들이 텃세를 부리고 있지 않은가. 어엿한 후궁이 돼야 저런 것들에게 업신여김을 당하지 않을 것이다. 말 나온 김에, 내 좋은 비법 하나 알려주랴?"

"……무엇입니까?"

"아까 그 못난 계집이 또 눈을 똑바로 치뜨고 대들거든, 망설이지 말고 피가 나도록 종아리를 쳐라. 그리해야 다시는 너를 우습게 보지 못한다."

"……."

"어찌 대답이 없느냐, 순심아."

"아무리 그런들 같은 궁녀 처지에……."

채 말을 잇지 못하던 그녀가 당황한 표정으로 금을 올려다보았다.

"소인의 이름을 어찌 아십니까?"

"하하. 다 방법이 있다. 이런 일로 그리 토끼눈을 하다니. 내 오직 너를 보기 위해 입궐했다 하면 아주 대경실색을 할 모양이다."

"저, 저를요?"

"지금 여기 너와 나, 단둘 말고 다른 이가 있는가?"

"무엇 때문에 저를 보러 오신 것입니까?"

잠시 맞닿은 시선. 금의 눈동자는 짙은 색채의 호박(琥珀)처럼 그윽한 갈색을 띠고 있었다. 금은 표정을 숨기지 않는다. 말간 눈동자는 이 순간 그가 느끼고 있는 감정을 그대로 드러내고 있었다. 순진한 여인과 가벼이 희롱하는 순간의 즐거움을 마음껏 내보이며 그는 유난히 붉은 입술을 슬쩍 비틀었다.

애석한 일이다. 이런 여인이 궁녀, 그것도 세자궁의 승은궁녀라는 것이.

"사내가 여인을 보러 오는 데 달리 이유가 있을까. 보고 싶어 왔다. 그뿐이다."

"예에?"

당황하여 볼이 붉어진 순심의 모습. 금이 유쾌한 듯 웃음을 터뜨렸다.

그러나 대단히 기분이 좋은 듯한 금과는 달리 순심은 그야말로 가시방석이었다. 그런 까닭에 그녀는 도움이 간절한 눈길로 낙선당의 입구를 흘낏거렸다.

'누구라도 좀 와라.'

금의 언변은 거침없었고 태도는 위압감을 느끼게 했다. 그중에서도 가장 그녀를 곤혹스럽게 만든 것은 금의 눈빛이었다. 평생 남자를 가까이한 적 없는 순심이었으나 그것만은 확실히 알 수 있었다. 그녀를 바라보는 그의 시선은 완연한 사내의 것이라는 사실을.

마침내 순심의 애타는 바람에 응답이 왔다.

"금아."

낙선당의 초입, 흑룡포 자락이 모습을 드러냈다. 윤의 등 뒤로 종종대며 쫓아오는 상검의 모습이 보였다. 문 내관은 어쩐 일인지 보이지 않았다.

"오셨습니까, 저하."

"저런. 또 그리 부르는구나."

"아, 형님."

'형님'이라는 호칭이 퍽 마음에 드는 듯하다. 윤의 입가에 미소가 떠올랐다. 그제야 윤이 주변을 둘러본다. 한 발짝 물러나 서 있는 순심을 본 그의 표정이 미묘하게 달라졌다.

"오랜만의 입궐이구나. 한데 어찌하여 내가 아닌 승은궁녀 처소에 먼저 들른 것이냐?"

"그럴 리가 있겠나이까. 그저 형님께 가는 길에 마주쳐 잠시 인사를 나눴을 뿐입니다."

"천하의 연잉군이 변명을 하다니. 내 동생답지 않군."

윤의 어조는 조금 차갑게 들렸다. 금의 입가에 어색한 미소가 떠올랐다.

"역시 형님을 속일 수는 없는 모양입니다. 고백건대 궁금하였습니다. 형님의 승은궁녀가 어떤 여인인지."

"솔직해서 좋구나. 그래, 보니 어떻더냐?"

두 사내의 시선이 동시에 순심에게 향했다. 당황한 그녀가 어색하게 시선을 피했다.

배다른 형제. 그들의 어머니는 같은 남자를 사랑했으며, 평생 서로를 적대했다. 대부분의 사람들은 그들이 결코 가까울 수 없는 관계라고 생각했다. 그러나 남 보기에 그들은 우애 깊은 형제였다. 적어도 표면적으로는 그러했다.

"한 사람의 눈에만 아름다운 것이 어디 꽃이겠습니까? 형님의 눈에 아리따워 보이듯 제 눈에도 그리 보입니다."

찰나의 순간, 보일락 말락 한 미소가 금의 입가를 싹 스쳤다.

"꽃이라. 그래, 네 말이 맞다. 또한 남의 집 담장 안에 핀 꽃은, 원래 더 아름답게 느껴지는 법이지."

형제의 시선이 마주친다. 윤의 눈빛은 여유로웠고 금의 눈동자는 평온했다. 적개심은 엿보이지 않았다. 윤에게 왕세자로서의 고충이 있듯 금에게도 서자인 왕자로서 느끼는 어려움이 있다. 형제는 긴 세월 정쟁(政爭)의 한가운데서 살아가며 진심을 숨기는 데 익숙해졌다.

"나쁘지 않구나. 내 뜰의 꽃이 네게도 아름답게 여겨진다는 건, 내 안목이 뛰어나다는 뜻이기도 하니까."

스윽- 윤의 팔이 그녀를 감쌌다. 정녕 꽃이라도 다루는 듯 부드럽고 은근한 손길이 순심의 어깨를 어루만졌다. 당황한 순심이 그를 올려다보았다. 그러나 윤은 유유자적, 마냥 여유로운 표정이었다. 그저 순심의 얼굴이 여름날의 낙조처럼 새빨갛게 달아올랐을 뿐이다.

"승은궁녀를 들이셨다 하기에 몹시 궁금하였습니다만, 이리 푹 빠지신 줄은 미처 몰랐습니다."

"그래 보이느냐? 하긴, 나도 내가 이럴 줄은 몰랐으니, 당연한 일이겠지."

순심의 어깨를 감싸고 있던 윤의 팔에 지그시 힘이 들어갔다. 겉으로 보기에는 참으로 다정하여 애정이 듬뿍 담긴 듯한 행동이었으나 의외로 굳센 손길. 결국 그녀는 흑룡포의 흉배에 수놓아진 금룡과 뺨을 맞댄 채 그의 품 안에 폭 파묻혔다.

윤의 옷자락에서 고상한 백단 향기가 물씬 풍겨왔다. 세상이 핑그르르 도는 건, 역시나 그 진한 향내 때문이었을 것이다.

"세자빈께서 걱정이 많으시겠습니다."

"세자빈?"

금이 문득 던진 말에 윤의 미간에 힘이 들어갔다.

"간택령이 내리지 않았습니까. 길어야 두어 달이면 새 세자빈께서 오실 터인데, 이미 형님께서는 다른 여인을 은애하고 계시니까요."

"마치 누가 세자빈으로 간택될 것인지 알고 있는 듯 말하는구나."

"그럴 리가요. 단지 새로운 세자빈께서 마음고생을 할까 저어되어 그렇습니다."

"누군지도 모르는 여인을 벌써 걱정하느냐? 세자빈이라면 분명 사대부의 여식일 테니, 사소한 일로 투기를 하거나 마음을 다치지는 않을 것이다."

"그리된다면 다행이겠지요. 하나 한 사람의 마음을 둘이 나눠 가지는 것은 쉽지 않습니다, 저하."

어찌 윤이 그것을 모를까. 그들의 어머니, 희빈 장씨와 숙빈 최씨의 참혹한 역사가 그 증거인 것을.

"승은궁녀가 세자빈을 잘 모시겠지요. 그렇지 않은가?"

금의 마지막 물음은 순심을 향한 것이었다.

"……예. 그리할 것입니다."

새로운 세자빈. 그간 생각지 못했던 이름의 등장에 순심의 표정이 어두워진다. 승은을 입은 것이 진실이든 아니든 간에 순심은 세자의 첩실이었다. 세상천지 첩을 기꺼이 여길 여인이 어디 있단 말인가.

그러나 그녀의 표정이 어두워진 것을 두 형제는 눈치채지 못한 듯했다. 혹은 힘겨루기의 용도로 그녀를 이용했을 뿐, 실제 순심에게는 별 관심이 없는 것일지도 모른다.

"금아, 이만 방에 들어 이야기하도록 하자."

"예, 형님."

윤이 몸을 돌리자 내내 기다리고 있던 상검이 재빨리 따라붙었다.

이를 본 금이 윤에게 말을 건넸다.

"형님, 사람을 물러주십시오. 편히 말씀을 나누길 원합니다."

"아, 그래. 상검이는 따라오지 말고 여기 있거라. 내 연잉군과 둘이 나눌 이야기가 있다."

"하오나, 저하……."

그러나 윤은 본체만체 그를 지나쳐 갔다. 지레 포기한 상검이 입을 다물었다.

잠시 꾸물대던 금이 순심을 향해 고개를 돌렸다. 그는 무언가 말을 꺼내려는 듯했다. 그러나 윤의 목소리가 그를 재촉한다.

"금아. 오지 않고 무엇 하느냐?"

"예, 가겠습니다."

몸을 돌리던 금과 그녀의 눈이 마주친 순간 그의 한쪽 눈이 부드럽게 감겼다. 초승달 모양으로 접히는 눈매를 따라 날렵한 입꼬리가 호선을 그렸다.

"곧 또 보게 될 게다."

아무리 담장이 높아도, 나비는 꽃향기를 따라가기 마련이므로.

두근대던 심장이 발치까지 쿵 떨어진 이유가 무엇 때문인지 순심은 도무지 알 수 없었다. 은밀히 속삭이는 금의 숨결이 뜨거운 탓이었는지, 혹은 먼발치에서 그녀를 지그시 응시하는 윤의 눈빛이 지나치게 강렬했기 때문이었는지.

그녀는 성큼성큼 사라져가는, 몹시 매력적이나 어딘지 이상한 형제의 뒷모습을 바라보고 있었다.

윤과 금이 사라진 낙선당의 안마당. 순심은 마루에 걸터앉은 채 깊은 생각에 잠겨 있었다.

'세자빈께서 오신다고.'

순심은 윤과 했던 거래를 돌이켜본다. 당시의 그녀의 관심은 오직 하나뿐이었다. 출궁당하지 않는 것. 궐 밖으로 나가 살게 되지 않는 것. 그랬기에 예상하지 못했다. '승은궁녀'라는 이름 안에 얼마나 많은 의미가 들어 있는지.

승은궁녀 김순심은 궁녀들에게는 눈엣가시였고, 새로이 간택될 세자빈에게는 가증스런 첩실이었다. 또한 연잉군에게는, 타인의 뜰에 피어 있기에 괜스레 꺾고픈 욕망을 일으키는 이름 모를 꽃 한 송이일지도 모른다.

"웃흠."

갑자기 들려오는 헛기침 소리에 깜짝 놀란 순심이 고개를 돌렸다. 대청의 끄트머리에는 윤에게 내쳐진 상검이 오도카니 앉아 있었다. 무슨 까닭인지 그는 자리를 뜨지 않은 채 순심을 힐끔대는 중이었다.

"마마님."

"예?"

"소인은 동궁전 환관 박상검입니다. 잠시 뵈었었는데, 기억하십니까?"

"저하와 문 내관과 함께 계시던 분 아니십니까?"

"예. 기억하시는군요."

상검의 표정이 밝아졌다. 그가 주섬주섬 제 소개를 늘어놓았다.

"이렇게 만나 뵙게 되다니 가문의 영광입니다. 참고로 소인의 가문은 대대로 많은 내관을 배출한 명문 내시 가문……."

"아, 예."

잠시 어색한 침묵이 흘렀다.

"그런데요?"

"어, 음……."

무언가 할 말이 있는 듯, 상검은 자꾸만 눈치를 살폈다.

"제 얼굴에 뭐라도 묻었습니까?"

"아, 아니요. 마마님. 그리고 소인은 정식 내관이 아니라, 애기나인과 비슷한 처지이니 편히 하대하시옵소서."

그의 말마따나 상검은 솜털이 보송보송한 얼굴을 하고 있었다. 기껏 열네다섯쯤 먹었을까? 무엇보다 강아지를 닮은 처진 눈매가 선량해 보여 일단 순심은 마음을 놓았다.

"어찌 그리 뚫어져라 쳐다보니?"

"아, 동궁전에 마마님이 들어오신 것은 처음 있는 일이니까요."

"승은궁녀가 들어온 것은 처음이지만, 원래 세자빈께서 계셨지 않았어?"

"그렇긴 하지만 세자빈께서는 저하와 왕래가 별로 없으셨거든요."

"으응."

문득 궁금해진 순심이 입을 열었다.

"간택령이 내려서 곧 새 세자빈께서 오신다더라."

"예, 곧 초간택이 있을 것이라 들었습니다. 사실 어느 분께서 간택이 되시든 저하께서는 별로 달갑지 않으신 것……."

실언했음을 깨달은 상검이 말끝을 흐렸다. 뒤통수에 무심코 손을 대던 상검이 '아' 소리를 낸다. 그의 사모(紗帽)[14] 밑으로는 칭칭 동여맨 흰 무명 자락이 비죽 튀어나와 있었다.

"머리를 다쳤나 보네. 어쩌다 그랬어?"

"머리요? 아, 말도 마십시오. 마마님께서 승은을 입으셨던 그날 말입니다. 마마님 처소 앞에서 망을 보고 있는데 웬 여인네가 나타나서 저를 밀쳐 넘어뜨렸지 뭡니까? 세상에, 어찌 여인이 그렇게 힘이 세고 우악스러운지. 생긴 건 꼭 북악산 흔들바위처럼 생겨가지고."

"지금 구월이 말하는 거야?"

---

14 문무백관들이 착용하던 관모.

"예?"

"도둑이 들었다고 소리쳤던 궁녀 말이야. 그 애, 내 동무인데."

"아."

상검이 당황한 듯 눈을 굴렸다.

"다, 다시 생각해보니, 그렇게 우악스럽지는 않았던 것 같습니다. 듣자 하니 조선 팔도 바위 중에 북악산 흔들바위가 제일 곱게 생겼다는 소문이……."

"……."

순심에게서는 대답이 없었다. 예상치 못하게 튀어나온 구월의 이름이 그녀를 울적하게 한 탓이었다. 눈치를 살피던 상검이 재빨리 화제를 돌렸다.

"처소에서만 계시니 마마님께서는 모르시지요? 궁궐 사람들 모두가 마마님 이야기를 하고 있다는 것을요."

"내 이야기를? 왜?"

"왜긴요. 저하 때문이지요. 대체 어떤 분이기에 여인에게 관심이 없는 저하의 눈에 든 건지를 궁금해하는 게지요."

"그, 그렇지만……. 사실 나는……."

순심이 윤과의 거래를 떠올린다. 그는 분명 이렇게 말하라 했었다.

"저하와 밤을 보냈을 뿐, 진짜 승은을 입은 것이 아니야."

"아, 손만 잡고 주무셨다는 말씀을 하시는 게지요? 뭐, 궁인들도 다들 그럴 것이라고 수군대더군요."

"정말?"

"예."

상검이 고개를 주억거렸다.

"그리 소문이 났으면 내가 허울뿐인 승은궁녀라는 것도 알고 있겠네……. 그런데 굳이 궁금할 것이 뭐 있다고."

"뭐, 남녀의 일이라는 것이 그렇지 않습니까? 그, 제가 배우기에, 누구더라, 고주몽? 고주망태? 아무튼 그 사람은 알에서 나왔다고 하던걸요."

"망측해라. 사람이 알에서 나와?"

"그 사람뿐이 아닙니다. 박혁거세? 뭐, 그런 사람도……. 세상에, 거세라니 남 일 같지 않아서 원……."

한숨을 내쉰 상검이 말을 이었다.

"게다가 먼 서역에서는 처녀가 자식을 잉태한 경우도 있다더군요. 그래서 동방박사인지 동방신기인지에게 축복받았다나 뭐라나……."

"세상에, 남세스러워라."

"정말이래두요. 여하간, 남녀 사이의 일은 모르는 것이니까요. 마마님께서도 언제고 회임을 하실 수 있다는 거지요. 물론 저는 남녀의 일에 대해 글로 배웠습니다만……."

주절주절, 상검이 이런저런 이야기를 풀어놓고 있을 때였다.

"상검아! 거기서 무얼 하느냐?"

"문 내관 나리, 오셨습니까요?"

상검이 후다닥 자세를 바로 했다. 순심 역시 괜히 긴장되어 눈치를 살폈다.

"내가 없다고 그새 농땡이를 피워? 그것도 감히 낙선당에서?"

"그, 그것이 아니라, 저하께서 긴히 말씀을 나누신다며 여기 있으라 하셔서……."

"말씀을? 누구와?"

"연잉군 대감께서 오셨습니다."

"뭣이?"

철썩!

"아앗, 나리!"

문 내관에게 등짝을 얻어맞은 상검이 펄쩍 자리에서 뛰어올랐다.

"저하의 곁에서 절대 떨어지지 말라 하지 않았느냐? 특히 연잉군께서 오셨을 땐 더더욱……."

순심이 곁에 있는 것을 그제야 의식한 모양이었다. 격앙된 어조로 목소리를 높이던 문 내관이 급히 입을 다물었다.

"당장 따라오너라!"

"예, 나리."

문 내관이 대뜸 몸을 돌렸다.

"소인 물러갑니다. 다음에 뵙겠습니다. 물론 소인이 살아 있어야 뵐 수 있겠지만……."

순심에게 작별을 고한 상검이 터덜터덜 문 내관의 뒤를 따른다. 그의 얼굴은 백정에게 끌려가는 소처럼 서글퍼 보였다.

처음에는 연잉군이, 다음에는 세자가, 그 다음에는 상검과 문 내관이. 낙선당을 찾아왔던 이들이 썰물처럼 빠져나간 처소 앞은 고요했다. 잠시 동안 꽤나 소란스러웠던 탓에, 사방은 오싹하도록 적막하게 느껴졌다.

"어휴. 조용하니 좀 살 것 같다."

순심이 괜히 기지개를 켜며 목소리를 높여본다. 그러나 부러 하는 거짓말. 늘 적적하던 그녀에게 말 많은 상검과의 대화는 가뭄 끝 단비처럼 즐거운 것이었다.

"다 가버렸네."

문득 윤의 품에서 풍기던 그윽한 백단향이 떠오른다. 순심이 깊이 숨을 들이마셨다. 쓸쓸한 낙선당. 그가 남긴 단향 한 자락 떠돈다면 향기나마 벗 삼아 위안을 얻을 텐데.

"절대 기죽지 마, 김순심."

순심이 스스로에게 다짐하듯 되뇌었다.

"난 괜찮아."

정말로 난 괜찮다고. 괜찮을 거라고. 말동무 없는 것이 무어 대수란 말인가. 외로움 따위 별거 아니었다. 어디 김순심이 고작 그런 하잘 것 없는 감정 앞에 무릎 꿇을 만큼 나약한 사람이던가.

제 머리 위에 드리워진 낙선당 처마 그림자가 길어진 것도 모른 채, 그녀는 하염없이 그 자리에 서 있었다.

"……주책없이 눈물바람이람."

순심이 눈가를 옷소매로 쓱 닦았다. 그때였다.

"우는 게냐?"

"에구머니나!"

대체 언제부터 이렇게 가까이서 그녀를 보고 있었던 것일까. 고작 서너 걸음 남짓 떨어진 뒤편에 서 있는 윤을 발견한 순심이 소스라치며 외마디 소리를 질렀다.

"그, 그새 언제 오셨습니까?"

"연잉군을 배웅하던 길에 들렀다. 너야말로 내내 여기서 청승을 떨고 있었던 게냐?"

순심이 당황한 듯 서녘으로 시선을 돌렸다. 오만 생각에 빠져 시간이 한참 지난 것도 모르고 멀거니 서 있었던 것이다.

"그냥……. 생각 좀 하고 있었습니다."

"무슨 생각을?"

"뭐……. 입궐하기 전의 일이랑, 이것저것이요."

"그런데 어찌 우느냐? 가족이 그리운 게냐?"

"우, 울다니요. 하품 좀 한 걸 가지고……. 그리고 소인은 잘 모릅니다, 그런 거."

"무엇을 모른다는 게냐?"

"가족이 그리워 눈물을 흘리는……. 그런 거요."

그녀와 처음 마주쳤던 그 밤 윤의 눈물을. 어머니를 살려달라고, 그럴 수 없다면 차라리 같이 죽여달라고 애원하던 그의 마음을 순심은 알지 못한다.

"입궐하기 전에 무슨 일이 있었기에?"

"저하께서 굳이 시간을 내서 들으실 만한 얘기도 아니고 과히 좋은 일도 아닌지라……."

"나는 듣고 싶은데."

처음이었다- 그가 여인의 이야기에 귀 기울이고 싶다 생각한 것은.

"……."

순심은 잠시 머뭇거렸다. 구월을 제외하고는 그 누구에게도 해본 적 없는 이야기. 그러나 보름 남짓 외로움이라는 모진 벽과 싸워온 그녀였다. 제 말을 들어줄 누군가가 생겼다는 안도감에 순심은 윤의 제안을 마다하지 못했다.

"별로 재미있는 이야기는 아닙니다, 저하."

"말해보아라. 내 경청하겠노라."

붉어지는 서녘하늘을 힐끔 쳐다본 윤이 고개를 끄덕였다.

"아버지……!"

목이 터져라 불러보지만 보이는 것은 매몰차기 짝이 없는 등판뿐.

"아버지, 아버지!"

열 살 소녀는 아비의 등을 향해 끝없이 부르짖는다. 칼바람이 눈가를 할퀴었으나 소녀는 눈조차 깜빡이지 않았다. 눈을 감은 사이, 자꾸만 작아지는 아비의 등이 영영 사라질까 봐.

순간 덜컹, 하는 소리와 함께 나룻배가 거칠게 흔들렸다. 겨울바람이 드세다. 며칠 전 비가 와 수세가 거친 강 한가운데로 배는 빠르게 미끄러져 흘러갔다.

"아버지! 제발요! 아버지……."

소녀가 제 몸을 붙들고 있는 사내에게서 벗어나기 위해 발버둥을 쳤다. 그러나 우악스러운 손길은 꿈쩍하지 않았다.

배는 어느새 강 한복판까지 흘러들었다. 이제 나루터마저 멀어져 보이지 않았다. 망망한 물살을 바라보던 소녀의 입에서 거친 흐느낌이 흘러나왔다. 배에 타고 있던 여러 객들은 어린 계집의 통곡에 슬그머니 시선을 돌렸다.

"하, 쪼끄마한 계집년이 더럽게 시끄럽구먼. 아가야, 재갈을 콱 물려버리기 전에 그 주둥이를 닥쳐야 할 것이다."

덕지덕지 분칠을 한 여인이 매몰차게 쏘아붙였다. 겁이 났으나 순심은 시선을 피하지 않으려 애썼다. 배가 물살을 따라 요동치는 탓에 속이 울렁거렸다.

"순심이라 했더냐? 예쁜 계집애가 어찌 그리 소리를 질러대누. 자, 내 말을 들어봐라."

여인이 순심의 코앞까지 얼굴을 들이밀었다. 싸구려 분 냄새, 묵은 기름 냄새, 곰방대 냄새, 지독한 술 냄새가 뒤섞여 진동했다.

"딸 팔아먹는 애비 따위 뭐 좋다 불러대느냐? 네 애비가 노름빚을 져서 너를 내게 팔았대두. 이제 내가 네년의 주인이다. 무슨 소린지 알겠느냐?"

도리도리, 순심은 고개를 저었다. 순심의 나이 열 살. 말뜻을 이해하지 못할 만큼 어린 나이는 아니었다. 그러나 알아도 인정하고 싶지 않은 진실이 있는 법이다.

"싫다고 해봐도 아무 소용 없다. 뭐, 일단 가보게 되면 네년도 주제를 알게 되겠지."

여인이 팽 코웃음을 쳤다. 그 곁에 엉덩이를 붙이고 앉아 순심을 흘낏대던 중늙은이가 물었다.

"기껏 열 살이나 먹었겠어? 유곽에서 일하기엔 너무 어린 듯한데. 뭐, 낯짝 하나는 기가 막히게 반반하구먼."

"나이가 무슨 상관이오? 내가 저년을 샀소. 내가 산 이상, 유곽으로 보내든 말든 내 마음이니 신경 끄시오. 왜요. 혹시 이 계집이 마음에 드오?"

울먹이던 순심이 잠잠해졌다.

'유곽이란 게 뭐지? 관청 같은 건가?'

고작 열 살인 그녀로서는 처음 듣는 말. 순간 순심의 의문에 응답하듯 젊은 목소리가 들려왔다.

"유곽이란 게 뭘 말하는 겁니까?"

나룻배 후미에 앉아 있던 열대여섯 살 먹은 소년의 물음. 그의 동행인 아버지뻘쯤 되는 사내가 민망한 듯 헛기침을 했다.

"황가(家), 너는 알 거 없다."

"뭐라는 겁니까? 어서 가르쳐줘요."

"흠, 뭐긴 뭐겠느냐. 매음을 하는 곳이지."

"매음이 뭡니까?"

"계집들이 몸을 파는 곳이라는 말이다! 그야말로 밑바닥들이나 가는 곳에 어찌 어린 딸을 팔았을꼬. 말세구먼, 말세야. 쯧쯧."

순심의 눈동자가 거세게 흔들렸다.

아버지의 노름빚은 하루가 지날 때마다 배로 불어나 있었다. 어머니의 유품인 장신구와 세간살이가 하나씩 사라진 이후에는 집문서가 남의 것이 되었다. 마지막 남은 것은 어린 순심 하나뿐. 대갓집 몸종이나 관노로 딸을 파는 이들이 없지 않던 시절이었다. 순심은 어렴풋이 제 운명을 예감했다.

하나 매음이라니. 비정한 자의 여식이라 하여, 그런 것까지 각오한 적은 없었다.

풍덩! 강물 위로 큰 파문이 일었다.

"어이쿠! 저걸 어째!"

"저, 저, 독한 년!"

살얼음이 진 수면으로 열 살 계집은 몸을 내던졌다. 오금이 저리는 차디찬 강물로 빠져든 찰나, 오히려 물속은 평화롭게 느껴졌다.

그러나 그 순간뿐이었다. 거친 물살이 코와 입으로 들이닥쳤다. 숨이 콱 막혔다. 동시에 단 한 번도 가져본 적 없는 폭발적인 감정이 밀어닥쳤다. 살고 싶다는, 삶에 대한 강렬한 욕망이.

'왜 아무 죄도 없는 내가, 이런 일을 겪어야만 해? 나도 살고 싶은데⋯⋯. 남들처럼 살고 싶은데!'

몸의 감각이 무뎌진다. 차디찬 감각이 숨통을 꽉 조이고 폐부를 짓눌렀다. 고통에 몸부림치며 비명을 내지르지만, 나오는 것은 거대한 눈물방울 같은 물거품뿐.

죽고 싶지 않았다. 죽기에는, 너무나 아까운 삶이지 않은가. 분명 그녀를 위해 준비된 보다 나은 운명이 있을 것이다. 이대로 짧은 생을 마감할 수는⋯⋯.

"황가야! 야, 이놈아!"

"사, 사내애가 뛰어들었다!"

첨벙, 또 다른 파문이 겨울 강물 위를 흔들었다. 싸늘하게 얼어붙어가는 의식 속, 수중으로 처연히 가라앉는 몸뚱이를 이끌던 누군가의 손길.

순심의 기억은 거기까지였다. 그녀는 정신을 잃었다.

"⋯⋯정녕 그런 일이 있었다는 것이냐? 믿기지 않는구나."

윤이 믿기지 않는다는 듯 중얼거렸다.

평생을 궁궐에서 보낸 그였다. 궐 밖 세상에 대해 관심을 가져봤자 알 수 있는 것은 사대부들의 삶 정도였다. 이리 치열하고 고단한 것이 그가 보살펴야 할 백성들의 생이라니. 당돌한 데가 있는 궁녀일 뿐이라 여겼던 여인의 삶에 이리 잔인한 질곡이 스며 있을 줄은 꿈에도 몰랐다.

"그리하였는데, 어찌 입궐하게 된 것이냐?"

"소인을 산 여인이 저를 되팔았습니다. 독한 계집이라 억지로 유곽에 끌고 갔다간 혀를 깨물어 죽고 말 것이라고, 한번 죽으려 했던 계집은 반드시 자결하고 만다면서요. 그러면 들인 돈을 찾지 못하게 된다며……. 궁녀를 대는 거간꾼에게 돈을 받고 저를 넘겼습니다.”

“너를 구해주었던 자는?”

“모릅니다. 사실 나중에 들어 안 것이지 기억도 잘 나지 않습니다.”

“용맹한 자로구나. 엄동설한 물속으로 뛰어들 생각을 다 하다니.”

“고맙다는 말도 하지 못했습니다.”

“그리하여…….”

연못에 빠졌을 때 그리 몸부림쳤던 것인가. 처음 보는 소녀를 구하기 위해 목숨을 거는 이도 있는데, 저는 귀찮다는 이유로 연못에 빠진 순심을 내버려두었다는 데 생각이 미쳤다.

“내 약조 하나 하겠다.”

“약조요?”

“그래. 나중에, 혹시라도 네가 또 물에 빠지는 일이 있거들랑…….”

“저하!”

순심이 소름 끼친다는 듯 어깨를 바르르 떨었다.

“무슨 말씀을 그리 하십니까. 그런 일은 상상조차 하고 싶지 않습니다.”

세자의 말허리를 뚝 자르는 것은 꽤나 무례한 일이었다. 그러나 오죽 고통스러웠으면 그리했을까. 윤은 말없이 고개를 끄덕이며 입 안에 맴돌던 말을 삼켰다.

순심이 깊은 한숨을 내쉬었다. 입 밖으로 낸 괴로운 과거를 흘려보내려는 듯, 그녀가 지그시 눈을 감았다.

‘나만이 힘들고 고통스러운 줄 알았구나.’

그 모습을 바라보던 윤에게 문득 찾아든 깨달음. 그는 어머니를 잃었다. 아버지의 사랑 역시 윤을 떠났다. 사람들의 손가락질과 조소에 맞서 싸우며 긴 세월을 보낸 탓에, 그는 누구에게도 마음을 주지 않았다. 늘 외로웠다. 생이란 곧 고행이라 생각했다.

그러나 지근거리며 뼈마디를 파고드는 삶의 무게는 조선의 세자만이 짊어지고 있는 것이 아니다.

"……장한 일이다, 순심아."

"예?"

장하다, 살아나서. 이렇게 살아가고 있어서.

"입궐하여 어엿한 궁녀가 되었고, 게다가 승은까지 입었으니 이제 지난 일은 떨쳐버려도 되지 않겠느냐?"

"이미 잊었습니다. 전하께서 여쭈시니 말씀드렸을 뿐입니다. 그리고…… 누가 들으면 제가 진짜 승은궁녀라도 된 줄 알겠습니다."

무심코 튀어나온 말이었으나 왠지 부끄러운 기분이 들었다. 순심이 작게 헛기침을 했다.

"가짜 승은궁녀인 것이 서운하더냐?"

"……아닙니다. 애당초 그리 거래를 한 것을요."

그것이 서운한 것은 아니다- 단지 고립된 동궁전이라는 세상, 낙선당의 벽에 덕지덕지 들러붙어 옥죄어오는 외로움이 서글플 뿐. 그러나 세자에게 쓸쓸함을 호소한다 한들 무엇이 달라질까. 윤은 일개 궁녀의 외로움을 달래줄 만큼 한가하지 않았다. 또한 그는 그녀의 연인도, 정인도 아니었다.

살아남으려면, 받아들여야 한다. 외로움에 사무치더라도. 찾는 이 하나 없이 혼자가 되더라도.

툭-

"어…… 왜 이러지."

순심의 볼을 타고 주룩, 흘러내린 눈물 한 방울. 동시에 스스로도 의식하지 못한 채 뻗어나간 윤의 손길이 그녀의 젖은 뺨 위에 닿았다.

'내가…… 왜 이러지.'

멈칫 곱아드는 그의 손. 흠칫, 놀란 순심이 몸을 뒤로 뺐다. 말랑대는 여린 감촉이 그의 손끝에 남았고, 저릿하게 스며드는 온기가 그녀의 볼에 남았다.

"……가봐야겠구나."

윤이 몸을 일으켰다. 오늘 밤은 유난히 덥게 느껴진다. 아무래도 두루마기를 벗어야 할 것 같았다.

순심은 낙선당 초입까지 그를 배웅했다. 윤의 걸음은 무심하게도 그녀를 휘휘 앞질러 간다. 과거의 일을 털어놓은 후에 조금이나마 가까워졌다 느낀 건 그녀만의 착각에 지나지 않는 모양이었다.

"살펴 가시옵소서, 저하."

"그래."

멀어지는 그의 뒷모습 위로 여름날의 어스름이 스며든다.

궁궐에서 평생을 살아가는 이들은 본디 모두가 외로운 사람들. 그래서 창덕궁의 밤은 더욱 깊고 푸르렀다.

* * *

으드득!

순심이 입안에 든 것을 퉤퉤 뱉었다. 자갈 부스러기가 밥상 위를 데굴데굴 굴러갔다.

"대체 밥을 어찌 했기에……. 우욱!"

한술 더 떠, 국물에서는 말로 형언할 수 없는 이상한 냄새가 풍겼다.

"이게 다 뭐야……."

낙선당의 아침. 경악에 찬 표정의 순심이 조반상을 저만치 밀어냈다. 도저히 사람이 먹을 수 없는 음식들이었다. 밥에는 알알이 돌이 씹혔고 국과 찬에서는 역한 흙내가 났다. 부엌간에서 십 년의 세월을 보낸 순심이 까닭을 모를 리 없다. 이는 그녀를 골탕 먹이기 위한 짓이 분명했다.

"마마님, 계시우?"

총총 안뜰을 가로질러 오는 궁녀 하나. 순심이 의아한 표정으로 궁녀를 바라보았다.

"무슨 일이시기에……."

순심을 바라보고 있는 키 작은 나인은 동궁전의 세답 담당으로, 다른 동궁전 궁녀들이 그러하듯 순심을 없는 사람 취급해왔다. 그랬던 이가 갑자기 수더분하게 말을 붙이니 당황스러울 수밖에.

"의복을 가져왔수다. 세답방에서 다듬이질까지 마친 것들이오."

"고, 고맙습니다."

놀란 표정의 순심이 자리에서 벌떡 일어났다.

궁녀가 건넨 말은 호의라고도 할 수 없는 지극히 일상적인 것들이었다. 그러나 낙선당 생활을 시작한 이후 궁녀들의 냉대에 마음고생을 해온 그녀였다. 말을 걸어줬다는 것만으로도 마음이 벅차, 순심은 방금 전 흙밥을 먹고 입을 버린 것도 잊었다. 순심이 잰걸음으로 궁녀에게 다가갔다.

"들고 오느라 무거웠을 텐데, 고맙습니다. 이리 주세요. 제가 들겠…… 어엇……!"

궁녀가 들고 있던 옷가지에 순심의 손이 닿는 것과 동시에 깨끗하게 빨아 개켜놓은 의복들이 우수수 땅바닥에 흩어졌다. 속곳, 치마, 저고리와 버선들이 흙바닥에 나뒹굴었다.

황망한 표정으로 고개를 든 순심이 눈을 부릅떴다. 살갑게 말을 걸던 궁녀의 입꼬리는 우스워 죽겠다는 듯 실룩대고 있었다.

"이게…… 무슨 짓이야……?"

"어머, 그러게. 이 아까운 것들을 어쩌누? 밤일만 반 푼어치로 못하는 줄 알았더니 심지어 치마저고리 하나 제대로 못 드는 백치였구먼. 안 그래요, 마마님?"

가시 돋친 말이 신호가 된 듯했다. 낙선당 초입에 모습을 감추고 있던 궁녀들이 우르르 달려 나왔다. 개중에는 연잉군에게 모진 꼴을 당한 궁녀도 있었고, 순심으로서는 처음 보는 낯선 얼굴도 있었다.

공통점은 하나. 모두가 적의가 가득한 표정으로 순심을 노려보고 있다는 사실이었다.

"무, 무슨 짓이야?"

"무슨 짓이긴! 승은궁녀 마마님께 동궁전의 법도를 가르쳐주려는 것이지."

"어찌 그리 얼빠진 얼굴을 하고 있담? 그럼, 동궁전 궁녀가 너 때문에 초주검이 됐는데, 우리들이 보아 넘길 줄 알았니?"

"동궁전 궁녀들을 건드리면 어찌 되는지 이 김에 똑똑히 알아두는 것이 좋을 거여!"

궁녀들이 사냥이라도 하듯 순심을 에워쌌다. 따가운 시선이 그녀의 얼굴을 훑었다.

"연잉군 대감께서 하신 행동이 옳다 생각지 않아. 하지만 나도 너희와 같은 궁녀잖아. 내가 어찌 감히 끼어들 수 있었겠어……."

궁녀들이 동시에 깔깔대며 웃음을 터뜨렸다.

"너, 대체 뭔 소리를 하는 거니? 연잉군께서 역성을 들어주시니 비빈 마마님이라도 된 것 같나 보지? 조심하는 게 좋을 거야. 연잉군께서는 하루에도 열두 번씩 성미가 바뀌는 분이니까."

"그런 게 아니야. 내가 곱게 보이지 않을 거란 거 알아. 하지만……."

"일 없거든?"

혼쭐이 났던 궁녀가 말허리를 뚝 잘랐다. 그녀가 도끼눈을 뜬 채 순심을 노려보았다.

"연잉군께 납죽 엎드렸다 해서 너에게까지 종처럼 굴 거란 착각하지 마. 여기는 동궁전이고, 동궁전의 내명부에는 나름의 규칙이 있으니까! 아무리 왕자군(君)이라 해도 내명부에 함부로 간섭할 수는 없는 거라고 지 상궁께서 말씀하셨어!"

"너나 다른 궁인들을 종처럼 여긴 적 없어. 나도 궁녀야. 정말로⋯⋯."

순심의 간절한 음성. 그러나 궁인들에게 그녀의 목소리는 들리지 않는 듯했다.

"떡메나 치던 천한 게⋯⋯. 듣자 하니, 진짜 승은궁녀도 아니라며? 손만 잡고 잤다며? 궐 안에 소문이 파다하던걸!"

"요망한 생김새로 저하를 꼬여냈을 때는 뭐라도 된 것처럼 신이 났겠지? 그런데 저하께서는 거들떠도 보지 않으신다니 이를 어째! 오죽 볼 것 없고 못났으면 사내와 밤을 보내고도 처녀겠냐고."

"자식을 낳은 후궁들도 금세 뒷방 신세가 되는 곳이 궁궐이야. 승은도 못 입은 승은궁녀가 과연 얼마나 오래 버틸 수 있을 것 같니? 일 년? 아니지. 새 세자빈께서 오시면 바로 오가는 이 하나 없는 뒷방으로 쫓겨나려나?"

아직 간택조차 되지 않은 세자빈이 제 뒷배라도 되는 듯, 궁녀들은 의기양양하게 낄낄거렸다.

"세자빈께 단단히 밉보였다가 독약이라도 처먹고 뒈지면 설마 그 송장 우리가 치워야 하는 거니?"

"말조심해!"

"듣는 이가 누가 있다고? 너뿐이잖아. 왜, 세자 저하께 일러바치기라도 하게? 쯧쯧, 그런데 어떡하니. 저하는 여기 안 오시잖아."

"⋯⋯."

"네가 여기 처박힌 이후에 단 한 번도 여기서 밤을 보내지 않으셨잖아."

화살처럼 날아와 가슴에 깊은 생채기를 내는 모진 말들. 순심이 치맛단을 꽉 틀어쥐었다.

'참자. 참아야 해.'

순심의 입술이 바르르 떨렸다. 생과방 시절이었다면 순심 역시 호락호락 당하고만 있지는 않았으리라. 그러나 이곳은 생과방이 아닌 동궁전이었다. 가뜩이나 고립된 처지에 싸움에 휘말렸다가 앞으로의 삶은 더욱 고단해질 것이다.

"저런 천박한 계집을 낳고서도 어미란 것은 미역국을 먹었겠지? 아, 워낙에 천출이라 미역국 같은 건 엄두도 내지 못했으려나?"

하지만 참는 데도 한계가 있기 마련이었다. 딸을 유곽에 팔아버린 아버지, 제 기분에 따라 어린 순심을 매질하던 할머니. 그녀에게 가족이란 없는 것만도 못한 존재였다. 그러나 그녀를 낳다가 세상을 떠났다는 어머니는 다르다. 비록 얼굴도, 목소리도 기억에 없는 존재라 해도 어머니는 자신의 목숨을 순심과 맞바꾼 사람이었다.

순심의 눈에서 불꽃이 튀었다. 그때였다.

"저기, 저기입니다! 저기서 궁녀들이 마마님을 해코지하고 있잖습니까!"

낙선당 초입에서 들려오는 상검의 외침을 들은 궁녀들이 우르르 뒤로 물러났다. 동시에 모습을 드러낸 왕세자의 검푸른 흑룡포.

"저, 저하!"

아직 조반상도 물리지 않았을 이른 아침이었다. 절대 나타나지 않으리라 여겼던 윤의 등장에 궁녀들의 얼굴은 사색이 되었다.

"저하……."

순심의 눈에서 왈칵 눈물이 솟았다. 그러나 어찌하여 윤을 본 순간 설움이 복받쳤는지 그녀 자신도 이유를 알지 못했다. 순심을 힐끔 바라본 윤의 시선이 궁녀들에게로 향했다.

"감히 네년들이, 다른 곳도 아닌 동궁전에서 웃전을 욕보이고 있는 게냐?"

평상시 좀처럼 드러나지 않던 세자의 격노.

그는 언성을 높이지 않았다. 그러나 음습한 음성은 좌중의 숨을 멈추게 할 만큼 위압적이었다.

"저, 저하! 아니옵니다! 그런 것이 아니오라……."

"허수아비 세자, 미치광이 세자, 뒷배 없는 왕세자. 노론 대신들은 나를 그리 부른다 하더군. 하여 이제 동궁전 궁녀들마저 나를 능욕하는 것이냐?"

분노로 가득한 눈빛이었으나 음성은 오싹하도록 침착했다.

"저, 저하……. 그런 것이 아니옵니다. 다, 단지 스, 승은궁녀와……. 아니, 마마님과 저희 사이에 다툼이 있어……."

궁녀가 더듬더듬 핑계를 늘어놓았다. 그러나 윤은 단숨에 말허리를 끊었다.

"세자의 여인을 욕보이는 것은 곧 나를 모욕하는 짓이다. 그것을 모르느냐?"

"요, 용서하여주시옵소서!"

궁녀 하나가 털썩 무릎을 꿇자 나머지 궁녀들도 우르르 바닥에 머리를 조아렸다. 그러나 그들을 내려다보는 윤의 시선은 냉랭하기만 하다.

세 살, 내관에게 업히지 않고서는 마루 위에 발을 디디는 것조차 버겁던 나이. 동궁전은 그때부터 이미 윤의 것이었다.

"잊었느냐. 동궁전의 주인은, 나다."

시선을 거두던 윤의 눈길이 무심코 댓돌 옆 흙바닥에 닿았다. 그의 눈에 의아한 빛이 어렸다. 씹다 뱉은 것이 분명한 음식물의 흔적. 마루 위에는 조반상이 우두커니 놓여 있었다. 음식에 거의 손을 대지 않은 탓에 조반상은 갓 차려진 것처럼 보였다.

마루로 다가선 윤이 수저를 집어 들었다. 문 내관이 말릴 새도 없이 밥 한 술이 그의 입안으로 들어갔다. 우지끈- 모래 씹는 소리와 함께 놋수저가 바닥에 나뒹굴었다.

얼굴이 새하얗게 질린 궁녀들 중 누군가가 딸꾹질을 하기 시작했다.

"밥에 흙을 탄 게로구나."

"저, 저하! 저하……. 그, 그런 것이 아니옵니다. 그런 것이!"

"참으로 우습군."

윤이 기가 막힌다는 듯 웃었다.

"동궁전 부엌간에서 장난질을 치는 것이 그리 쉽다면, 독약 역시 마찬가지일 테지. 그렇지 않으냐?"

"저하! 아니옵니다! 천부당만부당한 말씀이시옵니다!"

"네년들은 언제든 나를 죽일 수 있으리라는 뜻이겠지."

공포에 질린 궁녀들의 입에서 흐느끼는 소리가 흘러나오기 시작했다.

"문 내관."

"예, 저하."

"여기 있는 계집들을 당장 끌고 가라고 내금위에 전하라. 그리고 이들을 참형에 처하라. 세자의 명이다."

잠시간 낙선당 안뜰에 기묘한 침묵이 깔렸다. 놀란 상검이 훅 숨을 들이마시는 소리가 들렸다.

"예, 저하. 분부 받잡겠나이다."

오직 문 내관만이 태연하게 명을 받아들었다.

"저, 저, 저하! 저하! 살려주시옵소서! 살려주시옵소서……. 저하!"

나인들이 흐느끼며 애원하기 시작했다. 그러나 윤은 묵묵부답. 문 내관 역시 싸늘하게 그들을 쏘아볼 뿐이었다.

"순심아. 다친 곳은 없느냐?"

"……."

"순심아."

"예? 아, 저하. 어, 없습니다."

눈앞의 광경에 넋이 나간 나머지 윤이 곁에 와 있는 것조차 몰랐던 순심이 황급히 고했다. 윤의 말 한마디에 네 명의 목이 달아난다. 사람의 목숨이라는 것이 이렇게 허무하게 스러지는 것이던가. 여전히 궁녀들은 울며불며 목숨을 구걸하고 있었으나 윤은 그들에게 전혀 신경 쓰지 않는 듯했다.

"순심아."

"예, 저하."

"잊었더냐? 내가 이곳의 주인이다. 주인의 여인인 네가 어찌하여 저런 것들 앞에 기죽어 있었던 게냐."

윤의 물음에 순심은 대답하지 못하고 눈을 내리깔았다.

"다치지 않았다니 되었다. 앞으로 동궁전 궁인들이 너를 우습게 보지 못하도록 내 몸소 챙길 것이다."

윤이 담담히 말을 이었다.

"너를 모욕하는 것은, 곧 세자를 욕보이는 것이다. 잊지 마라."

"예, 저하."

잠시 그의 말을 곱씹던 순심이 입을 열었다.

"저하. 아뢰옵기 송구하오나, 소인 청이 있습니다."

"청? 말하라."

"저들을…… 살려주시면 아니 되겠습니까?"

"살려주라고?"

윤이 되물었다.

"사소한 말싸움에서 시작된 일일 뿐입니다. 저하, 부디……."

"자비를 베풀겠다는 것이냐?"

"소인도 같은 궁녀 처지이지 않습니까. 한 번만 더 기회를 주십시오. 이제 저들도 알아들었을 것입니다."

"흠."

"저하……."

저도 모르게, 순심은 윤의 팔을 붙들었다.

"저하, 저하……. 제발……. 제발 목숨만은……."

이때다 싶었는지 흐느끼고 있던 궁녀들이 간절히 읍소하기 시작
했다. 윤이 미간을 찌푸렸다. 시끄럽기 짝이 없는 아침이었다.

"문 내관."

"예, 저하."

"참형 대신, 저들을 태형[15] 스무 대에 처하라."

"……분부 받잡겠사옵니다, 저하."

궁녀들의 입에서 신음성이 터져 나왔다. 일단 목숨을 구하여 안도한
것이리라. 그러나 태형 역시 상당히 큰 벌이었다. 장형보다 가벼운 벌이
었지만 태형에 처해져 며칠씩 운신하지 못하는 자가 드물지 않았다.

"태형 스무 대는, 여인들에게는 너무나 버거운 형이온데……."

순심이 다시 한 번 읍소했다. 윤은 선뜻 이해되지 않는 듯한 표정이었
다. 그 꼴을 당하고서 저들을 살려달라 애원하다니. 선량한 마음을 가졌
기 때문일까, 혹은 평생 궁녀로서 굴종하는 삶을 살았기 때문일까.

"안 된다."

윤이 싸늘하게 내뱉었다.

"이곳에 들어온 이상 너는 내 여인이다. 그러니 너를 욕보인 것은
곧 세자를 능멸하는 짓에 다름없다. 저들은 순심이 너를 모욕했기 때
문이 아니라, 나를 능욕했기에 벌을 받은 것이야. 태형 스무 대? 조금
도 지나치지 않다. 나는 여전히 저들의 목을 치길 원한다."

윤의 말투는 오한이 들 만큼 냉랭했다.

15　곤장으로 볼기를 치는 형벌.

"더 이상 왈가왈부한다면, 순심이 너 역시 용서치 않을 것이다."

"……예, 저하. 송구하옵니다. 소인이 주제넘은 소리를 했나이다."

고개를 숙이며, 순심은 마른침을 삼켰다.

선이 고운 용모, 매사 진중하며 고요한 표정 뒤에 감추어져 있던 또 다른 윤의 모습. 그의 두 번째 얼굴은 시퍼렇게 벼려진 칼날 같았다. 왕세자의 세 번째, 네 번째 얼굴은 어떤 모습을 하고 있을까.

"저하. 문안에 늦으십니다. 궁녀들의 일은 소인이 처리하겠습니다."

"알았다."

몸을 돌리던 윤의 시선이 다시 순심을 보았다. 무언가가 마음에 걸리는 듯 그는 잠시 생각한다.

"순심아."

"예, 저하."

"잊지 마라. 네가 나의 여인이라는 것을."

윤의 말을 듣는 순간 심장이 덜컹한다.

"잊지 않겠습니다."

그러나 순심은 그 말의 참뜻을 잘 알고 있었다.

'저하와 제가 거래를 했다는 사실을 잊지 않겠습니다.'

윤이 떠나간 낙선당. 목숨을 구했다는 사실에 안도하던 궁녀들은 의금부 관원들이 찾아오자 혼비백산하여 다시금 대성통곡하기 시작했다. 낙선당 안뜰은 한동안 아수라장을 이뤘다.

"저하, 차를 들이겠습니다."

호족반[16]을 조심스레 받쳐 든 상검이 세자의 침전으로 들어섰다. 여름밤에 어울리지 않게 소반 위 찻잔에서는 모락모락 김이 오르고 있었다.

---

16   호랑이 다리 모양의 소반.

"연잎차입니다. 차갑게 우린 것은 탈이 날 수 있다 하여, 뜨거운 것으로 올렸습니다."

"내려놓고 가거라."

"예, 저하."

상검이 공손히 절을 올렸다. 방 안에 은은하게 퍼지는 연잎의 향. 백자 찻잔을 내려다보던 윤의 시선이 그에게 닿았다.

"상검아. 네 태도가 평소 같지 않구나. 어찌 겁을 먹었느냐?"

정곡을 찌르는 윤의 말 앞에 상검은 잠시 머뭇거렸다.

그가 아는 세자 저하는 단호하되 따뜻한 분이었다. 그러나 이른 아침, 낙선당에서 보았던 윤의 모습에 상검은 큰 충격을 받았다. 깊은 분노가 담겨 번뜩이던 눈빛, 일말의 망설임 없이 궁녀들의 목을 치라 명하던 위협적인 음성…….

"오늘에서야 처음 깨달았습니다. 저하께서, 음……. 이렇게 무서운 분이라는 사실을요……."

상검은 적당한 단어를 찾지 못하고 말끝을 흐렸다.

"나는 조선의 세자이지 않더냐. 그것을 이제 알았단 말이냐?"

"머리로는 알고 있었사온데, 막상 직접 보니 기분이 이상했습니다. 그럴 일이야 없겠지만, 저하께서 명하신다면 소인 역시 목이 뎅겅 잘릴지도 모른다는 생각이 들어서……."

소름이 끼쳐 상검은 부르르 몸을 떨었다. 그런 그를 바라보던 윤이 피식 웃는다.

"별 걱정도 많다. 설령 네가 죄를 짓는다 해도 내 어찌 그리하겠느냐."

"그, 그렇습니까?"

"그럼. 너는 내 사람이지 않으냐."

윤이 따스한 시선으로 상검을 바라보았다.

처음 입궐하여 쭈뼛대며 인사를 올리던 어린 소년이 떠오른다. 그때 상검의 나이 열셋. 지금도 나이보다 한참 왜소하지만 그 시절의 상검은 그야말로 어린애 같았다.

"쓸데없는 걱정일랑 넣어두고 잠자리에 들어라. 키 때문에 늘 걱정하지 않았느냐? 일찍 잠들지 않으면 키가 자라지 않는다."

"저하께서는 늘 조금만 주무시는데도 그리 키가 크시잖습니까?"

"그거야 지금의 이야기이지. 어릴 때는 늘 일찍 침소에 들었다."

"예, 알겠습니다, 저하."

한결 밝은 표정을 되찾은 상검이 조심조심 침전에서 물러났다. 윤 홀로 남은 방 안은 다시금 고즈넉해졌다. 비가 오려는지, 습기를 머금은 공기가 묵직하게 바닥을 부유했다. 윤이 그새 식어 미지근해진 찻물을 입안에 머금었다. 맑은 연향이 입안에 퍼졌다.

연잎. 그리고 연꽃 흐드러지던 그날의 연못. 그가 마시고 있는 차는 순심이 따온 연잎을 덖어 만든 것이리라.

문득 윤은 며칠 전 낙선당에서 보냈던 순심과의 한때를 상기한다. 입궐 전 겪은 일에 대해 털어놓던 순심의 담담한 목소리, 그들의 주변을 떠돌던 이른 저녁의 푸른 어스름. 눈물이 흐르는 순심의 뺨 위로 무심코 뻗어나간 그의 손에 닿았던 감촉은 참으로 여리고 부드러웠었다. 갑자기 손끝이 저릿하다.

"쓸데없는 생각을."

중얼거리며 윤은 침소의 등잔불을 후 불어 껐다. 곧 사방이 캄캄해졌다.

* * *

비가 추적추적 내리는 한밤의 한성. 대문간에 내걸린 청홍의 초롱

불이 밤을 훤히 밝힌다. 쏟아지는 빗줄기가 아무리 거셀지언정 담장 안에서 들려오는 가악(歌樂) 소리는 쉬이 멈추지 않았다.

노론과 소론으로 나뉜 조정의 붕당이 극에 달한 시기.

지금껏 승리자는 임금 이순이었다. 그는 권력을 무기로 신하들을 쥐락펴락하는 것을 즐기는 왕이었다. 그러나 강력한 군주 이순도 흐르는 세월만은 막지 못했다.

그의 시대는 곧 막을 내리리라. 그리고 새로운 임금이 탄생할 것이다.

택군(擇君). 신하가 왕을 선택한다는 말.

소론은 희빈 장씨의 아들인 왕세자 이윤을, 노론은 숙빈 최씨의 아들인 연잉군 이금을 지지하고 있었다.

"생과방 궁녀가 승은을 입었다지요?"

"그렇답디다. 세자빈의 묘에 덮은 흙이 채 마르지도 않았거늘, 역시나 장씨의 자식답소이다."

"이러다 설마 후사를 보는 것은……."

"그럴 리가요. 여인을 들이면 무얼 한답디까. 씨 없는 수박인 것을."

"그것이 진실인지, 아닌지 확실치 않으니 걱정이지요."

"아니 땐 굴뚝에 연기 나는 것 보셨습니까? 걱정 붙들어 매십시오. 그뿐인 줄 아시오? 세자가 미치광이라는 소문이 궁궐 안에 자자합니다. 밤마다 산발을 하고……."

흠흠. 상석에 앉아 있던 벼슬아치가 헛기침을 했다.

좌의정 이이명(李頤命). 임금의 두터운 신임을 받고 있는 그는 실질적인 노론의 수장이었다.

"세자를 우습게 보지 말게. 어찌 교활한 광인 흉내에 속아 넘어간단 말인가."

"하오나, 대감."

"어허. 희빈 장씨가 처음 등장했을 때를 잊었나? 가진 거라고는 반반한 얼굴뿐인 여인이라며 모두 얕잡아 보았지. 그리하여 어찌 되었나?"

"……."

좌중은 곧 꿀 먹은 벙어리가 된다.

노론과 소론 이전에 서인(西人)과 남인(南人)이 대치하던 시절. 서인은 인현왕후 민씨를, 남인은 희빈 장씨를 내세워 권력을 차지하려 애썼다.

정쟁의 끝은 파국이었다. 남인은 몰락했고, 서인 역시 온전하지는 못했다.

"자네들은 벌써 잊었나? 가까스로 목숨을 부지한 서인이 다시 노론과 소론으로 갈라진 것 역시 세자 때문이었네!"

이이명이 주먹을 불끈 쥐었다.

"미치광이? 웃기는 소리 마시게! 세자는 광인이 아니야. 뱀처럼 똬리를 틀고 때를 기다리는 책략가일 뿐일세!"

장희빈은 인현왕후를 저주한 죄로 죽음을 맞은 죄인이었다. 죄인의 아들이 어찌 일국의 세자일 수 있단 말인가?

"세자빈 간택에 최선을 다하게. 반드시 노론 가문의 여식을 세자빈으로 삼아야 하네. 내 미리 점찍어둔 집안의 여식이 있으니."

"대감, 대감과 전하께서 나눈 밀약이 있지 않습니까? 어차피 세자는 보위에 오르지 못할 것인데, 누가 세자빈이 된다 해도……."

"어허, 경거망동하지 말라 했느니!"

순간, 드륵 소리와 함께 장지문이 열렸다.

모습을 드러낸 사내를 본 노론 대신들의 얼굴이 경악으로 물들었다.

"자, 자네는!"

"안녕들 하십니까. 노론 사대신께서 이곳에 계시다 하여, 술 한잔 얻어 마시고자 들렀소이다."

"예가 감히 어디라고, 한낱 부사과(副司果)[17] 따위가 기웃대는가!"

갑자기 나타난 사내는 소론 강경파의 대표적 인물인 김일경(金一鏡).

김일경은 본래 장원급제자 출신의 문관이었으나, 노론과의 싸움 끝에 밀려나 한직을 떠돌게 되었다.

"지나가다 듣자니, 세자 저하의 이름이 나오는 듯하여."

"무슨 소리! 썩 나가지 못할⋯⋯."

이이명이 손을 들어 일행을 저지했다. 그가 술병을 내민다. 넉살 좋게도 김일경은 남의 빈잔을 넙죽 들어올렸다.

"그러하네. 저하께서 덕이 높으시다 칭송하고 있었지. 어련하시겠는가? 세자께서 자네를 그리 따른다 하니, 많은 가르침을 드렸으리라 믿네."

세자가 미치광이라는 소문이 파다한 마당이었다. 분명한 조소였으나 김일경의 표정은 느긋하여 동요치 않았다.

"그러시겠지요. 설마 일국의 대신들께서 치졸하게 세자 저하의 흉을 보시기야 하겠습니까."

김일경이 단숨에 술잔을 비운다.

이이명은 연잉군 이금의 강력한 후원자였고 김일경은 세자 이윤의 충직한 동반자였다. 이이명의 노론이 장희빈을 죽음으로 내몰았을 때 김일경의 소론은 그를 저지하지 못했다.

그러나 이이명이 윤을 폐하려는 시도를 했을 때 김일경은 온몸을 던져 세자를 지켜냈다.

'둘 중 하나는 죽어야 이 정쟁이 끝나겠지요, 대감?'

이이명과 김일경. 그들은 단 한 번도 같은 뜻을 품어본 적 없는 평생의 정적(政敵)이었다.

'그러나 이 김일경은, 대감보다 일찍 죽을 생각이 추호도 없소이다.'

---

17   조선시대 오위의 종육품 관직.

서로를 바라보는 그들의 눈빛에서 혐오가 불티처럼 튀었다.

북촌 저택의 홑처마에 달린 풍경이 유유히 흔들렸다. 청량한 소리가 습한 아침 공기를 밀어냈다. 족히 여든 칸은 될 법한 고랫등 같은 집의 뜰을 거니는 주인의 복장은 멋을 부리지 않아 소박했다.

"채화, 게 있느냐?"

"예, 아버지."

이내 방문이 열리고 열서너 살 되었을까 말까 한 왜소한 소녀가 모습을 드러냈다.

"찾으셨습니까, 아버지."

"잠시 안으로 들겠다."

"예."

방에 들어선 어유구(魚有龜)가 새삼스레 딸을 바라본다. 어유구는 세 명의 부인에게서 아들 둘과 딸 여섯을 두었다. 그는 넷째인 채화를 여덟 자식 중 유독 아꼈다.

워낙 마른 탓에 얼핏 병약한 듯 보였으나 채화의 눈에는 똘망똘망한 총기가 있었다. 장안에 이름을 떨칠 만큼 대단한 미인은 아니었지만 그렇다고 어디 내놔 빠질 용모는 아니었다. 흠이라면 기질이 예민한 것이었는데, 그녀의 성격은 외모에 그대로 드러나 있었다. 비스듬히 사선을 그리는 가느다란 눈썹, 광대의 골격이 드러난 뺨, 살이 없는 눈두덩, 긴 듯한 콧날. 아버지의 시선이 불편하게 느껴진 듯 채화는 잘근 얇은 입술을 깨물었다.

"세자빈 간택령이 내렸다. 예조로 사주단자를 보내라는구나."

"누구의 사주단자를 말입니까?"

사주단자를 올린다는 것은 곧 간택에 임함을 의미한다. 어씨 집안에는 혼인을 하지 않은 딸이 총 넷이었다. 채화의 위로는 결혼적령기에 다다른 언니가 둘이나 있었다.

"네 사주단자를 넣게 될 것이다."

"……저를요?"

그녀는 고작 열네 살. 세자와는 두 배 이상 나이 차가 난다.

게다가 세자는…….

"왜, 마음에 들지 않는 게냐?"

"아닙니다, 아버지."

채화는 어머니를 여의었다. 지금의 어머니는 친어머니가 아닌 계모였다. 부모 중 한쪽이 세상을 떠난 처녀는 삼간택 이전에 탈락되는 것이 보통이었다.

"나라에서 사주단자를 내라 하면 따라야겠지요. 마음에 들지 않는다 하여 어찌 법을 어길 수 있겠습니까. 그리 알고 있겠습니다, 아버지."

"그래. 며칠 안에 포목전을 찾아 입궐할 때 입을 의복을 짓도록 해라."

"예, 아버지."

어유구가 방을 나섰다. 좌의정이 직접 나서 제 딸, 그것도 콕 짚어 넷째 딸의 사주단자를 보내라 명한 것이 어딘가 꺼림칙하다. 그러나 그 역시 채화와 비슷한 생각을 하고 있었다.

세자의 위치가 불안한 까닭에 딸을 간택에 내보내기를 꺼리는 신하들이 많았다. 특히 노론에 속한 이들은 세자의 장인이 되기를 바라지 않았다. 임금의 성미를 거스르지 않기 위해 대신들이 나서 명문가의 사주단자를 모집하는 것이리라.

"간택이라니……."

아버지의 발소리가 멀어진 후, 방 안에 있던 채화가 작게 중얼거렸다. 아무리 영민하다고 한들 채화는 정치를 모르는 열네 살 소녀였다. 그러나 하나만은 또렷이 알고 있었다. 어씨 가문은 오래전부터 노론에 속해 있다는 것. 또한 장희빈과 세자를 지지해온 소론과는 철천지원수라는 사실을.

"그런 일은 없을 것이야. 지레 걱정 말자."

말도 안 된다- 집안의 원수나 다름없는 사내와 부부의 연을 맺다니. 그런 운명의 장난 같은 일이 꿈 많은 소녀 어채화의 삶에 일어날 리 없었다.

三章.
취선당의 밤

"으음……."

낙선당 침소 안. 잠들어 있던 순심이 눈을 떴다. 잠들기 전 보았던 하늘에는 먹장구름에 뒤덮여 달도 별도 보이지 않았었다. 그 탓인지 오늘따라 방 안이 더욱 어둡다.

"하암."

순심이 크게 하품을 했다. 원래 순심은 한번 잠들면 잘 깨어나지 않았다. 평소답지 않게 중간에 잠에서 깼을 때는 꼭 묘한 일이 일어나곤 했다. 윤을 처음 만났던 날 그러했듯이.

순간 그녀의 귀에 기척이 들려왔다. 분명 그것은 사람의 발소리였다.

'누구지.'

순심이 몸을 일으켰다. 조금 겁이 났으나 이곳은 궁궐 안. 걱정할 필요는 없으리라. 스스로를 다독이며 그녀는 조심스레 문을 열었다.

"마마님, 저 때문에 깨셨습니까?"

"……상검이니?"

앞이 분간되지 않는 어둠 속에서 희미하게 움직이는 그림자. 상검이 목소리를 죽인 채 말을 건넸다.

"예, 주무십시오. 잠을 깨워 송구합니다, 마마님."

"이 시간에 어찌 여기에……."

상검의 나지막한 한숨 소리가 들렸다.

"저하께서 또 사라지셨습니다. 혹시 여기 오셨나 싶어……."

"사라지셨다고?"

"예, 광증이 도지신 듯합니다."

상검이 초조한 듯 주변을 둘러본다. 소리 없이 가느다란 빗방울이 흩뿌리고 있었다. 아무래도 동궁전을 벗어나 창덕궁으로 넘어가서 저하를 찾아야 할 모양이다.

"그럼 소인은 이만 가보겠습니다."

꾸벅, 절을 한 상검은 이내 줄달음쳐 사라졌다.

"비가 엄청 오려는가 보다……."

걱정스러운 표정으로 새까만 하늘을 바라보던 순심이 고개를 돌렸다. 무심코 담장 너머를 바라보던 그녀의 눈이 휘둥그레졌다.

반짝. 언뜻 시야에 비치는 빛.

"어……. 뭐지?"

대청마루 위에 올라선 순심이 까치발을 들었다. 방금 전 보았던 불빛은 그새 사라졌다. 담장 너머로 보이는 것은 끝없이 펼쳐진 궁궐의 전각들뿐. 휘어진 처마마다 내려앉은 밤이 오늘따라 더욱 검다.

"도깨비불이라도 본 건가……."

그 순간 빛이 다시 점멸했다. 작은 불빛은 한 자리에 멈추어 움직이지 않았다. 도깨비불은커녕 초롱이나 등잔불빛임이 분명하였다. 불빛까지의 거리는 멀지 않으니, 불이 켜진 곳은 아마도 동궁전에 속한 전각일 것이다.

"그냥 잠들지 못한 궁인이거나, 다른 볼일이 있는 사람이면……."

그러나 만에 하나 세자 저하라면. 그들이 처음 만났던 그 밤처럼 광인의 모습을 한 채 어머니를 애타게 찾고 있는 윤이라면.

"……가봐야겠다."

장옷을 걸쳐 입는 것으로 외출 준비를 마친 순심의 걸음이 안개비에 휩싸인 궁궐의 밤길을 가로질렀다. 습기를 머금은 얇은 옷자락이 자꾸만 살갗에 달라붙었다. 그래도 비가 내려 마냥 나쁘지만은 않았다. 그간 밤에도 무더위가 가시지 않았었는데, 비 덕에 공기는 한결 서늘해져 있었다.

"엄청 크다……."

빛의 진원지에 다다른 순심이 저도 모르게 중얼거렸다. 낙선당에서 멀지 않은 곳에 위치한 전각은 생각보다 규모가 컸다. 그녀는 자라처럼 목을 쭉 내민 채 불빛이 새어나오는 안을 기웃거렸다.

'누군가 있는 것은 분명한 것 같은데…….'

그러나 그것이 윤인지 확신할 수 없었다. 게다가 안에 있는 것이 윤이라 해도 걱정이었다. 상검의 말이 사실이라면 안에 있는 이는 온화한 세자 저하가 아닌 순심을 겁박하던 미치광이일 테니까.

'그날처럼 완전히 정신을 놓고 계시면 어쩌지?'

조금 거세진 빗줄기가 똑똑 그녀의 목덜미를 두드렸다. 문득 오소소 소름이 끼쳐 순심은 바르르 몸서리를 쳤다.

갈까, 말까. 발걸음을 돌리지도, 선뜻 전각 안에 발을 들이지도 못한 채 갈팡질팡 망설이고 있던 찰나 갑자기 푸른 섬광이 번쩍였다. 방금 전까지 소리 죽인 부슬비가 내리던 하늘에 번개라니. 당황한 순심이 밤하늘을 올려다보았다.

쾨르릉!

"꺄악!"

귀를 찢는 둔중한 천둥소리. 그와 거의 동시에 굵은 빗방울이 순심의 정수리를 때리기 시작했다. 얇은 옷자락이 삽시간에 흠뻑 젖어 몸에 감겨들었다.

"엄마야!"

망설일 틈도 없이 그녀는 여린 빛이 흘러나오는 전각으로 뛰어들었다. 다급한 걸음 탓에 발에 무엇인가가 걸려 우당탕 소리가 났다.

전각 안. 빛이 흘러나오던 바로 그곳. 미동 없이 고요히 앉아 있던 사내가 고개를 돌린다.

"저하?"

그가 묵직한 왕세자의 옷을 벗고 자유로워지는 유일한 시간. 윤의 비밀스러운 밤을 방해하는 불청객은 대체 누구란 말인가.

"또 너냐……?"

순심은 잔뜩 긴장한 표정이었다.

'분명 상검이는 저하의 광증이 도진 듯하다고 했어.'

순심이 힐끔대며 윤을 곁눈질했다. 제정신인지, 미치광이 상태인지를 알아보려는 요량이었다.

첫 번째, 의복. 그는 속곳과 비슷한 흰 저고리에 바지 차림이었다. 분명 그날 밤을 연상시키는 복장. 순심은 의심스러운 눈초리로 다시금 윤을 훑어보았다 그러나 곁을 보니 쪽빛 두루마기가 바닥에 개켜져 있었다. 미치광이에게 옷을 고이 접어놓을 정신머리가 있을 리만무한 법이다.

'제정신.'

두 번째, 머리. 지난번에는 그야말로 망나니와 같은 봉두난발을 했던 그였다. 그러나 지금 윤의 머리는 정갈하게 상투를 틀어 평소와 다름없는 상태였다.

'제정신.'

마지막, 눈빛. 순심이 슬금슬금 고개를 들어 윤의 눈을 마주 보았다. 미치광이의 눈은 결코 정상인과 같을 수 없다. 운명의 그날 밤, 윤의 눈에서 번뜩이는 빛이 그러했…….

"대체 지금 뭘 하고 있는 게냐?"

"예에? 저, 저하를 구경, 아니 감상하고, 아니 감탄하고……."

미심쩍은 눈길로 힐끔대는 순심을 보는 윤의 표정은 영 마뜩잖았다. 대리청정을 시작한 이래 그는 몹시 바빠졌고 근래 들어 광증이라는 복병 탓에 더욱 시간을 내기 힘들었다. 실로 오랜만의 밤나들이였다. 그간 순심에게 우호적이었던 윤이었으나 지금만은 방해받고 싶지 않았다.

"여기가 어딘지 알고 함부로 들어왔느냐?"

"여기가…… 어디입니까, 저하?"

"이곳의 이름은……."

윤이 숨을 고르듯 잠시 말을 멈추었다.

그에게 이곳은 그런 장소였다. 떠올리기만 해도 마음이 먹먹해지고 가슴속에 돌덩이가 들어찬 듯 목 언저리가 시큰해지는. 오래도록 비어 있는 이곳의 이름을 말하는 건 여전히 그에게 쉽지 않은 일이다.

"……취선당(就善堂)이다."

취선당. 순심에게도 몹시 익숙한 이름.

"취선당이라시면……. 저하의 어머님께서 지내시던 곳 말씀이십니까?"

"그래. 그러하다."

문득 순심은 구월과 나누었던 이야기를 떠올렸다. 희빈 장씨가 이곳 취선당 앞마당에서 사사되었다는 것, 사약을 먹지 않으려 하도 발버둥을 쳐 문짝을 뜯어와 가슴팍을 짓눌렀다는 것. 그녀가 토해낸 피가 강을 이루었다던가.

그런 그녀의 속내가 표정에서 드러난 모양이었다. 윤의 눈매가 가늘어진다.

"무슨 소리를 들었기에 그리 사색이 되는 것이냐?"

"아닙니다, 저하. 단지……. 처음 와보는 곳이라……."

"궁녀들이 그리 말하더냐? 어머님께서 이곳에서 사사되셨다고?"

"……."

마치 속을 들여다보기라도 한 듯한 말이었다. 정곡을 찔린 탓에 순심은 대답하지 못하고 황망히 시선을 떨어뜨렸다.

"순심아."

"예, 저하."

"소문을 믿지 마라."

순심이 고개를 들었다. 마주 본 윤의 얼굴은 낮과 다른 느낌이었다. 흰 얼굴은 오늘따라 더욱 창백하고, 단정하게 맞물린 입술에는 아픈 사람처럼 푸른 기가 돌았다.

ㄴ)평상시에 말과 웃음이 적어, 사람들은 윤의 마음의 정도를 측량하지 못하였다. 그러나 그와 눈이 마주친 순간 순심은 알 수 있었다. 바닥 없는 우물과 같은 그의 눈에 담긴 감정의 실체를. 그것은 너무나 황량하여 감히 그 크기를 가늠할 수 없는 깊은 슬픔이었다.

"사람들은 어머님께서 난동 끝에 억지로 사약을 드셨다 말하지. 죽지 않겠다 패악을 부렸다고, 또한 아바마마를 저주하셨다고. 독한 여인인 탓에 명줄이 질겨 사약을 세 그릇 네 그릇 마시고서야 겨우 목숨이 끊어졌다고……."

윤의 말끝이 먹먹해진다. 그의 음성이 희미하게 떨렸다.

"어머님께서는, 참으로 덤덤하고 고요하게 가셨다. 아바마마께서 비망기(備忘記)[18]를 내려 자진을 명하셨지."

---

18 임금의 명을 적은 문서.

"……."

"어머님을 요부라 하더냐. 믿지 마라. 늘 아바마마의 사랑을 갈구하던 가여운 분이셨다. 인현왕후마마를 저주한 죄인이라 하더냐. 믿지 마라. 사이가 편안하지 못했을지언정 목숨을 거둘 만큼 미워하진 않으셨다. 아들의 몸을 해하여 대를 끊으려 한……."

후, 윤이 깊은 한숨을 내쉬었다. 아무래도 지나치게 많은 말을 한 듯싶다. 눈을 동그랗게 뜨고 망연히 저를 바라보는 순심을 보자니 더욱 그런 확신이 들었다.

"네게 괜한 소리를 했구나. 신경 쓰지 마라."

"저하."

"……응?"

순심에게는 태산처럼 거대하던 세자 이윤. 그러나 지금 이 순간은 그의 드넓은 어깨마저 사무치도록 쓸쓸해 보였다.

"소인, 저하의 어머님에 대한 나쁜 말들, 믿지 않습니다. 저하보다 그분에 대해 잘 아시는 분이 있을 리 없잖습니까."

"……."

그리해주겠느냐.

"고맙다."

잠시간, 처마를 투둑 때리는 빗소리만이 들려온다. 감정을 추스른 윤이 다시금 입을 열었다.

"궁궐에서 태어나 살아온 이들은 본능적으로 알지. 직접 보고 겪은 것이 아니라면 진실이라 여겨서는 안 된다. 본래 역사라는 것은 승자의 기록인 법이다."

희미한 웃음기가 윤의 입가를 스쳤다.

"혹시 모르지. 먼 훗날, 너나 나 역시 누가 기록하느냐에 따라 완전히 다른 사람이 될는지도."

"궁금합니다. 저하에 대해 후대 사람들이 무어라 할지……."

"글쎄다. 무어라 말할 것 같으냐? 고자였다고? 실어증에 걸렸다고? 병약하고 나약한 사내였다고?"

"에이, 설마요. 그럴 리가요."

순심이 도리도리 고개를 흔들었다.

"조선 최고의 미남자시라고, 말수가 적으시나 위엄이 넘쳐 위풍당당하시다고, 키가 장대 같으시고 건장하시다고, 고자…… 는 으음, 소인 그것까지는 잘 모르겠습니다만……. 아무튼 그렇게 기록될 것입니다. 반드시요."

"그러할까. 그렇다면 너는?"

"에이, 소인은 기껏 궁녀 나부랭이인 것을요. 어찌 감히 소인의 이름이 역사에 남겠습니까. 하지만 만약에, 만약에 누군가 좋은 이가 소인을 알아준다면……."

순심이 해맑게 웃었다.

"궁궐을 넘어 조선 팔도에서 가장 행복한 여인이라고 기록해주었으면 좋겠습니다."

순간, 콰르릉- 천둥소리가 다시금 취선당을 뒤흔들었다.

"꺄앗!"

비명을 내지르던 순심이 황급히 제 입을 콱 틀어막았다. 취선당이 어떤 곳인가. 이곳은 희빈 장씨의 처소인 동시에 세자가 태어난 곳이기도 했다. 평생 어머니를 그리워해온 윤의 마음이 살아 숨쉬는 장소에서 경망스럽게 꺅꺅대다니.

"송구하옵니다, 저하."

"무엇이?"

"감히 취선당에서 소란을 부려서요……."

"어찌 그런 것을 사과하느냐. 보기 좋다."

"예?"

비명을 꽥꽥 질러대는 것이 보기 좋다는 건 또 무슨 뜻일까.

"너의 그런 자연스러움이⋯⋯. 기쁘면 마냥 웃고, 슬프면 마냥 울고, 화가 나면 참지 않고 쏘아붙이는 그런 것이 보기 좋다. 그것은 내가 할 수 없는 것이니⋯⋯."

어린 시절에는 그도 소리 내어 웃을 줄 알았고 또한 소리 내어 울 줄 알았다. 그러나 스산하던 열네 살 가을, 모든 것이 뒤바뀌었다.

윤은 기억한다. 앞을 막아서는 문 내관을 모질게 내치며 달려왔던 취선당. 흐느끼는 궁녀들의 푸른 치마폭 사이로 보이던 어머니의 가녀린 몸을. 윤이 다가갔을 때 그녀의 몸은 이미 차게 식어 있었다. 그날 이후 윤은 입을 닫았다. 표정을 지웠고 감정을 숨겼다. 그것이 죄인의 아들 이윤이 살아남을 수 있는 방법이었다.

스스로를 통제하며 석상처럼 살아온 삶. 그것이 극한에 다다라 미칠 것 같을 때면 윤은 취선당을 찾았다. 취선당에 잠들어 있는 것은 세상을 떠난 어머니 희빈 장씨만이 아니었다. 윤의 유년 역시 취선당에 남아 있었다. 잘 웃고, 잘 울고, 쉽게 발끈하고, 뛰어놀기를 좋아하며, 열 살이 되기도 전에 일찌감치 위대한 군주를 꿈꾸었던 아름다운 소년. 그 역시 이곳에 남겨져 있었다. 어머니를 떠나보내지 못한 채.

윤은 그렇게 과거와 마주하곤 했다. 그 비밀스러운 순간은 그의 고단한 삶에 내려진 유일한 위로였다.

"저하⋯⋯."

"⋯⋯."

윤이 황급히 몸을 돌렸다. 그의 뺨을 타고 흘러내리는 한 줄기 눈물. 순심의 가슴마저 빳빳하게 조여온다.

"저하, 이리 오십시오."

"음?"

윤은 여전히 등을 보이고 있었다. 갑자기 순심이 그의 소매를 잡아당겼다.

"무얼 하려고 그러느냐?"

"비를 좀 맞을까 해서요."

"……뭐라?"

"잘되지 않았습니까? 한동안 더위에 시달렸는데 고맙게도 시원한 비가 쏟아지니 말입니다. 빗속에 서 있는 기분이 얼마나 상쾌한지 모르시지요?"

순심이 재차 그의 팔을 잡아끌었다. 영문을 모르는 표정으로 그녀를 따라나선 윤의 정수리 위로 장대비가 쏟아진다. 순식간에 윤도, 그녀도 흠뻑 젖었다.

"저하, 시원하지 않으십니까?"

쏟아지는 폭우 탓에 순심의 목소리는 잘 들리지 않았다. 그러나 알 것 같았다. 그녀의 마음을.

윤의 가슴팍을 콱 짓누르고 있던 온갖 것들이 쓸려 내려간다. 시원하다. 후련했다. 윤의 마음을 좀먹으며 자라난 묵직한 슬픔들이 비에 씻겨 그를 떠나 흘러갔다. 거센 빗줄기는 모든 것을 숨겨주었다. 윤의 뜨거운 눈물도, 일그러진 얼굴도, 긴 세월을 버텨낸 끝에 처음으로 드러내는 그의 울음소리도.

얼마나 시간이 흘렀을까. 그가 순심에게로 시선을 돌렸다. 그녀는 윤을 바라보고 있지 않았다. 그의 슬픔을 헤아리는 것일까. 아담한 등을 보인 채 순심은 장대 같은 빗줄기 속에 서 있었다.

'참으로 신기한 여인이다.'

순간 번쩍이는 푸른빛이 취선당 안뜰을 밝혔다. 번개가 치고 나면 으레 그렇듯 곧 천둥이 뒤따라올 것이다. 문득 윤은 천둥소리에 놀라 비명을 지르던 순심의 모습을 떠올렸다.

'하나, 둘, 셋…….'

순심은 귀를 찢는 천둥소리를 유독 싫어했다. 속으로 숫자까지 세어가며 마음의 준비를 해보지만 긴장 탓에 등줄기에는 뻣뻣하게 힘이 들어갔다.

콰르릉-

"어?"

목을 잔뜩 움츠리고 있던 순심이 고개를 들었다. 천둥소리도, 빗소리도 멀리서 들려오는 듯 아득하다. 그리고 따스했다.

"……저하."

순심은 이내 깨달았다. 천둥소리가 크지 않고, 빗소리가 잦아든 것은 윤의 손이 그녀의 귀를 막아주고 있기 때문임을. 그녀가 윤을 향해 몸을 돌렸다. 그가 무어라 입을 벙긋거렸다. 그러나 귀를 폭 감싸는 윤의 온기 탓에 소리는 들리지 않았다. 세자께서 무슨 말씀을 하시는지 알아채기 위해, 순심은 하염없이 쏟아지는 빗줄기 속 창백한 윤의 얼굴을 응시했다.

무어라 말씀하고 계시는 것입니까, 저하?

"두려워 마라."

다시 한 번 파란 섬광이 번뜩였다. 순심이 천천히 고개를 끄덕였다. 콰르릉- 천둥소리는 미약하기 짝이 없었다.

조선의 세자께서 그녀를 지켜주신다. 순심은 조금도 두렵지 않았다.

툭툭. 부산스럽게 몸이며 머리의 물기를 털어대는 순심의 소리가 들렸다.

몰아치던 빗줄기의 기세가 한풀 꺾인 후, 그들은 취선당 안으로 되돌아왔다. 머리끝부터 발끝까지 그야말로 물에 빠진 생쥐 꼴이었다.

"순심아. 고뿔에 걸리지……."

"예, 저하."

"……."

순심이 그를 돌아보자, 윤은 갑자기 입을 다물었다. 그의 시선이 갈 곳을 찾지 못하고 흔들렸다.

비에 젖어 몸에 찰싹 달라붙은 장옷 사이로 보이는 하얀 저고리. 순심은 속곳이나 다름없는 여름 소복 차림이었다. 푹 젖어버린 얇디얇은 저고리는 뽀얀 살빛을 그대로 투영하고 있었다.

"옷이……."

윤은 차마 말을 잇지 못한 채 민망하게 시선을 돌렸다.

"왜 그러십니까?"

그러나 제가 얼마나 야릇한 꼴을 하고 있는지 꿈에도 모르는 그녀는 순진한 표정으로 되물을 뿐. 방황하던 윤의 시선이 바닥에 벗어놓았던 두루마기에 닿았다. 그는 그것을 집어 들어 순심의 어깨를 감싸주었다.

"저하, 소인 춥지 않습니다."

"입어라."

"괜찮은데……."

"……입으라면 좀 잠자코 입어."

윤의 손길이 그녀의 몸에 닿았다. 잠깐이나마 그의 팔 안에 갇혔던 까닭에, 순심은 훅 숨을 들이마셨다. 그의 품에서는 여전히 좋은 냄새가 났다. 달콤하면서도 쌉쓰레한 풀냄새 같기도, 또 나무 냄새 같기도 한 향기. 그 고상한 향은 며칠 전 연잉군이 낙선당을 찾아왔던 날의 기억을 떠올리게 했다.

"저하. 뭐 하나 여쭤봐도 되겠습니까?"

"말해보아라."

"연잉군께서 오셨을 때…… 기억하십니까?"

"무엇을 말이더냐?"

순심은 당황하여 심장이 튀어나가는 줄 알았는데, 윤은 기억조차 못하는 모양이었다.

"소인을 갑자기 끌어안으셨던 것 말입니다."

"아."

그제야 알겠다는 듯, 윤이 고개를 끄덕였다.

"그 까닭이 궁금한 모양이구나."

"예, 저하."

윤은 잠시 망설인다. 그와 금의 관계는 평범하지 않았다. 아니, 평범할 수 없다고 말하는 것이 옳으리라.

그들은 경쟁자였다. 노론은 윤을 폐하고 금을 보위에 올리기를 바랐으며, 또한 소론은 윤의 자리를 위협하는 금을 밀어내기를 원했다. 세자의 자리를 지켜내기 위해 윤은 금을 견제해야만 했다.

그러나 동시에 그들은 형제였다. 여섯 살의 나이 터울. 윤이 어머니의 죽음을 맞닥뜨렸을 때 금은 세상 물정 모르는 순진한 어린아이였다. 금의 어머니 숙빈 최씨가 희빈 장씨의 죽음에 연루되어 있음은 주지의 사실이었다. 그러나 어찌 어미의 일로 금을 탓하겠는가. 헌신적인 우애라 말할 수는 없었으나 윤은 분명 금을 사랑하고 있었다. 형제는 애증이라는 이름의 외줄 위에서 아슬아슬하게 마주 보고 있는 것이나 다름없었다.

그러나 윤과 금 사이의 지난한 세월을 어찌 순심에게 일일이 설명할 수 있을까. 아마 순심은 이해조차 하지 못할 것이다.

"너와 나 사이에 있었던 거래. 기억하고 있겠지?"

"예, 그럼요."

"그날 있었던 일 역시 거래라 여기도록 해라. 타인 앞에서 좋은 관계처럼 행동하는 것 말이다.”

“좋은 관계요?”

“연모하는 사이처럼 말이다.”

“……예, 저하.”

고민이 필요치 않은 담백한 대답. 윤과의 거래를 통해 순심은 출궁당당하지 않고 궁궐에 남을 수 있었다. 그렇기에 그의 요구를 들어주는 것은 당연한 일이었다.

“이만 돌아가야겠구나.”

윤이 여전히 빗줄기가 쏟아지고 있는 취선당 안뜰을 바라보았다. 임금은 취선당을 보살피는 것을 허하지 않았다. 아무렇게나 자라난 잡초들과 처마에서 떨어져 나뒹구는 깨진 기왓장들 탓에 풍경은 황량하기 짝이 없었다.

그날이 오면, 이곳을 반드시 과거의 아름다운 모습으로 되살리리라.

“저하.”

순심이 공손히 손을 내밀었다. 그녀의 손에는 그가 걸쳐주었던 두루마기가 들려 있었다. 다행히 옷을 둘러쓰고 있는 사이 젖은 몸이 마른 듯했다. 여전히 속살이 비치고 있었으나 아까처럼 민망한 모습은 아니었다.

“그냥 입어라. 그리고, 잠깐.”

윤이 다시금 바깥에 시선을 던졌다. 아무리 여름밤이라 한들 빗줄기는 모질었다. 한차례 흠뻑 젖었던 몸에서는 한기가 올라오고 있었다.

건장한 사내인 그도 이럴진대 여인인 순심은 오죽할까. 자칫하다간 크게 고뿔을 앓을지도 모르는 일이다.

“취선당 어딘가에 죽우산을 두었을 것이다. 내 찾아오겠으니, 잠시 기다리고 있어라.”

“예, 저하.”

취선당은 저승전 못지않게 큰 규모의 전각이었다. 봄비가 오던 어느 날엔가 죽우산을 두었던 장소를 떠올리려 애썼으나 잘 기억이 나지 않았다.

그리하여 생각보다 꽤 긴 시간이 지난 후 윤이 돌아왔을 때, 순심은 기둥에 머리를 기댄 채 곤히 잠들어 있었다.

"순심아."

먼지가 잔뜩 낀 죽우산을 툇마루에 내려놓은 윤이 그녀의 어깨를 슬쩍 건드렸다.

"으음……."

순심의 입에서 낮은 신음이 흘러나온다. 생각보다 잠이 깊이 든 듯했다. 그녀는 눈을 뜨지 않았다. 저리 곤하게 잠든 것을 보니 꽤나 피로했던 모양이었다. 일단 신이라도 신으려는 요량으로 윤은 그녀의 곁 마루에 걸터앉았다.

스르르- 비에 젖어 촉촉한 물기를 머금은 순심의 머리가 윤의 어깨에 얹혔다.

"등잔 밑이 어둡다더니……."

상검은 어처구니가 없다는 표정으로 불빛이 흘러나오는 취선당을 바라보고 있었다.

취선당에 불을 밝힐 사람은 궁궐 안에 오직 한 명, 윤뿐이다. 그런 줄 모르고 세자 저하를 찾느라 창경궁은 물론이거니와 창덕궁까지 온 사방을 뒤지고 다닌 그였다. 한숨을 내쉰 상검이 취선당 문을 열었다.

"쉿."

문지방을 넘자마자 들려오는 윤의 목소리. 예상치 못한 장면을 맞닥뜨린 상검이 눈을 깜빡였다.

취선당 마루에 앉아 있는 윤. 그리고 세자의 두루마기에 감싸인 채 그의 어깨에 기대어 곤히 잠든 순심의 모습. 힘들어 죽겠는 와중에 이상하게도 저 풍경이 퍽 아름답다.

"저하…….. 소인 저하를 찾아 온 궁궐을 누볐사온데…….."

"내 깨우기 싫어 말하지 않고 자리를 비웠다."

"괜찮으신 것입니까? 광증이 도지신 줄 알았습니다."

"잠이 오지 않아 들른 것이다. 항상 미안하구나, 상검아."

세자께서 미안하다 사과까지 하시는데 계속 투정을 부릴 수도 없는 노릇. 윤과 순심의 모습이 참으로 고즈넉한 데다 다정해 보여 상검은 선뜻 다가서지 못하고 문간을 서성였다. 그런 그를 윤이 손짓하여 부른다.

"예, 저하."

"순심을 업어서 낙선당으로 옮길 수 있겠느냐?"

"제가요?"

상검의 답에는 일말의 망설임이 없었다.

"아니요. 절대요. 소인은 이렇게 키도 작고, 비리비리하고, 가냘프고 연약한 힘없는 내시인 것을요."

"후."

윤이 한숨을 내쉬었다. 이름을 불러보기도 하고, 부드럽게 어깨를 토닥여보기도 했으나 순심은 좀처럼 깨어나지 않았다. 물론 우악스러운 방법으로 깨울 수는 있었을 것이다. 그러나 어찌나 쌔근쌔근 아이처럼 곤히 자는지 그런 모진 행동을 할 엄두가 나지 않았다.

"소인이 마마님을 깨울까요?"

"아무리 깨워도 안 일어난다."

"그렇다면……."

처마에서 떨어지는 낙숫물을 본 상검이 윤에게 물었다.

"찬물이라도 끼얹을까요?"

"아니다. 되었느니."

"그럼 꼬집을까요?"

"하지 마라."

"그럼, 아뢰옵기 황공하옵니다만 귀싸대기라도 갈겨서……."

"하지 마!"

"그렇다면……."

상검이 멀뚱대며 윤을 바라보았다. 가장 쉬운 방법을 두고, 왜 저하께서는 어려운 길을 찾고 계시는 거지?

"저하께서 안아 옮기시면 되잖습니까."

"……안 된다."

상검이 한숨을 내쉬었다. 그의 바람은 오직 하나. 어서 처소로 돌아가 잠을 이루는 것뿐이었다.

"그럼, 지 상궁 마마님을 불러올까요?"

"그것은……."

윤이 난감한 듯 미간을 모았다. 본디 윤은 지 상궁을 위시한 동궁전 궁녀들과 가깝지 않았다.

"그럼 역시나, 뺨을 갈기는 수밖에……."

"되었다. 비키거라."

윤이 제 어깨를 묵직하게 누르고 있는 순심을 내려다보았다. 비에 젖어 더욱 새까만 머리채와 유난히도 하얀 가르마. 잠시 망설이던 그의 팔이 그녀의 어깨를 감쌌다. 곤히 잠든 여인의 몸은 고분고분 그에게 안겨왔다. 윤이 축 늘어진 순심을 가뿐히 들어 올렸다.

가볍다. 그리고 참으로 나긋나긋하다.

이런 게 여인의 몸이던가……. 향기던가.

"가자."

상검이 부랴부랴 죽우산을 집어 들었다.

"어? 비가 그쳤나?"

윤을 따르던 상검이 하늘을 올려다보았다. 비는 말끔하게 개어 있었다. 먹장구름에 가려져 있던 달과 별이 배꼼 얼굴을 드러냈다. 물기를 머금어 촉촉한 공기 속에 별빛은 유난히도 반짝였다.

그런 밤이었다. 빗방울이며, 천둥번개며, 별과 달과 바람과 고요한 어둠까지 누군가의 인연을 위해 준비된 것만 같은. 그러한 궁궐의 밤이었다.

* * *

푸르게 밝아오는 새벽, 동궁전 귀퉁이에 딸려 있는 장번내시[19] 처소 앞.

비몽사몽, 눈을 반쯤 감은 상검이 제 키만 한 싸리비를 들고 나왔다. 밤새 쏟아진 폭우 탓에, 담장 아래며 나무 밑에는 떨어진 나뭇잎들이 무수하게 쌓여 있었다.

"또 저하 때문에 잠을 설쳤네. 이러니 키가 클 턱이 있어?"

구시렁대던 상검이 크게 심호흡을 했다. 잠에 취한 와중에도 비 냄새를 머금은 공기는 무척이나 상쾌했다. 그제야 힘이 난 듯 상검은 쓱싹쓱싹 열심히 뜰을 쓸기 시작했다.

"에구구, 허리야."

상검이 기지개를 켜며 몸을 뒤로 젖혔다. 그 순간!

"으아아악!"

상검이 외마디 비명을 질렀다. 동궁전을 빙 둘러싼 야트막한 돌담 위. 불쑥 튀어나와 있는 거무튀튀한 저것은 대체 무엇…….

19　장기간 교대 없이 궁중에서 근무하는 내시.

"뉘, 뉘, 뉘시오?"

"아, 심장이야! 뭐 어쨌다고 소리를 질러대고 지랄염병이래."

담장 위에 얼굴만 동동 떠 있던 여인이 주먹을 쥐고 흔들었다.

"어, 그러고 보니 항아님은……."

당장이라도 저를 쳐 죽일 것 같은 흉흉한 눈빛, 궁궐의 여인이라고는 믿기지 않는 험악한 언변, 게다가 밭농사라도 한 양 새까맣게 그을린 낯빛.

분명 낯이 익었다. 아니, 낯이 익을 뿐이랴? 어찌 잊겠는가. 상검의 머리통에 땜빵을 남긴 우악스러운 궁녀를! 낙선당 승은궁녀께서 말씀하시길, 저 흉포한 여인의 이름이 구월이었나, 시월이었나…….

"북악산 흔들바위?"

"육갑도 가지가지 한다. 궁궐에서 무슨 바위를 찾고 앉았대. 그나저나 내시야, 이리 온."

"내가 항아님네 개새끼인 줄 아십니까? 오라면 오고 가라면 가게? 일 없소이다!"

까닭 없이 욕을 들어 부아가 치민 상검이 심드렁하게 대꾸했다.

"아이 참, 소리를 지르는 통에 나도 놀라서 그런 거라고! 어서 이리 좀 와봐, 내시야."

"내시라뇨. 제게도 버젓한 이름이 있습니다."

"네 이름이 뭔데?"

"상검이요."

"그렇구나. 착한 상검아. 이리 좀 와보련?"

부루퉁한 표정의 상검이 마지못해 구월에게 다가갔다.

"왔습니다. 왜 그러시오?"

"동궁전에 순심이라고, 복숭아처럼 예쁘게 생긴 승은궁녀 있지?"

"낙선당 마마님 말씀이십니까?"

"마마님? 어이구, 우리 순심이가 그렇게 대우받으면서 지내고 있는 거야?"

잠시 동안 구월은 말을 잇지 못했다. 그러나 그녀가 눈물을 꾹 참고 있다는 걸 알 턱 없는 상검은, '저렇게 얼굴을 일그러뜨리니까 더 심통 맞게 생겼네' 이런 생각을 하고 있을 뿐이다.

"그래, 순심이, 아니 낙선당 마마님은 어찌 지내고 계시니?"

"뭐, 잘 지내십니다. 궁궐의 법도를 익힐 때까지 바깥출입을 삼가라 하여 안에만 계시지만요."

"아, 그랬구나. 하긴, 순심이가 나를 잊었을 리 없지."

고개를 주억거리던 구월이 말을 이었다.

"상검아, 내 부탁 하나만 들어줘."

"부탁이요?"

상검이 구월의 얼굴을 멀뚱대며 바라본다.

어울리지 않게 생글생글 웃고 있지만, 어찌 속을 쏘냐. 지난번에는 만나자마자 저를 두드려 팼고 이번에는 만나자마자 욕지거리를 한 몹쓸 궁녀가 아닌가.

"제가 왜 부탁을 들어드려야 합니까?"

"뭐어?"

구월의 표정이 험상궂어졌다. 본래 우악스럽고 괄괄하기로 궁녀 중에 으뜸이라는 그녀였다.

"너, 지난번 기억나지?"

"지난번이라뇨?"

"기억 안 나? 너, 내 처소 앞에 쭈그리고 앉아 있었잖아. 나한테 후려 맞아서 마당으로 날아간 거, 너 아냐?"

"네…… 니요."

구월이 코웃음을 쳤다.

"너 맞잖아. 너처럼 생긴 거 수라간에 많거든? 내 못 알아볼 리 없지."

"그게 뭔데요?"

"있어, 좋은 거. 진상품이라 수라상에만 올라가는 귀한 거거든. 너, 멸치라고 이름은 들어봤냐?"

멸치가 뭘까. 평생 바다구경이라고는 해본 적 없는 상검이 알 리 없었다. 귀한 진상품이라지만, 그다지 칭찬받은 느낌은 아니었다.

"아무튼 낙선당 마마님한테 전해. 칠월 초하루 날에 여기서 보자고. 수라간 등청하기 전 이른 아침이라고 하면 알 거야."

"……."

"대답 안 해? 너, 쥐도 새도 모르게 황천 가는 수가 있다."

갑자기 구월의 눈빛이 싹 달라졌다. 화들짝 놀란 상검이 홀린 듯 고개를 끄덕거렸다.

"아, 알았습니다."

"꼭 전해! 칠월 초하루 새벽이다."

말을 마치자마자, 돌담 위에 오도카니 올라서 있던 구월의 까무잡잡한 얼굴이 사라졌다. 이내 부산하게 멀어지는 발소리가 들려왔다.

"뭐, 저런 여인네가 다 있대? 어우, 무셔라. 낙선당 마마님은 그리 참하신데, 어쩌다가 저런 동무를 두셨지……."

상검이 부르르, 몸을 떨었다.

"어휴, 궁녀이기에 망정이지. 바깥에서 살았다면 대체 어떤 사내가 저런 여인을 데려갈지."

그가 벽에 기대어놓은 싸리비를 집어 들었다. 다시금 비질을 시작하려던 찰나, 갑자기 발소리가 들려왔다. 혹시나 구월이 돌아왔나 싶어 당황한 상검이 고개를 번쩍 쳐들었다.

"저하, 벌써 기침하시었습니까. 피로하지 않으십니까?"

상검의 말 그대로였다. 윤의 눈가에 드리운 검은 그늘은 그가 잠을 이루지 못했음을 말해주고 있었다.

"너야말로 좀 더 자지 그러했느냐. 밤새 나를 찾아 돌아다니느라 힘들었을 것을."

"제 할 일인 것을요. 그런데 어찌 이 새벽에 여기까지……."

"할 얘기가 있어 왔다."

"말씀하시옵소서."

"밤의 일 말이다."

윤의 음성이 나직해졌다.

"승은궁녀에게는 말하지 말거라."

"왜요?"

되묻는 상검은 정말 이유를 모르겠다는 듯 해맑은 표정이었다.

"저하께서 하지 마라시니 말은 안 하겠지만……. 왜 굳이……."

"별 뜻은 없다만, 그냥 그리해다오. 알았느냐?"

"알겠습니다, 저하."

윤은 곧 저승전으로 돌아갔다. 뒤에 남은 상검이 고개를 갸웃했다.

"왜 말하지 마라 하시지? 설마……. 부끄러움을 타시는 겐가?"

상검이 어깨를 으쓱했다. 저하와 그만의 비밀이 생긴 기분이었다. 곧 상검의 입가에 흐뭇한 미소가 솟았다.

"전하, 동궁 들었사옵니다."

"들라 하라."

여느 때와 같은 궁궐의 아침. 윤은 대전에 문안을 드리는 것으로 왕세자의 하루를 시작했다.

"오늘도 날이 무더우냐?"

"간밤에 비가 와 한결 더위가 가셨습니다, 아바마마."

금상에게서 대꾸가 없어 윤은 고개를 들어 임금의 눈치를 살폈다. 간밤 폭우와 천둥 탓에 잠자리가 편치 않았던 것일까. 용안에는 어지러운 심기가 그대로 드러나 있었다.

"젊은 동궁에게나 그렇겠지. 늙은이는 더위 때문에 기력이 없다."

"……송구하옵니다, 아바마마."

"무엇이 송구하냐?"

윤이 마른침을 삼켰다. 근래 들어 임금의 예민함은 극에 달해 있었다.

"아바마마의 마음을 헤아리지 못하여 더위가 가셨다 말한 것이……."

"그렇다면 과인에게 거짓을 고했다는 것이냐?"

"아니옵니다. 어찌 소자가 아바마마께 거짓을 고하겠습니까."

"하면 대체 무엇이 송구하다는 게냐?"

"그것은, 소자의 덕이 부족하여……."

"그만."

그리고 짜증 뒤에 언제나처럼 따라붙는 말.

"누구의 자식인데 어찌 그러지 않겠느냐? 되었다. 물러가라!"

새삼스러울 것도 없는 십 수년 간 반복된 일과. 긴 세월 겪은 일이라 하여 날아와 박히는 화살이 아프지 않을 리 없었다. 그러나 이런 상황에서도 변함없이 머리를 숙이며 예를 갖춰야 하는 것이 세자의 업이다.

"후……."

궁인들이 탄식하는 제 모습을 볼까 두려워 윤은 빠른 걸음으로 대전을 벗어났다.

과거에는 언젠가는 익숙해지지 않을까 생각하며 감내했던 일. 그러나 이제 윤은 안다. 저는 결코 모욕에 익숙해질 수 없는 사람임을. 그저 참고, 참고, 또 참을 뿐임을.

"저하."

윤을 기다리고 있던 상검이 눈치를 보며 다가왔다. 세자의 참담한 표정을 미루어 분명 임금께 흉한 소리를 들으신 것이 분명하다. 이럴 때는 입을 다물고 그의 심기가 나아지기를 기다리는 것이 최선이었다.

"동궁으로 모실까요, 저하?"

"……음."

그는 단지 쉬고 싶을 뿐이었다. 내전 근방에서는 한숨 한 마디조차 마음 편히 내쉴 수가 없었다. 윤이 태어나 평생을 살아온 곳, 궁궐. 그러나 때로 궁궐의 흙먼지 한 알, 공기 한 줌마저 그를 밀어내는 듯 느껴지곤 했다.

무거운 침묵을 몸에 휘감은 채 걷던 윤은 이내 동궁전 근방에 이르렀다. 저승전으로 향하던 윤의 걸음이 문득 멈췄다.

"저하, 강녕하시었습니까?"

낙선당 입구에 서 있던 순심이 그에게 다가왔다.

"나를 기다린 것이냐?"

"예. 드릴 것이 있고 여쭤볼 것이 있어……."

순심이 곱게 개켜진 쪽빛 두루마기를 내밀었다. 햇볕에 바짝 마른 비단의 감촉이 보드랍고 따사하다. 두루마기는 간밤 그녀를 이부자리에 뉘일 때 혹시나 고뿔이 들까 걱정되어 덮어주고 나온 것이었다.

윤이 안아 옮기는 내내 죽은 듯 깊은 잠에 빠져 있었던 그녀였다. 분명 순심은 간밤의 일을 기억하지 못하리라.

"저하, 소인이 간밤에 어찌 낙선당으로 되돌아왔는지 아십니까?"

순심은 정녕 몰라서 묻는다는 듯 순진한 표정이었다. 윤이 무슨 소리를 하냐는 표정으로 그녀를 보았다.

"걸어왔겠지. 달리 다른 방법이 있겠느냐?"

"소인이 제 발로 걸어왔다고요?"

"그래. 당연한 소리를."

무언가 곰곰 생각하는 듯 순심의 표정이 심각해졌다.

"참 이상한 일입니다."

"무엇이 이상하냐?"

"기억이 날 듯 말 듯……. 들려 옮겨진 것 같은 기분이 들어서요. 걸어온 기억은 전혀 나지 않는데……."

꿈을 꾼 것일까?

꿈결, 혹은 잠결에 그녀의 몸을 굳게 감싸고 있던 강인한 팔의 느낌이 선연했다. 그 팔의 주인에게서 나던 백단 향기가 뇌리에 생생하다. 그 그윽한 향취는 그녀가 밤새 덮고 잔 쪽빛 두루마기에도 배어 있었다.

"글쎄다. 나는 모르는 일이니, 꿈을 꾸었거나 도깨비에게 홀렸거나 했나 보지."

그가 슬그머니 순심으로부터 시선을 피했다.

"이만 가봐야겠구나."

"예. 살펴 가시오소서, 저하."

급한 일이 있는 양 멀어지는 윤의 뒷모습. 멀어지는 그를 향해 다소곳이 고개를 숙이지만 순심은 여전히 뭔가 개운치 않은 표정이었다.

"내가 도깨비에 홀렸다고?"

그녀가 미심쩍은 표정으로 중얼거렸다. 몸을 돌리던 그녀의 시선이, 여전히 곁에 서 있는 상검에게 닿았다.

"어찌 저하를 따라가지 않고 있어?"

"저, 마마님."

"왜?"

"음⋯⋯. 아, 아닙니다. 소인 이만 물러가겠습니다."

고민이라도 있는 양 심각한 표정으로 상검은 급히 윤의 뒤를 따랐다.

'뭐였더라?'

께름칙한 느낌이 들어 상검은 고개를 갸웃거렸다. 분명 낙선당 마마님께 전할 이야기가 있었던 것 같은데, 무엇인지 도통 기억이 나지 않았다.

생각에 잠겨 걷는 상검의 귀에 윤의 목소리가 들려왔다.

"상검아."

"예, 저하."

"하늘을 좀 봐라. 근래 이리 하늘빛이 아름다웠던 적이 있느냐?"

저승전 용마루 위, 간밤에 내린 비에 씻겨 구름 한 점 없이 청명한 하늘. 청잣빛 하늘 끝까지 뻗어 나간 햇살이 반짝반짝 빛난다.

"예, 하늘이 참 곱습니다, 저하."

상검이 윤의 얼굴을 살핀다. 이내 그는 윤의 입가에 옅은 미소가 드리워 있음을 깨달았다.

'대전에서 나오실 때만 해도 세상 근심이란 죄다 짊어진 듯 괴로운 표정이었는데.'

슬그머니 올라가는 윤의 입꼬리를 따라 상검의 입술도 초승달처럼 휘었다.

저무는 해가 서녘을 새빨갛게 물들인 이른 저녁.

"너는 어디서 왔니?"

낙선당 안뜰. 섬돌 앞에 쪼그리고 앉은 순심의 낯빛이 유난히 화사했다. 간만에 생기를 되찾은 그녀의 눈동자며 입가에 웃음이 담뿍 배어 있었다.

"맛있어? 더 줘?"

순심이 손에 들고 있던 고깃점을 내밀었다.

니야옹!

어디서 나타났는지 모를 고양이 한 마리. 노란 털을 가진 고양이가 순심의 치맛자락에 머리를 비볐다. 그녀가 준 고깃점이 꽤나 맛있는 모양이었다. 고양이는 연신 '참참' 소리를 내며 입맛을 다시고 있었다.

"이제 더는 없어. 다음에 오면 또 줄게."

대답이라도 하듯 '야옹!' 하며 순심을 바라보는 노란 고양이가 퍽 귀엽다. 순심 앞에 벌렁 드러누운 고양이가 부산하게 제 몸을 핥아 단장하기 시작했다.

"나랑 동무 하려고 왔어?"

고양이의 몸뚱이를 쓰다듬던 순심이 중얼거렸다. 기분이 꽤 좋은지, 눈을 지그시 감은 고양이의 울대에서 고르릉대는 소리가 들려왔다.

낙선당에 나타난 뜻밖의 친구.

특별히 할 일이 없는 데다 여전히 외출이 허락되지 않아 늘 무료하던 그녀였다. 어느 날 낙선당 처마 밑에 나타난 노란 고양이에게 순심은 금새 마음을 열었다.

"너는 어디서 사니? 궁궐 전체가 네 집이니?"

사람과 대화라도 하는 양 순심이 고개를 갸웃대며 물었다.

고양이는 수시로 나타났다 수시로 사라졌다. 고깃점만 받아먹고 가버리는 날도 있었고, 아예 제집인 것처럼 한참 늘어져라 낮잠을 자거나 순심의 뒤를 졸졸 따라다니는 날도 있었다.

"너는 이름이……."

그때였다. 갑자기 뜰 바닥에 한가로이 등을 비비던 고양이가 후다닥 튀어 올라 도망쳤다. 놀란 순심이 고개를 들었다.

"대체 거기 앉아 내내 뭐라고 구시렁대는 것인가. 노망난 노친네라 해도 믿겠구나."

"연잉군 대감."

아마도 그에게는 고양이의 모습이 보이지 않았던 모양이었다. 다급히 일어선 순심이 금을 향해 고개를 숙였다. 그녀의 등줄기가 뻣뻣하게 긴장했다.

"오셨습니까."

순심은 금이 편하지 않았다. 종잡을 수 없는 변덕스러운 성격, 부담스러울 만큼 그녀를 빤히 바라보곤 하는 강렬한 시선, 윤 앞에서조차 그녀에 대한 호감을 숨기지 않는 대담함. 그가 편치 않은 이유는 이 외에도 많았다.

형제는 판이하게 달랐다. 금은 윤처럼 그린 듯 아름다운 미남자는 아니었으나, 제멋대로 굴면서도 타인의 마음을 얻어내는 데 익숙한 사람이었다. 게다가 그와 윤의 관계는 내막을 잘 모르는 순심이 보기에도 여느 평범한 형제와는 달랐다. 그녀의 본능이 그를 가까이해선 안 된다고 외치고 있었다.

그러나 순심을 불편하게 만드는 모든 요소들은 곧 금의 매력이기도 했다. 그리고 그는 오늘 자신의 매력을 십분 발휘하기로 마음먹은 것처럼 보였다. 쭈뼛대며 시선을 피하던 순심과 그런 그녀를 집요하게 응시하던 금의 시선이 끝내 마주쳤다.

"어찌 얼굴이 해쓱해진 듯하다. 어디 아프기라도 했던 것인가?"

"아니옵니다."

"그렇다면, 무언가 걱정이라도 있는 겐가? 예를 들자면……."

금이 다른 뜻은 없다는 듯 싱긋 웃었다.

"궁녀들과 싸움이 벌어졌다거나, 그리하여 저하께서 몹쓸 계집들의 목을 치라 명하셨다든가."

"……."

당황한 순심의 입술이 스르르 벌어진다. 그녀는 급히 표정을 가다듬어 놀란 기색을 지웠다.

낙선당 안뜰에서 소란이 벌어진 것은 고작 며칠 전의 일. 벌써 궐밖의 연잉군에게까지 소문이 전해졌다고 생각하니 기분이 묘했다.

"그런 것은…… 저하께 직접 물으시는 편이 낫지 않겠습니까? 소인은 무어라 드릴 말씀이 없습니다, 대감."

"하, 역시 당돌하구나. 내 앞에서 말을 아끼겠다는 것이로군. 제법 영리하구나. 다행스런 일이다."

그가 느긋하게 미소 지었다.

"그건 그렇고, 순심아. 가만히 앉아 있는 것, 잘하느냐?"

"예?"

뜬금없는 물음. 순심은 긴장을 풀지 않으며 되물었다.

"가만히, 지그시 한자리에 앉아 있는 것 말이다."

"해본 적이 없어 모르지만, 앉아만 있는 것이 과히 어려운 일은 아니지 않겠습니까?"

"과연 그럴까?"

"무슨 일 때문에 그러십니까?"

"내 너와 퍽 재미있는 놀이 하나 해볼까 싶어 그런다."

금이 순심과 눈을 맞추며 빙긋 웃었다.

놀이라니. 이것은 또 무슨 해괴한 소리일까. 의구심을 품은 눈으로 그녀는 금을 올려다보았다. 오늘 그의 눈동자는 장난기 많은 소년처럼 반짝이고 있었다.

"놀이라니, 그 무슨 말씀이십니까?"

"그것은 내 다음번에 입궐하면 알게 될 것이니 그만 묻고. 이리 와 보아라. 내 너에게 중요한 충고 하나를 해주겠으니."

"충고요?"

금이 까딱까딱, 그녀를 향해 손짓을 했다.

"들어서 해가 될 것은 없는 이야기다. 귀를 대보아라."

"어차피 둘뿐이니, 그냥 말씀하셔도……."

"동궁전을 아직 모르는구나. 여기선 낮말은 박상검이 듣고 밤말은 문 내관이 듣는 법이거든."

금이 순심을 향해 얼굴을 기울였다. 이윽고 들려오는 그의 나지막한 음성.

"명심하라. 태화당에서 부르거들랑, 절대 가지 마라."

"예?"

순심이 되묻는다.

태화당. 영빈 김씨의 처소. 그 이름은 그녀에게도 달갑지 않았다. 처음 윤을 만났던 그 밤, 영빈의 첩자라는 누명을 써 밤새 겪었던 고초가 떠올랐기 때문이었다. 게다가 궁녀들 사이에서 떠도는 말에 의하면 태화당의 주인 영빈 김씨는 대단히 음흉한 사람이라지 않은가.

"영빈께서 너를 보고자 하실 것이다. 그러나 가서는 안 된다. 알겠느냐?"

"……."

"절대, 태화당에, 가지 마라."

순심이 이상스럽다는 표정으로 금을 바라보았다. 영빈 김씨는 임금의 후궁인 동시에 금의 양어머니이기도 했다. ㄷ)금의 생모인 숙빈 최씨는 천한 무수리 출신이었고, 명문 세도가의 여식인 영빈 김씨에게는 자식이 없었다. 그런 까닭에 어린 금을 영빈의 양자로 입적시켰던 것이다.

다른 이도 아닌 금이 영빈의 처소에 가지 말라 당부하는 이유가 뭘까? 그러나 금은 순심이 반문할 시간을 주지 않았다.

"그럼 잊지 마라, 순심아. 나는 볼일이 있어 가봐야겠다."

"예. 살펴 가시옵소서, 연잉군 대감."

낙선당을 떠나던 금이 문득 걸음을 멈추었다. 그가 뒤를 돌아보았다.

낙선당 모퉁이로 너풀대며 사라지는 순심의 치맛자락. 나무와 흙의 갈색, 그리고 풀의 녹색 천지인 공간 속 선명한 분홍. 이는 꽤나 강렬한 풍경이었다.

"수월경화(水月鏡花)로구나."

그의 입가에 뜻 모를 미소가 스쳤다.

물에 비친 달, 거울에 비친 꽃. 바라볼 수는 있어도 결코 손에 넣을 수는 없는, 그런 여인.

궁궐 곳곳에 자리한 전각들 사이사이 자욱한 어둠이 깔렸다.

"……이렇게 또 하루가 가네."

낙선당 침소 안, 이부자리 위에 반듯이 누워 있던 순심은 좀체 잠들지 못하고 내내 뒤척였다.

그간 궁에 존재했던 다른 승은궁녀의 삶이 어떠했는지 그녀는 알지 못한다. 아는 것이라고는, 김순심의 하루가 참으로 무미건조하게 흘러가고 있다는 사실뿐이었다.

문살 틈으로 새벽빛이 비치면 깨어나고, 해가 동편에, 머리 위에, 서녘에 각각 걸릴 때면 밥을 먹고, 종일 허송세월하며 먼 산을 보다 해가 지고 어둠이 찾아오면 잠이 든다. 그것이 전부였다. 생과방 동료들이 들으면 참으로 배부른 소리를 한다 욕할지도 모른다. 그녀 역시 나인 시절에는 고된 일과에서 벗어나 호의호식하는 삶을 꿈꿨으니까.

'바라는 대로 이뤄졌는데, 어찌 이리 울적할까.'

순심이 몸을 뒤척였다. 홑이불이 들썩이자 엷은 향기가 피어올랐다. 희미하지만 분명히 느껴지는 은은한 백단향. 어젯밤 윤의 두루마기를 곁에 두고 잠든 까닭에 이불에 향취가 배어 든 모양이었다.

그녀는 선천적으로 냄새에 예민했다. 순심의 후각에는 유독 남다른 데가 있었다. 생과방 시절, 그녀는 남들이 맛을 봐야 분간하는 것을 냄새만으로도 쉽게 구별해내곤 했다.

"사는 게 편하긴 한가 보다. 늘 곯아떨어지느라 바빴는데, 이리 잠이 안 오는 걸 보니……."

중얼거리며 순심은 달칵 방문을 열었다. 비가 온 덕인지 바람이 꽤 선선하다. 내친김에 마루로 걸어 나가자, 시원한 밤공기가 몸을 감쌌다. 계절을 잊을 정도는 아니었으나, 이만하면 꽤 서늘하고 쾌적한 여름밤. 그리고 뺨을 쓰다듬는 고즈넉한 바람을 타고 풍겨오는…….

윤의 향기.

'으음?'

향기는 낙선당 주변을 맴도는 바람에 실려 들어왔다. 홑이불에 배어 있던 향기라기엔 지나치게 또렷했다.

향기의 근원은 분명 저 담장 너머 낙선당 밖 어딘가. 윤이 곁에 있는 것이다.

"저하……?"

그를 불러보지만, 아무런 소리도 들려오지 않았다. 하지만 여전히 윤의 향기는 그녀의 곁을 떠돌고 있었다.

순심이 무엇에 홀린 듯 꽃신 안에 발을 밀어 넣었다. 유난히 캄캄한 밤이었으나, 밤하늘에 뜬 흐릿한 흰 달이 길잡이가 되어주었다. 조심조심, 안뜰을 지나 낙선당 입구에 당도한 순심이 사방을 두리번거렸다. 그새 그윽한 향기는 조금 더 짙어졌다.

"저하."

그녀의 시선이 닿은 곳은 낙선당 담장 아래. 그의 얼굴은 담벼락의 검은 그림자에 파묻혀 잘 보이지 않았다. 그러나 서당개 삼 년이면 풍월을 읊는다던가. 동궁전에서 보낸 나날 덕에, 순심은 먼 발치에서도 윤의 모습을 알아볼 수 있다.

보기 드물게 훤칠한 키, 당당하게 펴진 너른 어깨, 즐겨 입는 비단 두루마기의 검푸른 색채에 대비되는 창백한 살결. 게다가 그의 향기가 손짓하듯 그녀 곁을 떠도니, 어찌 윤이 아니라 할 수 있겠는가.

"저하, 이 밤중에 거기서 무얼 하고 계십니까? 소인보고 도깨비에 홀렸다고 하시더니만, 저하야말로……."

순심의 말이 뚝 끊겼다. 그제야 떠오르는 지난 밤의 기억. 취선당을 떠나 낙선당으로 돌아오기까지 끊어진 기억의 토막에 반짝 불이 들어왔다.

그 밤. 그녀의 몸을 들어 올려 감싸 안았던 굳건한 손길. 익숙지 않은 흔들림에 게슴츠레 눈을 뜬 순심의 시야에 흐릿하게 비치던 달빛처럼 청아한 살결. 아득하게 종알종알 들려오던 상검의 목소리. 그리고 낙선당 침소에서 이부자리 위에 그녀를 누이며 속삭이던…….

-잘 자라.

윤의 목소리.

"저하, 저보고 도깨비에 홀렸다 하시더니……. 소인 아무래도 그 도깨비를 찾은 것 같습니다."

갑자기 뺨이 홧홧해졌다. 여전히 멀뚱히 서 있는 윤의 그림자를 보는 것마저 부끄러워, 순심은 괜스레 딴청을 부렸다.

"저하."

"……."

"그, 그런데요. 잠을 자고 있으면, 깨워 가시면 될 것을요. 아무리 그래도 다 큰 처녀를 굳이 안아 드실 것까지는……."

"……."

"뭐……. 저하께서 잘못하셨다는 뜻은 아니옵니다. 그냥 말이 그렇다는 거지……."

주절주절, 제가 뭔 소리를 지껄이는지도 모르겠다. 내내 윤에게
말을 건네던 순심이 갑자기 입을 다물었다. 무언가 이상한 느낌이
오싹 끼쳤다.

"저하? 어찌 아무 말씀도 없으십니까?"

순심이 윤을 향해 한 걸음 내디뎠다. 순간 들려오는 낮은 소리.

"으……."

멈칫, 그녀의 걸음이 정지했다. 딱히 음성이라고 부르기도 애매한
낮은 목소리. 그것은 말이라기보단 신음에 가까웠다.

"저하……?"

역광 탓에 보이지 않던 윤의 얼굴이 그제야 분간이 된다. 칠흑처
럼 검은 머리칼 위로 흐르는 달빛. 그의 머리는 길게 풀어 헤쳐져 있
었다. 순간 그의 눈동자에 기이한 번뜩임이 감돌았다. 그것은 순심이
잘 알고 있는 눈빛, 즉 미치광이의 눈빛이었다.

"저하……."

윤과 눈이 마주친 순간, 순심은 저도 모르게 주춤주춤 뒷걸음쳤다.

그녀는 저 눈빛을 안다. 윤의 향기를 또렷하게 기억하고 있는 것
처럼 눈빛 역시 선연하게 기억하고 있었다. 처음 윤을 마주쳤던 그
밤에도 그녀는 그의 눈빛이 미치광이의 것임을 단번에 알아챘었다.
눈동자에 어린 번뜩이는 이채가 무엇을 의미하는지를 경험으로 이
미 알고 있었기 때문이었다.

노름판에서 돈을 잃고 돌아온 아버지가 집안 세간이며 반닫이를 샅
샅이 뒤질 때의 눈빛, 인간으로서 가질 수 있는 최소한의 이성마저 상
실한 짐승의 눈빛. 그 눈빛을 다름 아닌 윤에게서 발견하는 건, 그녀에
게도 무척이나 고통스러운 일이었다.

"저하."

덜컥 겁이 났다. 그 밤의 그는 가혹했다. 그는 며칠간 얼얼할 정도로 순심의 턱을 틀어쥐었었고 여인으로서 평생 들어보지 못했던 온갖 모욕을 퍼부었으며, 잔인한 희롱을 서슴지 않았다.

그녀가 아는 왕세자와 지금 앞에 서 있는 윤은 다른 사람이었다. 같은 얼굴을 하고 있을 뿐 결코 같은 이가 아니었다. 도망치고 싶다는 본능적인 욕망이 꿈틀거리며 치밀어 올랐다.

그러나 어찌 그를 두고 도망치겠는가. 그는 이윤, 조선의 세자. 진실이든 거짓이든 간에, 그는 순심의 지아비이며 주인이었다.

"……저하, 괜찮으십니까?"

순심이 그에게 조심스레 다가섰다. 담벼락에 손을 짚은 채 위태롭게 서 있는 윤의 가슴팍이 거칠게 오르내리고 있었다. 그제야 또렷이 보이는 흰자위가 무서우리만큼 붉다. 그의 눈에서 번쩍이는 것이 눈물인지 혹은 미쳐버린 사내의 광기인지 알 수 없었다.

"저, 저하!"

풀썩, 윤의 몸이 허물어졌다. 아무렇게나 바닥에 나동그라진 채 그는 짐승처럼 긴 숨을 내쉰다.

……여기가 어디일까.

정신은 희미하게 윤의 곁을 맴돈다. 시야에 비치는 세상은 온통 검었다. 캄캄한 어둠은 거대한 덩어리가 되어 그를 뒤덮었다. 속이 울렁거린다. 메스꺼웠다. 숨을 들이마실 때마다 속에서 불길이 치솟는 것 같았다. 누군가 심장을 틀어쥐고 놓아주지 않는 듯하다. 몸뚱이는 제어되지 않고 중심을 잃은 채 비틀렸다. 가능하다면 속에 있는 것을 몽땅 게워내고 싶었다. 제 안의 오장육부마저 토해내고 싶었다. 가능하다면, 이윤이라는 자의 비참한 인생마저 내다버리길 간절히 원했다. 두려웠다.

그는 아무것도 할 수 없는 자, 나약한 자. 어머니를 죽이려고 하는 아버지 앞에서 감히 입조차 벙긋하지 못하는 비겁한 자. 힘없는 자…….

열네 살, 그러나 이미 죽음을 꿈꾸는 불행한 세자였다.

곧 어머니는 사약을 받게 되실 것이다. 윤은 무기력하다. 그가 할 수 있는 일이란 없었다. 웅웅대며 귓전을 울리던 발소리가 멈추었다. 어둠 속에 너풀대는 하얀 여인의 인영이 보인다. 누구인지는 알 수 없었다. 어머니에게로 사약을 가지고 가는 궁녀일까?

"저하."

분명 들어본 적이 있는 목소리인데 문득 사무치게 슬프다.

"저, 저하…….”

그의 눈꺼풀이 희미하게 경련했다. 그는 저 여인의 목소리를 알고 있다. 그러나 기억이 나지 않아 괴로웠다.

누구일까. 늘 먼 사람이라 느껴온 세자빈일까? 혹은, 사약을 받쳐 들고 그의 어머니를 죽이러 가는 궁녀일까.

아니다. 그렇지 않다.

"내게…… 다가오지 마."

그녀는, 순심이다.

"……네가 다친다."

광기로 번뜩이던 그의 눈빛에 잠시나마 온후한 빛이 돌아왔다. 그녀를 알아보는 것이 분명하리라.

"저하, 소인이 누구인지 아시겠습니까? 소인 순심이옵니다!"

달려온 순심이 그의 곁에 무릎을 꿇었다. 그러나 윤은 저리 가라는 듯 힘없이 손을 내 는다. 무엇인가가 그의 몸 안에서 아우성치고 있었다.

몸속을 새카맣게 태워버릴 것 같은 열기. 올 초부터 그를 괴롭혀

온 광증은 늘 이렇게 시작되곤 했다. 이 불길이 몸을 점령한 후에 그는 괴물이 되어버리고 말 것이다. 분노하고, 고함을 지르고, 상대방을 겁박하고, 치부를 드러내며, 잔인한 행동을 일삼는 괴물이. 정신을 잃지 않기 위해 이를 악물어보지만, 그는 광증이라는 괴물에게 이길 수 없음을 이미 알고 있었다.

흐릿한 의식으로 그는 생각한다. 가라, 제발. 나를 두고. 너를 다치게 하고 싶지 않으니.

그러나 순심은 윤의 곁을 떠나지 않았다.

"정신을 차리셔야 합니다, 저하."

두려움 탓에 떨리는 목소리였지만, 그녀는 다시금 호소했다.

"소인은 괜찮습니다. 저하께서 어떤 행동을 하시든, 본심이 아니심을 압니다. 그러니 부디 정신을 차리세요. 제발요."

순심의 손이 그의 가슴 위에 놓였다. 마치 아이를 어르는 것 같기도, 혹은 겁먹은 짐승을 달래는 것 같기도 한 손길. 작은 손이 거친 호흡으로 격렬하게 오르내리는 가슴을 부드럽게 쓸어내렸다.

설령 그가 미쳐 날뛴다 해도 절대 도망치지 않으리라. 순심이 잇새를 꽉 물었다.

"깨어나세요. 저하께서는 하실 수 있습니다."

윤은 미치광이가 아니다. 그녀가 보아온 그는 절대 그런 사람이 아니었다. 그는 그저 외롭고, 외롭고, 또 외로운 사람에 지나지 않았다. 낙선당에 고립된 순심이 그러했듯, 단지 그에게는 그 외로움이 한평생 계속되어왔을 뿐이었다.

거칠게 헐떡대던 윤의 숨결이 한결 평온해졌다. 그가 고개를 들어 올렸다. 바닥까지 길게 늘어진 검은 머리칼이 순심의 손등을 스쳤다.

여전히 윤의 눈에는 핏발이 서 있었고 눈빛에는 기묘한 이채가 감돌았다. 그의 안에는 어머니의 죽음을 맞닥뜨리던 잔혹한 시절의 어

린 윤과, 세월의 상처 속에 여전히 허우적대는 성인 윤이 혼재하고
있었다.

'나는 누구인가?'

그는 연거푸 스스로에게 물었다.

너는 누구더냐. 너는 대체 무얼 하는 사람이더냐. 제 정신과 몸뚱
이 하나 통제하지 못하면서 일국의 왕이 되기를 꿈꾸는 어처구니없
는 너란 사내는 대체 누구란 말이냐.

"으으……."

그가 눈을 크게 깜빡였다. 윤은 열네 살 어린 세자가 아니다. 어
머니는 이미 세상을 떠났고, 그 이후로 길고 긴 세월이 흘렀다. 그를
감싸고 있는 따스한 손길은 어머니의 것이 아닌 그와 거래를 함으로
써 낙선당에 자리를 잡은 순심의 온기였다.

"……순심아."

"저하, 정신이 드십니까?"

가까스로 윤은 고개를 끄덕였다. 그 와중에도 퍽 이상하다는 생각
이 스쳤다. 이렇게 빨리 끝날 리 없다. 광증이란 지독한 놈은 밤새도
록 그를 쥐고 흔든 후에야 떠나가곤 했었다.

"으읏."

순심에게 기대 있던 윤이 갑자기 상체를 일으켰다. 몸을 옹송그리
고, 바닥에 고개를 처박은 채 그는 고통스러운 소리와 함께 구토했
다.

"저하!"

풀썩, 그의 팔이 바닥으로 떨어진다. 그때였다.

"거기, 저하십니까?"

멀찍이서 들려오는 목소리는 분명 상검의 것이었다.

"저하! 저하!"

타다닥 바쁜 발소리. 상검과 문 내관이 한달음에 달려왔다. 문 내관이 황급히 축 늘어진 세자를 둘러업었다. 윤이 느리게 눈꺼풀을 들어 올렸다. 눈꺼풀 위에 납덩이라도 매달았는지, 순심에게로 향하던 그의 시야는 다시금 시꺼먼 어둠에 파묻혔다.

* * *

칼날이 밤을 가른다. 사내는 쉼 없이 검을 휘두르고 있었다. 몸을 움직일 때마다 훅훅 끼쳐오는 녹지근한 더위도, 깊은 밤의 스산한 고요도 그의 수련을 방해하지는 못했다.

순간 들려오는 기척. 사내가 보이지 않을 만큼 빠른 손놀림으로 칼을 거두며 뒤를 돌아보았다. 멀찌감치 서 있던 김일경이 벙긋 웃었다. 그를 본 사내가 고개를 숙여 묵례했다.

"더운 날씨에 고생이 많구나."

김일경이 물이 든 대접을 내밀었다. 말없이 물을 벌컥벌컥 들이켠 사내가 뒷맛이 찜찜한 듯 인상을 찌푸렸다.

"연한 소금물이다. 한여름에 그리 검을 휘둘러대다가 탈수라도 하면 어쩌려고 그러느냐."

"괜찮습니다."

"부족한 것은 없느냐? 어찌 얼굴이 해쓱하다."

"검이나 몇 자루 더 가져다주십시오."

"정녕 그 칼이면 충분한 것이냐? 고작 시전 대장장이가 만드는 칼 따위로 대업을 이룰 수 있겠냐는 말이다."

"검은 중요하지 않습니다."

중요한 것은 검이 아닌, 검을 잡은 자다- 그의 말뜻을 알아들은 김일경이 고개를 끄덕이며 만족스럽게 수염을 쓰다듬었다.

유난히 검은 피부와 강인한 골격을 타고난 사내의 용모는 거친 북방민족을 연상케 했다. 사내가 땀에 젖은 머리칼을 손으로 훑었다. 제멋대로 흐트러진 머리칼이 범상치 않은 눈매를 가렸다.

김일경이 처음 그를 만났던 십 년 전, 사내는 열여섯 소년이었다. 당시 그의 눈을 처음 본 순간, 김일경은 생각했었다.

'아랑(餓狼)이로군.'

아랑. 굶주린 늑대.

무사에는 여러 종류가 있다. 범의 눈빛과 기세를 가진 자들은 결코 복종하지 않았다. 그들은 스스로가 지존이 되기 위해 싸운다. 표범과 같은 이들은 결코 무리에 속하지 않았다. 그들은 평생을 떠돌이 용병으로 살다 스러졌다.

그러나 늑대는 여느 맹수들과 다르다. 개의 습성을 닮아, 그들은 무리 속에 섞여 들 줄 알았다. 늑대란 평생 하나의 반려만을 바라보며 살아가는 짐승이었고 그것은 오직 한 주인에게만 복종하는 충심과 일맥상통했다. 또한 굶주린 늑대는 범 못지않게 사나운 법.

"슬슬 때가 된 것 같구나."

김일경이 말을 건넸으나 사내는 큰 반응을 보이지 않았다. 그것이 개와 늑대의 다른 점이었다. 쓸데없이 말이 많은 개와 달리, 늑대는 진중하며 과묵했다.

"내 곧 입궐하여 허락을 받아 오겠다."

사내에게서는 여전히 답이 돌아오지 않았다. 김일경의 말을 듣고는 있는 것인지, 그는 벗어놓았던 저고리를 들어 땀으로 흥건한 상체를 대충 닦았다.

"저하 앞에서도 이렇게 묵묵부답으로 일관할 것이냐?"

"나리께서 말씀하셨듯이."

오래도록 입을 열지 않은 탓에 사내의 목소리는 낮게 잠겨 있었다.

"저하를 뵐 날을 위해 말을 아끼고 있을 뿐입니다."

"그래. 그렇다면 되었다."

김일경이 고개를 끄덕였다. 어차피 그가 목숨을 걸고 지켜야 할 대상은 자신이 아니었다. 그의 주인이 될 이는 조선의 국본(國本)인 이윤. 사내는 오직 왕세자만을 위해 살아가게 될 것이다.

"내일 일찍 시전에 나가자. 조만간 입궐해야 할 듯하니, 의복 몇 벌을 맞춰야겠구나."

"예."

"가봐야겠다."

돌아서던 김일경은 십 년 전 겨울, 그를 소개받았던 무인에게 들었던 말을 떠올렸다. 일면식도 없는 어린 계집애를 구하기 위해 엄동설한 강물에 뛰어들었다던가.

당시 그의 나이 고작 열여섯. 그런 행동은 근성이나 독기만으로는 할 수 없는 것이었다. 그것은 사람의 목숨을 귀히 여기는 자비를 타고나야 행할 수 있는 일. 앞으로 그가 귀하게 여길 목숨은 오직 하나, 조선의 세자 이윤뿐이리라.

"자거라, 황가."

김일경이 사내에게 인사를 건넸다.

그의 이름은 황진기(黃鎭紀). 그러나 대부분의 사람들은 어린 시절부터 그를 이름 대신 '황가(家)'라 불렀다.

四章.

태화당(泰和堂)

해가 중천에 떠오른 한낮. 대청 위에 앉은 순심은 곰곰 생각에 잠겨 있었다.

그녀는 밤을 꼬박 지새웠다. 물론 이는 윤의 광증을 목격한 탓이었다. 광기로 점철된 그의 눈빛이 떠오른다. 그 와중에도 그는 정신을 차리기 위해 사투를 벌이고 있었다. 윤의 고통이 느껴져 그 순간의 순심 역시 고통스러웠다. 그러나 그녀를 잠 못 이루게 한 까닭은 따로 있었다.

'그 냄새……'

윤이 구토했을 때, 사방에 진동하던 기이한 냄새.

그의 몸에서 풍겨오는 백단 향기를 단번에 기억해냈듯이 그녀는 냄새에 예민했다. 흔하거나 별 인상을 남기지 않는 냄새라면 순심 역시 기억하지 못했을 것이다. 그러나 윤에게서 풍기는 백단향, 혹은 향신료로 귀하게 쓰이는 천초[20]나 산초와 같은 독특한 냄새는 결코 잊지 않았다.

---

20 초피나무 열매의 껍질을 가공한 것.

그녀는 분명 그 냄새를 맡은 적이 있었다. 공기 중에 폭발하듯 확산되었다가 문 내관과 상검이 왔을 즈음에는 사라져버린 냄새를.

'어디서 맡았지?'

순심이 미간을 찌푸렸다. 밤을 꼴딱 지새운 탓에 가뜩이나 머리가 무거운데 생각이 날 듯 말 듯 하니 갑갑하기 짝이 없었다.

'무슨 냄새기에 그리 빨리 사라졌을까? 저하께서 쓰러져 계실 때…….'

멈칫.

'쓰러져 계실 때…….'

하, 소리와 함께 순심의 입술이 벌어졌다.

그녀는 똑같은 기이한 냄새를 맡은 적이 있었다. 단지 그날 너무나 많은 일이 일어났기에 떠올리지 못했을 뿐. 그것은 그 밤, 광증이 찾아와 미치광이가 된 윤을 처음 만났던 밤 그의 숨결에서 풍겨왔던 냄새였다.

갑자기 오싹 소름이 끼치며 등줄기가 서늘해졌다. 우연일까, 아니면…….

"낙선당 마마님 되시오?"

갑자기 들려오는 목소리. 간밤의 일을 떠올리느라 무방비 상태였던 순심이 외마디 소리를 냈다.

"놀라셨소? 송구하오이다. 아까부터 기척을 하였는데 눈치를 채지 못하는 듯하여……."

처음 보는 여인이었다. 상궁이라기엔 젊은 감이 있었으나, 아무튼 그녀는 상궁복을 입고 있었다. 게다가 마치 감별이라도 하듯 순심을 살피는 태도가 몹시 신경 쓰였다.

"뉘신지……."

"나는 박 상궁이라 하오. 마마님을 보고자 하시는 분이 있어, 동행하기 위해 찾아왔소."

"어느 분께서 저를요?"

알 수 없는 긴장감. 순심은 애써 평정을 유지하려 애쓰며 되물었다.

"영빈 자가께서 찾으시오."

"영빈 자가라시면……."

사실 몰라서 반문한 것은 아니었다. 단지 조금이나마 생각할 시간을 벌고자 한 말일 뿐. 그러나 박 상궁의 표정은 잠시 엄격해졌다. 감히 생과방 출신 궁녀 따위가 중전보다 더 오랜 시간 임금을 모신 영빈 자가를 모른다는 것인가?

"상감마마의 후궁 영빈 자가 말씀이외다."

처음의 진중한 태도 틈으로 오랜 시간 함께한 주인과 닮았을 것이 분명한 거만한 어투가 튀어나왔다.

"그럼 어서 태화당으로 가십시다."

"태화당…… 이요?"

순간 귓전에 속삭이는 것처럼 생생하게 울려 퍼지는 금의 말.

-절대, 태화당에, 가지 마라.

-명심하라. 태화당에서 부르거들랑, 절대 가지 마라.

꽤나 비밀스럽고도 단호했던 연잉군의 말이 귓전에 맴돌았다. 그러나 어떻게 가지 않을 수가 있단 말인가?

"무얼 하시오? 감히 영빈 자가를 기다리시게 만들 작정이오?"

박 상궁의 말투는 그새 힐난조가 되어 있었다.

"저, 소인같이 미천한 궁인을 불러주시는 것이 얼마나 큰 영광인지는 알고 있으나……."

어찌하여 금의 말에 따라야 하는지는 알 수 없으나 이는 본능적인 기지였다. 가서는 아니 된다. 가지 않는 것이 옳다.

"송구하오나, 박 상궁 마마님. 소인 아직 동궁전 밖으로 외출할 수 없는 처지이옵니다."

"외출을 할 수 없다니, 그게 무슨 소리요? 동궁전 밖 출입을 금지당하였다는 뜻이오?"

미심쩍은 눈빛으로 박 상궁이 되물었다.

"예. 송구하오나, 안타깝게도 그렇습니다. 소인이 생과방 출신인지라 아직 동궁과 내명부의 법도를 알지 못해……."

"대체 누가 외출을 금하였소?"

"예? 무, 물론 세자 저하께서요."

거짓. 순심의 발을 낙선당에 묶어둔 것은 윤이 아닌 문 내관이었다. 그러나 자칫하다간 당장 손목을 잡혀 끌려갈 기세가 아닌가.

"세자 저하께서 외출을 허하시는 대로 태화당을 찾아 영빈 자가를 뵈옵겠습니다. 저도 어쩔 수가 없으니……. 소인이 무척 송구하게 생각하고 있다고 자가께 전해주세요."

"참, 별일이로군."

박 상궁이 마뜩잖은 표정으로 중얼거렸다. 그때였다.

"마마님! 마마니- 임!"

입구에서부터 순심을 우렁차게 부르며 달려오는 상검의 들뜬 목소리. 순심이 누군가와 함께 있음을 깨달은 상검의 걸음이 우뚝 멈췄다.

"송구하옵니다. 손님이 계신 것을 미처 몰랐습니다."

상검이 젊은 상궁의 모습을 슬쩍 살폈다.

'아마 생과방 시절 알고 지내던 분이신가 보다.'

상검은 지레짐작했다.

"무슨 일이 있어, 상검아?"

"아, 예. 마마님. 좋은 소식입니다."

"무엇이기에……?"

"마마님, 앞으로 바깥출입을 하셔도 괜찮으시답니다. 내전 근방까지는 곤란하지만, 근처 정도는 괜찮으니 이제 바깥바람도 쏘이시고 산책도 다니시라고…….”

주절주절 소식을 전하던 상검의 말이 뚝 끊겼다.

내내 유배라도 당한 듯 갇혀 계시던 가여운 낙선당 마마님이었다. 응당 좋아하시리라 여겨 한달음에 달려온 길. 한데 기뻐하기는커녕, 마마님의 얼굴이 어찌 저리 사색이 된 걸까? 게다가 처음 보는 상궁이 저리 음흉하게 미소 짓는 이유는…….

“오, 마침 잘되었소. 태화당으로 가십시다, 당장.”

박 상궁이 흡족한 표정으로 순심을 재촉했다.

“자가, 낙선당 김가 들었사옵니다.”

“그래? 들라 하게.”

문밖으로 새어 나오는 영빈 김씨의 음성. 이내 장지문이 열린다. 순심이 길게 심호흡을 했다. 잔뜩 긴장한 탓에 치마 속 무릎이 덜덜 떨렸다.

그녀는 영빈 김씨처럼 높은 후궁을 마주쳤을 때의 처신에 대해 전혀 알지 못했다. 예의를 모르는 천한 계집이라 비웃음을 사지는 않을까, 그리하여 세자에게 누를 끼치지나 않을까 걱정스러웠다.

“앗.”

영빈에게 무어라 인사를 올려야 할지 고민하던 그녀는 미처 발아래를 살피지 못했다. 실수로 치맛단을 밟는 바람에 순심은 잠시 비틀거렸다.

“감히 예가 어디라고 경박하게 구는 것이오?”

박 상궁이 득달같이 쏘아붙였다. 그때였다.

“박 상궁. 저하께서 아끼시는 궁녀에게 그 무슨 돼먹지 못한 언행이냐.”

"소, 송구하옵니다, 자가."

영빈의 카랑카랑한 목소리. 박 상궁이 황급히 머리를 조아렸다. 이내 영빈의 시선이 순심에게로 향했다.

"낙선당, 어서 오시오."

"인사 올리겠사옵니다, 영빈 자가. 소인, 낙선당 궁녀 김가라고 하옵니다."

차마 영빈의 얼굴을 쳐다보지도 못한 채, 순심은 조심조심 절을 올렸다.

"말로만 듣던 동궁저하의 여인을 이제야 보게 되었구나. 부끄러워 말고 고개를 들어보시게."

쉬이 감정을 읽을 수 없는 음성. 순심이 고개를 들었다.

엄동설한 찬 서리를 맞아 희끗해진 동백꽃- 순심이 영빈에게 처음 받은 느낌은 꼭 그러했다. 젊은 날에는 꽤나 아름다웠을 듯한 여인의 묵직한 어여머리 아래 세월에 바랜 머리칼이 선연하다.

영빈의 얼굴에는 아랫것의 문안을 받는 나이 든 후궁이 지을 법한 인자한 표정이 떠올라 있었다. 그러나 눈동자는 붉은 꽃잎 가운데 대범하게 자리 잡은 샛노란 꽃술처럼 형형했다. 그 눈빛은 순간 겁이 날 만큼 강렬했다.

'후궁마마님은 확실히 뭔가 남다른가 보다.'

순심이 시선을 떨어뜨린다. 부엌간에도 꽤나 엄격한 성격의 상궁들이 있었다. 그러나 영빈에게서는 어딘지 범접할 수 없는 기운이 풍겼다. 그것은 분명 권위, 즉 평생 명령하는 데 익숙한 사람이 가질 수 있는 분위기일 것이다.

'어디 보자.'

영빈 역시 순심의 모습을 살피고 있었다.

'저런 반반한 낯짝을 하고 용케 생과방에 틀어박혀 있었구나.'

영빈과 눈이 마주치자 순심은 당황한 듯 눈을 내리깔았다. 낯을 가리는 것인지, 하얀 뺨 중앙에는 말간 홍조가 퍼지고 있었다.

'정녕 순진한 것이냐, 혹은 세상모르는 순진한 계집 흉내를 내는 것이냐?'

영빈은 이미 수많은 여인들을 겪어왔다. 희빈 장씨는 화려한 외모를 무기 삼아 왕을 치마폭에 가둔 요사스러운 여인이었다. 반면 숙빈 최씨는 아무것도 모른다는 듯 순박한 눈망울을 깜빡이며 왕의 안식처를 자처했다.

'여우냐, 곰이냐?'

영빈의 눈길이 매서웠다. 순심의 얼굴을 뜯어보던 눈빛이 미심쩍게 흔들렸다.

"낙선당."

"예, 자가."

"이전에 나와 마주친 적이 있소?"

"소인이요? 아닙니다. 한 번도 뵌 적 없습니다."

그러나 영빈은 여전히 께름칙한 눈빛이었다.

'낯이 익은데.'

뽀얀 살결, 복숭아처럼 발그레한 뺨. 표정이 풍부한 눈동자와 긴장이 역력한 와중에도 생동감이 느껴지는 화사한 용모. 그런 순심의 모습 어딘가가 영빈의 신경을 묘하게 거스르고 있었다.

"그렇소? 내 착각했나 보군."

얼굴에 잠시 드러났을 의심을 재빨리 지우며, 영빈은 대수롭지 않게 고개를 끄덕였다.

덜컥, 윤의 침소 문이 열렸다.

"저하."

연달아 두 번 불린 후에야 윤은 게슴츠레 눈을 떴다. 흐릿하게 시야에 들어오는 문 내관과 상검의 모습. 제 상태를 확인하기 위해 들어온 것이라 여긴 그의 눈이 다시금 힘없이 감겼다.

간밤 문 내관에게 업혀 저승전으로 되돌아온 이후 윤은 내내 신열에 시달렸다. 바짝 마른 입술 사이로는 뜻을 알 수 없는 헛소리가 계속됐다. 차마 내의(內醫)를 부를 수는 없었다. 세자의 광증에 대한 소문을 모르는 이는 없었으나, 다행히도 아직까지 이는 괘씸한 풍문으로 간주되고 있었다. 그러나 내의가 증상을 공식적으로 확인한다면 이야기가 달라진다. 그를 폐세자 하려는 이들에게 이보다 더 좋은 먹잇감이 어디 있겠는가. 그리하여 그간 윤은 내의의 진료조차 받지 못했다. 단지 미리 받아둔 탕약을 마실 뿐이었다.

"저하."

"……음."

"송구하오나, 중대한 일이라 감히 아뢰옵니다."

중대한 일. 윤은 그제야 눈꺼풀을 들어올렸다.

"저하, 아뢰옵기 송구하오나, 태화당 상궁이 낙선당 마마님을 모셔갔다 하옵니다."

"뭐……?"

입 밖으로 나오는 말은 그것뿐. 광포한 분노가 치밀어 오르지만 신열에 취한 몸뚱이는 그것을 발산해내지 못한다.

"언제?"

"어, 얼마 되지는 않았습니다! 소인, 마마님을 모셔가는 것을 보자마자 바로 달려왔습니다, 저하."

상검이 황급히 고했다.

'하필, 왜 오늘 같은 날.'

윤이 몸을 일으켰다. 그의 입에서 거친 숨이 흘러나왔다.

"저하, 괜찮으시겠습니까?"

"의복을 가져오라."

고통에 얼굴이 일그러진다. 그러나 열이 오르는 것이 대수일까.

"가자."

태화당의 주인은 대단히 위험한 사람이었다. 궁궐 안에 들끓는 욕망이 얼마나 사람을 잔인하게 만드는지 알지 못하는 순심에게는 특히 더 그러했다.

그런 까닭에 태화당으로 향하는 윤의 걸음은 대단히 조급했다. 간혹 보이는 궁인들이 평소 후궁전 근처에 모습을 보인 적 없는 세자의 모습에 놀라 다급히 머리를 조아렸다.

"저하, 교자를 타고 가시는 것이 낫지 않겠습니까?"

"되었다. 시간만 지체할 뿐이다."

"예, 저하……."

완연히 병색이 도는 창백한 낯빛. 본래의 빛을 잃은 푸르스름한 입술과 그늘진 눈가. 그럼에도 불구하고 윤의 등과 어깨는 꼿꼿하고, 보폭 역시 널찍하다. 그러나 문 내관은 알고 있었다. 조선의 왕세자는 아프지 않아 저리 당당한 것이 아니다. 평생 인이 박인 인내 탓에, 몸의 고통을 드러내지 않는 데 익숙할 뿐.

이윽고 태화당 처마가 시야에 들어왔다. 윤이 잠시 숨을 고른다. 그는 오래도록 이 근방에 걸음을 하지 않았다. 처마 위 기왓장 하나, 담장 아래 풀 한 포기마저 사람의 손을 타 말끔하게 단장된 태화당의 모습. 이는 폐허나 다름없는 취선당 풍경과 대비되어 그의 마음을 아프게 했다.

"가자."

순간 윤이 입을 떼기를 기다렸다는 듯 태화당 안뜰에서 기척이 들려왔다.

모습을 드러낸 이는 영빈과 순심이었다. 영빈이 무어라 말을 건네자, 순심은 공손히 대답하며 옅게 웃었다. 일견 그들의 모습은 다정해 보였다. 윤의 눈매가 가늘어진다. 그를 발견한 영빈과 순심이 동시에 자리에 멈춰 섰다.

"저하."

순심은 놀란 표정이었고, 영빈은 마치 예상이라도 한 듯 태연한 기색이었다. 오랜만에 마주하는 세자에게 응당한 예를 갖추는 영빈의 입가에 묘한 미소가 스쳤다.

"그간 강녕하시었습니까, 저하. 오랜만입니다. 아마도 세자빈 마노라의 예장(禮裝)[21] 때가 마지막이었지요?"

세자빈과 윤의 관계가 무정했음은 잘 알려진 사실이었다. 그러나 세자빈이 세상을 떠난 지 고작 넉 달 남짓. 굳이 그 기억을 상기시키는 것은 무례한 일이 아닐 수 없었다.

윤이 미간을 좁혔다. 신열이 오른 탓인지, 아니면 분노가 치민 까닭인지 몸이 뜨거웠다. 그의 신경은 당장이라도 끊어질 듯 팽팽하게 긴장하고 있었다.

"어찌하여 동궁의 승은궁녀를 불러들이신 겁니까?"

대답 대신 윤이 물었다. 본래 임금의 후궁과 세자의 부실[22]은 가까이 지내는 일이 드물었다. 다른 지아비를 따르는 몸이기 때문이었다.

"어찌하여 부르다니요. 서운합니다. 새로이 내명부의 일원이 되었으니 얼굴이나 익히자는 것이지요. 늙고 적적한 여인의 작은 관심이라 여겨주십시오, 저하."

"동궁전의 내명부를 다스리는 것이 언제부터 후궁전의 일이었습니까?"

21　세자, 세자빈의 장례를 뜻함.
22　첩.

164

내명부의 수장은 중전이라는 윤의 말. 영빈의 표정이 냉랭하게 식었다.

"제게 자격이 없다 말씀하시는 겁니까?"

영빈이 싸늘하게 되물었다.

젊디젊은 애송이에 지나지 않는 중전 김씨와 비교당하다니. 분노를 감추지 못한 영빈의 말끝이 희미하게 떨렸다.

"동궁전에 대한 관심을 거두시라 말씀드리는 겁니다."

"……뭐요?"

일촉즉발. 잔뜩 당겨진 시위처럼 팽팽한 눈길이 마주쳤다. 사이에 끼어 있던 순심이 초조한 표정으로 마른침을 삼켰다.

'연잉군 대감의 말을 들었어야 했는데…….'

'태화당에 가지 마라'고 음절마다 힘주어 말하던 금의 모습이 떠올랐다. 그는 알고 있었던 것일까. 순심의 태화당행으로 인해 이런 소요가 일어날 것임을.

그때였다. 태화당 근처 전각 사잇길로 걸어 나오는 금을 발견한 순심이 헛것을 본 양 눈을 깜빡였다.

순심만이 놀란 것은 아닌 모양이었다. 태화당 앞의 풍경을 마주친 금 역시 당황한 기색이 역력했다. 서로를 노려보고 있는 윤과 영빈을 발견한 금이 미간을 찌푸렸다. 그러나 그것도 잠시. 순심과 눈이 마주친 금은, '내 그럴 줄 알았지'라는 듯 혀 차는 시늉을 하며 피식 웃었다. 마치 강 건너 불구경이라도 하는 것 같은 표정이었다.

"여기서 무엇들 하십니까? 모처럼의 회동입니까? 즐거운 자리에, 저도 끼워주시지요."

적막을 깨는 금의 목소리. 시선을 거둘 생각이 없어 보이는 윤과 영빈, 그리고 사이에 껴 안절부절못하는 순심 사이로 금이 성큼 뛰어들었다.

"살다 보니 별일이 다 있습니다. 형님께서 태화당까지 오시다니요. 그것도 이리 어여쁜 승은궁녀까지 대동하시고……. 안 그래도 입궐하는 김에 찾아뵈려 했사온데, 여기 계실 줄은 몰랐습니다. 오늘따라 유난히 형님의 얼굴이 눈앞에 아른대지 뭡니까."

금은 마치 상황 파악을 하지 못한 철부지처럼 쉼 없이 떠들어댔다. 평소와는 완전히 다른 태도. 그러나 순심은 이내 깨달았다. 금이 교묘하게 윤과 영빈 사이에 끼어들어 그들을 갈라놓고 있음을.

이내 순심의 귓가에 지친 듯한 윤의 음성이 들려왔다.

"……가자."

윤이 몸을 돌렸다. 순심은 순간 결정을 내리지 못하고 머뭇거렸다. 당연히 세자의 말을 따르는 것이 맞았으리라. 그러나 그녀의 곁에는 영빈과 금이 있었다. 이렇게 여러 명의 높은 이들 사이에 끼어 있는 것이 처음인 그녀였다. 예를 지켜야 한다는 생각에, 순심은 즉각 자리를 떠나지 못하고 갈팡질팡했다.

"순심아."

"저하. 잠시만……."

"가자는 말 안 들리느냐?"

그녀에게 단숨에 다가온 윤이 순심의 손목을 틀어쥐었다. 손목을 쥔 악력이 예상보다 강하여, 그녀는 저도 모르게 신음을 뱉었다.

"형님! 그러나 다치겠습니다."

반사적으로 튀어나온 금의 외침. 윤의 손길이 멈칫한다. 그가 금을 싸늘하게 노려보았다.

"너 역시, 관심을 거두라."

윤이 성큼성큼 걸음을 옮겼다. 여전히 순심의 손목은 그의 손 안에 단단히 갇혀 있었다.

멀어지는 윤과 순심을 바라보던 금의 입이 벌어졌다. 그의 잇새로

허무한 바람소리가 났다. 그런 금을 바라보던 영빈의 표정이 순간 싸늘하게 굳었다.

'저 계집을 연잉군에게서 떼어놔야 한다.'

승은궁녀의 모습이 자꾸만 신경을 거스르던 이유를 그제야 깨달은 그녀의 얼굴이 일그러졌다.

태화당의 사랑(舍廊).

"자가."

잠시간 말이 없던 금이 먼저 입을 열었다.

금은 태어나자마자 영빈 김씨에게 양자로 입적되었다. 그것은 그의 생모 숙빈 최씨의 뜻이었다. 무수리 출신인 숙빈이 미천한 제 신분이 왕자인 아들의 앞길을 막을까 염려했기 때문이었다.

후궁과 왕자 사이의 예도가 있기에 '어머니'라는 호칭은 허락되지 않는다. 그러나 둘의 관계는 여느 모자간에 다름없이 가까웠다.

"자가께서 승은궁녀를 불러들이셨지요?"

생각에 잠겨 있던 영빈이 고개를 들었다. 툭 내뱉는 금의 말투가 오늘따라 서늘했다.

"연잉군께서 그것을 어찌 아셨습니까?"

"뻔한 일인 것을요. 설마 저하께서 몸소 승은궁녀를 대동하여 태화당을 찾으셨겠습니까? 이유가 있으니 예까지 행차하신 것이겠지요."

정곡을 찔렸음에도 영빈은 못내 상황이 싫지 않았다. 금의 두뇌는 이렇듯 비범했다. 그는 사리분간 못하는 세자와는 확연히 다른 총명함을 지니고 있었다.

비록 양자라고는 하나, 피 한 방울 섞이지 않았으며 또한 제 손으로 키우지도 않았다. 그러나 지아비인 임금에게 일찌감치 내쳐진 영빈에게 금은 유일한 애정의 대상이었다.

그녀는 진심으로 금이 제 친자식이기를 바랐다. 무수리의 피가 흐르는 왕자라는 오명을 달고 살아가느니 그편이 금에게도 좋았으리라. 천한 신분을 지닌 생모. 그것이 영빈이 생각하는 금의 유일한 단점이었다. 그 사실을 제외한다면 연잉군은 완전무결한 임금의 상이었다.

"한번 보고 싶었을 따름입니다. 같은 궁에 살고 있으니 그만한 호기심이야 가질 수 있는 것 아닙니까?"

"세자빈도 아닌 한낱 승은궁녀 따위에게 호기심을 가져 무엇하시게요. 기껏 생과방에서 소반이나 나르던 궁녀 아닙니까. 괜히 저하의 심기를 건드릴 필요가 무어 있겠습니까. 신경 쓰지 마시옵소서, 자가."

"승은궁녀에 대해 꽤 관심이 있으신 모양입니다, 연잉군."

다른 곳을 보고 있던 금이 힐끔 영빈에게 시선을 던졌다. 그의 눈빛에는 확실히 냉혈한 데가 있어, 영빈마저도 가끔 오싹함을 느끼곤 했다.

"동궁전에 갔을 때 인사를 나눈 것이 전부입니다. 저하의 여인 아닙니까. 관심이라니요."

대수롭지 않다는 듯한 금의 말투. 영빈 역시 그에 화답하여 자연스레 고개를 끄덕였다.

"연잉군."

"말씀하시오소서."

"과거 내전에 있던 지밀궁녀를 기억하십니까?"

"누구 말씀이십니까? 아……."

영빈이 말하는 지밀궁녀가 누구를 뜻하는지 깨달은 금의 미간이 좁아졌다.

"그 궁녀의 이야기는 어찌 꺼내십니까?"

"그 아이, 닮았습니다."

"누가요?"

"저하의 승은궁녀 말입니다. 설마 모르고 계셨습니까? 과거 연잉 군께서 탐내셨던 대전 궁녀와 꼭 닮았더이다. 또한 지금 제택에서 곁에 두고 계신 별당과도……."

"자가, 무슨 말씀이 하고 싶으신 겁니까?"

금이 말허리를 잘랐다. 그의 말투에서 채 억누르지 못한 짜증이 배어났다. 금의 눈동자가 금세 써늘하게 가라앉았다.

"그럴 일이야 없겠지만 조심하시어 나쁠 것 없다는 뜻입니다."

"하."

금의 입에서 낮은 헛웃음이 흘러나왔다. 그러나 영빈은 물러나지 않고 기어이 덧붙인다.

"물론 그것이 과거의 일일 뿐임을 저도 압니다. 노여워 마시고, 부디 늙은이의 작은 걱정이라 생각해주세요."

영빈이 언급한 궁녀 이야기란 이미 칠팔 년이 지난 옛일. 금이 출합(出閤)[23]하기 전 창경궁에 살고 있던 시절의 일이었다.

금은 대전의 시중을 들던 지밀나인에게 한눈에 반했고, 좀처럼 관심을 거두지 않았다. 아들이 아비인 왕의 처소에 속한 궁녀를 탐하는 것은 패륜이나 다름없었다. 그런 까닭에 당시 영빈과 숙빈은 물론이고 노론 대신들마저 초조함에 잠을 이루지 못할 정도였다. 그러나 남이야 어떻든 간에 금은 유유자적했다. 그는 대전에 문안을 드릴 때마다 궁녀와 눈을 맞추며 뻔뻔하고도 아슬아슬한 유희를 즐겼다.

"그 궁녀, 열병을 앓아 죽었다지 않았습니까? 하도 오래전이라 기

---

23 왕자가 장성하여 출궁함.

억도 나지 않는 이야기를 어찌 꺼내십니까? 불필요한 걱정은 넣어두십시오, 자가."

"그럼요, 불필요한 걱정이다마다요. 아무래도 저도 이제 늙었나 봅니다. 잔걱정이 많아지는 것을 보니, 나도 숙빈을 따라갈 때가 되었어요."

"별말씀을요. 자가께서는 오래오래 장수하실 것입니다."

금의 눈동자에 불쾌함이 스치지만, 그는 재빨리 시선을 돌렸다. 금의 생모 숙빈과 영빈은 평생 같은 노론에 속한 한편이었다. 그러나 그것은 표면적인 관계일 뿐이다. 영빈이 무수리 출신인 제 생모를 늘 무시하고 하찮게 여겼던 것을 금은 누구보다 잘 알고 있었다. 무엇보다 세상을 떠난 지 얼마 되지 않은 생모의 이름을 꺼내는 무신경함이 몹시 거슬렸다.

"이만 물러가겠습니다, 자가."

"그래요. 살펴 가세요, 연잉군."

후궁은 왕자군에게 예를 갖춰야 하는 법. 자리에서 일어나 금을 배웅하던 영빈이 멀어지는 금의 뒷모습을 눈에 담았다.

금은 입이 짧아 식성이 까다로웠다. 뛰어난 학식을 가졌으나, 못지않게 몸 쓰는 것 역시 좋아하였다. 또한 익히 알려져 있다시피 불같은 성미의 소유자였다. 그 탓인지 금의 몸에는 좀체 살집이 붙지 않았다.

금을 일컬어 위풍당당한 풍채의 소유자라 할 수는 없으리라. 그러나 호리호리하고 눈빛이 강한 덕에, 금에게서는 잘 벼려진 칼과 같은 위세가 느껴졌다.

'어찌 숙빈 같은 천것의 배에서 저리 귀한 인물이 나왔을꼬.'

영빈의 입꼬리가 미묘하게 움직였다. 웃는 듯 보였던 것은 제 아들 연잉군에 대한 자랑스러움 때문이었다. 또한 심기가 뒤틀린 듯 보인 것은 그 귀한 아들이 평생 결코 지울 수 없을 천한 핏줄을 타고 났음을 상기한 탓이었다.

"계집들을 조심하세요, 연잉군."

금이 사라진 태화당. 홀로 남은 영빈이 나지막하게 중얼거렸다.

"또다시 이 어미를 번거롭게 만들지 마시란 말입니다."

먼 과거, 금과 눈길을 맞추던 요사한 대전 궁녀를 은밀히 처리했던 것과 같은 일이 또 있어서는 곤란하지 않겠는가.

윤과 순심은 한참을 걸었다. 태화당은 이미 까마득하게 멀어져 보이지 않았다. 그녀의 걸음보다 배는 넓은 듯한 윤의 보폭 탓에 순심은 쉼 없이 종종걸음을 쳐야만 했다.

"저하, 이것 좀 놓아주시면……."

"……."

참다못한 순심이 입을 열었다. 윤에게 잡힌 손목이 시큰거렸다. 그러나 답은 돌아오지 않는다. 그의 표정은 섬뜩하리만큼 차갑게 굳어 있었다. 문 내관과 상검 역시 윤의 눈치를 살피며 뒤를 따를 뿐이었다.

돌아가는 길목. 궁인들이 길가로 물러나며 머리를 조아렸다. 여인의 손목을 붙들고 돌아다니는 세자의 모습에 궁인들은 감히 눈 둘 곳을 찾지 못했다.

윤의 걸음은 낙선당 초입에 이르러서야 멈췄다. 그녀의 손목을 꽉 조이고 있던 손길도 그제야 풀어졌다.

"어찌 거기에 간 것이냐."

윤의 음성은 얼음장처럼 싸늘했다. 시선 역시 온화하지 않았다. 그의 눈빛은 알 수 없는 분노를 담고 있었다.

"가, 갑자기 상궁께서 찾아오시는 바람에……."

"지난번에 내 말하지 않았던가. 너는 세자의 여인이라고."

"……."

"동궁전 궁인이며 또한 세자의 승은궁녀인 네가, 후궁전에서 오라면 오고 가라면 가는 그런 존재더냐?"

"소인은, 저하……."

당황한 순심은 쉬이 입을 열지 못하고 머뭇거렸다.

"소인은 몰랐습니다. 그러면 아니 되는지……. 높은 분이라 알고 있었고, 명을 받았기에 당연히 가야 하는 줄 알았사온데……."

순심의 눈동자가 요동쳤다. 보다 못한 문 내관이 나섰다.

"저하, 마마님께서 아직 바뀐 처지에 익숙지 않아 일어난 일로 사료되옵니다. 소인이 따로 말씀을 드리겠나이다. 그러니 이만 돌아가시는 게……."

그러나 윤은 문 내관의 말에 대꾸하지 않았다.

"어찌 종잇장처럼 가볍게 이리저리 휘날리느냐?"

"예?"

"영빈께서 무어라 하던가? 네게 어떤 제안을 하더냐?"

"제안이라니, 무슨 말씀이십니까? 그저……."

"너 역시 그런 것이냐? 상황을 재고 득일지, 실일지를 따졌느냐? 그래, 어떻더냐? 미치광이 세자 따위에게 기대어 위태롭게 살아가느니, 다른 편에서 훗날을 도모하는 것이 나을 것 같더냐?"

"저하! 어찌 그런 말씀을 하십니까! 소인, 그런 생각은 꿈에도……."

"웃고 있었다, 너는."

"예?"

"영빈 앞에서, 웃고 있었다고!"

영빈은 그런 사람이었다. 윤의 어머니 희빈 장씨가 죽던 날, 기쁨에 취하여 종일 교성처럼 높은 소리로 웃어대던 사람. 어미를 잃고 울부짖는 윤 앞에서 더할 나위 없이 만족스러운 표정을 짓던 사람.

그런 영빈 앞에서 순심은 웃고 있었다.

동궁전에 속한 여인을 후궁전에서 오라 가라 한 것, 그로 인해 신열이 끓는 몸으로 태화당까지 걸음해야 했던 것. 그리고 역겹기 짝이 없는 영빈의 미소를 봐야 했던 것. 모두 나쁜 일들이었지만, 순심의 웃음만큼 그를 분노하게 하지는 않았다. 윤에게 그것은 너무나 마음 아픈 장면이었다.

"……저하. 하면, 소인이 어찌해야 옳았겠습니까?"

그의 고함 앞에 잠시 말을 잃었던 순심이 되물었다.

"저하의 말씀 그대로 행동했어야 하는 것입니까? 소인에게 신경 쓰지 마시라고, 다시는 오라 가라 하지 말라고, 그리 말하기를 바라시는 겁니까?"

윤을 올려다보는 그녀의 눈동자에 순식간에 눈물이 차올랐다. 원망에 찬 검은 바다가 출렁였다.

"소인은 그렇게 할 수가 없습니다. 저는 한낱 궁녀란 말입니다. 웃전께서 부르시면 가야 하고, 말을 건네면 웃어야 하는……."

순심의 입술이 바르르 떨렸다.

"득과 실을 따진다고요? 다른 편에 서서 훗날을 도모한다고요? 소인을 그리 대단한 사람으로 보셨습니까? 저하, 송구하옵니다만 소인은 궁녀입니다. 타고나길 미천하고 또 미천한 계집이란 말입니다! 소인은 태화당에 있는 내내, 오직……. 오직……."

스멀스멀 차오른 눈물이 왈칵 넘쳐 볼을 타고 흘러내렸다.

"행동을 잘못하여 저하께 누가 되면 어쩌나 하는 걱정밖에 없었는데……."

순심은 끝내 울음을 터뜨렸다.

이제 동궁전이, 낙선당이 순심의 집이다. 그녀가 낙선당을 집이라
여기는 것은 승은궁녀 생활이 행복해서가 아니었다. 가족도, 벗도,
집도 절도 없는 신세인 순심에게 유일하게 주어진 장소가 이곳이기
때문이었다.

그렇기에 순심은 마음 붙일 곳 없는 낙선당 사람이었다. 마냥 외
롭게만 느껴지는 동궁전 사람이었다. 또한 좀처럼 속을 알 수 없는
세자 저하의 사람이었다.

"저보고 세자 저하의 여인이라 하시지 않았습니까?"

"……."

"소인에게는 이제 여기가 집인데……."

윤의 눈빛이 침잠한다. 하염없이 떨어지는 순심의 눈물. 그는 하
얗게 바래진 머릿속에서 무언가 적당한 말을 찾으려 애썼다. 뒤편에
서 있던 문 내관과 상검이 슬금슬금 저승전으로 물러갔음을 그들은
눈치채지 못했다.

고개 숙인 순심의 뺨에는 여전히 눈물이 흐르고 있었다. 가냘픈
어깨가 잘게 흔들렸다. 문득 윤은 흐느끼는 여인을 향해 팔을 뻗었
다. 손끝이 순심의 저고리 동정에 닿을락 말락 한 순간, 그의 손이
멈칫했다.

'내 지금 이게 무슨…….'

울고 있는 꼴이 처연하여 잠시 정신을 빼앗겼던 건가. 무언가에
홀린 듯한 기분이었다. 당황한 표정의 윤이 손을 거두어들였다. 그의
미간이 좁아졌다.

순심을 다그친 제 태도에 지나침이 있었음을 안다. 그러나 방식이
거칠었을 뿐, 기실 그의 말에는 틀림이 없었다.

'따지고 보면, 내 이 여인에 대해 아는 것이 없지 않으냐.'

그와의 거래로 인해 동궁전에 들어앉게 된 생과방 출신의 궁녀.

그것이 윤이 순심에 대해 알고 있는 전부였다. 물론 거래를 제안한 당사자는 윤 자신이었으므로 이는 지나치게 냉정한 생각일 수 있었다. 그러나 쉬이 넘겨선 아니 되었다. 다른 사람도 아닌 영빈과 관련된 일 아닌가. 영빈은 평생을 암투의 한복판에서 보낸 노련한 여인이었다. 영빈이 순심에게 어떤 달콤한 제안을 했을지 모르는 일이다.

윤이 순심의 모습을 내려다보았다. 고개 숙인 그녀의 어깨는 호흡을 따라 들썩이고 있었다. 문득 안쓰러웠다. 찰나의 순간, 그가 화를 냈다는 사실마저 잊을 만큼.

"순심아."

"예, 저하."

순심이 고개를 들었다. 온 얼굴에 눈물자국이 선연했다.

"내 말이 지나쳐 너를 괴롭게 했느냐?"

"……솔직히 말씀드려도 괜찮습니까?"

"그래, 말해보아라."

순심이 윤을 올려다본다. 물기가 촉촉한 까만 눈동자에 담긴 감정은 윤을 향한 원망일 것이다.

"소인은…… 어렵습니다."

"무엇이 어렵다는 것이냐?"

"모든 것이 어렵습니다. 소인은 궁녀도 아니고 후궁도 아닙니다. 누군가는 소인이 몸 둘 바를 모를 만큼 과분하게 대우하고, 누군가는 늘 그랬듯 당연스레 하대합니다. 동료라 여겼던 이들은 소인을 멀리하는데, 생전 꿈도 꾸지 않았던 상전께서는 소인을 보자 하시고……."

순심이 문득 말을 멈췄다. 속내를 털어놓자니 정말이지 제 처지가 기구하게 느껴졌다. 이상한 나날들. 그녀가 하소연하고 있는 대상이 다름 아닌 조선의 세자라는 사실부터가 그러했다.

"그리하여 어렵습니다. 어찌 행동해야 할지를 도무지 모르겠습니다. 게다가 저하께서는 보자마자 그리 화를 내시니……."

다시 설움이 북받치는 모양인지 순심은 고개를 떨어뜨렸다.

"음."

윤은 잠시 생각에 잠겼다. 그녀의 말을 듣고 나니, 순심이 처해 있는 상황과 입장에 대해서 이해가 갔다.

그러나 본래 몸에 이로운 약은 입에 쓴 법. 마냥 가엾게 여겨서 될 일이 아니었다. 이번에 호되게 깨우침을 얻는다면, 순심도 다시 영빈에게 휘둘리거나 실수하는 일은 없을 것이었다.

"내 너의 처지가 어려움을 이해한다. 하나 순심이 네가 안 되었다 하여 보아 넘길 일이 아니다. 나는 동궁전의 주인이기 때문이다. 공과 사는 바로 세워야지 않겠느냐. 영빈께서 네게……."

저를 올려다보는 순심의 눈동자. 울음은 그쳤으나 그녀의 눈에는 여전히 눈물이 일렁이고 있었다.

"영빈께서 네게 무슨 말을……."

후, 그가 한숨을 내쉬었다.

"……되었다."

윤이 맥 풀린 표정으로 중얼거렸다. 처연한 순심의 얼굴을 보고 있자니 화를 내려야 낼 수가 없고, 무언가 비난하려야 비난의 말이 떠오르지 않았다.

윤이 미간을 좁힌다. 피로했다. 여전히 그의 몸에서는 열이 나고 있었다. 태화당과 낙선당을 오간 몸뚱이는 돌덩이를 매단 듯 무거웠다. 그에게는 휴식이 필요했다.

'쉬어야겠다.'

순심을 두고 저승전으로 돌아가면 될 일. 오늘의 소요에 대해서는, 나중에 생각해도 될 것이다.

"나는 이만⋯⋯."

걸음을 떼려던 그의 시선이 다시금 순심에게 닿았다. 윤의 입에서 짙은 한숨이 흘러나왔다. 이상하게도 차마 발걸음이 떨어지지 않았다.

"순심아."

"⋯⋯예, 저하."

"더 이상 언성을 높이거나 따져 묻지 않겠다. 그러니 말해보거라. 무엇이 그리 서러웠던 것이냐?"

입안에 맴도는 말들이 많은 모양이었다. 순심은 잠시 머뭇거렸다.

"소인에게는 이제 이곳 낙선당이 집입니다. 이곳에서 소인이 믿을 사람은 저하 하나뿐이지 않습니까."

"⋯⋯."

"그런데 저하마저 소인을 내치시려 하는 것 같아⋯⋯ 그것이 서러웠습니다."

순심의 입술이 바르르 떨렸다. 세자께서는 이해하실까. 집이라 여겼던 익숙한 공간을 잃고, 세상 외로운 곳에 떨어진 그녀의 마음을.

"나를 믿는다고?"

윤이 반문한다. 믿는다는 말은 그에게 다소 생경하게 들렸다.

윤은 좀처럼 사람을 믿지 않았다. 아버지도, 형제도, 그가 왕이 될 것인지 아닌지에만 혈안이 되어 있는 벼슬아치와 궁인들도.

"⋯⋯저는, 저하의 여인이니까요."

윤의 눈빛이 잠잠하게 가라앉았다.

-너는 세자의 여인이다.

물론 윤이 제 입으로 한 말. 그러나 그 말에 진심이 담겨 있었던가? 아니다. 그것은 처신을 잘하라는 의미로 가벼이 던진 말에 지나지 않았다.

그런데도 순심은 믿는다고 말한다. 저를, 누군가를 믿지 않으며 믿음을 주려고도 않는 세자 이윤을.

"순심아. 나는 알지 못한다."

불현듯 윤이 입을 열었다.

"여인을 대할 때 어찌 행동해야 하는지, 내 앞에서 여인이 눈물을 흘리면 어떻게 달래주어야 하는지. 너를 어찌 대해야 하는지도."

윤의 목소리는 담담했고, 시선은 고요했다.

"내 너에게 지나쳤다. 그러나 미안하다는 마음을 어떤 식으로 표현해야 하는지, 내겐 참 어려운 일이로구나."

평생 감정을 억누르며 살아온 그였다. 누군가에게 선뜻 마음을 내보이는 것은 결코 쉽지 않은 일. 윤도 순심도 한동안 말이 없었다. 낙선당 담벼락에 드리워진 그늘이 점점 짙어졌다.

"순심아."

"예, 저하."

"아무래도 너와 내게는 시간이 좀 더 필요할 것 같구나."

"시간이요?"

"그래, 시간."

하늘 끝에 살던 사내가 땅 끝에 살던 여인의 마음을 이해할 수 있을 만큼의 시간. 서로를 알아가는 시간이.

"내겐 쉽지 않은 일이겠지만…… 내 잘하도록 노력하겠노라."

"……저하."

순심의 목소리가 가느다랗게 떨렸다. 음성만이 떨리는 건 아니었다. 가슴팍이, 아니 정확히는 저고리 옷섶 깊숙한 곳에 뛰는 심장이 바스스 떨린다. 무언가가 꿈틀대는 것처럼 간질간질 떨리던 심장 속. 뜨거운 감정이 왈칵 치달아 올랐다.

"또 우냐."

"아, 아닙니다."

"상검이가 투덜대길 여인들은 늘 눈물바람을 하여 큰 골치라 하더니, 그 말이 맞았군."

"……언제는, 웃고 싶으면 웃고, 울고 싶으면 울고, 화내고 싶으면 화내서 보기 좋다 하셨잖습니까."

눈물을 훔쳐내는 와중에도 윤의 말이 마음에 들지 않은 듯 순심이 볼멘소리로 중얼거렸다.

"내가 언제?"

"취선당에서요."

"기억이 안 나는데."

"저하!"

그때였다. 순식간에 윤의 팔이 순심의 어깨를 감쌌다. 중심을 잃은 그녀의 몸이 와락 윤의 품 안에 안겨들었다. 토닥토닥. 그녀의 등 위, 따스한 윤의 손길.

"……여인이 울면, 이렇게 달래주면 되는 것이냐?"

"저, 저하……."

"순심아. 나는 네가 그만 울었으면 좋겠구나."

지금도, 앞으로도.

윤의 바람이 이루어지는 데는 긴 시간이 필요치 않았다. 놀란 나머지 순심은 울음을 뚝 그쳐버렸으니까.

'왜 이리 열이 나는 게냐.'

순심을 품에 안은 채 윤은 생각한다. 아마도 어딘가 탈이 난 모양이었다. 자꾸만 몸이 뜨거워지는 것은 신열이 오르는 탓이리라. 순심을 품에 안은 것은 여인의 마음을 위로하기 위한 행동일 뿐이다. 어린 시절, 어머니를 그리며 울고 있던 그가 늘 누군가의 따뜻한 품을 갈구했듯이.

'왜 이리 심장이 쿵쾅대지.'

윤의 품에 안긴 채 순심은 생각한다. 아마 울음을 토해낸 탓에 탈진하여 심장이 요동치는 모양이었다. 윤이 그녀를 끌어안은 것에 울음을 그치게 하기 위한 것 이상의 의미는 없으리라.

그사이, 서서히 해가 저물고 있었다. 저녁노을이 그들의 머리 위로 쏟아진다. 태양의 끝. 석양에 물든 하늘이 서서히 서녘으로 물러났다.

순심은 여전히 윤의 품에 안긴 채였다. 낙선당 처마, 담벼락, 무성한진 푸른 잎과 나뭇가지들. 그들 주변의 모든 것들이 저물어가는 진홍빛 낙조에 잠겨 있었다.

그녀의 등을 토닥이던 손길은 어느새 멈추었다. 위로가 되는 고요한 포옹. 그러나 하염없이 윤에게 안겨 있을 수는 없었다. 이곳은 낙선당 밖. 언제든 궁인들이 오갈 수 있는 길목이었다. 게다가 여름날 윤의 가슴에 얼굴을 묻고 있는 까닭에 순심의 몸에서는 땀이 솟고 있었다.

'왜 이렇게 덥지.'

세자 저하의 품 안은 어쩜 이리 따뜻할까- 아니, 뜨거울까. 그리고 윤의 몸은 어찌 점점 묵직하게 그녀를 닥쳐드는 것인지.

"저하?"

순심이 윤을 부르며 고개를 들었다. 순간 그녀의 이마 위로 뚝 떨어지는 미지근한 물방울. 마른하늘에 비라도 쏟아지나 싶어 고개를 갸웃하던 순심의 눈이 휘둥그레졌다.

이것은 빗방울도, 물방울도 아니다. 윤의 얼굴에서는 그야말로 땀이 비 오듯 흐르고 있었다.

"저하, 괜찮으십니까?"

언제부터 저리됐던 것일까. 윤의 낯빛은 완연한 병색을 띠고 있었다.

"괜찮다. 어제 일 때문인지 몸이 좀……."

중얼거리며, 윤은 순심에게서 몸을 떼었다.

"저하, 몸이 불덩이 같습니다!"

"괜찮대도."

잠시 눈앞이 꺼멓게 잠기는 느낌이 들어 그는 담벼락에 손을 짚었다. 이상할 만큼 간밤 광증의 후유증이 길다. 태화당에서 지나치게 흥분한 탓일까.

"저하, 낙선당으로 잠시 드십시오. 제가 곧 상검이를 불러오겠습니다."

"……그래주겠느냐?"

"예, 소인을 붙잡으십시오, 저하."

"그 정도는 아니다. 가자."

괴로운 티를 내지 않으려는 듯 윤은 담담하게 대꾸했다. 그러나 그의 숨결은 뜨겁고 거칠었다.

"저하, 편히 쉬실 있게 자리를 펴겠습니다."

앞장서 침소로 들어가 금침을 펴는 그녀의 손길이 분주했다. 깊은 한숨을 내쉬며 윤은 요 위에 몸을 뉘였다.

지친 몸뚱이, 그 이상으로 피로한 정신. 누군가 악착같이 바닥으로 잡아끄는 것처럼 몸이 무거웠다.

"나 때문에 고생이 많다, 순심아."

"고생은요. 저하, 소인 저승전에 다녀오겠습니다."

자리에서 발딱 일어서는 그녀의 손목 위에 부드럽게 와 닿는 윤의 손길.

"순심아."

"예?"

놀란 순심이 토끼눈을 하고 되물었다. 마치 불에 덴 것처럼 잡힌 손목이 뜨거웠다.

"아까, 아팠지?"

"아까요?"

"태화당에서 말이다. 내 너의 손목을 우악스럽게 잡아챘으니."

"아……."

"어디 보자."

윤이 그녀의 팔을 조심스럽게 잡아끌었다. 그 바람에 순심은 다시 자리에 주저앉고 말았다. 마치 다리에 힘이 풀리기라도 한 것처럼, 털썩.

"……손자국이 났구나."

윤이 무거운 한숨을 쉬었다. 다른 누가 한 것이 아닌 제가 한 짓. 순심의 하얀 손목 위에 벌건 자국이 선연하게 남아 있었다.

"소인의 살성이 약하여 그렇습니다. 이제 아프지도 않고요."

"그래도……."

윤의 혀끝에 까슬까슬하게 맴도는 말. 그는 왕세자로 살아온 평생 좀처럼 입 밖에 낼 일 없었던, 그러나 순심을 만난 이후 꽤 자주 내뱉었던 말을 다시금 꺼냈다.

"미안하구나."

"소, 소인은 괜찮습니다, 저하."

순심이 윤에게 잡힌 손을 꼼지락거렸다. 뜨거운 곳은 손목인데 이상하게 뺨이 화끈거렸다. 아니, 얼굴뿐이 아니었다. 목이, 가슴이, 배가, 다리마저도…….

'저하께 열증이 옮은 건가.'

저마저 열이 나는 것 같다. 순심은 윤의 손 안에 쥐어져 있던 제 손목을 급히 빼냈다.

"저하, 다녀오겠습니다."

어색하여 자리를 피하고 싶었다. 순심이 다시금 몸을 일으켰다.

"내 몸은 내가 잘 안다. 문 내관이나 상검이를 불러와도 크게 달라질 것 없을 게다. 그러니……."

윤 역시 망설였던 것일까. 순심이 저도 모르게 숨을 훅 들이켰다.

"가지 마. 여기 있어라."

그녀의 손목을 지그시 이끄는 윤의 손길은 전혀 우악스럽거나 거칠지 않았다. 그저 다정했고 부드러웠다. 그리고 무엇보다 몹시 뜨거울 뿐이었다.

영빈은 모든 궁인들을 물린 채 처소 안에 틀어박혀 있었다.

'우연일까.'

우연이라기엔, 승은궁녀가 동궁전에 들어앉은 시기가 지나치게 공교로웠다.

'아니면 세자에게 무슨 꿍꿍이가 있는 것인가?'

세자빈 간택을 코앞에 둔 시점. 곧 동궁전에서는 두 여인이 하나의 지아비를 두고 다투게 될 것이다. 평생 여인에게 눈길조차 주지 않았던 왕세자와는 참으로 어울리지 않는 풍경이 아닐 수 없었다.

영빈은 낙선당 승은궁녀의 모습을 떠올린다. 계집은 자못 아름다운 얼굴을 하고 있었다. 그렇다면 세자는 단순히 여인의 미색에 홀려 몸이 동한 것일까? 세자가 고자라는 소문이 사실처럼 떠돌았으나, 구실을 못한다 하여 욕망까지 어찌할 수는 없는 것이 보통의 사내들이었다. 내시들마저 혼인을 하고 사내 노릇을 하려 애쓰는 세상이었다. 세자라고 욕구가 없을 턱이 있나.

영빈의 입가에 묘한 웃음이 번졌다.

"오랜만이로구나, 이런 기분."

인현왕후와 희빈 장씨, 숙빈 최씨가 생존해 있던 시절의 후궁전은 그야말로 전쟁터였다. 발밑은 곧 살얼음판. 누구의 목숨도 장담할 수 없었던 시절이었다. 당시 영빈 역시 매일 아침마다 제 목이 붙어 있음에 감사하며 세월을 보냈다.

그러나 그것은 먼 과거의 일이 되었다. 인현왕후는 병사했고 희빈 장씨는 사약을 마셨으며 숙빈 최씨는 궐 밖으로 내쳐져 세상을 떠났다. 후궁전은 지극히 평온해졌다. 진즉 임금의 눈 밖에 났으나, 역설적이게 그 덕에 목숨을 건진 영빈의 삶 역시 외로운 노년에 접어들었다.

그런 태화당에 간만에 불어온 바람. 낙선당 승은궁녀를 불러들임으로써 세자까지 태화당에 모습을 드러낸 것이다.

"그래. 이런 것이 구중궁궐이지."

암투와 모략이 난무하는- 그리고 영빈은 더 이상 당시의 세상모르는 젊은 여인이 아니다. 그녀는 순심을 처음 마주했던 때, 속으로 되뇌었던 질문을 떠올렸다.

'여우냐, 곰이냐?'

태화당에 든 순심은 부끄러운 기색을 보이며 극도로 말을 아꼈다. 그리하여 좀체 속내를 캐내기가 어려웠다.

-낙선당, 저하의 조강지처는 새로 오실 세자빈임을 잊지 마시게.

-당연히…… 그리 알고 있습니다.

-저하께서 자네를 총애하면 할수록 자네의 처지는 험난해질 것임을 기억해야 할 것이네. 세자빈의 눈 밖에 나 봤자 괴로운 건 자네뿐일세.

재빨리 영빈은 순심을 살폈다. 표정을 감추려 애쓰는 얼굴. 그러나 분명 눈빛은 흔들리고 있었다.

-주상 전하께서 여인들에게 어찌하셨는지 잊지 마시게. 세자 저하가 그분을 꼭 닮은 맏아들이라는 것 역시……. 궁녀 출신인 후궁들이 어찌 되었는지 아실 것이라 믿네. 과거를 교훈 삼으라는 뜻일세.

영빈의 입가에 비밀스럽고도 흡족한 미소가 솟았다. 순심은 어찌면 곰일지도 모른다. 세자의 눈에 잠시 들었을 뿐 곧 모두의 시야에서 사라지고 말 평범한 궁녀일 수도.

순심이 태화당을 떠날 즈음, 영빈은 몸소 그녀를 배웅하기 위해 안뜰로 나섰다. 그리고 다시 한 번 말을 건넸다.

-궁궐 안에 흉한 소문이 돌고 있네. 저하께서 광증에 시달리신다는 소문 말이외다. 설마, 그 소문이 진실은 아니겠지요?

순심은 일순간 당황한 표정을 지었다.

-광증이요? 설마……. 세자께서 미쳤다고 하시는 건…….

-큰일 날 소리를. 그저 그런 소문이 있다는 것이오.

순심이 눈을 깜빡이며 되물었다.

-그렇다면 소인이 한번 여쭈어볼까요?

허를 찔린 영빈은 표정관리를 위해 꽤 애를 먹어야 했다.

-하하, 아니오. 그런 불경한 말씀을 어찌 저하께 올리겠소. 못 들은 셈치시오, 낙선당.

영빈이 웃음으로 상황을 무마하자, 순심 역시 마주 보며 옅게 웃었다. 물론 그 순간 순심의 무릎이 달달 떨리고 있었음을 영빈은 눈치채지 못했다. 그 직후 세자가 태화당에 모습을 드러냈던 것이다.

'보통 아닌 것이 들어왔군.'

세상 물정 모르는 어린애처럼 순박한 표정을 짓고 있으나, 그에 속아 넘어가는 건 기껏해야 여인에게 홀린 무지한 사내들일 뿐.

'계집은, 뼛속까지 여우다.'

영빈은 산전수전 다 겪은 여인이었다. 탁, 영빈의 손이 문갑을 두드렸다.

"박 상궁, 밖에 있느냐?"

"예, 자가."

이내 영빈의 손과 발이며 동시에 귀와 입이기도 한 박 상궁이 안으로 들어왔다.

"이이명 대감께 전갈을 넣어라."

"알겠나이다, 자가."

야무진 대답. 영빈이 만족스러운 표정으로 고개를 끄덕였다. 노론에서 세자빈으로 염두에 두고 있는 여인이 누구인지 알아보는 것이 우선이었다.

"한 가지 더. 낙선당의 뒤를 은밀히 캐보아라."

영빈의 명에, 박 상궁이 의미심장하게 고개를 끄덕였다.

살갗을 스치는 차가운 감촉. 두통 탓에 잠깐 잠이 들었던 모양이다. 윤이 눈꺼풀을 들어 올렸다.

이미 밖은 어둑해져 있었다. 낮은 등잔불이 방 안을 밝혔다.

"저하, 잠시 계십시오."

찬물에 적신 무명천을 쥔 순심의 손이 조심스럽게 윤의 얼굴 위로 움직였다. 이마며 목덜미에 맺혀 있던 땀방울이 씻겨나갔다.

"그런 수고, 굳이 하지 않아도 된다."

"이리 땀을 흘리시는데 어찌 보고만 있습니까. 소인 마음 편하자고 하는 일이니 신경 쓰지 마옵소서."

"가만 보면, 너도 은근히 고집 센 여인이다."

"아뢰옵기 황공하오나 소인은 은근히가 아니라 대놓고 고집이 셉니다."

"그래. 그래 보인다."

윤이 엷게 웃었다. 순심의 정성 덕에 열이 내렸는지 몸 상태는 한결 나아졌다.

"병구완을 해본 적 있더냐. 제법 익숙해 보이는구나."

"오랫동안 동료 나인과 함께 방을 썼으니까요. 고뿔이라도 앓으면 이렇게 밤새 돌보곤 했습니다."

불현듯 순심의 입술 새로 흘러나오는 짙은 한숨. 저도 모르게 나온 행동이라, 그녀 역시 당황하여 헛기침을 했다.

"벗이 그리우냐?"

윤이 물었다.

"많은 것을 함께했던 사이니까요."

"무엇을 하였기에?"

"다요. 모든 것을 함께했습니다. 같이 밥을 먹고, 매일 이야기를 나누고, 잠도 같이 자고, 수라간과 생과방을 오가고……. 목간까지 함께한 걸요."

문득 순심의 말이 멈췄다. 새삼스러운 사실이 마음을 두드렸다.

그랬었다. 구월과 그녀는 생의 거의 모든 순간을 함께해온 사이였다. 구월이 몹시 그리웠다.

"나 때문에 좋은 벗과 헤어지게 된 것이로군."

"헤어지긴요. 이제 바깥출입이 가능하게 되었으니, 곧 만나게 될 겁니다."

곧 만나게 되리라는 말을 하며 순심은 화사하게 웃었다. 구월을 만나면 할 이야기가 얼마나 많을까. 밤을 꼬박 지새워도 모자랄 것만 같았다. 벌써부터 마음이 벅찼다.

"벗을 다시 만나게 됐다는 게 그리 기쁘냐?"

"그럼요. 소인에게는 무척 소중한 사람이었으니까요."

"소중한 사람이라……."

윤이 생경한 소리를 듣는다는 듯, 순심의 말을 되뇌었다.

"저하께는 그런 분, 안 계십니까?"

"그런 분?"

"생각만 해도 기분이 좋아지고, 행복해지고, 잠들기 전에 생각이

나고, 잠에서 깨어나서도 가장 먼저 보고 싶은…… 그런 사람이요."

윤이 낮게 웃었다.

"있지."

아니, 그리 말하는 것은 적절치 않다.

"있었지. 단지 아무리 기다려도 다시 볼 수 없을 뿐이다."

"아……."

순심이 말끝을 흐렸다.

'어머님이나, 돌아가신 세자빈을 말씀하시는 것인가 보다.'

문득 윤이 안되었다는 생각이 들었다. 소중한 이를 잃었다는 사실이 안된 것은 아니었다. 순심 역시 어머니를 잃지 않았던가. 정녕 안된 것은 떠난 이를 놓아주지 못하는 그의 마음이었다.

"저하."

"응?"

"분명 저하께도 그런 사람이 생길 것입니다. 소중한 사람이요. 항상 생각이 나고, 지척에 있어도 그리워지는 그런 사람이……."

"과연 그럴까."

문득 윤은 생각한다. 자신에게도 그런 날이 오게 될까? 순심처럼 애틋한 표정을 하고서 누군가를 그릴 날이. 죽은 이에 대한 애통함이 아닌, 같은 하늘 아래 살아 숨쉬는 누군가에 대한 그리움으로 가득 찰 날, 눈을 뜬 순간부터 잠에 들때까지 한시도 놓치지 않고 소중한 이를 떠올릴 날이.

"글쎄다."

윤이 고개를 저었다. 먼 훗날 묵직한 운명의 굴레를 내려놓은 후라면 혹시 가능할까. 그럴 것 같지 않다. 가당찮은 일이었다. 사랑이라니. 윤에게는 너무나 사치스러운 꿈이었다.

"소인은 저하께서 행복하셨으면 좋겠습니다."

"그렇다면, 지금은 불행해 보이느냐?"

"아, 아니요. 그런 뜻은 아니지만……."

잠시 망설이던 순심이 말을 이었다.

"외로워 보이시거든요."

윤은 반박하지 않았다. 그저 잠시 쓰게 웃었을 뿐이다.

"소중한 사람이라. 내게도 있으면 좋겠구나."

"반드시 찾으실 것입니다."

"어디서 찾을 수 있느냐?"

"글쎄요. 소인은 그저 어려서부터 같은 부엌간에서 지내다 보니……. 혹시 모르죠. 생각보다 가까운 곳에 있을지."

순심이 다시금 윤을 향해 몸을 기울였다. 그녀의 손에 들린 찬 무명천이 그의 이마를 지그시 누르고, 가파른 콧날과 말간 인중을 지나쳤다. 땀기 탓에 끈끈한 목덜미에 놓이는 차가운 감촉. 열이 내렸는지 확인하려는 듯 순심의 손이 윤의 이마에 살짝 닿았다.

"가까운 곳."

무심코 윤은 중얼거렸다. 열이 식은 것 같았는데, 또다시 왠지 온몸이 뜨겁다.

가까운 곳이라. 이를테면…….

"손을 내밀면 닿을 만큼 이렇게 가까운 곳에서 말이냐?"

윤의 손이 그녀의 팔 위에 놓였다. 두근. 순심의 심장이 크게 고동쳤다.

이상하다, 이런 느낌은.

그와 몸이 닿은 것이 처음은 아니었다. 윤은 불쑥 그녀를 끌어안거나 손을 붙들곤 했다. 그 행동에 아무 의미가 없음을 그녀도 잘 알고 있었다. 취선당에서 윤이 말했듯 이것은 관계를 위장하기 위한 눈속임일 뿐이었다.

"저하, 송구하옵니다만……. 소인에게 이러지 않으셨으면 좋겠습니다."

"무엇을?"

"끌어안고, 손을 잡고 하는 일들이요. 저하와 거래를 하였으니 밖에서는 어쩔 수 없지만…… 이렇게 둘이 있을 때는요."

왜 하필 이 순간 영빈의 말이 떠오른 것일까. 세자에게 사랑받을수록 세자빈의 눈 밖에 나 고생하는 것은 순심뿐일 거라는 말.

누군지 알 수 없는 세자빈은 윤과 평생을 함께할 사람이었고, 순심은 승은을 입었다는 것조차도 거짓인 가짜 승은궁녀에 지나지 않았다. 가짜는 가짜일 뿐이다.

"내가 이러는 것이 싫으냐?"

"싫지 않습니다. 단지……. 저하께서 하시는 행동은 진심이 아니니까요."

"……."

윤은 가짜 승은궁녀에게 가짜 은애를 보이고 있을 뿐이었다. 그것을 뻔히 알면서 심장 떨려하는 것처럼 바보스런 짓이 어디 있을까.

"물을 좀 떠 오겠습니다."

침소 안에 내리깔린 침묵이 버거워 순심은 물그릇을 들고 밖으로 나섰다.

낙선당 뜰을 서성이던 순심이 방으로 돌아왔을 때 윤의 눈은 감겨 있었다. 그에게서 고른 숨소리가 들려왔다.

'잠드셨나 보다.'

오늘따라 더욱 창백한 윤의 얼굴을 보고 있자니 그가 괴이한 병증을 앓고 있다는 사실이 다시금 실감 났다.

문득 떠오르는 간밤의 향(香). 밤공기를 타고 번지던 그윽한 백단

향기는 지금의 윤에게도 배어 있었다. 그것은 왕세자 윤을 상징하는 향기였다.

그리고 간밤의 윤에게서 풍겨오던 또 다른 향기. 그가 속을 게워 낸 뒤 강렬하게 확산되던 기이한 향은 딱히 역겨운 냄새는 아니었 다. 단지 후각이 예민한 순심으로서도 난생처음 맡는 낯선 냄새였을 뿐이다. 처음 윤을 만났던 밤에도 그녀는 그 향취를 맡았다.

'저하께서 독특한 체취를 타고나신 걸까?'

무명천을 만지작대던 순심의 시선이 윤의 얼굴에 닿았다. 적요한 얼굴. 들려오는 소리도, 불어오는 작은 바람조차 없는 고즈넉한 연못 처럼, 잠든 윤의 얼굴은 미동 없이 고요했다

불현듯 순심은 조심조심 윤에게로 얼굴을 기울였다. 그의 숨결에 서 어떤 향기가 나는지 확인하고 싶었기 때문이었다.

날렵하게 솟은 콧날, 말갛고 투명한 살결, 등잔불빛을 머금은 긴 속눈썹. 그를 향해 조금 더 가까이 다가간다. 이내 그녀의 얼굴에 와 닿는 따스한 윤의 숨결. 순간 반짝, 윤이 눈을 떴다.

"내게는…… 가까이 오지 말라더니."

스윽- 올라온 손이 순심의 손목을 붙잡았다. 당황으로 검게 파도 치는 순심의 눈동자. 그리고 숨결마저 닿을 거리에 와 있는 그녀를 발견한 윤의 눈동자. 그들은 눈동자에 끝없이 비치는 서로의 모습을 마주하고 있었다.

실제 그들이 마주 보고 있었던 시간은 그리 길지 않았다. 그러나 자칫하다간 입술이 닿을 만큼 서로의 얼굴이 가깝다는 사실을 깨달 은 순간 시간은 멈춘 듯 느리게 가기 시작했다.

"너는……"

바로 앞에서 움직이는 윤의 입술. 뜨거운 숨결이 순심의 콧잔등을 스쳤다.

"어찌하여 내게 이러는 것이냐."

윤의 물음. 그것은 오히려 순심이 던지고픈 질문이었다.

무어라 대꾸를 해야 할 것 같은데 아무런 말조차 생각나지 않았다. 입술과 입술 사이의 공간이 너무 비좁았다. 작은 틈을 채운 더운 숨결 탓에 정신이 혼미했다.

고요하다. 그들 중 누군가 마른침을 삼키는 작은 소리 외에 어떤 소리조차 들리지 않았다. 그의 시선이 여인의 선이 고운 얼굴을 타고 흐른다. 마치 손으로 부드럽게 쓰다듬고 어루만지는 듯한 눈빛이었다.

"……."

순심은 윤의 눈에서 시선을 떼지 못했다. 그의 눈에는 그녀로서는 겪어본 적 없는 감정의 동요가 있었다. 잠시라도 긴장을 늦추었다간 윤의 눈에 비친 낯선 욕망에 잡아먹힐 것만 같았다. 눈을 감거나 시선을 돌릴 엄두가 나지 않았다.

"너마저…… 나를 떠보는 게냐."

"저하……. 소인은……."

"시험하는 것이냐 물었다."

윤이 나지막하게 묻는다. 그러나 순심은 차마 대답하지 못했다. 입술을 몇 번 달싹이던 그녀가 대답 대신 고개를 흔들었다. 검은 눈동자가 윤을 응시했다. 바라보고 있자니 온몸이 뜨거워졌다- 마음의 온도가 뜨거워졌다.

순심을 붙들고 있던 윤의 손에 힘이 들어갔다. 닿을 듯 말 듯한 그들 사이의 거리를 지탱하고 있는 것은, 긴 세월 사내이기를 스스로 포기했던 윤의 강인한 인내심이었다.

"저하……."

그를 부르는 작은 입술은 금단의 열매처럼 탐스러웠다.

윤이 깊은 숨을 내뱉었다. 어쩌면 광증의 여파가 채 사라지지 않은 것인지도, 그리하여 미약(媚藥)이라도 마신 듯 홀린 기분이 드는

지도 모른다. 혹은 제 자제심을 지나치게 과신한 벌일까. 애당초 가벼이 곁에 두기에는 지나치게 아름다운 여인이었던지도.

"순심아."

"저하."

동시에 입술이 움직였다. 날숨이 섞였다. 윤의 뜨거운 한숨이 붉은 입술을 어루만졌다. 닿은 것은 입술이 아닌 오가는 숨결뿐. 그럼에도 입술이 부딪치기라도 한 것처럼 온몸이 쭈뼛 긴장했다.

저도 모르게 순심은 질끈 눈을 감고 말았다.

"상검아."

"예, 문 내관 나리."

"네가 보기에는, 저하께서 낙선당 마마님을 어찌 생각하시는 것 같더냐?"

"흐음....... 제 생각엔 이미 홀라당 빠지신 것 같던데요."

"뭐라?"

문 내관이 혀를 끌끌 찼다.

"너 따위가 무얼 안다고?"

"모르긴요? 소인도 잘 압니다! 소인이 독파한 패설(稗說)[24] 책들이 몇 권인데, 설마 그런 것 하나 모르겠습니까?"

문 내관이 쯧쯧, 혀를 찼다.

"내시 따위가 오죽 할 일이 없으면 종일 잡서 나부랭이나 끼고 다닌단 말이냐? 몹시 한가한 듯하니, 어서 심부름이나 다녀오거라!"

"물어보시기에 대답했을 뿐인데 소인이 뭘 어쨌다고....... 그나저나 무슨 심부름 말씀이십니까?"

"저녁 문안 시간이 다 되었으니, 낙선당에 가서 저하를 모셔......."

─────────────

24   패관소설.

문득 문 내관이 말을 멈췄다. 저하와 승은궁녀 사이에 꽤나 내밀한 대화가 오가는 듯하여 상검의 옆구리를 찔러 자리를 비킨 그였다. 본디 남녀의 관계란 알 수 없는 것. 모질게 싸우다가도 언제 불타오를지 모르는 것이 남녀 간의 정염이다. 철모르는 상검을 낙선당으로 보냈다가 낯 뜨거운 일이 생길지도 모른다.

"아니다. 낙선당은 내가 다녀올 테니, 상검이 너는 내시부로 가라. 가서 상다(尙茶)[25] 영감께 차를 받아 오너라."

"알겠습니다요, 나리."

방금 전 면박을 당한 것도 잊었는지 상검은 발딱 일어나 동궁전을 나섰다.

"……그런데, 이상하지."

가지런히 늘어선 동궁전 담벼락을 따라 걸음을 재촉하던 상검이 문득 중얼거렸다.

"아무래도 찜찜하단 말이야. 뭐 빼먹은 일이 있나?"

상검이 고개를 갸웃했다. 며칠 전부터 낙선당 마마님을 볼 때마다 무언가 개운치 않은 기분이 들었다.

"에라, 모르겠다."

구시렁대던 상검이 다시금 걸음을 재촉했다. 그의 머리 위 서녘하늘, 불타오르는 낙조의 마지막 조각이 서서히 저물어가고 있었다. 그 순간.

"으, 으앗!"

어스름이 내린 길모퉁이에서 불쑥 튀어나오는 인영을 본 상검이 외마디 소리를 내질렀다.

"……박상검."

"어, 어이쿠! 김일경 영감! 소인, 간이 떨어지는 줄 알았습니다."

"박상검 네 이놈, 뒤가 구린 일이라도 벌이는 게냐? 궁궐에 너 혼

25   내시부의 정삼품 직책.

194

자만 사는 것도 아닌데 어찌 대경실색하는 게야?"

김일경이 눈을 가늘게 뜨며 상검을 살폈다. 그러나 상검은 손사래를 치며 김일경의 뒤를 가리킨다.

"설마 소인이 영감 때문에 놀랐겠습니까? 영감 뒤에 계신 저분 때문에……. 아, 놀래라. 짐승입니까? 사람 눈빛이 뭐 저래……."

"쯧! 또, 또. 경거망동."

상검에게 핀잔을 주며, 김일경은 저보다 반보 뒤에 처져 있는 사내를 돌아보았다. 잠시 잊었다. 황가를 데리고 입궐하였다는 사실을.

따지고 보면 상검의 말에도 일리가 있었다. 입궐하는 날이니 최대한 단정한 차림을 갖추라 요구하였으나 저놈의 머리만은 도무지 방법이 없는 모양이다. 짐승 털처럼 억센 머리칼이 황가의 한쪽 눈을 덮고 있었다. 게다가 황가의 눈빛이 남다른 것 역시 사실이었다. 상검과 같은 범인들은 황가와 눈을 마주치는 것만으로도 기가 죽곤 했다.

"인사를 나눠라. 앞으로 자주 보게 될 것이다."

"뉘, 뉘신데요?"

"저하의 호위무사이다."

"오!"

상검이 신기한 표정으로 황가를 올려다본다.

"처음 뵈옵습니다. 으음, 뭐라 부를까요? 호위 나리? 호위 양반? 아니면 호위 형님?"

방금 전 황가의 모습에 놀라 호들갑을 떤 것이 무색하게도 상검은 해맑게 인사를 건넸다.

"……황가라 부르시게."

"으으, 눈빛만 남다른 줄 알았더니, 목소리도 엄청 굵직하시네요. 소인 같은 내시로서는 감히 낼 수 없는 소리……."

또다시 입을 가만두지 못하는 상검을 본 김일경이 쯧쯧, 혀를 찼다.

"언제 봤다고 함부로 형님이니 뭐니 말장난을 하느냐? 하여간에 경망스럽기는……."

"영감도 참. 언제는 붙임성이 좋다고 칭찬하셨으면서 그러십니다."

"때와 장소를 좀 구분하란 말이다."

면박을 주지만 상검의 말에 틀린 것은 없었다. 상검이 김일경의 눈에 띈 것 역시 타고난 사교술과 친화력 덕분이었으므로.

김일경과의 만남은 상검의 삶을 완전히 바꿨다. 땟국물이 흐르던 빈궁한 소년은 대대로 내관을 배출한 집안의 양자로 들어가 결국 세자를 모시는 내관이 되었다.

"알겠습니다. 그런데 어찌 이리 늦은 시간에 입궐하셨습니까? 곧 인경(人定)[26]인데요. 저하는 지금 저승전에 아니 계신데……."

"이 시간에 어디를?"

"어디긴요. 낙선당에 가셨지요."

"낙선당이라면, 승은궁녀의 처소 말이냐?"

"예. 오늘 일어난 일들이 워낙 파란만장하여……."

태화당에서 있었던 일을 말하려던 상검의 시선이 황가에게 닿았다. 아무리 김일경의 사람인들 그들은 초면이었다. 상검이 말끝을 흐렸다.

"조만간 댁으로 찾아뵈어 말씀드리겠습니다."

"아니다. 앞으로 가급적 내 집을 찾지 마라. 괜히 그자에게 빌미를 줄 필요 없으니."

"예, 영감."

상검이 들릴락 말락 하게 음성을 낮추었다.

"그자가…… 요즘 자주 모습을 보입니다. 어제도 태화당에 다녀갔습니다."

"짐작하고 있었다. 일단 저하를 긴히 뵈어야겠다. 내 조만간 다시

---

26   종각의 종을 28번 쳐서 야간의 통행을 금지하는 일

찾을 것이니 그때 얘기하자."

"예. 소인은 내시부에 볼일이 있어 다녀오겠습니다. 문 내관께서 저하를 모시러 가셨으니, 저승전으로 곧 돌아가실 겁니다."

"알았다."

고개를 끄덕이며 김일경은 저승전을 향하여 걸음을 옮겼다. 묵묵부답이던 황가 역시 김일경을 따라 움직였다. 상검 역시 내시부로 향하는 걸음을 재촉했다.

빠르게 밤이 몰려오고 있었다.

낙선당 초입에 다다른 문 내관은 착잡한 표정이었다.

그는 일부러 기척을 내지 않았다. 혹시라도 세자께서 거사를 치르시는 데 방해가 되어선 안 되기 때문이었다.

"하이고야……."

잠시 본당의 기색을 살피던 문 내관이 한숨을 내쉬었다. 머릿속이 영 복잡했다.

'고자'라는 불경한 소문에 시달리는 세자. 그것이 그가 모셔온 왕세자 이윤이었다.

문 내관이 모셔온 윤은 참으로 고귀한 사람이었다. 어린 시절의 세자는 총명했고 주관이 뚜렷했으며 진중했다. 그러나 희빈 장씨의 몰락과 함께 윤의 삶 역시 나락으로 떨어졌다.

총기로 반짝이던 세자의 눈은 빛을 잃었다. 늘 임금과 노론과 후궁전의 눈치를 보는 데 익숙해졌기 때문이었다. 소신을 피력하던 단호한 음성 역시 들리지 않았다. 누구의 심기도 거슬러서는 아니 되었기에, 말수가 극도로 적어진 까닭이었다.

윤은 여인들 역시 거들떠보지 않았다. 아니, 그럴 틈이 없었으리라. 동생 연잉군이 자연스레 여인들의 아름다움을 알아가던 시기, 윤은 위태로운 살얼음판 위를 걷고 있었다. 한순간 방심하여 미끄러지면 곧 그 밑은 싸늘한 무덤이었다.

"그래도, 지금 같은 때에 이러시면 아니 되는데……."

문 내관이 한숨을 내쉬며 중얼거렸다. 그가 서녘하늘을 흘낏 바라보았다. 해는 이미 넘어갔다. 더 이상 시간을 지체했다간 세자께서는 저녁문안에 늦을 것이다.

그가 조심스레 낙선당 침소로 다가갔다. 일단 방 안의 상황을 대충이라도 가늠한 후에야 인기척을 할 생각이었다. 조심스레 신을 벗은 그가 침소 문을 향해 다가갔다. 그때였다.

니야옹!

"으앗!"

갑자기 나타난 노란 고양이 한 마리가 문 내관의 다리 사이를 쏜살같이 가로질렀다. 중심을 잃은 그의 육중한 몸이 기우뚱 흔들렸다.

"어, 어이쿠!"

그가 나동그라짐과 동시에 왈칵 방문이 열렸다.

"누구냐!"

문 내관이 다급히 일어나 자세를 바로잡았다. 세자의 등 뒤, 해쓱하게 질린 순심의 얼굴이 보였다.

"저, 저, 저하! 소인 문 내관이옵니다."

"이 무슨 소란이냐?"

"저녁문안을 가실 시간이옵니다. 이를 알리러 왔사온데, 갑자기 괴[27]가 튀어나오는 바람에……. 송구하옵니다, 저하."

문 내관이 황망함에 깊이 고개를 숙였다.

'게다가 저 고양이가 어찌 여기에…….'

후다닥 도망쳤으나, 한눈에 알아볼 수 있는 금빛으로 번쩍이는 노

---

27 고양이.

란 털빛. 문 내관이 아는 '그 고양이'임이 분명하다.

"저하, 아침문안도 거르시지 않았습니까. 이러다 늦으십니다."

"알았다."

방을 나서려던 윤의 시선이 잠시 순심에게 머물렀다.

"순심아. 놀라지 않았더냐?"

"……아, 아닙니다."

무언가 건넬 말이 있는 듯 윤은 잠시 망설였다. 그러나 밖에서 들려오는 문 내관의 나지막한 헛기침 소리. 그녀에게 흘낏 시선을 던진 윤이 방을 나섰다. 흐트러진 매무새를 급히 매만진 순심 역시 세자를 배웅하기 위해 뒤를 따랐다.

이미 윤은 저 앞. 그를 따르던 그녀의 걸음이 낙선당 초입에서 멈췄다. 살펴 가시라 말을 꺼내고 싶은데 이상하게 좀체 입이 떨어지지 않았다. 또한 윤마저 뒤 한 번 돌아보지 않는다.

그때 소리 죽인 문 내관의 목소리가 들려왔다.

"저하, 혹시 오늘 밤 낙선당에 들기를 원하시면……. 미리 지 상궁에게 마마님의 몸단장을 도우라 전해놓겠습니다."

그의 대답은 한참이나 들려오지 않았다. 알 수 없는 초조함에 순심이 마른침을 삼킬 무렵.

"아니다. 그럴 것 없다."

들려오는 나지막한 윤의 목소리. 이내 그의 너른 등은 짙푸르게 깔린 궁궐의 어둠 속으로 모습을 감췄다.

대전 문안을 마치고 저승전으로 돌아가는 길. 문 내관은 자꾸만 윤의 눈치를 살폈다. 그러나 세자는 깊은 생각에 잠겨 묵묵히 걸음을 옮기고 있었다.

"저하. 외람되오나 요즘 낙선당을 자주 찾으시는 연유에 대해 소인 감히 여쭈어도 되겠습니까?"

잠시 뜸을 들이던 윤이 대수롭지 않게 대꾸하였다.

"내가 나의 승은궁녀를 찾아가는 것이 이상한가?"

"이상하지 않습니다, 저하. 단지 평소에 여인을 가까이하시는 일이 없어 여쭙는 것입니다."

"여인을 가까이하지 않을 때는 하나같이 후사를 보라 성화를 부리지 않았느냐? 막상 여인을 찾으니 이제 다른 것이 마땅찮은가?"

"마땅찮다니요. 그런 뜻이 아니옵니다. 단지, 아뢰옵기 황공하오나 시기가……."

"무슨 시기?"

윤이 반문했다. 문 내관이 숨을 고른다. 충언은 원래 쓰다. 또한 직언을 할 때는 언제나 목숨을 걸어야 하는 법이었다. 비록 그 대상이 그가 평생을 바쳐 모신 세자일지라도.

"이미 예조에서 반가 처녀들의 사주단자를 거두어들였습니다. 조만간 초간택이 있을 것입니다. 후사를 염두하여 낙선당에 출입하신다면, 때가 때이니만큼 조금 기다리는 편이 낫지 않겠습니까."

임금의 피를 물려받은 왕자는 누구든 후계자가 될 수 있었다. 그러나 중전이 낳은 적자(嫡子)와 후궁 사이에서 태어난 서자(庶子) 간에는 크나큰 차이가 있는 법이었다.

궁녀보다는 새로이 간택될 세자빈에게서 후사를 보는 편이 현명하리라는 문 내관의 충언. 저승전을 지척에 두고, 윤의 걸음이 문득 멈추었다.

"무슨 말을 하는지는 알겠노라. 그러나……."

윤이 착잡한 표정으로 문 내관을 내려다보았다.

어린 시절, 지아비 임금의 사랑이 옮겨갈까 걱정한 어머니는 크고 작은 트집을 잡아 젊은 궁녀들을 내치곤 했다. 그런 까닭에 동궁전의 보모상궁과 지밀궁녀들은 수시로 바뀌어 익숙해질 틈이 없었다.

오래도록 곁에 남은 이는 문 내관 하나뿐. 문 내관은 윤이 걸음마를 시작할 무렵부터 그를 모셨다. 윤이 아끼던 많은 이들이 그의 곁을 떠났으나 문 내관만은 여전히 그를 보필하고 있었다. 그의 두둑한 등에 업혀 저승전과 취선당을 오가던 어린 시절이 문득 떠오른다.

그는 윤의 등이었다. 유일하게 사라지지 않고 머물러 있는, 너른 등.

"자네도 알고 있지 않으냐. 누가 최종적으로 간택되든 그 여인이 노론의 사람임은 달라지지 않는다."

윤이 문 내관을 향해 얼굴을 기울였다.

"문 내관. 자네는, 자네가 죽기를 간절히 바라는 사람의 여식과 마음을 나누고 몸을 섞을 수 있겠느냐?"

"하오나, 전하……."

"그리하여 노론 외척의 품 안에서 노론의 사람으로 길러질 것이 뻔한 세손을 낳으라 말하는 것이더냐?"

"저하, 새로운 세자빈께서 어떤 분이실지는 모르는 일입니다. 그것은 지나친 억측……."

윤이 그만하라는 듯 손을 든다. 문 내관이 급히 입을 다물었다.

"그 지나침이 나를 살게 했다. 아니라 말할 수 있느냐?"

"……."

윤이 다시 걸음을 떼었다. 문 내관은 그에게 특별한 사람, 믿을 수 있는 몇 안 되는 사람 중 하나였다. 그러나 더 이상의 간섭을 용납할 의향은 없었다.

"자네의 마음을 안다. 그러나 그리 걱정할 만큼 대수로운 일이 아니네. 자네도 알고 있겠지. 나는 동궁전 궁녀들을 믿지 않는다."

"예, 저하. 알고 있사옵니다."

"승은궁녀 하나를 들였을 뿐이고, 동궁전 출신이 아닌 여인이라

편안하여 가끔 찾는 것이다. 그뿐이다."

그뿐이다. 그뿐일 것이다.

"예, 저하. 직언이 지나쳤음을 용서하여주시옵소서."

"용서는 무슨. 되었다. 가자."

그러나 다시 걸음을 재촉하는 윤의 표정은 밝지 않았다.

문득 그런 느낌이 들었다. 오늘 밤엔 좀처럼 잠들지 못할 것 같은 예감이.

* * *

밤이 찾아왔다.

그 시각, 저승전 침전의 등불은 여전히 꺼지지 않고 있었다. 그러나 잠을 이루지 못하는 이가 저승전의 주인만은 아니었다. 어둠이 내린 낙선당의 침소 안에서도 곤한 숨소리가 아닌 깊은 한숨이 흘러나오고 있었다.

눈을 감고 잠을 청하려 애쓰지만 그럴수록 정신은 더 말똥말똥해졌다. 무심코 올라간 순심의 손가락이 제 입술을 쓸어내렸다. 제 손끝의 감촉마저 이상하도록 생경했다. 마치 사내의 입술이 닿기라도 한 것처럼 흠칫 놀란 그녀가 다시 눈을 반짝 떴다.

입술이 닿을까 두려워, 그녀는 윤을 바라보는 것을 멈추지 못했었다. 그녀는 사내를 알지 못했고 그랬기에 두려웠다. 스치는 손길, 오가는 눈빛 하나하나마다 이리 쉽게 요동치고 겁먹는 마음을 가졌으면서, 어찌 '승은궁녀'라는 이름의 무게를 그리 가볍게 생각했을까.

'왕이나 왕자들은 원래 그런 걸까? 여인을 취하는 데 거리낌이 없고, 마음이 없어도 몸이 동하는…….'

따지고 보면 영빈이 했던 충고는 하등 틀리지 않은 것이었다. 여인을 원하면 취하고, 싫증이 나면 버린다. 그것이 임금께서 평생 여인을 대해온 방식임을 궁궐의 모든 사람들이 알고 있었다.

'영빈께서는 저하께서 주상 전하를 꼭 닮았다고 하셨지.'

어쩌면 영빈의 충고는 진심에서 우러나온 것이었는지도 모른다.

'그렇다면 저하도 그런 분일까.'

생각에 잠긴 순심의 귀에 들려오는 사부작, 조그만 기척. 순심의 심장은 다시 한 번 쿵 추락했다.

날 선 두려움을 느끼며 순심은 방문을 열었다. 그러나 뜰은 텅 비어 있었다. 잠시 흔들리던 그녀의 시선이 툇마루 위 작은 그림자에 머물렀다. 이내 순심의 입에서 맥 빠진 한숨이 흘러나왔다.

"아유……. 너였구나."

니야옹.

마루 끝에 오도카니 앉아 있는 조그만 짐승은 근래 들어 낙선당에 자주 출몰하는 노란 고양이였다. 혹시라도 윤이 찾아왔나 싶어, 잠깐 사이 오만 가지 생각을 했던 그녀였다. 떡 줄 이는 생각조차 않는데 미리부터 호들갑을 떨다니. 괜히 민망하여 뺨이 화끈거렸다.

야옹- 고양이는 우아한 걸음으로 문지방까지 다가왔다. 순심의 손에 머리를 비벼대는 고양이의 울대에서 기분 좋은 그르릉 소리가 났다.

"이게 뭐야?"

고양이를 쓰다듬던 순심의 손가락에 무엇인가가 걸렸다.

"누가 이런 예쁜 걸 달아줬니?"

고양이의 목에는 빨간 비단 끈이 매어져 있었다. 금실로 수를 놓은 비단 끈은, 한눈에 봐도 꽤나 솜씨가 좋은 이가 만들었을 법한 물건이었다.

"수방[28] 마마님께라도 사랑받는 거야? 나 말고도 친구가 많구나, 너."

---

28 의복에 수를 놓는 일을 담당하는 곳.

순심이 천천히 고양이의 등을 쓰다듬었다.

"넌 좋겠다. 어디든 원하는 곳이라면 마음껏 돌아다닐 수 있잖아."

그때였다. 마루 위에 누워 고르릉대던 고양이가 벌떡 일어났다. 세모난 귀가 쫑긋거렸다.

"왜 그래?"

그러나 고양이는 순심의 말이 채 끝나기도 전, 후다닥 안뜰을 가로질러 사라져버렸다. 순간 담장 너머에서 들려오는 발걸음 소리.

'저하께서 오셨나?'

순심의 시선이 담장 위로 향했다. 유난히 큰 키 탓에, 윤이 지나갈 때면 담장 위로 머리가 비죽 튀어나오곤 했기 때문이었다. 그러나 무엇도 보이지 않는다. 누구의 것인지 알 수 없는 발소리만이 멀어져갈 뿐.

"아……. 왜 이리 심장이 뛰지."

순심이 제 가슴을 쓸어내렸다. 심장의 거센 박동이 손바닥 위에 오롯이 느껴졌다. 아까의 아슬아슬한 접촉 탓에 가슴이 떨리는 것이었다면 그녀도 크게 걱정하진 않았으리라. 그러나 인기척이 들렸을 때, 가장 먼저 든 감정은 다름 아닌 공포였다.

순심은 두려웠다. 간밤에 그러했듯 광기를 내비치는 윤을 마주칠까 봐.

"말씀을 드렸어야 했나……."

지난밤 속을 게워내던 윤의 숨결에서 기이한 냄새가 났으며, 그 향은 처음 만났던 밤에도 풍겨왔노라고.

'일단 말씀이라도 꺼내봤어야 했어.'

어쩌면 이 순간에도 그는 광증에 시달리고 있을지 모르는 일. 점점 꺼무레하게 잠겨가는 먼 궁궐 지붕들을 바라보는 순심이 초조한 듯 입술을 깨물었다.

곧 인경이 울리면 새카만 밤이 찾아올 것이다.

"안 돼."

그리고 그 밤의 와중, 그녀는 또다시 미치광이 윤을 마주칠지도 모른다.

"그럴 순 없어."

순심이 섬돌 위 얌전히 놓인 꽃신에 버선발을 밀어 넣었다.

"고개를 들어라."

고요한 침전을 울리는 윤의 목소리. 나지막한 음성처럼 그의 시선 역시 바닥에 앉은 사내를 신중하게 훑어 내렸다. 부복하고 있던 황가가 머리를 들어 올렸다.

그들의 눈이 마주쳤다. 김일경의 당부에 따라 황가는 세자의 눈길을 피하지 않았다.

잠시간 윤은 말없이 황가의 얼굴을 응시한다. 대단히 강렬한 눈빛. 꽤나 어두운 기운을 풍기는 사내. 그러나 음산할 뿐 음흉한 기색은 느껴지지 않았다. 이윽고 윤이 시선을 거두었다. 곁에서 잠자코 지켜보던 김일경이 입을 열었다.

"황가. 저하께 예를 갖추고, 나가 기다리거라."

"예."

'역시 난놈이다.'

김일경의 뇌리에 스친 생각이었다. 궁궐에 발을 디딘 것은 물론이거니와 왕세자를 알현하는 것 역시 처음. 그럼에도 황가의 태도는 평소와 별반 다르지 않았다. 세자에게 절을 올린 황가가 침소를 나서고 곧 방문이 닫혔다.

"노론의 눈에 띄어 좋을 일이 없을 듯해, 일부러 늦은 시간에 입궐하였습니다. 보시기에 어떠십니까, 저하?"

"관상쟁이도 아닌데 어찌 한눈에 심성을 알겠습니까. 김일경 영감께서 전부터 말씀하셨던 사람이니 일단 곁에 두고 보겠습니다."

황가를 살피던 내내 진중하던 윤의 표정에 온후한 기색이 돌아왔다.

"예, 저하. 소인이 보증하는 자입니다. 사람을 대하는 법을 잘 몰라 과하게 무뚝뚝합니다만, 믿어도 되는 사람입니다. 체아직(遞兒職)[29]으로 두어 궐 안에서 저하를 모실 수 있게 해주십시오."

김일경이 덧붙였다.

"검술로는 조선에 따를 자가 없습니다. 신이 보증하건대, 앞으로 오직 저하만을 위해 살 것입니다."

세자의 운신은 한정적일 수밖에 없었다. 박상검이 윤의 눈과 귀라면, 황가는 세자의 칼이 될 것이다.

"지켜보아야겠지요."

"예, 저하."

살얼음판 같은 왕세자의 삶. 김일경은 몇 안 되는 윤의 편 중 하나였다. 그러나 김일경을 믿는다 하여 그가 데려온 이들 모두에게 선뜻 신의를 주지는 않는다. 그것이 윤의 성정이었다.

"한데 저하, 어찌 아직도 저를 영감이라 부르십니까? 소인 더 이상 동부승지(同副承旨)[30]가 아닙니다. 듣기 민망합니다."

"제가 편하여 그리 부르는 것이니 신경 쓰지 마십시오."

김일경은 과거부터 윤을 위해 싸워왔다. 그는 몸을 사리지 않는 투사이며 소론 강경파의 중심. 그는 노론과의 당쟁 끝에 동부승지의 벼슬에서 쫓겨났고, 이후 한직에 머무르고 있었다.

"소인 비록 한량과 다름없는 처지가 되었으나 바깥에서 보고 듣는 것이 많아 오히려 지금에 만족합니다. 그러니 괘념치 마옵소서.

---

29 정해진 녹봉이 없이 계절마다 근무 성적을 평가하여 녹봉을 지급하는 관직.
30 조선시대 승정원에 속한 정삼품 관직.

그리고, 저하."

김일경이 목소리를 낮췄다.

"승은궁녀를 들이셨다 들었습니다."

아무리 측근인들 사생활에 대한 이야기를 나눌만큼 가깝지는 않았다. 윤이 김일경을 힐끔 바라보았다.

"감히 직언드리건대 잘하신 일이옵니다. 저하에 대해 불경스러운 말을 늘어놓던 자들도 이제 입을 다물겠지요. 단지 혹여 노론 쪽과 관련이 있을까 저어됩니다. 만일을 대비해 출신에 대한 뒷조사를……."

"하지 마십시오."

말허리를 뚝 끊는 윤의 말투가 그답지 않게 날카로웠다. 김일경이 잠시 당황한 표정을 지었다.

"저하. 혹시 모르는 위험에 대비하자는 것입니다."

"그러실 필요 없습니다. 평범한 궁녀일 뿐이니."

"알겠사옵니다, 저하. 지나친 걱정이었나 봅니다. 부디 신의 무례를 용서하소서."

빠르게 상황을 파악한 김일경이 입을 다물었다.

"저하, 소인은 이만 물러가겠습니다. 부디 예체(睿體)[31]를 보존하시오소서."

김일경이 예를 갖추어 인사를 올렸다.

"황가, 가자."

저승전 밖으로 나온 김일경이 황가를 부른다. 황가는 침전 밖 뜰에 꼿꼿한 자세로 서 있었다.

"저하께서 네 입궐을 허하셨다. 곧 하교(下教)가 있을 것이다. 앞

---

31 세자의 몸을 높이는 말.

으로 저하를 위해 목숨을 걸어야 함을 잊지 마라."

"언제부터 저하를 모십니까?"

"그것이 궁금한 게냐? 저하께 말씀을 올렸으니 며칠 안에 체아직에 임명될 것이다. 입궐 후에는 저하께서 따로 명을 주실 것이다."

"관직을 여쭌 것이 아닙니다. 언제부터 저하를 호위해야 합니까?"

재차 묻는 황가의 태도가 평소답지 않았다. 김일경이 되물었다.

"그게 무슨 소리냐? 비록 관직은 없으나 지금 이 순간도 너는 저하의 호위무사다. 어찌 그런……."

그 순간, 황가가 움직이기 시작했다. 저승전 뜰에 파놓은 연못 곁에는 오래된 버드나무 몇 그루가 심어져 있었다. 거대한 수양버들 잎사귀가 워낙 무성하여 나무들 사이는 숲처럼 어두웠다. 그러나 황가는 거침없이 움직였다.

"아앗!"

갑작스레 옷깃을 잡아채는 손길. 순심의 입에서 외마디 비명이 터져 나왔다.

"무, 무슨 짓입니까!"

당황한 순심이 황가의 손을 뿌리쳤다. 그러나 옷깃을 붙든 그의 손은 고목나무처럼 굳건하여 미동하지 않았다.

"놓으라고요!"

부랴부랴 달려온 김일경이 눈을 껌뻑인다. 나뭇잎이 워낙 빽빽하여 캄캄한 탓에 여인의 얼굴은 식별되지 않았다.

"일단 놓아주어라. 문 내관에게 넘겨 무엇 하는 궁인인지 알아보아야겠구나."

김일경의 말에 황가가 손을 떼었다. 그 반동 탓에 순심은 옆으로 한 발짝 비껴났다. 울창한 버드나무 줄기 사이로 내리쬐는 한 줄기 달빛이 순심에게 닿았다.

"으음?"

순심을 본 김일경의 표정이 차갑게 굳었다. 젊은 데다 대단히 눈에 띄는 외모를 가진 여인. 달빛에 그녀의 상반신이 비쳤다. 여인이 입은 것은 나인의 복장이 아니며, 상궁의 복장 역시 아니었다.

순간 황가가 재빨리 뒤로 물러났다. 동시에 들려오는 노기 띤 음성.

"무슨 짓을 하는 게냐!"

밤처럼 짙푸른 두루마기 자락이 순심과 김일경의 사이를 막아섰다.

"저하, 그렇다면, 이 여인께서 낙선당의……."

김일경이 물었으나 윤은 대꾸하지 않았다. 그의 시선은 황가에게 닿아 있었다. 분명한 분노를 담은 눈빛. 그러나 황가의 표정은 미묘하여 무슨 생각을 하는 것인지 알 길이 없었다.

"말해보라. 어찌하여 나의 여인을 겁박하였느냐?"

"기다리란 명을 듣고 뜰로 나왔사온데, 궁녀께서는 그때부터 이미 그늘에 숨어 계셨습니다. 소인 황가, 궁궐의 법도에 대해 알지 못하나 저하의 호위라는 본분만은 알고 있사옵니다. 수상한 자가 있기에 붙들었을 뿐입니다."

일목요연한 황가의 말.

'저렇게 청산유수였으면서, 입을 꾹 다물고 살아온 겐가?'

눈앞의 상황보다 황가의 변화가 더욱 놀라워, 김일경은 입을 딱 벌렸다. 그러나 윤은 여전히 황가를 노려보고 있었다.

"수, 숨다니요! 저하께 긴히 드릴 말씀이 있어 찾아온 것입니다."

억울함이 뚝뚝 묻어나는 순심의 목소리. 한시라도 빨리 윤에게 기이한 냄새에 대해 말하고자 밤길을 달려온 그녀였다. 그런데 처음 보는 사내에게 이런 수모를 당할 줄이야.

"문 내관도 상검이도 보이지 않고, 게다가 객을 맞고 계신 듯하여…… 잠시 기다리고 있었던 것뿐입니다! 앞으로 나서려 해도 저 사람의 용모가 무서워서…….”

“조용.”

윤의 목소리가 고요하게 울린다. 놀란 순심이 입을 다물었다. 김일경과 황가의 숨소리조차 낮아졌다.

흘낏, 그의 시선이 황가에게 잡힌 사이 흐트러진 순심의 옷매무새에 닿았다. 윤의 눈매가 가늘어졌다.

“황가라 하였나.”

“예, 저하.”

“내 여인의 옷깃을 네 손으로 잡아챈 것이냐?”

살짝 벌어진 순심의 옷섶 사이, 평소보다 손가락 한 마디만큼 더 드러난 속살.

윤의 미간에 골이 파였다. 마음에 들지 않는다.

윤이 두루마기를 벗었다. 꽤나 신경질적인 손길이었다. 펄럭- 두루마기는 한 폭의 바람을 머금어 잔뜩 부풀어 오른다. 윤이 두루마기로 순심의 어깨를 감쌌다.

“소인 황가, 궁녀님의 신분을 모르고 감히 무례를 범하였습니다. 용서하여주시옵소서, 저하.”

황가가 깊이 고개를 숙였다.

“아직 자리조차 마련되지 않았는데 벌써부터 일을 하기 시작하다니. 대단한 충심이로구나.”

씹어뱉는 듯한 윤의 음성은 나지막하다. 곁에 서 있던 김일경의 등줄기가 뻣뻣하게 긴장했다.

“한데, 무엇을 위한 충심이더냐?”

음성이 낮아지고 차분해지며 싸늘해진다. 이는 남들은 알지 못하는 윤의 다른 모습. 폭풍 전의 고요는 곧 그가 분노했음을 의미한다.

“저하, 황가는 소인이 십 년 전부터 보아온 자입니다. 궁궐의 예법을 몰라 큰 결례를 범하였으나, 충성을 의심치는 마시옵소서."

김일경이 황급히 끼어들었다. 상황을 무마하기 위함이었다.

"영감께 물은 것이 아니오. 네게 물었다, 황가."

윤은 물러서지 않는다. 김일경이 끄응 앓는 소리를 냈다. 승은궁녀에게 무례를 범한 것에 분노한 세자는 그것을 빌미로 황가를 시험하고 있었다.

고요한 와중, 마른 숨을 고르는 소리. 황가가 입을 열었다.

"저하를 위한 충심입니다. 조선의 백성이, 조선의 지존이 되실 세자께 충심을 맹세하는 데 어떤 이유가 필요하며, 검증이 필요하옵니까?"

거침없는 말들이 황가의 입에서 쏟아져 나왔다.

"앞으로 저하를 모실 때 누군가 똑같은 짓을 할지언정 소인의 행동은 달라지지 않을 것입니다. 소인은 저하의 호위이고 저하의 예체를 지키고자 여기 왔습니다. 그것이 소인이 살아가는 이유임을 신은 결코 잊지 않을 것입니다."

황가의 시선이 긴장한 표정으로 서 있는 순심을 스쳤다.

"오늘의 무례를 용서하시옵소서. 다시 같은 일을 반복지 않도록 궁녀님의 용모를 기억하고 있겠습니다……."

멈칫. 순심과 눈이 마주친 순간, 황가의 표정이 미세하게 동요했다. 동시에 윤의 팔이 순심의 어깨를 감싸 제 몸으로 끌어당겼다.

윤이 순심을 향해 입을 열었다.

"낙선당으로 가자. 저승전은 몹시 시끄럽구나. 할 말이 있다 하였으니 내 그곳에서 듣겠다."

걸음을 떼던 윤의 시선이 서서히 움직였다. 김일경에게 전하는 눈빛은 무언의 경고였다. 승은궁녀에게 섣불리 다가서지 말라는.

이윽고 윤의 시선은 천천히 황가에게로 옮겨갔다. 짐승의 털이나

갈기처럼 제멋대로 삐쳐 나온 억센 머리칼. 호된 시험에 처했음에도 미동 없는 태도. 무엇보다 강한 인상을 남긴 것은 윤을 바라보는 그의 눈빛이다. 믿어달라는, 진심을 담은.

"조만간 보지."

윤과 순심이 저승전 안뜰을 벗어났다. 김일경과 황가는 뒤에 남았다. 김일경의 입에서 길게 끄는 안도의 한숨이 흘러나왔다.

"황가."

"예."

"저하께서 너를 받아들이기로 마음을 정하신 듯하구나. 축하한다."

그러나 그것만으로 안심하기에는 참으로 못미더운 세상. 멀어지는 세자와 승은궁녀의 뒷모습을 바라보던 김일경의 눈매가 가늘어졌다.

五章.

윤의 향(香)

어둠이 내린 궁궐은 적막했다. 윤도, 순심도 말이 없었다. 낙선당으로 향하는 길목에는 그들의 발소리만이 타박타박 들려왔다.

"저하⋯⋯."

"화 안 났다."

"예?"

"그 걱정 하느라 이리 뻣뻣하게 긴장하고 있는 것 아니더냐."

성큼성큼, 넓은 보폭으로 걷던 윤의 걸음이 느려진다. 순심의 어깨를 감싸고 있던 그의 팔의 온기가 사라졌다.

윤이 뒤를 돌아보았다. 저승전은 이미 저만치 뒤로 멀어졌고 김일경과 황가라는 무사의 모습 역시 보이지 않았다.

순심의 어깨를 보란 듯 감싸 안은 것, 그리고 굳이 저승전이 아닌 낙선당으로 가겠노라 말한 것은 모두 김일경을 의식한 행동이었다. 순심의 뒤를 캐보겠노라는 그의 말이 내심 마음에 걸린 탓이었다. 이쯤 해두었으니 김일경도 순심을 함부로 대하지는 못할 것이다.

"드릴 말씀이 있어 간 것일 뿐입니다. 그런데 손님이 계신 듯하여…….."

"변명할 필요 없다. 내 너를 힐난할 마음 없으니."

"예, 저하."

오해에서 비롯된 작은 소요에 지나지 않는 일. 단지 황가의 손에 잡힌 순심의 겁먹은 눈동자를 본 순간, 그리고 흐트러진 옷매무새를 본 순간 참을 수 없는 분노가 치밀었을 뿐이다.

황가에게 붙들린 것이 순심이 아닌 다른 궁녀나 내관이었더라도 그리 날을 세웠을까? 윤은 확신하지 못한다.

"그래, 무슨 일이기에 이 시간에 저승전까지 찾아왔느냐?"

순심이 입술을 잘근 깨물었다. 기실 쉽게 고할 수 있는 이야기는 아니었다. 윤의 광증에 대해 입 밖으로 내야 하는 것만으로도 부담스러웠다.

"낙선당에 다 왔으니, 안에서 말씀드리겠습니다. 혹여 누가 듣기라도 할까 걱정이 되어서…….."

그때였다. 윤의 걸음이 우뚝 멈췄다.

"조용."

동시에 그들이 걸어온 방향에서 투다닥 발소리가 들렸다. 순식간에 윤의 팔이 그녀의 허리를 끌어당겼다. 그들은 담벼락 아래 새까만 그림자 속으로 몸을 숨겼다. 예기치 못한 움직임. 순심은 중심을 잃고 그의 품 안으로 쓰러졌다.

"저하…….."

"쉿."

순심이 훅 숨을 들이마셨다. 황가라는 사내 탓에 가뜩이나 놀랐던 가슴이 속절없이 요동친다. 하기야 짐승처럼 무서운 눈을 한 자에게 붙들리느니 윤의 품에 안기는 편이 낫지만.

'내가 무슨 생각을.'

순심이 생각을 떨쳐내려는 듯 머리를 작게 흔들었다.

발소리는 점점 가까워졌다. 윤 역시 긴장한 듯했다. 순심의 등 위에 놓인 그의 손가락이 움찔거렸다. 잔뜩 예민해진 등허리를 스치는 감촉에 오소소 소름이 돋았다.

이내 어둠속에서 들려오는 두 사내의 두런거림. 다행스럽게도 목소리는 문 내관과 상검의 것이었다.

김일경과의 대화를 위해 윤은 궁인들을 밖으로 물렸었다. 저승전으로 돌아온 문 내관과 상검이 세자를 찾아 돌아다니는 모양이었다.

"휴……."

순심이 안도의 한숨을 내쉬며 그림자 밖으로 걸음을 내디뎠다. 순간 그녀의 허리를 붙드는 윤의 손.

"쉿."

제 몸을 감싸 안은 그의 손길 탓에 그녀는 대꾸조차 하지 못했다. 이내 문 내관과 상검의 목소리가 들려왔다.

"아니, 저하도 참……. 대체 또 어딜 가신 게냐?"

"그거야 뻔한 일 아닙니까? 낙선당에 가셨거나 아니면 광증을 앓으시거나 둘 중 하나인데……. 이틀 연속 광증이 올 리 없으니 뭐……."

"종일 낙선당에 계셨으면서 또 그새를 못 참아 거길 가셨다고?"

"뭐, 소인의 추측으로는 그렇습니다."

"나 참. 큰일이로군. 어서 낙선당으로 가보자."

윤과 순심이 담벼락 아래 모습을 감추고 있는 사이, 문 내관과 상검의 걸음은 멀어져 낙선당 방향으로 사라졌다.

"후……."

순심이 저도 모르게 한숨을 내뱉었다. 허리께를 조이던 윤의 손이 스르르 풀어졌다.

"가자."

"낙선당으로요?"

"아니."

의아한 표정으로 순심은 윤을 올려다보았다. 막 저승전을 떠나온 그들이었다. 저승전도 아니고 낙선당도 아니라면 대체 어디로 간단 말인가.

게다가 이렇게 깜깜한 밤인데?

"어찌 그리 보느냐?"

"왜 문 내관과 상검이를 피하시는지가 궁금해서요."

순심의 물음. 잠시 답을 생각하던 윤이 어깨를 으쓱했다. 사실은 그도 이유를 잘 몰랐으니까.

"그냥, 그런 날이 있다."

"무슨 날이요?"

"만사가 귀찮은 날. 나를 싫다 하는 사람들은 물론이거니와, 내가 좋다는 사람들마저 성가시고 귀찮은 날이. 오늘이 그렇다."

윤의 시선은 주변에 늘어선 동궁전 전각 너머 궁궐의 처마 위 먼 곳을 보고 있었다.

"그러니, 가자."

"어, 어디로 가십니까?"

"가보면 안다. 가자."

윤이 앞장서 걷기 시작했다. 어쩔 수 없이 순심은 종종대며 그를 따라나섰다.

"그런데, 저하."

"응?"

"모두가 귀찮으시다면서, 소인은 안 귀찮으십니까?"

피식, 윤의 입술에서 튀어나온 옅은 웃음이 밤바람에 흩날렸다.

"너는 안 귀찮다."

그랬다. 윤 스스로 생각하기에도 그게 참 이상한 일이었다.

문 내관과 상검이 낙선당에 도착했을 때 그들을 기다리고 있던 것은 윤도, 순심도 아니었다. '하악!' 소리를 내며 후다닥 도망치는 고양이 한 마리가 있을 뿐, 낙선당은 텅 비어 있었다.

"아무래도 저하께서 승은궁녀와 밤나들이를 가셨나 보구나. 저러다 정녕 마마님께서 회임이라도 하면 어쩌시려고……."

"회임이요? 하지만, 저하께서는 고……."

'자'라는 다음 말은 꺼내지도 않았는데, 문 내관의 눈초리는 당장 상검을 죽이기라도 할 듯 매서웠다. 기가 죽은 상검이 급히 얼버무렸다.

"고, 고기를 좋아하시지 않으니까……. 그, 세종대왕께서도 고기를 좋아하셔서 아들을 많이 보시지 않았습니까? 아들만 열여덟이라니……. 내시 입장에서 참 부럽기도 하고……."

"닥치거라, 좀."

문 내관이 주절대는 상검의 말을 끊었다.

"주제에 어울리지 않는 타령일랑 집어치우고, 너는 여기서 두 분이 돌아오시기를 기다리거라."

"제가요? 내관 나리는요?"

"나? 나야 저승전으로 돌아가서 저하를 기다려야지. 어디로 오실지 모르는 일 아니냐?"

입이 댓 발 나온 상검을 남겨둔 채, 문 내관은 낙선당을 떠났다.

"하여간에 나만 늘 이 고생이지."

낙선당의 대청마루. 처량한 표정으로 휘영청 밝은 달을 올려다보던 상검이 중얼거렸다.

"대체 나는 전생에 무슨 죄를 지었기에 매일 이 고생이람? 나라라도 팔아먹었나? 대역죄라도 지었어?"

상검이 땅이 꺼져라 깊은 한숨을 내쉬었다. 그때였다.

"……순심아. 있어?"

낙선당 초입에서 들려오는 소곤소곤, 소리 죽인 목소리.

"순심아. 김순심."

소리는 조금 더 가까이 다가왔다. 매우 늦은 시각. 그것도 동궁전 궁녀들과 가깝지 않은 순심의 처소에 객이 올 리 없었다. 고개를 쭉 빼고 안뜰을 살피던 상검과 야밤의 방문객의 시선이 마주쳤다.

"헉."

구월과 눈이 마주친 순간, 상검은 지난 며칠간 그의 신경을 거스르던 찜찜한 기분의 원인을 깨달았다.

-칠월 초하루! 칠월 초하루 새벽에 여기서 보자고 꼭 전해!

구월이 신신당부했던 말을 순심에게 전하는 것을 까마득히 잊었던 것이다.

'난 죽었다.'

그도 그럴 것이, 이미 칠월 초하루는 저만치 흘러가버렸기 때문이었다. 동시에 야음을 틈타 낙선당까지 왔던 구월의 걸음 역시 멈췄다. 허옇게 질린 얼굴로 제 눈치를 보고 있는 소년. 그의 정체를 눈치챘기 때문이었다.

"너, 너……!"

"왜, 왜, 왜요!"

"잘 만났다. 이 망할 내시 놈 같으니! 당장 이리 와봐, 너!"

"저, 항아님, 그게 아니고……!"

구월은 성난 황소처럼 상검을 향해 달려갔다.

"아니긴 뭐가 아냐? 이 아무짝에도 쓸모없는 고자 놈아!"

"가, 가까이 오지 마십시오! 여기가 어딘 줄 알고 이리 행패를 부리십니까? 저리 가라고요!"

댕- 댕-

순간 멀리 궁 밖에서 시작된 통행금지를 알리는 인경 소리. 구월이 우뚝 멈춰 섰다.

'저 망할 내시 놈이 왜 순심이의 처소에 있지? 이 늦은 시간에 순심이는 어디 가고?'

궁금한 게 많았지만 상황이 여의치 않았다. 상검이야 본래 동궁전 궁인이었으니 통행이 금지되었던들 큰 관계가 없을 몸. 그러나 그녀는 동궁전과는 요만큼도 관계없는 수라간 나인이었다. 인경 이후에 돌아다니다가 붙들려서 경을 친 궁인이 한둘이던가.

"에라이, 망할."

구월이 빙글 몸을 돌렸다. 이내 상검을 향해 돌진할 때와 같은 속도로 구월은 안뜰을 가로지르기 시작했다.

'무슨 여인이 저리 잘 뛴대?'

순간 화살처럼 튀어나가던 구월의 몸이 기우뚱했다. 돌부리라도 발에 채인 모양이었다. 그와 동시에 구월의 갓신 한 짝이 휘잉- 하늘을 날았다.

허공을 가로지른 갓신이 상검의 발 앞에 뚝 떨어졌다.

"아오, 저 염병할 것!"

신을 찾으러 되돌아가야 하나 고민해보지만, 여전히 '댕- 댕' 울리고 있는 인경 소리.

"내시 놈아! 그 신 잘 간수하고 있어. 다음에 반드시 찾으러 올 테니, 잊어버리기만 했단 봐라! 내 포를 떠서 수라간 담벼락에 널어버릴 테다!"

냅다 고함을 내지른 구월은 다시금 쏜살같이 달려 낙선당을 벗어났다.

"지금 이걸…… 나보고 가지고 있으라고?"

뒤에 남은 건 주인의 기세가 워낙 광포한 탓인지 뜨뜻하다 못해 김까지 모락모락 솟아오르는 낡은 갖신 한 짝. 그리고 이를 멀거니 내려다보고 있는, 오늘따라 다섯 살은 더 먹은 듯 보이는 상검뿐이었다.

윤과 함께 걷던 순심은 자꾸만 사방을 두리번댔다. 비록 캄캄하여 선명하게 보이지는 않았으나 걸으면 걸을수록 주변 풍경은 궁궐과 동떨어진 듯했다.

발길에는 점점 굵직한 자갈돌들이 차였다. 간간이 보이던 풀숲이며 나무들의 간격이 점차 조밀해졌다. 질긴 풀뿌리들이 발길을 붙들었다. 멀찍이서 들려오던 풀벌레 소리도 어느덧 가까워졌다.

"힘드냐?"

길은 진즉부터 오르막에 접어들어 있었다.

"아니요. 얼마 걷지도 않은걸요."

"여기가 어딘지 알겠느냐?"

"음……."

순심이 가만히 숨을 들이마셨다. 싱그러운 녹음의 냄새, 무르익은 열매들의 감미로운 향기. 그리고 촉촉하게 물기를 머금은 청아한 공기. 공기에서 궁 한복판과는 완연히 다른 냄새가 났다.

그녀는 이 장소를 기억한다. 마지막으로 이곳에 왔던 날 이후, 순심에게는 참으로 많은 변화가 일어났기 때문에.

"창덕궁 후원 아닙니까?"

"용케 알았구나. 입구가 아닌 다른 길로 왔거늘. 눈치채지 못할 줄 알았는데."

"생과방에 있을 때 가끔 오곤 했었습니다. 처음 저하를 뵈온 날도 연잎을 따러 심부름을 왔던 길이었잖습니까. 게다가 향기도 나니까요."

"향기?"

"나무 냄새도 나고, 풀냄새랑 흙냄새도 나고……. 궁궐 안과는 다릅니다."

"냄새만으로 여기가 어딘지 알아챘다는 게냐? 대단한 재능이로구나."

"사실…… 소인은 저하의 향기도 기억하는 걸요."

"내 향기?"

윤이 의아하다는 듯 물었다.

"예, 저하의 옷섶에서 나는 향기요."

잠시 망설이던 순심이 덧붙였다.

"……저하에게서는 늘 좋은 향기가 납니다."

"백단이다. 옷 안에 향낭이 꿰매져 있지."

무언가 대꾸하려던 순심이 허공에 헛발질을 했다. 가파르던 경사가 확 깎여 갑자기 길이 평평해진 탓이었다. 길 양옆에 빽빽하게 줄지어 있던 나무며 풀숲들이 순식간에 사라졌다. 어둠에 길들여져 있던 시야가 탁 트였다.

"와……."

순심이 낮게 탄성을 내뱉었다.

ㄹ)"부용지(芙蓉池)다. 이전에 와본 적 있느냐?"

그러나 순심에게서 답은 돌아오지 않았다. 밤과 연못과 달빛이 만들어내는 고즈넉한 풍경에 넋을 잃었기 때문이었다.

창덕궁에서 가장 아름다우며 동시에 비밀스러운 공간, 후원. 사람들은 이곳을 '왕의 정원'이라 불렀다.

휘영청 솟아오른 달이 수면 위에 이지러졌다. 밤하늘의 달도 별도 모두 찍어낸 듯 고스란히 연못 속 세상에 아로새겨져 있었다. 어디선가 아직 저물지 않은 늦깎이 연꽃의 향기가 풍겨왔다. 개구리며 물고기들이 노니는 소리, 바람결에 나뭇잎이 스치는 소리, 사락대는 풀벌레 소리는 조화로운 선율처럼 들렸다.

"……아름답습니다, 저하."

"나도 밤에 온 것은 처음이다. 생각보다 풍경이 꽤 좋구나."

부용지 근처의 영화당(暎花堂)에서는 종종 왕실 연회나 활쏘기 시합이 열리곤 했다. 그러나 윤은 부득이할 때를 제외하고는 부용지 근방에 되도록 걸음하지 않았다. 부용지를 즐겨 찾는 영빈 김씨와 마주치는 것을 꺼렸기 때문이었다.

그러나 밤의 부용지는 껄끄러운 감정을 모두 잊을 만큼 인상적이었다.

"이제 말해보아라. 내게 해야겠다던 말이 무엇이냐?"

"아, 그것이……."

"내 너를 보아왔기에 안다. 허튼 일로 굳이 저승전까지 찾아오지는 않았을 것 같은데."

순심이 잘근 입술을 깨물었다. 다시금 자신이 없어진다. 그러나 물러서기에는 이미 늦었다.

게다가 황가라는 호위무사에게 수상한 사람이라는 오해까지 사지 않았는가. 이제 와 아무 일 아니라 얼버무린다면 왠지 황가의 말이 옳음을 증명하는 꼴이 될 것 같았다.

"긴히 할 이야기라 하였으니 저기서 들으면 되겠구나. 다리도 좀 쉬어갈 겸."

"예, 저하."

윤이 연못가에 자리잡은 정자를 가리킨다. 이는 부용정(芙蓉亭), 혹은 택수재(澤水齋)라 불리는 팔작지붕을 인 아담한 정자였다.

윤이 먼저 돌계단을 올라 부용정에 들어섰다. 순심을 돌아본 그가 손을 내밀었다.

"붙잡아라. 캄캄하여 앞이 잘 보이지 않는구나."

"아, 예."

윤이 양손을 내밀었고 순심은 그 손을 맞잡았다. 문득 궁금했다. 언제부터 손을 잡고, 어깨를 감싸 안고, 함께 시간을 보내는 일이 자연스러워진 것일까.

부용정으로 오르는 세 칸의 돌계단. 조심스레 계단을 오르던 순심의 발이 제 치맛단을 밟았다.

"아앗!"

기우뚱대는 순심의 몸을 윤이 재빨리 붙잡았다. 정자는 수중누각이었고 돌계단은 꽤 높은 편이었다. 뒤로 자빠졌다간 어떤 흉한 일이 생길지 모르는 상황. 반사적으로 윤은 순심의 몸을 힘껏 제 쪽으로 끌어당겼다.

꽈당!

중심을 잃은 윤이 정자 바닥에 나동그라졌다. 순심의 몸이 윤의 몸 위로 와락 포개졌다.

"으……."

윤의 입에서 흘러나오는 낮은 신음.

"저, 저하? 괘, 괜찮으시옵니까?"

"……살아는 있다."

넘어질 때 순심을 안고 있었던 탓에 그녀의 무게까지 고스란히 감당해야 했던 윤이었다. 대수롭지 않다는 듯 내뱉지만, 등이며 어깻죽지가 꽤나 시큰하다.

"소, 소인이 발을 헛디뎌서……. 송구하옵니다, 저하."

"송구할 것은 없지만, 너는 후원 근처에는 오지 않는 게 낫겠다.

올 때마다 물에 빠지고, 발을 헛디디고, 넘어지고 이 난리니…….”

“소인도 그러고 싶어 그러는 건 아니옵니다만…….”

“……하하.”

갑작스레 윤의 입에서 흘러나오는 웃음소리.

“어찌…… 웃으십니까?”

“재미있어서.”

“넘어지는 게 재밌으십니까?”

순심의 눈이 동그래졌다. 머리라도 다치신 건가. 어찌하여 갑자기 웃으시고, 또 저리 이상한 소리를 하시는 거지.

“아니. 네가 재밌다.”

“제가 뭘 어쨌다고…….”

대꾸할 말을 찾던 순심의 말이 뚝 끊겼다. 그제야 윤과 그녀가 어떤 꼴로 나뒹굴고 있는지를 깨달았기 때문이었다.

제 몸 아래 깔린 채, 허파에 바람이라도 든 것처럼 실실대고 있는 양반이 다름 아닌 조선의 왕세자라니. 이렇게 몸이 빈틈없이 밀착되어 있었다니. 게다가 저하의 몸이 이렇게 단단할 줄은…….

순식간에 얼굴로 열기가 확 몰려들었다. 그녀가 벌떡 몸을 일으켰다. 후다닥 자리에 앉은 그녀가 민망한 듯 흐트러진 매무새를 가다듬었다. 그러나 윤은 여전히 일어날 생각이 없는 사람인 양, 바닥에 대자로 드러누워 있었다. 그의 입술 새로 피식피식 웃음이 샌다.

“그나저나 그 말 한번 듣기 힘들군. 얼마나 대단한 소리를 하려고 그러느냐. 대체 무슨 말을 하려고 찾아온 것이었더냐?”

“아…….”

순심이 결심한 듯 입을 열었다.

“저하, 그 밤에, 저하에게서 향기가…….”

“내 향기? 백단을 말하는 것이냐?”

윤이 반문했다. 꾸밈새에 큰 관심이 없는 윤이 백단 향낭을 늘 지니고 다니는 이유는 달리 있지 않았다. 백단은 희빈 장씨가 생전 사랑하던 향기였던 것이다.

"백단의 향기에 대해 말하려는 것이 아니고……."

"그렇다면, 무슨 얘기더냐?"

이상하게 마음이 초조해져 순심은 아랫입술을 잘근 깨물었다.

"기억하고 계실 것입니다. 처음 소인과 만났던 밤, 그리고 어젯밤……."

"둘 다 광증이 도졌던 날이로구나."

"예. 그리고 두 날 모두, 저하께서는…… 토악질을 하셨습니다. 기억하십니까?"

"알고 있다. 광증이 찾아드는 날은 늘 그러하지. 그건 왜?"

"본래 소인은 냄새를 잘 구분하고 잘 기억합니다. 믿어주실지 모르겠사옵니다만…… 저하께서 구토하실 때 숨결에서 이상한 냄새가 났습니다. 두 번 다요."

"무슨 냄새였기에 이상하다 하느냐?"

윤의 질문에 순심은 고개를 내저었다.

"아는 냄새였다면 소인 분명 기억하고 있었을 것입니다. 소인으로서도 난생처음 맡아보는 기이한 향이라서……."

"기이한 향."

윤이 순심의 말을 되뇌었다.

세자빈의 죽음 이후 이른 봄날 갑자기 시작된 광증. 이는 윤에게 끔찍한 재앙과 같았다.

처음 광증이 찾아왔던 어느 밤을 윤은 기억한다. 그는 조선의 왕세자였다. 비록 노론은 그를 인정하려 하지 않았고, 도처에 도사린 적들이 많았으나 윤은 분명 조선에서 가장 빛나는 자, 고귀한 국본이었다. 위협이 많았기에 그는 더욱 왕세자로서의 명예를 지키기 위해 고군분투하며 살아왔다. 그랬던 그가 미치광이의 몰골을 한 채 길바닥에서 정신이 든 것이다.

옷매무새는 형편없이 흐트러져 걸인과 같았고, 머리는 그야말로 봉두난발이었다. 넘어지고 굴렀는지 몸은 흙투성이였으며 신과 버선마저 사라진 발에는 돌조각이 박혀 피가 흐르고 있었다. 끔찍한 모욕감이 치밀었다. 그러나 그 모욕감을 안겨준 것은 남이 아닌 자신이었다.

아무리 고심하여도 결코 알 수 없었던 광증의 원인. 설마 순심이 그 답을 가지고 있다는 것인가.

"……저하, 괜찮으십니까?"

머리를 감싸는 윤을 본 순심이 다급히 물었다. 윤이 천천히 고개를 끄덕였다.

"생각을 하고 있느니라, 생각을……."

그마저도 스스로가 미쳤다고 생각하던 즈음 나타난 한 줄기 희망. 순심의 말은 분명한 가능성을 시사하고 있었다. 광증이 윤 자신의 문제가 아닐 수 있다는 가능성, 그것이 병이 아닌 외부의 위협일지 모른다는 가능성.

가장 쉽게 내릴 수 있는 답은 오직 하나. 독(毒)이다.

"일단 돌아가서 생각을 정리해야겠다. 이만 일어나자."

완연하게 착 가라앉은 윤의 음성.

"예, 저하."

윤이 벌떡 자리에서 일어섰고 순심이 뒤를 따랐다. 그들이 돌계단을 내려갔을 무렵.

"거기, 누구 있소?"

갑작스레 들려오는 사내의 기척과 목소리. 발소리는 하나가 아닌 둘의 것이었다. 순심도, 윤도 자리에 우뚝 정지했다.

밤에 궁궐 후원에 출입하는 것은 금지된 일이었다. 물론 왕세자가 밤에 산책 좀 나왔다 하여 문제가 되지는 않는다. 그러나 지금 같은 시기, 여인과 함께 야심한 밤 후원을 드나들었다는 소문이 나서 좋을 것이 무어 있겠는가.

윤은 재빨리 움직였다. 부용정의 옆, 무성한 수풀에 가려진 그림자 속으로 그는 순심의 팔을 잡아 끌었다.

"아무도 없소?"

다시금 들려오는 정체 모를 목소리. 수풀에 숨은 윤과 순심의 귀에 두런대는 소리가 들려왔다.

"분명 무슨 소리가 났는데……."

"이런 오밤중에 후원에서 들릴 소리가 달리 있겠어? 산에서 노루라도 내려왔나 보지. 얼른 볼일이나 보고 가자고."

"이래서 죄 짓고 살면 안 되는 갑네. 어휴, 간 떨려서, 원."

"죄는 무슨? 저리 실한 살구를 썩어날 때까지 방치하는 게 오히려 죄지! 아무튼, 어서 살구나 따가지고 갑시다. 장번 한다고 달리 주전부리를 주는 것도 아니니 이거라도 먹어야……."

부용정 뒤편에 모습을 감추고 있던 순심의 입에서 휴우 한숨이 흘러나왔다.

말하는 것을 미루어 보건대 그들은 궁궐에서 숙식 중인 관원임이 분명했다. 여름이 한창이라, 후원 살구나무에는 가지를 둥글게 휘게 할 정도로 많은 열매가 달려 있었다. 그것이 탐이 나 서리를 하러 온 모양이었다.

"어서 갑시다! 오늘 밤은 배 터지게 살구를 먹겠구먼!"

사내들의 부산한 발소리가 먼 어둠 속으로 사라졌다.

한참이나 부용정 뒤에 쪼그려 앉아 있었던지라, 자리에서 일어난 순심의 입에서 '에구구' 앓는 소리가 나왔다.

"어휴, 도둑은 따로 있는데 왜 제 간이 콩알만 해지는지……."

"낮이었으면 붙잡아 장형에 처했을 것이다. 괘씸한 것들. 감히 후원의 과실에 손을 대다니."

"그런데, 저하. 사실 소인도 가끔 그런 생각을 했습니다. 밖에는 굶어 죽는 사람도 많다던데, 아깝지 않습니까? 귀한 과실인 것을요."

"방치해둔다 하여 남의 것을 도둑질하는 것이 어찌 정당한 일이겠느냐? 게다가 그들은 굶주려 죽어가는 사람들이 아닌 녹봉을 받는 관원들이지 않으냐."

"하긴……. 저하의 말씀이 맞습니다."

순간 살랑 불어오는 바람결을 타고 살구의 달콤한 향기가 훅 끼쳐왔다. 즙 많은 과실의 농익은 향기. 순심의 입안에 절로 침이 고였다. 꼴깍, 침이 넘어갔다.

피식, 윤의 입에서 낮은 웃음이 흘러나왔다.

"살구 하나 따주랴?"

"아니요. 소인도 장형에 처하시려고요?"

"장형에 처하지 않을 테니, 먹고 싶으면 먹어라."

"……진짜요?"

"약조하마."

나무 아래로 걸어간 윤이 손을 뻗어 실한 살구 하나를 따 순심에게 내밀었다. 진동하는 다디단 향기. 순심이 살구를 담뿍 베어 물었다. 입안에 퍼지는 황홀한 달콤함에 입가에 과즙이 흐른 줄도 모른 채, 순심은 스르르 눈을 감았다.

"아……. 달다."

달콤함에 취해 탄성을 내뱉는데, 스윽- 입술을 스치는 윤의 손가락.

살구처럼 달다, 이 밤.

"하나 더 따주랴?"

"아니요, 괜찮습니다. 그리고 이런 산에서는 뭐든지 조심해서 먹어야 하는 법이거든요. 애기나인들 중에서도 가끔 아무거나 따 먹고 탈이 나는 이들이 있었습니다."

"후원의 과일들을 따다 먹는 것이 궁인들의 일상이었나 보군."

순심이 손사래를 친다.

"에이, 아니옵니다. 저희야 기껏 후원 초입에서 나물이나 캐는 게 전부인 걸요. 그리고 뭣 모르는 애기나인이나 그렇지, 생과방 궁녀들은 모르는 열매나 버섯은 따먹지 않습니다."

"내가 장형이라도 치라 할까 봐 궁녀들의 편을 드는 것이냐?"

"아닙니다. 몇 년 전에 생과방 궁녀 하나가 무슨 버섯인가를 잘못 먹어서 난리가 났었거든요. 어휴, 생각하니까 또……."

"어쨌기에 그리 몸서리를 치느냐?"

"독버섯을 먹었다든가, 그랬었습니다. 환각을 보았던 모양입니다. 어릴 때 죽은 동생이 보인다고 난리를 피우더니, 나인들에게 귀신이라는 둥 울고불고……. 그러다 또 미친 사람처럼……."

무언가가 이상하다.

"미친 사람처럼……. 웃고……."

오싹한 기운이 순심의 등골을 훑었다.

"나중에는……."

갑자기 우두두 소름이 끼쳤다. 순심의 눈빛이 거세게 흔들렸다. 확신 없는 표정으로 그녀는 윤을 올려다보았다.

이 괴기한 감정을 윤은 이해하고 있을까. 그것이 무엇을 의미하는지 그도 느끼는 것일까.

"말하라, 어서."

그의 낮게 잠긴 목소리가 들려왔다. 윤 역시 깨달은 것이리라.

"나중에는 한참이나 구토를……. 그리고 머리가 깨질 듯 아프다고……."

순심의 목소리는 확연하게 떨리고 있었다. 실체를 알 수 없는 공포가 그녀의 전신을 휘감았다.

"……일단 가자."

윤이 순심의 손목을 붙들었다. 그녀가 떨고 있음을 깨달은 윤이 순심의 어깨를 감싸 안았다. 그러나 애써 억누르고 있을 뿐이다. 윤의 손끝 역시 전율하고 있었다.

장희빈의 아들이라는 사실만으로도 이미 충분히 외줄타기와 같이 위태로웠던 삶. 그 외줄 앞에 내밀어진 시푸른 칼날. 마침내 칼을 쥔 자의 꼬리를 밟았음을 윤은 직감했다.

* * *

볕이 꽤 따가운 한낮. 나이 든 벼슬아치 하나가 태화당 앞에 모습을 드러냈다. 그는 남들 눈에 띄는 것을 원치 않는 듯했다. 궁인들의 인사를 받을 새도 없이 그는 빠르게 태화당 안으로 모습을 감췄다.

"참으로 오랜만에 뵈옵니다, 좌상 대감. 그간 강녕하셨지요?"

"자가께서도 잘 지내셨사옵니까. 찾으신다는 말씀을 듣고 몹시 놀랐습니다."

"워낙 급작스러웠지요?"

"아시다시피 벼슬아치가 후궁전에 들락거리는 것은 남 보기 좋지 않습니다, 자가."

영빈은 화사하게 웃고 있었으나 이이명의 표정은 밝지 않았다.

"압니다. 알고 있지요. 그래서 긴히 부탁드린 것입니다. 이렇게 말고는 대체 좌상 대감을 만날 길이 있어야지요."

"무엇 때문이십니까?"

"뒷방 신세인 후궁의 관심사가 내명부의 일 말고 또 무어 있겠습니까?"

영빈이 은밀하게 음성을 낮추었다.

"간택이 코앞이니, 어차피 삼간택에 올라갈 규수야 내정되어 있겠지요?"

이이명이 영빈을 바라본다. 젊은 시절에는 서인으로, 나이가 든 뒤에는 노론으로. 그들은 긴 세월 같은 배를 타고 있었다.

그러나 대신으로서 살아가는 이이명의 삶이 싸움의 연속이었다면, 숙적이던 장희빈이 세상을 떠난 이후 영빈의 삶은 평온한 듯 보였다. 겉으로 보기에는 일단 그러했다.

"저도 대충의 이야기는 들었습니다. 전하께서 굳이 몸소 삼간택을 보시겠다 말씀하셨다는 것도요."

영빈이 엷게 웃었다. 그래봤자 하등 의미 없는 일. 임금은 근래 안질이 극심해져 사실상 눈뜬장님이나 다름없었다.

"그래, 내정자가 누구입니까?"

꽤나 직설적인 물음이었으나 이이명은 크게 고민하지 않았다. 그들은 같은 목표를 가지고 있었고 같은 적과 싸우고 있었다. 그러므로 그들은 같은 편이었다.

"병조참지 어유구의 집안을 아시지요?"

"알다마다요."

고개를 끄덕이는 영빈의 눈빛에 기대가 차오른다. 어유구의 형님인 어유봉(魚有鳳)이 영빈 김씨의 고모부였으니, 비록 왕래하는 사이는 아니었을지언정 그들은 먼 친척간이었다.

"어유구의 여식입니까?"

"넷째 딸입니다."

"흐음."

영빈이 낮게 읊조렸다. 꽤 먼 사이이긴 하나 친척 집안의 여인이 세자빈으로 내정되어 있다는 것은 희소식이었다. 공통점이 있으니 그들은 금세 가까워질 수 있을 것이다. 그러나 기쁘다기엔 뭔가 애매한 기분이었다.

"친척 집안에서 세자빈이 나온다는데 어찌 기분이 좀 묘하군요."

"무엇 때문에 마음이 불편하십니까, 자가?"

이이명의 물음에 영빈은 고심하듯 미간을 찌푸렸다. 그녀는 어씨 집안에 대해 알고 있었다. 그들은 대체적으로 인물이 수려했고 심지가 굳었으며 평판이 좋은 사람들이었다.

"물론 좌상께서도 잘 알고 계시겠지요. 근래 들어 세자 저하의 행태가 평소와는 조금 다릅니다."

"승은궁녀 관련한 말씀을 하시는 겝니까?"

"예. 아무래도 승은궁녀를 들이면서 여인에게 눈을 뜨신 듯한데……."

"세자 저하께 후사가 생기는 것을 걱정하고 계십니까?"

"그렇습니다."

영빈이 이이명을 빤히 쳐다보았다. 일순간 그녀는 무한한 자부심을 느낀다.

열일곱 꽃다운 나이에 입궐하였으나 평생 임금에게 내쳐진 채 뒷방 후궁으로서 살아온 삶. 남들은 그녀를 불행한 여인이라 여길지 모른다. 그러나 일대의 거사를 앞둔 지금, 그녀는 일국의 좌의정과 함께 일을 도모하고 있었다.

"어유구는…… 자가께서도 아시다시피, 자가의 숙부이신 영의정 대감의 제자가 되지요. 하여 소인과도 긴 세월 교분을 가져왔습니다. 어유구 자체도 반듯한 사람이지만, 자식농사 역시 꽤 잘 지었습니다.

특히 그중 넷째 여식이 여러모로 총명합니다."

"넷째라."

영빈이 이이명의 말을 되뇌었다.

"총명할 뿐 아니라 심성이 곧고 용모도 좋았습니다."

그의 말을 경청하던 영빈의 표정이 흐려진다. 아름다운 세자빈은 필요 없었다.

이이명이 담담히 말을 이었다.

"사실 어유구의 집을 찾았던 날 막역한 지인을 동반하였사온데, 그자가 마침 관상에 조예가 깊었습니다."

"관상이요?"

"예. 그런데 그자가 말하기를, 참으로 안타까운 일이지만……. 어유구의 넷째 여식은, 자식을 볼 수 없는 관상이라 하더이다."

반짝, 늙은 여인의 눈이 빛났다. 이이명이 느긋한 웃음을 지었다.

"물론 관상이니 점술이니 하는 사술 따위 신경 쓸 까닭이 없겠지요. 그렇지 않습니까, 영빈 자가?"

해가 저무는 시각. 정무를 마친 윤은 저승전으로 되돌아왔다. 하루가 어찌 흘러갔는지 모르겠다. 후원을 떠나 동궁전으로 돌아온 후 그는 통 잠을 이루지 못했다.

낮이라고 쉴 틈이 주어지진 않았다. 윤은 대리청정 중이었고, 해야만 하는 일들의 무게는 임금의 것과 다르지 않았다. 바쁜 와중에도 그는 종일 간밤 순심과의 대화를 떠올리고 있었다.

어느 밤, 예고 없이 찾아와 그의 몸을, 마음을, 정신을 사로잡아 미치광이로 만든 병. 처음에는 저항했다. 그러나 차차 몸도 정신도 잠식되었다. 그리고 어느 순간부터 그는 제가 미치광이라는 사실을 받아들이게 되었다.

간밤 순심이 했던 이야기가 광증과 관련이 있다는 보장은 없었다. 그러나 지나쳐서는 안 된다. 그래서는 아니 된다고 그의 본능이 말하고 있었다.

"저하, 소셋물을 들이겠습니다."

상검이 침전에 들었다. 대야를 내려놓은 후에도 상검은 떠나지 않고 멀뚱멀뚱 윤을 바라보고 있었다.

"어찌 나가보지 않고?"

"간밤에 어디에 가셨었는지 정녕 말씀 안 해주실 생각이시옵니까, 저하?"

"문 내관이 물어보라 시키더냐?"

"아, 예……."

"산책했노라. 밤 산책."

윤이 한숨을 내쉬었다.

"그 말씀은 아까도 하셨잖습니까."

"궁궐 지리를 모르는 여인과 밤 산책 좀 하였다고, 그게 문제가 되느냐?"

"뭐……. 소인 생각하기에는 아무 문제가 없는 일이긴 한데, 요새 자꾸 낙선당을 찾으신다고 문 내관이 걱정이 많습니다."

"그래. 문 내관 때문에 요새 피곤한 참이다."

"좋은 방법, 하나 알려드릴까요, 저하?"

"좋은 방법?"

윤이 반문했다. 상검은 그새 또 신이 난 모양이다. 그가 눈을 반짝이며 말을 이었다.

"그냥 이참에 매일같이 낙선당에 드십시오."

"어찌하여 그러라 하느냐?"

"본래 사람이 안 하던 짓을 하면, 배로 걱정하는 법이거든요. 이 김에 매일매일 낙선당을 밥 먹듯 드나드십시오. 열흘만 그리하시면 아마 문 내관께서도 포기하실걸요?"

"음."

무엇인가 곰곰 생각하는 윤의 미간이 좁아진다. 그가 소셋물이 담긴 나무통을 밀어냈다.

"좋은 생각이로구나."

윤이 자리에서 일어섰다.

"문 내관에게 전하라. 내 오늘 밤 낙선당에 들겠다고."

낙선당 침소 풍경은 평소와 사뭇 달랐다. 나지막한 등잔불이 은은하게 사방을 밝혔다. 바닥에는 순심이 사용하던 것이 아닌 호화로운 금침이 깔려 있었다. 방 한편에는 술병이며 주전부리가 얌전히 놓여진 소반이 자리했다.

"멀었느냐."

"아직이옵니다."

그러나 방의 주인인 순심은 보이지 않는다. 불빛 아래 피로감이 묻어나는 얼굴로 앉아 있는 윤 홀로 있을 뿐.

"문 내관, 멀었느냐?"

윤이 재차 물었다. 그가 순심을 기다린 지도 이미 한참이었다.

"아직이옵니다, 저하."

"대체 언제까지 기다려야 하느냐?"

"마마님께서 단장을 끝마치실 때까지 기다리시면 되옵니다."

"그러니 그게 언제란 말이냐?"

"소인도 모르옵니다."

오늘따라 문 내관의 말투가 묘하게 불퉁거린다.

"그놈의 단장, 대체 왜 해야 하는 것이냐?"

"국본과 합방을 할 때는 예와 법도를 알아야 하는 법이니까요."

"합방이라니. 나는 그저 할 이야기가 있어 들렀을 뿐이다."

"입으로 이야기를 나누든, 몸으로 이야기를 나누든 여인과 같은 방에서 밤을 보내시면 그것이 곧 합방이옵니다."

"몸으로…… 뭐?"

하, 기가 막혀 절로 한숨이 나왔다. 윤이 낙선당에 도착한 지 어언 한 시진 째. 목욕재계하고 단장한다는 순심은 돌아올 기미가 없었다.

무료함에 지친 윤이 술 한 잔을 따라 입안에 털어 넣는다. 무심코 한 잔을 더 따르던 그의 손길이 멈췄다. 술이 약한 편은 아니다. 그러나 굳이 정신을 흐리게 할 까닭이 있을까. 윤은 술잔에 가득한 술을 물그릇에 부어버렸다.

"아……."

윤이 눈을 지그시 감았다. 몹시 피로했다. 간밤 거의 잠을 이루지 못하였으니 당연한 일이었다.

"……멀었느냐?"

"기다리기 힘드시면 오늘은 그냥 돌아가시는 것이……."

"되었다."

윤이 천천히 심호흡을 했다. 마음을 가라앉히며 그는 순심과 나누었던 대화를 떠올렸다.

정체 모를 버섯을 먹었다는 궁녀. 궁녀는 죽은 이의 환영을 보았고 울다 웃었으며 토악질 끝에 두통을 호소했다 했다. 이는 봄 무렵 시작된 윤의 광증과 놀랄 만큼 비슷한 증상이었다.

'정녕 독이었나.'

정녕, 독이라면-

윤은 극소수의 사람만을 곁에 두었다. 동궁전 궁인의 수가 여럿이었으나 그의 곁에 긴밀히 접근할 수 있는 이는 문 내관과 상검을 포함한 서넛뿐이었다.

어떤 방식으로 독을 먹였는지, 또한 어찌하여 불규칙하게 독의 증상이 발현되었는지. 그리고 무엇보다 독을 사주한 이가 대체 누구인지. 그것을 밝혀내야 한다.

문 쪽에서 들리는 기척에 생각에 잠겨 있던 윤이 고개를 들었다.

"저하, 준비가 되었사옵니다."

"들라 하라."

달칵 소리와 함께 문이 열렸다.

"무슨 단장을 하였기에 이리……."

열린 문으로 들어오는 순심에게 시선을 돌리던 윤의 행동이 그대로 정지했다.

문 앞에 선 그녀는 잠시 머뭇거렸다. 혹시라도 또 치맛단을 밟아 넘어지기라도 할까 조심스럽다. 문지방 앞에 선 순심이 풍성한 치마를 살짝 들어 올렸다. 겹겹이 껴입은 속치마 탓에 겹꽃잎처럼 소담하게 피어난 치마폭. 봉긋한 버선코 위로 비에 씻긴 하늘처럼 푸른 치맛단이 흩날렸다. 동백유 향기가 방 안에 자욱했다.

이상한 일이었다. 여름밤- 그것도 잔뜩 무르익어 끝물에 다다른 늦여름의 밤. 어찌하여 봄꽃 피어난 후원의 향기가 떠도는 것인지.

공들여 단장한 제 모습이 쑥스러운 듯 땅을 내려다보던 그녀가 결심한 듯 문지방을 넘는다.

"늦어서 송구하옵니다, 저하."

그렇게, 윤에게 늦은 봄이 왔다.

"……음."

윤이 낮은 소리를 냈다. 잠시 무엇에 홀린 듯했었다. 그는 애써 생각을 가다듬었다. 그러나 다시 적막하다.

문밖에 서 있는 문 내관의 잔기침 소리, 등잔불의 기름 먹인 심지가 타닥타닥 타는 소리, 그리고 순심이 몸을 바르작거릴 때마다 들리는 속치마 스치는 소리만이 전부. 말소리는 한참 동안 들리지 않았다.

"저하…… 어찌 그리 보십니까?"

먼저 침묵을 깬 것은 순심이었다.

"……달라 보여서."

"저도 어색합니다. 이상하지 않습니까?"

"잘 어울린다."

윤은 차분히 순심의 모습을 시야에 담았다. 평소보다 좀 더 화려한 의복과 머리장식. 연지라도 발랐는지 입술이 붉었다.

"그래, 목욕간에서 무엇을 하느라 이리 늦었느냐?"

"목욕간에서 할 일이 목욕 말고 달리 있겠습니까? 뭐……. 지 상궁께서 이러저러 당부를 하긴 하셨지만……."

순심이 목욕통에 들어가자마자 다짜고짜 지 상궁이 들이닥쳤다. 지 상궁은 어쩔 줄 몰라 하는 순심에게 명심해야 할 것들을 일렀다. 그것들은 대부분 궁궐 여인이 합방 시에 지켜야 할 법도와 규칙들. 안 그래도 더운 물에 몸을 담가 홧홧하던 차, 지 상궁이 쏟아내는 말들에 순심은 얼굴이 벌게졌더랬다.

그도 그럴 것이, 지 상궁이 당부한 것들은 '교성을 내서는 안 된다'든가, '교합할 때 저하의 위에 올라가서는 안 된다'든가 하는 민망한 것들이었기 때문이었다. 그러나 부끄러운 티조차 내기 어려웠다. 지 상궁의 태도가 워낙 고압적이고 쌀쌀맞았던 탓이었다.

이후에는 몸단장이 이어졌다. 매무새를 위해 껴입은 속곳과 속치마가 몇 개인지 기억조차 나지 않았다. 머리에는 향유를 발랐고, 입술은 홍화꽃을 찧어 만든 연지로 물들였다.

하지만 그것들이 다 무슨 소용이랴. 애당초 불필요한 일인 것을.

"간밤에 후원에서 드렸던 말씀 때문에 오신 것이지요?"

"좀 더 이야기를 나눠야 할 듯하여."

불현듯 순심이 헛웃음을 지었다. 꼬박 한 시진이 넘도록 치장된 몸뚱이. 아무짝에도 소용없는 일에 어찌 그리 긴 시간을 소요한 것인지.

"왜. 공들여 단장한 것이 아까우냐?"

순심의 속내를 읽은 윤이 물었다. 순심이 고개를 저었다.

"아깝다기보단, 승은궁녀라는 게 생각보다 더 어려운 자리구나 생각했을 뿐입니다. 상상도 못 했거든요. 그렇게 내밀한 일에까지 법도와 규칙들이 있을 줄은……."

"뭐, 소리를 내지 말라는 둥 내 위에 올라가지 말라는 둥 그런 걸 배웠나 보군."

마치 '밥은 먹었느냐'라는 말이라도 하듯 대수롭지 않은 윤의 말. 민망해진 순심이 헛기침을 했다.

"……저하께서는 그걸 어찌 아십니까?"

"나 역시 배웠으니까."

"배우셨다고요?"

"그래. 놀라우냐? 관례를 올릴 즈음이 되면 나이 든 상궁이 하나하나 설명해주지. 어떻게 여인을 안아야 하는지, 어떻게 해야 회임을……."

"그, 그렇게 자세하게 알려주실 필요는 없습니다, 저하."

순심이 급히 말을 끊었다. 윤의 입가에 옅은 웃음기가 스쳤다.

"원래 궁궐의 법도란 것이 그렇노라. 뭐 하나 마음대로 되는 일이 없지."

그가 흘낏 문 쪽을 바라보았다. 문밖에는 여전히 문 내관의 통통한 그림자가 비치고 있었다.

"보아라. 문 내관과 지 상궁 역시 돌아가지 않고 밖에 있지 않으냐? 저들도 법도에 따라 기다리고 있는 것이다."

"무엇을요?"

"뭐……."

윤의 입가에 희미한 웃음이 스쳤다.

"방에 불이 꺼지고, 세자가 무사히 여인과 동침하는 것을 기다리지."

"도, 도, 동침이요?"

"그래. 그 전까지 저들은 물러가지 않는다. 그것이 궁궐의 법도이니까."

윤이 느릿한 손길로 제 옷섶을 잡아당겼다. 이내 툭, 소리와 함께 그가 걸치고 있던 두루마기가 바닥에 떨어졌다.

"긴히 할 이야기가 있으니, 저들을 보내는 것이 우선이겠지."

"어떻게요?"

"이렇게."

순간 윤의 팔이 순심의 허리에 감겨들었다. 부드럽지만 단호한 손길. 순식간에 그녀의 몸이 금침 위에 뉘어졌다.

윤이 등잔불을 후- 불어 껐다. 이내 순심의 시야로 새카만 어둠이 밀려들었다.

낙선당 침소 밖에는 문 내관과 상검, 그리고 지 상궁이 방의 불이 꺼지기를 기다리고 있었다.

세자의 일거수일투족을 보필하는 것이 내관들의 몫이었다면 지 상궁은 동궁전이라는 장소에 관여하는 사람이었다. 소주방에서 끼니를 준비하는 것부터 청소, 세답과 같은 살림과 궁녀들을 통솔하는 일까지. 지 상궁은 세자빈이 없는 동궁전 안살림의 책임자였다.

이윽고 침소 안 두 남녀의 그림자가 움직였다. 문살에 비친 윤의 검은 그림자가 입고 있던 옷을 벗어 떨어뜨렸다. 자리에 눕는 그림자가 비치는가 싶더니 침소의 불이 꺼졌다. 사방은 어둠에 파묻혔다. 법도에 따라 문 내관과 일행은 두어 보 밖으로 걸음을 물렸다.

"지 상궁, 내 긴히 부탁할 것이 있네."

미심쩍은 표정의 지 상궁이 문 내관을 바라보았다.

"부탁이라니요?"

"승은궁녀에게 궁의 법도를 가르쳐주시게."

딱히 표정을 감출 의도조차 없는 듯, 지 상궁이 인상을 찌푸렸다.

"송구하나 소인 동궁의 일이 워낙 바빠 승은궁녀까지 챙길 여력이 없사옵니다. 또한 조만간 새로운 세자빈께서 오실 것인데, 어찌 다른 여인을 먼저 수발하오리까?"

"싫다는 뜻이구먼?"

"문 내관께서 그리 들으셨다면, 그런 것이겠지요."

문 내관과 지 상궁의 시선이 맞부딪쳤다.

지 상궁은 동궁전 소속이었음에도 중궁전과 태화당 사람들과 교분이 잦았다. 세자 역시 동궁전 궁녀들은 신임하지 않았기에, 문 내관과 지 상궁의 관계는 자연히 좋지 않았다.

"저하께서 제 나인들을 처형하라 명하셨을 때 한순간의 망설임 없이 명을 받들던 문 내관 아니십니까. 그쯤 되었으면, 부탁 같은 것을 할 만한 사이는 아니라도 봐도 무방하지 않겠습니까?"

"허. 그래. 내 무슨 뜻인지 알아들었네."

문 내관의 표정이 차갑게 굳었다. 지 상궁의 방자함이 하늘을 찌르는 것은 세자 윤의 위치가 그만큼 불안하다는 것을 방증한다.

"이만 가봐도 되겠습니까, 내관 나리?"

"그러시게나."

말이 떨어지자마자 지 상궁은 기다렸다는 듯 낙선당을 떠났다.

"어으으으으! 나리, 괜찮으십니까?"

지 상궁이 떠난 낙선당. 몸을 부르르 떨며 진저리를 치던 상검이 걱정스럽게 물었다.

"무엇이?"

"무엇이라니요? 지 상궁께 그리 호되게 당하셨으니 속상해서 드리는 말씀 아닙니까."

"내가 당한 것 같으냐?"

"에이. 됐습니다. 괜히 대인인 척하실 필요 없습니다. 되로 주고 말로 받는다는 게 꼭 이런 짝이지 뭡니까? 승은궁녀 교육 좀 맡아달라 했다고 저리 무섭게 달려들다니. 어휴."

"그럴 줄 알고 부탁한 것이다."

"예?"

문 내관의 느긋한 대꾸에 상검이 눈을 휘둥그렇게 떴다.

"그럴 줄 알고 미리 선수를 친 게다. 명분을 만든 것이지."

"명분이라니요?"

"승은궁녀께서 들어오신 연유가 다소 황당하여, 처음에는 신경을 쓰지 않았다. 저하께서 다시 찾지 않으시리라 여겼지. 그러나 좋든 싫든 일이 이렇게 되어버리지 않았느냐?"

"그런데요?"

"너도 알 것이다. 동궁전은 환관들과 궁녀들로 패가 갈려 있지. 우두머리인 지 상궁은 세자 저하보다는 중전마마나 영빈 자가와 훨씬 가깝다. 한마디로 저하의 사람이 아니라는 뜻이다. 그런 지 상궁에게 승은궁녀의 교육을 맡겨봤자 좋을 것이 무어 있겠는가?"

"그럼 왜 애당초 교육을 부탁한다 하신 겁니까?"

"명분이 필요했기 때문이지. 어쨌든 지 상궁이 이곳의 시녀상궁이니 말이다. 그러나 이미 거절하였으니, 내가 교육을 맡는 것에 대한 명분이 생길 것 아니냐."

"네? 나, 나리께서 직접 마마님을 가르치신다고요?"

"그럴 생각이다."

문 내관이 힐끔, 불 꺼진 방문을 바라본다. 무슨 생각을 하는지, 그의 입가에 희미한 미소가 스쳤다.

"쉽진 않겠지. 그래도 한번 만들어보련다."

어엿한 저하의 여인을.

"모두 돌아간 것 같구나."

캄캄한 어둠 속.

바로 곁에서 들리는 윤의 목소리에 흠칫 놀란 순심이 숨을 멈췄다. 윤의 따스한 숨결이 고스란히 전해질 만큼 그들의 거리는 가까웠다. 그러나 심장이 떨릴 만큼 긴장하는 것은 오직 순심뿐인 모양이었다.

하기야, 세자에게는 목숨의 안위가 걸린 일이다.

"버섯을 먹고 그리되었다는 궁녀에 대해 기억나는 대로 말해보아라."

"평소에도 낯선 것을 꺼리지 않고 먹곤 하는 나인이었습니다. 맛을 보겠다며 한 입 베어 물었다가 그 난리가 났다 들었습니다."

"한 입?"

"예."

그것은 소량으로도 증상을 일으킨다는 의미.

"어떤 버섯인지는 아느냐?"

"이름은 전혀 모르옵니다. 그저 평범해 보이는 버섯이었다고……."

"그때 그 궁녀는 알고 있지 않겠느냐?"

"아니요. 그 궁녀는…… 얼마 후에 홍진[32]에 걸려 죽었습니다."

"으음."

윤의 미간에 골이 패었다. 그는 잠시 생각에 잠겼다.

궁녀가 먹었다던 버섯을 저 역시 먹은 것일까. 그것은 곧 윤을 해하려는 자가 동궁전 안에 있음을 의미했다.

"그 버섯이 무엇인지를 알아내야 하는데 이름을 모른다니 난감하구나."

"소인이 그 냄새를 기억합니다."

"그것이 무슨 의미가 있겠느냐?"

"일단 비슷한 증상을 일으키는 버섯을 수소문한 뒤에, 소인이 직접 확인하면 알지 않겠습니까?"

"네가?"

윤이 피식 웃었다. 뜻은 가상하나, 그런 복잡한 일을 어찌 일개 궁녀가 할 수 있단 말인가.

"궐 안에서는 할 수 없는 일이다. 안 된다."

"그렇다면 문 내관이나 상검은……."

윤이 천천히 고개를 저었다.

문 내관도, 상검도 적합지 않다. 윤을 노리는 자가 실재한다면, 그들을 제일 먼저 감시하고 있을 것이기 때문이었다.

문득 김일경의 얼굴이 스쳐 지나갔으나 윤은 금세 그를 지웠다. 그는 지나치게 다혈질이었고 포기를 모르는 집요한 성격이었다. 확실치 않은 일을 그에게 전했다가 긁어 부스럼을 만들지도 모른다.

"그렇다면, 저하."

"응?"

생각에 잠긴 그를 바라보던 순심이 입을 열었다. 문득 그런 생각이 들

---

32 홍역.

었기 때문이었다. 윤을 위해 할 수 있는 일이 있으리라는, 그런 생각이.

"소인이 궐 밖에 나가겠습니다. 그렇게 하게 해주십시오."

'흐음' 낮은 소리와 함께, 윤은 순심을 바라보았다.

그들의 사이의 거리는 좁디좁았다. 하여 얼굴 전체는 시야에 들어오지 않았다. 보이는 건 그가 비치는 새까만 눈동자뿐이다.

"안 된다."

"저하, 이것은 대단히 큰일 아닙니까? 저하의 안위가 달린…….
소인도 뭔가를 하고 싶습니다."

"죽어도 내가 죽는다."

"어찌 그런 말씀을 하십니까."

이상하게 순심의 말투가 간절하게 들려, 그는 새삼스러운 눈길로 그녀를 응시했다.

"보아라. 나와 얽힘으로써, 벌써 너 역시 이런 골치 아픈 일에 말려들었지 않으냐."

"하오나……."

"되었다. 너는 그저 평범한 궁녀 순심으로 있어라."

불현듯 뻗어나간 윤의 손이 순심의 어깨를 부드럽게 토닥였다. 달리 방법이 있을 것이다. 그 스스로 문제를 헤쳐 나가 답을 찾을 방법이.

윤은 한참 동안 말이 없었다. 순심이 곁에 있다는 것조차 잊은 그의 생각이 꼬리에 꼬리를 물고 이어진다. 광증, 버섯, 환각, 음모와 위협, 독약…….

"……자냐."

기나긴 생각에 잠겨 있던 윤이 퍼뜩 정신을 차렸을 때, 순심은 쌔근쌔근 잠들어 있었다.

"왜 이렇게 더워……."

곤히 잠들어 있던 순심이 게슴츠레 눈꺼풀을 들어 올렸다.

빛 한 점 들어오지 않는 캄캄한 밤. 순간 콧잔등에 따스한 숨결이 느껴진다. 흠칫 놀란 그녀의 눈이 동그래졌다.

윤.

'아, 저하께서 와 계셨지.'

순심의 코 앞, 깊이 잠든 그의 얼굴.

차차 어둠에 길든 시야에 희미하게 비치는 윤의 모습이 참으로 고즈넉했다. 평생 무언가 '아름답다'고 느낄 여유가 없었던 그녀였다. 그러나 윤을 볼 때마다 아름다움이 어떤 것을 의미하는지를 새삼 깨닫는다. 이제 익숙해질 때도 된 듯한데, 이렇게 그의 얼굴을 눈앞에서 마주치면 또 심장이 덜컥 내려앉았다.

반듯한 이마 아래 솟아오른 콧날과 정갈한 입술, 단단한 턱까지 내려오는 얼굴의 기려한 선. 장인의 솜씨로 그려낸 게 아닐까 싶은 윤의 얼굴을 바라보던 그녀가 한숨을 내쉬었다. 바짝바짝 입술이 말랐다.

"물이……."

방구석에 놓여 있는 소반을 발견한 순심이 물그릇으로 손을 뻗었다.

"으읏!"

입안에 퍼지는 예상치 못한 맛. 당황한 표정의 그녀가 오만상을 찌푸렸다.

"아으…… 써."

순심이 황망한 표정으로 텅 빈 물그릇을 내려다보았다. 술이다. 술을 술인 줄도 모르고 마셔버린 게다.

그녀는 지금껏 단 한 번도 술을 마셔본 적이 없었다. 귀한 것이기에 달콤할 줄 알았는데 입안에 남은 술맛은 마냥 쓰기만 했다. 술맛을 본 적 있는 궁녀들이 말하길 술을 마시면 기분이 좋아진다던가. 그런 건 모르겠지만, 일단 얼굴이 화끈해지고 있다는 것은 알 수 있었다.

"술을 잘못 먹으면 개가 된다던데……. 설마 난 안그러겠지."

아직 잠기운이 사라지지 않은 까닭인지 금세 눈꺼풀이 무거워졌다. 순심은 윤에게서 최대한 멀찍이 떨어진 맨바닥에 몸을 뉘였다. 스르르 눈이 감겼다.

"아……."

윤의 입술 사이로 아쉬운 한숨이 흘러나왔다.

깊은 잠이었다. 꿈조차 없는 단잠이었다. 갓 잠에서 깨어난 그의 눈동자에 감도는 낯선 기색. 그의 곁에는 순심이 모로 누운 채 세상 모르는 깊은 잠에 빠져 있었다. 그제야 윤은 제가 낙선당에서 잠들었음을 깨닫는다.

네모진 문살 사이로 푸르스름한 새벽빛이 들어왔다. 그 빛에 비친 순심의 얼굴은 숨결이 닿을 만큼 가까운 거리에 있었다. 잠시 말간 얼굴을 바라보던 그가 몸을 일으켰다.

난생처음 겹겹이 껴입은 의복이 순심에게는 몹시 거추장스러웠던 모양이었다. 자는 새 손을 댔는지 옷고름이 풀어져 있었다.

"너도 참……."

윤이 옅게 웃었다. 잠든 순심의 표정은 아이처럼 평온하여, 유혹적이거나 농염하다는 느낌은 들지 않았다. 문득 귀엽게 느껴질 뿐.

순간 반짝, 순심이 눈을 뜬다. 눈이 마주쳤다. 채 잠이 깨지 않은 듯 순심은 느리게 눈꺼풀을 껌뻑였다.

"깨어났느냐."

"……우움."

그녀는 좀체 정신이 들지 않는 모양이었다.

윤의 얼굴에 얼핏 의아한 표정이 떠올랐다. 아무리 잠에서 갓 깨어났던들, 늘 또렷하고 총기 넘치던 순심의 눈동자에 초점이 없었다.

나른하게 풀린 눈동자가 윤을 멍하니 바라보았다.

"조오흔 내앰새……."

"……뭐라?"

"조오흔…… 냄새가…… 나……"

"좋은 냄새가 난다고?"

"우웅."

향기의 근원을 찾으려는지 순심이 벌떡 자리에서 일어섰다. 옷고름이 너풀 허공을 날았다. 풀어진 옷고름 속, 치마끈을 둘둘 동여맨 탓에 봉긋 솟아오른 가슴둔덕이 출렁거렸다. 멍하니 그 모습을 바라보던 윤이 마른침을 삼키며 시선을 돌렸다.

문득, 그의 코끝을 스치는 향기.

좋은 냄새는 무슨…….

"술을 마신 게냐?"

그제야 순심의 숨결에서 진동하는 술 냄새를 맡은 윤이 난감한 듯 미간을 모았다. 그러나 생전 처음 맛본 술에 만취한 가여운 영혼은 대꾸할 정신 따위 이미 먼 하늘로 떠나보낸 모양이었다.

순간 그녀가 배시시 웃었다. 그리고 손가락을 쭉 뻗어 윤을 가리켰다.

"……되게 잘생겼당. 에헤헤."

"하."

윤이 작게 한숨을 내쉬었다.

"작작 좀 마시지 그랬느냐."

"무엇을요?"

"술 말이다. 고주망태가 다 되었구나."

"고주망태라면, 아, 상검이한테 들었는데……. 그, 알에서 나왔다는, 그래서 거세되고 말았다는……. 세상에, 불쌍한 우리 박상곰이……."

"……순심아?"

"예잉, 저하."

"자라."

윤이 순심의 등을 가볍게 두드렸다. 술에 취한 탓에 가만히 앉아 있는 것마저 힘든 듯했다. 그녀의 몸이 윤을 향해 털썩 쓰러졌다.

"나 참."

윤이 포기했다는 듯 고개를 저었다. 그 와중에도 그녀는 윤의 품에 머리를 묻은 채, '조오흔 냄새가 나…….'라며 시부렁댄다.

"저하……. 세상이 돌아요……."

"세상은 멀쩡한데, 네가 돌고 있는 것이다."

"그런가……."

말끝을 흐리던 그녀가 다시 입을 열었다.

"그런데 저하……. 지인짜 고자세요?"

"……하."

"내가 보기엔 아닌데……."

"자라 했느니."

"예이……."

뜻모를 말을 중얼대던 순심은 곧 조용해졌다. 이내 낮은 숨소리가 들려왔다.

제 품 안에 곤히 잠든 여인. 순심을 바라보던 그의 입에서 헛웃음이 흘러나온다. 그야말로 어처구니가 없었다. 기가 막힌 나머지 웃음이 나왔다.

"너라는 여인은 대체…… 어디서 갑자기 튀어나온 것이냐."

윤의 손이 움찔거렸다. 잠시 머뭇대던 그의 손이 순심의 등 위에 얹혔다.

토닥토닥- 아이를 어르듯 부드러운 손길.

"……너는 평온하냐."

그녀의 얼굴을 내려다보던 윤이 조용히 중얼거렸다.

"나도 너처럼 평온하였으면 좋겠구나."

너라도 평온하다니 다행이구나…….

그 순간, 순심이 반짝 눈을 떴다. 윤과 그녀의 눈이 마주쳤다.

술에 취하고, 또 잠에 취한 순심의 눈동자. 나른한 눈꺼풀이 두어 번 깜빡였다. 꿈이라도 꾸고 있다 여기는 것일까. 순심은 아무 말이 없다. 그저 바라볼 뿐이다.

윤 역시 가만히 그녀를 마주 보고 있었다. 무언가에 사로잡힌 것처럼 멈춘 시선으로.

순심의 눈동자는 눈 내리는 겨울날의 밤하늘처럼 검었고, 용신(龍神)이 산다는 먼 동해바다처럼 푸르게 깊었다. 그녀의 눈동자 속엔 쏟아지는 별빛도 있었고 출렁이는 파도도 있었다. 희붐하게 밝아오는 문밖의 새벽마저, 그녀의 새까만 눈동자 속에 잠겨 시큰하도록 먹먹해졌다.

"저하…….."

"으응?"

현실과 꿈의 경계를 오가던 순심의 눈이 스르르 닫혔다. 그리고 들려오는 작은 중얼거림.

"나…… 저하가 좋아지는 것 같아요."

윤의 눈빛이 흔들렸다. 열이 오르는 것 같았다. 두근. 그의 심장이 툭 내려앉았다.

'이게…… 무엇이냐, 대체.'

언제부터 이렇게 성큼 가까이 와 있던 것일까. 언제부터 이리 내밀해지고, 밀접해지고, 마음이 쓰이기 시작한 걸까. 이런 사치가 지금의 그에게 가당키나 한 것일까?

"그러지 마라, 순심아."

그러나 대답은 돌아오지 않았다. 깊이 잠든 그녀의 고른 숨소리만이 들려올 뿐이다.

"……그러지 말자, 우리."

* * *

날이 밝았다. 분주하게 지저귀는 새소리가 들려오는 이른 아침, 저승전에 가장 먼저 모습을 드러낸 것은 언제나처럼 상검이었다.

밤새 안뜰이 지저분해지지는 않았는지 두루두루 살피던 그가 만족스러운 표정을 지었다. 뜰은 굳이 청소를 하지 않아도 될 만큼 정갈했다.

"으아아."

상검이 길게 기지개를 켰다.

"으어어…… 어! 어! 어억! 또, 또 저러고 있어!"

저승전 담벼락 위. 얼굴만 오도카니 담장 위에 올려놓고서 상검을 쏘아보고 있는 구월의 모습. 질겁을 한 상검이 꽥 고함을 질렀다.

"망할 내시 놈아, 얼른 신발 내놔."

"아, 노, 놀랐잖아요!"

"신 내놓으라고."

재촉하는 구월을 바라보던 상검의 얼굴이 시뻘겋게 달아올랐다.

그래, 더는 못 참는다!

"신이 지금 여기 어디 있습니까? 구린내 진동하는 신발짝, 뭐 항아님 생각해서 부적처럼 지니고 다니기라도 하란 겁니까?"

"그래서, 내 신 버렸다고?"

"누, 누가 버렸대요! 장번내시 숙소에 있습니다!"

"그래? 그럼 가서 가져와."

"뭐요? 나 참! 나중에 드릴 테니 귀찮게 하지 마십시오."

상검이 구월을 향해 눈을 부릅떴다. 밝은 데서 얼굴을 보니, 참으로 심술보가 덕지덕지 붙은 것이 놀부 마누라가 저런 꼴일까 싶었다.

"참자, 참자 하니까……. 소인이 항아님 몸종입니까?"

"말을 전하기로 약조를 했으면 지켜야 할 거 아냐!"

"약조는 누가 약조를 해요? 항아님께서 뭐 죽이네 살리네 하면서 사람을 겁박하니까 어쩔 수 없이 알았다 한 거지!"

"내 너 때문에 그날 무슨 꼴을 당했는지 알아? 여기서 아침 나절 내내 서성대다가 상궁 마마님께 종아리를 열 대나 맞았다고!"

"그거야 항아님 사정이지요. 대체 그날이 뭔 날인데 그러십니까? 칠월 초하룻날? 뭐, 누가 죽기라도 했어요?"

구월이 상검을 쏘아보았다. 오뉴월에 눈이라도 내리게 할 듯 한 맺힌 눈초리라 상검은 저도 모르게 슬그머니 시선을 돌렸다.

"죽기는 누가 죽어, 망할 놈아. 그날 순심이 귀빠진 날이었어."

"예?"

"귀빠진 날이었다고. 순심인 고아나 다름없어서, 챙겨줄 이라고는 세상천지 나 하나뿐인데……."

"……."

"말 한마디 전하는 게 그렇게 어렵냐? 순심이, 혼자라며? 동궁전 궁녀들이 말도 안 섞어준다며. 육처소 나인 주제에 동궁전에 들어왔다고 텃세 부리고 괴롭힌다며……."

표독스러운 표정으로 상검을 노려보던 구월의 눈에서 무엇인가가 반짝 빛났다.

"서, 설마…… 울어요?"

"누구는 울고 싶어서 우냐? 내 그리 너한테 신신당부했는데……."

투둑, 굵은 눈물방울이 구월의 뺨을 타고 흘렀다.

"아, 내가 잘못했어요. 잘못했다고요! 뭘 울고 난리십니까, 안 어울리게……. 그만 우십시오, 항아님."

"……."

"그만 우시라고요. 차라리 욕을 하세요."

"개새끼야."

"……."

하란다고 진짜 하네.

상검이 눈을 껌뻑이는 새, 구월은 옷소매로 눈물을 쓱 닦았다.

"소인이 꼭 전할게요. 이제 낙선당 마마님께서도 궁궐 안을 돌아다니실 수 있으니까……. 제일 먼저 항아님한테 가보시라고 말씀드리겠습니다."

"……정말?"

"예. 오늘은 돌아가세요. 다음에 오시면 신 챙겨놓을 테니……."

"이번엔 약조 지킬 거지?"

상검이 고개를 주억거렸다.

"알았어요. 알았다고요! 이렇게 사람을 귀찮게 하는데, 설마 또 잊어먹기야 하겠습니까?"

상검을 빤히 노려보던 구월이 빙글 몸을 돌렸다.

인사도 없이 사라지는 뒷모습을 바라보던 상검의 표정에 의아한 빛이 어린다. 뒤뚱뒤뚱, 구월의 걸음이 어딘지 부자연스러웠다. 자세히 보니 구월의 한쪽 발에는 다 떨어져 너덜거리는 짚신이 신겨져 있었다.

"어휴……."

길게 한숨을 내쉰 상검이 종종걸음으로 구월을 따라잡았다.

"항아님."

"……왜?"

구월이 멀뚱멀뚱 제 앞에서 부스럭대는 상검을 바라본다. 잠시 멈칫대던 상검이 한 발짝 옆으로 물러섰다.

버선발이 된 상검. 그리고 바닥에 오도카니 남은 갖신 한 켤레.

"신고 가십시오."

"이, 이걸 왜?"

"신고 가시라고요. 저는 저기 여분의 신이 또 있습니다."

"……."

구월이 눈을 껌뻑거렸다. 그러나 상검은 별거 아니라는 듯 어깨를 으쓱하고선 저승전으로 사라져버렸다. 타박타박, 하얀 버선에 흙물이 드는 것도 개의치 않은 채.

* * *

-나…… 저하가 좋아지는 것 같아요.

윤은 종일 깊은 생각에 잠겨 있었다.

-나…… 저하가 좋아지는 것 같아요.

결국은 술주정에 지나지 않는 말. 그를 옭아매었던 심연 같은 눈동자 역시 만취한 탓에 풀린 눈빛일지도 모른다.

무심코 윤은 제 가슴 왼쪽에 손을 올렸다. 그 순간의 심장박동은 무딘 그조차 느낄 만큼 거칠었다. 그의 입에서 낮은 한숨이 흘러나왔다.

"지금 대체 뭘 하고 있는 게냐."

스스로에게 던지는 물음. 그의 표정이 문득 심각해졌다.

그를 미치광이로 만든 모종의 위협의 꼬리를 밟은 상황이었다. 이런 시기에 한낱 궁녀에게 온 신경을 빼앗긴 모습이라니. 실로 어처구니가 없었다.

'고작 이런 일에 흔들리려고 숨죽이며 살았던 거냐고.'

윤이 어떤 사람이던가. 진중함이 지나친 탓에 그의 주변인들은 늘 갑갑함을 호소했다. 말수가 적다 못해 실어증을 앓는다는 소문이 파다했으며, 가타부타 감정을 드러내지 않아 대신들의 불만이 끊이지 않았다. 그것이 조선의 세자 이윤의 평소 모습이었다.

그러나 그는 변했다. 근래의 그는 마치 다른 사람과 같았다. 윤은 순심의 표정과 행동 하나하나에 반응했고, 부쩍 말을 많이 했다. 짜증이 나면 화를 냈고 즐거울 때는 거리낌 없이 웃었다. 사람들을 답답하게 하고, 실어증에 시달리며, 속내를 알 수 없는 세자 이윤은 낙선당 어디에도 없었다.

번쩍 정신이 들었다. 섬뜩한 깨달음이 그를 엄습했다.

'내가 정녕 잠시 정신을 놓았구나.'

어찌 몰랐단 말인가? 이는 위험 신호였다. 세상을 떠난 세자빈과의 관계가 그러했듯 그는 어떤 여인을 만나도 흔들리지 않을 것이라 생각했다. 그러나 틀렸다.

궁녀 순심.

자꾸만 떠오르는 새까만 눈동자, 목 언저리에서 느껴지던 포근한 살내음, 품 안에 파고들 때 느껴지던 살캉대던 감촉. 순심에게 끌리는 것이 몸인지 마음인지 그는 알지 못한다. 애당초 누군가를 사랑해본 적 없기 때문이었다.

'정신을 차려. 사사로운 일로 대의를 흐트러뜨릴 생각 마라.'

지금 중요한 것은 오직 하나뿐이었다. 광증의 원인을 밝히는 것. 그 외에 다른 것에 신경 써서는 안 된다. 스쳐 지나가는 바람에 지나지 않을 정(情) 때문에 일을 그르칠 수는 없었다. 순심은 그와 거래를 한 여인, 그 이상도 이하도 아니었다.

문득 윤은 간밤 궐 밖으로 나가게 해달라던 그녀의 말을 떠올렸다. 윤은 거래를 제안했고, 순심은 응낙했다. 순심과 거래를 약조하던 날 그는 생각했었다. 순심에게도 그를 위해 무언가 해줄 날이 올 것이라고.

'지금이 그때가 아닐까.'

순심 본인이 윤을 위해 기꺼이 밖으로 나가겠다는데, 안 될 일이 무어란 말인가. 스치는 걱정을 애써 밀어내듯 그가 고개를 흔들었다. 그는 마음을 정했다.

"저하."

문밖에서 상검의 목소리가 들렸다. 생각에 잠겨 있던 윤이 고개를 들었다.

"소인 준비를 마쳤습니다. 명하실 것이 있으십니까?"

"별다른 일이야 있겠느냐. 여느 때와 같다."

"예, 저하."

몸을 돌리던 상검이 마침 생각났다는 듯 윤을 보았다.

"저하, 혹시……. 칠월 초하루가 무슨 날인지 아셨습니까?"

"이미 지나지 않았느냐? 그날이 무슨 날이었기에?"

"칠월 초하루가 낙선당 마마님 귀빠진 날이라 합니다."

"너는 어찌 알았기에?"

"낙선당께서 생과방에 계실 때 함께 지내던 궁녀가 동궁전에 몇 번 찾아왔었습니다. 번번이 허탕을 치고 가긴 했지만요."

윤은 문득 며칠 전의 일을 떠올린다. '소중한 사람'이라며 함께 방을 쓰던 벗에 대해 아련한 표정으로 말하던 순심의 모습을. 동궁전에 찾아왔다는 궁녀란 그녀를 말하는 것인 듯했다.

"그랬군. 알았다. 궐 밖에서는 늘 몸가짐을 조심하라."

"예, 다녀오겠사옵니다, 저하."

상검이 조심조심 뒷걸음질쳐 침전을 벗어났다.

"나…… 저하가 좋아지는 것 같아요."

새파랗게 개어 있던 하늘빛이 서서히 짙어지는 늦은 오후의 낙선당.

"내가 정말 그렇게 말했어. 내가 그랬다고."

야옹.

"어떻게 감히 그런 소리를 지껄일 수 있지? 미쳤나?"

니야옹.

"대체 내가 왜 그랬을까? 아무리 술을 마셨던들 그게 무슨 짓이냐고. 옷고름은 다 풀어 헤치고, 어버버 혀 꼬인 소리로……. 게다가 저하께 고자시냐고 물었다고, 내가. 김순심 이 미친 것이!"

선선한 바람이 부는 낙선당의 마루 위. 두 생명체가 마주 보고 앉아 있었다.

하나는 잔뜩 심각한 표정인 순심이었고, 다른 하나는 요즘 들어 낙선당에 자주 출몰하는 노란 고양이였다.

"저하가 좋아지는 것 같다니. 나는 저하에 대해서…… 그렇게 생각해본 적이 없는데……."

니야옹?

"아, 아니야! 진짜야. 진짜로 그런 생각해본 적 없다고."

순심이 고개를 세차게 흔들었다. 마치 간밤의 일들을 모두 없던 것으로 되돌리고 싶다는 듯이. 술 마시면 개가 된다더니, 제가 꼭 그 짝이지 않은가.

"그런데……. 저하께서는 뭐라고 대꾸하셨지?"

본의 아니게 만취하여 세자 앞에서 온갖 추태를 부렸다. 종일 숙취로 인한 두통 탓에 고생한 순심이었으나, 어쨌든 그녀는 공백 없이 간밤의 일들을 기억하고 있었다.

기억에 없는 것은 오직 하나. 저하가 좋아지는 것 같다는 치기 어린 고백에 대한 윤의 답뿐이었다.

"뭐라고 답을 하셨었나? 아니면 화를 내셨었나?"

아무리 머리를 싸매봐도 그것만큼은 전혀 생각나지 않았다. 그야말로 미치고 팔짝 뛸 노릇이었다.

그 순간.

"야옹아!"

자리에서 벌떡 일어난 고양이가 쪼르르 안뜰을 가로질렀다. 풀쩍 뛰어오른 고양이의 날렵한 몸뚱이가 우아하게 담벼락 위에 안착했다.

"너까지 나 두고 어디 가? 자꾸 이렇게 휙 가버리기야?"

괜스레 야속한 마음이 들었다. 벌떡 일어난 순심이 금빛 짐승의 뒤를 쫓았다.

꼬리를 치켜든 채 담벼락 위를 걷던 고양이가 순심을 돌아보고선 '야옹' 하고 운다. 마치 그 말이 함께 가자는 답처럼 들렸다. 기실 이미 외출 허락을 받은 상태 아니던가. 순심은 고양이의 속도에 발을 맞춰 느지막한 궁궐의 오후를 가로질렀다.

담장 너머에는 또 다른 담장이, 그 너머에는 또 다른 담벼락이. 한참이나 이어져 있던 길이 끝나는 지점, 폴짝 땅으로 뛰어내린 고양이가 갑자기 쏜살같이 달려가기 시작했다.

"어, 어디 가!"

순심의 외침이 무색하게도 고양이는 금세 전각 사이로 자취를 감추고 말았다. 그제야 주변을 둘러본 순심이 당황한 표정을 지었다.

"여기가 어디야……?"

사방은 동궁전 근방과는 확연히 다른 모습을 하고 있었다.

그때였다. 저물어가는 오후, 길쭉한 그림자가 순심의 머리 위로 드리워졌다.

"뭐 하는 궁녀냐?"

야옹.

잔뜩 인상을 찌푸린 노인의 품 안에는 그녀를 인도한 고양이가 제집인 듯 편안하게 안겨 있었다.

"……."

모시로 지은 백색 저고리와 바지 위, 타오르는 붉은빛의 의복. 십 년간 궁궐에서 살면서도 생전 본 적 없는 새빨간 두루마기가 다부진 노인의 몸을 감싸고 있었다. 흰머리가 성성한 상투에 꽂힌 화려한 순금 동곳[33]이 저무는 햇살을 받아 번쩍였다.

순간, 순심의 심장은 발치까지 쿵 하고 떨어졌다. 노인의 얼굴은 윤과 몹시 닮아 있었다.

"주상 전하."

순심이 급히 바닥에 무릎을 꿇었다.

"어디 궁인이냐 물었다."

"소, 소인, 동궁전 궁인이옵니다."

"동궁전?"

임금이 눈살을 더욱 찌푸린다.

"한데 복장이 평범한 궁녀 같지 않군."

"예, 전하. 소인, 동궁전 승은궁녀 김가라 하옵니다."

"승은궁녀라."

임금 이순의 말투에는 조금 미묘한 구석이 있었다. 흥미롭다는 듯 들리기도 했고, 마음에 들지 않는 것처럼 느껴지기도 했다.

그러나 순심은 감히 고개를 들 엄두를 내지 못했다. 조선의 임금을 마 주치다니, 상상조차 해본 적 없는 엄청난 일이 그녀에게 일어난 것이다.

"어찌하여 승은궁녀씩이나 된 여인이 죄인처럼 땅바닥에 엎드려 있느냐? 일어나라."

"예, 전하."

임금의 명이 떨어짐과 동시에 순심은 벌떡 자리에서 일어섰다.

"얼굴을 보여라."

"예, 전하."

---

33 상투가 풀어지지 않도록 고정하는 장신구.

고개를 들어 올리는 짧은 순간이 그녀에게는 억겁의 시간처럼 느껴졌다. 치마 속 다리가 후들거렸다. 식은땀이 흘러 금세 등줄기가 축축해졌다.

평생을 궁궐에서 보내야 하는 것이 궁녀의 숙명이라던가. 그러나 지밀들을 제외한 순심과 같은 육처소 궁인들은 평생 임금의 옷자락조차 구경하지 못하는 경우가 허다했다. 게다가 임금 이순은 무수한 피를 흘리게 한 사람이었다. 그의 손에 희생된 목숨은 왕세자의 어머니, 희빈 장씨만이 아니었다.

이순은 열네 살 어린 나이에 보위에 올랐다. 또한 그 순간부터 제가 가진 권력이 완전무결한 것임을 알았다. 그는 강력한 군주였으며 천재적인 정치가였다. 무수한 환국(換局)을 거치며 많은 이들의 목숨을 제물로 삼아 권력을 다진 그는 비록 늙고 노쇠하였을지언정 여전히 조선의 가장 드높은 곳에 군림하고 있었다.

조선의 임금, 세자 이윤의 아버지를 마주한 순심이 급히 눈을 내리깔았다. 긴장한 탓에 온몸은 뻣뻣하게 굳었고, 감히 숨조차 크게 쉴 수 없었다.

"좀 더 가까이 다가오라. 나는 눈이 잘 보이지 않는다."

"예, 전하."

순심이 한 발짝 더 임금에게 다가섰다.

그는 긴 시간 안질을 앓았고, 근래 들어 더욱 시력이 나빠졌다. 그런 까닭에 임금의 눈에 비치는 순심의 모습은 가까운 거리였음에도 뚜렷치 못하고 흐릿했다. 그는 순심의 유난히 뽀얀 살빛이며 큰 눈동자, 또렷한 이목구비 정도를 분간할 수 있을 뿐이었다. 물론 이 정도로도 동궁의 승은궁녀가 미인임을 짐작하는 것은 어렵지 않았다.

"나를 만나 놀란 모양이군. 긴장할 것 없다. 편히 숨을 쉬어라."

"예, 전하……."

그때였다. 임금의 품 안에 편히 안겨 있던 고양이가 풀쩍, 바닥으로 뛰어내렸다. 순심에게 다가간 고양이가 대뜸 너른 치마폭에 머리를 비벼댔다. 당황한 그녀가 몸을 살짝 움직였으나 고양이는 숫제 치마폭을 타고 기어오를 기세였다.

"무얼 하느냐?"

"예?"

"금손이가 쓰다듬어달라는 게 보이지 않느냐?"

"그, 금손이요?"

"그 괴의 이름이 금손(金孫)이다."

"아, 예. 전하."

눈치를 살피던 순심이 금손에게 손을 뻗었다. 그러자마자 금손이는 기다렸다는 듯 품에 안겨들었다.

"쯧. 불충한 것."

"예에?"

금손이를 쓰다듬으랴, 앞에 버티고 있는 임금을 신경 쓰랴 정신없던 그녀가 고개를 들었다.

"너 말고 금손이 얘기다."

근엄한 표정의 임금과 순심의 시선이 마주친다. 황공하여 그녀는 급히 고개를 숙였다.

"금손아, 이만 돌아가자."

냐옹.

금손이라 이름 붙인 고양이는 정말이지 임금의 말을 알아듣는 듯 보였다. 순심의 품을 벗어난 금손이 임금의 발치로 다가가 의젓하게 꼬리를 세웠다.

"살펴 가시옵소서, 전하."

"으흠."

조선의 임금 이순, 그리고 그의 발치에서 우아하게 걸어가는 고양이 금손. 그들의 모습이 노을 내린 궁궐의 저편으로 멀어져 간다.

그 자리에 멈춰 서 있는 순심의 심장은 주체할 수 없을 만큼 쿵쿵대고 있었다.

* * *

창덕궁의 서쪽, 경복궁 바로 옆에 위치한 연잉군 이금의 재택.

너른 사랑방에 금과 상검이 마주 보고 앉아 있었다. 갓과 도포 차림이 다소 어색해 보이는 상검은 차를 홀짝이고, 금은 화구(畵具)들을 손질한다. 둘 사이는 오랜 벗처럼 일견 평화로워 보였다.

"저하께서는?"

금의 질문을 받은 상검이 찻잔을 내려놓았다.

"별다른 일은 없사옵니다만, 요즘 전하의 심기가 좋지 않으셔서…… 문안을 드릴 때마다 마음고생을 하십니다."

"아바마마야 늘 그러시지. 어디 형님에게만 그렇겠는가. 며칠 전에 내게도 차마 듣지 못할 말을 퍼부으셨다."

"무슨 흉한 말씀을 들으셨기에 그러십니까?"

"뻔한 것 아닌가. 내 어머님의 출신을 운운하는 말이었다."

다시 생각해도 분이 치밀어 오르는지 금이 주먹을 꽉 쥔다. 으득 뼈마디 부딪치는 소리가 났다.

"누구의 자식이니 그 모양이지 않겠냐고? 내가 달리 누구의 자식이겠는가? 누구의 자식이긴! 금상의 자식이고말고!"

금의 음성이 격앙된다. 눈치를 살피던 상검이 입을 열었다.

"그런 나쁜 말씀은 들으신 후에 바로 털어버리십시오, 대감."

"한번 들은 말이 어디 털어지는가."

"소인이 어디서 배웠는데 말입니다. 다 방법이 있습니다. 귀를 물로 씻으면 됩니다."

"귀를 씻어?"

"예. 부정 타는 말을 들었을 때 귀를 씻으면 그 말을 들은 것이 없던 일로 된다 하였습니다."

반신반의하는 표정으로 금은 상검을 바라보았다. 상검이 '정말이라니까요'라는 듯 벙긋 미소를 지었다.

"이것 한번 보아라."

갑자기 금이 앞에 놓여 있던 족자를 좌르륵 펼쳤다. 둘둘 말려 있던 화폭이 모습을 드러냈다. 화폭 속에는 바람을 품어 봉긋하게 부풀어 오른 분홍 치마폭에 감싸인 여인이 있었다. 그러나 자태만이 그려져 있을 뿐 얼굴은 아직 미완성이었다.

"오……. 참 고우십니다. 대감 댁 별당마님이십니까?"

"별당마님이라."

금의 첩실인 이씨(氏)냐는 상검의 물음. 피식, 금이 입꼬리를 끌어올리며 웃었다.

"별당마님? 그래. 틀린 말도 아니지."

"대감의 그림 솜씨는 언제 보아도 가히 놀랍습니다."

"나 역시 마음에 든다."

흡족한 표정의 금의 시선이 비어 있는 얼굴에 머물렀다.

그림에 대해서는 타고났다 소리를 듣는 그였다. 한 팔에 쏙 안길 듯 아담한 몸뚱이며 흑단 같은 머리, 말간 살결과 작은 손발은 생각만으로도 얼마든 그릴 수 있었다. 그러나 얼굴만은 좀처럼 뜻대로 되지 않았다.

"조만간 얼굴도 채워 넣어야겠지."

화폭을 정돈하던 금이 중얼거렸다. 그러려면 필히 여인의 지아비의 허락이 필요할 것이다.

"저하께서 요즘도 낙선당을 자주 찾으시는가?"

"예. 근래 들어 부쩍이요."

"세자빈 간택이 코앞인데, 조강지처가 들어오기 직전에 궁녀가 회임이라도 하면 아주 광경이 볼만하겠구나. 형님은 대체 무슨 생각으로 그러시는지⋯⋯."

"나름의 생각이 있으신 것 아니겠습니까."

순간 금의 날카로운 시선이 상검의 얼굴을 훑었다.

"네 주인의 편을 드는 겐가?"

"예? 소, 소인의 주인이라는 말씀은 당연한 것이지만⋯⋯. 딱히 편을 들고자 꺼낸 말은 아닙니다."

피식, 금이 비소를 내뱉었다.

"지겹지 않은가?"

"무엇이 말이옵니까?"

"내시로 사는 것 말이다. 말이 좋아 내관이지, 네 지금 하는 일이라고는 동궁전 허드렛일뿐이지 않은가?"

"그거야⋯⋯. 뭐, 언젠가는 차차 소인에게도 중한 일들이 주어지지 않겠습니까?"

"중한 일이라⋯⋯."

금의 시선이 상검의 얼굴 위에 머무른다. 그의 눈빛은 서릿발처럼 찼다.

"세자 저하의 자리를 노리는 동생의 동태를 살피는 것 같은 일?"

"대, 대감! 어찌 그런 말씀을⋯⋯."

"아니더냐?"

"소, 소인⋯⋯. 저하와 대감 사이에 서신과 말씀을 전할 뿐⋯⋯."

"긴말 필요 없다. 너는 절대 아니라 할 것이고, 나는 어차피 네 말을 믿지 않으니."

금이 천천히 상검을 향해 몸을 기울였다. 꼴깍, 상검이 마른침을 삼키는 소리는 유독 크게 들렸다.

"단지 이것만 잊지 마라. 내가 지금 탐내는 것은 동궁전도 아니고 저하의 자리도 아니다."

"……."

"그것이 무엇일 것 같은가?"

"그, 글쎄요……."

상검이 당황한 듯 눈을 굴렸다. 상검을 향해 몸을 기울였던 금이 자세를 바로잡았다. 그의 얼굴에 웃음이 번졌다.

"나는 네가 탐난다. 영민하고, 충성스럽고, 어린 것이 벌써부터 지조를 알지."

"……소, 소인이요?"

"그래. 한낱 내시가 아닌, 보다 큰 꿈 한번 꾸어보고 싶거들랑 언제든 내 손을 잡아라. 내 너에게만은 선량한 주인이 될 테다."

"……."

"어찌 그리 얼빠진 표정을 하고 있누. 아, 참."

금이 바깥을 향해 목소리를 높였다.

"개똥아! 새 갖신 하나 꺼내 오거라."

이내 밖에서 '예, 대감마님' 하는 몸종의 목소리가 들려왔다. 금이 상검에게로 시선을 돌렸다.

"아까 보니, 네 다 헤진 짚신을 신었더군. 선비 체면에 그게 무슨 일인가. 갖신을 내줄 테니 신고 가라."

* * *

흘러가는 여름의 끝자락. 궁궐의 밤은 고요했다.

며칠째 날씨는 티끌 하나 없이 청명했다. 그 덕에 밤하늘 역시 근래 빼어나게 아름다웠다. 파르라니 자리 잡은 수백 수천의 별들이 궁궐의 하늘을 빼곡하게 채우고 있었다.

"……별 좀 봐."

순심은 대청마루 위에 대자로 드러누워 밤하늘을 올려다보고 있는 중이었다.

"팔자가 늘어진 게지. 궁녀 따위가 별을 감상할 여유도 있고."

순심이 중얼거렸다. 문득 그녀는 실감한다. 생과방에 속하여 있을 때나 동궁전에 속한 지금이나 '궁녀'라는 순심의 신분은 변하지 않았다. 세자의 부실(副室)[34]로 정식 첩지를 받은 것도 아니요, 하다못해 특별상궁으로 대우받고 있는 것도 아니었다. 표면적으로 순심은 여전히 궁녀이다.

그러나 삶은 어찌나 이렇게 달라졌는지. 세자의 사람이 된 것만도 여전히 믿기지 않는데, 심지어…….

'그분을 뵈었어.'

불현듯 소름이 끼쳐 순심은 오소소 몸을 떨었다.

"거기서 무얼 하고 있느냐?"

갑자기 들려오는 윤의 목소리. 화들짝 놀란 그녀가 자리에서 벌떡 일어나 앉았다.

"저하, 어찌 기척도 없이 오셨습니까."

"내 기척을 내지 않은 게 아니라, 네가 알아채지 못한 것이겠지."

"뭣 좀 생각하느라……."

평소의 윤 같았으면 무슨 생각을 하는지 응당 물었을 것이다. 그리고 미주알고주알 털어놓는 순심의 곁에 앉아 맞장구를 치며 대화를 이어갔으리라. 그러나 윤은 더 이상 묻지 않았다. 어쩐지 그에게서 풍

---

34 첩.

기는 분위기가 평소와 달라, 순심은 어색하게 그의 눈치를 살폈다.

"저하……. 소인이 어제 저하께 큰 실수를 하였습니다. 부디 용서해주시옵소서."

"실수랄 것 없다. 물잔에 술을 부어놓은 게 나였으니, 따지고 보면 내 탓이지."

"그래도…… 감히 무엄한 소리를 늘어놓은 것 같아서……."

한때 그 '무엄함'이 그녀의 매력이라 느끼던 순간들이 있었다. 그러나 윤은 의식적으로 다시금 마음에 빗장을 지른다. 애당초 그래야 했을 일이라 여기며.

"다른 것은 신경 쓸 일 없다. 단지 네게 전할 말이 있어 왔다."

"……말씀하시오소서."

완연히 차가운 윤의 태도가 낯설기도 하고 조금 서럽기도 했다. 그러나 순심은 의연하게 그를 마주 보았다.

"다시 묻겠노라. 궐 밖으로 나가 나를 위해 무언가를 하겠다는 네 말, 진심이더냐?"

"예, 저하."

순심이 고개를 끄덕였다.

치기로 꺼낸 말도, 생색을 내고자 한 말도 아니었다.

"궁궐 밖을 두려워하는 줄 알았는데."

"출궁되어 쫓겨나는 것이 두려울 뿐입니다. 잠시 외출하는 것 정도는 충분히 할 수 있습니다."

궁궐 밖에 나갈 때는 늘 구월이와 생과방 동료들과 함께였지, 혼자였던 적은 없는 순심이었다. 그러나 크게 어려운 일이라 여겨지지는 않았다.

오히려 자신이 없는 쪽은 윤일지도 모른다. 진즉 내린 답이었으나 그는 다시 한 번 마음속으로 재고했다. 그러나 순심의 말이 맞을 것이다. 그에게나 무겁게 느껴지는 일일 뿐. 궁녀의 반나절 짧은 외출에 신경 쓸 이는 없을 것이었다.

순심만 한 적임자가 없는 일. 그는 마음의 결정을 내렸다.

"지 상궁에게 전하여 네 출입패를 준비하라 이르겠다. 출입패가 준비되는 대로 궐 밖에 나가, 시전에서 정보를 수소문하여 돌아오라."

윤의 시선이 잠시 그녀의 눈동자에 머물렀다. 간밤 그의 심장을 뛰게 했던 눈빛은 보이지 않았다. 단지 주눅이 든 것처럼 보이는 여인이 애써 당당한 척 그를 마주 볼 뿐이었다.

"자신 없으면 지금이라도 말하라. 내 너를 탓하지 않을 것이다."

"하겠습니다. 출입패를 내어주십시오."

윤이 고개를 끄덕였다. 용무를 마쳤으니 이제 돌아갈 시간이었다.

"얼마 전이 네 귀빠진 날이었다 들었다."

"제가요? 아…….."

달라진 환경에 적응하느라 순심마저도 잊고 있던 생일이었다.

"어찌 아셨습니까? 소인도 모르고 지나쳤사온데…….."

그저 생일이라는 말을 들었다 했을 뿐, 축하한다거나 기쁜 날이었냐는 물음 한마디 없었음에도 순심의 얼굴에는 감격한 기색이 번졌다. 확실히 그녀에게는 눈치를 살피는 것보단, 저렇게 감정에 솔직한 모습이 어울렸다.

"나는 이만 가야겠다."

"……저하."

발길을 돌리는 윤을 순심은 불러 세웠다.

"소인에게 화가 나셨으면, 부디 용서해주십시오. 간밤의 일은 정말 잘못했습니다."

윤이 고개를 저었다.

"순심이 네게는…… 잘못이 없다."

너는 처음부터 늘 같았으니까.

"아무것도."

중심을 잡지 못하고 흔들린 것은 그녀가 아닌 윤이었다. 잠시 시선이 마주친다. 윤의 입가에 흐린 웃음기가 스쳤다.

'지금은 때가 아니야. 나는 훗날을 기약하련다.'

그때가 언제인지는 그도 모른다. 상황이 어떻게 달라질지도 알 수 없었다. 그러나 그 시간 동안 윤 대신 순심의 외로움을 달래줄 사람이 분명 있을 것이었다.

윤은 그대로 걸음을 돌려 낙선당을 벗어났다. 그를 배웅하는 순심은 차마 그의 곁으로 다가서지 못하고 몇 걸음 떨어져 뒤를 따랐다. 그의 뒷모습이 점점 멀어졌다.

순간 드높은 밤하늘, 길게 꼬리를 끌며 떨어지는 푸른 별 하나. 유성을 보고 소원을 빌면 반드시 이루어진다든가.

"⋯⋯."

순심의 걸음이 우뚝 멈췄다. 몇 발짝 앞에 서 있는 여인의 모습을 발견한 그녀의 눈동자가 쏟아지는 별무리처럼 흔들렸다. 왈칵, 눈물이 솟았다. 시야에 비친 광경이 흐릿하게 이지러졌다.

설마, 꿈일까?

"순심아."

목소리를 듣고 나서야 순심은 이것이 꿈이 아님을 깨달았다.

곁에 있을 때는 벗의 소중함을 미처 몰랐었다. 늘 제 편이 되어주는 사람이 있다는 것이, 마음을 터놓을 수 있는 사람이 있다는 것이 얼마나 큰 축복인지를.

"구월아!"

"순심아!"

누가 먼저랄 것도 없이 순심과 구월은 서로를 부둥켜안았다.

'벗'이라는 이름에는 많은 의미가 들어 있었다. 내 몸의 일부처럼 익숙한 존재기도 했고, 태생적으로 외로운 이들에게는 가족보다 더 포근한 안식처이기도 했다. 애정의 대상이기도 했고, 때로는 나 자신을 희생할 수 있을 만큼 숭고한 진심의 대상이기도 했다. 그러한 벗과 재회한 순심과 구월의 눈에서 하염없이 눈물이 흘러내렸다.

바람 없는 수면처럼 고요한 밤. 그 밤을 유랑하는 조각배처럼 평온한 달빛에 비친 그들의 모습. 이를 먼발치에서 바라보던 윤이 천천히 발길을 돌린다.

'여기까지다.'

여기까지였다. 그는 순심과의 시간들을 그렇게 생각하기로 마음먹었다- 이윤이라는 사내의 건조하기 짝이 없는 삶에 잠시 찾아든 여름날의 망중한이라고.

달라지는 것은 없었다. 그들은 거래를 통해 맺어진 관계였다. 당치 않은 감정의 파도에 휩쓸려 표류하느니 일찌감치 선을 긋는 것이 나았다. 줄 것을 주고 받을 것을 받으면 된다. 그뿐이었다.

윤이 순심에게 준 것은 승은궁녀의 평안한 삶. 순심이 윤에게 줄 것은 그를 광인으로 만든 독의 정체였다.

한참이나 울고 웃던 순심과 구월은 곧 낙선당 안으로 자리를 옮겼다. 긴 세월 연모한 정인을 만난들 이리 기쁠까. 얼굴만 봐도 절로 웃음이 나왔다.

"그런데 구월아, 어떻게 여기까지 왔어? 그것도 낮도 아닌 이리 늦은 밤에……."

"에휴, 말도 마. 우여곡절이 있었는데, 워낙 긴 얘기라……. 아무튼, 오늘 밤 여기서 자고 가라고 웃전에서 명하셨어."

"웃전? 누구?"

구월이 어찌 모르냐는 듯 순심을 빤히 바라보았다.

"누구긴 누구겠어? 당연히 세자 저하시지."

"저하께서……?"

순심이 믿기지 않는다는 듯 되뇌었다.

오늘따라 유난히도 무겁게 느껴지던 윤의 태도. 평소답지 않게 멀게만 느껴지던 그였다.

"우리 김순심. 아유, 이렇게 보니 얼굴 뽀얗게 핀 거 좀 봐! 세자 저하께서 엄청 잘해주시지? 많이 아끼고 사랑해주시는 거지?"

"……잘 대해주셔."

"난 또, 엄청 걱정했지 뭐냐? 밖에서 듣자니 별 이상한 소문이 다 돌더라니까? 하여간에, 할 일 없는 것들이 말 지어내는 건 더럽게 좋아해요."

"무슨 소문?"

"네가 승은을 못 입었다고 지껄여대더라고. 낙선당에 들어앉긴 했는데, 진짜 승은을 못 입어서 허울뿐인 승은궁녀라던가?"

"……."

대꾸할 말을 찾지 못한 순심이 멀거니 구월을 바라보았다.

"그럴 리가 있어? 세자 저하께서 몸소 동무인 나를 찾으실 정도로 우리 김순심을 아끼시는데 승은을 못 입었다니! 승은을 못 입기는커녕 분명 저하께서 안고 업고 앞으로 뒤로 옆으로 물고 빨고 핥고……. 아유, 남세스러워라."

주절주절 떠들어대던 구월의 말이 뚝 끊겼다. 구월의 표정이 삽시간에 착 가라앉았다.

"그런데 순심이 너 표정이 왜 그래?"

"으음?"

"왜 그렇게 떨떠름한 표정으로……. 으잉?"

집요하게 따라붙는 구월의 시선. 순심이 슬그머니 눈을 돌렸다. 그

러나 불행히도 구월은 그런 것에 넘어갈 정도로 호락호락한 궁녀가
아니었다.

"설마…… 정말로 고자였어?"

"그, 그런 건 아니야!"

"고자가 아니라고? 그럼 승은을 입었다는 소리야?"

"……그것도 아니야."

"뭐야?"

구월이 성난 표정으로 냅다 소리를 내질렀다.

"말이 돼? 사지 멀쩡한 사내가 너같이 고운 처녀를 집구석에 들어
앉혀놓고서 아직까지 손 하나 안 댔다고?"

"소, 손은 댔어!"

"뭘 어쨌는데?"

"손도 잡았고……. 끌어안기도 했고……. 한 이부자리에서 잠들기
도 했고……. 자, 잠만 잤지만……."

더듬더듬, 순심이 변명을 늘어놓는다. 그러나 구월의 표정은 어째
점점 더 흙빛으로 어두워졌다.

"저런……. 진짜 고자였네. 고자 맞네!"

"나도 아직 모르는 걸 네가 어떻게 알아?"

"너도 진짜……. 아무리 궁녀라지만 그렇게 사내를 몰라서 쓰겠
어? 손도 붙잡았고, 몸뚱이도 끌어안았고, 심지어 한 이불을 덮고 자
기까지 했는데도 아무 일이 없었으면……. 그건 필시 내시 아니면
고자, 둘 중 하나지!"

구월이 측은하다는 듯 혀를 끌끌 찼다.

"하이고, 빛 좋은 개살구였네. 일국의 세자면 뭐해? 고잔데. 내시
따위와 다름없는데! 그 말이 진짜였구먼. 희빈 장씨가 사사되기 전
에 저하의 하초(下焦)를 잡아당겨서……."

"구월아."

"왜, 이 가여운 것아."

순심은 잠시 머뭇거렸다. 그녀 역시 얼마 전까지는 구월과 다르지 않았다. 윤에 대해 떠도는 소문을 이야기하며 소리 죽여 웃음을 흘리곤 했었으니까.

"저하에 대해서 그렇게 말하지 마. 저하의 어머님에 대해서도……. 그것이 진실이든 아니든 간에 저하께는 너무나 고통스러운 일이잖아."

"어? 그, 그래……."

"그리고…… 내시에 대해서도 그렇게 말하지 않았으면 좋겠어. 너와 나 같은 궁녀들과 다를 바 없는 사람들이야. 제 몫의 일을 하면서 열심히 살아가는……."

"으응."

떨떠름하게 대꾸하며 순심을 바라보는 구월의 눈빛에 생경한 기색이 스쳤다.

"그래. 알았어, 순심아. 나는 그저 저하가 불쌍해서……."

"저하께서는…… 정말 좋은 분이셔. 사실인지 아닌지도 모르는 그런 일로 불쌍한 사람 취급을 받기에는 너무 아까운 분이야. 내가 보아 온 그분은…… 그래."

윤에 대해 말하는 순심의 태도가 하도 단호하여, 구월은 대꾸할 말을 찾지 못하고 잠시 눈을 껌뻑거렸다. 미처 깨닫지 못했던 순심과 저 사이의 거리가 확 와 닿는다. 그런 기색을 눈치챈 순심이 구월의 손을 꼭 붙들었다.

"구월아, 난 네가 오해하지 않았으면 좋겠어. 내 처지가 달라졌다 하여 빼기는 게 아니야. 예전엔 나도 너 못지않게 저하에 대해 쉽게 얘기했었잖아. 그런데 막상 어떤 분인지를 알게 되니까……."

순심은 적당한 말을 찾지 못하고 한동안 망설였다.

윤을 향한 마음이 진심이듯 구월을 향한 마음 역시 변함없이 진심이었기에.

"기분이 이상해. 저하에 대한 이야기를 하려니까…… 뭐라 표현을 못하겠어."

"야……. 김순심……."

갑자기 한숨을 내쉬며 이름을 부르는 구월의 목소리. 순심이 고개를 들었다.

"계집애……. 승은도 못 입었다는 게 부뚜막에는 제일 먼저 올라갔네."

"응? 그게 무슨 소리야?"

"너, 연모하잖아."

"연모? 누구를?"

순심이 반문했고, 구월은 그녀답게 명쾌한 답을 내려주었다.

"누구긴. 당연한 거 아냐? 고자 저하……. 아니아니, 세자 저하 말이지."

당연한 말을 하냐는 듯 대꾸하는 구월이었다. 잠시 할 말을 잃었던 순심이 픽 웃음을 터뜨렸다.

"내가? 저하를 연모……."

한다고?

김순심이? 세자 저하를?

설마.

* * *

뒤뜰에서는 검술 연습이 한창이었다.

"황가."

김일경의 기척을 알아챈 황가가 검을 거두고 고개를 숙였다. 그는 오셨냐는 말조차 하지 않았다. 황가에게는 그것이 인사였다. 좀체 말을 듣지 않는 검은 머리칼이 이마 위로 우수수 쏟아졌다.

"여전히 열심이로군."

"……."

김일경과 황진기의 연이 닿은 지 십 년 가까운 시간이 흘렀다. 그사이 김일경은 말이 거의 없는 황가에게 익숙해졌다. 그런 까닭에 왕세자 앞에서 황가가 보인 태도는 김일경에게 놀라움을 주었다.

그러나 김일경 자신이 늘 강조해온 사실 아니던가. 황가의 주인은 오직 하나, 조선의 국본 왕세자뿐이라고.

"이것을 전하러 왔다."

김일경이 들고 있던 꾸러미를 툇마루 위에 내려놓았다. 보따리 귀퉁이에 비죽 튀어나온 어두운 빛깔의 의복. 그것은 무관의 공복인 철릭이었다.

"무엇입니까?"

"무엇이긴. 네가 입을 옷이다."

김일경이 무엇인가를 내밀었고, 황가는 그것을 말없이 받았다. 그가 나무에 낙인을 찍어 만든 패(牌)를 내려다보았다.

"출입패다. 궁궐과 밖을 오갈 때, 상문(尙文)이나 문지기에게 보이면 된다."

"입궐이 결정된 것입니까?"

"그러하다."

김일경이 흥미로운 눈길로 황가를 바라보았다.

입궐. 벙어리가 아닌가 싶을 정도로 말이 없던 황가의 군게 닫힌 입을 열게 할 수 있는 유일한 말. 그의 충성을 의심해본 적 없는 김

일경이었다. 그러나 황가의 속에 들어앉은 것이 무엇인지는 김일경
역시 확신하지 못했다.

"당분간 집을 떠나 궐 안에서 지내게 될 것이다. 네가 여기 자리를
잡은 게 벌써 십 년 전 일이지?"

"그쯤 되었겠지요."

"아쉽지 않으냐?"

"할 일을 하러 떠나는 것뿐입니다."

황가의 얼굴에는 어떤 동요도 드러나지 않았다. 단지 한마디 덧붙
이는 것이 전부였다.

"언제 입궐합니까?"

"내일. 오후에 입궐하여 세자익위사[35]로 가기 전에 일단 저하를
먼저 뵈어라."

김일경이 재차 당부하였다.

"바깥에 떠도는 소문들을 듣고서 저하에 대해 쉽게 생각해선 아니
된다. 저하의 뜻을 함부로 해석하거나 판단하려 들지 마라."

"예."

김일경의 만면에 뿌듯한 미소가 솟았다.

"그러하다면 너도 곧 알게 될 것이다. 어찌하여 내가 그분께 내 목
숨을 걸었는지."

범인들은 결코 가늠할 수 없다. 고귀한 왕실 적자의 피, 그것이 조
선의 왕세자 이윤의 몸에 흐르고 있었다. 김일경이 황가를 보며 진
중하게 말을 이었다.

"동궁전에 머무르게 되었으니 곧 그자와 마주치게 될 것이다. 늘
일정한 거리를 유지하라. 언변에 능한 자이니 조심해야 한다. 그래봤
자 미천한 세 치 혀에 지나지 않는다."

---

35 왕세자를 모시고 호위하는 일을 하는 관서.

김일경이 재차 확인하듯 황가와 시선을 맞추었다.

"박상검을 가까이 두어라. 궁궐 생활을 하는 데 큰 도움이 될 것이다."

"어린 내시 말입니까?"

"비리비리하여 어려 보일 뿐이다. 이미 열일곱이니 사내가 다 되었지. 믿어도 좋은 녀석이다. 너와는 지지리도 어울리지 않을 것 같긴 하다만."

김일경이 자리에서 벌떡 일어섰다. 돌아가야 할 시간이었다.

"황가 너에 대해서는 걱정하지 않는다. 저하를 모시는 것이 네 평생의 꿈이었음을 알고 있으니. 내일 늦지 말고 입궐하도록 하라."

"예, 영감."

황가의 대답은 지극히 짧고 간결했다. 그러나 또한 군더더기 없이 명료하여 더욱 믿음직스러웠다.

'저하를 잘 모셔라. 그러다 보면 황가 네게도 기회가 오겠지.'

은혜를 갚을 기회- 바꾸어 말하자면 복수의 기회.

황가가 뜻을 이루기 위해서는 반드시 세자 이윤이 보위에 올라야만 했다. 그렇기에 황가는 누구보다 충실한 세자의 검(劍)이다.

그는 십 년 전, 다시 태어난 순간부터 이윤의 호위무사가 될 자격을 갖추고 있었다.

* * *

순심은 낙선당 툇마루 위에 오도카니 앉아 있었다. 여름의 무더위가 한풀 꺾이고, 바람은 가을을 향해 달려가기라도 하듯 선선해졌다.

"잘 갔지?"

치마폭이 달콤한 바람을 머금고 펄럭였다.

"오늘도 바쁘겠다……. 이맘때쯤엔 항상 웃전에 올릴 보양식을 만드느라 수라간이 번잡하니까."

제가 생각해도 미친 사람처럼 혼잣말을 하는 꼴이 우스운 모양이었다. 종알대던 순심이 배시시 웃었다.

"또 보게 될 테니까, 김구월."

여전히 꿈처럼 느껴졌다. 구월을 다시 만난 것이. 긴 밤, 마치 그들이 함께 지내던 시절처럼 도란도란 이야기꽃을 피운 것이.

구월과의 만남은 윤의 선물이었다. 그를 향한 고마움이 다시금 솟구친다.

"저하야말로 늘 외롭게 살아오셨으면서……."

평생을 고독 속에 파묻혀 살았던 그이기에, 순심이 느끼는 고립감을 이해한 것일까.

그때였다.

"……저하."

호랑이도 제 말 하면 온다던가. 낙선당 초입에 나타난 윤을 본 그녀가 급히 자리에서 일어섰다.

"저하, 감읍합니다. 저하께서 마음 써주신 덕분에 구월이를 다시 만나게 되었습니다."

"음."

"이 은혜…… 잊지 않겠습니다."

윤은 가타부타 대답치 않았다. 그토록 그리워하던 벗을 만난 순심의 마음이 어떠할지, 또 얼마나 행복한 표정을 지었을지 그리고 궁금하지 않았을까. 그러나 그는 이제 순심을 향한 관심을 거두려 한다.

그들은 거래를 했다. 승은궁녀가 된 순심은 나인의 고된 삶에서 벗어나 유유자적 살아갈 것이다. 또한 윤은 순심의 도움으로 저를 광증이라는 위험으로 몰아넣은 자가 누구인지를 밝혀낼 수 있으리

라. 감정 따위는 버려야 했다. 그는 그렇게 살아왔고, 앞으로도 그렇게 살아가기로 작정한 몸이었으므로.

"순심아."

"예, 저하."

그렇기에 윤은 그를 올려다보는 기대가 담긴 눈빛에 답을 주지 않았다. 감정 없는 건조한 시선이 순심의 얼굴을 스쳤다.

"받아라."

"……무엇입니까?"

윤이 내미는 나무 패찰을 받아든 그녀의 손끝은 미세하게 떨리고 있었다.

"출입패다. 내일 궁 밖으로 나가, 광증을 일으키는 독초에 대한 것을 알아보아라. 궁궐 문까지 지 상궁이 배웅해줄 것이다."

"예, 저하."

상궁부(尙宮部) 궁관의 낙인이 찍힌 출입패. 순심은 이전에도 한두 달에 한 번쯤 궁궐 밖으로 외출하곤 했다. 물론 혼자서는 아니었지만.

"……내 다시 묻는다. 할 수 있겠느냐?"

순심이 고개를 들어 윤을 바라보았다. 윤의 시선이 낯설다. 그는 순심을 보고 있었으나, 동시에 먼 곳을 보는 사람 같았다.

생각해보면 그날 이후의 일. 순심이 술에 만취했던 밤 이후 윤의 태도는 눈에 띄게 쌀쌀맞아졌다. 그러나 왕세자 앞에서 주사를 부린 그녀의 잘못이었다. 서운해하는 것은 이치에 맞지 않았다.

"어려운 일이라 생각지 않습니다. 약재방과 약초전을 돌며 버섯에 대해 수소문해보겠습니다."

순심이 담담한 표정으로 대꾸했다. 그런 그녀를 잠시 바라보던 윤이 고개를 끄덕였다.

"무리하려 들지 마라. 무언가 실마리가 잡히면 잡히는 대로, 아니면 아닌 대로 또 방법이 있을 것이다. 불필요한 책임감을 가질 필요 없다."

"예, 명심하겠습니다, 저하."

슥, 윤이 손을 내민다. 그의 손바닥 위에는 작은 비단주머니가 얹혀 있었다.

"이게 무엇입니까?"

"오랜만의 외출인 줄 안다. 갖고 싶은 것이 있으면 사도록 해라."

순심이 윤이 내민 금빛 비단 주머니를 받아 들었다. 크기는 작았지만 제법 묵직하다. 안에 들은 것은 필시 엽전이나 은자(銀子)일 것이다.

"고맙습니다, 저하."

"유시(酉時)[36]까지는 반드시 돌아와야 한다. 궁궐 문이 닫힌 이후에 들어오려면 꽤나 절차가 복잡해진다. 시간을 지켜 돌아와야 함을 잊지 마라."

"명심하겠습니다."

순심의 확답을 들은 윤이 몸을 돌렸다.

그래. 애당초 딱 이 정도였으면 좋을 관계였다. 많은 것을 바랄수록 진정 원하는 것으로부터 멀어지는 것이 삶임을 윤은 너무나 잘 알고 있었다.

그러나 문득, 이 한마디만은.

"순심아."

"예, 저하."

윤은 고개도 돌리지 않은 채 전한다.

"……몸조심하라."

그리고 떠나갔다.

---

36 오후 5시에서 7시.

六章.

운종가(雲從街)

소담하게 퍼진 연푸른 치마폭, 옷깃과 고름이 자줏빛인 반회장저고리. 단정히 쪽찐 머리에 꽂힌 소박하지만 기품 있는 옥비녀와 그 위에 둘러쓴 연둣빛 장옷.

"이렇게 입으니 무슨 사대부집 아씨 같네."

제 모습을 내려다보던 순심이 중얼거렸다. 주어진 옷들 중 가장 수수한 것들로 차려입었으나 궁궐의 물건은 티가 나기 마련. 침방에서 만든 의복은 한눈에도 값진 티가 났다. 수수한 복장을 구할 수 있다면 좋았을 것이다. 그러나 승은궁녀 처지에 그런 옷이 있을 리 만무했다.

"후……."

마음을 다잡듯 심호흡을 한 순심이 낙선당 문밖으로 나왔다. 안뜰에 서 있던 지 상궁이 미심쩍은 시선을 던졌다.

"명절도 아닌데 어찌 갑작스레 궐 밖으로 나가십니까?"

"아. 가족을 보려요. 승은궁녀가 되었다는 소식도 전할 겸……."

순심은 있지도 않은 가족을 팔아 둘러댄다. 다행히 지 상궁은 더 이상 캐묻지는 않았다. 그저 선인문(宣仁門) 앞까지 순심을 배웅하였을 뿐이다.

"출(出)!"

출입패와 순심의 얼굴을 번갈아 살핀 문지기의 입에서 허가가 떨어졌다. 기대 반, 걱정 반. 떨리는 마음으로 순심은 궁궐 밖으로 걸음을 내디뎠다.

그리하여 순심이 도착한 장소는 다름 아닌 운종가(雲從街).

길목마다 늘어선 시전에는 구경하는 사람, 흥정을 하는 사람, 거간꾼이며 상인들이 잔뜩 모여 있었다. 그 풍경은 과연 '사람들이 구름처럼 모인다'는 뜻의 운종가라는 이름다웠다.

"어우, 어찌 이리 사람이 많담."

순심이 하아 한숨을 내쉬었다. 궁궐에서 운종가까지는 여인 걸음으로도 지척. 그러나 운종가 한복판이 이리 붐빌 줄은 꿈에도 몰랐던 그녀였다. 그리하여 순심은 오가는 사람들에 치일까, 돈주머니를 잃어버릴까, 길을 잃어 궁궐로 돌아가지 못하게 될까 오만 걱정을 하며 인파 속을 걷고 있었다.

'와……. 완전 딴 세상이구나.'

육의전(六矣廛) 근방에 다다르자 풍경은 더욱 화려해졌다. 길가에는 비단이며 명주를 파는 포목전과 온갖 장신구를 늘어놓은 방물전 등의 값비싼 물건들을 파는 시전이 즐비했다.

"마님, 이것 좀 보고 가시우!"

"청나라에서 들여온 패물 보고 가십시오, 마님! 일단 보시면 마음에 쏙 드실 겁니다요!"

시전 상인들이 순심의 관심을 끌기 위해 경쟁적으로 목소리를 높였다. 꽤나 고급스러운 복장을 한 데다 연신 두리번대는 그녀에게서 돈 냄새를 맡았기 때문이리라. 그러나 순심이 주변을 둘러보는 것은 사치품이 아닌 약초전을 찾기 위해서였다.

장사치들을 외면한 채 걷던 순심의 발길이 문득 멈췄다. 시전 한복판에서 일어난 작은 소동이 그녀의 관심을 끈 탓이었다.

"아부지! 그것만은 안 돼요! 그거까지 가져가시면 우리는 이제 뭐 먹고 살아요……."

"이 손, 썩 놓지 못혀!"

"아부지……. 노름 그만하신다고 약조하셨잖아요!"

기껏 여덟 살쯤 먹었을까. 허름한 차림의 계집아이가 아비로 보이는 사내의 바짓가랑이를 붙들었다.

"이번 한 번만이야! 오늘은 기필코 따고 말 테다! 놓으라고!"

사내가 어린 딸을 모질게 밀쳐냈다.

"아버지!"

어린 계집아이가 바닥에 나뒹굴었다. 그러나 사내는 본체만체, 무엇인가에 홀리기라도 한 듯 붉어진 눈을 번뜩이며 달려가버린다. 그의 손에는 집안의 패물이 들었을 법한 주머니가 들려 있었다.

"……."

마치 십 년 전, 어린 시절의 제 모습을 한 발짝 떨어져 보는 듯한 풍경. 갑자기 순심 역시 숨이 콱 막히는 듯하다. 순심이 아이를 부축하기 위해 급히 걸음을 내디뎠다. 그때였다.

"괜찮으냐?"

순심보다 한발 빨리 나타난 소녀가 아이를 일으켰다.

열네댓 살 정도 되었을까? 댕기머리를 늘어뜨렸으나 기품 있는 옷차림과 당당한 태도로 보아 귀한 집안의 여식이 분명했다.

"괜찮습니다, 아씨……."

넘어져 있던 계집아이가 눈물을 훔치며 일어섰다. 안타까운 표정으로 계집아이를 바라보던 소녀가 몸종임이 분명한 중년여인에게 말을 건네었다.

"팥쥐 어멈, 이 아이에게 먹을 것을 좀 주게. 배를 곯았는지 뼈가 앙상하네."

"예, 아씨. 그리하겠습니다요."

이런 상황이 몸종에게는 꽤나 익숙한 일인 듯, 대꾸하는 태도에는 체념한 듯한 느낌이 있었다. 이내 몸종이 덧붙인다.

"아씨. 이 아이는 소인에게 맡겨두시고 어서 포목점으로 가시어요. 시간이 이미 늦었습니다. 정녕 헌옷을 입고 간택에 참여하시려고 이러십니까?"

"알았네. 내 먼저 가 있을 테니 아이를 잘 챙겨주게."

당부를 남긴 소녀가 건너편 포목점을 향해 걸음을 떼려던 순간이었다. 지게꾼 하나가 소녀의 곁을 휙 지나쳤다. 그 바람에 소녀의 손에 들려 있던 부채가 바닥에 툭 떨어졌다.

"여기, 부채……."

"고맙습니다."

"아, 아닙니다, 아씨."

저도 모르게 순심은 소녀를 '아씨'라 불렀다. 지체 높은 여인처럼 보이는 순심이 존칭을 쓰는 것이 생경했던 모양이었다. 소녀는 잠시 순심을 빤히 쳐다보더니 가볍게 묵례하고 자리를 떠났다. 향낭을 지니고 있었는지, 소녀가 지나간 자리에는 희미한 백단향이 남았다.

순심은 한동안 자리를 뜨지 못했다. 이상한 경험이었다. 운종가의 육의전 한복판. 그 속에는 순심이 타고났던 가난한 노름꾼의 딸이라는 운명을 비롯한 온갖 군상들이 살아 숨쉬고 있었다.

목숨을 걸고 스스로의 운명을 뒤바꿔 세자의 승은궁녀라는 새로운 삶을 살게 된 순심. 그리고 순심 못지않게 애꿎은 운명 속으로 떠밀려 들어갈 준비를 마친 가녀린 소녀. 스쳐 지나가는 그들 사이로 옅은 백단향이 맴돈다.

'가야지.'

잠시 상념에 잠겨 있던 순심이 걸음을 재촉한다. 약초전을 찾는 것이 급선무였다.

"아휴, 우리 채화 아씨 마음씨 착한 건 정말 알아줘야 한다니까. 어디서 저리 귀한 아씨가 나셨을꼬."

순심이 떠난 자리. 어린 계집아이를 챙기던 몸종이 중얼거렸다.

장신구와 고급 옷감을 파는 길목을 벗어나자 세책점[37]이며 문방사우(文房四友)를 파는 시전들이 나타났다. 묵향이며 종이 냄새가 가득한 길목을 지나치자 주변의 분위기며 냄새까지 사뭇 달라졌다. 오가는 사람의 수가 현저히 줄어든 거리는 한적했다. 순심처럼 비단옷을 차려입은 사람, 특히 여인은 전혀 보이지 않았다.

화려한 물건들이 사라진 길목. 한 줄기 바람을 타고 온 씁쓰레한 마른 풀냄새가 순심의 주의를 끌었다.

"저긴가?"

순심의 걸음이 멈췄다. 조그만 시전 앞에 온갖 약초들이 즐비했다. 수라간과 생과방을 오가며 보았던 약초들도 간혹 있었으나, 대부분은 순심이 처음 보는 것들이었다.

"뭐, 찾는 것이라도 있으십니까요, 마님?"

입이 찢어져라 하품을 하던 주인장이 순심에게 다가오며 머리를 조아렸다.

"집안에 몸이 약한 이가 있어 보양이 될 만한 약초나 버섯을 찾고 있소."

순심은 시전을 거닐며 내내 되뇌었던 말을 꺼냈다. 주인장이 흘낏 순심을 훑어본다. 근방에서는 좀체 보기 힘든 곱게 단장한 마나님이

---

37 돈을 받고 책을 빌려주는 곳.

었다. 간만에 한몫 단단히 잡을 수 있을 듯하여, 기필코 물건을 팔고자 다짐한 주인장이 사람 좋게 웃었다.

"약초든 버섯이든 소인에게 말씀만 하십시우. 평생 산이란 산은 죄 누비며 버섯이며 약초를 팔아 연명한 몸이니께요. 마님께 필요한 것을 준비해 올리겠습니다."

"듣자니, 버섯을 잘 쓰면 약이지만 잘못 먹으면 독이라 하여⋯⋯. 어떤 것을 구입해야 할지 잘 모르겠소. 주인장께서는 버섯에 대해 잘 아시오?"

"아이구, 말이라 하십니까요? 알다마다요. 모르긴 몰라도 한성 한복판에 저보다 버섯에 대해 잘 아는 이가 없을 것입니다요."

"그렇소? 한데 버섯은 영 무서워서⋯⋯."

순심이 눈을 내리깔았다.

"마님께서 어찌 버섯 같은 것을 무서워하십니까요?"

"어릴 때 독버섯을 먹은 사람을 본 적이 있어 그러하오. 얼마나 놀랐는지⋯⋯. 죽은 사람이 보인다 소동을 피우고, 마구 화를 내고, 게다가 토악질에, 숨결에서는 기이한 냄새가 나고⋯⋯."

순심이 두렵다는 듯 어깨를 잘게 떨었다.

"그런 일을 겪으니 버섯이라는 것 자체가 영 두렵게 느껴져서 말이오."

"쯧쯧. 그런 독버섯이 있습죠. 소량만 먹어도 사람이 미쳐 날뛰게 되거든요."

"독버섯?"

"예. 청나라에서는 귤황라산(橘黃裸傘)이라고들 합니다. 흔히 미치광이 버섯이라고 부릅지요."

주인장의 말을 경청하던 순심의 눈이 반짝 빛난다.

"안에서 약초들을 좀 볼 수 있겠소?"

"그러믄입쇼! 안으로 드시지요, 마님."

값비싼 물건을 팔 생각에 입이 귀에 걸린 주인장이 순심을 안으로 인도했다.

순심과 주인장이 약초전으로 들어간 직후. 꽤나 험악한 인상의 사내 넷이 시전 앞에 모습을 드러냈다.

"저쪽에서 기다릴까?"

"그래. 볼일을 보면 곧 나오겠지."

"장옷을 고쳐 입을 때 얼굴이 보였는데, 기가 막히게 요망하게 생겼더군. 흐흐."

"돈깨나 있는 집 여인인 듯한데 건드렸다가 경을 치는 건 아닐까."

"그럴 리가. 저리 값비싼 옷을 입고서 사방을 두리번대는 꼴 하며, 약초상 영감쟁이에게 교태를 부리며 말을 붙이는 것 하며…… 암만 봐도 절대 반가의 여인이 아닐세. 보나마나 돈 많은 양반 눈에 들어 들어앉은 기생이나 첩년쯤 되겠지."

곁에 있던 사내가 고개를 주억거렸다.

"하긴. 사내를 꼬여내기 쉬운 낯짝이지. 얼굴을 보면 알지. 결코 정숙한 부인이 아닐세."

"그렇고말고. 몸종도 없이 저리 곱게 꾸미고 홀로 돌아다니는 계집이니 뻔할 뻔자지. 안 그런가?"

"사내 맛을 못 봐 부러 저러는 거지, 뭐."

"그렇지!"

낄낄대는 웃음소리가 낮게 새나온다. 사내들은 느긋한 표정으로 약초전을 주시하고 있었다.

"저하."

선정전을 나서는 윤의 곁으로 상검이 따라붙었다.

"저하, 김일경 영감께서 동궁전에 와 계십니다. 뵈옵기를 청하고 있습니다."

윤이 기억을 더듬었다. 떠올리자니, 지난번 김일경이 데려왔던 황가라는 호위무사가 입궐하기로 한 날이 오늘이었다. 그와 관련하여 전할 말이 있어 찾아온 것이던가.

"알았다. 가자."

저승전을 향하던 윤의 시야에 담기는 풍경은 평소와 다르지 않았다. 계절의 끝물에 다다라 농익은 녹색으로 물든 궁궐. 그사이 바람은 한결 선선해져 있었다.

"어찌 그러십니까, 저하?"

문득 걸음을 멈춘 윤에게 상검이 조심스레 물었다. 그러나 대답은 되돌아오지 않는다.

윤의 시선은 멀리 담장 너머 풍경에 닿아 있었다. 어전회의에 들어갈 때만 해도 새파랗던 하늘에 그새 회색빛이 돈다. 공기는 습기를 머금어 묵직했다.

'별일 없겠지.'

저를 말끄러미 쳐다보는 상검의 존재를 그제야 깨달은 윤이 다시 걸음을 옮겼다.

순심은 평소 궐밖에 자주 출입하지는 않았던 듯했다. 아마도 오랜만에 보는 바깥 풍경을 구경하며 시간을 보내고 있는 것이리라.

'나도 참.'

더 이상 그녀에게 신경 쓰지 않으리라 다짐한지 고작 하루. 그럼에도 자꾸만 궁궐 밖에 관심을 두는 제가 한심스럽다. 윤이 한숨을 내쉬었다.

"영감, 오래 기다리셨습니까?"

저승전 연못 앞에 서 있는 김일경을 발견한 윤이 물었다. 친우(親友)를 맞이하듯 화사한 표정은 아니었으나, 적어도 김일경을 대하는 윤의 얼굴은 긴장 없이 평온했다.

"아니옵니다, 저하. 마침 오늘 황가가 입궐하는 날이라 잠시 들렀습니다."

"그러실 것이라 생각했습니다."

"저하께서 그리 알고 계실 줄, 소인도 알고 있었사옵니다."

김일경이 너그럽게 웃는다. 때로 강인함이 지나쳐 주변인들을 불편하게 만들곤 하는 그였다. 그 역시 이렇게 편안하게 웃을 때는 오직 세자의 앞에 서 있을 때뿐이다.

본래 김일경은 물불 가리지 않는 다혈질이었으며, 목적을 위해 물러남이 없는 강인한 사람이었다. 김일경은 윤과 정반대의 성정을 가졌으나 그들은 서로를 신뢰했다. 김일경의 강성(強性)은 지나치게 신중한 데가 있는 윤의 성정을 보완하는 역할을 했다.

"소인 저하께 지난번 일을 사죄드리고자 들렀습니다."

"사죄라니요?"

"황가가 승은궁녀에게 무례를 범하였던 일말입니다. 아무리 소인이 아끼는 자라 한들 용서받을 수 없는 실수였습니다. 한데 벌하기는커녕 황가의 편을 들었으니, 지나 생각해보니 부끄러워 감히 얼굴을 들지 못하겠더이다."

윤이 부드럽게 웃었다.

"여인이 겁에 질린 것이 안쓰러워 평소답지 않게 꽤 성을 냈었지요. 걱정 마십시오. 그때도 말씀드렸다시피 곁에 두고 좀 더 지켜보려 합니다."

김일경을 신뢰한다 하여 김일경이 추천한 모든 자들을 무조건적으로 믿지는 않는다. 늘 몸을 움츠리고, 의심하며, 쉽게 마음을 열지 않는 것. 그것이 윤의 생존의 방법이었다.

"예. 두고 살피십시오. 곧 황가의 충심을 믿게 되실 겁니다."

"어찌 그리 확신하십니까?"

윤이 자못 궁금한 듯 물었다.

김일경은 성정이 불같을 뿐 경솔한 자는 아니었다. 그런 그가 황가에게 절대적인 신뢰를 보일 때는 나름의 이유가 있을 것이다.

"황가는 장희재(張希載) 대감께 큰 은혜를 입은 자입니다."

"……외숙부께 말입니까?"

되묻는 윤의 말투에 미묘한 망설임이 묻어났다.

희빈 장씨의 오라비인 장희재. 윤은 그를 호탕하고 너그러운 외숙부로 기억한다. 그러나 장희재는 인현왕후를 모해한 혐의로 처형된 죄인이었다.

"예. 나중에 황가에게 물어보십시오. 이야기를 들으시면 납득하시게 될 겁니다."

윤이 고개를 끄덕였다. 언제고 연유를 물을 기회는 충분히 있을 것이다. 김일경이 목소리를 낮추어 말을 이었다.

"황가는 무예에도 뛰어나지만, 도성과 산간의 지리에도 밝습니다. 꽤나 큰 도움이 될 것입니다."

생각났다는 듯 김일경이 덧붙였다.

"마침 근래 남촌과 운종가 등지에 무뢰배들이 활개를 쳐 난리입니다. 주로 부녀자들의 패물을 빼앗고 겁간까지 하여 큰 문제로, 이 때문에 관군들이 정찰을 돌고 있나이다. 그 핑계로 황가를 내보내 밖의 동태를 살피게 하시면……."

김일경이 말을 뚝 멈추었다. 그의 이야기를 듣던 윤의 표정이 확연히 일그러지는 것을 본 탓이었다.

"저하, 어디가 불편하시옵니까?"

"……아닙니다."

"황가가 곧 입궐할 것입니다. 소인은 황가와 가급적 마주치지 않는 것이 좋을 듯하여…….”

“…….”

무언가 세자의 심기가 어지러운 듯하다.

“소인 이만 물러가옵니다, 저하.”

“아, 그러십시오. 영감.”

김일경은 저승전을 떠나고, 뒤에 남은 윤의 얼굴에 짙은 그늘이 드리운다. 초조하고 신경이 날카롭다. 정체를 알 수 없는 섬뜩함의 원인은 무엇 때문일까.

‘괜한 걱정을 하는 게다. 이리 훤한 대낮에…….’

윤은 애써 마음을 진정시켰다. 어차피 많은 수의 궁녀들이 출입패를 받아 궁 밖을 드나들고 있었다. 무뢰배에 대한 이야기를 들었다 하여 그것이 순심의 위험을 의미하지는 않는다.

불길한 생각을 털어내려는 듯, 윤이 깊은 숨을 내쉬었다.

“조만간 세자빈 간택이 있어 명주를 많이 들여왔습니다. 색이 얼마나 고운지 모릅니다. 대감께서는 움직이기 편한 의복을 즐기시니 도포는 가벼운 것으로 짓고, 답호(褡)나 쾌자(快子)를 맞추시는 것이 어떨까 싶사옵니다만…….”

육의전 한복판에 위치한 포목전. 이곳은 비단과 같은 고급직물 외에 장신구 등의 사치품 거래를 겸하고 있었다. 포목전 주인장이 젊은 선비를 향해 살집 두둑한 머리를 연신 조아렸다.

“늘 드리는 말씀이지만, 대감의 워낙 용모가 수려하시어 어떤 의복을 입어도 잘 어울리십니다. 소인 비록 시전 상인에 지나지 않으나 상의원(尙衣院)에서 의대(衣帶)[38]를 지어 바치는 마음으로…….”

옷감을 훑어보던 선비의 눈길이 싸늘하게 식는다.

---

38 임금의 옷.

"돌았군."

"……예?"

아첨을 늘어놓던 장사치의 얼굴이 허옇게 질렸다.

"감히 상의원이 어쩌고저쩌고 입을 나불대다니, 나를 죽이려고 작정한 것인가?"

"대, 대감! 그런 의미가 아니오고……. 그저 대감의 옷을 짓는 것에 황공한 나머지……."

"닥치게."

금의 표정에 짙은 짜증이 배었다. 노론 대신들이 금을 보며 '임금의 상'이라는 둥 설레발을 쳐대더니 이제 일개 장사치까지 저를 그리 대하는 것이다.

왕세자가 엄연한 마당에 왕자군에게 임금의 상을 운운하는 건 곧 역심이나 다름없다. 그것을 저 무지렁이들은 어찌 모르는 것일까.

"황공? 그런 말은 임금이나 저하 앞에서나 쓸 법한 말이다. 왕자군 앞에서 쓸 이유가 없는 말이지. 어찌 쓸데없이 입을 놀리는가?"

"소, 송구하옵니다, 대감."

의복을 맞출 마음이 싹 가신 금이 짜증스러운 표정으로 몸을 돌린다. 뒤를 돌아보자니 소녀 하나가 막 포목점으로 들어서고 있었다. 아마도 의복을 맞추러 온 반가의 여식이리라.

장사치가 그리 말했던가. 간택 때문에 명주를 많이 들였다고.

그가 소녀를 위아래로 훑어보았다. 기껏 열네댓쯤. 못난 얼굴이라 할 수는 없으나, 벌써부터 미간 사이에 선이 간 것이 꽤나 깐깐한 성미일 듯싶었다. 문득 궁금증이 일었다.

"세자빈 간택에 참여하려는가 보군."

"……."

"어느 집 여식이시오?"

"……."

다짜고짜 질문을 던지는 금의 태도가 하도 생경하여, 그것이 저를
향한 물음이라고는 생각지 못한 모양이었다. 채화의 미간에-금이 첫
눈에 알아보았듯- 얕은 골이 패였다.

"제게 물으신 겁니까?"

"이 안에 여식이라 불릴 만한 이가 낭자 말고 또 있소?"

"……."

금과 채화의 시선이 마주쳤다. 금이 '나는 악의가 없다'는 듯 빙긋
웃었다. 그러나 그의 눈길은 여전히 노골적이었다.

"놀라셨습니까? 놀래키려 한 것은 아니라오."

아무래도 말장난을 하기엔 너무 어린 여인인 듯하다. 심드렁하게
말을 건넨 그가 자리를 뜨기 위해 걸음을 옮겼다.

"놀랐지요."

순간 채화가 입을 열었다.

"다짜고짜 어느 집안 사람이냐 물으시니, 그 태도가 참으로 무례
하여 놀랐습니다."

금의 걸음이 우뚝 멈추었다.

여느 반가 여인이라면, 특히 채화처럼 나이 어린 소녀라면 당황하
여 얼굴이 달아오르거나 말을 잇지 못했으리라. 그러나 채화의 성격
에는 꽤나 곧은 면이 있었다. 그녀는 조용하고 내성적이었지만 잘못
된 일을 보아 넘기는 법이 없었다. 그런 까닭에 집안의 몸종들은 때
로 주인부부보다 열네 살 채화를 더 두려워할 때도 있었다.

뒤돌아 포목전을 떠나려던 금이 다시금 몸을 돌렸다. 그의 날카로
운 눈매가 가늘어진다.

"저, 저……. 아씨. 이러지 마십시오……. 저분께서 대체 어떤 분
이신데……."

상황을 지켜보던 포목점 주인장이 기어 들어가는 목소리로 끼어 들었다. 그러나 채화의 표정에는 변화가 없었다.

신분이 높은 이라 하여 그가 무례를 범했음은 달라지지 않는다. 채화의 단단한 성미를 건드린 것은 금의 말이나 태도가 아닌 눈빛이었다. 상대방을 발가벗기는 듯한 노골적인 눈빛. 그는 대단히 오만한 눈을 하고 있었다.

"선비께서 어떤 분이신지 저는 모릅니다. 알고 싶은 생각 역시 없습니다. 그러나 상대의 집안을 물을 때는, 응당 자신의 신분을 먼저 밝히고 예를 갖춰야 한다 배웠습니다."

금의 표정이 미미하게 변했다. 흥미롭다.

"예를 지키지 않으시니, 소녀는 선비님의 질문에 대답할 이유가 없다 여깁니다."

"……."

"그러니 살펴 가시지요."

"아, 아, 아씨! 제발……. 저, 저분은……!"

주인장이 당황하여 말을 더듬는 사이, 금의 잇새로 '씁' 하는 낮은 소리가 흘러나왔다. 이는 입을 다물라는 경고였다. 금의 뜻을 헤아린 주인장이 급히 고개를 끄덕인다.

"워낙 크게 얻어맞아, 한마디 대꾸조차 못 하겠군."

금의 목소리는 의외로 담담했다. 그를 바라보는 채화의 도전적인 시선 앞에 그의 입꼬리가 비스듬히 치켜 올라간다.

"가라 하시니 가겠소. 또 볼 날을 기약하지요."

그리고 아마도 그곳이 궁궐이라면 정말 재미있겠지.

이내 금은 운종가의 인파 속으로 모습을 감췄다.

약초전을 나서는 순심의 손에 들린 꾸러미가 묵직했다. 꾸러미 안에는 기력을 보하는 데 좋다는 약초들이 들어 있었다. 이는 약조전 주인의 환심을 사려고 구입한 것들이었다.

"이제 어떻게 해야 하지……."

순심이 잠시 걸음을 멈췄다. 생각을 정리하며 그녀는 약초전 주인에게 들은 이야기를 되뇌었다.

-미치광이 버섯이라고 불리는 것들이 그런 증상을 일으키지요. 하지만 독버섯의 종류가 워낙 많아 무엇이라 단정 짓기는 어렵습니다요.

-그 미치광이 버섯이란 어디서 나는 것이오? 혹시라도 버섯을 캐러 갔던 몸종들이 그런 것을 따오면 큰일이지 않겠소. 내 미리 알아두어야겠소.

-근방 산속에서도 쉽게 목격할 수 있지요. 주로 참나무 나무둥치에 많이 자랍니다. 생긴 것도 특출나지 않고 평범하여, 사실 독버섯을 먹고 경을 치는 이들이 꽤 많습니다요, 마님.

약초꾼이 들려준 이야기들은 큰 도움이 될 법한 것들이었다.

"일단 저하께 알리는 게 우선이겠지."

순심의 표정은 미묘했다. 원하는 것을 알아내긴 했으나, 사안이 사안인지라 그것에 대해 기뻐할 만한 기분은 아니었다. 어쨌든 궐밖에 나온 목적을 이룬 셈이니 이제 돌아갈 시간. 순심이 고개를 들었다. 그제야 주변 풍경이 눈에 들어왔다.

그녀는 활기차던 운종가와는 다소 동떨어진 곳까지 와 있었다. 약초상을 찾아야겠다는 생각에 빠져 정처 없이 걸음을 옮긴 듯했다. 생각보다 길들은 비좁았다. 문을 닫은 시전들도 그새 꽤 늘어나 있었다. 근처에 사람이라고는 거의 보이지 않았다.

"마님."

저만치서 들려오는 사내의 목소리. 순심이 고개를 돌렸다. 바람결에 독한 술 냄새가 실려 왔다.

"한푼만 적선하쇼, 마님."

길바닥에 주저앉은 사내의 곁에는 술병이 나뒹굴고 있었다. 물론 그것은 궁궐에서 빚어 마시는 그런 귀한 술은 아닐 것이다. 양반이 아니고서야, 술을 거른 찌꺼기에 물을 섞어 마시는 것이 보통이었다.

"불쌍한 노인에게 한 냥만 줍쇼, 마님."

"……."

사내는 이미 만취한 듯 몸을 가누지도 못했다. 의복은 지저분했고, 꽤 오래도록 씻지 않은 듯한 얼굴에는 땟국물이 흘렀다.

순심은 잠시 망설였다. 그녀는 본래 나이 든 사내를 두려워했다. 평소 같았으면 진즉 자리를 떴을 것이다. 그러나 세자께서 건네주신 비단 주머니 안에는 은이 넘치도록 들어 있었다. 넉넉한 재물을 들고 있으면서 약간의 적선조차 하지 않는 것은 지나치게 매정한 일처럼 느껴졌다.

그때였다. 순심이 돈주머니를 매만지는 것을 본 사내가 비척대며 자리에서 일어섰다. 비틀대던 그가 고개를 들어 올렸다.

"……."

무엇인가가 순심의 등골을 서느렇게 관통했다. 숨통이 콱 막혔다. 주춤주춤, 순심은 저도 모르게 몇 발짝 뒤로 물러섰다.

"마님! 어디 가슈! 돈은 주고 가셔야지! 마님!"

갑자기 순심은 달리기 시작했다. 어찌하여 제가 미친 듯이 뛰는 건지 스스로도 알지 못했다. 그저 사내의 주름진 얼굴, 특히 그 눈빛을 본 순간 심장이 발끝까지 쾅 소리와 함께 떨어졌다는 것을 인지할 수 있을 뿐. 뒤에서 무어라 욕지거리를 지껄이는 술 취한 사내의 거친 음성이 들려왔다.

'그…… 사람이다.'

아닐까? 그저 닮은 사람을 잘못 본 것일까?

'그 사람…… 이었나?'

낮에 운종가 한복판에서 보았던 어린 계집아이의 모습이 과거의 자신과 지나칠 정도로 닮아 있어, 괜한 착각을 한 것일까.

하지만 그의 눈빛. 취한 미치광이의 눈빛은, 과거에는 노름과 투전에 미쳤었고, 지금은 술에 미쳐 있는 그 눈빛은 두려울 만큼 그녀의 아버지와 똑같았다. 순심을 유곽에 팔아넘겼었고, 그리하여 더 이상 '아버지'라는 이름으로 부르기조차 원치 않는 그자의 모습과 너무나 닮아 있었다.

하염없이 달려가는 와중 눈에 뿌옇게 눈물이 차올랐다. 그때였다.

"아앗!"

"어이쿠!"

길모퉁이, 달리는 그녀의 앞길을 막으며 나타난 건장한 체구의 사내. 도무지 예상조차 할 수 없었던 일이라, 순심은 어쩔 수 없이 사내의 품으로 뛰어들고 말았다.

"소, 송구합니다!"

다급히 뒤로 물러나려던 순심이 외마디 소리를 질렀다.

"무슨 짓이오!"

"아이고, 이리 고운 아씨가 어찌 이러실까? 어찌 이리 엉겨 붙으시는 거요?"

사내의 팔이 순심의 몸을 감쌌다. 도망치지 못하게 하려는 듯, 사내는 능글맞은 소리를 쏟아내며 순심의 몸을 제 쪽으로 끌어당겼다. 순심의 얼굴이 새하얗게 질렸다. 이것이 대체 어떤 상황인지 파악이 되지 않았다. 등이며 허리를 짓이기듯 쓰다듬는 사내의 손길이 느껴졌다. 끈적하고 혐오스러웠다.

"노, 놓으시오! 무슨 짓이오!"

"그러게! 어엿한 마나님이 대낮부터 사내와 붙어먹다니 이 무슨 짓일까!"

사내의 손이 순심의 장옷 자락 속으로 쓱 들어왔다. 그녀의 입에서 새된 비명이 터져 나왔다.

"사람 살려! 도와주세요!"

순심이 고함을 지르며 발버둥을 쳤다. 이내 저벅저벅 들려오는 발소리.

"살려주세요! 살려……."

모습을 드러낸 세 명의 사내가 순심을 보며 웃음을 흘렸다.

"가까이서 보니 미색이 더 좋구먼."

"하도 좋은 의복을 입어서 나이를 먹었나 했더니, 솜털이 보송보송한 계집이었어. 낄낄."

주변은 야속할 정도로 고요했다. 분명 아까까지만 해도 문을 연 시전이 한둘 있었던 듯하다. 그러나 문을 닫고 사라진 것인지, 혹은 겁을 먹어 부러 나오지 않는 것인지 사방에는 사내들 외에 개미 새끼 한 마리 보이지 않았다. 극한의 공포가 밀려왔다. 모골이 송연해지고 숨이 막혔다. 눈물조차 나지 않았다.

"제발요……. 원하시는 걸 뭐든지 드리겠소. 살려주시오. 보내주시오……."

"아이고, 고운 아씨께서 참 안되셨네. 그런데 이를 어쩌나."

번들거리는 눈빛을 한 사내가 혀를 내밀어 거무튀튀한 입술을 쓱 핥는다.

"여기는 아씨를 도와줄 사람이 아무도 없거든."

갑자기 사내가 순심의 몸을 번쩍 들어 올렸다.

"아악!"

순심의 시야에 비친 세상이 거꾸로 뒤집혔다. 사내들의 끔찍한 웃음소리가 들려왔다.

"으악! 망할 계집!"

순심이 있는 힘껏 사내의 어깻죽지를 깨물었다. 예기치 못한 고통. 사내가 그녀를 내동댕이쳤다. 그 바람에 순심의 몸은 그대로 땅바닥에 내려찍히고 말았다. 흙바닥에 머리를 쾅 부딪친 순심이 풀썩 쓰러졌다. 시야가 점점 흐릿해졌다.

그리고 뿌옇게 흐려지는 세상 속, 저만치서 모습을 드러낸 정체를 알 수 없는 사내.

이내 털썩, 땅이 울렸다. 순식간에 사내 둘이 바닥에 나뒹굴었다.

"하, 참."

금의 잇새로 황망한 웃음이 흘러나왔다.

왕자 체면에 댕기머리를 늘어뜨린 어린 소녀에게 면박을 당하다니.

"천하의 연잉군이라더니, 맛이 완전히 갔군."

달리 행선지가 있었던 것은 아니었다. 단지 포목전에서 있었던 일 탓에 열을 식힐 겸 좀 걷고 싶었을 뿐. 사람들로 붐비는 운종가 한복판을 벗어난 그는 한적한 외곽으로 접어들어 있었다.

자조하듯 중얼거리며 걷던 그가 문득 발길을 멈췄다. 문을 닫은 시전들이 많아 인적이 거의 보이지 않는 길목. 그곳에서 유독 눈에 띄는 여인을 발견했기 때문이었다.

"흠……."

금이 입꼬리를 끌어올린다. 반짝이는 그의 시선이 여인의 뒷모습을 좇았다.

연잉군 이금은 아름다운 것을 좋아하는 사람이었다. 그는 풍류를 사랑하는 뛰어난 화가였다. 금은 세상의 미(美)를 즐겨 화폭에 담았고, 근래 그 대상은 주로 아리따운 여인들이었다.

"홀로이 봄빛이로구나."

여인이 입은 장옷은 봄날 풀밭처럼 싱그러운 연둣빛. 약초전에서 막 나온 듯한 그녀의 손에는 작은 꾸러미가 들려 있었다. 무두질한 가죽이며 말린 약초 따위만이 널려 있는 황량한 풍경 속, 여인의 자태는 참으로 화사하고 고왔다.

순간 불어오는 한 줄기 바람. 여인이 뒤집어쓰고 있던 장옷이 흘러내렸다.

"설마……."

보고서도 믿기지가 않아 금은 재차 눈을 깜빡였다.

흘러내린 장옷 탓에 모습을 드러낸 소담한 이마, 복숭앗빛 볼, 홍매화 꽃잎 같은 입술.

"……너냐?"

예상치 못한 만남. 금이 기가 막힌다는 듯 웃었다. 그사이 순심은 다급히 장옷을 끌어 올려 다시 머리를 감쌌다. 아무래도 얼굴을 내보이기 싫은 모양이었다. 금의 입에서 실소가 터져 나왔다.

"촌뜨기가 따로 없군."

남들 눈에 띄고 싶지 않은 사정이 있는 듯한 순심의 태도와는 별개로 그녀의 모습은 너무나 이목을 끌었다. 아무리 좋게 봐줘도 고관대작 집 마님쯤 되어 보이는 비단옷을 입은 것도 그러했고, 세상 신기한 듯 온 사방을 두리번대는 태도도 그러했다.

무엇보다 장옷 자락이 팔랑댈 때마다 드러나는 얼굴 역시 도무지 평범치 않았다. 쓸쓸한 한성 뒷골목의 풍경 속에 서 있는 그녀의 모습은 퍽 아름다웠다.

"재미있게 됐구나, 순심아."

그가 조용히 중얼거렸다. 그와 순심 사이의 거리는 기껏 열 보 남짓. 그러나 이런 사실을 꿈에도 모르는 순심은 비렁뱅이에게 적선이라도 하려는듯 옷섶을 매만진다.

그 순간.

"마님! 어디 가슈! 돈은 주고 가슈!"

갑자기 순심이 무작정 달려 나가기 시작했다. 비렁뱅이의 음성이 빈 거리에 메아리쳤다. 순심은 귀신이라도 본 듯 혼비백산한 모습이었다.

"대체 무슨 일이 일어난……."

너무 갑작스러웠던 탓에 금은 그녀를 따라갈 생각조차 하지 못했다. 금이야말로 귀신에 홀린 것 같은 기분이었다.

인상을 찌푸리던 금이 주정뱅이에게 다가갔다. 그러나 별다를 것 없는 비렁뱅이였다. 거지치고 꽤나 인물이 번듯하단 것 외엔, 그는 어디서나 흔히 볼 수 있는 주정꾼에 지나지 않았다.

"나리, 한 푼만 적선해주십시우."

"아까 여인에게 무슨 짓을 했는가?"

"예? 무슨 짓이라니요. 그저 가엾고 불쌍한 노인네에게 한푼 적선 해달라 말씀을 올렸을 뿐입니다요……."

비렁뱅이는 중늙은이였다. 금의 날카로운 눈빛에 겁을 집어먹었는지, 그는 굽실거리며 비굴하게 변명을 늘어놓았다.

순심이 약초전에서 나온 이후부터 지켜봤던 금이었다. 비렁뱅이의 말에 틀린 점이 없음을 그도 잘 알고 있었다.

"대체 어디로 간 것인가."

귀찮은 표정으로, 금은 비렁뱅이에게 엽전 한푼을 던져주었다. 연신 감사를 표하는 비렁뱅이에게서 시선을 돌린 금이 순심이 도망치듯 사라진 길을 바라보았다.

"꿈이라도 꾼 것 같군."

몽중인(夢中人)을 삼켜버린 오후의 운종가는 한없이 고요했다. 그때였다.

"아악!"

새된 순심의 비명 소리가 들려왔다.

금은 비명이 들려온 곳을 향해 본능적으로 달리기 시작했다. 이내 그의 시야에 들어오는 바닥에 나뒹구는 연둣빛 옷자락. 동시에 믿기지 않는 풍경이 눈앞에 닥쳐들었다. 금이 우뚝 걸음을 멈추었다.

순심은 길 한복판에 힘없이 쓰러져 있었다. 그러나 금을 자리에 멈춰 서게 한 것은 쓰러진 그녀의 모습이 아니었다.

금은 누구보다 대범한 임금인 이순의 아들이었다. 그리고 먼 곳을 내다볼 줄 아는 영리한 여인 숙빈 최씨의 아들이기도 했다. 부모의 피는 금을 대범한 자로 만들었다. 그는 좀처럼 놀라지도, 당황하지도 않는 사람이었다.

그런 금이 숨을 멈춘 채 눈앞의 광경을 바라보고 있었다. 그는 완전히 압도당한 표정이었다. 그의 등골에 전율이 일었다.

홀연히 나타난 사내.

사내는 거무스레한 철릭 차림이었다. 그것은 금부에 속해 있는 하급 무관 나부랭이들이 입는 공복이었다. 순심을 희롱하던 사내 둘의 몸이 순식간에 공중을 날았다. 급소를 공격당한 것인지, 그들은 억 하는 소리조차 내지 못하고 바닥에 털썩 떨어졌다. 남은 둘 중 하나는 단검을 꺼내 들다, 채 칼자루를 쥐기도 전에 사내의 손아귀에 목을 잡혔다. 무뢰배가 혼절하기까지 걸린 시간은 찰나에 지나지 않았다. 남은 하나는 그야말로 맹수라도 마주친 듯한 표정으로 걸음아 날 살려라 줄행랑을 쳤다.

"허……."

그제야 금이 낮은 숨을 토했다.

금 역시 왕자군으로서 당연히 무예를 익혔다. 그는 칼 쓰는 것을 좋아할 뿐 아니라 주변에 많은 무인들을 두고 있었다. 웬만한 검술로는 금을 감탄시킬 수 없었다. 그러나 검은 옷의 사내는 남다르다.

그에게서는 범상치 않은 기세가 느껴졌다. 무뢰배 넷을 쓰러뜨리는 것 정도는 사내에게 일도 아니었으리라.

'괴물 같은 자다.'

사내를 바라보던 금의 뇌리에 짐승의 형상이 스친다. 그러나 범처럼 휘황찬란한 외피를 가진 화려한 모습의 맹수는 아니었다.

늑대. 그것도 대단히 굶주린, 거대한 늑대.

* * *

"상검아."

"예이, 저하."

"몇 시냐?"

"아직 유시까지는 멀었습니다, 저하."

저승전으로 돌아온 윤은 보통 고요히 시간을 보내곤 했다. 그러나 오늘 그의 태도는 평소와 사뭇 달랐다. 그는 의관조차 벗지 않았고, 수라간에서 들인 반상이며 찻상마저 되돌려 보냈다.

그리고 기껏 시간을 물은 지 일각(刻)[39]이 채 되지 않은 시각.

"상검아, 몇 시냐?"

윤이 재차 물었다.

"아직 유시까지는 좀 남았습니다. 저하, 어찌 이리 불안해하십니까? 소인마저 마음이 조마조마하여 차마 자리를 뜨지 못하겠습니다."

"……음."

상검의 말에 윤은 대답 대신 깊은 한숨을 내쉬었다. 기분은 그야말로 널뛰듯 불안정했다. 모든 것은 김일경이 무뢰배가 횡행한다는 말을 한 이후 시작된 것이었다.

---

39   약 15분.

그의 시선이 다시금 먼 곳을 본다. 멀리 솟은 궁궐의 문 너머 어딘가를.

"……순심이가 늦는구나."

윤이 툭 내뱉었다. 그제야 윤의 심기가 불편한 까닭을 깨달은 상검이 '예?' 하고 되물었다.

"출입패를 받아 나가신 것 때문에 그러십니까? 아직 궁궐 문을 닫으려면 시간이 꽤 남은 것을요."

"미시(未時)[40]에 나갔으니 들어올 시간이 되지 않았더냐."

"에이, 저하께서 외출하시는 일이 드무시어 하시는 말씀이옵니다. 궁 밖으로 나가면 운종가며 중촌 북촌 자락에 보고 듣고 구경할 것이 얼마나 많은데요. 대부분의 궁인들이 한 번 외출을 나가면 문이 닫히기 직전에야 들어오는 것을요."

"……그러하더냐."

"그럼은입쇼. 게다가 마마님께서는 가족을 보러 나가셨잖습니까. 외출이 오랜만인 데다 승은궁녀가 되는 경사도 있었으니, 시간이 걸리는 것은 당연하지 않겠습니까?"

"……."

윤이 마지못해 고개를 끄덕였다. 순심은 가족을 만나러 나간 것도 아니요, 무엇을 구경하거나 시간을 보내러 나간 것도 아니었다. 그러나 상검의 말에 달리 반박할 수도 없는 노릇. 순심의 외출에 모종의 이유가 있음을 다른 이들은 알지 못했다.

게다가 상검의 말에도 일리가 있었다. 윤이 건네준 은전만도 꽤 많은 양 아니었는가. 그저 고운 장신구를 구경하고 주전부리를 맛보며 시간을 보내는 중일지도 모른다.

"저하도 참……. 낙선당 마마님 일은 걱정하지 마십시오. 지금 시

간을 지키지 않아 문제인 것은 마마님이 아닌 다른 사람인 것을요.”

“다른 사람?”

윤이 되묻자, 상검은 그새 잊으셨냐는 표정으로 대답했다.

“아까 김일경 영감께서 말씀하고 가시지 않았습니까? 황가인가 하는 호위무사가 오늘 저하를 뵈러 올 것이라고요. 오기로 한 시간이 벌써 지났습니다. 저하를 처음 알현하는 자리에 늦는 호위무사라니, 살다 살다 이런 경우는 처음 봅니다.”

순심 때문에 황가에 대한 일을 까마득하게 잊고 있던 윤이었다. 듣고 보니 상검의 말이 맞다. 정녕 이상한 것은 순심의 일이 아닌 황가의 일이었다. 윤을 위해 목숨을 걸겠다 자부하더니 첫 만남부터 지각이란 말인가.

“…….”

윤이 낮게 한숨을 내쉬었다. 요컨대 오늘은 무엇이든 ‘시간’이 말썽이었다.

“저하, 어디 가십니까?”

갑자기 윤이 걸음을 옮기기 시작했다. 이런 기분은 더 이상 참을 수가 없었다. 입안이 바싹바싹 마르고, 심장이 자꾸만 두근대고, 스멀스멀 깊은 곳에서부터 불안함이 등골을 타고 올라왔다. 신경은 너무나 날카로워, 무언가 스치기라도 했다간 산산이 조각나버릴 것처럼 잔뜩 긴장하고 있었다.

답은 하나뿐이었다.

순심을 만나야겠다. 그래야만 살 것 같았다.

* * *

주변 풍경은 황량하다. 무뢰배 넷을 제압한 황가의 표정에는 별다른 변화가 없었다. 당연한 일이었다. 그에게는 그야말로 별것 아닌 일이었으니까.

약한 여인들을 표적 삼아 더러운 짓을 벌이는 벌레 같은 종자들. 평소 살생을 하지 않는 것을 원칙으로 삼는 황가였으나, 그들은 땅 위에 살아 숨 쉴 가치가 없는 자들이었다. 그자들의 몸에 칼을 꽂았더라도 죄책감은 느껴지지 않았을 것이다.

그러나 그런 일을 벌여서는 안 된다. 황가에게 오늘은 대단히 중요한 날이었기 때문이었다.

긴 세월 꿈꿨던 궁궐행.

그의 본명 황진기(黃鎭紀)는 오늘부로 궁궐의 관적에 오르게 될 것이다. 세자를 모시게 된 첫날, 살생을 하여 문제를 일으켜서는 곤란했다. 하지만 시작부터 일이 꼬이는 듯한 느낌을 지울 수는 없었다.

입궐하기 위해 가는 와중에 하필 무뢰배들에게 끌려가는 여인을 마주치다니. 그리고 그것이 다름 아닌 세자의 승은궁녀였다니.

황가가 쓰러져 있는 순심을 내려다보았다. 그녀는 세자의 여인이었다. 아무리 정신을 들게 하기 위함인들, 그녀의 몸에 함부로 손을 댈 수는 없는 일. 다행히 정신을 잃은 상태였으나 순심의 가슴팍은 규칙적으로 오르내리고 있었다.

어찌할까.

잠시 망설이던 황가가 몸을 낮추어 그녀를 살핀다. 마치 잠든 듯 보이는 얼굴. 험한 일을 당한 여인 같지 않게 그 표정은 고요하며 평온했다. 굳게 닫힌 눈꺼풀 아래 속눈썹이 유난히 길었다. 상기된 여인의 뺨에 옅은 그림자가 드리워져 있었다.

황가가 무릎을 굽혀 순심의 곁에 앉았다. 비록 모두 제압당한 상태였으나 여전히 적들이 근처에 있었다. 적에게 등을 보인 것은 황가로서는 평생 한 적 없는 무모한 행동이었다.

스스로도 예상치 못한 본능적인 이끌림이었을까. 황가의 시선이 순심의 얼굴에 닿았다. 그는 잠시 바라보고 있었다. 무엇에 홀린 것처럼- 혹은 먼 과거의 기억을 되살리려 애쓰는 사람처럼. 자꾸만 기억 속 어딘가를 툭툭 건드리는 작은 속삭임의 원인을 찾아내려는 것처럼.

"……이상하지."

지난번, 달빛이 비친 여인의 눈동자를 보았을 때도 그랬었는데. 좀체 표정 변화가 없던 황가의 고개가 갸웃 기울어졌다.

'나는 너를 알아.'

어쩌면.

'우린 만난 적이 있는 것 같아.'

그 순간 순심의 눈꺼풀이 움찔 떨렸다. 그녀의 입술 새로 앓는 소리가 흘러나왔다. 긴 숨을 내뱉은 순심이 반짝 눈을 떴다. 그러나 시야가 흐린 듯 그녀는 눈살을 찌푸린다.

"으음……."

순심이 무거운 눈꺼풀을 가까스로 깜빡였다. 풍경이 낯설었다. 그제야 기억이 났다.

아버지를 꼭 닮은 주정뱅이를 보고 놀라 도망치다가 낯선 사내를 맞닥뜨렸던 것. 그녀의 몸을 옥죄고 놓아주지 않던 손길, 역겨운 냄새, 끔찍한 웃음소리, 몸이 땅에 떨어진 순간 벼락처럼 덮쳐들던 통증…….

"마마님, 정신이 드십니까?"

순심의 눈동자에 의아한 기색이 맴돌았다. 잠시 사내의 흐트러진 머리칼을 바라보던 그녀는 결국 그를 기억해냈다.

호위무사. 윤의 호위무사. 이름이…….

"소인 황가입니다."

"아……."

"일어나실 수 있겠습니까? 궁궐로 모시겠습니다."

순심의 눈이 갈팡질팡 흔들렸다.

'이 사람이 왜 여기 있는 거지? 그 사내들은 어디로 간 거고?'

큰일을 겪은 데다 충격까지 가해진 탓에 머리가 잘 돌아가지 않았다. 몹시 혼란스러웠다.

"안전하니 걱정 마십시오."

"……."

황가의 목소리가 들려왔다. 그의 낮고 묵직한 음성을 들으니 마음이 조금 진정되는 듯했다.

물론 아무리 세자의 호위무사일지언정, 단 한 번 보았던 사람을 덜컥 믿을 수는 없었다. 그러나 믿지 않을 수도 없었다. 당장이라도 그녀를 희롱하던 사내들이 다시 나타날 것 같아 두려웠다.

순심이 아랫입술을 꼭 깨물었다. 온갖 감정이 그녀를 덮쳐왔다. 그녀의 몸 위를 오가던 무뢰배의 모욕적인 손길이 여전히 생생했다. 서러움이 북받쳤다. 게다가 그 장면을 황가가 보았다는 사실을 깨닫자 참을 수 없을 만큼의 수치심이 밀려왔다. 조선 여인으로 태어난 순심이었다. 그녀는 정조란, 목숨을 걸 만큼 중요한 것이라 배우며 자라났다.

사내들에게 이런 일을 당했다고 어찌 윤에게 고할 수 있을까. 그녀의 잘못이 아니었음에도 죄책감이 밀어닥쳤다.

"흐흑!"

그러나 그 모든 감정을 압도하는 것은 살았다는 안도감이었다. 목숨을 건졌다는, 그리고 최악의 일을 당하지 않았다는 안도감. 그제야 눈물이 났다. 쏟아진 눈물이 뺨을 타고 줄줄 흘러내렸다. 그때였다.

"일어나. 가자."

갑자기 들려오는 목소리. 순심과 황가가 동시에 뒤를 돌아보았다.

눈물로 흐려진 순심의 시야에 비치는 금의 모습. 어찌하여 저들이 운종가 외곽, 순심 곁에 와 있는지 그녀로서는 알 도리가 없다.

순간 황가가 순심의 앞을 막아섰다. 금과 황가의 시선이 마주쳤다. 금의 눈빛이 흥미로운 기색을 담고 반짝인다. 멀리서 보았을 때 거대한 늑대 같던 사내는, 금과 비슷한 키에 체구 역시 예상보다 크지 않았다. 그러나 눈빛만은 금이 보아왔던 그 누구보다 강렬했다.

"마음에 든다."

"……."

"너 말이다. 공복을 입은 것을 보니 금부 소속이로군. 이름이 무엇인가?"

"상대의 이름이 궁금하시거든, 먼저 신분을 밝히십시오."

"오늘 그 소리 여러 차례 듣는군."

금은 완전히 평정을 되찾았다. 심지어 자신만만한 미소까지 띠고 있었다.

어찌 그러지 않겠는가. 참으로 갖고 싶은 사람이 둘이나 그의 눈앞에 있었다.

"연잉군 이금."

좀처럼 평온을 잃은 적 없는 황가의 표정이 싸늘하게 굳어진다.

"그것이 내 이름이다. 너는 이름이 무엇이냐?"

"……황가(家) 진기입니다."

"황진기?"

"예."

대답하며 황가는 생각한다.

드디어 마주쳤다고. 언젠가, 나는 당신을 죽이고야 말 것이라고.

"하아……."

궁궐을 향해 걸음을 옮기던 순심이 문득 멈춰 섰다.

그녀의 등줄기는 흘러내린 식은땀에 젖어 축축했다. 바닥으로 내동댕이쳐졌던 때 받은 충격이 만만치 않았던 모양이었다. 머리끝부터 발끝까지 아프지 않은 데가 없었다. 두통 역시 극심했다.

"잡아라."

불쑥 내밀어진 금의 팔.

"……괜찮습니다."

"그러다 쓰러진다. 그럼 내 들쳐 업어주기라도 하랴?"

"그럴 수 없습니다. 혼자 갈 수 있습니다, 대감."

"하. 하여간에 고집하고는."

순심의 곁에서 함께 걷고 있던 금이 쯧쯧 혀를 찼다. 금의 표정에 옅은 짜증이 배어 있었다. 그가 순심에게 시선을 던졌다. 새하얗게 질린 낯빛, 핏기가 완전히 사라져 푸른 기가 도는 입술, 이마에 흘어진 잔머리며 귀밑머리가 푹 젖을 정도로 땀으로 범벅이 된 얼굴. 순심은 당장 픽 쓰러진다 해도 전혀 이상하지 않은 모습이었다.

"흠."

금이 힐끔 제 곁을 곁눈질했다. 저런 꼴을 하고서 부득불 고집을 피우는 순심만이 그의 심기를 거스르는 것은 아니었다.

정신을 차린 직후. 해가 저물어가고 있다는 것을 깨달은 순심은 그야말로 사색이 되었다. 당장이라도 쓰러질 듯 위태로운 꼴을 차마 볼 수가 없어, 금은 그녀와 함께 걷기 시작했다. 그러나 황가가 동행하리란 것은 금으로서도 예상치 못한 일이었다.

"너는 어찌하여 따라오는 것인가?"

"소인 역시 입궐하는 중입니다."

"먼저 가라. 순심의 걸음으로는 절대 궁궐 문이 닫히기 전에 당도하지 못한다."

"……괜찮습니다."

내내 무감하던 황가의 눈길이 순심에게 향하는 것을 금은 놓치지 않았다.

"하. 설마 승은궁녀를 호위하고자 따라오고 있는 것인가?"

그의 입에서 기가 막힌다는 듯한 웃음이 흘러나왔다.

"나는 저하의 동생이다. 내가 못 미덥다는 뜻인가?"

"소인은 저하의 호위로서 해야 할 일을 하고 있을 뿐입니다."

"그래. 그리하라. 저하의 호위무사와 승은궁녀, 둘이 나란히 입궐치 못하고 야숙이라도 하게 되면 참 꼴좋은 일이겠구나."

"……."

황가는 대꾸하지 않았다. 그는 이미 세자와 약조한 시간을 지키지 못했다. 굳이 금이 상기시키지 않아도, 제 상황이 좋지 않다는 것 정도는 잘 알고 있었다.

"순심아."

"예, 대감."

"제시간에 입궐치 못한 궁녀가 제자리를 보전하는 경우는 거의 없다. 특히나 승은을 입은 여인이 궁궐 밖에서 밤을 보내는 것은 절대 용서받지 못할 일이다."

"……예."

그녀도 알고 있었다. 궁궐을 떠나기 전 윤이 신신당부했었기 때문이었다.

"한 번 닫힌 문은 임금의 명이 없고서는 열리지 않는 법이다. 그러니 더 빨리 걸어라. 그런 걸음으로는 절대 시각 안에 궁궐에 당도할 수 없으니."

"예."

순심이 다시금 호흡을 가다듬었다. 귀밑머리 아래 식은땀이 비 오

듯 흐르고 있었다. 아마도 머리를 부딪친 것이 문제인 듯했다. 숨이
차고, 무엇보다 눈앞이 빙글빙글 돌았다.

그러나 방법이 없었다. 그녀는 세자의 승은궁녀. 아무리 그의 동생
일지언정 다른 사내에게 몸을 맡길 수는 없다.

자꾸만 시야가 흐려진다. 순심은 잇새를 꽉 물며 걸음을 옮겼다.

어느덧 시간은 유시 끝자락에 이르렀다.

"이를 어째……."

상검이 초조한 듯 발을 굴렀다. 그가 걱정스러운 눈길로 윤을 바
라본다. 꼬박 한 시진. 세자는 미동 없이 자리에 버티고 서 있었다.

윤은 무표정한 얼굴로 선인문 밖을 응시하고 있었다. 그러나 그의
미간에 잡힌 깊은 주름, 꾹 다문 입술, 석상처럼 멈춰 있는 시선에는
짙은 초조함이 배어 있었다.

궁궐 문이 닫히는 시각은 정해져 있었다. 앙부일구(仰釜日晷)[41]의
그림자가 유시에 다다르면 문지기들은 북을 쳐 문 닫을 시간이 임
박했음을 알린다. 궁궐 안에 머물러 있던 관료들, 무수리와 같이 출
퇴근을 하는 궁인들은 북소리와 함께 퇴궐 준비를 시작했다. 그리고
해그림자가 유시 끝에 이르면 궁궐 문을 닫는 것이다.

그때부터는 궁궐 안으로 들어오는 것이 불가능했다. 예외라면 임
금의 부름을 받아 표식을 지닌 자들뿐이었다.

"이러다가 마마님께서 들어오시지 못하면 어찌합니까, 저하?"

"……."

아까까지만 해도 걱정 마라 호언장담하던 상검의 얼굴은 파리하
게 질려 있었다. 드물게 장번내시들 중 제때 궁으로 돌아오지 못하
는 자들이 있었다. 그들은 보통 녹봉이 깎이는 정도의 무겁지 않은

---

41 해시계.

벌을 받았다. 그러나 궁녀가 궁궐 밖에서 밤을 지새우고 들어오는 것은 다른 문제였다. 바깥에서 확인되지 않은 행적을 보인 궁녀는 퇴출되는 것이 보통이었다.

윤은 한숨조차 내쉬지 못했다. 초조함은 극에 달해 있었으나, 여전히 얼굴은 무표정했다.

순심은 어디서 무엇을 하고 있는 것일까.

창덕궁과 창경궁에는 많은 문이 있었다. 돈화문이나 홍화문은 위풍당당한 크기를 과시했다. 그러나 주로 내관들이나 동궁전 궁인들이 이용하는 선인문은 그저 여느 대갓집 솟을대문 정도의 크기에 지나지 않았다.

윤은 그 선인문 바깥을 하염없이 바라보고 있었다. 그 문을 기점으로 그의 세상은 궁궐 안과 밖으로 나뉜다.

새장 안에 갇힌 새, 혹은 끈에 매인 개. 문지방을 넘어가는 데 필요한 것은 딱 한 보의 걸음. 그러나 윤은 나갈 수 없었다. 세자의 외출에는 나름의 절차가 필요한 법이기 때문이었다.

궁궐로 돌아오는 궁인들의 행렬이 드문드문 이어졌다. 그러나 아무리 기다려도 순심의 모습은 보이지 않았다. 이윽고 문가를 지키던 상문과 문지기가 느릿하게 몸을 풀었다.

"폐(閉)!"

상문의 목소리가 들려옴과 동시에 문지기들이 양쪽 문을 끌어당기기 시작했다. 당황한 상검이 발을 동동 구른다. 한숨을 내쉬며 윤은 눈을 질끈 감았다.

그때였다.

"멈추어라!"

문이 닫히기 직전, 바깥에서 들려온 목소리.

"저, 저하!"

윤이 눈을 번쩍 떴다. 그의 시야에 가장 먼저 들어온 것은 금의 얼굴이었다. 다급한 걸음으로 다가온 금이 상문들에게 문 닫는 것을 멈추라 이른다.

"저하, 낙선당 마마님이십니다!"

상검의 외침소리. 동시에 윤 역시 바람에 흩날리는 푸른 치마폭을 발견했다.

"순심아."

어찌 이제야 오는 것이냐. 어찌 그리 핏기 없는 얼굴로, 당장이라도 쓰러질 듯 위태로운 모습으로 오는 것이냐.

윤에게 말을 건네는 금, 몇 걸음 너머에 긴장한 듯 서 있는 헝클어진 머리를 한 황가. 예상치 못한 이들이 그의 시야를 스쳐 지나갔다. 물론 의구심이 들지 않았다면 거짓이리라. 그러나 그 순간의 윤에게는 금도, 황가도 모두 선인문 주변에 늘어선 여름날의 풍경과 다르지 않았다.

그들의 모습은 그렇게 흘러가버리고, 오직 눈에 들어오는 것은 단 한 사람뿐. 그는 순심만을 바라보고 있었다.

늘 복숭앗빛으로 물들어 있던 그녀의 뺨이 핏기 없이 파리하다. 순심은 평소와 크게 달라 보였다. 느릿느릿, 마지막 몇 걸음을 옮기는 그녀의 입술 사이로 가쁜 숨이 흘러나왔다.

"저, 저하!"

세자가 세자익위사에 통보도 없이, 그것도 흑룡포를 입은 채로 궁궐 밖으로 나가는 일은 있을 수 없었다. 상검이 다급히 윤을 부른다. 그러나 윤에게는 들리지 않았다.

"아이고, 저하…….. 이를 어째."

상검의 애처로운 목소리가 무색하게도 윤의 걸음은 끝내 선인문을 넘었다.

"순심아."

순심에게 참으로 먼길이었듯, 윤에게도 궁궐 밖과 안을 가르는 경계를 넘기는 쉽지 않았다. 그러나 막상 문지방을 넘어 궁궐 밖에 속하게 된 윤은 망설이지 않았다. 성큼성큼, 그의 보폭 넓은 걸음이 단숨에 순심에게로 간다.

"늦어서 송구하옵니다……."

순심이 힘겹게 입술을 들썩거렸다. 궁궐로 돌아오는 길 내내 그녀는 몇 번이나 멈춰 섰고, 몇 번이나 혼절할 뻔했다. 머지않은 길이나 쉽지 않은 여정이었다.

"……이리 와."

성큼 다가온 윤의 따스한 품이 그녀를 감쌌다. 굳건한 팔이 순심의 몸을 지탱했다. 그는 망설이지 않았고 머뭇거리지도 않았다. 응당 그렇게 함이 옳았으리라.

윤의 강인한 팔이 바람 부는 길목에 홀로 솟아난 풀잎처럼 이리저리 휘어지는 순심의 삶을 붙든다. 그가 그녀의 몸을 끌어안았다.

"송구합니다, 저하……."

윤의 손이 순심의 등을 쓰다듬었다. 뜨거운 열기가 겹겹이 휘감긴 옷자락을 뚫고 올라왔다.

"내 잘못이다. 너 홀로 이렇게 보내는 것이 아니었다."

'거래'라는 그 알량한 말. 그것에 무슨 의미가 있다고 여린 여인을 홀로 바깥에 내보냈단 말인가. 어차피 홀로 지고 가야 할 짐이었다. 어찌 그것을 순심과 나눌 수 있겠느냐 말이다. 혈혈단신 윤 때문에, 그 하나만을 보고 동궁전에서 외로운 삶을 보내게 될 여인이었다. 그녀를 지켜주지는 못할망정, 어찌하여 이윤의 삶에 닥친 위험을 함께 감당하라 떠밀어 내보냈단 말인가.

"내 다시는 너를 홀로 내보내지 않겠다."

"저하……."

따스한 윤의 품속에서 순심은 가만히 눈을 감았다.

웅웅대며 들려오는 주변의 소음들. 상검이 윤을 부르며 무어라 애타게 읍소한다. 문 앞의 문지기와 상문들은 차마 문을 활짝 열지도, 그렇다고 닫지도 못한 채 발을 동동 굴렀다. 뻣뻣하게 서 있던 황가는 여전히 미동 없고, 금은 한 발짝 떨어진 채 뭔가 입이 쓴 표정을 짓고 있었다.

"돌아왔으니 되었다."

"예, 저하."

어쩌면 험난하게만 느껴졌던 길은 궁궐을 향한 것이 아닌 윤에게로 가는 길이었을는지도 모른다.

"……순심아."

그제야 긴장이 풀어진 순심의 몸이 스르르 허물어졌다.

"으음……."

순심의 입에서 나지막한 소리가 흘러나왔다. 그녀가 무거운 눈꺼풀을 들어 올렸다. 몽롱한 정신. 머리는 쪼개질 듯 아프고, 열이 나는지 몸이 으슬으슬 떨렸다. 순심이 힘겹게 고개를 움직였다.

낙선당. 어느새 제집처럼 눈에 익은 그녀의 침소.

"정신이 들어?"

이마 위에 찬물에 적신 무명천이 놓였다.

"구월이?"

"그래. 정신이 좀 들어? 무슨 일이 있었기에 이런 꼴이냐……."

"네가 어찌 여기 있어?"

"이것아, 지금 그게 중요해? 상검인지 망검인지 하는 내시가 와서 저하께서 나를 찾으신다고……. 대체 무슨 일인가 싶어 달려왔더니 네가 이런 꼴로 누워 있잖아. 어찌나 놀랐는지……."

구월의 음성은 희미하게 떨리고 있었다.

"의녀가 다녀갔어. 듣자니 머리를 다쳤다면서?"

"응? 그걸 어떻게……."

"연잉군께서 말씀해주셨다나 봐. 의녀 말로는 머리에 충격을 받아서 몸살이 난 거라고 하더라. 오한이 나고 머리가 아플 거래. 약을 가져다놓았으니 며칠간 꼼짝 말고 쉬어야 한댔어."

"으응……."

"표정이 왜 그래?"

핏기가 도는 듯싶던 순심의 얼굴이 다시 하얗게 질리는 것을 본 구월이 물었다.

"혹시 연잉군께서…… 내가 어찌하여 머리를 다쳤는지도 말씀하셨어?"

물론 무뢰배를 마주친 것이 순심의 잘못이 아니었다. 그러나 여인들에게 유독 가혹하고 엄격한 시절. 더군다나 평범한 여인이 아닌 궁녀, 게다가 세자의 승은궁녀인 순심이었다. 사내들에게 희롱을 당한 것은 궁중 여인인 그녀에게 씻을 수 없는 수치였다.

"말씀하셨지. 어쩌다 그랬어? 넘어지면서 담벼락에 머리를 쾅 찧었다며?"

"넘어지면서?"

"그래. 내 늘 그랬잖냐. 바닥을 잘 보고 다니라고. 생과방 때도 늘 넘어지고 난리더니……. 이만하길 다행이지, 제 발에 걸려 자빠져서 황천 갔다고 해봐라. 그리 억울한 개죽음이 어딨나."

"아……."

순심이 작게 한숨을 내쉬었다. 아마도 금이 순심의 처지를 헤아려준 모양이었다. 그러나 황가 역시 그녀가 겪은 일을 목격하지 않았던가.

'어찌하여 모두 그곳에 있었을까?'

의구심이 들었지만, 동시에 지끈대는 통증이 함께 덮쳐왔다.

"무리하면 큰일 나. 머리를 잘못 다쳤다가 경을 친 사람들이 어디 한둘인 줄 아냐? 저하께서 나보고 너를 돌봐주라 말씀하셨으니 내 수시로 이곳을 들락거릴 거야."

"……고마워, 구월아."

"그런 꼴을 하고서 고맙단 말할 정신은 있냐? 명색이 승은궁녀라면서 꼴이 이게 대체 뭐냐고."

구월이 낮게 울먹였다.

"그냥 작은 사고일 뿐이야."

"사고? 몸을 다친 사람이 너 하나냐? 툭하면 죽어나가고, 사약을 받고, 쫓겨나고……. 그런 게 우리가 아는 후궁마마님들 인생 아니야?"

"……."

"김순심 이 멍청아. 어쩌자고 저하의 눈에 띄어서……. 그냥 가늘고 길게 살지. 나랑 둘이 떡메나 치면서 살았어야지……."

구월의 눈에서 눈물이 뚝뚝 떨어지기 시작했다. 가장 친한 벗의 눈물에 순심마저 목 언저리가 시큰했다. 무어라 말하고 싶은데, 입안을 맴돌 뿐 말이 밖으로 나오지 않았다.

순심이 잠자코 구월의 손을 붙잡는다. 그것이 이 순간 그녀가 할 수 있는 유일한 일이었다.

"아픈 애 앞에서 내 이 뭐 하는 짓이냐, 진짜……."

그때였다.

"항아님, 잠시 나오심이……. 세자 저하께서 납시었사옵니다."

배꼼 문을 열던 상검이 예상 밖의 방 안 풍경에 당황한 듯 말끝을 흐렸다. '세자 저하'라는 말에 놀란 구월이 다급히 일어서 방을 나선다.

순심 역시 몸을 일으키기 위해 상체를 들었다.

"그대로 있으라."

들려오는 윤의 목소리.

"하오나……."

"말 들어."

"……예, 저하."

다가온 윤이 그녀의 곁에 앉았다. 달칵, 상검이 문을 닫았다.

"괜찮으냐?"

"조금 누워 있으면 나을 것입니다."

"머리를 세게 부딪쳤다 들었다."

순심은 잠시 고민했다. 무어라 말해야 할까. 그에게 사실대로 고백하는 것이 옳다는 생각이 들었다. 그것은 순심의 잘못이 아니었다.

"운종가 근방에 여인을 욕보이는 무뢰배들이 활개를 친다 하여 내몹시 걱정하였다. 아무 일 없었다니, 참으로 다행이다."

"……."

그러나 윤의 말을 듣는 순간, 입안을 맴돌던 말은 스르르 녹아 사라졌다.

문득 애기나인 시절이 떠오른다. 궁녀로 입궐한 계집아이들은 어린 시절부터 소학이며 내훈 같은 서책으로 교육을 받았다. 상궁들이 늘 가르치기를, 왕의 여인인 궁녀에게 정조란 무엇보다 중요한 덕목이라 했던가. 왕 이외의 사내와 손을 잡거나 몸의 일부를 보이는 것만으로도 여인으로서 지조를 지키지 못한 것이라고.

"여전히 몸이 좋지 않은가 보구나. 내 이만 돌아가겠다."

윤은 순심의 표정이 어두운 이유를 달리 생각한 듯했다.

"그냥 누워 있으래도."

윤의 손이 지그시 순심의 어깨를 누른다. 여전히 해쓱한 얼굴. 눈물이 말라붙은 눈꼬리. 순심의 모습은 무척 애처로웠다.

"저하······. 오늘 약초전에서 알아온 것들을······."

"아니."

윤이 천천히 고개를 저었다. 순심은 병중이었고 시간은 앞으로도 많았다. 어차피 순심이 아니었다면 지금껏 깨닫지도 못했을 일. 아픈 여인을 재촉하여 독의 정체가 무엇인지 캐고 싶지 않았다.

"나중에 듣겠다. 네 몸이 다 낫거들랑."

"예, 저하."

윤이 몸을 일으켰다. 이상하도록 마음이 쓰리다. 그리고 혼란스러웠다.

그에게도 몹시 긴 하루였다. 순심이 궁궐을 떠난 낮부터 좀체 돌아오지 않았던 저녁까지. 그는 오직 그녀만을 생각했다. 몹쓸 일을 당하지는 않았는지, 혹은 이대로 영영 돌아오지 않는 것은 아닌지······.

"돌아와서 다행이다."

"······예."

그리고 그제야 윤은 긴 하루를 지배하던 감정의 정체를 깨닫는다.

두려움.

다시는 누군가를 보지 못할 것 같아서. 익숙해진 사람을 또다시 잃게 될 것 같아 사무치게 두려웠음을.

"저하."

"할 말이 있느냐?"

"······예, 저하."

순심이 몸을 일으켜 앉았다. 그녀의 표정이 심상치 않았다.

"누워 있으라 하지 않더냐. 그러다가 탈이라도 나면 어쩌려고."

"······."

"무슨 말이기에 그리 침울한 표정인 게냐?"

잠시 머뭇거리던 순심이 용기를 내어 윤을 본다.

그냥 묻어버리면 속 편할 일이었다. 연잉군이 그리 말했다지 않은가. 순심은 제 발에 걸려 넘어졌다고. 그리하여 머리를 다친 것일 뿐이라고.

그러나 과연 옳은 일일까. 금과 황가는 순심이 겪은 일을 모두 목도했다. 황가까지 침묵을 지킨다는 보장도 없었지만, 설령 그렇다 하여 모른 척 넘어가도 될까. 그것은 마치 윤을 기만하는 행동처럼 느껴졌다.

"저하, 왜 머리를 다쳤는지는 묻지 않으십니까?"

"넘어져 다쳤다 들었다. 금이 그리 말했지."

그리고 멈칫, 윤은 순심의 표정을 살폈다.

"다른 이유가 있는 게로구나."

"……예, 저하."

"어찌 다쳤느냐?"

"…….."

입안에 맴도는 말을 순심은 차마 내놓지 못한다.

"어찌 다쳤는지 말해보아라."

재차 말하며, 윤은 부드럽게 고개를 끄덕여 보였다. 고개를 떨어뜨리고 있던 순심이 그제야 입을 열었다.

"운종가에서 무뢰배들을 마주쳤습니다."

"…….."

순심을 바라보던 윤의 시선이 정지했다.

내내 그를 괴롭히던 불안한 예감이 틀리지 않았단 말인가. 김일경은 그리 말했었다. 운종가에 출몰하는 무뢰배들은 여인들을 겁간하고 욕보인다고. 설마…….

"그들이 무슨 짓을 했더냐?"

그답지 않은 성급한 질문이었다. 윤의 말에는 미묘한 초조함이 담겨 있었다. 그의 어조가 사뭇 달라진 것을 깨달은 그녀가 고개를 들었다. 윤의 미간에 깊은 골이 파여 있었다.

"소, 소인을 붙잡고…… 떠메어 어디론가 끌고 가려 했습니다."

"너를 떠메었다고?"

"예. 그자들에게 벗어나려 발버둥을 치다 바닥으로 떨어졌습니다. 그 바람에 머리를 부딪친 것이고……."

"……."

그녀를 바라보는 윤의 얼굴에는 무척 낯선 표정이 떠올라 있었다. 그는 마치 충격을 받은 듯 보였다. 무릎에 걸쳐진 윤의 손끝은 간헐적으로 경련하고 있었다.

"……그것이 전부이냐?"

"소인이 기억하는 것은 거기까지입니다. 곧이어 무사가 나타났기에……."

"아……."

윤은 저도 모르게 안도의 한숨을 내쉬었다.

"송구합니다, 저하."

"……무엇이 송구한가."

그의 음성은 착 가라앉아, 쥐어짜내듯 힘겹게 들렸다.

"낯선 사내들에게 둘러싸이고 붙들리게 된 것이……."

"……."

"소인은 저하의 여인이니 매사 조심해야 하는 몸입니다. 본의가 아니라 해도 불미스러운 일에 휘말리게 되어 송구하옵니다, 저하."

그때였다. 손 위에 느껴지는 온기. 윤이 그녀의 손을 가만히 잡았다.

"세상에 송구할 것도 참 많구나."

"……예?"

"네가 잘못을 저지르지도 않았는데, 어찌 그것을 송구하다 하느

322

냐. 대체…….”

끝내 윤의 입에서 흘러나오는, 순심이 내내 듣고 싶었던 따스한 말.

“그것은 네 잘못이 아니다, 순심아.”

윤이 말을 이었다.

“누군가 나쁜 뜻을 품고 너를 대한다 하여, 네가 나쁜 이가 되는 것이 아니야. 악의는 그자들의 것이지. 그들은 너의 무엇도 훼손하지 못한다.”

“……저하.”

“그런 일을 겪고서 그 먼 길을 걸어왔다는 것이냐? 내 금에게 들었다. 가마와 말은 물론이거니와 부축해주겠다는 제안 역시 거절하였다며?”

“아무리 저하의 동생인들 어찌 그렇게 하겠습니까……. 소인은 동궁전의 승은궁녀인 것을요.”

“순심아.”

이름을 부르는 묵직한 음성. 순심이 그의 눈을 마주 보았다. 내내 구슬프게 침잠하던 그의 눈에 제 모습이 비치고 있었다.

“명심하라. 네 목숨, 네 몸의 안전보다 중요한 것은 없다.”

“저하…….”

“죽은 이를 생각하면, 슬픔을 느낀다는 것마저 사치라는 것을 아느냐? 슬픔마저도 살아 있어야 누릴 수 있는 것이다. 살아 있으니 되었다. 쓸데없는 일로 송구하다 여기지 마라.”

“예……. 저하.”

그보다 더 중요한 것이 무어 있겠는가.

살아 있으니 되었다. 그녀가 그의 곁에 살아 있으니, 되었다.

“몸조리를 하라. 내 또 찾아오겠다.”

인사를 남긴 윤이 자리에서 일어섰다. 배웅을 위해 일어서려는 순심을 자리에 눌러앉히는 그의 손길은 부드러우나 단호했다.

뒤에 남은 순심의 시야에 들어오는 윤의 등. 문득 안도감이 밀려온다. 구월은 생과방 시절이 더 좋았다고, 함께 떡이나 빚으며 지내던 때가 그립다 하였었다. 그러나 그제야 순심은 깨달았다.

돌아가고 싶지 않다고. 저 너른 등의 주인 곁에 있는 것이 행복하다고. 비록 허울뿐인 승은궁녀라 해도, 진짜 그의 여인이 아니라고 해도.

침소를 떠나던 그가 고요히 전했다.

"내 앞으로 너를 혼자 두지 않겠다."

그러니 내 눈에서 벗어나지 마라.

"아휴……."

낙선당 처마 아래. 윤의 방문 탓에 밖에 나와 있던 구월이 한숨을 내쉬었다.

사방에는 이미 캄캄한 어둠이 내렸다. 콧잔등을 스치는 밤바람이 서늘했다. 보이는 것이라고는 시커먼 어둠뿐인 안뜰을 응시하며 구월은 연거푸 한숨을 뱉었다.

문득 그날의 기억이 떠오른다. 순심이 나인 처소를 떠나 동궁전으로 자리를 옮겼던 날. 수라간 일을 마친 구월은 십 년간 그래왔듯 생과방으로 달려갔다. 순심이 간밤에 승은을 입었고, 더 이상 그곳에 있지 않다는 사실이 떠오른 것은 생과방에 거의 다다랐을 즈음이었다. 결국 구월은 터덜터덜 제 처소로 돌아가야 했다.

긴 세월 순심과 모든 것을 함께했던 그들의 처소. 그곳이 텅 비어 있다는 것을 알기에 방문을 여는 것은 무척 힘이 들었다. 그 후로도 제법 오랫동안 구월은 습관처럼 생과방에 들르고, 또 습관처럼 곁에 없는 순심에게 말을 건네곤 했다.

"귀한 마마님이 되어 잘 먹고 잘 사는 줄 알았더니……."

구월이 착잡한 표정으로 중얼거렸다. 아까 눈물바람을 한 탓인지 입안이 바짝 말랐다. 목이나 축일까 싶어 구월은 안뜰로 내려섰다.

"또 우십니까?"

"아으, 깜짝아!"

구월이 외마디 소리를 내질렀다. 생각에 잠긴 탓에, 그리고 자욱한 어둠 탓에 상검의 존재를 미처 발견하지 못한 것이다.

"아, 놀라라……. 대체 거기서 뭐 하냐?"

"뭐 하긴요. 세자 저하를 기다립니다. 그나저나…… 생각보다 눈물이 많으시네요."

"개뿔. 울기는 누가 울어?"

"뺨에 눈물자국이 잔뜩 났는데요."

"신경 꺼, 내시 놈아."

매몰찬 구월의 대꾸. 그러나 상검은 면박 따위에 개의치 않는 듯했다. 그가 태평스럽게 말을 이었다.

"소인만 보면 어찌 그리 화를 내십니까? 소인이 내시인 것이 항아님께 뭐 잘못되기라도 했습니까?"

"누가 잘못됐대냐? 그러니 내시면 내시답게 내시 할 일이나 잘하세요. 사람은 자고로 팔자에 맞게 사는 게 제일이니, 괜스레 엄한 궁녀한테 이래저래 간섭하지 말고."

"에이, 어차피 한 번 사는 인생인데……. 타고난 팔자만 좇고 살면 그게 무슨 재미예요?"

"재미 좋아하네. 어휴, 시끄러우니까 저리 가라."

구월이 휘휘 손을 내저었다. 정말이지 저 내시가 마음에 들지 않았다.

"동궁전이 제집인데 가긴 어딜 갑니까? 가시려면 항아님이나 가세요."

"뭐? 지금 텃세 부리냐? 너나 가. 여긴 내 동무, 순심 마마님 처소니까!"

구월이 버럭 성을 냈다.

"그런데요. 항아님은 어찌 그리 늘 날이 서 있어요?"

"날은 뭔 날?"

"처음 볼 때부터 그러셨잖습니까? 꼭 원수라도 진 사람처럼……. 고분고분 말하면 좀 좋아요?"

"밤톨만 한 게 어디서 사람을 가르치냐?"

"에이, 제가 아무리 작아도 항아님보다야 한 뼘은 큰데, 저보고 밤톨이라 하시면 항아님은 뭐게요. 콩알? 팥알?"

"조용히 안 해?"

발끈한 구월이 주먹을 쥐고 흔들었다.

사실 구월도 타고날 때부터 거친 성격이었던 것은 아니다. 그녀는 아버지를 일찍 여읜 데다 딸만 여섯인 가난한 집안의 장녀였다. 그런 까닭에 구월은 사내와 말 한 번 나눠본 적이 없었다. 평생을 그리 살아온 탓인지, 상검을 대할 때면 저도 모르게 말이 험악해지곤 했다.

"됐습니다. 이거나 가져가세요, 항아님."

갑자기 상검이 품 안에서 무언가를 꺼내 내밀었다.

구월의 표정이 영 미심쩍어졌다. 상검의 손바닥 위에 오도카니 놓인 물건. 그것은 구월에게 굉장히 익숙한 것이었으나, 한편으로 이상하게 낯설기도 했다.

"……이게 뭐야?"

"몰라서 물으십니까? 항아님 신이잖아요. 잘 보관해두라면서요."

"더럽지도 않냐? 왜 남의 신을 품에 넣고 다녀?"

"안 더럽습니다. 제가 깨끗이 세답했거든요."

"……뭐?"

구월이 새삼스레 신을 살폈다. 신은 깨끗했다. 게다가 해어져 너덜대던 뒤축도 깔끔하게 수선되어 있었다. 오래도록 신어온 제 갖신이 남의 물건처럼 느껴진 것은 그 때문인 듯했다.

"시간이 좀 남기에 제가 손을 좀 보았습니다."

"……."

"뭐 하십니까? 신 안 가져가실 겁니까?"

"으응."

상검의 손을 내려다보던 구월이 멀끔해진 제 신을 받아 들었다.

"넌 비위도 좋다. 남이 신던 걸 세답하고, 수선하고."

"에이, 기왕 말하는 거 그렇게 말고 예쁘게 하면 좀 좋습니까? 그냥 고맙다고 하세요."

입술을 비죽이던 구월이 불쑥 한마디를 내뱉었다.

"……고오맙다!"

억지로 절 받기나 다름없었으나 상검은 해맑게 웃음을 지었다.

"그래서 말인데요, 항아님."

"뭐가?"

"콩알 누님이라고 불러도 됩니까?"

"뭐? 누님? 콩알? 에라, 이 미친 고자 놈이!"

그때였다. 갑자기 모습을 드러낸 검은 그림자. 당황한 상검과 구월의 얼굴이 해쓱해졌다.

"어, 언제부터 거기 숨어 있었던 겁니까?"

낙선당 초입 큰 버드나무 그늘에 몸을 숨기고 있었던 모양이다. 황가는 마치 그림자처럼 소리 없이 나타났다.

"……내가?"

황가가 되물었다.

"예! 호위 나리, 아니 호위 형님 말입니다!"

"저하께서 오실 때 함께 왔다."

짧게 대꾸한 황가가 마음에 들지 않는다는 듯 덧붙였다.

"형님이라 부르지 마."

"지금 그게 문젭니까? 아니, 언제부터 거기 숨어서 남의 말을 엿듣고……."

"내가 숨었다고? 침입자가 없나 살피고 있었을 뿐이다. 그리고."

황가의 시선이 상검과 구월을 차례대로 훑었다. 안광을 뿜는 강렬한 눈빛.

"내시와 궁녀가 무슨 소리를 하며 떠들든 난 관심 없으니 신경 쓰지 마."

"내, 내시와 궁녀가 뭘요? 항아님이랑 제가 요상한 짓이라도 한 거 같잖습니까! 지금……."

달칵, 침소 문 여는 소리. 상검이 급히 입을 다물었다. 황가와 상검, 구월이 동시에 고개를 숙였다.

윤이 안뜰에 도열한 셋을 바라보았다. 문득 오늘 밤의 풍경이 낯설다. 황가와 구월의 모습에 아직 익숙지 않은 탓이었다.

"구월이라 하였나."

"예, 저하."

"순심을 잘 부탁한다."

"예! 명심하겠습니다, 저하."

윤은 수라간 상궁에게 전갈을 보내두었다. 구월은 며칠간 낙선당에 머물 것이다. 그의 시선이 구월을 지나쳐 황가에게로 향했다.

"가자."

"예, 저하."

윤의 말은 그것이 전부. 황가 역시 긴장하는 기색 없이 세자의 뒤에 자리를 잡았다. 마치 오래도록 그와 함께해온 듯 익숙해 보이는 태도였다.

본래 세자의 뒤는 상검의 자리. 그 모습을 바라보던 상검이 못내 불만스럽다는 듯 입술을 비죽였다. 잰걸음으로 윤에게 다가간 상검이 황가의 반보 앞에 비집고 들어가 자리를 잡았다.

"상검아."

"예, 저하."

"일각 후에 저승전으로 돌아오라."

"일각 후에요? 소인 혼자서 말입니까?"

"그래."

"예? 어째서요?"

좀체 받아본 적 없는 생소한 명. 당황한 상검이 눈을 굴리며 되물었다.

"황가와 긴히 할 이야기가 있으니 내 말대로 하라."

"……예, 저하."

어찌 세자의 말에 토를 달 수 있을까. 영 개운치 않은 표정의 상검은 뒤에 남았고, 윤과 황가는 짙게 깔린 궁궐의 어둠 속으로 사라졌다.

구월 역시 순심이 있는 방으로 돌아갔다. 홀로 남은 상검만이 낙선당 안뜰에 우두커니 서 있다.

"굴러 들어온 돌이 박힌 돌 빼낸다더니, 꼭 그 짝이네."

구시렁대던 상검이 고개를 들었다. 침소 문 열리는 기척이 들려왔기 때문이었다.

"야, 내시."

"왜요."

"받아."

데구루루.

구월이 밀어 보낸 찐 토란 하나가 마루를 굴러 상검에게로 왔다.

윤의 걸음 소리가 뚝 끊겼다. 그의 뒤를 따르던 황가 역시 멈춰 섰다.
"익위사에는 다녀왔느냐?"
"예, 저하."
윤과 순심, 그리고 금이 선인문을 통해 궁궐로 들어설 때 황가는
문밖에 남아 있었다. 윤과 금은 왕족이었고 순심은 왕세자의 여인이
었다. 그들은 궁궐이 집이거나 혹은 집이었던 사람들이었기에 응당
입궐할 자격을 가지고 있었다. 그러나 황가는 그렇지 않았다.
선인문 밖에 남아 있던 황가를 구제하여 입궐토록 한 것은 왕세자
가 아닌 연잉군이었다. 금은 황가가 순심을 호위하여 궁궐까지 돌아
왔음을 세자에게 알렸고, 윤은 입궐을 허했다.
"내 묻겠다. 어떻게 순심과 함께 오게 된 것이냐?"
"궁궐로 오던 길에 우연히 발견하였습니다."
"금의 말로는 순심이 넘어져 머리를 다친 것이라 하던데."
"……."
황가는 잠시 침묵했다. 어떤 까닭으로 금이 무뢰배 이야기를 하지
않았는지는 어렴풋이 알 것 같았다. 그러나 황가의 주인은 금도, 순
심도 아닌 세자 이윤이다.
"아닙니다. 운종가와 남촌 지역에 요즘 무뢰배들이 횡행하는데,
하필 궁녀님께서 그자들의 표적이 된 듯합니다."
"무뢰배라."
윤이 계속 얘기하라는 듯 작게 고갯짓을 했다.
"예. 끌고 가려는 무뢰배에게 반항하다 넘어지는 바람에 땅에 머
리를 부딪치셨습니다."
"마침 그때 네가 순심을 발견한 것이냐?"

"그러하옵니다. 처음에는 소인 역시 궁녀님인 줄은 몰랐습니다."

"음."

윤은 한동안 말이 없었다. 황가 역시 묵묵부답으로 세자의 명을 기다렸다.

황가가 윤에게 고한 말은 대부분 진실이었다. 그가 순심을 발견한 것은 우연에 지나지 않았다. 평소 그 길목은 무뢰배들의 출몰이 잦아 인적이 드물었다. 두려울 것 없는 황가였기에 궁궐로 가는 지름길을 택했을 뿐이다.

그러나 나중에야 순심임을 깨달았다는 것은 거짓이었다. 비명을 지르는 여인을 발견한 순간, 황가는 그녀가 순심임을 알았다. 어찌하여 생전 본 적 없는 여인을 멀리서 한눈에 알아보았는지, 까닭은 그 자신도 모른다. 그것은 본능적인 이끌림과 같았다.

"그자들은 어찌 되었느냐?"

한동안 말이 없던 윤이 침묵을 깼다. 예민한 감각을 가진 황가였다. 그는 왕세자의 어조가 사뭇 달라졌음을 인지했다.

"제압하여 쫓아 보냈습니다."

황가의 대답은 간결했다. 순심이 혼절하여 있었기에 안위를 확인하는 것이 우선이었다든가, 입궐을 앞두고 복잡한 일을 만들고 싶지 않았다든가 하는 변명을 하고 싶진 않았다.

윤의 다문 잇새로 '음' 하는 소리가 흘러나왔다.

"무뢰배들의 얼굴을 기억하느냐?"

"예, 기억합니다, 저하."

"관군을 보내 그자들을 소탕하도록 할 것이다. 그들이 순심을 해하려 했던 자들이 맞는지 확인하라."

"분부 받잡겠사옵니다, 저하."

그것이, 황가가 호위무사로서 이윤에게 받은 첫 번째 명이었다.

이내 황가는 깨닫는다. 무뢰배들에게 자비란 주어지지 않을 것임을. 감히 세자의 여인을 희롱한 죄로 그들은 목을 내놓게 될 것이다.

"한 가지 더."

"예, 저하."

"연잉군과 거기서 마주친 것 역시 우연이더냐?"

어떤 의도로 묻는 것일까. 윤의 의중을 파악하기는 힘들었다. 세자의 말투는 신랄하지도 지나치게 무심하지도 않았다.

"그렇사옵니다, 저하."

모호한 태도에 응답하는 방법은 오직 하나. 증명하려 애쓰지 말고 있는 그대로의 진실을 고하는 것 뿐.

"알겠다. 가자."

"예, 저하."

윤이 걸음을 옮기기 시작했고 황가가 그의 뒤를 따랐다. 세자의 뒷모습에서 시선을 떼지 않으며, 황가는 그와의 대화를 통해 깨우친 중요한 사실을 곱씹었다.

낙선당 승은궁녀. 자꾸만 신경을 거스르게 하는 신비한 여인. 세자에게 있어 그녀는 가장 소중한 존재라는 것을.

* * *

"저하."

"……."

"저하."

저승전의 침전. 깊은 생각에 잠긴 탓에, 문 내관이 들어온 것을 깨닫지 못했던 윤이 고개를 들었다.

"차를 가져왔사옵니다, 저하."

"거기 두어라. 차차 마시겠다."

문 내관이 조심스럽게 소반을 내려놓았다. 은은한 차향이 공기 중에 떠돌았다.

윤이 금빛을 띠는 찻잔 속 액체를 바라본다. 연잎차는 문 내관이 손수 준비한 것이었다. 그러나 윤은 그것을 마시지 않을 것이다. 문 내관을 믿지 못해서는 아니었다. 광증의 원인이 독이라는 심증을 가진 이래, 그는 수라간에서 지어 올리는 끼니를 제외한 차와 술, 음료 등을 모두 끊었다.

"저하, 안색이 어두우십니다. 걱정거리라도 있으십니까?"

"아니다."

윤은 그저 순심을 생각하고 있을 뿐이었다. 파리한 얼굴로 무뢰배들을 만났다 고백하던 그녀의 모습을. 그런 험한 꼴을 당하고서도 오히려 윤에게 송구하다 말하던 순심의 떨리는 음성이 귓가에 선연했다.

문 내관이 입을 열었다.

"저하, 내일 지 상궁이 종일 자리를 비울 예정입니다. 궁관들에게 내리실 명이 있으면 소인에게 전하여주시옵소서."

"무슨 일로?"

"……저하, 정녕 잊으셨습니까?"

"무엇을 말이더냐."

문 내관이 당황한 듯 입을 벌린다. 세자께서 통 관심을 두지 않으신다는 것은 알았지만, 이 정도일 줄이야.

"저하, 내일은 초간택이 있는 날이옵니다. 잊으셨나이까? 지 상궁은 세자빈을 보필할 사람인지라 간택에 참관하게 되었습니다."

"초간택……."

초간택 날짜를 잊은 것도 모자라 그게 무슨 소리냐는 듯 되뇌는 윤의 목소리. 그야말로 기가 막혀 문 내관은 한숨을 내쉬고 말았다.

"저하. 간택에 큰 의미를 두지 않으심을 소인도 알고 있사옵니다. 하나 아무리 그래도 평생 함께하실 부인을 간택하는 날 아닙니까. 조금이라도 관심을 두시는 편이……."

문 내관이 조심스레 충언을 건네었다. 그러나 불쑥 치고 나온 윤이 말허리를 뚝 잘랐다.

"대의를 위해 필요한 것들이 있지. 나라에 임금과 왕후가 필요하듯, 사내에게는 부인이 필요하다 서책에도 쓰여 있으니 말이다. 또한 세자빈이 있어야 동궁의 살림도 잘 돌아가겠지."

"예, 그리 생각하실 줄 알았나이다. 지당하신 말씀이옵니다."

"세자빈이란 내게 그런 의미이다. 동궁전의 구색을 잘 갖추어줄 사람."

"……."

"나도 당연히 안다. 세자빈이 내 부인이 될 사람임을. 간택이 마무리되면 나 역시 응당 빈에게 예를 갖출 것이다."

"당연히 그러실 줄 알고 있사옵니다, 저하."

"그러나 그뿐이다."

"그뿐이라니요……?"

문 내관이 불안한 목소리로 되물었고, 윤은 느리게 답했다.

"세자빈으로 간택되었다는 것이, 인간 이윤의 여인이 되었음을 의미하지는 않는다."

세자빈으로 간택될 여인에게 아무 죄가 없다는 것을 어찌 모르겠는가. 그러나 초간택, 재간택과 삼간택을 거쳐 윤과 가례를 올리게 될 여인은 홀몸이 아니었다. 그녀는 노론의 눈이 될 것이고 중궁전의 귀가 될 것이다. 또한 후궁전의 발이 되어 동궁을 누비게 될 것이었다.

"노론이 아닌 소론 규수께서 간택되실지도 모르는 일 아닙니까."

문 내관을 바라보던 윤이 피식, 웃었다.

"소론 세자빈이라. 어찌 그리 순진한 소리를 하는 겐가. 정녕 자네는 그런 일이 일어나리라 믿는 것이냐?"

"……."

문 내관은 윤의 말에 반박하지 못했다. 노론은 결코 소론에서 세자빈이 배출되도록 내버려두지 않을 것이다.

"저하. 세자빈을 당장 살갑게 받아들이시라는 뜻은 아닙니다. 간택이 임박한 탓에 보는 눈이 많습니다. 오늘과 같은 일은……."

"오늘과 같은 일?"

윤이 날카롭게 반문했다.

"선인문에서의 일 때문에 궁인들이 수군대고 있사옵니다. 특히 마마님을 맞이하러 문밖으로 나가신 일과, 그 이후의……."

문 내관이 말끝을 흐렸다. 분명 윤이 순심을 끌어안았던 일에 대해 말하는 것이리라.

"간택 탓에 이목이 집중되어 있는 시기 아니옵니까. 당분간 그런 일은 삼가시는 편이 좋을 듯합니다, 저하."

"……."

문 내관의 말이 옳다. 초간택 전날, 벌건 대낮에 승은궁녀를 끌어안은 행동을 잘했다 할 수는 없었다.

그럼에도 불구하고 윤은 문득 떠올린다. 초조함이 극에 달하던 순간, 서서히 좁아지던 문틈으로 나타났던 순심의 청색 치마폭을. 그리고 한 걸음 한 걸음 윤을 향해 다가오던 순심의 모습을.

"소인 이만 물러가겠사옵니다. 직언을 드려 송구하옵니다."

한참 동안 윤이 대답하지 않자, 그의 심기를 거슬렀다 생각한 문 내관이 인사를 올린다. 문 내관이 조심스레 방을 떠났다.

홀로 남은 윤은 일렁이는 불빛을 응시하고 있었다.

"삼가는 편이 좋겠지."

그가 중얼거렸다. 그는 남들의 이목에 신경 써야 하고, 노론의 눈치를 살펴야 하는 왕세자였으니까. 노론에게 빌미를 줄 만한 일은 결코 벌여서는 아니 되겠지.

"하지만 시간을 되돌린다 해도 나는 똑같이 행동했을 것이네."

아니, 오히려 더 빨리 문을 박차고 나가 그녀에게 가는 것이 옳았으리라.

노론의 입에 오르내리는 것이 걱정스러운 왕세자는 그리해서는 안 되겠지만, 인간 이윤의 마음은 그러했다.

* * *

수백 년 묵은 거대한 백송의 침엽들이 은빛으로 반짝이는 밤. 솔향 가득한 저택의 주인인 금은 잠들지 못하고 안뜰을 거닐고 있었다.

그의 하루를 스쳤던 군상들이 우수수 스쳐 지나간다. 유독 붐비던 운종가의 풍경, 황량하던 골목길에 나타난 봄날 같은 여인, 연둣빛 장옷 자락이 스르르 떨어지며 드러나던 순심의 되똑한 옆얼굴. 싸구려 술 냄새를 풍기던 비렁뱅이와 들려오던 비명소리, 그리고 황가.

"뭐 하자는 짓이냐, 대체."

금이 나지막하게 내뱉었다. 그러나 그중에서 가장 인상 깊은 순간은 운종가가 아닌 궁궐 앞에서 발생했다.

서서히 닫히는 문을 향해 '멈추어라'라고 명한 순간, 선인문 안에 우뚝 서 있던 형님의 모습. 선인문 밖으로 나오던 윤의 걸음은 평생 바라온 단 하나의 목표를 향해 가는 사람처럼 굳건했다. 저물어가는 오후 풍경 속, 세자의 흑룡포에 파묻힌 순심의 모습이 환영처럼 스쳤다.

"죽 쒀서 개 줬군."

헛웃음이 흘러나왔다. 입안이 종일 쓰디쓰다. 괴상한 기분이 들었다. 무언가 그의 신경을 끊임없이 건드리고 있었다.

궁궐로 향하던 순심은 수없이 멈춰 섰고 몇 차례나 정신을 잃을 뻔했다. 그녀의 숨결은 거칠었다. 식은땀에 젖은 얼굴은 새하얗게 질려 있었다. 그 꼴을 하고서도 가마와 말을 마다하고 고집스레 걷는 모양이라니.

미련하기 짝이 없는 순심의 행동은 한편 꽤나 독기 있게 느껴지기도 했다. 지금껏 그녀에게서 발견하지 못했던 모습이었다. 그러나 어지러움이 밀려오는 듯 비틀대다, 정신을 놓았던 찰나 순심의 입에서 흘러나왔던 말.

-아버지.

-아니야, 아버지가 아닐 거야.

금은 똑똑히 들었다.

'분명 그렇게 말했어.'

금의 생각은 자연스레 시간을 거슬러 올랐다. 무뢰배들과 맞닥뜨리기 전 순심은 꽤 기묘한 행동을 했었다. 귀신이라도 본 듯한 표정으로 도망치던 그녀의 모습이 떠올랐다.

문득 섬광처럼 뇌리를 스치는 주정뱅이의 모습.

"한번 알아볼까."

깊은 밤, 속을 알 수 없는 표정을 한 채 금이 중얼거렸다.

그 밤, 윤 역시 좀체 잠들지 못했다. 저승전 안뜰의 연못가를 거니는 그는 내내 깊은 생각에 잠겨 있었다. 물가의 개구리들이 첨벙대는 소리가 들려왔다.

문 내관에게 한 말들은 모두 진심이었다. 그러나 긴 하루의 와중 잠시 잊었을 뿐, 간택에 대해 무감한 것은 아니었다.

문득 윤은 '세자빈'이란 이름을 지녔던 여인을 떠올린다.

세자빈 심씨. 그녀와 아홉 살에 가례를 올렸던 윤이었다. 스무 해가 넘도록 부부로 지냈으나 그녀에 대한 기억은 희미하다. 세자빈은 병약하여 늘 방안에 칩거했으며 그와 눈조차 마주치기를 꺼렸다. 그녀는 단 한순간도 윤에게 사랑받지 못한 여인이었다.

"……미안하오."

나지막한 윤의 말.

사랑이 없었다 하여 긴 시간 함께했던 여인에 대한 회한마저 없을까. 그러나 세상을 떠난 이는 듣지 못한다. 윤의 사무치는 모정(慕情)을 희빈 장씨는 듣지 못한다. 뒤늦은 사과 역시 세자빈 심씨에게 전해지지 않으리라.

심씨를 땅에 묻었던 것은 겨울과 봄의 경계였다. 유난히 기억에 각인될 사건들이 많았던 한 해. 시간은 그가 체감하는 것보다 훨씬 빠르게 흘러가고 있었다.

봄의 문턱에서 세자빈 심씨가 졸하였다. 무르익은 봄날 숙빈 최씨가 세상을 떠났다. 봄날이 여름으로 향해가던 무렵 궁궐 하늘 위에 흰 무지개가 뜨는 기이한 일이 일어났다. 그리고 녹음이 궁궐을 수놓았던 여름날, 그는 후원 연못가에서 순심을 만났다.

순심이 동궁전에 자리를 잡은 계절. 그리하여 그의 삶 안으로 들어온 계절. 여름이 저만치 물러가고 있었다.

"이런 감정을 무어라 하는지 나는 잘 모르겠다. 너는 아느냐?"

'안다'라고 대답이라도 하듯 우웅- 작은 바람이 불었다.

"안다면, 이것이 대체 무엇인지 내게 가르쳐주겠느냐?"

마치 그녀가 곁에 있기라도 한 듯 윤이 묻는다. 시각은 한밤중이었고, 큰일을 겪었던 순심은 곤히 잠들어 있을 것이 분명했다. 그러나 발길은 자연스레 움직였다.

윤은 어느덧 제집처럼 익숙해진 낙선당으로 가는 길 위를 걷고 있었다. 할 말이 있다면, 곁에 있을 때 하는 것이 옳은 일. 마침내 낙선당에 찾아든 윤이 잠시 뜰에서 걸음을 멈춘다. 당연히 안뜰은 텅 비어 있었다.

'언제부터 이곳을 이리 익숙하게 여기게 되었는지.'

새삼스러운 눈길로 윤은 낙선당을 둘러보았다. 생각해보니 취선당을 마지막으로 찾았던 것도 꽤 오래전. 폭우가 쏟아졌던 밤, 잠든 순심을 들어 안고 돌아왔던 그날을 끝으로 그는 취선당을 찾지 않았다.

언제부터였을까. 마음이 쓸쓸하고 울적할 때, 그리고 외로울 때. 그의 걸음은 취선당이 아닌 낙선당으로 향하곤 했다.

그때였다. 낙선당 침소 문이 달칵 열렸다. 달빛이 툇마루를 비춘다.

"저하?"

"······아."

"어찌 이 시각에······. 말씀도 없이 여기 계십니까?"

"잠이 오지 않아 걷다 보니 여기까지 왔다. 나 때문에 깼느냐?"

"아니요. 저하 때문은 전혀 아니옵고······."

순심이 말끝을 흐렸다. 그제야 윤은 열린 문틈으로 들려오는 규칙적인 소리를 알아챘다. 이는 깊이 곯아떨어진 구월의 코 고는 소리였다.

"저런."

"원래 날이 선선해지면 코가 잘 막히는 편이라······."

"저 소리 때문에 잠을 못 이루는 것이냐? 피로할 터인데."

"아닙니다. 소인이랑 십 년이나 방을 같이 쓴 사이인데요. 하도 익숙해져서, 외려 처음 낙선당에 왔을 때는 너무 조용하여 잠이 안 올 지경이었습니다. 저녁에 눈을 붙인 탓에 잠이 오지 않을 뿐입니다."

순심의 답에, 윤이 고개를 끄덕였다.

"몸은 괜찮으냐?"

"약간 어지럽습니다만, 의녀가 말하길 크게 걱정할 증상이 아니라 하였습니다. 며칠간 나다니지 말고 약을 먹으면 된다고요."

구월이 깰까, 순심은 살며시 마루로 나와 윤에게 다가갔다. 조심스레 문을 닫자 코 고는 소리는 한결 잦아들었다.

"힘든 하루였지?"

"……긴 하루였습니다."

불현듯 윤의 손이 순심의 어깨를 토닥거렸다.

따스한 손길. 잠시 동안 목소리는 들려오지 않았다. 달빛만이 유유히 빛무리를 흩뿌리며 흘러갈 뿐이다.

"저하. 운종가에 있을 때 약초전에 찾아갔었습니다. 저하의 증상을 설명하니, 단번에 독버섯에 중독되었을 때의 증상이라고 알려주었습니다."

"독버섯?"

"예. 종류가 다양하다고는 하였으나, 미치광이 버섯이라는 이름으로 흔히 부른다고……."

"미치광이 버섯……."

처음 듣는 버섯의 이름을 되뇌던 윤의 입에서 허망한 웃음이 흘러나왔다. 그와 너무나 잘 맞아떨어지는 이름 아니던가. 미치광이 버섯이라니.

"나와 잘 어울리는구나. 미치광이 버섯이라니."

"그리 말씀하지 마시옵소서. 저하의 탓이 아닙니다. 감히 저하께 그런 짓을 한 자를 찾아내는 것이 우선 아니겠습니까."

"네 말이 맞다."

윤은 잠시간 말이 없었다. 많은 생각이 떠올라 머릿속이 혼란했다.

'미치광이 버섯'이라는 상징적인 이름 뒤에 숨은 독의 정체를 찾아내는 것이 우선이다. 그것을 확인한 후에는 정말로 사활을 걸어야 하는 일이 그를 기다리고 있었다. 누가 독을 넣었는지, 어떻게 넣었는지. 그리고 동궁전에 손을 뻗어 독을 제공하고 사주한 우두머리가 과연 누구인지.

그것을 밝혀내야 그가 산다.

"……그리고, 저하."

"응?"

"구월이에게 들었습니다. 내일 초간택이 있을 것이라고……."

"그러하다."

윤이 흘낏 순심을 바라보았다. 동요하는 듯한 표정은 아니었다. 단지 생각에 잠겨 눈을 내리깔고 있을 뿐.

"어떤 분이 세자빈이 되실지…… 궁금합니다."

그녀의 말은 진심이었다. 궁금했다. 세자 이윤의 곁을 평생 지키게 될 여인이 누가 될지. 어떤 사람이며, 어떤 모습을 하고 있을지.

그리고 윤은 그녀를 사랑하게 될 것인지.

"궁금하더냐?"

"저하께서는 궁금하지 않으십니까? 부인이 되실 분인데요."

"글쎄다."

그가 궁금하게 여기는 것은 이러했다. 간택될 여인이 어떤 가문의 여인일지, 어떤 정치적 입장을 취하고 있을지, 어머니 희빈 장씨의 죽음에 연루가 되어 있는 집안일지 아닐지. 세자빈과, 장차 중궁전으로서의 덕목을 갖춘 사람일지.

초간택 전날, 왕세자 이윤은 이런 것들을 궁금해하고 있었다.

"별로. 궁금하지 않다."

세자빈이 어떤 여인일지, 이름은 무엇일지, 나이는 몇일지, 외모는 어떠할지. 또 좋아하는 것은 무엇이며 싫어하는 것은 무엇일지, 어떻게 웃고, 곰곰 생각에 잠겼을 때 어떤 표정을 지을지. 사내로서의 이

윤은 조금도 궁금하지 않았다.

"부인이 되실 분에 대해서도 궁금하지 않으시다니……. 어찌 그럴 수 있으십니까?"

"관심이 가지 않으니까. 내가 궁금한 것은 다른 것이다."

"무엇이요?"

윤의 시선이 순심에게로 향한다.

"너는 대체 어떤 여인인지."

"……예?"

이미 많은 것을 알고 있지만.

"네 이름은 순심이고, 나이는 스물이고, 유난히 눈이 크고 까맣고…… 냄새를 기가 막히게 잘 맡고, 백단향기를 좋아하며 천둥소리를 싫어하고……."

"……."

"나는 너에 대해 이렇게나 많이 알고 있다."

평생 누군가에 대해 이렇게나 많은 관심을 가진 적이 있던가. 윤의 입가에 희미한 웃음기가 감돌았다.

"그럼에도 궁금하다. 어찌하여 자꾸만 떠오르는지, 왜 나는 이 시각에 낙선당을 찾아왔는지."

"……."

마주 본 순심의 눈은 두 배쯤 커진 것 같았다. 그녀의 눈동자 속에 세상이 비친다. 둥근 달, 검푸른 밤하늘, 반짝이는 별빛- 그리고 오롯이 들어찬 윤.

순심의 눈 안에는 윤의 세상이 들어 있었다. 잿빛이었던 황량한 삶이 아닌, 어느 순간 청명한 봄빛에 물들기 시작한 세상이.

"……저하."

"응?"

제 눈에 비치는 윤의 모습이 사라질까 눈조차 깜빡이지 않던 그녀가 묻는다.

"소인이 보고 싶어 오셨습니까?"

마음 언저리에 맴돌던 질문은 입 밖으로 나오자 비로소 진실이 되었다.

"그래. 그런 것 같다."

그의 얼굴이 순심을 향해 천천히 다가왔다. 입술이 닿을 듯한 지점, 둘 사이의 작은 틈을 채우는 숨결. 아슬아슬한 거리를 지나친 윤의 입술이 순심의 코끝을 스쳤다. 서늘하고 부드러운 감촉이 그녀의 이마를 지그시 눌렀다.

'여인이란 정녕 이런 것이더냐.'

손을 잡으니 품에 안고 싶어졌다. 품에 보듬어 안으니 밀려드는 체향에 정신이 아득하다. 다음 순간에는 이미 이마에 입을 맞추고 있었다. 오래도록 숨기고 억눌렀으며 모른 척했던 욕망이 서서히 고개를 쳐들었다. 아담한 콧날 아래 젖은 듯한 순심의 입술에서 흘러나오는 숨결. 물에 씻긴 듯 말간 입술을 보자 정신이 혼미해졌다.

원한다면 그는 얼마든 그녀의 입술을 취할 수 있었다. 밤은 모든 것을 집어삼켜 비밀을 지켜줄 것이다.

언제부터 이렇게 가까워진 것일까.

매 순간순간을 살얼음판 위를 걷듯 신중했던 그였다. 어찌하여 순심에게는 그렇게 하지 못하는 것일까. 왜 위험 따위 무시하고 내달리게 되는 걸까.

그리고 문득, 윤은 멈춘다.

"순심아."

"……예, 저하."

절제한다. 평생을 금욕하며 살았던 그였지만 오늘처럼 그것이 힘겹게 느껴진 적은 없었다. 그러나 여인을 향한 욕망은 곧 다른 욕망에 밀려났다. 살아야 한다. 살아남아야 한다는 욕망에.

윤의 입술이 순심의 이마에서 떨어졌다. 닿아 있던 입술이 멀어진 자리가 서늘하게 시렸다.

"이만 돌아가야겠다. 밤이 늦었구나."

"예······. 저하."

순심의 목소리는 작은 아쉬움을 담고 있었다. 문득 윤은 미안함을 느꼈다. 내놓지도, 그렇다고 아예 숨기지도 못하는 제 욕망에 휘말린 그녀를 외면해야 함을.

"혹시 내게 바라거나 부탁할 것이 있느냐?"

"부탁이요?"

"내 모두 들어줄 것이다."

순심은 잠시 망설였다.

떠나지 마라면 아니 떠나실까. 그러나 여인 된 몸으로 감히 그런 청을 건넬 수는 없는 일이다. 그런 것은 없습니다, 라고 고하려던 그녀가 한 가지를 떠올렸다.

"아무거나 괜찮습니까?"

"그래. 괜찮다."

"목욕이······ 하고 싶습니다."

"목욕?"

윤이 되물었다. 더운물은 귀한 것이었기에 청이 이상하지는 않았다. 그러나 그는 까닭을 알고 싶었다.

"어찌하여 목욕을 하는 것을 청하느냐?"

"밖에 다녀온 데다······."

순심이 머뭇거리는 것을 본 윤이 물었다.

"어찌 말끝을 흐리는 게냐."

그녀가 고개를 들었다.

"밖에서…… 무뢰배들과 잠시나마 닿았던 것을 씻고 싶어 그렇습니다."

"……"

윤의 입에서 낮은 한숨이 흘러나왔다. 여전히 그 일을 마음에 담고 있었던가.

"내 어찌 거절하겠느냐. 알았다. 내일 날이 밝는 대로 전갈하여 청을 들어주겠다."

"감읍하옵니다, 저하."

"그리고."

윤이 잠시 말을 멈춘다. 그는 지그시 순심을 바라보았다.

"다른 사내와 잠시 스쳤다 하여 네 몸이 깨끗지 않다 여기느냐?"

"그런 것은 아니오나…… 마음이 쓰입니다."

"순심아."

"예?"

"그런 데 마음 쓰지 마라."

윤은 생각한다.

이것은 욕망에 무릎 꿇는 것이 아니다. 그가 내보이고자 하는 것은 욕망이 아닌 진심이었다.

"너라는 여인에게 사내란 오직 나 하나뿐이니. 처음부터 그랬고, 앞으로도 그럴 것이다."

윤의 입술이 순심의 입술 위에 포개졌다.

七章.
고백

　고요한 밤의 궁궐. 태화당 침소에서는 낮은 등잔불빛이 흘러나오고
있었다.
　"영빈 자가. 소인 박 상궁이옵니다."
　"들어오라."
　그새 밤공기가 꽤 소슬한지, 박 상궁은 목을 움츠린 채 종종대며
침소로 들었다.
　"알아보았느냐?"
　"예. 중궁전 지밀들에게 소식을 듣고 돌아오는 길이옵니다."
　"그래. 무어라 하더냐?"
　박 상궁이 영빈을 향해 몸을 기울였다.
　"총 열네 명의 처녀가 초간택에 입궐할 예정이라 하옵니다."
　"열넷이나 되더냐?"
　"예. 노론 가문의 처녀가 열, 소론 가문의 여식이 넷, 하여 총 열넷
의 언문단자[42]가 중궁전으로 들어갔나이다."

―――――――――――
42　사주단자의 내용을 한글로 옮긴 것.

"달리 간택에 참관하는 사람은 없고?"

"예, 오직 중궁전 하나뿐입니다."

영빈의 표정이 싸늘하게 굳었다. 근래 당했던 수모가 또다시 떠오른 까닭이었다.

초간택을 심사하는 것은 왕가 여성 종친들의 몫이었다. 그러나 현재의 왕실에는 대비와 대왕대비가 없었고 임금의 여자형제들 역시 모두 세상을 떠 존재하지 않았다. 간택을 볼 사람이 중전 하나인 탓에, 예조(禮曹)에서는 영빈 김씨가 초간택에 참관하게 해달라 진계했다. 그러나 임금의 답은 오직 한마디.

-후궁에게는 자격이 없으니 거두어라.

이뿐이었다.

'애당초 바란 적도 없었습니다. 하오나 또다시 이렇게 수모를 주십니까?'

젊은 날, 영빈은 임금의 냉혹함과 무심함에 마음을 빼앗겼었다. 물론 희빈 장씨 역시 그러했었다.

그 가여운 계집은 죽는 순간에도 비정한 지아비에 대한 마음을 거두지 못했었다- 그것이 영빈과 희빈 장씨의 다른 점이었다.

"처녀들의 인솔은 동궁전 지 상궁이 맡게 되었나이다, 자가."

"지 상궁이?"

영빈의 얼굴에 그제야 화색이 돌았다.

지 상궁은 철저히 노론의 뜻에 따르는 사람이었다. 또한 동궁전의 우두머리 궁관이었으므로, 중전 역시 지 상궁의 뜻을 가벼이 여기지는 못할 것이다.

"알았다. 물러가게."

"예, 자가. 침소에 드시옵소서."

박 상궁이 조용히 침전을 떠났다.

홀로 남은 영빈은 이제 하루를 마감할 채비를 마쳤다. 어른대던 등잔불을 불어 끈 그녀가 자리에 눕는다. 젊은 날 흑단처럼 검고 묵직하였으나 숱이 반절이 되어버린 반백의 머리채를 정돈한 그녀가 천천히 눈을 감았다.

문득 머나먼 과거의 이른 봄날이 떠오른다. 노란 저고리에 다홍치마. 간택에 지정된 의복을 차려입고 부푼 가슴으로 궁궐에 발을 디디던 제 모습이. 까마득하여 아스라하다.

그 봄날의 댕기머리 소녀는 알고 있었을까.

궁궐의 드높은 문을 등 뒤에 둔 순간이 봄의 끝이었음을. 그리고 영영 봄은 찾아오지 않을 것임을.

"드디어 간택이로구나."

밤은 내일을 향해 흘러가고 있었다. 세자빈이라는 이름의 아리따운 사냥개를 간택하는 날을 향해.

그리고 그 사냥개를 길들이는 주인이 되는 꿈을 꾸며 영빈은 잠이 들었다.

* * *

동궁전의 동쪽, 창경궁의 경계에 세워진 각사(各司). 이곳은 궁궐에서 장번하는 금부 관원들의 숙소였다.

"아무래도 잠든 것 같지?"

"그런 것 같구면."

"어디 한번 확인해봄세."

수런대던 두 사내 중 하나가 황가에게 몸을 기울였다.

"자네, 자나?"

그러나 황가에게서는 대답이 없었다. 들려오는 것은 낮고 규칙적인 숨소리뿐. 필시 잠이 든 것이리라.

"곯아떨어졌네."

"먹을 복 없는 자로구먼. 잘된 일이지, 뭐."

이어 쩝쩝대며 무언가를 씹는 소리가 들려왔다. 이내 달콤한 과즙의 향기가 퍼졌다.

"내 온갖 과일을 먹어봤지만 그중에서도 궁궐 후원에서 따온 살구가 최고일세."

"자고로 훔친 음식이 더 맛있는 법이지."

"하기야, 그것도 보통 사람에게서 훔친 것인가? 후원의 살구는 주상 전하의 것이니 맛있을 수밖에!"

사내들은 죄책감 따위 느끼지 않는 듯했다. 그저 낄낄거리며 살구를 먹는 데 열중하고 있을 뿐이었다.

"그런데 저자, 성이 황가라 그랬나? 첫인상이 남다르더구먼. 나는 무슨 맹수가 걸어오는 줄 알았네."

"쉿. 그러다 깨겠네."

"에이, 숨소리를 듣자 하니 완전히 곯아떨어졌구먼. 걱정 말게."

황가의 숨소리는 정녕 깊은 잠에 빠진 듯 평온했다. 안심한 관원이 고개를 주억거렸다.

"듣자 하니 세자 저하께서 몸소 천거하여 들이신 자라 하더군."

"아이고, 줄을 잘 탔구먼."

"쯧, 줄은 무슨. 세자 저하의 처지가 끈 떨어진 연이나 다름없는데……."

"하기야 그건 그래. 참, 자네, 오늘 저녁에 있었던 일 들었나? 세자께서 선인문 앞에서 승은궁녀와 벌인 일 말일세."

"아, 나도 들었네! 역시나 이래서 핏줄을 못 속인다 하는 게지. 벌건 대낮에 여인을 끌어안고 난리였다지? 대체……. 으, 으악!"

"왜? 으, 으악!"

윤의 험담을 늘어놓던 사내들의 입에서 공포에 질린 비명이 터져 나왔다. 잠들어 있다 여겼던 황가가 자리에 앉아 그들을 노려보고 있었기 때문이었다.

짐승의 갈기처럼 헝클어진 머리칼과 형형한 눈빛을 마주한 관원들이 몸서리를 친다. 비록 특별한 재능이랄 것이 없는 하급 무관에 지나지 않았으나, 그들 역시 무인은 무인이었다. 황가에게서는 살(殺)의 기운이 흐르고 있었다.

"자, 자네 언제 일어났나?"

"여기 사, 사, 살구를 좀 드시게. 기, 기척도 없이 깨어나 놀랐지 뭔가."

황가가 제 앞으로 내밀어진 살구를 내려다본다.

"치우시오."

"왜, 왜? 마, 맛이 무척 좋은데……."

"궁궐 후원의 수목은 모두 임금의 것이오."

반박할 여유조차 주지 않은 채, 황가가 벌떡 자리에서 일어섰다.

"그것을 훔친 죄, 그리고 감히 세자 저하를 모욕한 죄. 이 두 가지를 금부에 알려야겠소."

"이, 이, 이보시게!"

"이보시오, 황가, 황씨, 아니 형님!"

사내 둘이 황가의 다리를 붙잡고 매달렸다.

궁궐의 물품에 손을 댄 것만으로도 대단히 큰 죄였다. 그러나 살구를 훔친 것 따위는 세자를 모욕한 것에 비하면 죄라고 할 수도 없다. 국본을 욕보인 죄는 죽음으로써 갚아야 하는 법이었다.

"살려주시게! 내 생각이 짧아 감히 입을 나불거렸네!"

"배, 배가 고파 그랬네! 배가 고파 그랬어!"

애타게 매달리는 관원들에게 황가가 흘낏 시선을 던졌다. 그는 잠시 김일경의 당부를 떠올린다.

-세자빈으로 분명 노론 집안의 여식이 간택될 것이다. 여인이라 우습게 보아선 안 된다. 분명 세자빈은 저하를 감시하는 사냥개의 역할을 하게 될 것이니. 반드시 기회를 잡아, 세자빈이 들어오기 전에 동궁전으로 거처를 옮겨야만 한다.

관원들은 숫제 눈물까지 흘리며 읍소한다. 기회가 예상보다 빠르게 온 듯싶었다.

"이렇게까지 애원하니, 내 한 번은 보아 넘기도록 하겠소."

"고맙소! 고마우이! 고맙소이다!"

"단…… 내 청을 들어준다면 말이오."

한바탕 소란이 지나간 방 안에 다시금 고요가 찾아왔다. 비록 눈을 감고 있었으나 황가는 깨어 있었다. 공포에 질렸던 곁의 사내들 역시 그럴 것이다.

황가가 궁궐에서 보내는 첫 밤은 그렇게 흘러갔다. 왕자군의 탈을 쓴 여우를, 그리고 참한 여인의 탈을 쓴 사냥개를 잡기 위한 파수꾼의 첫 밤이.

* * *

"채화야, 잠이 안 와?"

"……예."

북촌에 위치한 병조참지 어유구의 집. 불이 꺼진 자매의 방에서는 소곤소곤 낮은 목소리가 흘러나오고 있었다.

"어찌 잠들지 못하고 이렇게 뒤척이기만 하니?"

"잠이 오지 않아서요."

"하기야, 긴장되기도 하겠다. 초간택이라니……."

낮게 한숨을 내쉬는 처녀는 채화보다 두 살 위인 언니 인화였다. 인화의 음성에는 간택에 나설 이가 제가 아닌 동생이란 데 대한 부러움과, 채화를 홀로 보내는 것에 대한 걱정스러움이 교차하고 있었다.

"그저 이참에 궁궐 구경이나 하겠지요. 재간택까지 올라갈 리도 없으니……."

"올라갈 리가 없다니? 혹시 알아? 우리 채화가 세자빈이 될지?"

속없는 인화의 말. 채화가 나지막하게 그녀를 타일렀다.

"그런 말씀을 하시면 아니 됩니다. 외척이 되어 집안에 좋을 것이 없어요."

"아……. 미안……."

인화가 말끝을 흐렸다. 이리 보나 저리 보나, 비록 두 살 터울이지는 동생이지만 채화는 그녀보다 훨씬 어른스러웠다. 인화는 한순간도 정치 따위에 관심을 가져본 적이 없었다.

"하긴…… 내 동무들을 만날 때 들었는데 말이야."

인화의 동무들이란 같은 노론 명문가의 여식들을 뜻했다. 인화는 두어 달에 한 번씩 반가 처녀들 몇몇과 다과를 나누는 모임을 갖고 있었다.

"연잉군 대감의 용모가 그리 훤칠하고 멋지다더라. 행동도 사내답고 머리까지 비상한 데다 인물도 훤하시다고. 반면에 세자는……."

"……세자는요?"

"마냥 볼품없대. 인물도 초라하고 말더듬이에다 태도도 졸렬하다지 뭐니? 게다가 정신상태도 온전치가 못하다고……. 장희빈의 아들이잖아. 오죽하겠니."

채화가 조용해진 것을 깨달은 인화가 동생의 표정을 살폈다.

"내 말이 기분 나쁜 건 아니지? 너도 진짜로 세자빈이 되고 싶은 건 아니잖아."

"세자빈은요. 저야 머릿수를 채우러 갈 뿐인데요."

"그래. 그러니 어서 자. 그러다가 초간택 자리에서 졸기라도 하면 어쩌려고 그러니?"

"예, 언니."

"그래. 자자, 우리."

시간이 흐르고, 곁에 누운 인화는 그새 잠들어 규칙적인 숨소리가 들려왔다. 그러나 채화는 여전히 잠들지 못했다.

세자빈 간택에 어떤 기대를 하는 것은 아니었다. 단지 이상한 초조함이 그녀의 잠을 끈질기게 방해하고 있었다. 오만 생각이 떠올라 좀체 마음이 안정되지 않았다.

문득 채화는 포목점에서 마주쳤던 무례한 사내를 떠올린다. 포목점 주인의 태도를 미루어볼 때 사내는 지체 높은 집안의 자제임이 분명했다. 그러나 오만하기 짝이 없는 표정과 말투, 모두의 꼭대기에 올라앉은 것 같은 거만한 태도, 상대를 발가벗기는 듯한 노골적인 눈빛…… 아무리 귀한 집안의 자제인들 그런 이를 누가 존경할 수 있겠는가.

아마도 세자 역시 그런 사람인 모양이었다. 운 좋게 귀한 신분을 타고났을 뿐 덕을 갖추지 못한, 자리를 잘못 타고난 사내.

"어차피 나와는 관계없는 일이야."

채화가 조그맣게 중얼거렸다.

열네 살, 소녀 채화의 밤은 그렇게 흘러가고 있었다. 궁궐에서 어떤 사내를, 그리고 어떤 운명을 맞닥뜨리게 될지 조금도 예상하지 못한 채.

* * *

"어머니!"

창덕궁 보경당(寶慶堂).

대여섯 살이나 먹었을까 싶은 사내아이가 안뜰을 가로지른다. 아들을 마중 나오던 아름다운 여인의 걸음이 우뚝 멈추었다.

"어머니……."

"연잉군, 저를 그리 부르시면 아니 됩니다."

"어머니를 어머니라 부르는 것이 잘못입니까?"

"예, 잘못입니다."

숙빈 최씨는 부드럽지만 단호한 여인이었다. 그녀가 무릎을 굽혀 칭얼대는 아들과 시선을 맞추었다.

"연잉군께는 이미 어마마마가 계시지 않습니까? 어마마마인 중전께서 계시고, 양어머니이신 영빈께서 계십니다. 한데 어찌 소인을 어머니라 부르시옵니까?"

"하지만……. 형님께서는 취선당 자가를 어머니라 부르신단 말입니다……. 어찌하여 저만 아니 됩니까?"

어린 연잉군의 눈에서 툭, 굵은 눈물방울이 떨어졌다. 그는 늘 그것이 서러웠다.

어린 나이였으나 궁궐의 복잡한 법도를 그는 어느 정도 이해하고 있었다. 어마마마라는 말은 중전마마에게만 쓸 수 있다는 것, 또한 생모 숙빈 최씨를 공적인 자리에서 어머니라 불러서는 아니 된다는 것.

그러나 같은 빈(嬪)인 생모를 두었음에도, 형님은 늘 희빈 장씨를 어머니라 부르곤 했다. 그러나 숙빈은 그 무엇도 허락하지 않았다.

"세자 저하와 취선당께는 그들의 사정이 있는 것이고, 우리에게는 나름의 사정이 있는 것입니다. 미안합니다, 연잉군. 다 소인이 미천한 탓입니다."

"어머니……."

"정녕 자꾸 고집을 부리시면, 어머니라 부르지 못하게 소인이 궁궐을 떠나는 수밖에 없습니다. 연잉군. 정녕 제가 눈앞에서 사라져야 그리 부르지 않으시겠습니까?"

매몰찬 음성이었다. 그러나 황급히 뒤돌아서는 숙빈의 눈가가 붉어졌음을 어린 연잉군은 안다.

"아……."

깊은 숨을 토하며 금은 잠에서 깨어났다. 반복되는 꿈. 이미 까마득한 과거의 일임에도 서글픈 감정이 밀려들어 가슴팍이 먹먹했다. 힐끔 바깥을 보니 아직도 새까만 한밤중이었다.

"……어머니."

가만히 불러본다.

그의 어머니 숙빈 최씨가 세상을 떠난 지 반년 남짓. 금은 바삐 살았고, 어머니에 대한 회한을 쉬이 입에 올리지 않았다. 그러나 어찌 잊겠는가, 그 가여운 분을.

또한 그 머나먼 시절, 그에게 늘 따뜻하고 자상하던 형님 윤을 떠올린다. 여섯 살 터울이 지는 형님. 어린 금에게 윤은 태산처럼 높은 사람이었다. 그리고 모든 것을 가진 사람이었다. 비단 생모를 어머니라 부를 수 있는 자유만을 뜻한 것은 아니었다. 세자와 서자의 차이는 대단히 컸다. 대부분의 일들이 윤에게는 되었으나 금에게는 허락되지 않았다.

"형님은 모든 것을 가지지. 본인이 원하든, 원하지 않든."

아름다운 궁궐에서의 삶, 세자라는 국본의 자리. 그리고 한눈에 금의 마음을 사로잡은 여인까지.

그녀를 생각하면 마음속에 바람 한 자락이 부는 것처럼 싱숭생숭했다.

"……형님이 가진 많은 것들 중 단 하나만을 바란다면, 정녕 불공평한 것인가?"

금이 중얼거린다. 윤이 겪었을 마음의 고통을 모르는 바는 아니었다. 그러나 가진 자의 고통과, 애당초 갖지 못했기에 가지려고 발버

둥 치는 자의 고통은 다른 법이다.

그렇게 금의 밤은 마음 깊은 곳에 숨겨져 있던 욕망을 먹으며 흘러가고 있었다.

* * *

"순심아."

"……으응."

"순심아."

깜빡 잠들었던 순심이 반짝 눈을 떴다. 구월을 마주한 순심이 느리게 눈을 깜빡였다. 늦은 아침 나절. 문살 틈으로 눈부신 햇살이 쏟아져 들어온다.

"아, 구월아."

그제야 정신이 들었고 그제야 기억이 떠올랐다. 전날 윤의 품 안에서 혼절하였고, 그 바람에 구월의 병구완을 받게 되었다는 것을.

그리고 간밤 그녀를 찾았던 윤. 그와 보낸 시간의 기억은 꿈인 듯 꿈 같지 않아 믿기지 않았다.

"열은 내렸고, 혈색도 좋아졌네. 어제 처음 봤을 때는 입술까지 새파란 게 다 죽을 사람처럼 보이더니……. 두통은 괜찮아?"

"아무렇지도 않아."

"다행이다. 하기야 우리 김순심, 꽃처럼 고와도 체력 하나는 타고났으니까. 어제 늦게 잤냐? 어찌 이리 늦잠을 자?"

"뭐……."

순심이 구월의 시선을 피하며 답을 얼버무렸다.

갑자기 간밤의 기억이 확 밀려들었다. 지나칠 만큼 생생하여 오히려 꿈이 아닐까 싶었다. 윤의 목과 어깨를 잇는 선을 타고 흐르던 밤의 달빛, 그윽한 수목과 백단의 향기를 머금은 달콤한 바람, 여름에서 가을로 넘어가는 계절 특유의 코를 시큰하게 하는 찬 공기.

그 밤의 와중, 그녀의 이마에 내려앉아 살갗을 지그시 누르던 서늘한 감촉을 그녀는 기억한다. 그리고 끝내 입술이 맞닿았었다.

"하긴. 이제 순심이 너는 어엿한 마마님이니까. 더 이상 나인도 아닌데 일찍 일어나서 종종거릴 게 뭐 있겠냐."

종알대던 구월이 이상스럽다는 표정으로 순심을 보았다.

"순심아, 너 또 열 오르나 봐."

"……나?"

"그래. 얼굴이 어찌 이렇게 시뻘게졌지? 방금 전까지만 해도 열이 내린 것 같았는데……."

"괘, 괜찮은데……."

순심의 이마를 짚으며, 구월은 고개를 갸웃거렸다. 열이 나는 것 같기도 하고 아닌 것 같기도 하고…….

"일단 나는 수라간으로 돌아가야 해. 낙선당에서 하룻밤 보내는 걸 허락받은 거지, 일을 빠져도 된다는 건 아니니까……."

"지금 가게?"

"응. 어제 상궁 마마님께서 늦기 전에 등청하라 하셨거든."

"……아쉽다, 구월아."

"왜 영영 못 볼 것처럼 그러냐? 일 마치고 또 들를 테니까 걱정 말아. 저하께서도 거리끼지 말고 낙선당에 드나들라 하셨어."

구월이 발딱 자리에서 일어섰다. 순심이 착잡한 시선으로 구월의 모습을 좇았다. 더 이상 순심은 생과방 나인이 아니었다. 떨어져 있는 것이 당연한데, 이상하게 영영 못 볼 듯 벌써부터 그리웠다.

"조심해서 가, 구월아."

"여기서 수라간까지 지척인데 조심하고 말고가 어딨냐."

구월이 씩씩하게 안뜰로 내려섰다. 구월의 뒷모습을 바라보는 순심의 코끝이 시큰했다.

"나 간다. 또 올 테니 몸조리 잘하고 있어!"

이내 구월은 뒤도 돌아보지 않고 냅다 달려간다. 금세 작은 점이 되어 사라지는 구월의 모습을 바라보던 순심이 시선을 거두었다.

"이게 뭐지?"

다시 방 안으로 들어선 그녀의 눈에 띈 생경한 물건. 그것은 작은 비단주머니였다. 빨강, 파랑, 노랑, 연둣빛. 색색 조각보를 이어 만든 주머니는 알록달록 귀여웠다.

"구월이 건가?"

사그락, 주머니 안쪽에서 들려오는 종이 구겨지는 소리. 순심이 주머니 안에 들어 있던 종잇조각을 꺼내 들었다.

내 동무 순심의 스무 번째 생일.

두 번 접은 종잇조각에는 어디서 붓을 빌려 썼는지 언문으로 순심의 이름이 적혀 있었다.

"이런 건 또 언제 만들었대. 김구월……."

가만히 종잇장을 내려다보던 순심이 무심코 그것을 뒤집었다. 그제야 눈에 들어오는 종이 뒤 빼곡한 글자들. 여러 차례 썼다 지웠다를 반복한 삐뚤삐뚤한 글자들이 순심의 마음을 두드렸다.

-보고 싶은 순심이.

-곁에 있을 때 더 잘해줄 것을.

-세자 저하, 순심이를 어여삐 여겨주세요.

목구멍이 시큰하다. 눈시울이 뜨거워졌다.

쓰고 지우고 또 쓰기를 반복한 순심을 향한 진심. 구월의 삶이 얼마나 고된지 그녀는 누구보다 잘 알고 있었다. 이것을 만드느라 구월은 잠을 줄이고 쉬는 시간을 반납했을 것이다.

"구월아……."

툭툭, 조각보 위로 후두둑 눈물방울이 떨어졌다.

그때였다. 밖에서 들려오는 기척에 순심은 다급히 눈물을 닦았다.

"마마님?"

열린 문틈으로 눈물을 훔치는 순심을 본 듯하다. 상검은 꽤나 근심스런 표정이었다.

"으응, 왜?"

"괜찮으십니까?"

"아니야. 눈에 티끌이 들어가서……."

우는 꼴을 들킨 것이 부끄러워 순심은 대충 답을 얼버무렸다.

"저하께서 낙선당에 목욕물을 준비하라 명하셨는데 시간이 좀 걸릴 듯합니다. 지 상궁 마마님도 안 계시고, 문 내관 나리도 종일 바쁘시거든요. 아무래도 저녁이 되어야……."

"응. 그리 알고 있을게."

"예. 그럼 몸조리하십시오, 마마님."

낙선당을 떠나던 상검이 고개를 갸웃했다.

'벗이란 닮는다더니…….'

간밤에는 콩알 누님-물론 구월은 그리 부르면 죽여버린다고 경고했지만-이 눈물을 보이더니만 이제 낙선당 마마님의 차례인 모양이었다.

"눈물병이 도는 것도 아니고 이게 웬일이람."

중얼거리며, 상검은 걸음을 옮겼다.

* * *

창경궁 홍화문(弘化門) 앞에 보기 드문 진풍경이 펼쳐졌다.

"온다!"

어린 딸의 손을 붙든 젊은 아낙이 소리쳤다.

이윽고 줄지어 모습을 드러내는 사인교(四人轎)[43]들. 모여든 이들의 대부분은 혼례일이 아니고서는 가마를 구경하기 힘든 궁핍한 중인들이었다. 그들의 눈에, 한둘도 아닌 십수 개의 가마가 줄지어 오는 장면은 참으로 장관이었을 것이다.

사인교들이 차례대로 홍화문을 통과했다. 창경궁 내로 들어간 가마들은 멀리 가지 않고 명정전(明政殿) 앞에 멈추었다. 이윽고 가마의 문이 열리고 이날의 주인공이라 할 수 있는 처녀들이 모습을 드러냈다.

간택의 법도에 따라 처녀들은 똑같은 복장을 하고 있었다. 밝은 노란색 저고리, 선명한 다홍빛 치마, 금박을 물린 붉은 댕기에 화장기 없는 낯빛. 그들은 세자빈 간택에 사주단자를 제출했던 전국의 규수들 중 선발된 열네 명의 초간택 후보자들이었다.

간택에 참여하는 처녀 한 명당 사인교를 들어 옮기는 이가 총 넷이요, 수발몸종이 적으면 하나, 많으면 셋이었다. 이내 그들을 인솔할 예조 관리들과 상궁들까지 모습을 드러냈다. 명정전 앞은 그야말로 인산인해를 이루었다.

"사인교는 모두 돌아가 기다리시오!"

당하관 복장의 관리가 큰 소리로 외쳤다. 본디 궁궐 깊숙한 곳까지 가마를 타고 들어올 수 있는 이는 왕족과 비빈들 뿐. 사인교를 들어 올리는 가마꾼들의 발밑에 흙먼지가 일었다.

가마가 사라져 시야가 트이자, 뒤에 물러나 있던 지 상궁이 앞으로 나섰다. 지 상궁이 처녀들의 머릿수를 가늠하였다.

총 열넷. 모두 모였다.

"호명을 시작하겠으니 차례대로 줄을 서십시오."

호명에도 나름의 정해진 순서가 있었다. 아비의 관직이 높은 이가

---

43   앞뒤에 각각 두 사람씩 모두 네 사람이 메는 가마.

우선, 관직의 품계가 같다면 나이가 위인 처녀가 먼저였다.

"병조참지 어유구의 여식."

두 번째로 채화의 이름이 불리었다. 이는 초간택에 참여하는 열네 명 중 채화의 아비 어유구의 관직이 두 번째로 높음을 의미한다. 정승 판서와 같은 고관대작의 여식이 간택에 참여하는 것을 옳지 않다 여겼으므로, 모인 규수들은 대부분 정삼품 이하 관리들의 여식이었다.

이름이 불린 채화가 줄을 맞추기 위해 걸음을 옮겼다. 고개를 든 채화와 지 상궁의 시선이 마주쳤다. 지 상궁의 얼굴에 자애로운 미소가 떠올랐다. 처음 보는 상궁이 살갑게 웃는 것이 부담스러워 채화는 슬그머니 시선을 떨어뜨렸다.

"사간(司諫)[44] 윤양래의 여식."

"필선(弼善)[45] 권세항의 여식."

"수찬(修撰)[46] 홍정필의 여식."

처녀들이 일사불란하게 움직여 관직 순으로 줄을 지어 섰다. 원해서 참여했든 아니든 간에 간택 후보자가 된다는 것은 대단히 중한 일이었다. 제 아비와 가문의 이름을 걸고 참석한 자리. 혹시라도 흠을 잡혔다간 집안의 흉허물이 된다. 말간 처녀들의 얼굴에 긴장이 맴돌았다.

"연춘헌(延春軒)으로 모시겠습니다. 따라오십시오."

지 상궁이 앞장서 걸음을 옮겼다. 처녀들이 그 뒤를 따랐다. 머리끝에 매달린 붉은 댕기들이 걸음을 따라 흔들렸다. 그들 중 하나는 내일의 세자빈이며 동시에 미래의 국모(國母)가 될 운명을 지니고 있었다.

연춘헌에 당도한 규수들이 긴장한 표정으로 줄지어 앉았다. 그녀들의 앞에는 아비의 이름을 쓴 명패가 놓여 있었다.

---

44 사간원 종삼품 관직.

45 세자시강원 정사품 관직.

46 홍문관 정오품 관직.

대청과 사랑방을 터놓은 널찍한 공간의 한편에 촘촘한 대나무발이 쳐졌다. 드리워진 발 안에서는 중전 김씨가 규수들을 살피고 있었다. 택(擇)을 당하는 입장인 열네 명의 규수들은 그렇지 않았으나, 간(揀)하는 중전에게는 외로운 자리. 대비도, 왕대비도, 의견을 보태어줄 공주나 옹주 등의 종친도 하나 없었다. 그러나 중전은 신중한 표정으로 열네 처녀들의 자태를 꼼꼼히 살피었다.

"중궁전마마께 문안을 올리시오."

지 상궁이 처녀들에게 주문했다.

앉아 있던 규수들이 한 명씩 일어나 제 집안과 아비의 관직명, 이름을 밝히고 절을 올렸다. 이는 입을 열 때의 태도와 음성, 그리고 몸가짐을 한 명 한 명 살피기 위함이었다.

"병조참지 어유구의 넷째 여식이옵니다."

채화의 목소리가 고요한 연춘헌에 울렸다. 또렷한 음성이었다. 간택의 대상은 열네 살에서 열아홉 살 사이의 반가 처녀들. 채화는 그중 가장 어렸으나 태도는 대단히 의연했다.

채화의 모습을 꼼꼼히 살피던 지 상궁이 옅은 미소를 지었다. 지 상궁은 발 뒤에 자리한 중전을 대신하여 규수들의 관상을 살피고 있었다.

'가히 좌상께서 추천하실 만하구나.'

유난히 마른 체격 탓에 채화는 다소 예민한 인상이었다. 그러나 꼼꼼히 뜯어보면 작은 단점을 상쇄할 장점이 많은 용모였다.

이마는 빗은 듯 반듯하고, 살빛은 지나치게 희지도 또 과히 검지도 않아 적당하였다. 청아한 눈자위는 맑은 심성을 드러내고, 눈동자의 또렷함은 성정이 현명함을 의미한다. 또한 미간 사이가 깨끗하고 넓었으니 마음 역시 너르고 온후할 것이다. 야무진 입매는 말을 쉽게 흘리지 않음을 의미하니 합격점이었다.

"전하께서 용모의 아름다움을 중히 여기시네. 어느 처녀의 외모가 가장 고운가?"

중전 김씨가 물었다.

"헌납(獻納)[47] 김재로의 여식 용모가 수려하고, 필선 권세항의 여식도 미색이 눈에 띄었습니다. 한데⋯⋯."

지 상궁이 중전에게로 몸을 기울이며 음성을 낮췄다.

"김재로의 여식은 병약한 기색이 있었고, 권세항의 여식 역시 용모는 화려하나 눈빛이 강하여 아쉬웠습니다."

"그렇다면, 자네 보기에 다른 규수들은 어떠한가?"

지 상궁은 이이명이 일러준 그대로를 중전에게 고했다.

"명정문에서부터 인솔하며 쭉 보아온 바, 거론하신 규수들 외에 사간 윤양래의 여식과 병조참지 어유구의 여식이 상이 곱고 품위가 있었습니다."

지 상궁의 말을 들은 중전이 처녀단자를 휘휘 훑어보았다. 처녀 단자에는 간택에 참여한 규수의 생년월일시 외에 아비와 조부, 외조부의 이름과 관직명까지 꼼꼼하게 기록되어 있었다. 또한 맨 위에는 '노', '소'를 표기해, 여인 집안의 당파가 노론인지 소론인지까지 알 수 있었다.

"노론이 셋에 소론이 하나⋯⋯."

중전이 중얼거리며 고개를 끄덕였다. 전원을 노론으로만 재간택에 보내는 것은 형평성에 어긋난다. 이 정도면 적당하였다.

"알았네. 이만 모두 물리시게."

중전의 명에 따라 규수들이 차례로 퇴청했다. 연춘헌에 드는 것은 관직이 높은 가문의 처녀부터였는데, 반대로 떠날 때는 아비의 관직이 낮은 이가 먼저였다. 이 역시 허튼 과정이 아닌 물러나는 규수의 몸가짐을 살피려는 의도였다.

---

47 사간원 정오품 관직.

연춘헌이 텅 비어갈 즈음에야 채화의 이름이 호명되었다. 남은 이는 채화 외에 필선 권세항의 여식뿐이었다.

"잠시 있으라."

대나무발 뒤에서 들려오는 젊은 여인의 목소리. 초간택 내내 매우 긴장한 탓에, 이제야 한숨 돌릴 채비를 차리던 채화의 표정이 굳어졌다.

'설마, 내가 아니라 저 규수를 보시려 하는 모양이겠지.'

채화가 마른침을 삼켰다. 이윽고 발이 거둬지며 홍원삼으로 단장한 젊은 여인이 모습을 보였다. 사뿐히 걸어 나온 중전 김씨가 나란히 선 두 처녀에게 다가왔다.

"고개를 드시게."

진중한 음성. 채화와 곁에 서 있던 규수가 동시에 고개를 들었다.

왕의 계비(繼妃)인 중전 김씨는 임금과 나이 차가 컸다. 엄연한 모자 간이었으나 중전과 왕세자의 나이 차는 고작 한 살에 지나지 않았다.

중전의 시선이 채화 곁에 서 있는 열여덟 꽃다운 규수에게 닿았다. 간택 참가자 중 몇 안 되는 소론 집안의 여식. 그녀는 반드시 세자빈으로 간택되리라는 강력한 의지를 내보이고 있었다. 그러나 중전의 시선은 금세 스쳐 지나가 채화에게로 향한다.

"이름이 무엇이냐?"

"……어가(家) 채화입니다."

말끝과 함께 채화의 손마디가 바르르 떨렸다.

"조심히 돌아가라."

"황송하옵니다, 중전마마."

중전 김씨가 고개를 끄덕였다. 이내 지 상궁이 '병조참지 어유구의 여식'을 호명했다. 물러나는 채화의 얼굴은 해쓱하게 질려 있었다.

연춘헌 앞. 먼저 밖에 나와 있던 처녀들 사이로 낮은 웅성임이 일었다.

"……흑룡포다."

귓가에 들려오는 누군가의 목소리. 처녀들의 시선을 따라 채화 역시 고개를 돌린다. 뒷모습을 보인 채 멀어지고 있는 이는 채화가 본 중에 가장 키가 큰 사내였다. 검푸른 흑룡포에 감싸인 어깨 위를 비추는 태양. 햇살에 반사된 금룡의 비늘이 찬연한 빛을 뿜었다.

조선의 왕세자. 모인 처녀들 중 누군가의 지아비가 될 것이며 훗날 조선의 군주가 될 사내.

왕세자는 모여 있는 처녀들에게 눈길조차 주지 않은 채 멀어져 갔다.

"오늘 초간택에는 총 열넷의 규수가 참여하였고, 그중 넷이 재간택에 올랐습니다."

세자시강원 찬선(贊善)[48]이 윤에게 고했다. 왕세자는 간택에 참여하지 못했기에, 그 결과를 알리기 위함이었다.

윤은 짧게 고개를 끄덕일 뿐 답이 없다.

"재간택 연통을 받은 처녀는 노론 셋 소론 하나, 총 네 명입니다."

초간택 직전, 궁인들 사이에 내정자에 대한 풍문이 돌았다. 그간의 예상을 깨고 소론인 필선 권세항의 딸이 세자빈으로 내정되었다는 소문이었다. 그러나 연춘헌에 있었던 궁인들의 입을 통해 흘러나온 이야기는 사뭇 달랐다.

중전은 열네 명의 처녀들 중 오직 단 한 명에게만 말을 붙였으며, 그는 후보자들 중 가장 어린 노론 어유구의 여식이라고.

"재간택은 이틀 후로 정해졌습니다. 규수들의 집에 날짜를 기별하였나이다."

그간 이루어졌던 간택은 내정자를 두는 것이 보통이었다. 사주단자를 살펴 적합한 처녀를 점지하여 두고, 초간택에서 확인하여 내정

---

48 세자시강원의 정삼품 관직.

자로 삼는 것이다. 재간택에서 삼간택으로 이어지는 과정들은 내정자의 자격을 확인하는 데 지나지 않는 경우가 많았다.

보통의 간택이라면, 그러했다.

"금상께서 재간택을 몸소 보시리라 전해 오셨사옵니다."

그러나 가끔은 예측을 불가능하게 만드는 예외가 끼어드는 법. 임금이 재간택 자리에 나온다는 것은 내정자가 언제든 바뀔 수 있다는 것을 의미한다.

"알겠소."

윤의 대답은 건조하여 특별한 기색을 찾을 수 없었다.

첫 번째 가례(嘉禮)의 기억은 까마득하여 희미했다. 그때 윤의 나이는 고작 아홉. 그는 가례, 즉 한 여인의 지아비가 된다는 것이 의미하는 바를 알지 못했다.

어머니 희빈 장씨는 세자빈으로 간택되었던 심씨를 마뜩지 않아 했다. 심씨가 희빈의 반대파인 서인 집안이었기 때문이었다. 그러나 당시의 윤은 남인이나 서인, 노론과 소론 같은 말의 뜻을 이해하지 못하던 어린 시절이었다.

그 시절의 윤은 가례에 관심을 두지 않았다. 그를 둘러싼 세상에 대해 잘 알지 못했기 때문이었다. 그러나 두 번째 가례를 앞둔 지금 상황은 반대가 되었다. 윤은 성장했고 그를 둘러싼 세상에 대해 지나칠 만큼 잘 알고 있었다. 그가 간택에 관심을 기울인들 달라지는 것은 아무것도 없었다. 그의 의견은 묵살될 것이고, 뜻은 통하지 않을 것이다.

왕세자 이윤에게 세자빈이란 부인이 아닌 감시자이며 이방인이었으며 동궁전에 침입할 낯선 타인이었다.

"내달에 삼간택을 거쳐 최종적으로 빈씨(嬪氏)[49]를 간택하게 될

49　세자빈으로 간택된 여인을 가례 전까지 부르는 호칭.

것이옵니다. 간택인은……."

"잘 알아들었소."

윤이 무심히 말허리를 잘랐다. 들으나, 혹은 듣지 않으나 달라지는 것은 없다. 세자시강원을 떠나는 세자의 뒤로 상검이 따라붙었다.

"저하, 혹시 낙선당으로 가십니까?"

"그렇다."

윤이 간택에 관심을 보이지 않는 건, 그것이 중요하지 않아서가 아닐지 모른다. 그저 온 머리와 정신이 한곳으로 향했기 때문인지도.

종일 그를 사로잡고 뒤흔드는 기억. 간밤 낙선당의 향기가 되살아난다. 순심의 소담한 머리채에서, 곱게 다듬이질한 동정과 옷깃에서, 분홍빛으로 물든 보드라운 뺨과 젖은 입술에서 풍겨오던 그 밤의 향. 이미 달은 사그라져 훤한 대낮임에도 그 향기는 도처마다 풍겨와 그의 정신을 어지럽혔다.

지척에 있으나 이미 그립다. 한 걸음, 한 걸음 낙선당을 향해 가는 길의 와중에도 그는 순심을 떠올리고 있었다. 윤의 걸음은 계속 빨라졌다.

북촌에 위치한 어유구의 집. 초간택을 마치고 돌아온 채화는 내내 방 안에 틀어박혀 있었다.

가마를 타본 것이 처음이었던 데다, 궁궐까지 왕복하는 거리가 짧지 않아 멀미로 속이 울렁거렸다. 무엇보다 몹시 불안했다.

"채화, 게 있느냐?"

"예, 아버지."

이불을 펴고 누웠던 채화가 자리에서 일어났다. 그녀가 방문을 열어 밖을 내다보았다. 어유구 역시 궁궐에 다녀오는 길인 듯했다. 그는 입궐할 때의 복장 그대로 시복조차 갈아입지 않은 상태였다. 아비의 표정이 심상치 않음을 깨달은 채화가 문밖으로 걸어 나왔다.

"오셨습니까, 아버지."

"초간택에 무슨 특별한 일이 있었더냐?"

어유구는 예를 중시 여기는 인물이었다. 그렇기에 어린 딸이기로서니 다짜고짜 따지듯 묻는 경우는 극히 드물었다.

"소상히 말해보아라, 어서."

그런 아비가 궁궐에서의 일을 고하라며 재촉하고 있었다. 무언가 큰 잘못을 한 것 같은 기분이 들었다. 채화가 무겁게 입을 열었다.

"중전마마께서 말을 거셨습니다."

"다른 처녀들에게도 덕담을 하셨겠지?"

"다른 처녀들에게는 말을 걸지 않으셨고, 소녀에게만 따로 얼굴을 보이라 하셨습니다."

어유구의 낯빛이 달라졌다.

"실수를 하거나 눈에 띄는 행동을 벌인 것은 아니냐?"

"법도에 따랐고, 특별히 눈에 띌 일은 전혀 하지 않았습니다."

"그러했는데 네게만 따로 말을 거시고 얼굴을 보길 원하셨다고?"

"예, 아버지."

"허……."

어유구의 안색이 더욱 어두워졌다. 애당초 제 여식이 간택에 참여하는 것부터 내키지 않아했던 그였다. 좌의정이 사주단자를 제출하라 요구하지 않았다면 그는 결코 채화를 내보내지 않았을 것이다.

양반들이 간택에 딸을 참여시키지 않으려는 이유는 다양했다.

일단 돈이 많이 들었다. 간택에 나선다는 것은 곧 집안을 심사에 올리는 것과 같았기에, 똑같은 노랑 저고리에 다홍치마일지언정 값싼 것으로 장만하여 보낼 수는 없었다. 가마를 구입하거나 빌리는 데만도 큰 지출을 감수해야 했다. 물론 어유구의 집안은 가마 하나

구입한다 하여 휘청할 만큼 궁핍하지는 않았으나, 그 외에도 간택에 참여하는 것을 꺼리는 이유는 무수히 많았다.

무엇보다 어유구의 집안은 대대로 뼛속까지 노론인 가문. 그런 어씨 집안의, 그것도 간택에 참여한 규수들 중 가장 나이 어린 여식이 수망(首望)[50]에 들다니.

그러나 처음부터 참여하지 않았다면 모를까, 이제 와 무를 수는 없는 노릇. 어유구는 체념했다.

"궁궐에서 연통이 왔다. 네가 수망에 들었다는구나."

"수망이요?"

"그래. 재간택에 들었다."

수망이라 함은 단지 재간택에 가게 되었다는 것만을 뜻하는 말은 아니었다. 이는 채화가 열네 명의 후보자들 중 가장 후한 점수를 받았다는 것을 의미했다. 보통 초간택에서 수망에 든 처녀는 빈씨의 내정자가 되는 경우가 많았다.

"재간택은 모레 있을 것이다. 잊지 말아라."

"……예, 아버지."

수심에 찬 표정의 어유구가 발길을 돌렸다.

비록 담담한 표정을 짓고 있지만 열네 살 채화 역시 아직 댕기머리를 늘어뜨린 소녀. 방문을 꼭 닫은 채화의 눈에서 뚝뚝 눈물이 흘러내렸다.

* * *

"하아……."

목욕물에 몸을 담근 순심의 볼이 발갛다. 목욕간 안은 뿌연 수증

---

50   관직을 임명하거나 간택할 때 선발된 후보자 중 첫 번째.

기로 가득 차 있었다.

맨살에 감겨드는 따뜻한 물결. 몸 구석구석의 긴장이 풀리며 나지막한 신음이 흘러나왔다. 일개 궁녀들은 한겨울에도 찬물로 몸을 씻어야 했다. 목욕통 가득 따스한 물에 몸을 담그는 사치는 궁녀로 살 때는 상상조차 할 수 없던 일이었다.

"으음……."

몸을 뒤척일 때마다 목욕통 안에 작은 파도가 인다. 몸에 묻은 티가 물살에 씻겨 흘러가듯 운종가에서 겪은 불쾌한 기억들도 잊히기를.

"하암……."

순심이 길게 하품을 했다. 그녀는 밤새 잠을 이루지 못했다. 나른한 온기가 몸을 감쌌다. 잠들면 안 된다 생각하였지만, 정신은 자꾸만 심연 속으로 빠져들었다.

윤. 꿈과 현실의 경계. 환영처럼 밀려드는 간밤의 기억. 이마 위에 내려앉은 그의 입술의 온기만으로도 순심의 심장은 터져 나갈 듯 요동치고 있었다. 그녀에게 들려왔던 윤의 달콤한 목소리가 귓전에 어른댔다.

-너라는 여인에게 사내란 나 하나뿐이니. 처음부터 그랬고, 앞으로도 그럴 것이다.

하필 오늘이 초간택의 날이던가. 세자빈을 간택하는 날 윤이 꺼낸 말은 위로였을까, 혹은 약조였을까.

비스듬히 다가오던 그의 얼굴. 어르고 달래듯 조심스럽게 입술을 어루만지던 감촉. 입안으로 밀려 들어와 뒤섞이던 달콤한 숨결. 밤하늘의 달이 발끝으로 떨어지고 그녀의 세상이 뒤흔들렸다. 순심의 세상이 요동친다. 윤의 품 안에서, 입술 안에서.

"나라는 여인에게 있을 유일한 사내……."

그것이 윤이 건넨 맹세였다. 물론 순심도 안다. 유일하다는 말은 그녀에게만 해당되는 것이리라. 본디 군주란 오직 하나의 여인에게 만족해서는 아니 되는 사람이었다.

"저하……."

순심의 눈꺼풀이 스르르 닫혔다. 목욕물에 밴 향내가 더욱 짙어졌다. 이 향기는 윤의 품에 안겼을 때 풍겨오던 우아한 백단향을 닮았다. 목욕통 가장자리에 머리를 기댄 그녀의 숨결이 이내 쌔근쌔근 고요해졌다.

그로부터 얼마간의 시간이 흐른 후. 윤이 낙선당에 도착하였을 때 주변은 텅 비어 있었다.

어스름이 내려와 사방이 어둑해지기 시작했다. 그러나 방에는 불조차 켜져 있지 않았다. 안뜰이며 내부 어디에서도 인기척은 느껴지지 않았다.

"이 시간에 어딜 간 것이더냐?"

"그, 글쎄요……. 어제 몹시 앓으셨으니, 목욕을 마치고 일찍 잠드셨을지도요. 계시나 살펴보겠습니다."

섬돌로 올라서던 상검의 시선이 목욕간으로 향했다. 그의 고개가 갸웃 움직였다. 목욕간 외벽 높이 위치한 살창 틈으로 나지막한 불빛과 수증기가 새어 나오고 있었다. 분명 안에 누군가가 있다는 의미였다.

"저하, 마마님께서 목욕간에 계신 것 같습니다. 그런데…… 좀 이상하네요."

"무엇이 이상하다는 게냐?"

윤이 되물었다. 목욕을 하고 싶다는 것이 간밤 순심의 바람이었다. 목욕을 하는데 달리 이상할 일이 무어란 말인가.

"무수리들이 목욕물을 이어 나른 지 한참 되었거든요. 목욕을 네댓 번은 하셨을 법한 시간인데……."

"……오래도록 목욕하는 것을 즐기는 모양이지."

윤이 생각하기에는 대수롭지 않은 일이었다. 그가 낙선당 대청 위에 걸터앉았다.

"마마님을 기다리시려고요?"

"그래. 다리도 좀 쉬어갈 겸."

"아……. 흐음."

목욕간을 힐끔거리던 상검이 입을 다물었다.

생각에 잠긴 채 순심을 기다리는 윤과 그의 곁에 멀뚱멀뚱 서 있는 상검, 그리고 좀체 열리지 않는 굳게 닫힌 목욕간의 문. 짧아진 해는 진즉 서녘으로 넘어가 사방에는 성큼성큼 저녁이 몰려오고 있었다. 금세 사방이 어두워졌다.

"……꽤 오래 걸리는구나."

윤이 무심코 중얼거렸다.

일각쯤 지났을까? 기다림이 깊어 시간이 더디 흐르는 건지, 아니면 순심이 지나치게 오래도록 모습을 드러내지 않는 것인지 모호하다. 고개를 돌리던 윤의 시선이 상검에게 머물렀다.

"상검아."

"예. 예에, 저하."

이상하도록 상검의 낯빛이 창백했다. 상검은 무언가 몹시 초조한 기색이었다. 자꾸만 시복 자락을 쥐었다 폈다 손을 가만두지 못했고, 마른침을 거듭 삼키며 목욕간을 바라보기 일쑤였다. 석연치 않은 그의 태도에 윤의 미간이 좁아진다.

"어찌 그러느냐?"

"저, 저하……. 이상해서요."

"무엇이 이상해?"

"오늘 초간택이 있어 궁관들과 연통이 되지 않아, 목욕간에 더운

물이 늦게 들어갔단 말입니다. 그렇다 해도 그로부터 한 시진이 넘었는데……. 이렇게 긴 시간 목욕을 하신다는 게 영 이상해서……."

"……."

윤이 여전히 굳건한 목욕간 문으로 시선을 던졌다.

"불러보아라. 안에 있으면 대답하겠지."

"예."

똑똑. 목욕간으로 성큼 달려간 상검이 조심스럽게 나무문을 두드렸다.

"마마님."

그러나 순심은 대답이 없었다.

쿵쿵.

"마마님!"

여전히 대답은 들리지 않는다.

"마아마아니임!"

주먹이 부서져라 문을 두드려보지만, 여전히 순심에게서는…….

그제야 이상한 낌새를 깨달은 윤 역시 목욕간 앞으로 다가섰다. 대답이 들리지 않는 것보다 더 그를 불안하게 만든 것은 상검의 표정이었다. 공포에 질린 듯한 상검의 얼굴은 핏기 없이 새하얬다.

"어찌 그러느냐?"

"저, 저하……."

"말하라."

윤의 음성이 싸늘하게 침잠했다. 마음을 간질이던 설렘은 온데간데없었다. 미칠 듯 몸을 옥죄이는 불안함이 그를 잠식하고 있었다.

"아까 마마님을 뵈었을 때 마마님께서……. 마마님께서……."

"어서 말하라!"

"우, 울고 계셨거든요. 무엇 때문인지는 소인 모르겠으나, 방 안에서 몹시 흐느끼고 계셨습니다……."

"……."

"저하, 외람된 말씀 드리는 것이 송구하나 소인 불안하옵니다. 눈물을 보이신 것도 그러하고……. 오, 올 초에도 수방 궁관이 목욕간에서……."

차마 입에 담기가 망극하여 상검은 입을 다물었다. 그러나 윤 역시 그가 말하고자 하는 바를 알아들었다. 이른 봄에 수방 상궁 하나가 목욕간에서 자결하여 궁궐이 떠들썩했던 것이다.

"마마님! 마마님!"

상검이 세차게 목욕간 문을 두드린다. 그러나 꿈쩍 않는 문.

윤의 마음을 녹였던 아리따운 순심은 사라지고, 무뢰배들에게 당한 일을 자책하던 그녀의 모습이 떠올랐다.

"순심아."

무슨 짓을 한 것이냐. 감히 너를 아끼는 나를 두고.

윤이 목욕간의 문을 밀어 열었다. 다른 것을 생각할 겨를 따위는 없었다. 그가 성큼 안으로 들어섰다.

-마마님…….

-마…… 마…… 님…….

깊은 잠 너머 아련하게 들려오는 목소리. 순심이 무거운 눈꺼풀을 들어 올렸다. 처음 그녀는 자신의 상황을 깨닫지 못했다. 눈에 비치는 풍경이 자못 괴이했기 때문이었다.

'내가 꿈을 꾸나?'

뭉게뭉게 피어오른 수증기가 자욱하다. 사방은 산신령이라도 튀어나올 것처럼 기기한 분위기에 감싸여 있었다. 게다가 순심의 몸은 구름 속을 거니는 것처럼 가벼웠다. 아니, 구름 속을 거니는 것이 아니라 물에 떠 있는 것처럼?

"순심아."

이제는 너무나 익숙해진 목소리. 끼익- 들려오는 나무문을 밀어 여는 소리. 모든 일은 한순간에 일어났다.

순심이 목욕간에 있다는 사실을 상기한 것, 목욕 중에 잠들었으므로 벌거벗은 상태라는 것. 방금 전, 누군가가 목욕간의 문을 열고 들어왔다는 것.

그리고 문을 열고 들어온 이가 다름 아닌 윤이라는 것.

"순심아."

목욕간 바닥에 켜켜이 가라앉은 수증기가 용포 자락에 치여 흩어진다. 이내 뿌옇던 시야가 밝아졌다. 나무로 만든 커다란 목욕통, 그리고 그 안에 들어앉은 순심의 얼굴.

"무사한 것이냐?"

윤에게는 그녀의 생존을 확인하는 것이 우선이었다. 그러나 순심에게는 그녀가 알몸이라는 사실이 우선이었다.

"꺄아아아악!"

순심의 비명이 목욕간 안에 울려 퍼졌다. 윤의 등 뒤로 목욕간 문이 쿵, 닫혔다. 묵직한 진동이 습한 공기를 뒤흔들었다.

그제야 윤은 순심이 옷을 입지 않았다는 것을 인지했다.

"……수, 순심아."

순심은 당장이라도 울음을 터뜨릴 것 같은 표정이었다. 그녀가 팔과 무릎을 최대한 모아 몸을 감쌌다. 조신한 조선 여인에게 이 무슨 날벼락이란 말인가!

"저하! 여기서 무얼 하시는 겁니까! 나가세요! 저리 가세요!"

순심은 그야말로 혼비백산 직전이었다.

"어, 그래, 알았다."

울상이 된 그녀가 제 몸을 내려다보았다. 살결을 매끄럽게 한다는 녹두가루를 푼 물은 뿌연 연녹색이었다. 그러나 물빛이 탁하다 하여 몸 전체를 가려줄 리 없었다. 수면 위로 드러난 어깨 위로 오소소 소름이 돋았다.

"저하!"

"그, 그래."

윤이 황급히 고개를 돌렸다. 그가 넋이 나간 사람처럼 구는 까닭은 달리 있지 않았다. 순심의 안위만을 생각한 나머지 보고서도 의식하지 못했던 광경이 그제야 눈에 들어왔기 때문이었다.

순심의 노력이 무색하게도 차마 가려지지 않은 뽀얀 살결. 물에 젖어 반질대는 반듯한 어깨며, 몸을 옹송그린 탓에 쇄골 아래 더욱 불룩한 가슴둔덕이며, 물속에서 흔들리는 우윳빛 허벅지…….

순심의 살빛만이 하얀 것은 아니었다. 순심을 멍하니 바라보는 윤의 머릿속마저 새하얗다. 무슨 말을 해야 할지, 무엇을 해야 할지조차 생각나지 않았다.

"저하!"

"알았다! 간다!"

윤이 황급히 목욕간 문을 열었다. 순간 상검이 문틈으로 얼굴을 들이밀었다.

"저하! 마마님은 괜찮으십니까? 비명소리는 대체 무엇이지요? 다치시진 않았습니까? 살아 계신 것은 확실…….."

윤이 다다다 말을 쏟아내는 상검의 면전에 문을 쾅 닫았다. 실오라기 하나 걸치지 않은 순심이 있는데 내관 앞에서 문을 열 수는 없는 노릇이었다.

"밖에 상검이가 있어 문을 열 수가 없다."

"그, 그럼 어쩝니까?"

"일단 옷을 입어라. 내 여기 돌아서 있을 테니."

윤의 뒤통수를 원망스럽게 쳐다보던 순심이 마지못해 대답했다.

"절대 돌아보시면 아니 됩니다, 저하."

"……그래."

순심이 나지막이 한숨을 내쉬었다. 그나마 차분한 윤의 음성을 들으니 마음이 진정되는 듯했다. 비로소 물음표가 솟아났다.

"저하."

"왜?"

"왜 갑자기 들어오신 것입니까?"

"갑자기 들어오지 않았다. 상검이가 목이 쉬도록 너를 부르고 손이 부르트도록 문을 두드렸다."

"그건…… 깜빡 잠이 들어서……."

아무리 생각해도 억울하다. 윤의 애달던 마음을 순심이 알 리 없었다. 그리하여 그녀의 말투는 다소 신랄했다.

"그렇다고 여인 혼자 있는 목욕간에 함부로 들어오십니까?"

"함부로?"

윤이 미간을 좁혔다.

"무슨 말이 하고픈 것이냐? 내가 목욕하는 모습이라도 훔쳐보려 했다고 생각하는 게냐?"

"그런 것은 아니지만……."

"그렇다면 어서 옷이나 입어."

"……알았습니다."

그제야 순심은 목욕통에서 몸을 일으켰다. 혹시라도 윤이 뒤라도 돌아볼까, 그녀의 몸놀림은 지극히 조심스러우면서도 민첩했다. 목욕간 바닥에 놓인 흰 무명천을 집어든 순심이 재빨리 몸을 감쌌다.

힐끔, 자꾸만 그녀의 시선은 윤의 뒷모습으로 향한다.

널따란 어깨에 걸쳐진 남색 두루마기는 꼿꼿하여 미동하지 않는다. 윤의 뒷모습은 그의 성미를 닮았다. 그녀가 아는 그는 결코 이런 상황에서 뒤돌아볼 사람이 아니었다.

그에게서 눈길을 거둔 순심이 바닥에 놓인 의복들을 입기 시작했다.

얼마나 시간이 흘렀을까.

"……멀었느냐?"

"아직이요."

"으음."

윤의 입에서 나지막한 신음소리가 새어 나왔다. 대례복을 차려입는 것도 아니면서 어찌 저리 오랫동안 옷을 입고, 입고, 또 입고 있는 것인지.

"멀었느냐?"

"아직……."

윤이 지그시 눈을 감았다. 단지 기다림이 길어 짜증이 난 것만은 아니었다.

'미치겠군.'

문제는 시간이 아닌 소리였다. 등 뒤의 순심이 옷을 입는 소리. 풀을 먹여 빳빳한 무명이며 광목천이 여인의 살갗에 닿을 때마다 들려오는 사그락대는 소리.

'이윤, 정신 차려라.'

스스로를 다그쳐보지만 저도 모르게 떠올리고 만다. 휘둥그레진 순심의 눈동자, 몸의 곡선을 타고 쏟아져 내리던 검은 머리칼, 물속에 잠긴 말간 복숭앗빛 살결. 물에 젖은 여체는 아찔하도록 유혹적이었다.

미간을 찌푸리며 윤은 눈을 감았다. 평생 사내로서의 욕망을 억누르며 살아온 그였다. 여인의 속살 좀 보았다고 안절부절못하는 꼴이라니. 제 처지가 기가 막혔다.

"저하, 다 되었습니다."

윤이 천천히 몸을 돌렸다. 눈앞에 서 있는 순심의 모습이 새삼스 레 낯설다. 그녀는 흠잡을 데 없이 복장을 갖추었다. 풀어져 있던 머 리 역시 단정히 쪽찌었다.

툭, 목욕간의 돌바닥으로 무엇인가가 떨어졌다.

"저하, 외람되오나 이것을 좀 꽂아주실 수 있겠습니까?"

바닥에 떨어진 뒤꽂이를 집어 든 순심이 그것을 윤에게 내밀었다.

"장신구가 익숙하지 않아 자꾸만 빠져버립니다. 저하께서 좀 꽂아 주시면 안 될까요?"

스치는 손끝. 윤이 칠보로 장식된 연봉(蓮峯)[51] 뒤꽂이를 받아 들 었다.

"흘러내리지 않도록 쪽머리 옆에 비스듬하게……."

"설명해주지 않아도 된다. 해본 적이 있으니."

"뒤꽂이를 꽂아보신 적이 있습니까? 아, 세자빈께……."

제 실수를 깨달은 순심이 말끝을 흐렸다.

"송구하옵니다. 자꾸만 말실수를 하여……."

"아니다. 그 사람에게 해준 것이 아니다."

"그럼…… 다른 여인입니까?"

"그래. 그러했다."

윤의 눈빛이 아득하게 가라앉았다. 수심일지, 그리움일지 모를 감 정이 그의 눈동자 안에 일렁였다.

'누군가 은애하던 이가 있으셨던 건가…….'

문득 궁금하다. 그의 곁을 스쳐 지나갔던 여인이 또 있는 것일까.

"돌아보아라. 내 꽂아줄 테니."

"아, 예. 저하."

---

51 연꽃봉오리 모양.

순심이 몸을 돌려 윤에게 등을 내보였다. 서투른 솜씨지만 제법 깔끔하게 쪽찐 머리 아래 언뜻 보이는 하얀 목덜미. 물기가 마르지 않은 머리칼에서 동백유 향기가 풍겨왔다. 윤이 가만히 손바닥 위에 놓인 뒤꽂이를 바라본다. 그것은 먼 과거의 기억을 떠올리게 했다.

취선당, 어머니 희빈 장씨의 처소.

그곳에서는 늘 달콤한 분 냄새와 그윽한 향유 냄새가 났다. 어머니는 꾸미지 않아도 아름다운 분이었으나 단장을 생의 낙으로 여기셨다. 문갑 위에는 늘 비녀며 떨잠이며 노리개들이 어지러이 놓여 있었다. 어린 윤이 장신구들 중 하나를 가리키면, 어머니는 미소를 지으며 그것을 착용하곤 했다. 슬픔이란 것을 몰랐던 시절의 일. 그때의 그는 어머니가 영영 존재하지 않는 이가 되리라고는 단 한 번도 생각해본 적 없었다.

순심의 뒤통수를 가만히 내려다보던 윤이 입을 열었다.

"순심아."

"……하나 약조해줄 수 있느냐?"

"약조요?"

"그래."

"예. 그럼요."

질문을 던진 윤에게서는 정작 답이 없었다. 이윽고 들려오는 무거운 음성.

"죽지 않겠노라고, 약조해주겠느냐?"

"죽지 않겠다고요?"

무척 이상하고도 낯선 질문. 순심은 대답하지 못하고 한참을 망설였다. 그녀로서는 이해가 가지 않는 말이었다.

사람은 모두 죽는다. 그것이 생의 이치이지 않은가. 그런데 죽지 말라니, 아무리 세자의 명일지언정 어찌 그것을 약조한단 말인가.

순간 목욕간 위쪽에 난 살창으로 소슬바람 한 줄기가 들어왔다. 찬바람에 오한이 든 탓인지, 혹은 목덜미에 스친 윤의 손길 때문인지는 알 수 없었다. 오소소 소름이 끼친 순심이 몸서리를 쳤다.

"추우냐?"

"조금……."

아마도 미지근한 물속에서 꽤 긴 시간을 나신으로 있었던 탓에 오한이 드는 듯했다.

순간 떨리는 어깨를 감싸는 검푸른 흑룡포. 그것이 끝이 아니었다. 순심의 뒤에 서 있던 윤이 그녀의 어깨를 감싸 안았다. 으슬으슬 한기가 드는 몸을 감싸는 체온이 뜨겁다. 쇄골 아래 교차한 윤의 손이 순심의 몸을 단단히 가두었다.

"……저하."

"약조해다오,"

순심의 정수리에서 느껴지던 더운 숨결이 그녀의 목덜미를 타고 내려왔다.

"내 곁에 있는 동안은 어디로도 사라지지 않겠다고."

"……."

순심의 입술이 작게 벌어진다. 방금 전까지만 해도 오한이 들던 몸에 뜨거운 열기가 치밀었다.

죽지 말라는 윤의 말은 정녕 그런 뜻이었을까. 어머니의 죽음, 세자빈의 죽음. 윤의 평생은 어린 시절부터 죽음으로 점철되어져 있었다. 그가 사랑했던 많은 이들이 죽거나, 귀양을 가거나, 궁궐을 떠났다.

그는 순심에게 요구하는 것이다. 그의 곁에 머무르기를, 그를 떠나지 않기를 바라는 것이다.

"……알겠습니다, 저하."

"약조하는 것이냐?"

"예, 약조하겠습니다."

순심의 대답이 들려오자 윤은 지그시 눈을 감았다. 습기를 머금은 공기 탓에 더욱 짙게 느껴지는 달콤한 살내음에 향유 냄새가 뒤섞였다. 그의 팔에 힘이 들어갔다. 그는 순심의 몸을 틈 없이 끌어안아 밀착시켰다.

"내게는 바라는 것이 없느냐?"

"바라는 것이요?"

"네가 내 청을 들어주었으니, 나 역시 네 청을 들어주는 것이 공평하지 않겠느냐."

우리가 처음 거래를 했던 것처럼.

"이미 많은 것을 주셨으니 괜찮습니다."

순심의 말끝이 미미하게 떨렸다.

그녀의 몸에 꽉 맞닿아 있는 그의 몸. 그에게 쿵쿵 요동치는 제 심장소리가 들릴까? 윤의 입술이 순심의 귓불을 건드렸고, 순심은 흠칫 몸을 떨었다.

이윽고 그의 목소리가 들려왔다.

"내 곁에 있어라."

"……."

"그 대가로, 나의 마음을 너에게 주겠다."

멀리서 들려오는 발소리에 목욕간 앞을 지키고 있던 상검이 고개를 들었다. 뭐가 그리 즐거운지 방정맞게 달려오던 나인이 우뚝 걸음을 멈춘다. 그녀는 다름 아닌 구월이었다.

"야, 내시."

수라간 일을 마치고 순심을 보러 온 모양이다. 그녀의 손에는 온갖 주전부리들이 들려 있었다.

"여기서 뭐 해?"

"왜요?"

"여기 목욕간 아니야?"

"목욕간인데 그게 왜요?"

"내시 따위가 궁녀가 목욕하는 데서 왜 기웃거리냐고."

"기, 기웃거리긴 누가 기웃거려요?"

상검이 무슨 소리를 하냐는 듯 구월을 바라보았다.

"뭐예요? 지금 저를 남 목욕하는 거나 훔쳐보는 놈이라 여기시는 겁니까?"

"아니야?"

"그걸 말이라 하십니까?"

구월이 상검을 훑어보았다. 하긴, 밤톨만 한 게 그런 생각을 하는 건 무리지.

"아님 말고."

"뭐요?"

"왜 이리 성을 내냐? 아무튼, 그럼 대체 왜 여기 멀뚱대며 있는 건데?"

"제가 할 일이 하나밖에 더 있습니까? 저하를 기다립니다."

"저하?"

구월이 사방을 둘러보았다. 낙선당 침소의 불은 꺼져 있었다. 그 어디에도 그들 외에 다른 사람은 보이지 않았다.

"저하가 어디 계신데?"

"목욕간 안에요."

"그럼 순심 마마님은?"

"목욕간 안에요."

"헉?"

구월이 외마디 소리를 내뱉었다.

"왜요?"

"저하께서 순심이랑 둘이 저 안에 계시다고?"

"네."

"두, 둘이서 저기서 뭐 하는데?"

상검이 고개를 갸웃했다. 그 역시 궁금하긴 했다. 분명 순심의 비명소리와 둘의 대화소리가 들리지 않았던가. 한데 어찌 이리 오래도록 목욕간에서 나오지 않으시는 것일까?

"글쎄요. 목욕간에 계시니, 목욕이라도 하시는 게 아닐까요?"

상검의 대꾸는 마냥 해맑았다. 아는 만큼 보이는 법. 그리하여 궁녀들 사이에 대유행하던 춘화며 패관잡서를 탐독한 구월의 얼굴은 새빨갛게 달아오를 수밖에.

"저도 궁금하네요. 두 분이서 뭘 하고 계실까요?"

순간 끼익- 소리와 함께 목욕간 문이 열렸다.

"나오셨습니까, 저하."

걸어 나오는 윤은 순심의 손을 꼭 붙잡고 있었다. 상검과 구월이 동시에 머리를 조아렸다.

"마마님, 소인이 한참 불렀는데도 답을 하지 않으셔서……. 소인은 무슨 일이 난 줄 알았습니다."

"무슨 일이라니?"

순심이 되물었다.

"낮에 울고 계신 걸 보았거든요……. 혹시나 무슨 흉한 일이라도 생겼을 까 봐 걱정했습니다. 아무 일 없으신 게지요? 무사하시니 다행입니다."

"으응, 그럼."

윤이 목욕간에 다급하게 들어선 연유를 깨달은 순심의 표정이 착

가라앉았다.

그것이 이유였던가. 혹여나 그녀에게 무슨 일이 일어났을까 싶어서, 흉한 일이 생겼을까 봐서. 희빈 장씨와 세자빈 심씨가 그러했듯 순심이 세상에 없는 사람이 되어 사라질까 봐 그답지 않게, 다급한 목소리로…….

문득 떠오르는 죽지 않겠다 약조해달라던 그의 말. 윤의 슬픔의 무게가 그녀를 덮쳐온다. 마음이 뻐근하게 아팠다. 그런 까닭에 그녀를 끌어안던 그의 손길은 그리 절박했던 것이다.

"내 잠시 낙선당에 들겠다. 상검이와 구월이는 밖에서 잠시……."

그때였다. 목욕간 앞으로 갑자기 뛰어든 작은 그림자.

야옹-

"어, 금손아?"

쪼르르 달려온 왕의 고양이, 금손이가 순심의 치마폭에 머리를 비볐다.

"이 고양이의 이름이 금손인 걸 네가 어찌 아느냐?"

"예? 아, 그것이……."

그 순간, 저벅저벅 그들의 뒤에서 모습을 드러낸 그림자. 붉은 용포는 자욱한 어둠 속에서도 선명하게 빛났다.

"저, 전하!"

그를 가장 먼저 발견한 상검이 황급히 고개를 숙였다. 목욕간 앞에 싸늘한 긴장이 몰아쳤다. 윤과 순심, 상검과 구월이 황급히 고개를 숙였다.

놀라운 일이었다. 임금 이순이 마지막으로 동궁전을 찾은 까마득한 과거. 희빈 장씨에게 자진을 명한 이후, 임금은 취선당은 물론이거니와 윤의 거처인 동궁전에도 걸음을 들이지 않았다. 그랬던 임금께서 늦은 밤 홀몸으로, 그것도 저승전이 아닌 승은궁녀 처소에 모습을 드러내다니.

"아바마마, 납시셨사옵니까."

윤의 목소리는 잔뜩 긴장하고 있었다. 윤은 대리청정 중이었으므로 정사(政社)의 대부분을 임금과 상의하여 결정했다. 그 탓에 부자는 낮 시간 내내 얼굴을 마주할 때가 많았다.

그러나 그것은 어디까지나 공적인 일. 사(私)의 영역에 속한 부자의 관계는 조금도 가깝지 않았다. 윤은 한시도 아버지 임금 앞에서 마음 편해본 적 없었다.

"아바마마, 어찌 내관이나 궁관도 없이 홀로 나오셨습니까. 밤길이 어두운데……."

"아직 소경이 되지는 않았노라."

임금의 어조가 날카롭다. 윤은 대답하지 못하고 입을 다물었다. 근래 안질이 심해진 임금은 글자나 서간을 읽는 것조차 쉽지 않았다. 더군다나 깊은 밤이지 않은가.

그러나 흐릴 것이 분명한 임금의 눈은 윤을 지나 순심에게로 향했다. 가뜩이나 긴장한 채 있던 그녀였다. 임금의 시선을 마주한 순심이 급히 눈을 내리깔았다.

"네 이름이 순심이라 하였느냐?"

"예, 전하."

순심의 얼굴이 파리하게 질렸다.

"승은궁녀로 지내는 것에 불편함은 없느냐?"

"예? 무, 물론이옵니다, 전하."

예상치 못한 말. 고개를 숙이고 있던 순심이 잘근 입술을 깨물었다. 그녀는 임금을 우연히 마주쳤었노라고 윤에게 말하지 않았다.

"내 세자와 긴히 나눌 이야기가 있어 들렀다."

임금이 그사이 품에 파고든 금손을 순심에게 내밀었다. 엉겁결에 순심은 금손을 받아 안았다.

"잠시 세자와 걸을 것이다. 금손이를 돌보고 있어라."

"예, 전하."

임금이 윤을 돌아보았다. 윤은 평정심을 찾기 위해 노력하고 있었다. 그러나 그의 머릿속은 대단히 혼란스러웠다.

임금께서 순심의 이름을 아는 것, 그녀에게 살갑게 말을 건네는 것. 평소 애지중지 귀하게 여겨 누구의 손길이 닿는 것도 허하지 않던 고양이를 순심에게 건네는 것.

무엇보다 윤과의 대화를 원한다는 말이 당황스럽고 놀라웠다.

"가자."

그러나 어찌 지엄하신 주상의 말을 거역할 것인가.

"예, 아바마마."

임금의 곁으로 가서 서는 윤의 시선이 순심에게 잠시 향한다. 흔들리는 눈빛이 서로를 스쳤다.

순심과 상검, 구월과 금손이는 낙선당에 남겨졌다. 이내 윤과 임금의 모습은 자욱하게 깔린 밤안개에 묻혀 사라졌다.

"아바마마, 어디로 가십니까?"

"그저 걷는 중이지."

"……예."

임금과 세자는 저승전을 지나쳐 전각 사잇길로 들어서 있었다. 발길 닿는 대로 걷는다는 말이 무색하게도 임금의 걸음은 예상치 못한 곳으로 향하는 중이었다.

윤에게는 익숙한 길, 사무치도록 아픈 길. 그러나 이 길을 다시 아버지 임금과 걷게 되리라고는 생각해본 적 없었다. 멀리 취선당의 솟아오른 처마 끝이 보였다.

"……아바마마."

왕의 걸음은 취선당 앞에 다다라서야 멈추었다. 힐끔, 이순의 시선이 취선당의 안뜰을 스쳤다. 잡초가 무성한 안뜰에는 깨진 기왓장들이 굴러다녔다. 황량하다. 그를 바라보는 윤의 마음도 사무치게 황량했다. 그러나 임금의 표정에는 동요가 보이지 않았다.

"듣기에 종종 깊은 밤 취선당에 불이 밝혀진다 하더구나."

"……."

"멋모르는 궁인들은 도깨비불이 돌아다닌다며 겁내한다지?"

"……아바마마."

"어미가 그리우냐?"

감히 예상치 못한 질문. 윤은 대답하지 못했다. 차마 말이 떨어지지 않았다. 아바마마의 얼굴을 보는 것이 힘겨워 고개를 돌리자니, 취선당의 풍경 역시 보기 힘들기는 매한가지였다.

"대답을 하지 못하는구나."

"……자식 된 도리로 어찌 어머니가 그립지 않다 말할 수 있겠습니까."

왕의 시선이 다시금 취선당 안뜰로 향했다.

장옥정(張玉貞)이란 이름의 여인에게 마음을 빼앗겼던 당시 임금 이순의 나이 열아홉. 두려울 것 없이 질주했던 사랑의 결말은 파국이었다. 그가 옥정에게 취선당을 주었던 것은 이곳이 가장 아름다운 전각이었기 때문이었다. 그러나 이제 노인이 된 그의 눈에 비치는 취선당은 귀신이 출몰한다는 폐가처럼 황폐하다.

저곳이 눈부시게 빛나던 시절 태어난 그의 아들, 윤.

취선당의 몰락과 동시에 세자의 기반 역시 와르르 무너져 내렸다. 아들의 앞길에 어미 장희빈의 피를 뿌린 것은 임금 이순의 평생을 따라다닐 업과가 되리라.

"그래. 세자의 말이 맞다."

부자(父子)는 한동안 말이 없었다. 그러나 그들은 같은 인물을 떠올리고 있었다. 자신의 손으로 죽인 정인을, 그리고 아버지의 손에 목숨을 잃은 어머니를. 즉 취선당의 주인, 희빈 장씨를.

"나를 원망하느냐?"

쿵.

윤의 가슴속 깊은 곳에 침잠해있던 무언가가 치밀어 올랐다. 그 누구도 감히 임금의 앞에서 장희빈의 이름을 거론할 수 없었다. 그런 금기를 왕 스스로 입에 담은 것이다. 다른 이도 아닌 그와 장희빈의 아들 윤 앞에서.

'원망하느냐 물으셨습니까?'

원망하느냐고? 원망하다마다. 인간 이순의 아들 이윤은 그를 죽일 만큼 원망한다. 윤이 천천히 입을 열었다.

"……원망하지 않습니다."

"네 어미가 그립다 말하였지. 한데 어미를 죽인 비정한 아비를 원망하지 않는다는 것은 어떤 이유냐?"

신랄한 물음이었다. 조금이라도 어긋나는 답을 했다간 아득한 낭떠러지로 떨어질지 모른다.

"때로 임금은…… 마냥 자식의 아버지일 수도, 여인의 지아비일 수만도 없는 존재임을 알기 때문입니다. 소생 역시 그저 아들이기만 했다면 아바마마의 뜻을 헤아리기 힘들었을 것입니다. 그러나 세자로서, 임금의 삶은 평범한 아비의 삶과 다를 수밖에 없음을 알게 되었습니다."

세자인 이윤은 왕인 아버지 이순을 헤아린다- 헤아려야만 한다.

"하여 원망하지 않습니다, 아바마마."

그래야 산다.

"마냥 아버지일 수도, 지아비일 수만도 없다……."

임금이 천천히 세자의 말을 곱씹었다. 어떤 명재상이라 해도 세자의 말에 반박할 수는 없으리라. 훌륭한 답이었다. 나이를 먹을수록 회한이 커지는 늙은 마음을 위안할 만큼.

"윤아."

들려오는 말에, 윤은 제 귀를 의심했다.

"예, 아바마마."

'동궁', '세자'. 이것이 평소 왕이 윤을 부르는 호칭이었다.

먼 과거, 장자의 탄생에 뛸 듯이 기뻐한 임금은 신료들과 고민한 끝에 몸소 '윤(昀)'이라는 이름을 지었다. 그러나 임금이 다정스레 아들의 이름을 부른 것은 꽤 먼 과거의 일. 아비의 입에서 나오는 제 이름이 타인의 것처럼 낯설었다.

"나는 그리 오래 살지는 못할 것이다."

"아바마마! 어찌 그런 말씀을 하십니까."

윤이 당황하여 고하지만, 임금은 손을 들어 세자의 말을 끊었다.

"그것이 생의 이치이지. 시간이란 지금도 죽음을 향해 간다. 그것이 순리이다."

"……."

"한때는 내게도 동궁 못지않게 젊고 빛나던 시절이 있었다. 혹자들은 그 시절이 내 인생의 오점이라 말하지. 그러나 내게도 나름의 이유가 있었다."

그 나름의 이유 탓에 윤은 어머니와 외가의 일가를 모두 잃었다. 윤의 표정이 어두워지는 것을 본 탓일까. 임금이 말을 이었다.

"만일 동궁 역시 그것을 잘못이라 여긴다면 답은 하나뿐이다."

늙은 아비가 아들을 바라보았다.

"왕이 되어라."

"아바마마! 어찌……!"

아무리 세자인들 보위에 대한 욕심을 드러내서는 안 될 일. 윤이 황급히 만류하지만, 임금은 흐린 눈동자를 그에게 고정한 채 말을 이었다.

"참고 인내하라. 때가 되면 아비의 오점을 네 방식대로 바로잡을 기회가 있을 것이다."

"아바마마……."

이는 윤이 꿈꾸는 미래와 일맥상통하는 말이었다. 아버지가 무참히 짓밟은 어머니의 명예를 아들의 이름으로 회복하는 일. 그것이 지난 세월 윤을 살게 하고 버틸 수 있게 한 욕망이었다.

머리를 한 대 얻어맞은 것처럼 큰 충격이 밀려왔다. 아바마마께서 임금이 되어라 명하신다. 윤을 세자에서 폐하고자 하는 것이 아닌, 그 반대의 뜻을 품으라 말씀하신 것이다.

"내 말을 명심하겠느냐?"

"명심하겠사옵니다, 아바마마."

"이만 돌아가야겠다."

걸음을 떼던 임금이 퍼뜩 생각났다는 듯 덧붙였다.

"금손이는 그곳에 두어라. 알아서 제집을 잘 찾아올 테니."

"예, 아바마마."

윤은 임금을 대전까지 배웅했다. 취선당에서 나누었던 대화가 꿈처럼 느껴질 만큼, 돌아가는 내내 임금도 세자도 입을 열지 않았다.

임금과 윤이 낙선당을 뜬 후 한참이 지났다.

인경이 임박한 탓에 구월은 나인 처소로 돌아갔다. 낙선당에 남은 상검은 마루 끝에 앉아 꾸벅꾸벅 졸고 있었다. 순심의 품에 안긴 금손마저 골골대며 잠들었으니, 낙선당에 깨어 있는 이는 그녀 하나뿐이었다.

"어휴……."

팔이 뻐근하게 쑤신다.

왕의 고양이 사랑 탓에 골머리를 썩는 궁관들이 꽤 많았다. 임금께서 수라를 드실 때마다 번번이 금손에게 고기반찬을 건네셨기 때문이었다. 잘 먹어 오동통하게 살집이 오른 금손은 꽤나 무거웠다. 그런 금손을 내내 안고 있자니 팔이 저릴 수밖에. 그러나 금손을 돌보라는 것이 지엄한 어명인 탓에 순심은 감히 팔을 풀지 못했다.

저벅저벅, 낙선당 초입에서 들려오는 소리. 윤인가 싶은 생각에 순심이 고개를 든다. 그러나 모습을 드러낸 이는 윤이 아닌 황가였다. 기둥에 머리를 기대고 잠든 상검을 힐끔 바라본 황가가 순심에게 고개를 숙였다.

"세자 저하께서는 저승전으로 돌아가셨습니다. 저하께서 전하시길, 고양이에게 신경 쓰지 마시고 침소에 드시라 하셨습니다."

"아, 예."

그제야 순심은 금손을 마루 위에 내려놓았다. 낙선당이 제집 같은지, 잠시 실눈을 떴던 금손은 다시금 잠이 들었다.

'당연히 다시 오시리라 믿었는데.'

문득 윤이 야속하게 느껴진다. 목욕간에서 그녀를 끌어안던 손길이 생생했다. 그 손길 아래, 그녀의 심장은 아플 만큼 세게 고동쳤었다. 마음을 주겠다던 그의 달콤한 약속이 귓전에 맴돌았다.

곁에 있어 달라 말해놓고 무심하게 먼저 가신 건가. 설마 임금을 뵈었다고 고하지 않아 마음 상하신 것일까. 체념한 순심이 낮게 한숨을 쉬며 일어섰다.

황가가 발끝으로 툭, 상검을 건드렸다.

"일어나."

"음냐……."

"일어나라고."

"옴머!"

황가와 눈이 마주친 상검이 벌떡 자리에서 일어섰다.

"아……. 놀라라……."

"저하는 저승전에 계시다. 너도 돌아가라."

"아, 예이."

꽤나 졸린 듯, 눈을 반쯤 감은 상검이 휘적휘적 낙선당을 떠났다. 그 모습을 한심스럽게 바라보던 황가 역시 발길을 돌린다.

"무사님."

순심의 목소리. 황가가 뒤를 돌아보았다.

"황가라고 부르십시오, 궁녀님."

"예, 황가님. 운종가에의 일……. 구해주셔서 고맙습니다."

"응당 할 일을 했을 뿐입니다. 마음 쓰지 마십시오."

그러나 그가 아니었다면 끔찍한 일이 벌어졌을 것이 자명했다. 망설이던 순심의 눈에 구월이 두고 간 쑥떡이 보였다. 마루 위에 놓인 떡은 작은 베보자기에 싸여 있었다.

"별거 아니지만 이거…… 드시겠습니까? 수라간에서 만든 것이라 맛있을 겁니다."

황가는 본래 고기와 술을 거의 입에 대지 않았고 딱히 주전부리를 즐기지도 않았다. 그러나 감사의 의미로 내미는 것을 사절하기도 난감한 노릇이었다.

"고맙습니다, 궁녀님."

베보자기에 싼 쑥떡을 건네주던 순심의 손과 황가의 손끝이 살짝 스쳤다. 황가의 손끝이 미세하게 움찔한다. 그러나 순심은 손이 닿은 것도 느끼지 못한 듯했다. 문득 황가가 물었다.

"궁녀님. 외람되오나 한 가지 여쭈어도 되겠습니까?"

"말씀하세요."

"언젠가…… 소인과 마주친 적이 있었습니까?"

"제가요?"

워낙 뜻밖의 질문이라 되묻는 순심의 눈이 동그래졌다. 그녀가 황가를 마주 보았다. 이마를 덮은 억센 머리카락 사이로 보이는 눈. 상검과 구월은 황가의 눈이 맹수 같다며 몹시 두려워했다.

'하지만 전혀 맹수 같지 않은걸.'

맹수는커녕 오히려 큰 개처럼 충직함이 느껴지는 눈빛이었다. 개는 개인데 상당히 충실한, 오직 주인만 바라보는 그런 개. 눈이 마주치자 황가는 어색하게 시선을 피했다.

"이미 입궐한 지 십 년이 지났는데, 입궐하기 전 알고 지낸 사람 중에서도 남자란 없었습니다."

"소인이 착각했나 봅니다."

"그럴 수도 있지요. 살펴 가십시오, 황가님."

"예, 궁녀님."

황가가 몸을 돌려 낙선당을 떠났다. 저승전으로 향하던 그가 가슴팍을 지그시 누른다. 그의 옷섶에는 베보자기에 싼 쑥개떡 두 개가 들어 있었다.

낙선당을 떠난 황가가 상검을 따라잡는 데는 긴 시간이 걸리지 않았다. 상검은 비척비척 몸을 축 늘어뜨리고 걷고 있었다. 상검의 속도가 워낙 느린 탓에 걸음은 금세 엇비슷해졌다.

"아, 깜짝아……."

곁에 다가온 황가를 발견한 상검이 외마디 소리를 냈다.

"왜 자꾸 갑자기 나타나십니까? 소인 보기보다 심약하단 말입니다. 왜 자꾸 따라와요?"

"따라오다니."

황가가 대꾸할 가치도 없다는 듯 내뱉었다.

"내 갈 길을 가고 있을 뿐이다."

그제야 정신이 든 상검이 부루퉁하게 대꾸했다.

"무슨 소리 하시는 겁니까? 이쪽은 동궁전 장번내시 숙소예요. 뭐, 황가 형님의 그것이 잘 붙어 있는지 아닌지 소인은 모르지만……."

"그것?"

"예! 그것 말입니다! 사내들에게는 없으면 큰일이지만 내시들에게는 있으면 큰일 나는 거! 자, 여기부터는 내시들의 세상이니 이만 어엿한 두 쪽 사내들의 구역으로 돌아가시지요?"

그러나 황가는 꿈쩍 않고 상검과 나란히 걷는다.

"안 가십니까?"

"간다."

"여긴 내시 침소라니깐요?"

"여기 잠시 머물게 됐다."

"뭐요? 금부 숙소에 계신 것 아니었습니까?"

"그럴 일이 있어서."

살구를 훔친 관원들을 맞닥뜨린 것은 황가에게 큰 기회였다. 황가를 세자의 총애를 받는 자라 여긴 관원들은 더럭 겁을 집어먹었다. 그들은 황가가 시키는 대로 그가 코를 골아 도무지 방을 함께 쓸 수 없다 읍소했다. 결국 황가는 금부 각사가 아닌 내관장번방에 임시로 머물게 되었다.

"내관방 어디에서 주무시는데요?"

"글쎄다. 어린 내관 중에 홀로 방을 쓰는 자가 한 명 있다고, 거기서 자라 하더군."

"……헉."

그거 난데.

상검의 얼굴이 새하얗게 질렸다.

윤은 밤이 이슥하도록 잠을 이루지 못했다.

그에게 아버지의 존재는 남들 같지 않았다. 윤의 아버지는 조선의 임금이었고 동시에 그의 어머니를 죽인 사람이었다. 어린 윤이 감당할 수 없을 만큼 지극하던 사랑을 한순간에 거두어 그를 외톨이로 만든 장본인이었고, 매사 이복동생들을 들먹이며 그를 괴롭히던 이였다.

윤에게 그는 핏줄이었다. 어머니도, 외숙부도, 할머니, 할아버지, 고모, 이모, 그 누구도 남지 않은 윤에게는 유일한 같은 핏줄을 타고난 어른이었다. 기둥이었다. 그러나 결코 기댈 수는 없는 사람이었다.

그런 그가 윤에게 임금이 되어라 명한다.

단 한 번도 같은 편이라 생각한 적 없는데. 세자에서 폐하고자 하신다 굳게 믿었는데.

'내 생각이 잘못되었던 것일까.'

혹은.

'이마저도 나를 끌어내리려는 아바마마의 계략일까.'

윤이 아는 임금, 윤이 아는 아버지는 조선 역사상 가장 참혹하고 비정한 이들 중 하나였다.

"아……."

윤이 길게 한숨을 내쉬었다.

취선당의 폐허와 어머니의 마지막 모습과 속을 알 수 없는 아버지. 시험에 들어 방황하는 제 자신과 눈앞에 잡힐 듯 스치는 임금의 곤룡포가 뒤엉킨다. 고통스러웠다. 밤이 무겁게 그를 짓누른다. 괴로웠다.

그저 잠들고 싶었다. 그가 자리에서 벌떡 일어났다.

윤의 걸음이 동궁전의 밤을 가로지른다. 과거의 그는 이런 밤 취선당을 찾아 어머니의 유령에게 위로받으며 잠들곤 했다. 그렇게 몸을 옹송그린 채 새우잠을 잔 다음 날은 온몸이 뻐근했다. 눈물이 말라붙은 뺨은 뻣뻣했고, 자욱한 먼지를 마신 목은 종일 쉬어 있었다.

그러나 지금의 그에게는 따뜻한 안식처가 되어줄 여인이 있다. 순심에게로 향하는 그의 걸음이 점점 빨라졌다.

낙선당 안뜰을 가로지르는 조바심에 찬 발소리, 누군가 대청으로 올라올 때 들려온 삐걱대는 마룻장 소리. 그러나 잠든 순심은 듣지 못했다.

낙선당 침소 문이 열리고 다시 닫히는 소리도, 다가오는 낮은 발소리도, 누군가 잠든 그녀를 하염없이 내려다보는 것도. 그녀는 여전히 눈치채지 못했다.

단잠을 깨울까 살며시 곁에 눕는 기척과 뚫어져라 응시하는 시선, 이불을 끌어 올려 덮어주는 다정스러운 손길…….

"……으음."

반짝. 순심이 눈을 뜬다. 눈꺼풀이 무겁게 올라갔다.

그녀의 곤한 잠을 방해한 것은 소리나 기척이 아닌 향기였다. 고아하게 풍겨오는 백단의 향기. 그녀가 흐린 눈을 느리게 깜빡였다. 사방은 캄캄하다. 잠결에 무슨 소리를 들은 것도 같았는데, 문밖은 빛 한 점 들어설 틈 없이 새까매서 아무것도 보이지 않았다.

"꿈……."

인가.

중얼거리던 순심의 코끝에 백단향이 스친다. 그녀는 이 향기를 알고 있었다. 그의 체취와 뒤섞여 더욱 깊어지고 농밀해진, 윤의 향(香). 어둠에 길든 시야는 그제야 주변을 분간했다. 지척에 있는 창백한 빛의 정체가 사람의 얼굴이라는 것을 깨달은 그녀의 심장이 쿵 떨어졌다.

"놀라지 마라, 순심아."

"아……."

"나다."

윤의 손이 순심의 어깨를 부드럽게 도닥였다. 그의 두루마기 자락이 작게 펄럭였다. 아스라하게 퍼져 나온 백단 향기가 장막처럼 방 안을 뒤덮었다. 꿈과 현실의 경계를 배회하던 순심이 그제야 정신을 차렸다.

"……정녕 저하십니까?"

"정녕, 나다."

순심의 시야가 서서히 환해지고 또렷해졌다.

윤은 모로 누운 채 그녀의 모습을 눈에 담고 있었다. 깊은 잠에서 깨어나 눈가가 도도록하게 부어오른 말간 여인의 모습을. 그가 지그시 그녀를 응시한다. 그의 눈 안에 들어찬 것은 순심만은 아니었다. 눈동자 속에는 깊이를 알 수 없는 갈망이 일렁였다. 또한 간절한 바람과 기대가 담겨 있었다.

윤의 눈 속에는 위로를 찾아 밤길을 홀로 걸어온 외로운 사내의 마음이 비치고 있었다.

"내가 찾아와 놀랐느냐?"

순심이 작게 고개를 끄덕였다. 예상치 못한 일이었으므로.

"어찌 이 깊은 밤에 갑자기 오셨습니까?"

"잠이 오지 않아서."

마치 잠투정을 하는 아이가 된 기분. 윤이 옅게 웃었다.

"이 생각, 저 생각……. 오늘은 유난히 생각이 많아 머릿속이 터져버릴 것만 같았다. 제발 잠들어 잊고 싶은데, 아무리 애쓰고 노력해도 잠이 오질 않아……."

그를 바라보는 순심의 눈빛에 측은함이 감돌았다.

야행(夜行)의 까닭이 어찌 불면뿐일까. 그의 어깨가 오늘따라 하염없이 묵직하게만 보였다.

"그래서 왔다. 네 곁에 오면 슬프고 괴롭고 복잡한 마음이 모두 잊어질까 하여. 네 곁에 오면, 외롭지 아니할까 하여……."

무거운 짐을 벗어버리듯 윤은 방문의 이유를 전하였다.

"내 너에게 왔다."

윤의 나지막한 고백에 흔들리는 순심의 검은 눈동자. 순심이 윤을 향해 손을 뻗었다.

어쩌면 그녀는 아직 잠에서 완전히 깨지 않은지도 모른다. 맨정신이었다면 결코 이렇게 대담한 행동을 하지는 못했으리라. 그러나 밤은 늘 비밀스럽다. 둘만이 있는 공간, 그들이 무엇을 하든 밤은 침묵을 지킬 것이다. 순심의 손이 윤의 뺨 위에 살며시 얹혔다.

"저하, 잘 오셨습니다."

순심이 윤의 곁에 몸을 붙였다. 조심스러운 손길로 그녀는 그의 머리를 끌어안았다. 목 언저리에 사내의 더운 숨결이 느껴졌다. 밀착된 몸이 뜨겁다. 윤이 마른침을 삼키는 소리가 들려왔다. 몸을 덥히는 열기에 그녀 역시 나른하게 눈꺼풀을 내리깔았다.

"눈을 감으세요."

잠 못 이루는 그녀의 사내에게 나지막하게 속삭인다.

"주무실 때까지 소인이 곁에 있어 드리겠습니다."

윤은 고분고분 그녀의 말을 따라 눈을 감았다. 코를 간지럽히는 순심의 포근한 살내음. 그녀의 체온은 따스하고도 평온했다. 평생 이렇게 편안하게 밤을 보낸 적이 있었나 싶을 정도로 안온한 품이었다. 가슴 밑바닥에서 무엇인가가 뭉근하게 치밀어 올라 목 언저리가 시큰했다.

그렇게 윤과 순심의 밤이 깊었다. 그들의 마음이 깊었다.

따뜻한 체온은 윤의 어머니 희빈 장씨의 기억을 불러일으켰다. 그러나 그마저 곧 흩어졌다. 긴긴 시간 그를 괴롭히던 많은 것들이 그 순간만은 송두리째 사라졌다. 윤의 곁에는 고통도, 괴로움도, 슬픔도, 고민도 없었다. 그는 텅 비었다. 빈 마음은 가득히 순심으로 채워졌다.

　순심의 목덜미에 얼굴을 묻은 채 윤은 고요한 잠에 빠져들었다.

* * *

　새벽이 다가오는 밤의 끝자락. 황가와 상검은 동궁전의 어둠을 헤치고 있었다.

　"일이 생겼습니다."

　황가를 깨우며 상검이 한 말은 오직 그뿐이었다. 황가는 즉시 눈을 떴고 반문 없이 자리에서 일어났다.

　"일단 나가서 말씀드리겠습니다."

　상검의 말이 채 끝나기 전에 황가는 문간 앞에 서 있었다. 그는 잠들 때조차 편한 차림을 하지 않았다. 벗어둔 철릭 상의를 걸쳐 입는 것으로 준비는 끝났다.

　고요한 밤, 동궁전에 울려 퍼지는 그들의 발소리.

　"저하께서 사라지셨습니다. 안 그래도 오늘쯤 저하의 광증에 대해 말씀드리려고 했는데……."

　"……광증?"

　김일경은 분명 그리 말했었다. 왕세자가 광인이라는 소문은 노론이 날조한 헛소리일 뿐이라고. 그것이 진실이었단 말인가.

　"일단 저하를 찾는 것이 우선입니다. 궁인들의 눈에 띄어서는 안 되니까요. 저하를 모시고 돌아온 후에 자초지종을 말씀드리겠습니다."

　"알았다."

　"일단 혹시 모르니 낙선당 먼저 가겠습니다."

　"낙선당?"

　"예. 광증이 아니라 마마님의 침소에 드셨을지도 모르니까요. 밤에 저하께서 사라지시면 낙선당과 취선당 먼저 둘러봐야 합니다.”

대답 대신 황가는 가볍게 고개를 끄덕였다. 황가와 상검의 빠른 걸음은 이내 낙선당 안뜰에 이르렀다.

“쉿.”

상검이 황가의 옷소매를 붙들었다.

“아후⋯⋯.”

상검의 맥 풀린 한숨 소리. 황가가 상검의 시선이 닿아 있는 지점을 바라본다.

섬돌 위에 가지런히 벗어둔 꽃신 곁에는 세자의 예혜(禮鞋)[52] 한 켤레가 놓여 있었다.

“낙선당에 오실 거면 귀띔이라도 해주시지⋯⋯.”

상검이 시무룩하게 중얼거렸다. 그러나 서운했던 마음도 잠시. 세자께서 광증에 시달리시는 것보다야 제 몸 고생 좀 하는 것이 훨씬 나은 일이었다. 어찌하랴. 그것이 미래의 군주를 보좌하는 내시의 숙명인 것을.

“황가 형님, 돌아가십시다.”

“⋯⋯.”

“마마님과 좋은 시간을 보내고 계신 모양입니다. 밤나들이를 나오셨나 봐요.”

“⋯⋯.”

“형님?”

희미한 달빛이 미동 없이 서 있는 황가를 비추었다. 그는 귀 기울이고 있었다. 황가는 모든 감각에 뛰어났고 청각 역시 예민했다. 상검은 알아채지 못했으나 침소 안에서는 나지막한 목소리가 들려오고 있었다. 들리는 것은 남세스러운 신음도, 끈적하거나 농염한 소리

---

52 예복에 갖추어 신는 가죽신.

도 아니었다. 그저 세자와 승은궁녀의 것이 분명한 대화 소리. 소곤대는 음성은 따스하고 정겨웠다.

"무슨 일이 있으십니까, 황가 형님?"

"아니다. 돌아가자."

"……예."

그들은 발소리를 죽여 낙선당을 벗어났다. 상검이 힐끔 황가를 바라보았다.

'짐승처럼 무섭게만 보이더니 저런 모습도 있었나.'

선뜻 황가에게 말을 붙일 용기가 나지 않았다. 평소에 그러했듯 두려워서가 아니었다.

'왜 저렇게 쓸쓸하게 보이지…….'

상검 스스로도 말이 안 되는 생각이라 여겼지만 문득 황가가 가엾게 느껴졌다. 비를 쫄딱 맞은 채 하염없이 주인이 돌아오기를 기다리는 충성스러운 큰 개를 보는 느낌이랄까.

"형님, 무슨 일이라도 있으십니까?"

"……음?"

상검의 말에 정신이 든 듯, 생각 속을 헤매던 황가는 퍼뜩 현실로 되돌아왔다.

"표정이 영 좋지 않으셔서……."

"전혀."

황가의 얼굴에 짙게 드리워져 있던 그늘 역시 밝아오는 새벽빛과 함께 사라졌다.

* * *

잠에서 깨어난 순심은 꿈을 꾸었다고 생각했다.

꿈속에서 윤을 보았고, 유난히 슬픈 눈을 하고 있던 그를 감히 보듬어 품에 안았다. 그가 고요히 잠이 들 때까지 그의 온기를 느꼈다. 그를 안은 채 그녀 역시 잠에 빠져들었다. 꿈결에서도 백단 향기는 참으로 그윽하고 달콤했었다.

마치 지금처럼.

"……저하."

중얼거리며, 순심은 눈을 반짝 떴다. 그리고 그녀를 바라보고 있는 윤의 나른한 얼굴을 마주했다.

문밖은 미명이 비추는 새벽. 희끄무레하게 동이 트는 바깥은 바다처럼 푸르렀다.

"소인 꿈을 꾼 줄 알았습니다."

"어찌 일어났느냐. 곤히 자는 모습이 참으로 평안하여 보기 좋았다."

"향기가 나서요."

"또 향기 타령……."

그의 입가에 옅은 웃음이 드리웠다. 잠시 말을 아끼고 싶었다. 푸른 새벽의 고요 속에서 윤과 순심이 서로를 바라본다. 내 눈에 비치는 네가, 네 눈에 비치는 내가 소중하여 이대로 머무르고 싶었다.

교차하는 시선 사이로 흐르는 것은 시간이 아닌 그들의 마음. 간밤 나눈 것은 입술도 아니요, 몸도 아니었다. 그저 살을 맞대고 곤한 잠의 나락에 빠져들었던 것이 그들이 나눈 정의 전부. 그러나 마음이 서로에게 흘러가 하나가 되었으니, 오가는 눈길은 참으로 고즈넉했다. 오래전부터 이렇게 서로를 위해 존재했던 것처럼.

그리고 순심은 문득 미소 지으며 묻는다.

"어찌 일국의 세자께서……. 밤 서리를 밟고 몰래 드셨습니까? 당당하게 내 여기 왔노라 외치셔도 될 것을요."

"두려워서."

순심의 눈빛에 의아함이 스쳤다.

"무엇이 두려우셨습니까?"

"당당하게 들어와 내 여인이라 소리치자니, 입방아를 찧는 자들의 웅성거림이 들리는 듯하여……. 그 목소리가 너마저 괴롭힐까 걱정이 되었다."

"저하, 소인은…… 괜찮습니다."

"그리하여 결국에는 오지 않았느냐."

순심의 뺨 위로 어른대는 새벽빛을 좇으며 윤은 혼잣말처럼 중얼거렸다.

"그럼에도 차마 아니 올 수 없었다. 하여 도둑처럼 몰래몰래 숨어들어왔다."

그의 얼굴에 부드러운 웃음이 번졌다. 짧은 잠 동안 모든 고민을 벗어버린 듯하다. 윤의 마음은 한결 편안해져 있었다. 그의 웃음을 본 순심 역시 활짝 미소 지었다.

"도둑처럼 숨어들어 무엇을 가져가시게요? 여기는 저하께서 가져가실 만한 것이 없는데요."

"없더냐?"

"이미 좋은 것을 많이 갖고 계시지 않습니까?"

"아직 모르는구나."

"무엇을요?"

윤의 눈빛이 소년처럼 맑게 빛났다.

"내 마음을 네게 주지 않았더냐. 그러니 나 역시 네 마음을 가져가야겠다."

그리고 문득 윤은 바란다.

"하나 더."

푸른 새벽빛 아래 갓 피어난 꽃잎처럼 수줍게 붉은-

"네 입술도."

윤의 더운 숨결, 짙은 눈동자, 그윽한 향기가 다가온다. 그의 입술이 순심의 입술 위로 포개졌다.

"아……."

그녀의 눈이 스르르 감겼다. 그의 입술의 감촉은 윤의 성정을 닮았다. 부드럽고 신중했다. 서두르지 않으며 마냥 다정했다. 따뜻했다. 포개진 입술 틈으로 흐르는 숨결이 점점 달아올랐다. 덮고 있던 이불을 걷어낸 윤이 순심의 몸을 끌어안았다. 심장이 맞닿았다. 쿵쿵 울려대는 박동이 그의 것인지, 그녀의 것인지 알 수 없었다.

탐색은 조심스러웠다. 그녀가 눈 돌리면 날아가 버릴까 봐 걱정하는 사람처럼 윤은 느리고 유하게 입술을 탐했다. 입맞춤은 능숙하지 않았다. 조금 서툰 탓에 가끔 코끝이 부딪치고 포개진 입술이 어긋났다.

"말한 적 있었더냐?"

"……무엇을요?"

"내게 여인이란…… 네가 처음이라고."

잠시 입술이 떨어진다. 윤은 가만히 순심을 응시했다. 평소 복숭앗빛을 띠던 볼은 무르익은 홍옥처럼 붉었다. 숨결이 가쁘다. 그녀의 가슴팍이 오르내리고 있었다. 처음 겪어보는 달콤한 쾌락에 젖어든 순심의 눈동자가 그를 본다. 저 심연처럼 검은 눈동자 때문에, 윤은 많은 밤 무수한 고뇌에 시달려야만 했다.

"내 너를 소중히 여긴다."

"……소인도 그렇습니다."

그러나 그것만으로는 부족했다. 이 순간 그의 안에는 오직 순심만이 존재했다. 표현하고 싶었다. 그의 눈에 비친 그녀가 얼마나 사랑스러운지, 얼마나 아름다운지. 입 밖으로 내어 말해야만 갈증이 해소될 것 같았다.

"모르겠다. 이런 마음을 무엇이라 하는지. 소중한 사람들을 떠올리면 늘 마음이 아팠다. 나는 그것을 당연한 일이라 여겼어. 그러나 너를 떠올리면 기쁘다……. 아무런 슬픔조차 없이 마냥 기쁘기만 하여, 그것이 오히려 걱정스럽다."

그것은 윤으로서는 처음 겪는 경이로운 감정이었다.

"너를 향한 내 마음을 어떻게 설명해야 할지를 모르겠다."

"……저하."

"응?"

윤이 순심을 바라본다. 둘의 거리는 코끝이 스칠 만큼 가까웠다.

"저하를 떠올리면 심장이 뜁니다. 이런 것을 무어라 부르는지 소인 역시 잘 모르지만……. 구월이가 그런 말을 해준 적이 있습니다. 기쁠 때나 슬플 때나 오직 한 사람만 떠올리게 된다면, 그것은……."

"그것은?"

"그 사람을 연모하는 것이라고."

그랬다. 그제야 갈피를 잡을 수 없던 감정의 실체가 눈에 보였다.

"소인, 감히 저하에게 사랑을 바라는 것 같습니다."

순심이 윤에게 묻는다. 생과방에서 잔심부름을 하던 여인이, 감히 조선의 왕세자에게.

"저하도 그러하셨으면…… 좋겠습니다."

"내 어찌 아니 그러하겠느냐."

다시 다가온 윤의 입술은 촉촉하게 젖어 있었다. 순심의 입안으로 습한 숨결이 밀려들었다. 온기가 온몸을 스르르 녹였다. 이제 입술을 맞대고 탐색하는 것만으로는 부족했다. 더 많이 또 더 깊이 바랐다. 입술이 맞물리고 더운 숨이 섞였다. 혀에 닿는 감촉 하나하나가 난생처음 경험하는 새로운 감각의 문을 열었다. 향기로웠다. 달콤했다. 입안은 밀폐되어 한 틈의 공기조차 들어오지 않았다. 그들의 호흡만이 하나가 되어 섞였다. 숨이 멎을 것만 같다. 그러나 숨이 멎는다 해도, 결코 떨어지지 않기를 바랐다.

입술 사이로 오가는 들숨과 날숨. 몸의 모든 감각이 입술 위에 머문다.

순심을 보다 가까이 끌어안으며 윤은 생각했다. 그녀를 동궁전에 들이기로 결정한 순간 이미 예감했을지도 모른다고. 긴 시간 숨겨두었던 그의 본능은 그녀로 인해 빗장을 풀게 될 것이라고. 나는 너로 인해 욕망하고 갈망하는 보통의 사내가 될 것이라고.

입술과 혀와 숨결이 감각의 바다를 유영한다. 처음이었기에 그들이 나누는 순간은 더욱 완벽했다.

그래도, 아무리 황홀하고 아무리 숨이 멎을 만큼 달콤해도 이 말만은 꼭 해야만 했다.

"내 너를 은애한다."

그리고-

"이 마음, 내가 먼저였다."

八章.

언약(言約)

창경궁 환경전(歡慶殿).

임금의 침전에 든 윤이 아침문안을 올렸다. 지난밤 취선당에서의
대화 때문일까. 부자를 둘러싼 기류는 평소와 사뭇 달랐다.

"오늘 재간택에 과인이 몸소 나가 처녀들을 살필 것이다."

그제야 윤은 오늘이 재간택의 날임을 상기한다.

"세자빈으로 간택될 여인에 대해 바라는 것이 있느냐?"

"……"

평소 같으면 임금의 채근이 두려워 당황했을 것이다. 그러나 윤은
초조한 기색 없이 차분히 고하였다.

"좋은 빈씨를 간택하여주시리라 믿으니 그에 따를 것입니다."

"세자의 후사와 관련하여 그간 간언이 끊이지 않았지. 본래 이번
기회에 빈 뿐 아니라 여러 후궁을 들이려 했다."

"……아바마마."

윤의 말문이 턱 막혔다.

임금의 말인즉슨 삼간택에서 탈락한 여인을 세자의 후궁으로 입

궐시키겠다는 뜻이다. 세자빈 하나를 들이는 것만도 내키지 않았던 윤이었다. 생각지 못한 아비의 말에 몹시 당황스러웠다.

"그러나 내 마음이 바뀌었다."

"……예?"

"평소 여인에게 과히 관심이 없는 동궁 아니더냐. 후궁을 들여봤자 탄식하는 여인의 수만 늘어나겠지. 마음에 없는 여인을 품는 것이 고된 일임을 내 안다. 세자에게까지 그런 일을 겪게 하고 싶지 않다."

"소생 아바마마의 말씀이 백번 옳다 생각하옵니다."

"그래. 그리 알고 이만 물러가라."

"예, 아바마마."

윤이 뒷걸음질쳐 임금의 침소를 나섰다. 막 문밖으로 나가려던 그때.

"동궁이 승은을 내린 여인 말이다."

"예, 아바마마."

윤의 얼굴이 차갑게 굳었다. 임금의 입에서 순심의 이름이 나오다니. 어떤 전교를 하실지 몹시 걱정스러웠다.

"낙선당 궁녀의 모습이 흐린 눈으로 보기에도 자못 아름답더군. 그런 여인을 곁에 두었으니 다른 여인이 눈에 차기나 할까. 그렇지 않으냐, 세자?"

"그, 그것이……."

"그래서 마음을 바꾼 것이다. 그리 알고 이만 물러가라."

"예, 아바마마. 소생 물러가옵나이다."

윤의 등 뒤로 침소의 문이 닫혔다.

순심은 첩지조차 받지 못한 처지였다. 한낱 궁녀의 일을 임금이 입에 올리는 것은 대단히 놀라운 일. 나쁜 소식이 아니라는 것만으로도 다행스러워 안도의 한숨이 흘러나왔다.

방금 들었던 왕의 음성이 귓전을 맴돈다.

'낙선당 궁녀의 모습이 흐린 눈으로 보기에도 자못 아름답더군.'

대전 복도를 가로지르던 윤이 걸음을 멈추고 궁인이 없음을 확인한다.

'자못 아름답더군.'

그가 소리 없이 웃었다. 웃다가, 이내 멈추었다.

'……내가 미쳤나 보다.'

한가로이 웃을 상황이 아니다. 오늘은 결코 바라지 않던 재간택 날이었다. 임금께서 몸소 간택한다는 세자빈은 분명 노론의 여식일 터. 후궁을 들이겠다는 왕의 생각이 순심으로 인해 바뀐 것은 다행 이었으나…….

"하."

윤은 다시 소리 없이 웃었다. 자기도 모르는 새 참지 못하고 웃음 을 흘렸다 함이 옳으리라. 그리고 다시 웃음을 멈추었다. 한숨을 내 쉰 그가 고개를 절레절레 저었다.

'정신 차려라, 이윤.'

보는 눈이 많은 대전 앞에서 허파에 바람이 든 것처럼 실실대고 있다니 이 무슨 꼴인가. 이러다가 광증이 도져 낮에도 웃고 다닌다 소문이 날 판이었다.

"저하, 오셨사옵니까?"

대전 앞에 서 있던 상검이 윤의 안색을 살폈다. 평소보다 문안 시 간이 길었기에 흉한 말씀을 들었을까 걱정된 탓이었다. 한데 웬걸. 윤은 상검을 보자마자 서글서글하게 웃는다.

"……저하?"

꿀 먹은 벙어리가 되어 세자를 바라보던 상검이 전해야 할 말을 떠올렸다.

"저하, 낮것[53]을 들일 시간에 연잉군께서 뵈올 것을 청하셨습니

_____

53 점심 식사.

다."

"금이? 알았다."

그리고 윤은 또다시 웃었다. 상검이 해괴한 광경이라도 보듯 세자를 힐끔거렸다.

"무슨 좋은 일이라도 있으셨습니까, 저하?"

"좋은 일이라……. 글쎄다."

윤은 짧은 말을 하는 와중에도 실실 흘러나오는 웃음을 주체하지 못했다. 그가 툭 내뱉었다.

"동궁전 승은궁녀가 자못 아름답다는 일?"

"예?"

"아니다. 가자."

윤의 걸음이 성큼성큼 앞서가기 시작했다. 뒤에 남은 상검이 황당한 표정으로 그의 말을 곱씹었다.

"팔불출이야 뭐야……."

들리지 않게 중얼대며, 상검은 앞서가는 세자의 뒤를 따랐다. 윤은 그 와중에도 웃고 있었다.

* * *

"주상 전하 납시오!"

연춘헌에 왕께서 납시었다.

대나무 발 뒤에 앉아 있던 중전 김씨, 재간택 자리를 지키던 궁관들, 아비의 명패 뒤에 다소곳이 앉아 있던 네 명의 규수들이 동시에 자리에서 일어섰다. 그들이 임금을 향해 머리를 조아렸다.

"덕이 높은 가문에서 내보낸 처녀들이니 모두 자격을 갖추었음을 과인이 잘 안다. 궁궐에서 좋은 한때를 보내고 가도록 하라."

"성은이 망극하옵니다, 전하."

임금 역시 대나무 발 뒤로 들어가 중전 옆에 자리를 잡았다.

"윤양래의 여식, 처자 윤씨(氏), 신사년 사월 십육일 자시(子時)[54] 생……."

임금 곁으로 다가간 예조 정랑이 사주단자를 줄줄 읽어 내렸다. 눈이 어두운 임금을 위해서였다.

초간택에 참여했던 열네 명의 처녀들 중 재간택에 오른 여인은 단네 명. 일국의 세자빈이 되기까지 꼭 한 보의 걸음이 남았을 뿐이다.

"어유구의 여식, 처자 어씨."

방석 위에 앉아 있던 채화가 마른침을 삼켰다.

"을유년 시월 이십구일 신시 생이옵고 본관은 함종이며 거주지는 한성이옵니다. 아비는 정삼품 병조참지 어유구이며 조부는 종이품, 증조부는 정삼품, 고조부는 종오품, 외조부는 종육품에 직하였나이다. 노론이옵니다."

관원이 읊어대는 사주단자의 내용은 생전 모르는 타인의 것처럼 낯설었다. 나와 있는 생년과 생시가 채화의 것일 뿐, 사주단자에는 그녀의 이름조차 나오지 않았다. 어채화라는 여인을 판단하는 자리였다. 생전 얼굴조차 본 적 없는 고조부의 벼슬 따위가 무슨 상관이란 말인가.

'가례를 하는 것은 여인일진데 정작 꼭두각시나 다름없구나. 온통 가문 타령뿐이니…….'

떠올리던 채화의 등골이 서늘해진다. 가례라니. 간택이 되지 않기를 간절히 바라야 하는 처지에 그런 당치 않은 생각을 품다니.

재간택에 참여한 이들의 모습은 초간택 때와 크게 다르지 않았다. 처녀들은 초간택 때 입었던 노랑 저고리와 다홍치마 위에 초록 견마

---

54 밤 11시에서 오전 1시 사이.

기를 덧입었다. 재간택에는 장신구와 화장이 허용되었고, 그런 까닭에 각 집안마다 여식의 단장에 공을 들이기 마련이었다.

채화 역시 난생처음 연한 화장을 했다. 허리춤에는 산호로 만든 묵직한 노리개가 매달려 있었다. 그러나 그녀의 마음은 내내 불편하기만 하다. 여인 어채화는 없고 어씨 가문만이 존재하는 사주단자도, 거대하여 가늠조차 되지 않는 궁궐이라는 공간도, 입술을 바싹 마르게 하는 연지와 여러 겹 껴입어 거추장스러운 의복도.

"내 눈이 침침하니 중전께서 눈이 돼주오. 보기에 처녀들이 어떻소?"

지아비의 질문을 받은 중전이 차분하게 대답했다.

"신첩이 보기에 둘은 더할 나위 없었고, 둘은 아쉬운 마음이 들었습니다."

"눈에 띄었다는 둘은 누구요?"

"필선 권세항의 여식과 병조참지 어유구의 여식이옵니다."

"다른 두 처녀의 경우는 무엇이 아쉬운가? 혹여 실수를 범하기라도 했소?"

"그런 것은 아니옵고, 다른 두 여식들은……."

발 밖으로 소리가 새어 나갈까 싶어 중전은 목소리를 낮추었다.

"행실이 참하나 용모의 아름다움이 부족하여 아쉽습니다."

임금의 귀에 속삭인 중전이 그의 눈치를 살폈다.

그녀와 서른 살 가까이 나이 차가 나는 지아비. 젊은 날 부인들에게 피도 눈물도 없이 잔혹했던 임금은, 마흔을 넘어 얻은 어린 중전에게는 퍽 자애로운 편이었다.

그러나 중전이 두 처녀의 외모를 깎아내린 것은 그녀의 본심이 아닌 좌의정 이이명의 뜻이었다.

"가뜩이나 여인을 멀리하는 세자에게 어찌 박색을 붙이겠는가. 다른 두 처녀는 배제하는 수밖에."

"지당하신 말씀이옵니다, 전하."

본래 여인의 용모를 중히 여기는 임금이었다. 여기까지는 이이명의 뜻대로 잘 진행되고 있었다. 이윽고 임금의 지엄한 음성이 들려왔다.

"어유구의 여식과 권세항의 여식에게 명한다. 차례로 한 명씩 일어서 아비의 하는 일에 대해 말해보라."

채화가 마른침을 삼켰다. 목덜미가 긴장으로 뻣뻣했다.

'세자빈이 되고 싶지 않아. 절대로…….'

그러나 집안의 명예가 달린 자리. 부족한 모습을 보여 아버지의 얼굴에 먹칠을 할 수는 없었다. 낮은 숨을 토한 채화가 등을 곧추세우고 어깨를 반듯이 폈다.

"소녀의 아버지는 병조참지로 정삼품 당상관이옵니다. 군졸의 포[55]를 관리하며 추고속(推考贖)[56]에도 관여하신다 들었나이다."

"아비의 일에 대해 소상히 알고 있구나. 게다가 옥구슬처럼 청아한 음성이 아닌가. 훌륭하다."

"성은이 망극하옵니다, 전하."

임금은 꽤 흡족한 표정이었다. 눈이 흐려 용모를 가늠하기는 어려웠으나 자태가 단아했고, 무엇보다 음성에 총명한 기개가 있어 귀마저 밝아지는 느낌이었다.

그러나 어유구의 딸 어채화의 나이 열네 살, 관례를 치르기에는 어린 감이 있는 나이. 후사가 급한 왕세자의 배필로는 적합지 않았다.

"권세항의 여식, 말해보아라."

내내 당당한 모습이던 권세항의 딸은 무척 경직된 모습이었다. 몇 차례 헛기침을 하여 목을 가다듬은 그녀가 입을 열었다.

"소녀의 아버지는 세자시강원 필선으로……. 흐흠."

55 군졸들의 임금.
56 죄를 추문하여 밝히는 일.

다시금 들려오는 기침 소리.

"필선이란 정사품 관직이며, 으흠, 세자 저하께 필요한 학문을 강론하는……."

그녀의 말이 이어지는 사이, 중전의 입에서 낮은 탄성이 흘러나왔다. 좌의정 이이명에 대한 감탄사였다.

'좌의정께서 어씨의 여식을 세자빈으로 삼으려고 이런 것까지 미리 예견하여 준비하였구나.'

소론은 아름다운 용모를 가진 권세항의 여식을 세자빈으로 만들고자 했다. 그러나 권세항의 여식에게는 큰 단점이 있었다. 여인 치고 상당히 저음인 걸걸한 목소리가 그것이었다.

초간택에서는 긴 말이 필요치 않았기에 음성을 숨길 수 있었다. 그러나 눈이 어두워 용모를 살피지 못하는 임금에게 목소리는 꽤나 중요한 간택 요건이었다.

"중전."

"예, 전하."

"권씨 처자의 목소리가 마치 쇠를 긁는 듯하니, 저런 음성을 듣고 어찌 세자가 기뻐할 수 있겠소?"

임금은 마음을 정했다.

"어유구의 여식이 가장 재색이 뛰어나니, 내정자로 삼아 삼간택을 치르는 것이 어떻겠소?"

"신첩 역시 같은 생각이옵니다, 전하."

"마음이 통하니 기쁜 일이오. 세자와 뜻을 나눈바, 삼간택에 다른 처자를 올려 후궁으로 삼는 일은 하지 않을 것이오."

"그리 알고 명심하겠나이다, 전하."

흡족한 표정으로 고개를 끄덕인 임금이 정랑에게 전했다.

"이만 절차를 마무리하고 처자들을 대접하여 돌려보내라. 그리고 내일 중으로 어유구를 들라 하라."

발 안에서 들려오는 대화는 처녀들에게까지 들리지 않았다.

곧 채화의 이름이 호명되었다. 가려진 대나무발을 향해 공손히 절을 올린 그녀가 뒷걸음질 쳐 연춘헌을 빠져나갔다. 제 앞에 뚝 떨어진 운명이 얼마나 거대하고 악독한 것인지 알지 못한 채.

재간택을 마친 채화가 낯선 상궁을 따라 당도한 곳은 창경궁 동편에 위치한 작은 전각이었다.

"이곳이 어디입니까?"

"요화당(瑤華堂)입니다. 본래 공주와 옹주들께서 사용하시던 처소이나, 지금은 비워져 있습니다. 곧 낮것상을 들이겠으니 잠시 휴식을 취하시옵소서."

"……예."

요화당 안에 홀로 남은 채화가 낯선 시선으로 방 안을 둘러보았다. 비단 방석이 하나, 화접도 병풍이 하나. 그 외 별다른 세간살이가 없는 방 안은 썰렁했다.

간택 때 처녀들을 굶겨 돌려보낼 수 없다 하여 끼니를 대접하는 것이 궁중법도임을 채화도 알고 있었다. 그러나 불안한 마음은 좀체 가시지 않았다. 일련의 상황들이 정해진 답을 향해 달려가는 듯해 두려웠다.

이내 달칵 소리와 함께 문이 열렸다. 소반을 들고 오는 나인 뒤로 지 상궁의 모습이 보였다. 지 상궁이 채화를 향해 공손히 머리를 조아렸다. 간택 내내 이래라저래라 명하던 상궁이 극히 예를 차리는 것에 당황한 채화가 맞절을 했다.

"긴장하셨을 듯하여 소화가 잘 되는 음식으로 준비하였습니다. 시장하실 텐데 드시지요."

채화가 나인이 두고 간 대궐반[57]을 내려다보았다. 새하얀 백자 대접 안에는 뽀얀 색채의 죽이 소담스레 담겨 있었다. 채화는 잣죽이려니 생각하였지만 이는 궁중에서도 귀하게 여기는 타락죽이었다.

"다른 처자들은 모두 어디 가고……."

"다른 규수들은 함께 모여 낮것을 드시고 계십니다."

채화의 심장이 쿵, 내려앉았다.

"그런데 저는 왜……."

"다른 처녀들과 어찌 같으실 수 있겠습니까?"

지 상궁이 인자하게 웃어 보였다.

"이제 빈씨(嬪氏)가 되실 것을요."

"빈씨…… 요?"

빈씨란, 세자빈으로 간택되었으되 가례를 치르기 이전인 여인을 뜻하는 말.

"하오나 아직 삼간택도 끝나지 않았는데……."

"오늘 전하께서 아씨를 빈씨로 내정하셨습니다. 삼간택 역시 아씨 한 분만 부르시겠다 명하셨나이다."

갈 곳 잃은 채화의 손이 소반을 짚었다. 가지런히 놓여 있던 은수저가 그녀의 마음처럼 묵직하게 덜그럭댔다.

"경하드리옵나이다, 빈씨님. 앞으로 소인이 성심껏 모실 것이옵니다. 인사 올리겠나이다. 소인은 동궁전 지 상궁이옵니다."

* * *

"옛 생각이 나는구나."

"저도 그렇습니다, 형님."

저승전. 윤과 금이 마주 앉은 사랑방에 낮것상이 올라왔다. 금이 출합하기 이전 형제는 종종 함께 끼니를 들었었다.

"무엇이 그리 바쁜지……. 피를 나눈 형제라고는 너와 훤뿐인데, 셋이 얼굴 본 지도 오래되었다."

"형님이야 정사를 돌보시니 바쁜 것이 당연하지 않겠습니까. 제가 훤과 함께 입궐하겠습니다."

연령군 이훤(李昍)은 명빈 박씨 소생으로, 부왕의 생존한 아들 삼형제 중 막내였다.

"아니다. 내 조만간 동여(動輿)[58]할 생각이다. 그때 만나면 되겠지."

"궐 밖에 나오시는 것이 참으로 오랜만 아닙니까?"

"대리청정을 한 이래 시간을 내기가 어려웠지. 요즘 들어 부쩍 갑갑하다는 생각이 든다. 동여할 때 내 연잉군방으로 가겠다. 훤과 셋이 술 한잔 들자꾸나."

"예, 형님께서 오시기를 고대하고 있겠습니다."

금이 진심을 담아 고하였다.

서로를 견제해야 하는 운명이었으나, 형제라는 본질마저 잊지는 않는다. 그것이 윤과 금 형제가 위태로운 정쟁의 줄 위에서 살아가는 방식이었다.

"참, 금아."

상을 물린 후, 윤이 금에게 말을 건넸다.

"내 당시 경황이 없어 말하지 못했다. 운종가에서 순심을 데리고 돌아와준 일에 대해 감사 표시가 늦었다. 고맙다."

금이 대수롭지 않은 일이라는 듯 손을 내저었다.

"그저 우연찮게 마주쳤을 뿐입니다. 형님께서도 제 성격을 아시지 않습니까? 모르는 이였다면 그저 지나쳤을 것입니다. 승은궁녀가 위

58　왕세자가 궁궐 밖으로 행차함.

낙 좋은 운을 타고난 덕이지, 제 공이 아닙니다."

"생사가 오가는 일이었다. 그것이 어찌 운 하나만으로 되겠느냐?"

"따지고 보면 수백의 궁녀들 중 형님의 눈에 든 것 아닙니까? 이보다 더 운 좋은 여인이 어디 있겠습니까."

"듣고 보니 과히 틀린 말은 아니구나."

윤이 부드럽게 미소 지었다. 사실 오늘은 그에게 퍽 이상한 날. 모든 것이 평화로웠다.

아침마다 온 신경을 곤두서게 만들던 대전 문안마저 평온했고, 금과 함께하는 시간 역시 정쟁을 모르던 어린 시절처럼 정겨웠다. 문득 윤은 늘 지금과 같다면 얼마나 좋을까- 하는 바람을 가져본다.

"형님, 어찌 나날이 용모가 더욱 수려해지시는 듯합니다."

"평소와 다를 바 없다. 어찌 남세스런 소리를 하느냐."

금의 말이 공치사는 아니었다. 오늘 윤의 얼굴은 평소 같지 않았다. 어머니의 피를 물려받아 빼어난 용모를 타고난 왕세자. 그러나 달라진 것은 외모가 아닌 그의 분위기였다. 늘 윤의 곁을 맴돌던 침울한 그림자가 보이지 않았다. 그는 밝고 평온한 모습이었다.

그러나 금은 안다. 저렇게 온화한 표정을 짓는 형님의 모습이 전부가 아님을.

근래 운종가에서 악명을 떨치던 무뢰배와 검계(劍契)[59]들이 금군에 의해 소탕되었다. 분명 그들은 순심을 욕보인 자들. 일각에는 잡힌 자들이 구제의 절차 없이 즉각 참형되었다는 소문이 돌았다. 분명 그 뒤에는 왕세자가 있을 것이다. 그러지 않고서야 이렇게 빨리 처결이 이루어질 리 없었다.

"형님, 저는 이만 일어나겠습니다."

"벌써 시간이 이리되었구나. 나도 편전에 갈 시간이다."

---

59 조선 중후반 횡행한 무뢰배들의 조직.

문을 향하던 금이 무언가를 잊었다는 듯 '아' 소리를 냈다. 자리로 되돌아간 그가 바닥에 두었던 비단꾸러미를 집어 들었다.

"그것이 무엇이냐?"

"아, 화구입니다 도화서(圖畵署)[60]에서 어진에 손볼 데가 있다고 연통이 왔습니다."

그림은 무슨 일이든 쉽게 싫증을 느끼는 금에게 유일하게 지속돼 온 취미였다. 그림에 대한 그의 재능은 타고난 데가 있었다. 금은 겸재(謙齋) 정선과 같은 유명한 화가들과 교류했고, 궁중의 초상화를 그리는 일에도 종종 참여했다.

"형님, 초상화 얘기가 나온 김에…… 청이 하나 있습니다."

"무엇이더냐?"

"낙선당 승은궁녀의 초상화를 그리고 싶습니다. 허하여주시옵소서."

"……순심의?"

윤이 의외인 듯 반문한다. 그러나 고민은 짧았다. 순심이 운종가에서 무사히 돌아온 데에는 금의 공이 컸다. 결코 거절할 수 없는 일이었다. 게다가 금은 어진을 직접 그리는 뛰어난 궁중화가이기도 했다. 동생에 대한 경계보단, 화폭에 자리 잡은 순심을 보고프다는 욕망이 우선했다.

"그리하도록 하라. 나 역시 순심의 초상화가 보고 싶다. 허하겠노라."

"청을 들어주셔서 감읍하옵니다, 형님."

금의 입가에 만족스러운 미소가 떠올랐다. 언제나 그렇듯이 연잉군 이금은 원하는 것을 얻어내는 데 탁월한 사람이었다.

저벅저벅 들려오는 발소리. 방 안에 있던 순심이 고개를 들었다.

'저하신가?'

---

60   그림에 관한 일을 맡아보던 관청.

순심이 급히 매무새를 다듬었다. 아침나절부터 이 옷 저 옷 몇 벌 안 되는 의복을 입었다 벗었다 법석을 떤 그녀였다. 그런 제 모습이 우스워 웃음이 나다가도, 그 밤의 기억이 떠올라 볼이 발갛게 물든다.

'저하께 어여삐 보이고 싶어.'

순심의 마음은 그러했다. 윤이 보기에 어여쁘고 싶다. 제 얼굴을 보고 빙긋 웃는 그가 보고 싶었다.

윤의 입술이 밀려들던 순간의 아찔한 감촉. 입술에서 시작된 감각의 파도는 몸 전체를 휩쓸고 정령했다. 온몸이 녹아 없어질 듯한 느낌이었다. 지금껏 누구도 그런 환희가 있다고 말해주지 않았다. 그러나 그녀는 한껏 만끽했다. 배우지 않았어도 본능이 이끄는 대로 저절로 그렇게 되었다. 윤의 입술에 취하고, 향기에 취하고, 밤에 취하였다.

그들의 주변을 감싸던 비밀스럽고 따사로운 밤. 낙선당의 공기는 온통 백단의 향에 물들어 넘실거렸다. 연인의 시간을 방해하지 않으려는 듯, 그 순간에는 풀 이파리 스치는 소리조차 들려오지 않았다.

입술을 맞대고 숨결을 나눈 것은 황홀한 경험이었다. 그러나 입술의 희열보다 더 기쁜 것은 그의 달콤한 고백이었다.

-내 너를 은애한다.

백 번의 입맞춤보다 더욱 달콤한 말. 달고 행복한 삶의 환희뿐 아니라, 시고 짜고 맵고 쓴 삶에 대한 위안까지 담고 있는 그 말이었다.

"저하?"

상기된 표정으로 침소 문을 열어젖힌 순심의 얼굴에 실망이 스쳤다.

"……연잉군 대감 오셨습니까?"

급히 표정을 가다듬었으나, 눈치 빠른 금이 그것을 보지 못했을 리 없었다.

"저하가 아니라 몹시 서운한 모양이로군."

"아, 아닙니다."

"거짓말하지 마라. 내 살다 살다 너처럼 표정을 감추지 못하는 여인은 처음 보았으니."

"……제가요?"

"여기 순심이 너 말고 누가 있는가?"

그러나 금은 대수롭게 여기지 않는 표정이었다.

어차피 순심은 형님의 여인이었다. 제가 왔다고 동궁전 승은궁녀가 두 팔 벌려 달려 나오리라 생각한 것도 아니지 않은가.

소론은 금을 일컬어 품어서는 안 될 야욕을 가진 자라고 비난하지만, 실제의 그는 포기하는 것에 익숙한 사내였다. 무수리의 아들, 세자를 형님으로 둔 왕의 서자. 차라리 형님의 입지가 누구도 넘보지 못할 만큼 단단했다면 오히려 금의 처지는 평안했을 것이다. 흔들리는 기반 위에 서 있는 사람일수록 발밑을 경계하는 법이었으니까.

그런 까닭에 그는 순심에게도 많은 것을 바라지 않았다. 일단, 지금으로서는.

"몸은 좀 어떠한가?"

"이제 완전히 나았습니다. 참, 대감."

순심이 말간 눈으로 금을 보았다. 그녀는 여전히 금이 편치 않았다. 형제 사이의 미묘한 기류를 어렴풋이나마 깨달았기 때문이기도 했고, 능글맞고 직설적인 금의 성격이 부담스러운 탓이기도 했다.

그러나 응당 감사를 표해야 하는 일.

"그날, 궁궐로 돌아올 때 소인 곁에 있어주셔서 감읍합니다."

"내가 한 일이 있던가? 내 기억에는 나는 멀뚱멀뚱 구경만 했고, 황가라는 자가 때리고 부수고 죄다 해치웠던 것 같은데."

"황가님께도 인사를 드렸습니다. 하지만 궁궐까지 올 수 있도록 곁에서 독려하여주신 것이 대감이시니까요."

"내 손끝 하나 닿지 못하게 네 발로 걸어왔으면서, 무엇에 감읍한다는 것인가?"

"그래도요. 마지막에 궁궐 문이 닫히지 않은 것 역시 대감의 덕입니다."

그제야 금이 피식 웃었다.

"뭐, 그건 그렇군."

그를 마주 보며 미소를 짓던 순심이 궁금한 듯 고개를 갸웃거렸다.

"어인 일로 여기까지 오셨습니까?"

낙선당에 들이닥쳐 궁녀를 제압하는 금을 마주친 것이 그들의 첫 만남. 그날로부터 제법 시간이 흘러 있었다.

그사이 순심도 내명부의 법도를 조금이나마 익혔다. 아무리 세자의 동생인들 금은 외간 사내였다. 윤을 제외한 이가 낙선당에 드나들어서는 안 될 일. 그녀의 의중을 눈치챘는지 금은 곧바로 입을 열었다.

"저하께 허락을 받았다."

"이곳에 오시는 것을 말입니까?"

"아니. 그것뿐 아니라 다른 것까지."

그제야 순심은 금의 손에 무엇인가가 들려 있음을 깨달았다. 무언가가 잔뜩 들어 있는 비단 보따리였다. 금이 그것을 마루에 내려놓자, 단단한 것이 바닥에 부딪치는 소리가 들려왔다.

"거기 앉아보아라."

"예?"

"앉아보라고."

"……이렇게요?"

영문을 모른 채, 순심은 엉거주춤 마루 끝에 앉았다. 무슨 생각을 하는지 금을 바라보지만 도통 표정을 읽을 수가 없었다. 옆으로 두

걸음 움직인 그가 빛이 들어오는 방향을 가늠하며 순심을 응시했다.
강렬한 시선이 부담스러워 순심은 제 처소임에도 가시방석이었다.

"내 오늘은 그저 방문할 날을 기약하고 돌아가려 했는데……."

막상 순심의 모습을 눈에 담자니 발길을 돌리는 것이 영 아쉬웠다.

"이상하구나."

"무엇이요?"

"네 모습이…… 오랜만이라 그런가?"

"제가 뭐 어떻기에 그러십니까?"

"언제부터 이렇게까지……."

금이 무심코 내뱉었다.

"아름다웠던가."

"예?"

당황으로 발갛게 달아오른 순심의 뺨 위, 처마 사이로 스며들어온
한낮의 햇살이 스친다. 볼 위에 밝은 주홍, 황금빛, 복숭앗빛이 어우
러졌다. 그 순간 금의 눈에 비친 순심의 모습도 그 빛깔만큼 눈부셨
다.

본래 충분히 고왔던 여인. 그러나 며칠 사이, 순심의 모습은 달라
져 있었다.

문득 치밀어 오르는 욕망. 금이 마루 위에 놓았던 꾸러미 끝을 잡
았다. 비단보의 매듭이 스륵, 풀어졌다. 대청마루 위에 펼쳐진 온갖
화구(畫具)들의 향연. 꾸러미 안에서는 둘둘 말아놓은 값비싼 백지
며, 족제비의 털로 만든 붓이며, 색 별로 구비된 안료 같은 귀중한
물건들이 쏟아져 나왔다.

"이것으로 무엇을 하시려고요?"

여인의 모습이 아름다워 붓을 든 마음에 차마 갈 수 없으니.

"무엇을 하긴. 순심이 너를 그릴 것이다."

그러나 그로부터 한 시진 후. 그들을 둘러싼 분위기는 사뭇 달라졌다. 순심은 내내 몸을 배배 꼬고 있었다. 그녀는 조바심이 나 죽을 지경이었다. 자꾸만 몸 여기저기가 움찔거렸다.

금은 그림을 그리는 내내 순심이 움직이는 것을 허하지 않았다. 그녀가 할 수 있는 것은 치마 속에 감춰진 발끝을 꼼지락대는 것 정도뿐.

"웃어라."

"웃고 있습니다."

"어찌 표정이 그리 부자연스러우냐? 마치 시신의 입꼬리를 억지로 끌어 올리는 듯하다."

"……입에 경련이 나서 그렇습니다."

참다못한 순심이 물었다.

"대감, 언제까지 웃어야 합니까?"

"조금만 더 참으면 된다. 곧 해가 서쪽으로 치우치면 빛의 방향이 달라지거든. 그때는 어차피 그릴 수가 없으니 좀 더 참고, 웃어라."

"……알았습니다."

울상을 짓고 있던 순심이 다시금 자세를 고쳐 잡아 앉았다.

'옆에서 누가 죽어나가도 모르겠네.'

순심이 새삼스러운 표정으로 금을 바라보았다. 그의 미간에는 깊은 골이 패어 있었다. 날카로운 두 눈이 잡아먹기라도 할 기세로 화폭을 노려본다. 붓을 쥔 그의 손이 쉼 없이 화폭 위를 오갔다.

금은 화구를 바꾸거나 순심의 모습을 바라보는 짧은 순간들 외에 그림에서 눈을 떼지 않았다. 순심이 긴 한숨을 내쉬었다. 앉아 있기만 하면 되는 줄 알았는데 이렇게 괴로울 줄은 꿈에도 몰랐다.

"나를 보면 안 된다 말하지 않았는가. 담벼락 너머 먼 곳에 시선을 두고 있어라."

"알겠습니다."

"웃어라."

"하아…… 예."

붓을 쥔 금은 몹시 까탈스럽고도 고압적이었다. 아름답다는 둥, 반드시 오늘 그려야겠다는 둥 낯간지러운 소리를 늘어놓았던 때와는 완전히 달라진 모습이었다. 그녀를 대하는 그의 태도에는 가차 없는 면이 있었다. 마치 사람이 아닌 물체를 다루는 느낌이랄까.

비록 예전보다 나아졌다 해도, 여전히 순심에게 금은 두려운 존재였다. 그러므로 순심은 참고 또 참아 최대한 인내했다. 그리고 마침내 폭발하고 말았다.

"대감!"

"왜?"

"못 하겠습니다!"

"……뭐라?"

"더 이상 못 하겠다고요! 도저히요!"

자리에서 벌떡 일어나던 순심이 그대로 주저앉았다. 다리가 저려 견딜 수가 없었다. 등과 허리는 펴지도 굽히지도 못할 만큼 뻣뻣했다. 가만히 앉아 있는 것이라 하여 우습게 볼 일이 아니었다.

"많이 힘든 겐가?"

"소인이 힘들다고 계속 말씀드리지 않았습니까? 게다가 생각해보니, 저하께서 허락해주신 것이 무어 중요하단 말입니까? 정작 제게는 초상화를 그려도 되냐고 묻지 않으셨잖습니까? 고생은 제가 하는데 왜 허락은 저하께 받으십니까?"

쉴 새 없이 쏘아붙이는 순심의 모습이 낯설다. 금이 눈을 가늘게 떴다.

"그리 힘들면 말을 하지."

"하……."

내내 힘들다, 죽겠다 온갖 투정은 다 부렸거늘. 대수롭지 않은 금의 말투에 힘이 쭉 빠졌다.

"흠."

툭, 금이 손에 들고 있던 붓을 떨구었다. 그림을 그리는 데 과도하게 몰입한 듯싶었다. 낙선당 안뜰에는 기름에 갠 안료와 먹 향기가 가득했다. 그가 힐끔 그림을 바라보았다. 어지간히도 집중한 모양이다. 단시간에 믿기지 않을 만큼 많이 그렸다.

"미안하군. 내 하나에 빠지면 본래 지나치게 몰두하여 듣지 못한다. 잠시 쉬자."

"잠시요?"

순심이 황당하다는 듯 되물었다.

"싫습니다. 대감, 소인 이러다가 골병이 들 것 같습니다."

"가급적 빠른 시일 내에 완성하고 싶어 그런 것인데……. 네가 그렇다면 할 수 없지."

하기야 꼬박 한 시진 동안 미동 없이 앉아 있었으니 몸이 아플 만도 했다. 사실 순심이기에 가능한 일. '가만히 앉아 있는 것'은 생각처럼 쉽지 않았다. 어진을 그릴 때 임금께서는 일각마다 곱절만큼의 휴식시간을 갖곤 했다.

"어이구, 다리야."

그제야 다리 저린 것이 풀어진 모양이었다. 자리에서 일어선 순심이 몸을 이리저리 비틀었다.

"안타깝구나. 저하께서 네 초상화를 꼭 보고 싶다 하셨는데."

"저하께서요?"

"당연한 말을. 동궁전 승은궁녀를 그렸으면, 저하께 보이는 것이 도리인 것을."

"……아, 예."

순심이 금의 눈치를 살폈다. 잠시 머뭇대던 그녀가 입을 열었다.

"대감. 생각해보니…… 이 김에 쭉 그리는 것도 나쁘진 않을 것 같네요."

"왜?"

"내내 앉아 있다 보니 다리가 저려서 힘들었는데, 조금 쉬고 나니 괜찮은 것 같아서요."

"그래서?"

"지금 끝내지 않으면 또 불시에 들이닥쳐 소인을 들들 볶으실 것 아닙니까? 매도 한 번에 맞는 것이 낫다 하였으니, 해가 있는 동안 어서 그리십시오."

순심이 다시 마루 위에 자리를 잡고 앉았다. 금이 시킨 그대로 치마폭을 정돈한 그녀가 마루 위에 너르게 펼쳤다. 다시 곧게 허리를 펴고, 어깨를 세우고, 두 발을 다소곳이 섬돌 위에 모은다. 순심이 '이제 되었다'는 듯 금을 바라보았다.

"어서요."

"하하."

금의 입에서 짧은 웃음이 튀어나왔다.

"왜 웃으십니까?"

"모습만 다른 것이 아니구나."

"뭐가요?"

"궁궐의 여인이 다 되었군."

순심이 무슨 소리냐는 듯 그를 본다.

"얼마 전까지만 해도 나와 눈조차 마주치지 못하고 설설 기지 않았는가. 이제는 제법 말대꾸도 할 줄 알고, 네 뜻도 피력할 줄 아는군. 역시 너는 궁중 여인의 자질이 있었다."

"소, 소인이 언제 연잉군 대감께 말대꾸를 했다고 그러십니까? 너무 힘들어 좀 투덜댄 걸 가지고……."

"벌써부터 이러니, 첩지라도 받았다간 왕자군 따위 티끌만도 못하게 여기겠군."

"무슨 말씀을 그리하십니까? 대감도 참……."

금은 퍽 즐거운 표정이었다. 그가 하늘과, 화폭과, 순심의 모습을 차례로 바라보았다. 방금 전만 해도 피로감이 역력하던 그녀의 얼굴이 언제 그랬냐는 듯 밝다.

"소인은 준비가 다 되었습니다. 해가 넘어가기 전에 어서 그리십시오, 대감."

갑작스러운 태세 변화였다. 금이 순심에게로 미심쩍은 시선을 던진다.

"원한다면, 기꺼이."

금이 다시금 붓을 들었다. 해가 서녘으로 이동하고 있으므로, 주어진 시간은 길어야 한 식경(食頃)[61] 남짓.

그때였다. 담 너머에 시선을 두고 있던 순심의 얼굴에 환한 미소가 솟았다. 검게 반짝이는 눈동자, 되똑한 코와 복숭앗빛 뺨, 붉은 입술이 동시에 화사하게 피었다. 무언가를 발견한 눈동자에서부터 시작된 웃음은 그녀의 얼굴 전체로 퍼져 나갔다.

"……."

저를 두려워하여 쭈뼛대던 여인도, 끝내 손을 잡으라는 청을 거절하며 독하게 이를 악물던 여인도, 선머슴처럼 툴툴대며 불만을 토로하던 여인도 모두 사라졌다. 표현할 수 없을 만큼 해사한 얼굴을 한 고운 이만이 보일 뿐.

잠시 여러 생각이 들어 머릿속이 혼미하지만, 금은 이내 안료를 묻힌 붓을 손에 쥐었다. 다시금 그는 왕자 연잉군이 아닌 궁중 화가 금이 되고, 홑처마 아래 너른 치마폭에 감싸인 채 앉아 있던 순심은

---

61 밥 한 그릇 먹을 정도의 시간을 이르는 말. 20~30분 정도를 뜻함.

화폭 안의 여인이 된다.

저 아름다운 미소를 그림 속에 가두어 소유할 수 있다면. 원할 때 언제든 꺼내볼 수 있다면.

'나쁘지 않겠지.'

금의 붓이 바삐 움직였다. 여전히 순심의 시선은 낙선당 담벼락을 바라본다. 정확히 말하자면, 담벼락이 아닌 누군가를.

담장 위 불쑥 튀어나온 익선관 아래 그녀를 마주 보고 있는 한 쌍의 눈동자. 그들은 가만히 서로를 바라보고 있었고, 마주 보며 고요히 웃고 있었다.

순심을 바라보는 윤의 눈빛 속, 처음 사랑이라는 것을 해보는 사내의 마음이 서서히 고인다. 이내 넘쳐흐른 진심이 냇물처럼 그녀에게로 향했다. 쉬이 흘러가 서로에게 젖어들었다. 그렇게 그들은 마주 보며 몸이 아닌 눈길을, 그리고 마음을 섞는다.

윤은 금을 방해하고 싶지 않았고, 묵향 가득한 침묵의 대화를 깨뜨리고 싶지도 않았다. 그가 소리 없이 입 모양만으로 물었다.

-힘들지 않으냐?

순심이 살짝 고개를 저었다. 윤이 초상화를 보고 싶다 말했다는 것을 들은 이후 그녀는 조금도 고단하지 않았다.

-피로하지 않으냐?

그림에 몰두하고 있는 금의 어깨 너머, 다시금 순심이 고개를 흔들었다.

-내가 보고 싶었느냐?

-예, 저하.

순심 역시 입 모양으로 대답했다. 그러나 무언가 부족하여 덧붙인다.

-종일이요.

그때였다.

"저하, 대체 뭐……."

"쉿."

담장 너머에서 대체 무슨 일이 벌어지고 있는지, 세자께서 무슨 일로 입을 뻐끔대며 정신 나간 듯 실실대는지 알 리 없는 상검이 까치발을 들었다. 그러나 턱없이 키가 부족한 까닭에 보이는 것이라고는 투박한 돌담뿐이다.

"쉿."

다시금 윤이 입에 검지를 가져다 댔다. 별수 있나. 상검은 꿀 먹은 벙어리가 되어야만 했다. 윤의 시선이 다시 순심에게로 향했다.

-갈게.

끄덕끄덕. 순심의 눈동자에 스치는 아쉬움. 그리하여 윤은 다시 그녀에게 전한다.

-밤이 깊으면 찾아오겠노라.

몸을 돌려 사라지는 윤의 뒷모습. 검은 익선관이 보이지 않을 때까지 순심은 눈을 떼지 못했다. 멀어진다, 조선의 세자가. 그녀의 정인, 그녀의 연인이.

화폭 속에 온 정신을 쏟고 있던 금이 고개를 들었다. 순심의 표정이 방금 전과는 달리 참으로 애틋했다.

"무엇이 있기에 그런 표정을 짓고 있는가?"

금이 뒤를 돌아보았다. 낙선당 담 너머는 텅 비어 있었다.

서로에게 취했던 연인은 이제 없다. 그러나 윤과 눈빛을 마주하던 순간의 순심은, 화폭 안에 고스란히 아로새겨져 있었다.

한 올 한 올 결 고운 눈썹은
처마 끝에 걸린 초승달을 닮았다.
눈동자 안에 달빛 윤슬 자박대고

두 뺨에는 연분홍 웃음이 소담히 고였다.
입술이 붉은 것은 꽃잎이 붉은 것과 같은 이치
그 꽃이 나를 보며 웃는 듯해 밤새 잊히지 않았다.
사무치게 아름다워 차마 잊히지 않았다.

蛾眉如月掛簷牙(아미여월괘첨아)
盈眼月光含頰霞(영동월광함협하)
脣赤若花見我笑(순적약화견아소)
終宵心煎不能遮(종소심곡불능차)

* * *

몇 해 전 겨울. 동장군이 기승을 부리던 날이었다. 궁궐의 풍경은 황량하고 쓸쓸했다. 차라리 함박눈이라도 펑펑 쏟아졌다면 눈 쌓인 정취에 감탄이라도 했을 것이다. 그러나 한동안 눈조차 내리지 않았다. 살을 에는 바람은 오가는 궁인들의 걸음을 바쁘게 만들었다. 강추위는 저승전 앞에 오래전부터 있던 작은 연못마저 꽁꽁 얼렸다.

연못가에 쪼그리고 앉아 얼어붙은 수면을 바라보는 어린 소년. 소년의 뺨 위로 흘러내리던 눈물마저 모진 바람에 얼어 서걱댔다.

"흐흐흑……."

내시 복장을 한 소년은 아까부터 소리 죽여 흐느끼고 있었다.

"……어찌 우느냐?"

한참을 울고 있던 소년 위로 드리워지는 훤칠한 사내의 그림자. 쪼그리고 앉아 있던 소년이 고개를 돌렸다.

시야에 들어오는 검은 장막. 그것이 역광을 받아 번들대는 흑룡포임을 깨달은 소년이 급히 눈물을 훔치며 자리에서 일어났다.

"너는 얼마 전에 동궁전에 들어온 소환(小宦)[62] 아니더냐?"

"그렇사옵니다, 저하."

"한데 이 겨울날 어찌 여기서 울고 있는 게냐?"

"……그것이."

"말해보아라."

"그것이……."

다시 설움이 복받치는 듯 앙다문 소년의 입술 양끝이 비죽거렸다.

"소인……."

훌쩍.

"외롭습니다."

왈각, 소년의 눈에 고여 있던 눈물이 솟았다.

소년에게 유난히 혹독했던 한 해. 찢어지게 가난한 집의 여러 자식 중 하나로 태어난 그는, 열두 살이 되기까지 한 번도 무엇인가를 배불리 먹어본 적 없었다. 변변한 옷 한 벌, 신발 한 짝 제대로 갖추지 못했다. 중인이었으나 천민만도 못한 삶이었다.

그렇기에 내관이 되지 않겠냐는 제안을 그는 기쁘게 받아들였다. 고환을 제거하는 과정은 감히 표현할 수 없을 만큼 극렬한 고통이었다. 그러나 소년은 열 명 중 단 하나도 살아남기 힘들다는 거세를 버텨냈다. 그는 여러 상선(尙膳)[63]을 배출한 가문의 양자가 되었고, 마침내 내시가 되어 입궐했다.

그 모든 일들이 고작 반년 사이 일어난 일. 가족과의 생이별, 신체의 일부를 떼어내는 끔찍한 경험, 궁궐이라는 미지의 세상. 굶주리지 않을 수 있다면 그는 무엇이든 감수할 수 있었다.

그가 궁궐에 들어온 지 이제 고작 두 달 남짓. 소년은 더 이상 배를 곯지 않았고 누더기를 입지 않았으며, 사무치는 추위에 낙엽을 쓸어 모아 이불 대

---

62 수습 내시.

63 종이품으로 내시부의 최고직.

신 덮지 않아도 되었다.

그는 응당 행복할 줄만 알았다. 그러나 외로웠다.

동궁전의 여러 내관들은 하나같이 엄격한 표정으로 근방을 돌아다녔다. 궁녀들은 어린애 같은 그를 무시하며 알은체도 하지 않았다. 소년은 차라리 누군가 혼이라도 내주길 바랐다. 그러나 아무도 그에게 신경 쓰지 않았다.

열두 살 소년은 그것이 서러워 엄동설한 뜰에 주저앉아 울고 있었다. 사무치게 외로워서.

속을 알 수 없는 왕세자의 시선이 소년을 응시한다.

"외로우냐?"

"예, 저하."

"무엇이 외로우냐?"

"아는 이도 없고, 말을 나눌 이도 없고, 믿을 이 하나 없고, 웃어주는 이도, 관심을 가져주는 이도 없어 그것이 외롭습니다."

"……."

윤은 말이 없다. 소년의 눈에서 한참 쏟아지던 눈물이 그친 모양이었다. 소년은 그제야 제가 얼마나 엄청난 이와 대화 중인지를 깨닫고 퍼뜩 정신을 차렸다.

그가 하늘 같은 왕세자를 올려다보았다. 눈이 마주치자 윤이 옅게 웃는다. 그러나 무척 힘없는 웃음이었다.

"대화를 나눌 이 없고, 마음을 나눌 이 없고, 믿을 이가 없다……. 그런 감정을 일컬어 외로움이라고 하는 것이구나."

"……."

무어라 대꾸하려 했으나 소년은 말을 잇지 못했다. 세자의 표정에는 감히 범접할 수 없는 깊은 슬픔이 있었다.

"……나는, 삶이란 당연히 외로운 것인 줄 알았다."

열두 살 소년과 그 곱절만큼 나이를 든 왕세자는 한동안 고요히 침묵했다.

그들은 각자의 외로움에 대해 생각한다. 소년에게 외로움이란 먹고 입고 편히 자는 것의 대가. 윤에게 외로움이란 삶 그 자체였다.

그리하여 윤은 외로움에 무감하다. 그에게 삶이란 본래 외로운 것이었으므로.

"이리 하면 덜 외롭겠느냐?"

"……예?"

"가끔 내 너의 말동무가 되어주겠다. 그러면 되지 않겠느냐?"

"저하……."

조선의 세자께서 이런 은혜를 베풀다니. 소년의 입이 헤벌어지지만 윤은 쓸쓸히 미소 지을 뿐이다.

"네 이름이 무엇이냐?"

"상검……. 박가(家) 상검이옵니다, 저하."

낙선당을 지나 저승전으로 돌아가는 길. 상검은 자꾸만 윤의 모습을 힐끔거렸다.

그가 왕세자의 곁에 머문 지 어느덧 오 년이 지났다. 처음에는 상검 역시 세자께서 외로워 보인다는 생각을 종종 했던 것 같다. 그러나 시간이 흐르며 상검 역시 익숙해졌다. 동궁전을 지배하는 황량함, 윤이 둘러쓰고 있는 쓸쓸함. 그 우울한 분위기는 숙명처럼 동궁 곁을 맴돌고 있었다.

그러나 근래 들어 세자께서는 확연히 달라졌다. 웃고 있는 지금 그의 모습처럼.

상검은 남녀 간의 애정담을 다룬 패설을 즐겨 읽었으나, 그에게 사랑이란 알 수 없는 먼 감정이었다. 그러나 이 순간 상검은 안다. 세자께서 저리 꿈꾸는 듯 그윽한 눈빛을 하고 떠올리는 이가 누구인지.

"저하. 낙선당 마마님을 생각하십니까?"

"으음?"

되묻던 윤이 피식 웃었다. 속내를 들킨 까닭에 웃음에는 무안함이 배어났다.

"어찌 알았느냐?"

"보기만 해도 알 수 있습니다. 저하께서는 요새 완전히 다른 사람이 되신 듯하거든요."

"다른 사람? 내가 달라졌다는 것이냐?"

"예, 달라지다마다요."

달라졌다는 말의 의미를 모르지는 않는다. 그러나 '변화'라는 것은 매 순간 돌다리를 두드리듯 살아온 윤과는 잘 어울리지 않는 말. 그는 그제야 떠올린다.

'언제부터 이렇게 된 걸까.'

그는 순심에게 마음을 주겠노라고 했다. 그것은 윤이 원해 건넨 것이 아니었다. 정신을 차려보니 어느새 마음이 그녀에게 가 있었을 뿐이다.

누군가를 사랑하고, 아끼고, 마음 깊이 은애하는 것. 세자로 살아온 평생, 윤은 그런 일이 제게 일어날 것이라는 생각조차 해본 적 없었다. 그것들은 애당초 윤의 삶에 허락되지 않은 것들이었다.

'그래도 될까.'

허락되지 않은 것을 탐해도 괜찮은 걸까. 문득 윤은 궁금해졌다- 대체 언제부터 그의 마음이 순심에게 향한 것인지.

"언제부터 달라졌느냐? 선인문에서 순심이 돌아오기를 기다리던 그날부터?"

"아니요."

"그럼 그 이전? 낙선당에서 처음으로 밤을 보냈던 날부터?"

"아니요."

상검이 거듭 고개를 도리도리 저었다. 윤이 재차 물었다.

"그럼 언제부터 달라졌다는 것이냐?"

"낙선당 마마님께서 동궁전에 들어오셨던 날부터요."

"음……?"

순심이 처음 그의 삶에 들어왔던 순간. 그때부터 달라지기 시작했던 것일까.

스스로는 결코 알지 못했지만 조금씩, 스며들듯이. 냇물이 흘러 모여 강물이 되고, 함께 뒤섞여 바다를 향해 가듯이.

"계속 달라졌다 하는데, 대체 무엇이 달라졌다는 말이더냐?"

윤의 물음고, 상검은 명쾌한 답을 내놓았다.

"저하의 삶이요."

예상치 못한 답에, 윤이 반문한다.

"뭐?"

"오래전의 일, 기억 안 나십니까? 삶이란 당연히 외로운 것인 줄 알았다 하시지 않았습니까?"

"……."

"이제 하나도 외롭지 않으시잖습니까. 그래서 저하의 삶이 달라졌다 말한 것입니다."

윤이 문득 걸음을 멈추었다. 그의 시선이 저를 말똥말똥 바라보고 있는 상검을 스쳤다. 삶이 바뀌었다고, 더 이상 외롭지 않다고. 이윤은 이제 외롭지 않다고…….

외롭지 않다고?

"저하?"

왕세자를 바라보는 상검의 시선이 걱정스러웠다. 윤의 태도며 표정이 영 이상했다. 그는 얼빠진 사람처럼 멍한 표정으로 제 두 손을 내려다보고 있었다.

마침내 윤이 고개를 든다. 그의 시선이 위아래를 오갔다. 하루에도 몇 번씩 오가던 동궁전 길목을 둘러보고, 평생을 살아온 궁궐의 하늘을 올려다본다. 윤의 모습은 마치 세상을 처음 바라보는 사람 같았다.

"……외롭지 않다."

지난한 삶 내내 윤의 발걸음과 어깨와 등허리를 짓누르던 그것. 워낙 오래도록 함께한 탓에 그것이 얼마나 그를 좀먹고 있는지조차 인식하지 못했던 괴물 같은 감정, 외로움.

그것이 온데간데없다. 완전히 사라졌다. 더 이상 삶이란 외로운 것이 아니다.

이제 윤은 외롭지 않았다.

낙선당을 떠난 금은 창덕궁을 지나 창경궁으로 넘어가 있었다.

왕자군의 도리를 따라 출합하여 궁궐을 떠났으나, 여전히 그에게 궁궐은 고향이고 집이었다. 그런 까닭에 딱히 행선지를 정하지 않아도 걸음은 제가 나고 자란 곳을 찾아 움직였다.

어머니 숙빈 최씨의 처소인 동시에 그가 태어난 장소인 창덕궁 보경당. 다리 아래로 몸을 쭉 내민 채 노니는 물고기들을 구경하던 금천교(錦川橋). 세상모르던 시절의 그가 여섯 살 터울이 지는 형님의 뒤를 따라 돌아다녔던 계방(桂坊)[64]과 춘방(春坊)[65] 일대.

가을빛에 물든 창경궁을 거닐던 금의 걸음이 멈추었다.

'누구지?'

멀리 보이는 작달막한 체구의 여인과 상궁 하나. 댕기머리를 한 처녀는 초록 곁마기에 다홍치마를 입고 있었다. 그렇다면 답은 하나뿐.

'재간택이 있는 날이었군. 깜빡 잊었구나.'

금이 미간을 좁힌다. 재간택에서는 보통 세 명의 처녀를 선발하여 삼간택 날짜를 통보하는 법이었다. 이미 해가 저물기 시작한 시각이

---

64 세자익위사의 별칭.

65 세자시강원의 별칭.

었으니 이리 늦게까지 간택을 보았을 리 없었다. 그렇다면 재간택이 끝난 이후, 저 처녀 홀로 궁에 남아 있다는 이야기렷다.

"내정자로군."

단박에 상황을 파악한 금이 낮게 내뱉었다. 그가 성큼 걸음을 내딛었다. 거리가 좁아지자 금은 제 생각이 옳았음을 확신했다. 처녀의 곁에서 말을 건네며 웃고 있는 이가 다름 아닌 동궁전 지 상궁이었기 때문이었다.

삼간택이 마무리되지 않은 상황이었다. 아무리 왕자군인들 함부로 내정자의 얼굴을 들여다볼 수는 없는 노릇. 금은 거리를 유지하며 조용히 걸었다. 분명 내정자는 홍화문을 통해 궐 밖으로 나갈 것이다. 우연인 척 퇴궐하면서 처녀의 모습을 쓱 살펴보면 되는 일이었다.

이윽고 당도한 홍화문 앞.

"……대감."

그제야 금의 존재를 깨달은 지 상궁이 알은체를 했다.

지 상궁은 철저한 노론의 사람이었다. 그녀는 중궁전과 가까웠고 영빈 김씨와도 매우 밀접한 관계를 유지하고 있었다. 당연히 금을 발견한 지 상궁의 얼굴에는 화색이 돌았다.

"대감, 오늘……."

말문을 떼던 지 상궁이 사인교에 오르는 채화를 힐끔 보았다. 아무리 어린 처자인들 세자빈에 내정된 여인이었다. 그 앞에서 간택에 대해 늘어놓는 일은 큰 결례였다. 지 상궁은 일단 채화를 배웅하는 것이 우선이라 판단했다.

"살펴 가십시오. 곧 댁으로 색장나인(色掌內人)[66]을 보내겠나이다."

"예."

---

66 내명부의 서신 심부름을 하는 궁녀.

사인교에 들어앉은 채화가 인사를 고했다. 지 상궁 뒤에 서 있던 사내를 발견한 채화의 눈길이 그에게 닿았다. 교차하는 금과 채화의 시선. 동시에 그들은 상대의 얼굴이 낯익음을 깨달았고, 또 거의 동시에 서로를 알아보았다.

"연잉군 대감, 여기서 뵈옵습니다."

멍하니 금을 바라보던 채화의 귀에 들려오는 지 상궁의 목소리.

연잉군 이금.

세자 이윤, 즉 그녀의 지아비가 될 자의 이복동생. 흔들이는 채화의 눈동자 위로 교렴(轎簾)[67]이 내려갔다. 사인교의 장대 앞에 서 있던 가마꾼들이 '이영차!' 기합을 넣으며 가마를 들어 올렸다.

"오늘 재간택에서 전하께서 내정자를 간택하셨습니다. 저분이 빈 씨가 되실 분입니다. 노론 어유구 영감의 여식이시지요."

'노론'임을 말하는 지 상궁의 음성에 뿌듯함이 묻어났다.

"……빈씨라."

금이 사인교의 굳게 닫힌 문을 바라본다.

참으로 얄궂은 우연이었다. 포목점에서 그에게 면박을 주었던 여인이 하필 장래의 세자빈이었다니.

"대단한 인연이로군."

따지고 보면 형님보다 먼저 그 부인 될 이와 연이 닿은 것 아닌가.

"하."

금의 잇새로 헛웃음을 흘러나왔다. 원하는 것은 손에 들어오지 않고, 정작 바란 적도 없는 여인과 번거롭게 얽힌 꼴이라니. 항상 이런 식이었다. 가장 좋은 것은 형님의 몫. 그리고 형님마저 그다지 원치 않았던 것들은 금의 삶 앞에 거추장스럽게 뚝뚝 떨어지곤 한다.

"운도 더럽게 없군."

---

67 가마에 치는 발.

"무슨 말씀이십니까, 연잉군 대감?"

"아니네. 나는 이만 퇴궐할 터이니, 다음에 보지."

"예. 살펴 가시옵소서, 대감."

지 상궁이 금을 향해 공손히 고개를 숙였다.

흔들리며 멀어져가는 사인교. 그 뒤를 잠시 바라보던 금 역시 그를 제집으로 실어다줄 말을 찾아 사복시(司僕寺)[68]로 향했다.

* * *

가을에 접어든 궁궐의 저녁공기는 제법 싸늘했다. 동궁전으로 접어드는 길목. 윤의 걸음이 푸른 어둠을 가로지른다. 그의 거침없는 걸음에 조바심이 묻어났다.

윤의 뒤에는 참으로 어울리지 않는 두 사내─엄밀히 말해 사내 하나와 내시 하나─가 따르고 있었다.

"어휴, 좀 천천히 가시면 큰일이라도 나는 겐가. 조금 늦게 본다고 마마님이 하늘로 솟거나 땅으로 꺼지는 것도 아닐 텐데, 아휴, 다리야, 아유, 내 팔자야. 키가 작아 고달픈 중생아, 다리가 짧아 슬픈 상검아. 왜 나는 이리 짤막하게 태어난 건가……."

상검이 끝없이 주절거렸다. 쉼 없이 종종대지만 성큼성큼 멀어지는 세자를 따라잡기에는 영 힘에 부친다.

"시끄럽다."

황가가 나직이 내뱉었다. 옆에서 떠벌떠벌대는 상검의 존재가 여간 신경쓰이는 것이 아니다. 둘은 근래 간택 탓에 바빠진 문 내관을 대신하여 세자를 보필하고 있었다.

"그나저나 황가 형님도 참 답답하시겠어요."

---

68   가마나 말 등의 탈것을 관리하는 곳.

"형님이라고 부르지 마."

"아, 예. 그러지요, 뭐. 아무튼 갑갑하시겠다고요."

"내가 뭘?"

상검이 잔뜩 심각한 표정을 지으며 대꾸했다.

"명색이 호위무사인데 아직 진검조차 지급받지 못하셨으니까요. 게다가 저하께서는 종일 동궁전과 편전만 오가시잖습니까. 밖에서 지내다 오신 형님께서 얼마나 갑갑하실까⋯⋯."

"형님이라 부르지 말라고."

"아, 예. 그런데 저하께서는 궐 밖에도 좀체 나가지 않으시거든요. 내내 근방만 맴도시니 호위무사가 할 일이 있을 리가요."

"만일이라는 걸 위해 있는 것이다."

황가의 답을 들었음에도 상검은 영 건성건성이었다.

"예, 뭐, 그러시겠지요, 형님."

"⋯⋯형님이라 하지 말라고."

"에이, 왜요? 소인은 그리 부르는 게 좋은데⋯⋯. 황가 형님. 얼마나 정겹습니까?

"하지 마라면 하지 마라."

"예, 황가 님."

"황가라고 하지 말라고."

"예, 형님."

"형님이라고⋯⋯ 지금 뭐 하자는 거냐?"

"글쎄요. 그럼 형님, 아니 황가 님, 아니⋯⋯. 이름을 부르면 안 되는 분이라고 불러드릴까요?"

상검이 정말 모르겠다는 듯 어깨를 으쓱했다. 그의 표정이 마냥 해맑았다. 좀체 감정을 드러내는 적 없는 황가의 얼굴에 짜증이 스쳤다. 왜소한 데다 심약하기 짝이 없는 상검이었다. 그러나 상검과 대화를 나누다 보면 묘하게 눈 뜨고 코 베이는 느낌이 들곤 한다.

앞서 가던 윤이 걸음을 멈추었다. 어느덧 걸음은 낙선당 앞. 황가 역시 자리에 멈춰 섰다. 주절대느라 미처 앞을 살피지 못한 상검이 황가의 등에 머리를 들이받으며 '아야!' 소리를 냈다.

이윽고 들려오는 윤의 목소리.

"상검, 황가."

"예."

"물러가라."

"예? 아……. 예. 알겠습니다, 저하."

세자의 명에 상검은 쉽게 포기하고 물러났다. 물론 문 내관께서 아시면 불호령이 떨어질 일. 그러나 한낱 수습 내시 처지에 별수 있나.

상검과 함께 돌아가던 황가가 불현듯 어깨 너머를 돌아보았다. 담벼락 너머로 보이는 낙선당. 등잔불빛에 어른대는 여인의 인영 하나.

"형님. 가요."

"……음."

상검이 그를 빤히 쳐다본다. 황가의 얼굴에 비쳤던 미묘한 기색이 금세 사라졌다. 그들은 동궁의 밤 속으로 모습을 감추었다.

처마 위 밤하늘에 오늘따라 별이 많다. 푸른 별빛 쏟아지는 낙선당 대청에는 순심이 오도카니 앉아 있었다. 그녀는 진즉부터 윤의 방문을 기다리고 있었다. 선선한 밤바람에 분홍 치마폭이 살랑거렸다.

이윽고 담 너머에서 들려오는 기척, 황가와 상검에게 돌아갈 것을 명하는 그의 목소리. 자리에서 발딱 일어난 순심이 부리나케 낙선당 입구까지 달려갔다.

"……어?"

이상하다. 분명 담 위로 비죽 솟은 익선관을 보았고, 그의 음성을 들었는데. 어디에도 윤의 모습이 보이지 않는다. 그리운 마음이 지나쳐 헛것이라도 본 것일까?

순간 초입의 능수버들 뒤에서 불쑥 튀어나온 곤룡포 자락. 윤의 팔이 순심의 허리를 감았다.

"저하!"

윤의 손길은 부드러우면서도 강인하다. 거대한 나무등치에 순심의 등이 밀착되었다. 늙은 버드나무 껍질이 등에 닿아 꺼끌했다. 그의 온기가 그녀의 몸을 덮는다. 폭포수처럼 쏟아지는 능수버들. 가을을 맞아 희게 바랜 버들잎 사이로 그들의 모습이 감춰졌다.

코끝이 스칠 만큼 가까운 거리에서 윤은 순심을 한없이 응시했다. 그가 처음으로 마음 준 여인, 은애한다 고백한 여인. 어느 날 그의 생 한가운데 뛰어들어, 윤의 삶 자체를 바꿔놓은 순심을.

"아……."

불현듯 윤이 긴 한숨을 내쉬었다. 그리고 기나긴 숨의 끝, 맑은 웃음이 따라온다. 기쁘다. 행복하다. 외롭지 않다…… 네가 있어서.

"저하……."

간질간질 뺨을 스치는 윤의 숨결. 입안이 바짝바짝 말라, 순심은 꼴깍 침을 삼켰다.

"이제 살 것 같다."

너를 보아서, 이제야 살 것 같아.

"살 것 같다니 그게 무슨……."

순심은 말을 채 끝내지 못했다. 종알대던 목소리가 그의 입술에 삼켜졌다. 하얀 버드나무 잎들이 함박눈처럼 뚝뚝 쏟아졌다.

"하아……."

포개진 입술과 입술 사이, 더운 숨결과 함께 흘러나오는 애달픈 신음소리. 가을바람을 맞으며 긴 시간 윤을 기다린 탓에 차게 식어 있던 순심의 몸이 점점 뜨거워진다. 분명 두 발은 땅을 디디고 있었으나 발아래 놓인 것이 땅인지 구름인지 모를 만큼 몽롱한 기분이었다. 머리끝부터 발끝까지 힘이 들어가지 않았다. 그의 품 안에서 온몸이 스르르 녹아 자취도 없이 사라져버릴 것만 같았다.

남은 것은 그녀의 모든 것을 점령하고자 하는 윤의 입술, 그 격렬하고도 섬묘한 감각뿐이었다.

"순심아."

"예……. 저하."

긴 입맞춤이 끝난 뒤, 그녀를 부르는 윤의 음성은 나지막하고 나른했다.

"……좋다."

여인이, 여인의 몸이, 순심이라는 여인의 존재가 참으로 좋다.

듣는 순간 진심이라는 것을 알 수 있는 그의 묵직한 음성. 순심의 심장이 터질 만큼 고동쳤다. 부끄러워 차마 대답지 못하지만, 어찌 좋지 않을까. 그러나 순심이 느끼는 감정은 윤의 것보다는 복합적이었다.

조선의 여인에게는 많은 것들이 금지되어 있었다. 평생을 금기 속에서 살아온 그녀였다. 사내의 품에 안겨 몸을 맡기고, 살갗을 맞대며 입술을 탐하는 것은 분명 낯 뜨거운 일이었다. 그런 까닭에 순심의 마음은 여전히 갈등하고 있었다.

한없이 부끄러웠다. 윤의 입술에서 느껴지는 데일 듯 뜨거운 열기, 바람 한 점 지나치지 못할 만큼 틈 없이 밀착된 그들의 몸. 그들의 몸 사이에서 스산하게 사각거리는 곤룡포와, 비단옷을 헤치는 그의 손길이 야릇하여 차마 윤을 마주 볼 수 없었다.

그러나 또한 그녀는 그의 입술을 받아들이고 더욱 서로를 탐하며 있는 힘껏 껴안아 영영 떨어지지 않기를 바랐다. 그것은 본능이었고, 동시에 조선의 여인에게 금지된 욕망이었다. 더 이상 가까워질 수 없을 만큼 가까운 상태였으나 더 가깝고 싶었다. 허리를 타고 올라와 몸을 감싸는 손길이 멈추지 않기를 바랐다.

윤이 그녀를 원하듯, 그녀 역시 그를 갈망했다.

"하아⋯⋯."

뜨거운 숨이 턱 끝까지 차올랐다. 숨이 막혔다. 끝내 순심은 몸을 비틀어 그의 입술에서 벗어났다. 가쁜 숨이 입술 사이로 흘러나왔다. 소유했던 것을 잃고 허공에 남겨진 윤의 입술 역시 거친 숨을 토했다.

그를 마주 보기가 부끄러웠다. 순심이 윤의 어깨에 얼굴을 묻었다. 용포의 어깨에 금실로 수놓아진 사조룡보가 볼에 닿았다.

"나쁘구나."

불현듯 윤이 중얼거렸다. 그의 품 안에서 숨을 고르던 순심이 고개를 들었다.

"⋯⋯무어라 하셨사옵니까?"

"나쁘다 하였다. 너 말이다."

"소인이요?"

순심이 되물었다. 눈길이 섞인다. 윤의 눈동자에 비치는 것은 찐득하고 지독한 열망이었다.

"사내를 이렇게 뜨겁게 만들어놓고, 어이하여 내게서 멀어지려 하는 것이냐."

윤이 순심의 손을 잡아끌어 제 가슴팍에 얹는다. 그의 말 그대로였다. 뜨겁다.

두근두근-

여러 겹의 속적삼과 저고리며 덧저고리, 그리고 그 위에 걸쳐 입은 흑룡포까지. 네다섯 겹은 거뜬히 되고도 남을 왕세자의 의복을 뚫고 느껴지는 거친 고동소리. 사내의 욕망이 겹겹의 의대(衣帶)를 뚫고 나와 그녀를 바라는 소리.

윤은 자신의 심장에 닿아 있던 그녀의 손을 지그시 끌어 손바닥 한가운데 입 맞추었다.

"이래도 내게서 도망칠 것이냐?"

"……아니요."

순심이 고개를 저었다.

"도망치려는 게 아닙니다. 그저 소인, 부끄럽고, 걱정스럽고, 마음이 이상하기도 하여……."

그녀가 변명처럼 작은 소리로 중얼거렸다.

"무엇이 부끄러우냐?"

"저하와 이렇게 몸을 맞대고 있는 것이요……."

"그것은, 차차 익숙해지면 덜 부끄럽지 않겠느냐?"

"……저하."

볼이 붉어지는 순심을 향해 윤이 부드럽게 웃었다.

"부끄러운 것은 그렇게 해결되었구나. 그렇다면 걱정스러운 것은 무엇이냐?"

잠시 머뭇대던 순심이 입을 열었다.

"저하의 광증이 아직 해결되지 않은 것이 걱정스럽고……. 곧 세자빈께서 오실 것이니까요."

"광증에 대한 것은 어디까지나 내 문제다. 설마 내 잊은 줄 알았더냐? 신중히 살피고 있으니 네가 마음 쓸 것 없다."

잠시 그녀를 바라보던 윤이 입을 열었다.

"그리고, 세자빈이 들어온다 하여 네가 나의 여인이 아닌 것이 되느냐?"

"그렇지는 않지만……."

왠지 입술이 바싹바싹 마르고 갈증이 났다. 저도 모르게, 순심은 잘근 입술을 깨물었다.

"본래 저하와 소인은 거래를 하여 시작된 관계였으니까요."

"거래."

윤이 순심의 말을 되뇐다. 그래. 한동안 그녀의 향기에 취하여 까맣게 잊고 있었다. 그들은 필요와 목적에 따라 무언가를 주고받기로 한 관계였다. 승은궁녀라는 순심의 호칭은 그런 거래 끝에 주어진 허울뿐인 이름이었다.

답은 오직 하나뿐이었다.

"순심아, 기억하고 있느냐?"

"무엇을요?"

"우리의 약조 말이다. 네가 거래라 부르는 그것."

"기억하다마다요, 저하."

어찌 그것을 잊겠는가. 그 거래는 순심의 삶을 바꿨다.

"나는 네 출궁을 막아주었고, 그 대가로 너는 나를 위해 무언가를 하겠다 했지."

"예, 그리하였습니다."

그리고 그 거래가 바꾼 것은 순심의 인생만이 아니었다. 윤의 곤룡포 자락 오만 데 더덕더덕 매달려 있던 외로움과 쓸쓸함, 타고난 것이라 여겼던 슬픔마저도 이제는 자취를 감추었다. 그것이 순심과의 거래에서 그가 얻은 것들이었다.

"나는 거래를 파기하려 한다."

"예?"

무슨 이야기인지 퍼뜩 이해하지 못한 듯 순심이 되물었다.

"거래 따위 필요 없다. 내가 지금 바라는 것은, 거래와는 아무 상관 없는 네 진심이다."

순심이 윤을 마주 보았다. 과거 승은이라는 이름을 걸고 거래를 했던 당시, 젖은 눈으로 그녀가 윤을 올려다보았듯이.

"그 진심이 무엇입니까?"

"내 여인이 되어라."

순심이 느리게 눈을 깜빡였다. 이상하게 숨이 벅차올랐다.

"……소인은 이미 승은궁녀입니다. 제가 저하의 여인임을 아시지 않습니까."

"아니. 그것은 진실이 아닌 거래였음을 너 역시 알지 않더냐."

어쩌면 윤의 입에서 이런 말이 나올 것을 예감하고 있었는지도 모르지만.

"나는 네가 진짜 승은궁녀가 되기를 바란다."

그녀의 심장은 쿵, 발치까지 떨어졌다.

"진짜 내 여인이 되어라."

"저하……."

새삼스러운 눈길로 순심은 윤을 응시했다. 어디론가 튀어나가버릴까 걱정스러울 정도로 심장이 요동친다. 그녀의 눈에 비친 윤의 눈동자는 심연처럼 깊은 갈망으로 검디검었다. 너른 어깨와 단단한 가슴은 순심의 삶 전부를 지지하고도 남을 만큼 믿음직스러웠다.

그리고 이 아름다운 사내, 조선의 왕세자는 순심을 원한다.

"하지만, 저하께서는……."

그녀의 입가에 맴도는 말. 긴 세월, 윤을 둘러싼 소문은 궁궐 안뿐 아니라 궁 밖에까지 파다하게 퍼져 있었다. 조선의 세자는 사내구실을 하지 못한다고, 결코 여인을 취할 수 없는 몸이라고.

그러나 순심의 앞에서 들끓는 욕망을 감추지 않은 채 그녀를 바라보는 윤은 너무나도 분명한 사내였다.

"모두 말하기를……. 그리고 저하께서도 분명……."

피식, 윤이 웃었다.

"내가 고자라고?"

"……예."

윤의 표정이 미미하게 변했다. 눈썹, 긴 눈꼬리, 예리한 콧날이 시작되는 미간, 검은 수정 같은 눈동자가 미묘하게 꿈틀거렸다. 그는 흥미로운 듯 보이기도 했고, 무언가를 고심하는 것처럼 보이기도 했다. 또한 작은 음모를 준비하는 사람처럼 비밀스러워 보이기도 했다.

"조선의 왕세자는 고자더라, 예체가 부실하여 사내구실을 하지 못한다더라, 내시와 다름없는 몸이라 여인을 취하지 못한다더라."

윤의 어투는 마치 남의 일을 말하는 것 같았다.

"라고, 사람들이 쑥덕댄다지."

그가 툭 내뱉었다.

"나는 그리 말한 적 없다. 그저 설명하기 피로하여 가타부타 대꾸하지 않았을 뿐이다. 대저 누가 감히, 일국의 세자를 고자라 하더냐?"

윤의 음성은 단호했고 태도에는 거침이 없었다.

"나는 그런 자가 아니다. 나는 그저 너를 아끼고, 은애하고, 사랑하며, 또한 도저히 참을 수 없을 만큼 너를 원하는……."

그리하여, 비로소 욕망을 기꺼이 내보이려 하는.

"남자다."

윤의 숨결이 뜨겁게 순심을 덮쳐 왔다. 그녀는 옴짝달싹할 수 없을 만큼 완전히 매료되어 사로잡혔다. 그녀는 탐닉의 대상인 동시에 탐닉한다. 순심 역시 여인이 될 준비를 마쳤다.

"침소로 가자."

윤의 손이 그녀를 이끌었다. 저만치 보이는 낙선당 침소의 문에는 순심이 밝혀놓은 호롱불이 비치고 있었다. 긴 시간 켜져 있던 심지에는 마지막 불꽃이 타오르고 있으리라. 짧은 심지에 매달린 불꽃이 사그라진 후 침소 안에는 한 치 앞도 분간할 수 없는 어둠이 밀어닥칠 것이다.

그 어둠 속에서, 한 번도 온전히 제 모습을 드러낸 적 없는 세자는 사랑하는 여인의 체온 안에서 사내가 되고자 한다. 그리고 그로 인해 순심은 진정한 그의 여인이 될 것이었다.

버드나무 아래를 벗어난 그들의 걸음이 안뜰을 가로질렀다.

"저하."

예상치 못한 방문객. 갑자기 나타난 문 내관이 그들의 앞을 가로막았다.

"……."

그러나 문 내관을 발견하였음에도 윤은 말을 걸지 않았다. 잠시 걸음을 멈추었을 뿐이다.

"저하, 소인 급히 드릴 말씀이……."

"오늘 밤은 누구에게도 방해받고 싶지 않으니 돌아가라."

"하오나 저하, 급한 일이옵니다."

문 내관은 잠시 말문이 막힌 듯 머뭇거렸다. 그사이, 윤은 순심의 손을 잡아 이끈 채 문 내관을 지나쳤다. 그러나 다시금 따라온 문 내관이 윤과 순심의 앞을 막아섰다. 그는 꽤나 단단히 결심한 듯한 표정이었다.

"무엇이 문제기에, 어찌하여 오가는 길을 막는 게냐?"

윤의 눈빛에 불쾌한 기색이 스쳤다. 문 내관이 침을 꿀꺽 삼키곤 입을 열었다.

"가셔야 합니다, 저하. 저승전에 주상 전하께서 납시어 계시옵니다."

임금께서 몸소 저승전에 납시었다는 전언. 선택의 여지란 있을 수 없었다. 윤은 눈인사만을 남긴 채 급히 낙선당을 떠났고, 그를 배웅한 순심은 덩그러니 뒤에 남았다. 그러나 낙선당에 남은 것이 그녀만은 아니었다.

"마마님."

"예?"

"잠시 드릴 말씀이 있어, 저하를 따라가지 않고 기다렸사옵니다."

"무슨 말씀이시기에……."

순심이 걱정스러운 표정으로 문 내관을 바라보았다. 나이 든 내관들이 대게 그렇듯 문 내관 역시 피둥피둥한 체격에 희고 기름진 낯을 가졌다. 음성은 사내라기엔 다소 고음이었고 묵직한 맛이 없었다. 그러나 그는 단순한 내관 아닌 세자의 든든한 동반자. 문 내관이 하는 말을 허투루 들어서는 안 된다.

"지난번에 말씀드렸다시피, 마마님께서 아셔야 할 법도와 예에 대해 가르치는 시간을 갖고자 합니다."

"아, 예."

"마마님께서도 알고 계시겠지만 세자빈 내정자가 나왔습니다. 이제 마마님께도 동궁전 안에 웃전이 생기는 것입니다. 빈씨께서 별궁에 머무는 동안, 승은궁녀께서도 내명부의 예에 대해 공부하는 것이 옳겠지요."

"예. 그리하겠습니다."

"그리고 한 가지 더……."

순심은 문 내관이 머뭇대고 있음을 깨달았다.

"무슨 일이시기에 그러십니까?"

"가례가 치러질 때까지……."

망설임이 짙은 어조. 문 내관이 입을 다물었다. 아무리 내관 처지인들 태어나길 사내인 그였다. 어찌 사내가 여인의 내밀한 사생활에 대해 첨언한단 말인가. 문 내관이 굳이 나서지 않아도 세자께서 알아서 하실 일이었다.

"아니옵니다. 소인 물러가겠으니 침소로 드시지요. 바람이 찹니다."

"예……. 살펴 가십시오, 문 내관."

문 내관이 순심을 향해 가볍게 묵례했다. 문득 할 말이 떠올라 순심은 다시 입을 열었다.

"참, 뭐 하나 여쭤도 되겠습니까?"

"말씀하십시오, 마마님."

"소인 낮 시간에 잠시 후원에서 시간을 보내도 되겠습니까?"

"후원에 나가시는 것이야 문제 될 것이 없습니다만……. 혼자서 말씀이십니까?"

"아, 예."

문 내관은 잠시 고심하는 눈치였다.

"딸린 궁녀도 없이 홀로 다니는 것이 남 보기 좋지 않아서 말입니다. 아니면 동궁전 나인들 중에 몸종을 하나 붙여드릴까요?"

"음……."

순심의 표정이 흐려졌다. 동궁전 나인들이 장형에 처해진 일 이후 순심과 궁녀들은 서로 있어도 없는 듯 간여치 않고 살아가고 있었다. 게다가 그녀가 후원에 가려는 데는 목적이 있었다. 최대한 타인의 시선을 피해야 하는 상황에 사이도 좋지 않은 궁녀를 달고 간다면 무슨 의미가 있겠는가.

"아, 문 내관."

"말씀하십시오."

"후원에 갈 적에, 제 병간호를 했던 수라간 나인을 데려가도 되겠습니까?"

"흐음……."

문 내관이 순심을 힐끔 쳐다본다. 하기야, 말동무 하나 없이 오매불망 세자만을 바라보는 처지. 외롭기도 할 것이고 갑갑하기도 할 것이다.

"그렇게 하십시오. 부용지 일대는 중궁전이나 후궁들께서 자주 찾으시는 곳입니다. 그러니 세자께서 주로 계시는 폄우사와 관람지 쪽을 산책하시옵소서."

"예, 명심하겠습니다."

용무를 마친 문 내관이 낙선당을 떠났다. 순심 역시 제 침소를 향해 걸음을 돌렸다. 그새 호롱불 심지가 다 타버린 모양이었다. 불이 꺼진 방은 칠흑과 같이 캄캄했다.

"아……."

순심이 무심코 제 입술에 손을 댔다. 그사이 입술은 벌에라도 쏘인 듯 퉁퉁 부어올라있었다. 입술에 와 닿았던 감촉이 되살아났다. 머리끝부터 발끝까지 전율이 일 듯 소름이 돋았다. 그러나 모든 것은 바람에 흩날린 꿈처럼 아득하다.

달콤했던 밀어와 함께 윤은 사라지고, 그녀는 어둠에 잠긴 낙선당에 홀로 남았다.

깊은 밤이었으나 태화당 침소에는 등잔불이 환히 밝혀져 있었다. 이는 태화당의 주인인 영빈 김씨가 깨어 있다는 의미. 그러나 전각 곳곳에는 사람의 발그림자조차 보이지 않았다.

"모두 물러가라. 단 한 명의 궁인도 태화당 안에 남아 있어서는 아니 되니라."

영빈이 이러한 준엄한 명을 내렸기 때문이었다.

을씨년스럽도록 조용한 태화당에서 소리가 흘러나오는 곳은 오직

한 곳, 영빈의 침소 안뿐이었다. 마주 보고 있는 것은 영빈 김씨와 태화당의 궁관인 박 상궁. 그들은 언문을 휘갈겨 쓴 서간 몇 장을 마주한 채 앉아 있었다.

속삭이는 음성이 어찌나 비밀스럽고 조심스러운지 기름 먹인 심지가 타들어가는 소리가 더 클 지경이었다. 대화는 끊이지 않고 계속되고 있었다.

"중궁전은 어찌 지내느냐?"

"중궁전은 세자가례에 큰 관심이 없는 눈치입니다. 오히려 신경을 쓰는 것은 주상 전하이신 듯합니다. 중궁전이 해야 할 일까지 몸소 나서 명을 내리시는 탓에, 신료들이 금상의 건강을 저어하고 있다 들었습니다."

"흠."

영빈의 입꼬리가 미세하게 뒤틀렸다.

'본래 여인이 죽어나간 후에 새로 가례를 올리는 것을 즐기는 분이시잖은가. 응당 그러하겠지.'

아무리 은밀한 대화인들 그런 속내를 드러낼 수는 없는 노릇이었다. 영빈이 차분히 표정을 가다듬었다.

"세자의 동태는 어떠하냐?"

"동궁전에 무인(武人) 하나가 장번으로 들어왔습니다. 소속은 세자익위사이온데, 아무래도 호위를 위해 들어간 듯합니다."

"뭐라? 호위무사?"

"예, 자가."

하, 영빈이 조소를 흘렸다.

세자는 사냥에도, 무예에도 관심이 없었다. 대리청정 외에 하는 일이라고는 동궁전 안을 맴도는 것뿐인 게으른 자에게 호위무사가 무슨 소용이란 말인가.

"예. 김가(家)가 전한 바에 따르면 호위무사라는 자의 용모가 꽤나 흉흉하다고……."

탁- 영빈이 손으로 문갑을 내리쳤다. 사방이 고요한 탓에 그 소리는 박 상궁을 혼비백산하게 만들 만큼 컸다.

"내 여러 번 일렀거늘, 또다시 궁인의 이름을 입에 담는 게냐?"

"소, 송구하옵니다, 영빈 자가."

박 상궁의 낯빛이 사색이 되었다. 기실 궁인의 이름을 입에 담은 것이 아닌 성씨를 무심코 말했을 뿐이었다. 게다가 김(金)씨 성을 가진 이들이야 궁궐 안에 수십 수백이지 않는가. 그러나 영빈은 가차 없는 여인이었다. 대수롭지 않은 말실수라 여겨 소홀히 굴었다가, 자칫 제 목이 날아갈 수 있음을 박 상궁은 잘 알고 있었다.

"낙선당과 동궁 사이는 어떻다하더냐?"

"점점 더욱 가까워지고 있다 합니다. 근래 전갈도 없이 동궁께서 낙선당을 찾아가 동침했다는 소문이 돌았다고 하더이다."

"고자에게 동침이라……."

한때 영빈 역시 세자가 사내구실을 하지 못한다는 소문을 철석같이 믿었다.

물론 희빈 장씨가 사사되기 전에 세자의 양물(陽物)을 잡아 뜯었다는 소문은 말이 되지 않는 낭설이었다. 희빈 장씨의 죽음의 과정을 속속들이 기억하는 영빈은 그 말이 터무니없는 거짓임을 알고 있었다. 그저 희빈 장씨는 물론이거니와, 그 아들인 세자 역시 경멸하였으므로 사실을 정정해주고픈 마음이 들지 않았을 뿐이다. 세자의 몸 상태는 허무맹랑한 소문과는 관계 없는 체질 탓일 확률이 컸다.

어려서부터 세자는 백면서생(白面書生)의 기질이 극명했다. 제 어미가 살아 있던 시절에도 계집처럼 곱상하고 야리야리하여 사내답지 못했던 것이다. 혹자들은 그런 세자의 용모가 수려하다며 칭송하였지만, 자고로 사내에게는 관운장과 같이 호방한 기색이 있어야 하는 법.

"설마……. 낙선당 계집에게 특별한 기색은 없겠지?"

"회임을 말씀하시는 것이라면 그런 기미는 전혀 없다 하옵니다. 단지……."

"단지?"

"사이가 점점 깊어지는 까닭에, 시도 때도 없이 망측한 행동을 벌인다는 말을 들었사옵니다. 품행에 스스럼이 없어 보는 궁인들마다 당황한다 하더이다."

그야말로 그 아비에 그 아들이었다. 얼굴만 반반할 뿐 볼 것이라고는 없는 미천한 계집 아닌가. 여인의 치마폭에 휩싸여 정신을 차리지 못하는 것까지 부자는 꼭 닮아 있었다.

영빈이 인상을 썼다. 속에서 쓴물이 올라오는 기분이었다.

"그리고 자가, 낙선당이 처음 입궐했던 당시의 기록을 구했습니다."

"그래? 뭔가 쓸 만한 것이 남아 있더냐?"

"특출나다 할 것이 보이지는 않았으나……. 궁궐에서 머지않은 곳에 살던 중인 출신이었고, 아비의 이름 역시 기재되어 있었나이다."

"아비?"

영빈이 되묻는다. 잠시 무엇인가를 고심하듯 말이 없던 그녀가 이내 화제를 돌렸다.

"서찰은?"

"여기, 가져왔사옵니다."

박 상궁이 여러 번 거듭 접은 종이를 공손히 내밀었다. 영빈이 조심조심 그것을 펼쳤다. 꼬깃꼬깃한 서찰에는 조악한 필체의 언문으로 날짜 몇 개가 적혀 있을 뿐이었다.

-오월 십 일, 오월 십팔 일, 오월 이십구 일, 유월 육 일, 칠월 사 일.

영빈이 글자들을 뚫어져라 바라보았다. 좁아진 미간에 깊은 골이 파였다. 머릿속이 몹시 복잡한 듯했다.

"이미 팔월이 반 가까이 지났는데, 이것뿐이냐?"

"그것 때문에 긴히 뵈옵길 청하였던 것이옵니다."

"무엇이기에?"

박 상궁이 음성을 낮췄다.

"동궁 내 소주방 것을 제외한 모든 음식을 꺼립니다. 눈치를 챈 것이 분명합니다."

* * *

"세자."

"예, 아바마마."

저승전에 마주 앉은 부자의 사이는 왠지 어색하게 보였다. 취선당에서의 대화 이후 부왕에 대한 경계를 조금이나마 풀었던 윤은 다시금 잔뜩 긴장한 모습이었다.

무슨 말씀을 하시려고 몸소 저승전까지 걸음 하셨단 말인가. 게다가 시각이 몹시 늦었다. 노쇠한 임금께서는 진즉 침전에 드셨을 깊은 밤이었다.

"오늘 과인 마음에 꼭 들어차는 처녀가 있었다. 굳이 다른 처자들을 들일 까닭이 없어, 하나만을 삼간택에 올리기로 결정하였노라."

"예, 아바마마."

"내 비록 눈이 어두워 용모를 자세히 살피지는 못하였으나 중궁이 아름답다 하였으니 틀림없을 것이다. 음성이며 태도가 훌륭하여 내 선뜻 며느리로 간택하였다."

"예, 아바마마. 소생 앞서 말했다시피 아바마마의 뜻에 따를 것이옵니다."

"그래. 그래야지."

임금이 수염을 쓰다듬으며 세자를 잠시 바라보았다.

"내 꼭 전할 말이 있어 걸음 하였다."

"말씀하시오소서, 아바마마."

"내달에 삼간택을 치르는 대로 빈씨를 별궁으로 보낼 것이다. 아마도 가례를 준비하는 데 한 달 정도의 시간이 소요되겠지. 동궁 역시 필히 심신을 가꾸며 가례를 준비하라. 다른 여인을 가까이해서는 아니 될 것이다."

윤의 표정이 미묘하게 굳어졌다. 전교(傳敎) 중 마지막 말이 거슬렸기 때문이었다.

"다른 여인이라시면……."

"세자에게 다른 여인이 여럿 있더냐? 하나뿐이지 않은가?"

"……예, 아바마마."

그러니까, 임금께서 말씀하시는 '다른 여인'이란 곧 순심을 뜻하는 것이다.

"세자빈 내정자는 올해 나이가 열넷이므로 아직 어리다. 아무리 동궁전에 일찍 들어왔던들 적처(嫡妻)가 분명한 법. 가례를 앞두고 궁녀가 회임이라도 한다면 과히 보기 좋지 않겠지. 이러쿵저러쿵 말들도 많을 것이 분명하다."

"……."

"그리하여 명하노니, 가례 시까지 낙선당에서 밤을 보내는 일이 없도록 하라. 어명이니라."

고개 숙이고 있던 윤의 눈에 당혹스러운 빛이 어렸다. 그러나 결코 어길 수도, 어겨도 아니 되는 일. 그것은 조선의 하늘 아래 가장 지엄한 말이기 때문이었다.

"피로하구나."

임금이 느릿느릿 몸을 일으켰다.

"아바마마, 소인이 대전까지 모시겠나이다."

"내 소경이 되기엔 아직이라고 이미 말하지 않았더냐?"

"……송구하옵니다."

임금의 속내란 결코 알 수가 없다. 아들의 혼인을 기쁘게 준비하는 아비와 같은 태도를 보이던 그의 반문은 퍽 날카로웠다. 임금이 검버섯 핀 눈가를 지그시 짚었다.

"내 태어나 평생을 살아온 궁궐이다. 내 발로 걸어 침전에도 돌아가지 못할 정도라면 진즉 선위하여 물러났음이 옳겠지. 구차하게 살아 무엇 하겠는가?"

"아바마마, 어찌 그리 무서운 말씀을 하십니까. 용서하시옵소서. 소인 그런 뜻으로 올린 말씀이 아니옵니다."

윤이 급히 읍소했다. 또다시 임금은 표정을 바꾼다. 별 대수롭지 않다는 듯 무심한 태도였다.

"그러니 비키라. 과인, 대전이 아니라 달리 갈 곳이 있다."

이리 늦은 시각에 대체 어디를 가신단 말씀인가. 그러나 부왕의 서슬이 워낙 퍼런 까닭에 윤은 질문조차 던지지 못했다.

"예, 아바마마."

침전을 나서 저승전을 떠나던 왕의 걸음이 멈추었다. 임금이 걸치고 있던 사슴가죽으로 만든 갖옷이 묵직하게 흔들렸다.

"세자의 호위인가?"

임금이 손으로 가리키는 곳에 황가가 서 있었다. 그제야 윤 역시 황가의 존재를 깨닫는다.

"예, 아바마마."

용한 일이었다. 눈이 어두워 서간도 잘 읽지 못하는 임금께서, 캄
캄한 밤 저승전 앞을 지키던 황가의 존재를 단번에 발견하다니.

"세자익위사의 무관 황가 진기이옵니다, 전하."

황가가 임금 앞에 부복했다. 임금의 흐린 시선이 거무스레한 덩어
리처럼 보이는 사내를 훑었다.

"사냥을 할 줄 아느냐?"

황가에게 던져진 질문은 맥락이라고는 없이 당황스러웠다.

"예, 전하. 무예를 익히는 과정에 접하였습니다."

"그래? 곧 사냥대회가 있을 것이다. 세자가 사냥을 즐기지 않아
신료들만의 잔치가 될까 싶었는데, 잘되었군."

"분부 받잡아 최선을 다하겠나이다, 전하."

윤이 미심쩍은 눈빛으로 임금을 살피나, 그는 태연자약했다.

"아바마마. 사냥 대회를 윤허하셨습니까?"

"북악산에 근래 여우가 기승이라더군. 하여 허하였다. 간택을 기
념하는 의미도 있겠고, 여러 가지로 나쁘지 않겠지. 오랜만의 여우사
냥을 보지 못하여 아쉽군."

"여우사냥이요?"

윤이 되물었다. 범 사냥, 멧돼지 사냥 등은 흔히 있었다. 그것들은
사람을 잡아먹거나 농작물을 파탄 내는 해로운 짐승들이기 때문이
었다. 그러나 여우는 기껏해야 작은 동물이나 잡아먹고 사는 짐승.
왕이나 세자가 몸소 나서는 유렵(遊獵)[69]을 '여우사냥'이라 지칭하
는 것은 흔치 않은 일이었다.

"그래, 여우사냥."

그러나 금상의 뜻이라면 그것이 여우가 아닌 구미호라도 사냥해
바쳐야 하는 것이 궁궐의 법.

---

69   놀이로서 하는 사냥.

"그런데 아바마마, 어디로 가십니까?"

임금의 걸음이 향하는 곳이 대전이 아니라는 것을 깨달은 윤이 물었다.

"오랜만에 볼일이 좀 생겼지."

임금의 뿌연 눈동자는 마치 사자(使者)와 같아 그 속을 결코 가늠할 수도, 가늠하려 들어서도 아니 된다.

"하여 태화당으로 간다."

* * *

밤이 길어진 탓에 해가 뜨는 시각 역시 늦어졌다.

궁궐 곳곳, 풀물이 뚝뚝 떨어질 듯 짙게 물들었던 녹음이 서서히 바래가고 있었다. 초록이 지나간 자리를 적(赤)과 황(黃)이 채웠다. 후원에 심어진 침엽수들은 생기를 잃어 푸석한 갈색으로 물들었다. 북악산 능선을 따라 시작된 단풍이 산 곳곳에 선혈처럼 붉게 피었다.

파루가 울린 지 기껏 한 식경 남짓 된 이른 새벽. 가을치고 습한 날이었다.

"으음……."

순심이 눈을 떴다. 비록 눈꺼풀은 들어 올렸으나 정신은 완전히 깨어나지 않았다. 몽롱하다. 간밤의 기억들이 콕콕 바늘로 찌르듯 선연하게 떠오른다. 임금께서 저승전에 납시었다는 전갈을 받고 돌아간 윤은 아쉽게도 밤새 돌아오지 않았다.

"저하."

문득 윤의 이름을 입에 담자 오소소 소름이 돋았다. 밤의 기억은 모골이 송연해질 정도로 아찔하였다.

거친 숨을 뱉던 윤의 모습. 세상에서 가장 소중하며, 또한 아름다운 것을 보는 듯한 눈빛으로 그녀를 보던 그의 눈동자. 윤의 입술 사이로 흘러나오던 델 것처럼 뜨거운 숨결과 감히 상상조차 해본 적 없는 다디단 사랑의 밀어들.

여전히 그의 향기가 곁에 맴도는 것 같다. 그 달콤한 취기에서 깨어나고 싶지 않아, 순심은 다시 눈을 감았다.

그때였다. 미명이 밝아오는 문밖에서 들려오는 기척. 달칵, 열린 문틈으로 밀어닥친 찬 공기가 그녀의 정신을 일깨웠다. 순심이 다시금 눈을 뜬다. 새벽녘에 비친 흑룡포는 오늘따라 더욱 푸르게 빛나고 있었다.

'꿈인가?'

이렇게 이른 시각 윤이 의관을 갖춘 채로 낙선당을 찾은 적이 없었기에 들었던 의문. 그러나 꿈일 리 없다. 코끝으로 밀려드는 축축한 공기, 연한 바람결에 섞여 떠도는 백단향기, 그리고 그녀를 지그시 바라보며 미소 짓는 윤.

모든 것이 진짜였다. 모든 것이 이 순간 실재하는 현실이었다.

"저하."

자리에서 일어난 순심이 흐트러진 옷매무새를 가다듬었다. 그녀의 옷차림이 그의 시선을 끌었다. 순심은 간밤 윤과 함께할 때의 복장 그대로였다. 분명 하염없이 윤을 기다리다 잠든 것이리라.

"밤새 자지 않고 기다렸느냐?"

"오시나, 안 오시나 계속 생각하다 깜빡 잠이 들었습니다."

"잠든 사이에 좋은 꿈이라도 꾸었느냐? 표정이 몹시 평안하다."

"곤히 잠들었었나 봅니다. 꿈은 꾸지 않았습니다."

순심이 윤을 보며 말갛게 웃었다.

"옷조차 갈아입지 못하고 기다렸는데, 끝내 나타나지 않는 내가 원망스럽지 않더냐?"

"전하께서 저승전에 납시었다는 소식을 소인 역시 들은 것을요. 분명 중한 일이 있으시리라 생각했습니다. 게다가 이렇게 오셨으니까요. 기다린 보람이 있사옵니다."

순심의 눈빛은 이른 새벽을 헤치며 달려온 이의 마음을 단번에 녹일 만큼 따스했다. 윤이 맑게 웃었다. 마음의 편안함이 엿보이는 부드러운 미소였다.

"어찌하여 이리 말 한 마디, 한 마디가 마음을 어루만지듯 고운 것이냐."

"그렇습니까?"

"태어나길 반가나 왕실의 여인이라 해도 믿길 만큼 곱고 귀하다."

"저하께서 어여삐 여겨주시니 말도 곱게 나오는가 봅니다."

말을 꺼내놓고도 부끄러운 모양이었다. 순심의 볼이 복사꽃 빛깔로 물들었다.

"그리고 이제 저는 저하의 여인이니까요. 진짜 저하의 여인이라고……. 더 이상 거래로 맺어진 사이가 아니라는 약조를 주셨으니까……."

불현듯 윤이 손을 내밀었다. 그가 순심의 흐트러진 귀밑머리를 쓰다듬었다. 뺨에 스치는 그의 손끝이 차다. 아마도 찬 공기를 가르며 달려온 탓이리라. 순심이 그의 손을 조심조심 잡았다. 사내의 손은 희고 고왔으며 그녀의 얼굴 절반을 감쌀 만큼 큼직했다.

"……따뜻하다."

손에서 손으로 전해지는 것은 온기뿐 아니라 마음이기도 했다.

"한데 저하, 어찌하여 의관을 차리고 오셨습니까?"

사실 순심에게는 흑룡포를 입은 윤보다는 두루마기를 걸친 평복 차림의 그가 더 익숙했다. 주로 윤이 정무를 마친 저녁에 그를 마주할 때가 많은 순심은 잘 알지 못했으나, 왕세자의 일과는 극히 이르게 시작되기 마련이었다.

새벽의 푸른 기가 가시기 전에 깨어난 세자는 간단한 죽상 등의 식사를 받고-요즘 윤은 이마저 거를 때가 많았다- 바로 의관을 차린 후 문안을 올리기 위해 대전으로 나섰다. 그러나 그러기에도 아직은 이른 시각. 여전히 하늘에는 푸른 색채만이 비칠 뿐 해는 뜨지 않았다.

"어제 아바마마께서 몹시 어려운 어명을 내리고 가셨다."

"어려운 어명이라니요?"

윤의 표정이 조금 미묘해진다. 그는 조금 머뭇거렸다.

"아바마마께서…… 가례가 치러질 때까지 낙선당에서 밤을 보내는 것을 금하셨다."

"밤을 보내는 것을 금하신다고요? 아…….."

이내 말뜻을 알아차린 순심이 말끝을 흐렸다. 윤의 뜨거운 숨결이 그녀의 입술이며 목덜미를 덥히던 밤, 귓전에 들려오던 그의 음성이 떠올랐다.

-나의 여인이 되어라.

허울뿐인 승은궁녀가 아닌 진짜 그의 여인이 되라고. 순심은 그 말을 듣는 순간 숨이 턱 막히고 심장이 발 아래로 추락하는 것만 같았다.

그러니까, 전하께서 몸소 동궁에 걸음 하시어 당부한 것은…….

"가례를 올릴 때까지 너와의 동침을 금하신 것이다."

"……."

그것은 꽤나 직설적인 말이었다. '나의 여인이 되어라'는 말보다 훨씬. 그리하여 순심은 시선을 맞추지 못하고 눈을 내리깔았다.

"순심아."

"예, 저하."

"이런 말이 너에게 마냥 기껍지 않을 것을 안다. 그러나 분명 한

번은 해야 하는 이야기라고 생각했다. 아바마마께서 내정자를 정하신 모양이니, 더 이상 미룰 때가 아니겠지.”

“말씀하시오소서, 저하.”

“물론……. 너는 세자빈에 대한 이야기를 듣는 것이 편치 않겠지.”

“저하, 소인은 괜찮습니다. 설마 소인이 투기라도 하리라…….”

윤이 고개를 작게 흔들었다. 옅은 웃음이 그의 입가에 스쳤다. 다소간 달관한 듯 보이는 묘한 미소였다.

“나도 안다. 물론 너는 괜찮다 하리라는 것을. 투기 따위 하지 않을 것이라 말하리라는 것을. 조선의 여인들은, 무엇보다 궁궐의 여인들은 그렇게 배우며 살아왔으니까. 그것이 여인의 미덕이라 모두 말해왔으니 말이다.”

윤의 시선이 순심에게로 향한다. 그녀는 윤의 의중을 파악하기 힘든 모양이었다.

“그러나 순심아.”

“예, 저하.”

“내가 다른 여인의 지아비가 되는 것이 정녕 괜찮으냐?”

순심은 찰나의 순간 머뭇거렸다.

“……예. 괜찮습니다.”

그를 마주 보는 순심의 시선이 옅게 흔들렸다. 윤이 재차 그녀의 눈동자를 마주 본다. 그리고 다시 물었다.

“정말로 괜찮으냐?”

“……괘, 괜찮습니다.”

“내가 다른 여인의 지아비가 되는 것이, 네게 했듯 다른 여인을 품에 안고 입을 맞추는 것이, 다른 여인과 함께 잠드는 것이…… 괜찮으냐?”

“하오나 저하…….”

"너 아닌 다른 여인이 내 마음에 자리를 차지해도 정녕 괜찮은 것이냐?"

순심의 입술이 하릴없이 달싹였다. 여인이라면 응당 그래야 하는 것이다. 궁녀에게는 그것이 당연한 일이었다. 평생 그렇게 배우고 그렇게 알았다. 그리하여 제 마음을 알기도 전에 괜찮다고 믿어버렸다.

그러나 정녕 괜찮은가?

"내 간밤 문득 생각했다. 만일 우리가 반대 입장이 된다면 나는 어떠할지. 나는 전혀 괜찮지 않을 듯하였다. 그런데 어찌하여 너는 괜찮다는 것이냐?"

"저하……."

"네 앞에서 비겁한 소리를 하고 싶지는 않다. 그러나 가례는 내가 원한 것이 아니다. 뜻을 펼치기엔 한없이 미약한 탓에, 감히 원치 않는다 말할 용기조차 내게는 없었다."

윤의 목소리는 나지막했다. 그의 담담한 목소리에 배어 있는 진심이 왈칵 밀려들었다.

"……비겁한 것이 아니옵니다. 소인은 저하의 상황을 이해합니다."

"이해하더냐?"

윤이 자조하듯 되묻는다. 때로 스스로도 이해하기 힘든 제 처지를 순심이 이해한단 말인가.

"원치 않는 혼인을 감당하는 것은 내 몫이다. 그것으로 네가 고통받아서는 아니 된다는 말이다. 해서 간밤 깊이 생각하였다. 만일 이것이 내 일이 아닌 너의 일이라면, 네가 다른 사내와 혼약을 맺고, 그를 마음에 담으며, 그것을 내가 묵묵히 받아들여야 한다면……. 나는 괜찮지 않을 것 같다. 조금도 괜찮지 않아. 어찌 괜찮을 수 있겠느냐?"

너는 나의 것이 아니었더냐- 내가 너의 것이 되기로 결정하였듯이.

"그런데 어찌 너는 그리 거듭 괜찮다 하는 게야. 어찌하여 정녕 괜찮을 수 있단 말이냐."

"그것은……. 저하."

순심이 잘근 입술을 깨물었다.

"괜찮아야 하는 것이 소인의 처지이기 때문에……. 소인은 괜찮아야만 하는 사람이기 때문에 그렇습니다."

"네가 궁녀이고, 내가 왕세자이기 때문이냐?"

"예, 그렇습니다."

"하지만 내가 왕세자가 아니고, 너 역시 궁녀가 아니었다면 달라졌겠지."

순심이 윤을 바라본다. 궁녀로 살아온 십 년간의 세월. 의문이라고는 없이 오로지 명령에 복종하며 살아온 삶. 사실 그것은 승은궁녀가 된 이후에도 다르지 않았다.

처음이었다. 그녀의 마음에 '왜?'라는 물음이 생긴 것은.

'나는 대체 왜 괜찮다 말하는 거지?'

순심은 윤을 사모한다. 그녀의 세상은 온통 윤으로 가득 차 있었다. 허락한 것은 입술만이 아니었다. 마음도, 몸도 모두 그를 향하고 있었다.

그런데 그의 곁에 다른 여인이 있는 것이 괜찮다고?

괜찮지 않았다. 당연하게도 그녀는 조금도 괜찮지 않았다.

"상황을 바꿀 수 있는 용기도, 방법도 없는 내가 투정 같은 소리를 늘어놓는 것이 비겁하게 느껴지겠지. 그러나 이것이 내 진심이다."

윤이 순심의 손을 잡아끌어 제 가슴 위에 얹었다. 따스한 체온. 살아 있는 사내의 심장 소리.

"내 마음에는 오직 너만이 가득하다. 설령 네가 괜찮다 말하여도, 내 마음에 누군가를 들이는 것이 나에게는 괜찮지 않다."

"하오나 저하, 만일…… 소인이 괜찮지 않다 말씀드린다면, 무언가가 달라집니까?"

윤이 가라앉은 시선으로 순심을 보았다.

"가례는 달라지지 않는다. 예정대로 진행될 것이다. 그러나 나는…… 약조하려 한다."

윤의 눈빛의 온도가 점점 뜨거워진다. 그 안에 담긴 사랑의 크기가 차마 가늠되지 않았다.

"내 마음도, 내 육신도. 결코 너 아닌 다른 이에게는 주지 않을 것이다."

순심의 벌어진 입술 사이로 낮은 소리가 흘러나왔다.

세자의 말은 놀라움을 넘어 충격적이기까지 했다. 그녀는 좀처럼 할 말을 찾지 못했다. 그저 윤을 바라볼 뿐. 그리고 그의 눈동자를 보고 깨달았다.

진심이다. 그는 일말의 허풍 없는 순수한 진실을 말하고 있었다.

"어찌하여 그런 표정을 짓느냐. 놀란 것이냐?"

"저, 저하……."

이상하게 목이 메어 숨을 고른 순심이 말을 이었다.

"저하께서는 그리하셔서는 아니 되는 분입니다. 임금께서 많은 후궁을 두신 것처럼요. 소인은 저하의 마음만으로 충분합니다."

순심의 눈에서 툭, 굵은 눈물방울이 떨어졌다.

"태어나 그 누구도 제게 이렇게 큰 마음을 주지 않았습니다. 이렇게 큰 사랑을 준 사람은 오직 저하뿐입니다. 설령 소인이 괜찮지 않을지언정, 그것으로 보상받고도 남습니다."

짧은 침묵이 오갔다. 서로를 향한 마음이 크다. 그리고 서로가 큰 까닭에 마음이 아팠다.

"너를 위한 약조가 아니야. 내가 그러기를 원한다. 나는 네가 내게 유일하기를, 그리고 네게 내가 유일하기를 바란다."

"저하……."

"우리가 정식혼약으로 맺어질 수는 없겠지. 그것을 부정하지는 않겠다."

윤의 음성은 쓰다듬는 것처럼 다정했고, 그럼에도 단호했다.

"그러나 나는 너를 내 생의 여인으로 결정했다."

"……."

"자. 그러니 내 약조를 받아다오."

윤이 내민 새끼손가락. 순심이 그의 손가락을 가만히 바라본다. 그녀는 처음 그들이 거래를 약조했던 날을 떠올렸다. 그때의 세자께서는 손가락을 거는 것이 무엇을 의미하는지조차 몰랐는데.

"내 마음을 받아주지 않는 것이냐?"

"아닙니다. 아닙니다, 저하."

새끼손가락이 단단하게 얽혔다. 닿은 손끝이 따스하다. 손가락이 얽히고, 이내 윤은 순심을 품에 꼭 안았다. 입술이 포개졌다. 단술을 머금은 듯 촉촉한 혀와 숨결이 하나가 되었다.

"아까 내게 물었었지. 어찌하여 이리 이른 아침부터 의관을 차리고 왔느냐고?"

"예, 저하."

닿았던 입술이 떨어지고, 순심의 볼을 가만히 쓰다듬던 윤이 물었다.

"내 평생 단 한 번도 아바마마의 말을 어겨본 적 없다. 시쳇말로 샌님이라 할 법한 것이 내 삶이었지. 사실 지금도 나는 별반 다르지 않다."

가볍게 말하나 결코 가볍지 않은 말. 윤은 평생 아비의 말에 복종해왔으나 동시에 사랑받지 못하는 아들이었다.

"아바마마가 간밤에 명하시지 않았더냐. 가례를 치를 때까지 낙선당에서 절대 밤을 보내지 말라고. 어명이라고. 내 어찌 감히 어명을 어기겠느냐?”

윤의 입가에 장난기 어린 미소가 솟았다.

“그래서 아침에 왔다. 그뿐이다.”

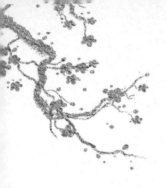

"영빈 자가."

금이 급한 걸음으로 태화당에 들었다.

"오셨습니까, 연잉군."

자리를 펴고 누워 있던 영빈 김씨가 몸을 일으켰다.

"자가, 그대로 계십시오."

금이 영빈의 어깨를 부축했다. 그가 그녀의 얼굴을 살폈다.

종종 영빈은 꾀병을 내어 아프다는 핑계로 금을 불러들였다. 제 배로 낳은 자식이 없는 후궁이란 본디 외로운 존재. 그 적적함을 이해하기에 금은 꾀병임을 알면서도 속아주곤 했다. 그러나 이번에 몸져누운 것은 거짓이 아닌 모양이다. 영빈의 낯빛은 생기를 잃어 병색이 완연한 모습이었다.

"내의는 다녀갔습니까? 무슨 증상이라 하더이까?"

"아⋯⋯. 별일 아니에요. 걱정 마십시오, 연잉군. 그건 그렇고⋯⋯."

영빈이 어색하게 시선을 돌렸다. 화제를 바꾸려는 듯, 그녀는 금이 들고 들어온 두루마리를 가리켰다.

"그림을 그리셨습니까?"

"아, 예."

"무엇을 그리셨습니까?"

"……."

영빈이 눈을 치켜뜬다. 말문이 막히다니 연잉군답지 않았다.

"무엇을 그렸기에 그러십니까? 펼쳐 보여주세요. 오랜만에 아드
님의 솜씨 한번 보십시다."

금이 입 밖으로 들리지 않게 작은 한숨을 내쉬었다. 뻔히 보이기
싫어하는 것을 알면서도 부러 재촉하는 것을 금이 모를 리 없다.

주륵-

금이 두루마리를 허공으로 치켜들었다. 둘둘 말려 있던 화폭이 확
펼쳐졌다.

"이것은 이씨(氏)……."

누군가의 이름을 말하던 영빈이 문득 입을 다물었다. 그녀의 눈빛
에 경악이 스쳤다. 마루 위에 널따랗게 퍼진 분홍 치마폭, 색을 맞춘
고운 반회장저고리. 매화꽃잎 같은 볼을 한 여인이 화복 밖 어딘가
를 보며 미소 짓고 있었다.

처음에 영빈은 초상화의 주인공이 금의 첩실인 이씨라 생각했다.

그러나 얼핏 인상이 비슷하나 분명 달랐다. 이씨보다 좀 더 젊은
데다 살결이 희고 입술이 붉었으며, 무엇보다 그림이라는 것이 믿기
지 않을 정도로 생기가 넘치는 여인.

다름 아닌 낙선당 승은궁녀, 김순심이었다.

"어찌하여 왕자군께서 한낱 궁녀의 모습을 그리신 겁니까?"

침착함을 애써보지만 영빈의 말끝은 분기로 떨리고 있었다. 금이
짜증 난 듯 눈을 내리깔았다.

"별일 아닙니다. 어진에 덧칠할 데가 있어 입궐했던 날 시험 삼아 그린 것일 뿐입니다."

"하, 시험 삼아요?"

"뭐, 지나듯 말씀드렸더니 저하께서 흔쾌히 허락하시어……."

영빈의 눈초리가 파르르 떨렸다. 감히 왕자군에게 총애하는 궁녀의 그림을 그리게 하다니. 세자의 행태에 분이 치솟았다.

그러나 감히 세자의 험담을 할 수는 없는 일. 그리하여 영빈의 화살을 낙선당을 향한다.

"아무리 처지가 미천한들 세자께서 아끼시는 여인이라, 내 이런 말까지 하지 않으려 했었으나……."

영빈이 격앙된 어조로 쯧, 혀를 찼다.

"얼굴만 봐도 알 수 있습니다. 요사한 것이 사내를 망칠 계집이지요. 지난번에 태화당으로 불렀을 때도 마주 보는 눈길이 어찌나 요사스럽던지! 사내 앞에서는 정숙한 척하겠지요? 잊지 마셔야 합니다. 장씨를 보면 모르십니까? 본디 미천한 것들은……."

저도 모르게 금은 주먹을 쥐었다.

미천한 여인, 미천한 궁녀. 이는 영빈이 금의 생모 숙빈 최씨에게 품었던 속내와 다르지 않았다.

"영빈 자가."

금의 말투가 꽤나 차갑다. 꿈틀, 영빈의 미간이 움직였다.

"그런 여인이 아닙니다. 몇 차례 동궁전에 들렀을 때 이야기를 나누어 보았으나, 요망하기는커녕 오히려 궁중의 생리를 너무 몰라 걱정이었습니다. 순진한 여인입니다."

"지금…… 어미 앞에서 궁녀의 편을 드시는 겝니까?"

"편이라니요. 가여운 여인입니다. 일찍 어머니를 여의고 몹쓸 아비 밑에서 차마 입에 담지 못할 고생을 한……."

순간, 영빈의 눈빛이 설핏 달라졌다.

"음."

실언이다. 입을 다물며 금은 모르는 척 시선을 돌렸다. 오늘따라 태화당이 더욱 편치 않았다.

"그래, 내의는 무슨 증상이라 하옵니까?"

"별거 아닙니다. 아…….."

할 말이 없어진 금이 영빈에게로 화제를 돌리자, 이번에는 영빈이 말끝을 흐리며 이마를 짚었다.

"영빈 자가, 괜찮으십니까?"

"좀 쉬어야겠습니다. 돌아가세요, 연잉군."

"내의가 병명을 진단치 못하더이까?"

"늙어 죽을 때가 된 것이지요. 특별한 병증이 아니라 하더이다."

그러나 이는 거짓. 내의는 그녀의 병명을 분명히 진단했다.

-화증(火症)이옵니다, 자가. 근래 마음 상한 일이나, 화를 참은 일이 있으셨습니까?

그러나 어찌 제 병의 원인이 임금이라고 밝힐 수 있을까.

금이 떠나가 썰렁해진 태화당 침소. 영빈이 지난밤의 기억을 떠올렸다. 바득, 절로 이가 갈렸다.

"저, 전하!"

기절초풍할 일이었다. 임금께서 태화당에 납시다니. 마지막으로 임금이 태화당을 찾았을 때가 언제인지 영빈은 기억조차 하지 못한다. 그것은 까마득한 과거, 이십 년은 족히 지났을 먼 일이었기 때문이었다.

전갈이나 예고조차 없이 태화당에 등장한 임금은 심지어 혼자였다. 내관조차 대동하지 않은 그의 동반자는 태화당 뜰에 꼬리를 세우고 앉아 있는 누런 고양이 한 마리뿐이었다. 그것만이 영빈을 경악하게 만든 것은 아니었지만.

'하필 오늘 같은 날······.'

영빈이 당황스러운 시선으로 문갑 위에 놓인 문서들을 내려다보았다. 불행 중 다행인 것은 임금의 눈이 어두워 서간을 읽기 어려운 상태라는 것이었다.

문갑 위에는 날짜를 적은 종이 외에 세자빈으로 내정된 어씨의 신상을 기록한 서찰들이 놓여 있었다. 물론 날짜의 의미를 임금이 깨닫게 되었을 때 미칠 화에 비하면, 세자빈의 신상을 조사한 것은 문제 축에도 끼지 못할 일이다.

"저, 전하. 어인 일로 전갈도 없이 태화당에 다 납시었습니까?"

"왜요. 내 못 올 곳이라도 왔습니까?"

"아, 아니옵니다! 밤이 깊은 데다 오랜만에 뵈옵는 지라······."

임금에게도 태화당 풍경이 낯설기는 매한가지였을 것이다. 시간이 어떻든 간 각 처소에는 궁인들이 있어야 하기 마련이었다. 그러나 임금은 태화당 입구에서 뜰을 거쳐 가장 내밀한 장소인 침전까지 들어오는 동안 단 한 명의 궁인도 마주치지 못했다.

"참으로 이상합니다. 어찌하여 궁인의 씨가 마른 것이요?"

"그, 그것이······. 사실······."

영빈이 마른침을 삼켰다.

"소, 소첩이 이제 나이가 들어 잠귀가 예민한 데다 한번 침소에 들면 깨는 일이 없으니······. 굳이 바깥에 궁인들을 둘 이유가 없어 물러가게 했나이다."

"음."

임금의 눈이 영빈에게 향했다. 실로 오랜만에 마주 보는 왕, 이순. 영빈이 나이가 들었듯 그의 모습 역시 세월에 풍화되어 빛이 바랬다. 그러나 다소 뿌옇게 보이는 임금의 눈빛은 오히려 그런 탓에 더 위압적이었다.

"참 기이한 소리 아닌가."

"예?"

"잠귀가 예민하다 말해놓고, 한번 침소에 들면 깨지 못한다는 건 대체 무슨 소리시요, 영빈?"

476

"그, 그것이······."

낭패였다. 되는 대로 핑곗거리를 주워섬기다 보니 앞뒤가 맞지 않는 말을 내뱉고 만 것이다. 세월이 흘렀음에도 임금이라는 작자의 성미에는 변함이 없었다. 말꼬투리 잡기를 좋아하고 쓸데없이 깐깐한.

"전하! 본래 영빈께서는 작은 기척에도 쉬이 깨십니다. 차라리 소리가 전혀 없게 하면 편히 주무시지 않을까 싶어, 소인이 모든 궁인을 내보내시라 권하였습니다. 다행히 비방이 통하여 근래 깨지 않고 주무신다는 말씀인 줄 아뢰옵니다, 전하."

영빈이 안절부절하는 사이, 부복하고 있던 박 상궁이 차분히 고했다. 그제야 납득이 되었는지 임금이 고개를 끄덕였다. 하기야 영빈은 젊어서부터 말실수가 잦던 여인이었다.

"궁인들을 모두 물린 것은 태화당의 일이니 내 관여치 않겠소. 한데 이상하지 않습니까. 상궁과 깊은 밤 숙덕대는 것이······."

"저, 전하. 숙덕대다니요. 그저 적적한 후궁 처지에 딸뻘인 상궁이 들어와 말동무를 삼았을 뿐입니다."

"그러하시오?"

임금이 아래를 내려다보았다. 영빈이 예상했던 그대로였다. 그의 시야는 뿌옇고 흐리다. 더군다나 밤이라 더욱 그러했다. 눈앞의 것들은 형상만이 보일 뿐 잘 분간되지 않았다. 그러나 문갑 위에 어지러이 놓인 것들이 글자가 쓰인 종잇장들임은 가늠할 수 있었다.

불현듯 임금이 손을 뻗었다. 그가 맨 위에 놓여 있던 구깃구깃한 서찰을 집어 들었다. 눈 가까이 대보지만, 조악한 언문임을 알 수 있을 뿐 상세한 내용은 보이지 않았다.

그 순간 임금의 눈에 보이지 않은 것이 서찰의 내용만은 아니었다. 새하얗다 못해 시체처럼 시퍼렇게 질린 여인들의 낯빛 역시 임금은 분간하지 못했다. 침소 안을 밝히고 있는 호롱불의 노란 불빛 때문이었다.

"그렇다면 이것은 무엇입니까?"

"그, 그저……."

찰나의 순간 두 여인의 생(生)과 사(死)가 오간다.

"영빈께서 근래 어지럼증을 호소하시어, 탕약을 올린 날을 적어놓은 것입니다."

박 상궁이 가까스로 고했다. 영빈은 여전히 할 말을 찾지 못했다. 얼굴은 푸르다 못해 회색빛이었다.

"아하. 과인이 참으로 무심하여 몰랐구려."

임금이 영빈의 얼굴을 내려다보았다. 젊은 날에는 꽤 아름다운 여인이었다. 단지 그 성미가 워낙 경망스러운 탓에 그의 흥미를 끌지 못했을 뿐이다. 영빈이 부푼 꿈을 가지고 입궐했던 시절, 왕에게는 희빈 장씨만이 유일한 사랑이었다.

"하기야 이제 우리도 늙었지요."

"저, 전하께서는 여전히 한창 때처럼 정정하십니다."

"전혀 그렇지 않소. 영빈, 과인이 요즘 무슨 생각을 하는지 아십니까?"

"무슨 생각을 하시옵니까, 전하?"

"정쟁, 싸움, 모략, 계략, 암투. 젊은 날의 모든 것들이 한 줄기 바람처럼 부질없다는 생각."

가뜩이나 사색이던 영빈의 낯이 싸늘하게 굳었다.

"그러니 영빈."

"예, 전하."

"동궁의 사람들에게 관심을 거두시오."

"……예?"

"그럼 과인은 이만 돌아가겠소."

누군가 떨리는 손으로 옷깃을 부여잡는 스산한 소리. 여인들을 뒤에 남긴 채 임금은 발걸음을 돌렸다.

궁인들이 빠져나가 불조차 밝히지 않은 태화당 복도의 어둠이 섬뜩하다.

그러나 임금은 지난 몇 년간 지독한 안질과 싸워오며 빛이 없는 환경에 익숙해졌다. 그는 시력이 아닌 감에 의존하여 걷는다. 기력이 없고 힘이 딸리지만 여전히 궁궐은 임금 이순의 지배하에 있었다. 그는 궁궐의 지배자였다—아직까지는.

"영빈 자가, 어, 어찌합니까……."

"아니다. 돌아가셨으니 되었다. 박 상궁, 자네가 잘 둘러대어 살았구나. 아아……. 왜 전하께서 하필 이런 날……."

"그것이 문제가 아닙니다!"

임금이 돌아간 태화당. 사색이 된 박 상궁이 아뢰었다.

"전하께서 궁인의 서찰을 가지고 가셨단 말입니다!"

"서찰?"

오싹한 깨달음이 영빈의 심장을 관통했다.

"예, 날짜를 적은 서찰 말입니다. 이 일을 어찌한단 말입니까!"

* * *

"우와, 김순심 덕에 후원 깊숙한 곳도 다 와보고. 역시 내가 동무 하나는 잘 됐지 뭐냐! 우와, 저건 뭐지? 은행나무네? 우와, 저건 뭐지? 아, 밤나무구나. 곱다, 고와."

선선한 바람이 부는 창덕궁 후원. 순심과 나들이에 나선 구월은 상기된 얼굴로 쉼 없이 종알대고 있었다.

"뭐가 그리 신기해?"

"어쭈, 이제 나인 아니고 마마님이라 이거지? 신기하지 그럼 안 신기하냐? 궁궐에서 십 년을 살면서도 후원이라고는 입구밖에 못 와 봤으니 신기할 수밖에."

"그게 그렇게 신나?"

"그럼 신나고말고! 이렇게 볕 좋은 날, 내 동무 승은궁녀 마마님 덕분에 일도 쉬고 좋은 구경도 하잖냐!"

어린아이처럼 기뻐하는 구월을 보고 있자니, 순심 역시 무척 행복해졌다. 그러나 굳이 구월까지 불러내어 후원을 찾은 것은 풍광을 감상하기 위함만은 아니었다.

"너무 좋아할 거 없어. 말했잖아. 놀러 온 거 아니라고."

"알아. 알아들었어! 그럼 뭐 어때? 종일 부엌간에 처박혀 있는 것보다야 열 배 백 배 좋은걸! 아참! 네가 찾으라는 게 뭐였지? 참나무에 사는 버섯이라고 했⋯⋯. 우와."

제 벗이야 대꾸를 하든 말든 조잘대던 구월이 우뚝 자리에서 멈춰 섰다. 순심의 얼굴에 웃음기가 번졌다. 구월의 태도를 이해하고도 남았기 때문이었다. 지난 여름, 연잎을 따오라는 명을 받고 후원에 왔던 생과방 나인 김순심 역시 똑같은 자리에서 걸음을 멈추었으니까.

후원 가장 높은 곳에 자리한 연못, 관람지.

순심의 운명을 바꾸었던 그날 흐드러졌던 연꽃들은 자취를 감췄다. 남은 것은 희끄무레하게 빛바래가는 연잎과 수면 위를 노니는 붉고 노란 단풍잎들. 치마폭을 걷어 올리지 않고는 못 배기게 만들었던 더위 역시 흔적조차 남지 않았다. 눈이 시리도록 쨍한 초록으로 물들었던 후원은 이제 보다 원숙한 색채를 띠고 있었다.

"세상에, 궁궐에서 그리 오래 살았으면서 꿈에도 몰랐네. 이렇게 좋은 곳이 있는지."

구월이 거듭 감탄사를 내뱉었다. 그사이 순심의 시선은 자연스레 위쪽으로 향한다.

대각선 방향, 관람지를 굽어보는 위치에 자리한 작은 전각 폄우사. 당시의 순심이 지금의 구월처럼 풍경에 경탄하고 있을 때, 윤은 폄우사 툇마루에 앉아 그녀를 내려다보고 있었다.

"순심아."

"……."

"김순심!"

"어?"

구월이 옆구리를 쿡 찌른 후에야 순심은 정신을 차렸다.

"대체 무슨 생각을 하기에 그리 아련한 표정을 짓고 있냐?"

"으응."

순심이 배시시 웃음을 지었다. 구월이 미간을 좁히며 미심쩍은 시선을 던진다. 갑자기 미친 여인처럼 실실 웃는 것하며, 볼이 발그레하게 달아오른 것하며…….

"또 세자 저하 생각하지?"

"……."

대답 대신 끄덕끄덕. 순심의 볼에 물든 분홍이 한결 짙어졌다.

"하이고야, 낭군 없는 궁녀는 서러워서 살겠냐? 나처럼 평생 독수공방할 처지는 어찌하라고?"

"그게 아니라…… 여기가 관람지잖아. 말했었잖아, 구월아."

"여기라니 뭐가? 아…….."

그제야 구월 역시 이곳이 어디인지 기억해냈다.

관람지. 순심이 왕세자와 처음 마주쳤던 곳!

"우와. 진짜 그러네? 난 지금 역사의 현장에 와 있는 거네?"

"역사의 현장?"

"당연하지. 여기서 역사가 이루어진 거 아니냐! 생과방에서 떡이나 찧던 김순심이 세자 저하의 눈에 콱 날아가 박힌 곳! 수십 수백의 궁녀들 누구도 하지 못한 기적을 일궈낸 곳!"

구월은 어째 순심보다 더 흥분한 모양새였다. 그녀가 연못가로 달려갔다.

"순심이 너, 그때 연잎을 꺾으러 왔었다고 했지? 그럼 여기쯤 서 있었겠네?"

"거기서 한 발짝 정도 오른쪽? 딱 그쯤일 거야."

"오오!"

구월이 순심의 모습을 재연이라도 하듯 오른편으로 한 발 움직였다.

"여기 서 있다 저하를 마주쳤다는 거지? 이렇게? 연잎을 꺾다가? 고개를 들었더니 저 앞에 딱……."

"항아님, 거기서 뭐 해요?"

연못 건너편, 폄우사에서 걸어 나온 것은 다름 아닌 상검이었다.

"으앗!"

화들짝 놀란 구월이 연못가에 엉덩방아를 찧었다.

"아, 깜짝아……. 저 망할 내시 놈이……."

"구월아, 괜찮아?"

"괜찮지. 너처럼 연못에 풍덩 빠진 것도 아닌데 뭐."

구월이 대수롭지 않다는 엉덩이를 털며 자리에서 일어섰다.

"괜찮긴 뭐가 괜찮습니까? 그렇게 조심성이 없어서야……. 그리고 후원에서 그리 떠들다 금부에 끌려가고 싶어요?"

연못을 사이에 둔 채 상검은 구월에게 계속 잔소리 중이었다. 구월이 도끼눈을 치떴다.

"망할 내시 놈이! 누가 들으면 내가 뭐라도 훔치려고 온 줄 알겠다! 나도 상궁 마마님 허락받고 온 거거든? 너 이놈의 자식, 내가 지금 낙선당 마마님을 모시고 여기 온 거 몰라? 나한테 그렇게 막말하는 건 곧 마마님께 막말하는 거라고!"

"그럼, 항아님께서 소인에게 이 자식 저 자식 하시는 건 제가 아닌 세자 저하께 하시는 겁니까?"

"보자보자하니까 저게 진짜……!"

분해 죽겠는지 구월은 숫제 발을 쾅쾅 굴렀다. 이쪽 편을 들 수도, 그렇다고 저쪽 편을 들 수도 없어 순심은 그저 지켜볼 뿐이다.

"내시 놈, 너 거기서 딱 기다려! 내가 오늘 내시 하나 황천 보내고 금부 갈 것잉게. 나만 보면 설설 기더니 약이라도 처먹었냐? 대체 뭘 믿고 그리 큰 소리를……."

그 순간.

"아마 나를 믿고 그러는가 보다."

스윽- 내내 닫혀 있던 폄우사의 문이 열리며 윤이 모습을 드러냈다.

"상검아. 지금 감히 내 여인의 벗에게 방자하게 구는 게냐?"

"에구머니나!"

갑자기 얼굴을 내민 왕세자. 그를 보고 대경실색한 구월이 외마디 소리를 내뱉었다. 온몸으로 놀라움을 표현하는 구월을 바라보던 윤이 폄우사 밖으로 걸어 나왔다.

"조심하라. 내게 연못에 빠져 허우적거리는 여인은 하나로 충분하다."

스스로 말하고도 퍽 재미있는지 윤이 빙긋 웃었다. 그의 눈길이 순심에게로 향했다. 그를 올려다보는 그녀의 볼이 발갛다.

이러했던가, 그를 처음 만났던 여름날 풍경이.

그때도 윤과 순심은 같은 자리에서 서로를 보고 있었다. 관람지를 가로질러 저들을 옭아맨 인연의 끈이 얼마나 굳센지 모르고, 그들은 서로를 악연이라 여기며 지나쳤었다. 당시에는 귀신처럼 허여멀겋다 생각했던 윤의 모습은 누구와도 견줄 수 없을 만큼 해사하게 빛났다.

윤 역시 같은 생각을 하고 있었다. 어디서 나타난 궁녀인지, 시끄럽기 짝이 없다 마뜩잖아하며 지나쳤던 순심. 처음 그들의 눈이 마주쳤던 그 자리에서 그를 올려다보는 그녀의 모습은, 차마 눈을 깜빡이기도 아까울 만큼 화사하고 고왔다.

그들은 말이 없었다. 그러나 마음이란 굳이 입을 통하지 않아도 전해지는 것. 서로를 응시하는 눈빛이 흐르고, 그렇게 마음은 그들 사이의 연못을 타 넘어 서로에게 간다. 후원의 풍경 속에 서 있는 정인의 모습이 눈동자 속에 오롯이 담겼다.

세상에 존재하는 것이 오직 그들뿐인 것처럼. 상검과 구월은 물론이거니와, 나무와 풀과 바람과 공기조차 존재치 않는 것처럼.

"봄이구나."

윤이 무심코 중얼거렸다.

"예? 봄이라니요, 저하?"

상검이 걱정스럽게 되물었다. 봄이라니. 봄은 진즉에 지났다. 이제 여름도 끝나 완연한 가을 아닌가. 머리 위 폄우사 지붕에 드리워진 단풍의 붉은 잎이 저리 선연한데, 어찌 봄이라는 소리를 하시는지 모를 일.

"봄이다. 저 여인을 좀 보아라."

내 여인을 좀 보아라.

"내게는 마냥 봄 같구나. 궁궐에 이르게 찾아온 봄, 내 삶의 늦은 봄……."

"……."

윤은 순심에게 도무지 눈을 떼지 못했다. 상검 역시 세자가 바라보는 관람지 너머 순심에게로 시선을 던졌다.

상검이 늘 '낙선당 마마님'이라 부르는 왕세자의 승은궁녀.

'마마님이야 늘 아름다우시지.'

어찌하여 저하께서 정신 나간 사람처럼 봄 타령을 하는지는 모르겠으나, 확실히 승은궁녀는 화사한 아름다움을 지니고 있었다. 이내 상검의 시야에 순심 곁에 멀뚱멀뚱 서 있는 구월이 보였다. 구월 역시 상검을 보고 있었던 모양이었다. 상검과 구월의 시선이 마주쳤다.

'겨울일세. 한겨울이야. 엄동설한이네.'

구월을 바라보던 상검이 부르르 몸을 떨었다.

'어휴, 등줄기에 한기가 다 드네.'

그때였다. 배시시- 구월이 상검을 보며 히죽 웃었다.

'콩알 누님이 미쳤나?'

그 와중에 문득 드는 생각.

'웃으니까 마냥 못나진 않았네.'

어째 좀 귀여운 듯도 하고?

'뭐? 귀여워? 내가 돌았나!'

상검이 절레절레 고개를 흔들었다. 그러나 다시금 보니 여전히 조금은 귀엽다.

'저하한테 광증이 옮았나?'

에라, 모르겠다. 왜 웃냐 물으면, 웃전이 웃기에 따라 웃었다 하지, 뭐. 결국 상검 역시 구월을 마주 보며 환하게 웃었다.

그리고 폄우사 건너편, 순심과 구월이 서 있던 연못가.

"순심아."

"……."

"순심아."

"응?"

순심이 고개를 돌렸다.

"왜 구월아? 응? 어찌 그리 실실 웃고 있어?"

순심의 눈이 구월의 시선을 따라 움직인다. 이제 보니 구월은 연못 너머 상검을 보며 해죽대고 있었다. 여전히 히죽대며 구월이 속닥거렸다.

"순심아. 박상검이 저거, 진짜 껍질 벗긴 더덕처럼 생기지 않았냐? 방망이로 막 찧은 거."

"……더덕?"

"그래, 더덕. 껍질 까면 허옇고 흙냄새 나는 거. 참 나, 어떻게 사람이 저렇게 웃기게 생길 수 있지?"

"그, 그런가?"

구월이 어찌 저를 보며 그리 웃는지 상검은 꿈에도 모른다. 더덕 소년은 저하를 따라다니다 보니 나 역시 미쳤는갑다, 하는 마음으로 헤실헤실 웃고 있었다.

그리고 그 곁, 바라보는 것만으로 성이 차지 않은 왕세자가 편우사의 언덕을 내려간다. 그녀에게 가기 위해. 그가 사랑하는 순심을 만나기 위해.

"하……."

순심 앞에 선 윤이 호흡을 가다듬었다. 걸음이 좀체 마음의 속도를 따라잡지 못하여, 그는 먼 길 달려온 이처럼 숨을 몰아쉬고 있었다.

"순심아."

"예, 저하."

그의 가슴팍이 위아래로 오르내린다. 훤칠한 키에 건장한 체격을 지닌 세자. 그러나 윤은 무예나 몸을 단련하는 데는 흥미가 없었다. 어머니의 죽음을 겪으며 윤은 몹시 정적인 사람이 되었다.

그러나 가쁜 숨결을 흘리는 와중에도 부드럽게 휘어지는 그의 입술. 순심을 향한 그의 눈동자가 세상에서 가장 기쁜 것을 보듯 반짝였다.

"하아, 덥구나."

"날이 이리 선선한데 고작 그만큼 뛰셨다고 힘이 드십니까?"

순심이 장난스런 타박을 던졌다. 그녀가 소맷부리로 그의 이마에 맺힌 땀을 닦아준다. 혹여나 귀한 얼굴에 상처라도 낼까, 옷깃을 쥔 순심의 손끝은 사붓사붓 조심스러웠다. 참으로 달고 간질간질한 손길. 윤은 그 감촉을 만끽하려 눈을 감았다.

"고작 그만큼이라니. 내게는 참으로 먼 길처럼 느껴졌거늘."

"말이 들릴 정도로 가까운 거리이온데 어찌 그리 멀게 느끼셨습니까?"

"글쎄다. 아마 네가 그리워 그랬나 보다."

그의 대답이 마음에 든 모양이었다. 순심이 배시시 웃었다.

"곁에 있을 때나, 곁에 있지 않을 때나 늘 눈앞에 네가 아른대 죽겠구나. 이렇게 매 순간 그리우니, 나는 어찌해야 하느냐?"

"그렇다면……. 자주 보러 오시는 것 말고는 답이 없지 않겠습니까?"

"역시 그 방법뿐인가 보다."

그의 시선이 그러하듯 순심의 눈동자 역시 윤을 오롯이 담고 있었다. 주로 해 없는 저녁에 얼굴을 마주하던 그들이었다. 햇살이 잔물결처럼 일렁이는 한낮, 아무리 멀리 시선을 둬봐야 켜켜이 기와지붕뿐인 동궁전을 벗어나 거대한 자연 속에서 바라보는 윤의 모습.

햇빛, 녹음, 단풍, 짙은 풀냄새와 첨벙대는 물소리. 그린 듯한 산수 속에 서 있는 그는 평소와 사뭇 다르게 보였다.

"어찌 그리 웃으십니까?"

"기뻐 웃는다."

"무엇이 그리 기쁘시기예요?"

"네가 기뻐 웃는다."

손끝으로 만지면 쪽물이 밸 것 같은 하늘. 윤은 그 하늘보다 더 새파랗게 웃고 있었다. 그의 표정은 어엿한 사내 같지 않았다. 윤은 사랑이라는 것을 처음 경험하는 풋풋한 소년처럼 웃었다. 가슴 가득 벅차오르는 감정을 차마 삼키지 못하여 웃음으로 뱉고 마는, 청춘의 초입에 선 그런 소년처럼.

"저……."

허겁지겁 윤의 뒤를 따라온 상검은 내내 눈치를 살피고 있었다. 대화가 끊어진 틈을 타, 상검이 조심스레 입을 열었다.

"저하."

"……."

묵묵부답.

"마마님."

"……."

그러나 윤은 순심을 보느라, 순심은 윤을 보느라 여념이 없다. 휴, 하고 상검이 한숨을 내쉬었다. 그러고 보니 순심 곁에 서 있는 구월 역시 상검과 같은 표정. 세상에 오직 둘만 존재하는 듯한 윤과 순심 사이에선 구월과 상검의 한숨이 깊다.

"저하."

"음. 왜 그러느냐?"

상검이 연거푸 세 번 부른 후에야 윤에게서 답이 돌아왔다.

"저하. 저하께서 마마님을 많이 아끼시는 것, 소인 참 잘 알겠는데 말입니다."

"그러한데?"

"아무리 그래도 소인이랑 여기 항아님이 곁에 있다는 걸 생각해주시면 안되겠습니까? 두 분이서 그렇게 세상을 잊으신 채 하하호호 하시니 저희는 내내 민망하고, 차마 눈 둘 데도 모르겠고……."

"아, 그랬느냐? 내 미안하구나."

윤이 그제야 시선을 돌려 상검과 구월을 보았다. 구월 역시 이번 만은 상검의 말에 전적으로 동의하는 듯했다. 댓 발 튀어나온 구월의 입술이 못마땅한 듯 비죽대고 있었다.

"순심아, 우리가 너무했던 것 같구나."

"……그러하였나 봅니다, 저하."

윤이 두어 번 헛기침을 했다.

"너희 둘 앞에서 이런 모습을 보인 것이 부끄럽구나."

"어렵게 드린 말씀이온데 노여워 않으시니 다행입니다, 저하."

"그래서 말인데, 이게 좋겠다."

"무엇이요, 저하?"

환한 표정의 윤이 상검의 어깨를 두드렸다.

"너와 구월이가 자리를 좀 비켜주는 게 좋겠다."

한 걸음, 두 걸음. 발을 맞추어 걷는다. 키 차이가 큰 만큼 보폭 역시 달랐다. 순심을 위해 윤은 최대한 천천히 걸었다. 그들의 발밑으로 노랗고 붉고 푸른 온갖 이파리들이 바삭바삭 부서지는 가을날이었다.

"여기가 폄우사다. 어려서부터 내게 주어진 공부방이었지. 이전에 와본 적이 있더냐?"

"아니요. 저하를 처음 뵈었을 때 멀찍이서 본 것 외에는……. 가까이서 보는 것은 오늘이 처음입니다."

폄우사는 조그만 전각이었다. 연못을 향해 나 있는 누마루는 사람 한둘이면 꽉 들어찰 정도로 조그마했다. 마루가 한 칸에 방이 두 칸. 어린 윤에게는 적당했을지 모르나, 지금의 그에게는 꽤나 비좁게 느껴질 크기였다.

"폄우사의 폄우(砭愚)가 무엇을 의미하는지 아느냐?"

"소인 언문을 익혔사옵니다만 문자는 잘 알지 못합니다."

"어리석음을 깨우친다는 뜻이다. 나 역시 많은 시간 여기서 내 어리석음을 반성하며 보냈다."

"소인이 아는 저하는 대단히 현명하신 분인데……. 굳이 무엇을 반성하실 필요가 있었습니까?"

"내가 현명하다고?"

윤이 엷게 웃었다. 자조하듯 비치는 웃음이었다.

어린 시절, 그저 글을 읽고 잠시 쉬어가는 공간이던 폄우사. 이곳이 그에게 다른 의미로 다가온 것은 열네 살 때, 어머니가 사약을 마심으로써 자진(自盡)한 이후였다.

"어머니가 돌아가신 이후 나는 동궁전이 몹시 싫어졌다. 동궁전에는 보는 눈이 너무나 많았고, 게다가 고개를 돌리면 취선당이 보였지. 내게는 홀로 있을 공간이 간절히 필요했었다."

윤이 손을 뻗어 석간주(石間朱)[70]가 칠해진 폄우사의 기둥을 쓰다듬었다. 소년 시절, 그는 그 붉은 기둥에 기대어 앉은 채 고요한 연못을 바라보곤 했다. 해 질 녘이 되어서야 폄우사를 떠나던 그의 앞섶에는 눈물에 녹아내린 안료 물이 들어 있었다. 얼룩은 슬픔을 먹고 자란 피멍울과 같은 붉은색이었다.

"그래서 이곳으로 왔지. 여기서 나의 어리석음을 깨우치곤 했다."

윤의 입가에 쓸쓸한 웃음이 스쳤다.

"어머니의 죽음 앞에서 어이하여 읍소하지 못했는지, 왜 아바마마의 용포자락이라도 붙들고 애원하지 못했는지……. 알량한 세자의 지위 따위, 목숨 따위가 뭐 그리 중하다고 그러지 못했는지……."

"……."

"스스로의 어리석음을 탓하고 또 탓하였다."

고조 없는 담백한 음성. 과거를 담담히 고백할 수 있게 되기까지, 그는 얼마나 긴 세월을 인내해야 했을까.

"……저하."

"응?"

"그때도 그런 마음으로 이곳을 찾으셨던 것입니까? 소인을 마주쳤던 날 말입니다."

"그날은 아마 간택 때문에 금혼령이 내려진 날이었을 것이다."

"아……."

---

70 흙에서 산출한 붉은 안료.

윤이 기둥으로부터 손을 거두었다. 그의 손이 순심의 어깨에 놓였다.

"어머니의 죽음 이후 긴 세월이 흘렀지. 나는 그 시절의 곱절만큼 나이를 먹었다. 그러나 부끄럽게도 나는 그 나이에서 자라지 못했다. 항상 나는 뜻을 이루지 못하고, 아바마마를 거스르지 못하며, 노론의 눈치를 살피고, 세자의 자리를 보전하지 못할까 두려워 전전긍긍하는…… 그런 나약한 자였다."

윤의 음성은 독백처럼 고요했다.

"이런 내가…… 달라질 수 있을까?"

그가 순심의 눈동자 속에 비친 자신에게 묻는다.

"나는 하루에도 몇 번씩 생각했다. 어리석은 존재인 내가 과연 달라질 수 있을까. 그럴 수 있을까……."

감상에 젖어 있던 윤의 눈동자가 점점 또렷해졌다.

"근래 들어서야, 나는 그 물음의 답을 찾았다. 달라질 것이라고, 이제 더 이상 나약한 자가 아닐 것이라고. 유약한 세자의 시절은 끝났다. 내가 그런 답을 내린 연유가 무엇인 줄 아느냐?"

"……무엇입니까?"

"지키고 싶은 이가 생겼기 때문이다. 네가 나에게 왔기 때문이다."

잠시 윤은 말이 없다. 그는 다시 자문한다. 제 삶에 빛처럼 날아든 여인을 보듬을 수 있을지, 지킬 수 있을지. 제가 그만한 용기를 가진 사람인지.

"불행히도 나와 함께하는 삶은 평탄치 않을 것이다. 나는 적이 많은 사람이고, 늘 인내해야 하는 사람이기 때문이다. 부끄럽지만 나는…… 지금껏 내게 소중했던 이들 중 그 누구도 지켜내지 못했다."

윤이 쓰게 웃었다.

"그러나 설령 무슨 일이 생기더라도. 너와 나의 삶이, 지금의 우리처럼 마냥 아름답고 즐겁고 행복하기만 한 것이 아니라 해도 나는 너를 지키겠다. 다치지 않도록 하겠다. 아프지 않게 하겠다……. 나의 여인이라는 이유로 누군가 네게 고통을 준다면, 결코 이번만은, 나는 물러서지 않겠다."

"……저하."

하고픈 말들은 입가에서 빙빙 맴돌기만 할 뿐 소리가 되어 나오지 않았다. 그가 순심의 손목을 잡아끌었다.

윤과 순심은 가을 향취가 만발한 연못가로 떠났다. 붉은 슬픔으로 칠해진 집은 그들 뒤에 남겨졌다.

연못 가장자리에 자라난 나이 든 밤나무 한 그루. 윤과 순심은 연못 위에 가지를 드리운 밤나무에 기대어 앉아 있었다.

가끔 바싹 마른 낙엽이 바람에 날아와 연못에 안착했다. 천천히 물 위를 맴도는 낙엽 배처럼 그들을 둘러싼 시간 역시 느리게 흘러갔다.

"순심아, 나의 진심을 믿느냐?"

그의 따스한 음성. 문득 순심은 꽤 먼 일처럼 느껴지는 늦여름의 기억을 떠올렸다. 영빈 김씨의 부름으로 태화당을 찾았던 날의 일. 왕세자는 금상을 꼭 빼닮았다던 영빈의 목소리가 귓가에 선연했다.

조선의 임금은 한 여인에 만족하지 않았다. 마음을 사로잡는 여인이 등장할 때마다 임금은 해일과 같은 사랑을 쏟아부었다. 그러나 해일이 지나간 후에 남은 것은 폐허뿐이었다. 사랑의 순간 가장 뜨거웠던 사내는, 사랑이 식으면 세상에서 가장 차디찬 이가 된다.

지금의 윤은 뜨거웠다. 그의 곁에 있는 것만으로도 델 듯한 열기가 느껴질 만큼.

"믿습니다. 그러나…… 가끔 두렵습니다."

"무엇이 두려우냐?"

"사랑이란 결코 영원하지 않다는 말을 들었습니다."

"말이 아닌 내 마음을 믿어다오."

그리고 윤은 덧붙인다. 마치 순심의 속내를 읽었다는 듯이.

"순심아."

"예."

"나는 아바마마와는 다른 사람이다."

순심의 어깨를 감싸던 윤이 무심코 밤나무에 몸을 기댔다. 그때였다.

"으앗!"

그들의 머리 위 무성한 밤나무 가지에서 무언가가 툭툭 굴러떨어졌다. 무르익어 입을 벌린 밤송이들이 우수수 떨어지고 있었다. 윤이 순심을 와락 끌어안았다. 그가 그녀의 머리를 품에 안아 감쌌다.

"저하, 괜찮으십니까? 밤송이 가시가 엄청 뾰족뾰족합니다."

떼굴떼굴 굴러 연못으로 첨벙대며 떨어지는 밤송이를 본 순심이 당황한 듯 물었다.

"괜찮다……. 밤송이 몇 개에 얻어맞는다고 죽지는 않으니까."

윤이 조심스레 고개를 들어 위를 보았다. 여전히 나뭇가지는 주먹만 한 열매들로 묵직했으나, 밤송이 비는 이제 그친 모양이었다. 윤이 용포 위며 머리에 떨어진 가시들을 툭툭 털어냈다.

"무엄한 밤나무로구나. 어디 소나무처럼 벼슬 하기는 글렀다."

"저하."

"응?"

"감읍합니다."

"무엇이?"

불현듯 건네는 순심의 말. 윤이 반문했다.

"지켜주시겠다는 약조가 진심임을 몸소 보여주셨으니까요. 저하께서 막아주신 덕에 소인은 털끝 하나 다치지 않았습니다."

"어찌 내 여인을 다치게 하겠느냐? 그랬다면 이 무엄한 밤나무를 베어버렸을 것이다."

그 순간, 윤의 말에 대답이라도 하듯 밤송이 하나가 윤의 머리 위로 툭 떨어졌다. 하필 밤송이는 굴러떨어지지 않고 윤의 상투 옆에 오도카니 올라앉았다. 웃음을 꾹 누르던 순심은 결국 참지 못하고 폭소했다.

"어찌 웃느냐?"

"저하의 머리 위에…… 무엄한 밤송이가 붙었습니다."

그녀가 높다란 세자의 머리 위로 손을 뻗었다.

이대로 시간이 멈추었으면 좋겠다는 생각이 절로 들 만큼 행복한 가을날이 흘러가고 있었다.

한편 후원에 위치한 또 다른 연못인 애련지(愛蓮池) 근방. 연못가 풀밭에는 구월과 상검이 멀뚱대며 앉아 있었다. 자리를 떠나라는 세자의 명령 탓에 쫓겨 가듯 내려오게 된 그들이 한숨을 내쉬었다.

"생각해보면 말입니다, 항아님. 참 세월이라는 게 부질없어요."

"뭐가?"

"제가 세자 저하를 모신 게 벌써 오 년이거든요. 저는, 오 년 동안 정말 성심을 다해 모셨거든요! 그런데 낙선당 마마님이 동궁전으로 오신 건 여름이었으니까, 기껏 몇 달?"

"무슨 말이 하고 싶은 건데?"

"억울하잖아요. 그렇게 온 마음을 다해 저하를 모셨는데, 몇 달 마음 주신 마마님이랑 노시겠다고 소인을 내쫓다니……."

끌끌, 구월이 혀를 찼다.

"사내랑 여인이랑 같냐? 내가 세자 저하래도 너처럼 허여멀겋고 이상한 애보다는 복숭아처럼 고운 순심이가 좋겠다."

"모르는 말씀 하시네요. 꼭 여인이라서 그런 줄 아십니까? 그때 그 호위무사 기억하시지요? 황가 형님 말이에요. 저하께서는 저를 내치시고 늘 황가 형님만 뒤에 데리고……."

"어휴, 이 맹추. 그게 같냐고. 호위는 당연히 저하를 지키는 사람이잖아! 그게 싫으면 네가 칼 쓰는 법을 배우든가."

"……."

상검이 조용해진다. 구월이 힐끔 시선을 돌렸다. 상검은 시무룩하니 입이 댓 발만큼 나와 있었다.

"삐졌냐?"

"예. 삐졌어요."

"야, 뭘 또 사내가 그런 걸로 삐지고 난리냐."

"언제는 고자라고 그리 구박하시더니, 이제는 또 사내라 하십니까?"

"뭐, 그거, 거시기……. 아무튼 그거 좀 없다고 사내로 태어났다는 사실이 달라지는 건 아니니까."

"좋은 대로 말은 참 잘 가져다 붙이십니다, 누님."

입을 배죽대는 상검을 보던 구월이 문득 물었다.

"너, 오 년 되었다고 했어? 궁에 들어온 지."

"예, 오 년이요. 항아님은요?"

"나는 올해로 꼭 십 년이다."

십 년. 새삼 생각해보니 참으로 긴 세월이다. 손으로 마른풀을 훑던 구월의 표정이 아련해졌다.

"누님은 입궐 전에 어찌 사셨습니까?"

"뭘 어찌 사냐? 지밀도 아닌 일반 궁녀야 뻔하지. 관노는 아니었지만 더럽게 없이 사는 집이었어. 아버지는 일찍 돌아가셨고, 어머니 혼자 삯바느질로 일곱 식구 입에 풀칠하는……."

"저랑 비슷하시네요, 누님도요."

"그래? 하긴. 궁녀나 내시나 다 거기서 거기지. 따지고 보니 우린 같은 신세다, 그치?"

"그러니까요. 같은 신세인데 왜 저만 보면 눈에 쌍심지를 켜고 그러십니까."

"누가 쌍심지를 켰다고 그래?"

구월의 시선이 상검에게로 향했다. 상검은 무릎에 고개를 처박은 채 꽤나 우울한 표정을 짓고 있었다. 평소답지 않은 그의 모습이 오늘따라 눈에 밟혔다.

"저하는 황가 형님이 지켜주시고, 마마님은 저하께서 지켜주실 것이고……. 소인 같은 내시 나부랭이에게 누가 신경이나 쓰겠습니까? 저 같은 거, 덜컥 세상 하직한대도 슬퍼해줄 사람이나 있을지 모르겠습니다."

처음부터 그럴 의도는 아니었다. 그저 마른 잎 바삭대는 스산한 가을 속, 세자에게 쫓겨난 처지가 처량하여 주워섬기던 말들. 그러나 말을 할수록 상검은 점점 더 외로워졌다.

"야, 불쌍한 소리 자꾸 할래? 사는 거 다 똑같지. 죽는 소리 하기 시작하면 한도 끝도……."

그 순간, 구월이 문득 말을 멈추었다.

"야, 내시. 가만 있어봐."

"왜요?"

답 대신 구월이 턱 끝으로 상검이 앉아 있는 자리를 가리켰다. 상검의 얼굴이 삽시간에 사색이 된다. 스륵- 상검의 앉은자리 옆을 미끄러져 지나가는 길고 매끈한 몸뚱이. 뱀의 대가리는 독사임을 뜻하는 삼각이었다.

"배, 뱀……."

그때였다.

"미친 뱀 새끼가 여기가 어디라고!"

자리에서 벌떡 일어난 구월이 뱀 모가지를 콱 밟았다. 새파랗게 질린 상검이 '어!' 소리를 낼 새도 없이 벌어진 일이었다. 구월이 시커먼 뱀 몸뚱이를 붙잡는가 싶더니 휙 허공으로 집어 던졌다. 꿈틀대는 몸뚱이가 첨벙! 소리와 함께 연못 가운데로 떨어졌다.

"내시야?"

"⋯⋯."

"야, 내시!"

"⋯⋯."

그러나 상검은 석상처럼 굳어 말이 없었다.

"괜찮냐? 많이 놀랐지?"

"어⋯⋯. 어으어으. 예."

"뱀도 네가 어리바리한 거 알았나 보다. 네 쪽으로 그렇게 신나게 가는 거 보니까."

상검이 질린 표정으로 구월은 본다. 구월은 뱀을 쥐었던 손바닥을 치마에 쓱쓱 닦고 있었다.

"누, 누, 누님은 무섭지도 않으십니까?"

"무섭기는. 나 어릴 때는 저런 거 잡아서 구워 먹고 그랬어."

"으, 뱀을 먹어요? 난 세상에서 뱀이 제일 싫은데. 차갑고, 미끈미끈하고, 스윽스윽 소리 내고⋯⋯."

휴, 안도의 한숨을 내쉬던 상검이 새삼스러운 눈길로 구월을 바라보았다.

"뭘 그리 쳐다보냐?"

"고마워서요."

"하기야. 고맙지? 지켜주는 사람 하나 없다 징징대더니. 이런 누님도 있고 말이야."

"생각해보니 그러네요. 음……. 누님께서 소인을 지켜주셨으니, 저도 언젠가 은혜를 갚겠습니다."

"네 몸 간수나 잘해라. 비리비리 멸치 같아설랑……."

상검을 향해 중얼대던 구월이 입을 다물었다. 구월의 등 뒤를 바라보는 그의 표정이 영 이상했기 때문이었다.

"왜 그래? 또 뱀이라도 나왔……."

뒤를 돌아본 구월은 상궁 하나가 다가오고 있다는 것을 깨달았다. 상궁은 몹시 화가 난 듯한 표정이었다. 까닭을 궁금하게 여기는 사이 이미 상궁은 구월의 앞까지 다가와 있었다.

"악!"

철썩! 구월의 눈앞에 번갯불이 튀었다. 구월의 고개가 옆으로 휙 돌아갔다. 몸이 기우뚱할 정도의 모진 손찌검이었다.

"어……."

너무나 갑작스럽게 벌어진 일. 어안이 벙벙하기 그지없었다. 구월은 입을 딱 벌린 채 연유조차 묻지 못했다.

"마, 마마님, 이게 대체 무, 무슨 일이십니까?"

상검 역시 기가 막혀 말을 잇지 못했다. 그때였다.

"요망한 것들 같으니!"

"예?"

"감히 후원까지 들어와 내시와 궁녀가 시시덕댄단 말이야? 음탕한 것들! 요절이 나야 정신을 차리겠구나."

"대, 대체 그게 무슨 말씀이십니까?"

구월이 황망하게 물었다. 그러나 상궁은 더욱 표독스럽게 눈을 치떴다.

"요망한 계집 같으니, 몰라서 묻느냐? 네 소속 처소가 어디냐? 꼴을 보아하니 소주방이나 세수간 나인이로구나. 내 당장 너를 제조상 궁 마마께 끌고 가야겠다. 대가리에 피도 안 마른 나인 따위가……."

"그런게 아니라 소인들은……."

"아니긴 뭐가 아니란 게야!"

상궁의 손이 다시금 올라갔다. 구월이 외마디 소리를 내뱉었고, 보다 못한 상검이 상궁을 가로막았다. 순간 상검의 표정이 미묘하게 달라졌다.

"마, 마마님은……."

상검이 급히 기억을 헤집는다. 낯이 익었다. 상검이 안면을 익힌 궁녀라고는 동궁전 외에 세자가 자주 찾는 처소에 속한 지밀들이 대부분. 그러나 앞의 상궁은 분명 대전이나 내전 소속은 아니었다. 여인은 서른 남짓, 상궁이라기엔 지나치게 젊어 보이는 얼굴이었다. 희미한 기억이었지만 분명 만난 적 있는…….

마침내 상검은 그녀가 누구인지를 깨달았다. 순심을 태화당으로 데려갔던 젊은 상궁. 바로 그녀였던 것이다.

"태화당 박 상궁 마마님이 아니십니까?"

"……."

박 상궁이 들어 올렸던 손을 내렸다. 그제야 상검을 알아본 그녀의 얼굴에 낭패라는 표정이 떠올랐다.

나름의 볼일이 있어 후원을 찾은 박 상궁이었다. 사실 근래 박 상궁의 심기는 몹시 좋지 않았다. 지난밤 임금께서 태화당에 난입하여 서찰을 들고 가신 일 때문이었다.

문제의 서찰.

모르는 이의 눈에는 종이 나부랭이에 지나지 않으리라. 그러나 서찰은 막대한 비밀을 품고 있었다. 비밀이 밝혀지는 순간 태화당에는 피바람이 불 것이다. 그런 물건을 가져간 이가 다른 이도 아닌 임금이라니. 그야말로 오금이 저릴 일이었다.

그 일을 고심하며 후원을 걷던 박 상궁의 눈에 들어온 먼발치에서 젊은 남녀. 인적이 드문 후원에서 희희낙락하는 꼴이라니, 볼 것도 없이 궁녀와 내관의 치정(癡情)이 분명했다. 마침 기분은 최악이었고, 궁녀와 내관은 정식 궁관이 아닌 수습 나부랭이처럼 보였다. 그리하여 박 상궁은 화풀이 삼아 나인의 뺨을 올려붙였던 것이다.

박 상궁은 구월이 누구인지 알지 못했다. 그러나 하필 그 상대가 동궁전 내시였다니. 지금은 영빈 김씨도, 박 상궁도 최대한 동궁전과 얽히지 않도록 매사 주의해야 할 때였다.

"마마님, 어찌하여 다짜고짜 궁인의 뺨을 때리시는 겁니까?"

상검이 따져 물었다. 박 상궁이 짜증스러운 표정을 지었다. 그러나 수습내관은 세자가 무척 아끼는 자였다. 박 상궁이 입술을 잘근 깨물었다.

"내 사람을 잘못 본 것 같소이다. 착각했나 보오."

"……뭐라고요?"

구월이 떨리는 목소리로 되물었다. 비록 드센 성격이었으나, 구월은 없는 살림일지언정 집에서는 귀한 자식이었고 수라간에서도 인정받는 궁녀였다. 구월의 어머니는 자식들에게 손을 대는 일이 없었다. 수라간에서 역시 종아리를 맞는 경우는 있었으나 무분별하게 손찌검을 당하는 일은 없었다.

"뭘 그리 노려보느냐? 내 사람을 잘못 보았다 하지 않더냐? 나는 이만 바쁜 일이 있어 돌아가겠다."

한시라도 빨리 이곳을 벗어나는 것이 상책. 상검의 눈초리를 외면하며 박 상궁은 걸음을 옮겼다.

"무슨 일이더냐?"

들려오는 목소리에 박 상궁이 인상을 찌푸린다. 저만치 보이는 세자의 흑룡포와 그 곁에 선 순심. 윤과 순심이 빠른 걸음으로 그들에게 다가왔다.

"……."

윤이 미간을 좁혔다. 어찌하여 태화당의 상궁이 여기 와 있는지 알 수 없었다. 셋을 모두 알고 있는 윤과 순심이 보기에도 이는 꽤나 이질적인 조합이었다. 게다가 그들을 둘러싼 험한 분위기는…….

"구월아."

순심이 급히 구월에게 다가갔다. 구월의 얼굴을 확인한 순심의 표정이 경악으로 물들었다. 구월의 얼굴은 참혹할 만큼 통통 부어올라 있었고, 뺨에는 붉은 손자국이 선명하게 남아 있었다.

"구월아! 왜 이래? 얼굴이 어쩌다가 이렇게 됐어?"

"……아, 아무것도 아니야."

구월이 어색하게 몸을 돌렸다. 평생을 아랫것으로 살아온 처지. 본디 눈치가 상당히 빠른 구월로서는 본능적인 행동이었다. 왕세자의 등장으로 인해 문제가 커질 수도 있음을 짐작했기 때문이었다.

"어찌 아무 일이 아니야? 얼굴이 이 지경이 되었는데!"

순심의 외침 뒤로 윤의 노기 띤 음성이 따라붙었다.

"무슨 일인지 당장 고하여라."

박 상궁이 이를 잘근 물었다.

'하여간에 동궁전 것들이랑 얽히면 이렇게 재수가 없군.'

그녀가 마지못한 듯 이실직고했다.

"소인이 사람을 잘못 본 모양입니다. 제 실수입니다, 저하."

"시, 실수요? 다짜고짜 다가와서 무작정 뺨을 때린 게 실수입니까?"

상검이 끼어들었다. 순심은 구월의 손을 꼭 붙든 채 박 상궁을 노려보고 있었다. 그러나 정작 뺨을 맞은 구월은 상황이 심각해지는 것이 두려워 아픈 티조차 내지 못했다.

"앞으로 이런 일이 없도록 각별히 조심하겠나이다. 송구하옵니다, 저하."

감정 없이 사죄의 말을 읊어대던 박 상궁의 입매가 고집스레 닫혔다. 박 상궁이 힐끔 세자를 살폈다. 윤은 싸늘한 눈길로 그녀를 쏘아보고 있었다. 그러나 그녀는 겁을 먹지는 않았다. 한시 빨리 이곳을 떠나는 것이 상책이라 여겼을 뿐이다.

"그럼 소인은 이만 물러가겠나이다. 별일 아닌 일로 심려를 끼쳐 송구하옵니다."

박 상궁이 윤을 향해 고개를 숙였다. 그때였다.

"마마님……. 이대로 그냥 가십니까?"

갑자기 들려온 목소리는 다름 아닌 순심의 것. 그러지 말라는 듯, 구월이 맞잡고 있는 손에 꼭 힘을 준다. 그러나 순심은 물러나지 않았다.

"사람을 때려놓고 어찌 그냥 가십니까? 손찌검을 당한 것은 구월이인데, 왜 송구하다는 말씀은 저하께 하시는 겁니까? 어찌 이러실 수 있습니까?"

"……흠."

입가를 파르르 떠는 박 상궁의 눈빛은 모골이 송연할 만큼 독살스러웠다. 왕세자의 총애를 받고 있을지언정 순심은 첩지는커녕 특별상궁의 품계조차 받지 못한 궁녀였다. 박 상궁보다 아랫것이었던 것이다. 성질 같아서는 순심의 뺨 역시 보기 좋게 올려붙이고 싶었다.

그러나 눈앞에는 세자가 있다. 박 상궁의 차가운 시선이 순심을 지나쳐 구월에게로 향했다.

'버러지 같은 천것들. 내게 이런 수모를 주다니, 분하구나.'

박 상궁은 고작 서른 살 남짓이었다. 상궁이 되기에는 지나치게 젊은 나이였으나, 그녀는 영빈의 비호 아래 파격적인 승좌(陞座)⁷¹⁾를 거

---

71   지위가 오름. 승진.

듭하여 태화당의 우두머리 궁관이 되기에 이르렀다. 그녀는 영빈의 수족이었고, 또한 주인의 뜻이 곧 제 길이라 맹신하는 여인이었다.

"미안하게 되었네."

박 상궁의 목소리는 건조하고도 싸늘했다. 진심이라고는 조금도 담기지 않은 냉랭한 음성으로 사과를 던진 박 상궁이 순심에게로 시선을 옮겼다.

"되었습니까?"

말을 마치자마자 박 상궁은 휙 몸을 돌렸다.

"하……."

윤의 입술 새로 짙은 한숨이 흘러나왔다. 빈주먹에 저도 모르게 힘이 들어갔다.

그리고 어찌 분노하지 않았겠는가. 박 상궁의 태도는 오만방자하기 그지없었다. 게다가 박 상궁이 손찌검을 한 대상은, 비록 동궁전 나인은 아니었을지언정 그가 사랑하는 여인이 가장 아끼는 사람이었다. 지극하고도 응당한 분노가 끓어올랐다.

그러나 윤은 평생을 인내하며 살아온 사내. 반사적으로 그의 마음속에 참을 인(忍) 자가 새겨진다.

근래 윤의 일상은 믿기지 않을 만큼 평온했다. 그를 쥐락펴락하던 부왕은 대단히 너그러운 태도를 취하고 있었다. 세자빈 간택의 뜻을 이룬 노론은 정사에 협조했고 국정 역시 원활하게 돌아갔다. 황량한 삶에 찾아온 순심과의 사랑은 경이로울 정도로 그를 행복하게 했다. 또한 독(毒)을 의심하여 음식에 부쩍 신경을 쓴 덕인지, 광증은 한 달이 넘는 사이 발병하지 않았다.

그야말로 윤의 삶은 평화로웠다. 그것이 폭풍 전야의 적막이든, 우연히 찾아든 행운이든 간에.

윤은 그의 삶에 실로 오랜만에 찾아든 고요를 깨고 싶지 않았다.

태화당과 얽히지 않기를 바라는 것은 박 상궁뿐 아니라 세자 역시 마찬가지였다.

윤의 시선이 천천히 움직인다. 창백한 순심의 얼굴이 그의 시야에 들어왔다. 순심은 설움이 복받칠 때 흔히 버릇 삼아 하듯 숨을 몰아 쉬고 있었다. 눈에 가득 고인 눈물은 당장이라도 쏟아질 듯 보였다.

'무얼 하고 있느냐, 윤.'

그가 순심에게 '지켜준다' 약조를 한 지 고작 한 시진이 지나지 않았다. 지켜준다는 말의 의미가, 우수수 떨어지는 밤송이 따위로부터 보호해주겠노라는 알량한 것은 아니었을 것이다.

"……박 상궁."

그들 무리로부터 벗어나던 박 상궁이 걸음을 멈추었다. 그녀가 의아한 시선으로 윤을 돌아보았다.

제 태도가 몹시 거만하였음을 박 상궁 스스로도 알고 있었다. 그러나 이는 어디까지나 궁녀들 사이의 일. 잘잘못을 떠나 내명부 안에서 발생한 일이었다. 왕세자가 내명부에 간섭하는 경우는 없었다.

"부르셨사옵니까, 저하?"

"다시 사죄하라."

"……예?"

기가 막힌 표정으로 박 상궁이 되물었다.

"궁녀에게 다시 사죄하라 하였다. 올바르게, 진중하게 말이다."

"저하, 소인은 이미 사죄를 하였습니다. 어찌하여 저하께서 동궁전도 아닌 내명부의 일에 끼어드시는 겁니까?"

잠시 눈을 감고 있던 윤이 눈꺼풀을 들어 올렸다. 그의 눈동자를 마주한 박 상궁이 입을 다물었다.

윤의 시선은 대단히 위압적이었다. 그의 표정은 아버지 임금을 닮아 있었다.

"자네의 사죄가 내 성에 도무지 차지 않는다."

"……."

"잘못을 저지르고도 부끄러운 줄 모르는 천박한 태도가, 내 앞에서 굽실대면서도 궁녀의 앞에서는 눈을 부릅뜨고 웃전임을 내세우는 역겨운 눈빛이, 나는 몹시 마음에 들지 않는다."

윤이 박 상궁을 노려보았다.

"그러니 정중하게 사죄하라. 하지 못하겠다면 내 몸소 궁녀 앞에 네 무릎을 꿇릴 것이다."

붉으락푸르락하던 박 상궁의 낯빛이 급기야 백짓장처럼 새하얘졌다. 마지막 한 조각의 자존심. 박 상궁은 가장 만만한 대상인 구월을 찰나 동안 쏘아보았다.

그녀가 졌다. 왕세자의 강경한 목소리는 진심을 담고 있었다. 더 버텼다간 윤은 분명 그녀를 무릎 꿇리고 말리라.

"미안하네. 내 진심으로…… 사과하겠네. 다짜고짜 손찌검을 한 것을…… 용서하게."

다시 한 번, '되었습니까?'라는 말이 목 끝까지 치밀어 올랐다. 그러나 박 상궁은 세자의 지엄한 눈빛 앞에 말을 삼킨다.

"그럼 저하, 소인 이만 물러가겠습니다……."

"그러하라."

박 상궁이 애련지를 벗어났다. 애써 등을 곧추세워보지만, 그녀의 얼굴은 참혹할 만큼 일그러져 있었다. 분을 참지 못하여 터져 나온 눈물이 뚝뚝 떨어졌다.

'내게 이런 수모를 주다니. 아랫것 앞에서 나를 이리 욕보이다니!'

박 상궁이 이를 아드득 깨물었다.

'결코 잊지 않을 것이오. 세자, 결코 소인은 잊지 않을 것입니다!'

후원을 방문한 목적마저 잊은 박 상궁이 끝없이 되뇌었다. 애당초 무엇 때문에 발생한 소요인지 역시 그녀는 잊었다. 남은 것은 오직 분노와 모멸감뿐이었다.

* * *

"저것이 대체 무엇인가?"

세자익위사에 속한 훈련장 앞. 근방을 지나치던 하급 무관들의 걸음이 멈추었다.

그들의 발길을 멈추게 한 것은 사람이 아닌 훈련장 끝에 설치되어 있는 과녁이었다.

"신출귀몰한 일이로구먼. 대체 누가 저것을……?"

고개를 죽 빼고 훈련장을 살피는 무관들은 귀신에라도 홀린 듯한 표정이었다. 훈련장 풍경이 몹시 괴이쩍었기 때문이었다. 과녁에는 핑핑 화살이 날아와 꽂히는데, 정작 쏘는 이의 모습은 보이지 않았다. 쉼 없이 날아드는 화살은 하나의 낙오 없이 과녁의 정 가운데를 관통하고 있었다.

"서, 설마……. 저자요?"

"어디?"

"저기 말이오."

"어디? 좀체 보이지가 않는구료."

"거기 말고 저기, 저어기! 저쪽을 좀 보시란 말이오!"

관원 하나가 갑갑하다는 듯 먼 곳을 가리켰다.

"저기서 화살을 쏘고 있다고?"

모두가 입을 딱 벌렸다. 궁수를 발견하지 못한 것이 당연했다. 활을 손에 든 자는 그들의 예상보다 두 배는 됨 직한 거리에서 시위를 겨누고 있었던 것이다. 불가능한 거리에서 활을 쏘고 있으니, 당연히 그쪽까지 살필 생각을 하지 못할 수밖에.

"무서운 솜씨로구먼. 저자가 대체 누구요?"

"세자익위사에 얼마 전에 들어왔는데……. 이름은 기억이 안 나고, 성으로 불러달라 했던 것 같소. 왕가? 황가? 뭐 그런 이름이었소만……."

"내 살다 살다 저 거리에서 과녁을 꿰뚫는 이는 본 적이 없구려. 대체 어디서 불쑥 나타난 자요?"

"어디 출신인지는 모르겠으나, 세자 저하께서 몸소 입궐시킨 자라 하더오."

그 말을 들은 사내 하나가 알은 척을 했다.

"세자께서 검고 흉흉한 자를 데리고 다닌다는 소문이 돈다 하더니……. 저자가 그 사람인 것이오?"

"복장을 보니 그런 것 같구려. 그나저나 신궁(神弓)일세……."

"곧 사냥대회가 열린다는 소식, 다들 아시지요? 보나마나 저자가 큰 상을 받겠구먼. 저런 솜씨를 누가 이길 수 있단 말이오?"

"그러게나 말이오. 오래간만에 화살 메기는 연습이나 할까 했더니, 날 샜구먼. 쯧쯔."

사냥대회에서 상을 받기는 글렀다며 입을 비죽이지만, 그 와중에도 무관들은 황가에게서 시선을 떼지 못했다.

"그런데, 황가라고 했소?"

"그러고 보니 과거에 장희재가 아끼던 무관 중에서도 황씨 성을 가진 자가 하나 있었지? 그자도 활은 물론이거니와 검이며 창까지 신기에 가깝게 다루었는데……."

"큰일 날 소리. 어이하여 사사된 죄인의 이름을 입에 담는 것이오?"

"문득 생각이 나서 말이오. 사사된 것이야 장희재이지. 그 부하는 어찌 되었는지 아는 이가 없지 않소?"

"그렇게 대단하던 자가 쥐도 새도 없이 사라졌으면 뻔한 것 아니오. 죽었겠지. 본래 누군가를 치려거든, 제일 먼저 그를 지키는 호위를 제거하는 것이 기본 아니겠소? 그것이 우리 같은 무관들의 운명이지 않소."

쯧, 사내가 혀를 찬다. 주변의 무관 몇이 별소리를 다한다는 듯 손사래를 쳤다.

"허, 끔찍한 소리 마시게. 나는 그냥 가늘고 길게 살 생각이니."

"공께서는 어차피 가늘게 살 테니 큰 걱정 마시오. 굵게 사는 것도 다 실력이 되어야……."

"뭐요?"

옥신각신하는 무관들의 음성. 과녁의 정 가운데는 그 순간에도 빈틈없이 메워지고 있었다.

"마마님, 소인 문 내관이옵니다."

별 좋은 오후. 낙선당에 나타난 문 내관의 손에는 두툼한 서책 한 권이 들려 있었다. 그것은 소혜왕후[72]가 여인들에게 내리는 가르침을 엮어 편찬한 '내훈(內訓)'이었다.

아무리 내시인들 문 내관 역시 엄연한 사내였다. 그리하여 그들은 방이 아닌 대청마루 위에 서책을 펴고 마주 앉았다.

"마마님께 소인이 특히 말씀드리고자 하는 것은, 본부인을 대하는 후부인[73]의 언행에 관한 것입니다."

문 내관의 어조가 사뭇 진중해졌다.

"세자빈께서 오시면 마마님의 상황도 지금까지와는 달라질 것입니다."

---

72 인수대비.
73 첩.

"무엇이…… 달라집니까?"

그의 말에 귀 기울이던 순심이 긴장한 표정으로 물었다.

"그간 동궁전에는 안주인이 없었으니까요. 세자빈을 모실 새 궁인들도 오게 될 겁니다. 새로운 주인과 새로운 궁인들이 생기니, 동궁전 역시 달라지지 않겠습니까?"

순심의 마음에 작은 걱정이 밀려들었다. 새로운 동궁전 안에서 그녀는 어떤 모습으로 지내게 될까.

문득 그녀는 처음 승은궁녀로 낙선당에 자리잡던 시절의 외로움을 상기했다. 모두가 순심을 멀리하며 텃세를 부리던…….

"걱정 마십시오. 세자빈께서는 분명 어진 분이실테니, 마마님께서 세자빈을 공경하고 잘 모신다면 진심을 알아주실 것입니다."

순심의 표정에 수심이 드리우는 것을 눈치챈 문 내관이 위로하듯 말했다. 다시 운을 떼려는데 뜰 밖에서 기척이 들린다.

"저하, 오셨사옵니까."

문 내관이 공손히 머리를 조아렸다. 걱정스러운 표정을 짓고 있던 순심의 얼굴에도 화색이 돌았다.

기분 좋은 일이 있는 모양이다. 윤의 얼굴이 밝았다. 늘 세자의 뒤를 따르던 상검과 황가의 모습은 보이지 않아, 문 내관이 의아한 듯 물었다.

"상검이와 황가는 어디 가고 홀로 납시었습니까?"

"심부름이 있어 보냈다. 내 조만간 동여(動輿)[74]할 것이다."

"동여요?"

문 내관의 눈이 휘둥그레졌다. 왕세자의 궁궐 밖 행차는 실로 오랜만의 일이었다.

"그래. 내 너무 바깥의 일에 무심하였다. 모처럼 시간을 냈으니 형

---

74 왕세자가 대궐 밖으로 행차함.

제들을 만날 생각이다."

"아, 연령군 대감도 만나십니까?"

"그래. 연잉군의 집에서 만날 생각이다."

"연령군께서 근래 해수(咳嗽)[75]로 고생하신다는 말이 들리던데, 이참에 약재라도 준비할까요?"

"그리하라. 인삼 정도면 좋겠지……. 그러나 큰 걱정은 하지 않는다. 나 역시 한때 잔병치레가 잦았으니."

순심은 그들의 말에 귀 기울이고 있었다. 동여 때 세자를 호위할 무관들에 대한 것, 방문할 장소와 일정에 대한 것……. 문 내관과 한참 이야기를 나누던 윤의 눈길이 순심에게 향했다.

"나에 대한 것들은 준비가 된 듯하니, 이제 순심의 출입패를 받아 오면 되겠지."

"예?"

"……저요?"

순심과 문 내관이 동시에 되물었다. 윤이 태연히 고개를 끄덕였다.

"그래. 늘 생각하고 있었던 것이다. 이번 동여에 승은궁녀를 데려 가겠다."

"저하, 그것은……. 가례를 앞두신 상황입니다. 바깥에 보는 눈이 많습니다. 어이하여 궁녀와 함께 동여에 나선다는 말씀이십니까?"

"함께 가지는 않을 것이니 괜찮다."

"예?"

"따로 출발하여 연잉군방에서 만날 것이다."

문 내관이 허를 찔린 듯 입을 다물었다.

"이것마저 금하겠느냐? 나는 일정대로 동여할 것이고, 순심은 개별의 출패를 받아 연잉군의 외명부와 만나는 것이지. 설령 나와 순

75　왕세자가 대궐 밖으로 행차함.

심이 우연히 연잉군방에서 조우한들 문제될 것 있느냐?"

"문제될 것은 없사옵니다만……."

"그럼 되었다."

그제야 윤의 시선이 순심에게로 향했다. 순심은 내내 눈을 동그랗게 뜬 채 그들의 대화를 듣고 있었다.

"동여는 사흘 후임을 명심하라. 출입패를 받아 오는 일은 문 내관이 알아서 처리해줄 것이다."

"……예, 저하."

"혹시 가고 싶지 않은 것이냐?"

"아, 아닙니다, 저하. 예상치 못하여 조금 당황하였을 뿐입니다."

그러나 다소 어두운 순심의 표정. 홀로 운종가에 나갔을 때의 일을 떠올리나 싶어, 윤의 음성이 한결 나지막해졌다.

"순심아."

"예, 저하."

"궁 밖으로 나가는 것이 두려우냐?"

내게는 솔직히 털어놓아도 된다는 듯한 따스한 음성. 순심은 그제야 마음을 털어놓았다.

"……홀로 나가는 것은요."

"비록 따로 가기는 한다만, 걸어서 갈 수 있을 만큼 가까운 곳이다. 내 약조하마. 그 누구도 감히 너를 해할 수 없도록 많은 수의 호위를 붙여주겠다."

"저하."

문 내관이 주저하는 기색으로 끼어들었다.

"익위사의 무관들을 궁녀의 호위로 썼다는 것이 알려지면 뒷말이 많을 것이옵니다."

"그러면 세자의 여인을 홀로 내보내라는 뜻이냐?"

"그런 것은 아니옵니다만……."

괜스레 문 내관에게 불똥이 튈 듯하여, 순심이 급히 입을 열었다.

"저하, 소인 역시 많은 수의 호위를 곁에 두는 것이 편치 않습니다. 소인은 아직…… 저하 이외의 사내란 누구나 어렵습니다."

윤은 잠시 고민한다. 그리고 이내 좋은 생각을 떠올렸다.

"그렇다면…… 문 내관의 걱정과 순심의 말 모두 일리가 있으니, 내 다른 방법을 찾아보도록 하겠다."

"하오나 저하. 전하께서 아시면 무어라 하실지……."

문 내관의 말에 윤이 싱긋 미소 지었다. 평소 부왕의 반응에 극도로 예민하던 모습과는 완전히 다른 태도였다. 그의 모습이 평소 같지 않아, 문 내관은 의아한 듯 그를 바라보았다.

"죄를 지은 것도 아닌데 알려진들 어쩔 것이냐? 게다가 본래 아바마마께서는 내가 무얼 해도 그다지 좋아하지 않으신다."

"……진심이십니까?"

"그래. 진심이다."

임금의 쓴소리 따위, 그는 기꺼이 감당할 생각이었다. 순심과 함께할 수 있다면.

"말 잘 듣는 세자, 인내하는 세자, 아바마마의 말씀 하나에 쩔쩔매는 세자……. 그런다고 달라진 것이 있더냐? 걱정만 하다 내 생의 봄날이 모두 흘러가버릴 뻔하였다."

"……."

"해서, 이 김에 나도 아바마마의 뜻에 거역 한번 해보려고."

문 내관의 입이 헤벌어진다. 윤의 시선이 말똥말똥한 눈길로 저를 바라보는 순심에게로 향했다.

"순심아."

"예, 저하."

"기대하라."

오늘따라 윤의 눈동자는 장난기 많은 소년처럼 반짝였다.

"즐거울 것이다."

궁궐의 기왓장들 사이사이로 짙은 어둠이 배어든 밤. 저승전은 고요한 적막에 잠겼다.

종일 동여 준비에 바빴던 문 내관과 상검이 처소로 물러갔다. 본래 세자는 궁녀들이 침전 근처에 머무는 것을 허하지 않았으므로, 침소 앞에 남은 것은 한 명뿐이었다.

황가. 그가 동궁전에 들어온 지 어언 한 달이 지났다.

구릿빛 피부, 먹물을 쏟은 듯 새까만 거친 머리칼, 지나치게 강렬하여 때로 섬 한 눈빛. 그를 처음 보는 이들은 하나같이 놀라거나 두려워했다.

황가는 낮 동안 익위사에서 수련으로 시간을 보냈다. 왕세자가 공무를 마칠 즈음 그 역시 동궁전으로 돌아왔다. 그는 저녁부터 밤까지 세자의 곁을 지켰고, 침전의 불이 꺼지고도 한참 후에야 상검과 그가 함께 쓰는 처소로 돌아가 잠을 청했다.

황가는 늘 조용했다. 있어도 없는 듯하게 그는 유령처럼 맡은 바 소임을 다하고 있었다. 감정을 내보이는 일 없는 그의 태도뿐 아니라 검정 일색인 모습까지 좀처럼 눈에 띄지 않았으므로, 처음 황가를 두려워하던 사람들도 결국 그의 존재에 신경 쓰지 않게 되었다.

"황가."

저승전 뜰의 연못가에서 들려오는 윤의 음성.

"예, 저하."

저승전 내부에 깔린 어둠 속에 그림자처럼 스며들어 있던 황가가 뜰로 걸어 나왔다. 캄캄한 밤에 파묻혀 보이지 않았으나 윤은 안다.

황가는 언제나 그의 곁에 있음을.

"저승전에서 생활하는 데 부족하거나, 바라는 것은 없더냐?"

"지금으로 만족합니다, 저하."

"내 처음부터 김일경 영감에게 전하기를, 굳이 안에서 장번 할 자가 아니어도 된다 하였다."

윤이 황가에게 시선을 던졌다. 꼭 필요할 때를 제외하곤 황가는 입을 잘 열지 않았다. 황가는 지극히 말수가 적었고, 윤은 그런 그에게 편안함을 느꼈다. 윤 역시 같은 성정을 타고난 사람이기 때문이었다.

"궁궐은 답답한 곳이다. 자네처럼 평생을 바깥에서 살아온 사람에게는 더욱 그럴 것이다. 원한다면 언제든 저승전을 떠나도 좋다. 낮에 들어와 밤에 돌아가는 것만으로도 나를 보필하는 데 무리가 없을 것이다."

"소인은 지금 생활에 만족합니다, 저하."

"궁궐 생활에 낙이 없지 않더냐?"

"저하를 모시는 것이 소인의 낙입니다."

윤이 새삼스레 무심히 대꾸하는 사내를 응시했다. 억센 머리칼, 눈썹 아래 움푹 들어간 눈, 우뚝한 콧날. 황가에게서는 북방민족을 연상케 하는 이국적인 느낌이 풍겼다.

그리고 윤은 떠올린다. 먼 과거 언젠가 황가와 비슷한 사내를 본 기억이 있음을.

"돌아가신 외숙부와 아는 사이라 들었다."

"예, 저하."

"어린 시절의 일이나 잘 기억나지는 않으나, 숙부의 곁을 따르던 무관이 하나 있었지. 자네와 닮았다. 관계가 있는 자인가?"

"예. 소인의 아비입니다."

황가의 표정에는 미동이 없다. 그럴 줄 알았다는 듯 윤이 고개를 작게 끄덕였다.

"자네의 아비는 어찌 되었느냐?"

"세상을 떠나셨습니다."

오래전 과거의 일. 윤의 어머니인 희빈 장씨와 외숙부인 장희재를 비롯한 많은 이들이 비명에 스러지던 시절.

그러나 지위가 높은 자들만이 불행을 맞았던 것은 아니었다. 그들을 모시고 수발을 들다 생을 마감한 이들 역시 무수히 많았다. 누구도 그들을 기억해주지 않았다. 그들은 역사에 죄인으로 기억되었기 때문이었다.

"……유감이다."

윤이 할 수 있는 말은 그것이 고작이었다. 혈육을 잃는 것은 고통스러운 일. 그 괴로움의 무게를 알기에 오히려 의례적인 위로는 나오지 않았다.

"동여 전에 네게 긴히 부탁할 것이 있다."

"……말씀하시오소서, 저하."

대답하기 직전, 찰나간 망설인 이유는 왕세자가 '부탁'한다는 말이 낯설었기 때문이었다.

"낮에는 육조거리를 돌아볼 것이다. 이후 연잉군방에 방문하는 것이 동여의 일정이다. 내 부탁하겠다. 순심을 연잉군방까지 데려다줄 수 있겠느냐?"

"……."

황가가 고개를 들어 올렸다. 가파른 턱선 위로 달그림자가 드리웠다.

궁궐은 금부에 의해 빈틈없이 수비되고 있었다. 매일 세자의 뒤를 따랐으나 궁궐 안에서 호위무사가 할 일은 많지 않았다. 아무리 간이 큰 자라 해도 감히 궁궐 안에서 세자를 노리기는 어려운 법이기 때문이었다. 세자에게 반드시 호위무사가 필요할 때는 궁궐 안이 아닌 궁 밖에 있을 때였다.

"저하, 소인에게는 저하의 안위가 세상 무엇보다 중합니다. 소인은 그리할 수 없습니다."

윤이 황가를 바라보았다. 그의 표정은 담담하여 무엇을 생각하는지 의중을 알 수 없었다.

황가의 말은 틀리지 않았다. 무관들 중에 동궁전 안에서 밤을 지새우는 것을 허락받은 이는 황가가 유일했다. 그것은 동시에, 세자의 안위의 가장 큰 책임이 황가에게 있음을 뜻한다.

"익위사에 많은 무관들이 있습니다. 궁녀님의 호위를 맡기에 부족함이 없는 자들입니다. 소인이 본분을 지킬 수 있게 해주십시오."

"금부에 무관들이 부지기수임을 어찌 내 모르겠느냐. 황가 너에게 굳이 부탁하는 이유가 있음을 헤아리려오."

황가의 검은 눈동자는 윤이 말한 '이유'를 묻고 있었다.

"순심은, 내게는 세상 그 무엇보다 소중한 이다. 그러니 네가 동행해다오."

윤은 처음으로 누군가에게 제 마음을 터놓았다.

"부디 내 마음을 지킨다 생각하고 지켜다오."

* * *

채화가 재간택을 치르고 돌아온 후 얼마간의 시간이 흘렀다.

병조참지 어유구의 북촌 저택에는 말로 설명하기 힘든 묘한 공기가 떠돌고 있었다. 몸종 하나를 데리고 입궐했던 채화는 내금위병 십여 인의 호위를 받으며 집으로 돌아왔다. 그것은 세자빈이 될 내정자에게 왕실이 베푸는 호의였다. 며칠 후에는 궁궐에서 색장나인이 찾아왔다. 나인이 내민 것은 예조와 상의원에서 보낸 방문 통지.

서찰에는 삼간택에 입을 옷을 짓기 위해 궁관들이 방문할 것이라는 내용이 적혀 있었다.

마침내 한 무리의 궁인들이 어씨의 집을 찾았다. 세자빈으로 간택된 것이 달갑든 달갑지 않든 가문의 체면이 걸린 일. 그런 까닭에 어씨의 집 부엌에는 모든 종들이 동원되어 손님 맞을 준비를 하느라 여념이 없었다.

"아씨, 송구하오나 덧저고리를 벗어주실 수 있겠습니까?"

"……."

채화의 얼굴은 창백했다. 재간택을 마치고 돌아온 이후 채화는 내리 이틀을 크게 앓았다. 긴장이 풀어진 탓이었을까. 지독한 열감기 탓에 그녀는 미음조차 제대로 먹지 못했다. 가뜩이나 작고 왜소한 체격인 그녀의 뺨이 해쓱했다.

"아씨님, 괜찮습니다. 응당 거쳐야 하는 의례이니 어렵게 생각지 마시고 마음을 편히 가지시옵소서."

궁인 일행의 맨 앞에는 동궁전 지 상궁이 자리하고 있었다. 어린 채화를 진정시키고 달래는 것이 지 상궁의 맡은 바 소임인 듯했다.

"……알겠습니다."

채화가 마지못해 옷고름을 푼다. 몸 여기저기 길이와 둘레를 재는 과정이 이어졌다. 단지 저고리나 치마, 당의와 예복의 치수만 재는 것은 아니었다. 장신구와 수식(首飾)[76], 관(冠)의 크기를 가늠하기 위해 머리 둘레며 목둘레까지 일일이 확인하는 지난한 과정이었다.

모든 절차가 마무리된 후 채화의 얼굴은 당장이라도 쓰러질 듯 파리했다.

"오늘 잰 치수들로 삼간택에 입으실 옷을 지어 올릴 것입니다. 궁궐 침방과 수방에서 정성 들여 마련하여 다시 찾아오겠나이다."

---

76   머리 장식품의 통칭.

"예, 알겠습니다, 마마님."

"예, 아씨님. 한데 소인에게 존대치 마옵소서. 아직 삼간택의 절차가 남아 있어 빈씨라 부르지 않습니다만, 어찌 아씨께서 소인에게 존대를 하신단 말입니까. 아씨께서는 세자빈이 되실 분입니다. 소인 몸 둘 바를 모르겠나이다."

"하아……."

채화의 입에서 저도 모르게 흘러나온 한숨. 열네 살 소녀의 것이라기엔 한숨이 깊다. 지 상궁의 표정이 달라졌다.

"어찌 그러십니까? 안색이 창백하십니다. 어디가 불편하십니까?"

"아니요. 여쭐 것이 있어……. 아, 그리고 존대는 삼간택 이후에 거두어도 되겠습니까?"

"예, 뜻이 그러시다면야……. 말씀하시오소서, 아씨님."

결심한 듯, 긴장된 표정의 채화가 물었다.

"제가 세자빈이 되는 것이 확실합니까?"

지 상궁이 소녀의 얼굴을 바라보았다.

중년의 지 상궁이 느끼기에 열네 살은 참으로 어린 나이. 오늘 채화는 초간택과 재간택의 와중 눈여겨보았던 것과는 조금 다른 느낌을 주었다. 나이에 비해 꽤 의젓하다 여겼는데, 분명 어린 부분이 있었다. 또한 의젓하다기보단 쓸쓸한 기색이 풍겨 나이에 어울리지 않았다. 퀭한 눈, 핏기 잃은 뺨. 채화에게서는 처연함이 감돌았다.

문득 제 것도 아닌 소녀의 생이 참으로 야속하다. 모두가 알고 있듯 세자 이윤의 빈(嬪)이 된다는 것은 과히 기쁜 일이 아니었다. 아니, 오히려 무슨 수를 써서라도 피하고 싶은 일이리라.

"글쎄요. 일개 상궁인 소인이 어찌 감히 간택에 대하여 왈가왈부할 수 있겠습니까."

"……."

"하지만 주상 전하께서 아씨를 선택하셨으니⋯⋯. 지축이 뒤바뀔 일이 없고서야 번복은 없으리라 생각할 따름이옵니다, 아씨님."

지축이 뒤바뀔 일. 그 말의 의미는 분명했다. 무언가 크나큰 일이 일어나야만 세자빈의 운명에서 벗어날 수 있으리란 뜻이다.

크나큰 일이란, 어쩌면 가문에 해가 될 수도 있는⋯⋯.

"답이 되셨습니까?"

"예."

지 상궁의 물음. 곧바로 답한 그녀가 치달아 오르는 감정을 꿀꺽 삼켜 가라앉혔다.

답은 정해졌다. 어채화는 세자의 여인이 되기로 결정을 내렸다.

-2권에서 계속-

미주

ㄱ. 숙종의 대사는 숙종실록 61권, 숙종 44년 6월 7일의 기록을 윤색한 것입니다.
'세자빈(世子嬪)을 간택하는 일을 즉시 예관으로 하여금 품지하여 시행하게 하라.'

ㄴ. 해당 지문은 조선왕조실록 경종실록 15권, 경종대왕 행장의 글귀를 발췌한 것입니다.
'평상시에 말씀과 웃음이 적어서 사람들이 그 변제(邊際)를 측량하지 못하였다.'

ㄷ. 승은을 입기 전 숙빈 최씨의 신분에 대해 작중 무수리로 설정하였으나, 근래 '각심이'로 보는 시각이 우세함을 밝힙니다.

ㄹ. 당시 부용지는 '태액지(太液池)'라 불렸으나, 본문에서는 현재의 명칭을 사용하였습니다.